KB154498

지금,
안고
싶어

지금, 안고 싶어

요안나 장편 소설

DAHYANG

ROMANCE

STORY

contents

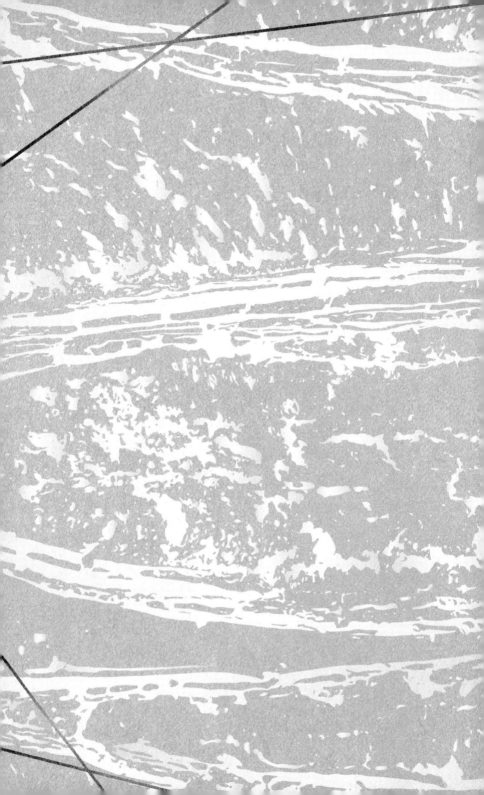

프롤로그

위험하리만큼
매혹적인

"안녕하세요, 김지희입니다."

을씨년스럽게 비가 내리는 토요일 점심, 호텔 I 3층에 자리한 카페
에는 오늘도 역시 맞선을 보는 남녀가 마주하고 있었다.

"사진보다 미인이시네요. 이장겸입니다."

어머, 눈부셔라!

해가 먹구름에 가려 하늘은 회색빛인데, 눈앞이 부시다.

흔히들 머리가 벗겨진 사람을 놀릴 때 눈이 부시다는 말을 한다.

그런데 놀리려고 하는 말이 아니라, 앞에 있는 남자가 의자에 앉으
려고 고개를 숙인 순간 반질반질한 정수리에 카페 조명이 반사되면서
순간 몹시 눈이 부셨다.

앞머리 숱은 많은데, 안타깝게도…….

여자는 저보다 늦게 착석한 남자를 덤덤한 미소를 지은 채로 바라봤다.

"제가 좀 늦었습니까?"

남자가 자리에 앉자마자 한숨을 훅훅 내쉬며 물었다.

"괜찮아요."

여자는 조금 더 입꼬리를 올려 싱긋 미소를 머금을 뿐이었지만, 평소 같았으면 시간 약속도 제대로 못 지키는 사람은 기본조차 안 되어 있는 거라며 잔소리를 했을지도 모른다.

침착하자, 침착하자.

이 자리는 참하고, 아리따운 맞선 상대 '김지희'가 되어야 하는 자리다.

"어우, 시발. 차가 드럽게 막히더라고요. 아니 그리고 뭔 놈의 호텔이 이렇게 복잡해? 여기요! 아이스아메리카노 둘!"

쌍욕으로 말문을 연 남자가 대뜸 지나가는 직원을 붙들고 커피 둘을 외쳤다.

저기요, 적어도 상대의 기호는 묻고 주문을 해야 하지 않아요?

"커피, 괜찮죠?"

여자가 고개를 끄덕이기도 전에 남자는 빠르게 말을 이어 갔다.

"커피는 원래 뜨거워야 제맛이기는 한데, 내가 오늘 속이 터져서 뜨거운 걸 못 마시겠네."

저기요, 나는 지금 추워!

늦가을에 들어선 날씨가 서늘했다. 실내 온도는 적정한 수준이었지만, 추위를 많이 타는 여자의 손끝은 차가웠다. 그런데 여전히 씩씩거리며 화를 내고 있는 남자에게 따뜻한 커피로 바꾸겠다는 말이 나오질 않았다.

우락부락한 주먹을 테이블 위에서 쥐었다 폈다 하며 남자가 욕지거리를 해 댔다.

"아니, 시발. 비는 왜 처오고 지랄이야. 그러니까 길이 막히지."

어쩌고저쩌고. 기본적으로 화가 많은 남자인가 보다.

그는 쉴 새 없이 떠들어 댔다. 비가 왔고, 화가 났고, 차가 많았고, 화가 났고, 그래서 늦었고, 화가 났고.

저기, 화는 제가 내야 하는 거 아닐까요?

이 자리에 앉아서 화 많은 맞선남을 한 시간가량 기다렸다. 늦으면

늦는다, 연락도 없고 퇴짜를 맞은 건지, 아닌 건지 몰라서 그냥 기다린 참이었다. 어차피 이 자리에 두 시간은 앉아 있어야 일당을 받을 수 있는 일이기도 했다.

남자가 신이 나서 욕을 해 대는 동안 ─욕하는 게 신나 보이는 건 생전 처음 보는 광경이었다.─ 아이스아메리카노가 나왔다.

기다란 유리잔에서 신경질적으로 빨대를 뽑아 든 남자가, 커피를 벌컥벌컥 마시고는 얼음을 와그작 씹으며 말했다.

"안 그래요?"

방금 전까지 남자가 무슨 말을 하고 있었더라?

빗길에 운전하면 위험하다고 했고, 여자는 공간지각능력이 떨어진다고 했고, 그래서 여자는 빗길에 운전하면 더 위험한데, 웬 여자가 탄 수입차가 앞에서 알짱거려 짜증이 났다고 했고……. 결국 결론은 여자는 비 오는 날 운전하지 말라는 건가?

아니면 그 여자가 자신보다 비싼 차를 타서 화가 난 건가?

뭐라 대꾸라도 해야겠다 싶어서 입을 열려는 순간, 남자가 더 빨랐다.

"아니, 내 뒤로 끼어들었으면 됐잖아. 시발. 재수 없게."

한숨이 비어져 나올 것만 같아서 얼른 빨대를 물었다. 남자는 원래부터 이쪽 의견을 들을 생각이 없었나 보다.

아니, 애초에 여자들이 하는 말은 들어 먹을 것 같지 않았다.

전형적인 '맨스플레인, 내가 말할 테니까 넌 듣기만 해.'였다.

시간이 얼마나 지났나? 손목에 찬 시계를 슬쩍 보니, 맞선 대행 종료 시간까지 30분 남았다. 그래, 30분만 참으면 된다. 그런 다음 우리는 서로 안 맞는 것 같다며 헤어지면 그만이다.

여전히 맞선남은 남자가 운전을 더 잘한다는 이상한 우월감에 빠져서 떠들어 대는 중이었다.

"그래서 내가 클랙슨을 존나 눌렀지. 그래도 분이 안 풀리는 거예요.

근데 내가 또 운전을 잘하거든? 그래서 옆으로 휙 가서 그 차 앞으로 휙 끼어들었어."

남자의 얼굴에 통쾌함이 서렸다. 그게 그렇게 신났어요? 다시 그 여자가 운전하는 수입차 앞으로 끼어든 게?

"그리고 내가 브레이크를 확 밟아 버렸지. 좀 놀란 것 같더라고."

남자가 뽐내듯 말하며 껄껄 웃어 댔다.

그게 자랑이냐? 이런 종류의 진상은 또 처음이다.

위협, 난폭 운전과 같은 범법을 도로 위에서 저질러 놓고도 자랑스럽게 웃어 대는 꼴에 기가 막혔다.

이제 몇 분 남았나?

다시 시계를 확인하려는 순간이었다.

"일어나시죠, 유승현 씨."

손목으로 향하던 시선이 테이블 위를 훑으며, 소리가 들린 쪽으로 옮겨 갔다. 검은색 슈트를 입은 웬 남자의 기다란 다리가 눈에 들어왔다.

"누구……?"

천천히 시선을 들어 올리자, 며칠 새 낯익은 얼굴이 시야에 잡혔다.

부드럽게 구불거리는 앞머리가 드리운 반듯한 이마, 자신만만함이 묻어나는 반짝거리는 검은 눈동자, 도도해 보이기까지 하는 날카로운 콧날과 고집스럽도록 선이 분명한 붉은 입술. 얼굴 하나는 기가 막히게 잘생긴 남자다.

덕분에 주변 테이블에 앉은 여자들이 부러운 눈빛으로 승현을 바라보고 있었다. 그 바람에 여긴 어떻게 왔느냐고 물어야 하는데, 사고가 딱 멈춰 버리면서 말문도 턱 막혀 버렸다.

"이런 시발, 남자도 있으면서 선은 왜 보러 나와? 그리고 이름이 왜 유승현이야?"

맞선남이 입에 붙은 욕을 내뱉으며 씩씩거렸다. 안타깝게도 이제 수입차 운전자는 테이블 옆에 선 남자에게 욕받이 자리를 내주어야 할 것 같다.

아, 근데 그 시발은 그쪽 입이 아니라 이쪽 입에서 나와야 할 것 같은데?

승현이라 불린 여자가 한숨을 폭 내쉬며 시선을 내리깔았다.

남의 영업장까지 쫓아오는 건 너무 심한 거 아냐?

승현은 눈을 내리깐 채로 생각을 더듬었다. 이 상황을 어떻게 수습해야 모두가 윈-윈하는 결과를 가져올 수 있을까?

"……오빠."

천년의 오글거림을 참으며 승현이 가까스로 입을 열었다. 오빠라 부르는 제 목소리를 듣는 것만으로도 정수리가 쭈뼛 서고, 소름이 돋는 듯했다.

승현은 그동안 수만 가지 아르바이트를 경험하면서 쌓아 올린 연기력을 바닥부터 끄집어 올렸다.

"우리 이미 끝난 사이라고 했잖아. 왜 이렇게 질척거리는 건데?"

맞선남은 자리에 앉아 있는 것이 거북하다는 듯 몸을 들썩거렸지만, 테이블 옆에 선 남자는 미동조차 하지 않았다.

"하아."

이제껏 잠자코 있던 남자가 오른손을 들어 올리더니, 머리카락을 쓸어 넘겼다.

그러고는 무릎을 꿇어 버렸다?

어라?

"내가 잘할게. 정말 내가 잘할게. 응?"

아, 모르겠다. 이제.

"나 오빠한테 거짓말했어. 사실은 나 유승현이 아니라 김지희야. 우리 집에서는 오빠 같은 남자, 허락 안 해 줄 거야. 흑."

감정이 북받친 척 얼굴을 가리며 맞선남이 보지 못하도록 고개를 돌려 남자에게 입 모양으로 말했다.

'가라고요!'

그러자 남자도 소리 없이 대꾸했다.

'같이 나가죠?'

맞선 의뢰녀 김지희의 신상은 지켜 주고 자리를 떠야 한단 말입니다, 이 대책 없는 남자야!

온갖 눈치를 줬더니, 남자가 그제야 무릎을 펴고 자리에서 일어났다. 이미 카페 안의 시선은 전부 이쪽 테이블에 쏠려 있었다.

"잘됐네요."

이제껏 욕을 하며 씩씩거리던 맞선남이 갑자기 세상 쿨하게 입을 열었다.

"녜?"

승현이 맞선남 쪽으로 고개를 돌리며 되물었다.

"이장겸 씨 오늘 맞선 안 나왔어요."

"녜?"

당황한 나머지 다시 되묻는 순간, 승현의 머릿속에 어떤 명제 하나가 스치고 지나갔다. 그러니까 지금 이 맞선 자리는 프로 맞선 대타들의 맞선 아닌 맞선 자리였나 보다.

"식사도 했고, 차도 마셨지만, 서로 맞지 않아서, 애프터 약속은 하지 않은 거로 정리하죠. 원래 이장겸 씨 쪽에서 대타 보내면서 미안한 마음에 쓰레기 짓 하고 퇴짜 맞고 오라고 했는데. 뭐 피차."

피차 쓰레기다, 이건가?

승현은 그저 고개를 끄덕이는 것으로 대답을 대신했다.

"커피값은 각자 내는 거로 하고."

할 말은 다 했다는 듯 맞선남은 아주 깔끔하게 자리에서 일어나 테이블 옆에 서 있는 남자에게 의미심장한 미소를 보내고는 유유히 사라졌다.

그리고 대타 맞선남이 앉았던 자리에는 졸지에 '오빠'가 된 남자가 앉았다.

"이것도 일종의 아르바이트?"

남자는 깍지 낀 두 손을 테이블에 얹고는 그 위에 턱을 괴며 물었다.

잘생긴 얼굴을 효율적으로 잘 이용하는 남자인 듯하다.

갑작스레 그의 얼굴이 가까워진 것 같아서 승현은 의자 등받이에 등을 기대며 대꾸했다.

"뭐, 말하자면?"

남자가 짧게 묻는 바람에 승현도 말이 짧아졌다.

"내가 제시한 조건은 생각해 봤어요?"

그가 기다란 눈에 의미를 알 수 없는 웃음을 머금은 채로 물었다.

"생각하고 자시고 할 것도 없어요. 나, 동생 팔아서 팔자 펼 생각도 없고, 승재 그렇게 보낼 생각은 더더욱 없으니까."

갑자기 가슴속이 갑갑해지기 시작했다. 손에 잡힐 듯 확고한 남자의 신념에 기가 눌리는 듯도 했다.

하지만 승현은 남자의 신념을 따를 수 없었다. 그러기엔 남자는 너무 위험해 보였다.

남자의 눈동자는 유난히도 짙은 검은색이었다. 심연처럼 깊은 남자의 눈동자가 품고 있는 탐욕에 동생을 내줄 수는 없었다.

그의 눈이 품은 기운이 거북스러워 승현은 자연스레 시선을 옮겨 갔다. 날카로운 콧날을 따라 유려하게 자리한 인중 그리고 선명하고 붉은 입술선과 도톰한 아랫입술까지.

남자는 검은 눈동자뿐만 아니라 그 자체가 위험하리만큼 매혹적이었다.

상상하는 것, 그 이상을 안겨 준다고 해서 전설의 마케터라는 별명을 가진 남자였다.

그런데 문제는 마켓에 내놓아야 할 물건이 제 동생이라는 것.

물건 팔듯 시장에 내놓으려고 동생을 애지중지 키운 게 아니었다.

"누가 동생 팔라고 했나, 좋은 조건으로 모셔 간다고 했지?"

남자의 말투는 지나치게 나른해서 기지개를 켜고 싶은 충동이 일었다.

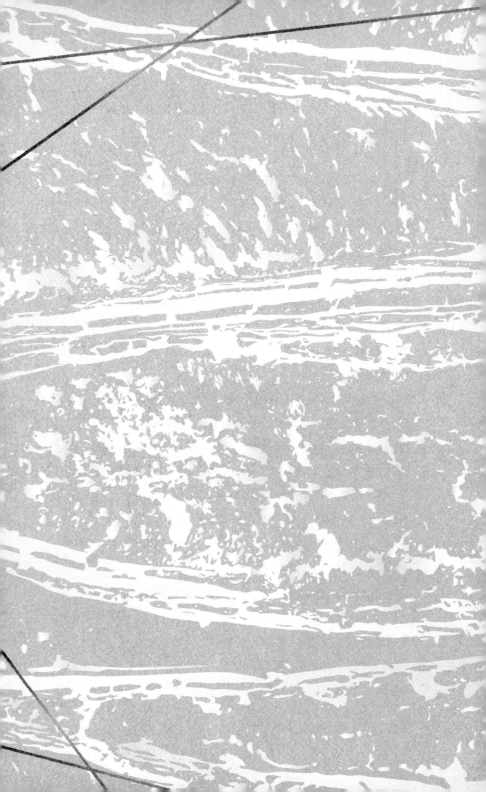

1

내가 지킨다는
뜻이야

그가 빙긋이 미소를 머금었다. 그의 미소에서는 가진 자 특유의 여유로움이 느껴졌다.

분명 제안을 하는 쪽은 저쪽이고, 협상의 키를 가진 쪽은 이쪽인데 남자는 급할 게 없다는 듯이 느긋했다.

"언제까지 이렇게 아르바이트해서 동생 뒷바라지할 수 있을 거라고 생각해요?"

승현은 입을 꾹 다물었다. 온 마음을 다해서 동생을 지원하고 있지만, 턱없이 부족하다는 것은 늘 느끼고 있었다.

그런데 그 사실을 생판 모르는 남한테 들으니 속이 좀 쓰렸다.

"그건 그쪽이 상관할 일은 아닌 것 같은데요."

그는 어깨가 들썩이도록 크게 숨을 들이마시고는 더 진한 미소를 머금었다.

"유승재 선수 지금 그 상태로 두기엔 아까워서 하는 말입니다."

미소를 머금고 있다지만, 남자의 눈빛은 단호했다. 눈꺼풀조차 허투루 깜빡이지 않을 것처럼 강렬한 시선을 가진 남자였다.

"누님인 유승현 씨가 해 주지 못해서 안타까웠던 것들, 제가 다 챙겨 줄 수 있어요. 약속합니다."

남자가 승현을 빤히 들여다보며 말했다. 그 시선이 마치 승현의 작은 표정, 사소한 몸짓 하나까지 놓치지 않겠다는 것처럼 느껴졌다.

그리고 어쩐지 저 남자에게 가슴속 깊은 곳에 꼭꼭 숨겨 두었던 감정까지 들켜 버린 것만 같은 착각마저 일어서 갑자기 얼굴이 화끈 달아오르고 말았다.

분명 대타 맞선남과 마주 앉아 있었을 때는 손끝이 차가울 정도로 한기를 느꼈었는데, 지금은 훅 하고 열기가 치솟았다.

안기고 싶다.

매혹적인 남자의 외모 때문에 욕망의 기저부에서 발현된 욕정이 아니었다.

남자, 여자를 떠나서 저런 확고한 신념을 가진 사람에게 기대고 싶다는 막연한 희원이라고나 할까? 그동안 사는 게 너무 고됐나?

부모님이 돌아가시고 동생이 커 가는 모습에 의지하며 살아왔다. 정확히 짚어 말하자면, 승현이 마음에 걸어 놓은 빗장을 풀고 비빌 언덕은 없었다는 의미다.

막연하게나마 이런 확고한 신념을 가진 남자가 비빌 언덕이면 어떤 기분일까, 하는 생각이 들었다.

하지만 살갑게 다가와서는 입 안의 혀처럼 구는 이들이 얼마나 위험한지, 든든한 기둥이 되어 주고 안락한 지붕 아래를 내어 줄 것 같았던 사람들이 두 남매를 차디찬 세상으로 얼마나 매몰차게 내몰았었는지, 승현은 부모님이 돌아가신 후로 여러 경험을 통해 뼈저리게 배웠다.

그래서 뺨이 달아오르고, 열기가 치솟았나 보다.

아이러니하게도 잔뜩 신경을 곤두세우고 경계해야 할 것 같은 남자에게 기대 보고 싶다는 마음이 들어서.

"그런 약속에 한두 번 속았던 거 아니거든요."

말을 길게 섞을 필요가 없는데, 어쩐지 이 남자와 더 이야기를 나누고 싶다는 이율배반적인 감정이 치솟았다.

대체 왜?

그가 또다시 진한 미소를 짓는다.

왜 자꾸 웃어?

"왜 자꾸 웃어요?"

마음속에 담아 뒀던 말이 평소답지 않게 툭 튀어나왔다.

"그럼, 나랑 제발 계약해 달라고 울며 매달려요?"

남자의 물음에 승현은 잠시 머뭇거렸다. 남자가 장난기 어린 말투로 되물어서 순간 당황해 버리고 말았다.

완벽주의자처럼 보이는 한 치의 흐트러짐도 없는 매무새, 미소 지을 때조차 자로 잰 듯 근사하게 호선을 그리며 올라가는 입술, 치밀하게 계산된 듯한 나른한 말투와 여유로운 태도가 단번에 반전하며 장난기를 머금자 가슴이 괜히 소란스러워졌다.

"아니, 그게 아니라."

공연히 할 말이 없어져 버렸다. 키를 가진 쪽은 이쪽인데, 저쪽이 더 여유로운 이유를 이제야 불현듯 깨달았다.

저 남자는 이런 협상 테이블을 수없이 경험한 프로고, 승현은 기껏해야 아르바이트 시급이나 조절하던 협상 아마추어였다.

그러니 저 남자가 여유 만만할 수밖에.

"지난번에도 말했다시피 EPL(English Premier League) 구단 중 한 곳과 입단 테스트를 하게 될 겁니다."

어릴 적부터 축구 선수로 뛰고 있는 동생 승재는 이제 고3이다. 안타깝게도 내로라하는 대학의 러브콜도 없고, K리그 진출은 꿈도 못 꾸는 상황이었다.

그런데 저 남자는 처음 만났을 때부터 계속 EPL을 들먹이고 있다?

너무 터무니가 없어서 헛웃음이 나왔다.

"지금 EPL이 뭔지 모르고 하는 소리는 아니죠? 에이전트 맞아요?"

남자가 처음 승현을 찾아온 것은 며칠 전이었다. 편의점 아르바이트를 끝내고 집에 가는 길이었는데, 불쑥 나타나 명함을 주고는 승재를 키우고 싶다고 말했다.

또 찾아오겠다는 말을 하는 남자에게서 명함을 받아 들고 집으로 간 승현은 인터넷에 남자의 이름 석 자를 쳐 보았다.

[메이저리그 구단, 한지윤을 악마로 칭한다]

[올해도 프로 야구 이적 시장을 혼란에 빠뜨린 단 한 명의 에이전트]

[다저스 감독, 에이전트 한 맹비난]

그에 대한 여론이 좋지 않았다. 구단에서 바라보는 그는 추악한 사기꾼에 가까웠다.

또 그를 전설적인 마케터로 설명하는 기사들의 이면에는, 에이전트 한지윤이 선수를 물건 다루듯 한다는 의미가 숨겨져 있었다.

정보를 종합해 보면 그는 구단에서 구단으로 선수를 비싼 값에 사고 파는 장사꾼이었다. 그리고 장사꾼의 손에 동생의 인생을 내맡길 수는 없다는 게 승현이 내린 결론이었다.

그렇지만 이유는 들어 봐야지 싶었다. 왜 이 남자가 승재와 계약을 원하는 건지.

"왜 굳이 우리 승재하고 계약을 하고 싶다는 건데요?"

"최고의 자리에 올려놨을 때, 가장 드라마틱하게 보이는 선수는 어떤 선수일까요?"

남자의 물음에 심장이 덜컥 내려앉았다. 그의 의도가 너무도 분명해 보여서 입을 벙긋거리기만 할 뿐 대답을 할 수가 없었다.

"아무것도 가진 것 없이, 지금 제일 밑바닥에 있는 선수죠. 유승재 선수는……."

승현은 아주 잠시나마 남자에게 기대면 어떨까, 하고 상상했던 자신이 저주스럽게 느껴졌다.

"더 들을 필요도 없을 것 같네요. 그럼."

지윤은 자리를 박차고 일어나 황급히 걸음을 옮기는 여자의 뒷모습을 가만히 바라보았다.

"성격 참 급하네."

여자에게서 시선을 거둔 지윤은 아까부터 주머니 속에서 끊임없이 울리고 있는 휴대전화를 꺼내 들었다.

발신 번호를 보니 사무실이었다. 미국에서 돌아오자마자, 유승재의 누나인 유승현을 쫓아다니고 있는 대표를 못마땅하게 여기는 비서실장인 듯했다.

"네."

지윤이 짧게 응대하자, 수화기 너머에서 빠른 속도로 말이 튀어나오기 시작했다.

— 대표님, 계속 전화 안 받으시면 어떡해요. 지금 최 선수 아버님 다치셨다고 연락 와서 비상이에요!

"병원이 어딘데?"

— 대표님 누님 계셨던 병원으로 가시라고 했어요.

"잘했어. 그쪽으로 바로 움직인다."

내내 마이너리그 생활을 하다가 올해 메이저리그에 진출해 빛을 보기 시작한 타자의 부친이 쓰러졌다는 전화에 지윤은 곧장 병원으로 향했다.

"아이고, 우리 한 대표 왔네."

보호자 대기실에서 넋을 놓고 앉아 있던 최 선수의 모친이 신발도 신지 못한 채로 달려와 지윤의 손을 맞잡았다.

"어머니, 아버지 괜찮으실 거래요. 제가 오면서 누나랑 통화했는데요, 지금 수술 집도하시는 의사 선생님이 예전에 저희 누나 교수님이셨거든요. 우리나라에서 최고래요."

지윤은 살갑게 어머니, 아버지라 부르며 최 선수의 모친을 다독였다.

"누나가 그 여자 축구 국가 대표 팀, 그 의사 맞지?"

"네, 팀 닥터요. 누나가 나중에 와서 재활하는 법이랑 그 외 주의 사항들 설명해 드린다고 했어요. 그러니까 어머니, 안심하세요. 한혜윤 박사, 진짜 똑똑한 거 아시죠?"

"그럼, 그럼. 알지. 한혜윤 박사 똑똑한 것도 알고, 우리 한 대표 듬직한 것도 알고……. 우리 최 선수한테는 말 안 했지?"

지윤은 은은한 미소를 머금은 채로 고개를 끄덕였다.

"어휴, 내가 진짜 우리 한 대표 믿고 산다."

최 선수의 모친이 오른손으로 가슴을 쓸어내리며 한숨을 폭 내쉬었다.

"그래도 가족 일 아예 모르고 지나면 서운해요. 수술 잘 끝나고 나면, 최 선수한테도 꼭 말씀하셔야 해요. 너무 늦게 말하면, 아들 도리 못 했다고 속앓이할 거예요."

"우리 한 대표가 적당한 때에 말해 줄려?"

최 선수의 모친은 차마 자신이 입을 떼기는 어렵다며 지윤에게 조심스럽게 물었다.

"내가 그렇게 나가지 말라고 했는데. 타향살이하는 아들놈이 힘들게 벌어 온 돈을 어떻게 쓰냐고 고집을 부리면서 나가더니만."

가족 중 하나가 갑자기 어마어마한 액수의 돈을 벌어 오면 나머지 구성원은 변하기 마련이다. 그 한 명에게 기대고, 모든 것을 바란다.

하지만 최 선수의 부모는 달랐다. 아니, 지윤이 맡은 선수들의 가족들은 모두 달랐다. 선수가 벌어 온 물질적인 풍요에 한없이 기대고, 더 많이 바라며 괴롭히는 사람들이 아니었다.

에이전트는 선수가 운동에만 전념할 수 있도록 돕는 사람이다. 그렇기에 그들의 가족을 돌보는 일도 에이전트의 몫이다.

그래서 지윤은 선수를 택할 때, 선수의 가족도 유심히 살폈다. 선수가 크게 자라는 데는 가족의 역할이 무엇보다 중요하기도 했지만, 선수를 무참히 짓밟고 망칠 수 있는 것 또한 그들이기 때문이었다.

또 가족을 보면 선수의 가능성을 더 깊이 있게 살필 수 있었다. 그래서 이번에도 역시 유승재, 유승현 그 남매에게 끌렸는지도 모른다.

유승현, 그녀는 좀 더 특별해 보였으니까.

지윤에게서 대답이 없자, 최 선수의 모친이 걱정스러운 눈빛으로 지윤을 올려다보았다.

"아이고, 어머니. 그럼 그거 제가 말해야지, 어머니가 말씀하시려구?"

그제야 최 선수의 모친이 한숨을 폭 내쉬며 안도했다.

"우리 한 대표 이렇게 건실하고 착한데, 며느리는 언제 보나?"

지윤이 장난스럽게 최 선수 모친의 어깨를 끌어안으며 말했다.

"엄마는, 우리 최 선수부터 장가보내고, 가야지."

"그 신문 기사에서 한 대표 욕하는 거 신경도 쓰지 말어. 그것들이 뭘 안다고 지껄여, 지껄이길. 선수 개떡같이 아는 구단에 힘써 주고 그러는 건 우리 한 대표밖에 없는데.”

지윤은 그저 미소로 답할 뿐이었다. 구단 대리인이 아닌 선수 대리인 입장인 에이전트는 철저히 선수를 위해 움직인다. 그러니 당연히 구단에서는 에이전트를 곱게 볼 리 없고, 선수 한 사람이 내놓는 좋은 평보다는 구단 입장에서 내놓는 기사에 공격을 받는 일이 허다했다.

“그러게요. 나를 왜 그렇게들 두들겨 팬대.”

“맞고 다니지 말어. 엄마 속상해.”

다행스럽게도 최 선수 부친의 골절 접합 수술은 무사히 끝이 났고, 지윤은 최 선수의 부모를 안심시킨 뒤 병원을 나설 수 있었다.

병원 주차장에 세워 둔 차에 오른 지윤은 곧장 S고등학교 앞으로 향했다. 호텔 카페에서 보았던 차림새 그대로, 고등학교 교문 앞에 서서 동생을 기다리고 있는 여자의 모습이 눈에 들어왔다.

아담한 몸을 앞뒤로 흔들 때마다 연분홍색 원피스가 하늘거렸다. 마치 작은 새가 종종거리는 듯한 움직임이었다.

지윤은 그녀에게서 시선을 떼지 않은 채, 운전석 문을 열고 차에서 내렸다.

엄마, 아빠. 나 잘하고 있는 거 맞지?

“누나!”

멀리서 들려오는 동생의 목소리에 하늘을 올려다보고 있던 승현은 얼른 고개를 돌리며 동생을 향해 싱긋 웃었다.

“뛰지 마, 넘어져!”

동생 승재는 저 먼 곳에서부터 전력으로 질주해 온 탓인지, 숨을 헉헉 내쉬며 대꾸했다.

“축구 선수가 겨우 이거 뛰었다고 넘어져? 잔디에 걸려서 넘어질까 봐 축구는 어떻게 시켰어?”

승재가 특유의 장난기 어린 말투로 빈정거리며 승현에게 시비를 걸어 댔다.

"이게, 어디 누나한테. 감히!"

승현이 승재의 단단한 팔뚝을 아프지 않게 꼬집으며 눈을 부릅떴다.

"아, 아퍼어! 누나 손버릇 좀 고쳐. 그러니까 그 나이 먹도록 연애도 못 하고 맨날 동생 뒤나 졸졸 쫓아다니지."

분명 뼈가 있는 말인데도 승현은 들은 체 만 체 하며 승재의 어깨에 걸쳐진 가방끈을 잡아 내렸다.

"이리 줘, 누나가 들게."

"이걸 누나가 어떻게 들어. 얼마나 무거운데."

일주일 치 빨래와 짐이 들어 있는 가방이었다. 고등학교 축구부에 속해 있는 승재는 월요일부터 토요일 오전까지는 학교에서 합숙을 했기 때문에 토요일 오후부터 일요일 오후까지 만 하루 동안만 집에서 지낼 수 있었다.

1학기까지만 해도 학교 앞은 축구부에 있는 아들들을 데리러 온 차들로 혼잡했었다. 하지만 여름 방학이 끝나고, 2학기가 시작되면서 대학 입시를 먼저 결정지은 아이들과 프로 축구팀으로 차출된 아이들이 합숙에서 빠지게 되었다.

진로가 결정되지 않은 몇몇 아이들만이 합숙에 남아 있는 상황에서 초조할 법도 한데, 승재는 누나인 승현에게 힘든 내색 한 번 하지 않는 동생이었다.

"맨날 이렇게 데리러 안 와도 된다니까. 누나 때문에 나, 썸도 못 타잖아."

"누나 때문에 왜 썸을 못 타? 내 동생이 어디가 어때서?"

"그게 포인트가 아니거든? 나 잘난 거야 내 팔로워들이 증명하고 있고. 근데 짜리몽땅한 누나가 붙어 있으니까 다들 내 여친인 줄 알잖아."

"이 자식이 진짜 예쁘다, 예쁘다 해 줬더니 못 하는 말이 없어?"

눈을 부릅뜨고 나무라야 하는데, 동생을 흘겨보는 승현의 눈에는 애정이 담뿍 담겨 있었다. 흔히들 눈에 넣어도 아프지 않은 자식이라는 말을 한다. 그 눈에 넣어도 아프지 않다는 말의 의미를 승현은 승재를 보며 절감했다.

승현의 나이 열여섯 때, 부모님이 돌아가시고 당시 초등부 축구 선수였던 동생을 뒷바라지하기 위해 안 해 본 일이 없었다.

이렇게 잘 자라 준 것만으로도 고마운데, 승재는 자신이 더 나은 길로 나아가지 못하는 현실에 이제는 지쳐 가고 있는 듯했다.

그건 네가 못난 탓이 아니야, 승재야.

하지만 터놓고 말해 줄 수는 없었다. 그걸 입 밖으로 내뱉는 순간, 처지를 인정해 버리는 꼴이 될 것 같은 알량한 자존심 때문이었다.

그런데 뭐? 가진 거 없이 밑바닥에 있는 선수?

남자는 칼로 찌르듯 날카롭게 승재의 약점을 후벼 팠다.

재능이 있으면 즐거운 게 스포츠다. 하지만 그걸 업으로 삼는다면 이야기는 달라진다. 재능만으로는 살아남을 수 없는 곳이 스포츠 세계였다.

열심히 벌어서 뒷바라지했다지만, 승현이 버는 데는 한계가 있었다. 남들 다 가는 국외 축구 연수 한 번 보내 줄 수 없었고, 때마다 축구화를 갈아 신기는 것도 버거웠다.

여러 후원 프로그램이 있었지만, 부모님이 돌아가시면서 유산으로 받은 집 한 채 때문에 번번이 후원은 무산되었다. 한번은 집을 팔아 버리자는 말을 꺼냈다가, 승재가 집을 나가 버리는 사달이 난 적도 있었다.

승현과 승재가 나고 자란 집이었다. 친척들에게 다른 건 다 뺏겨도

집만은 뺏기지 않으려고 발악했던 중3 여름 방학이 떠오를 때마다, 승현은 남몰래 눈물을 훔쳐야만 했었다.

남들은 돈으로, 백으로 뒷바라지를 하고 있지만, 승현이 동생 승재에게 보여 줄 수 있는 것은 진한 남매애뿐이었다.

그래서 무슨 아르바이트를 해도 토요일 오후만큼은 일을 잡지 않았다.

승재를 데리러 와야 하니까.

승재는 그런 누나의 마음을 아는지, 모르는지 인제 그만 오라는 타박을 하면서도 교문 앞에 서 있는 승현을 발견하면 함박웃음을 머금고 달려 나왔다. 오늘처럼.

"뭐 먹을래? 누나, 알바비 탔어. 다 사 줄게."

"음. 그럼 진짜 비싼 거 먹는다?"

"그래! 비싼 거 다 먹어. 단 3만 원 안에서."

"에이, 3만 원?"

"왜, 너 혼자 고기 실컷 먹어."

"왜 나 혼자 먹어?"

"누나 오늘 소개팅해서 밥 먹었어."

"뭐야, 누나 소개팅했어? 누구랑? 어떤 놈이야? 그래서 이렇게 이쁘게 입었어?"

"누나 이뻐?"

승현이 생긋 웃으며 묻자, 승재가 두 눈을 질끈 감으며 읊조렸다.

"아, 씨. 눈 버렸어."

승현이 고운 눈으로 승재를 흘겨볼 때였다.

"점심이 늦었네요, 유승재 선수."

등 뒤에서 들려온 목소리에 승현의 가슴이 덜컥 내려앉았다. 돌아서려는 승재를 붙잡으려 했지만 한발 늦었다.

"누구세요?"

역시나 그 남자였다. 호텔 카페에서 나올 때 붙잡지 않는 모습에, 승재에 대한 이야기는 끝난 거라고 생각했었다. 그런데 아니었나 보다.

"안녕하세요? 디어프렌즈 에이전시 대표 한지윤입니다."

남자가 내미는 명함을 받아 든 승재의 눈에 이채가 어렸다.

"에이……전시요?"

"가자, 승재야. 너 배고프다며."

"잠깐, 누나."

승재는 제 팔을 잡아끄는 승현을 부드럽게 저지하며 다시 남자에게로 눈을 돌렸다.

"스포츠 에이전시라는 말씀이시죠? 디어프렌즈, 메이저리거들 있는데 맞죠?"

승재의 목소리에 흥분기가 감돌며 미세하게 떨렸다.

"네, 맞아요. 유승재 선수 잠깐 이야기 좀 나눌 수 있을까요?"

누나 말을 잘 듣는 동생인 승재가 제 옆에 서 있는 승현을 한 번 내려다보았다.

"누나……."

어떻게 해야 하는지 묻고 있었다. 자신에게 찾아온 기회가 분명한데 누나의 반응이 왜 부정적인지, 그것 역시도 묻고 있는 듯했다.

"누님도 같이 가시죠. 제가 어떤 제안을 할지 승재 선수가 궁금해하는 것 같은데요?"

뱀같이 교활한 느낌이 드는 것은 아니었지만, 어쩐지 따를 수가 없는 남자였다. 저 남자의 완벽해 보이는 외모도 거부감을 더하는 데 한몫했다.

남자는 비상등을 켠 채로 정차해 있는 차를 고갯짓으로 가리켰다. 반짝반짝 빛이 나는 검은색 수입 세단이 눈에 들어왔다.

승재는 명함을 내려다보며 만지작거리고는, 벅찬 숨을 내쉬었다. 승재의 입가엔 떨리는 미소가 걸려 있었다.

"누나, 같이 가서 설명 한 번만 듣고 올까?"

아무리 동생을 애지중지 키웠다고 한들, 동생의 인생이 자신의 것은 아니었다.

누나 된 도리로 동생이 그릇된 길로 가는 것은 막아야겠지만, 결국 선택은 승재의 몫이었다.

"그래, 그러자."

승현은 동생한테 한없이 약한 누나였다. 사실, 승재는 속을 썩이거나 방황했던 적도 없어서 크게 다그칠 일도 없었다.

그러니 이 남자의 등장은 승현에게는 생각지도 못한 장애물이나 다름없었다.

두 사람을 차로 안내한 지윤이 뒷좌석 문을 열어 주었고, 승재와 승현이 막 차에 오르려던 순간이었다.

"이열. 승현 누나 남친이에요? 차 되게 좋다. 저거 2억은 넘을 텐데?"

"좋겠다, 유승재. 누나 남친이 돈 좀 있나 보네. 이제 합숙 빠지냐?"

승재의 친구들이 세 사람 곁을 지나가면서 제멋대로 지껄여 댔다. 10대 특유의 위험한 빈정거림이 녹아 있는 말투였다.

"저 새끼들이 진짜."

승재가 욱해서 나서려는 걸, 지윤이 막아섰다.

"상대하지 마. 저런 것들 일일이 상대해 주면, 네 기운만 빠져."

이제껏 깍듯하게 경어를 쓰던 지윤이 말을 낮추자, 승재의 눈빛이 날카로워졌다. 하대를 해서 그런 것이 아니었다. 감히 누나를 욕되게 하는데 그걸 맞서지 못하게 하니 삐딱해진 것이다.

"앞으로 저런 인간들은 내가 상대해."

그가 뒷좌석에 오른 승현과 승재를 단단한 눈빛으로 바라보며 덧붙였다.

"내가 지킨다는 뜻이야, 너도 그리고 네 누나도."

둔중한 소음과 함께 차 문이 닫혔다. 승현의 심장도 쿵 울렸다.

부모님이 돌아가신 뒤로 지금껏 누군가의 보호 아래 있었던 적이 없었다. 그런데 계약서에 도장을 찍은 것도 아닌데, 지켜 주겠다며 단언하는 남자를 보자 기분이 이상해지고 말았다.

승재는 아까 친구들이 했던 말을 갈무리하지 못했는지 여전히 노기 어린 눈빛을 하고 있었다.

그렇게 각기 다른 생각으로 묘해진 기분을 가라앉히려 노력하는 동안, 고즈넉한 한식당 앞에 차가 멈춰 섰다.

"여기 한우 정식이 맛있어요. 들어가서 식사한 뒤에 이야기하죠."

그는 다시 깍듯한 경어를 썼다. 예약을 해 두었는지, 식사실에는 딱 세 사람 몫의 음식이 준비되어 있었다.

"제가 성격이 좀 급해서요. 미리 들었으면 좋겠는데요."

종업원이 불판에 고기를 올리려는 순간, 승재가 입을 열었다.

"어린 운동선수치고 성격 급하지 않은 사람이 없죠."

그가 은은한 미소를 머금으며 대꾸하고는, 클리어 파일에 담긴 서류를 내밀었다. 승재는 파일을 받자마자, 승현에게 함께 보자며 눈짓했다.

"우리 에이전시에서 맡는 최초의 축구 선수가 될 겁니다."

이 남자를 따를 수 없는 또 하나의 이유였다.

한지윤. 야구 선수 출신인 그는 세계적으로 내로라하는 야구 선수들을 서포트하는 야구 전문 에이전트였다.

그런데 그가 축구로 눈을 돌리면서 제일 처음 계약을 제안한 선수가 승재라는 것이다.

왜 하필? 망해도 별 타격이 없을 것 같은 무명 선수여서? 키워 주지 못한다고 한들, 따질 만한 백도 없어 보여서?

아무것도 없이 맨몸으로 운동을 하는 승재에게 위험한 도전은 사절이었다. 그런데 이 남자, 한지윤은 경험 없는 세상으로 첫발을 내딛는 도전적인 순간에 승재를 파트너로 지목한 것이다.

둘 다 가진 게 없는 상황에서 덤비는 싸움은 백전백패다. 이건 어린 나이에도 불구하고 수만 가지 일을 해 온 승현의 경험에서 비롯된 인생 노하우였다.

"왜 하필 전데요?"

승재의 물음에 그가 고심하듯 미간을 찌푸렸다.

조금 전 카페에서 한지윤, 저 남자가 자신에게 했던 말이 귓전에 맴돌았다.

'최고의 자리에 올려놨을 때, 가장 드라마틱하게 보이는 선수는 어떤 선수일까요? 아무것도 가진 것 없이, 지금 제일 밑바닥에 있는 선수죠. 유승재 선수는……'

대놓고 승재를 가장 낮은 바닥에 있다고 했었다. 승현은 그 말을 듣자마자 자리를 박차고 일어났었다. 그가 같은 말을 승재에게 내뱉는 장면을 상상하는 것만으로도 피가 거꾸로 솟았다. 승현이 안 된다며 에이전트 한지윤을 향해 고개를 내저으려는 찰나, 그가 입을 열었다.

"처한 위치가 안타까울 정도로 다른 선수들이 가지지 못한 가능성을 가지고 있어요. 그게 남들 눈에 보이지 않을 뿐이지, 제 눈에는 보이거든요."

한정식집에 들어온 이후 내내 승재를 향하고 있던 그의 시선이 승현에게로 옮겨 왔다.

"이 말을 해 주고 싶었는데, 누나가 제 말을 끝까지 안 듣고 가 버리더라고요. 남매가 성격 급한 거는 똑같네."

"누나, 이 사람 만났었어?"

휘둥그레진 승재의 눈에 어렴풋이 원망의 기색이 어렸다가 이내 사라졌다. 분명 엄청난 기회가 맞는 것 같은데, 왜 누나가 주저하고 있는지 혼란스러워하는 눈치였다.

"만났었어. 그런데 내가 거절했어."

승현은 있는 사실 그대로를 말했다. 그러자 승재가 깊게 숨을 들이마시고는 지윤이 건넨 파일을 내려다보며 고심하듯 미간을 찌푸렸다.

"누나가 거절한 데는 이유가 있겠죠. 밥은 못 먹겠어요. 이거 먹다가 체할 것 같네요."

승재의 대답은 단호했다.

"가자, 누나."

두 남매가 고개를 숙여 깍듯이 인사한 뒤 식사실을 나서는 모습을 지윤은 잠자코 바라보았다.

식사실 미닫이문이 쿵 닫히고 나서야 지윤은 엷은 미소를 머금었다.

볼수록 탐이 난다. 심지가 굳은 스트라이커, 유승재도. 하늘하늘한 작은 새 같은 모습으로 든든한 버팀목이 되어 주고 있는 누나 유승현…… 저 여자도.

"왜 그랬어?"

한참을 걸었다. 에이전트 한지윤은 이번에도 두 사람을 따라 나오지 않았다.

어디로 가자는, 무엇을 하자는 말도 하지 않은 채 승현과 승재는 그

34

저 땅만 보며 걷고 있었다. 그러다 가을볕에 말라비틀어진 초목이 위태롭게 흔들리는 길가에 서서 승재가 물었다. 왜 거절했느냐고.

"위험해 보여서."

느낀 그대로를 말하는 게 좋을 것 같았다.

인터넷에서 찾아본 정보와 그간의 느낌을 토로하며 승현이 말을 마쳤을 때였다.

"누나 생각이 그렇다면 그게 맞는 거겠지."

언제나 진심으로 누나를 따르던 동생이었다. 그런데 지금은 달랐다. 말은 저렇게 하면서도 아쉬운 분위기가 가득 묻어났다.

그날 밤, 승재는 오래도록 뒤척이는 듯했다. 승재의 방 불은 밤늦도록 꺼지지 않았고, 불이 꺼진 새벽녘 이후에도 부엌이며 화장실을 연신 왔다 갔다 하는 소리가 들려왔다.

그러는 동안 승현 역시도 마찬가지로 잠을 이룰 수 없었다.

모르는 세상에 대한 두려움이었을까?

그런 잘난 에이전트가 승재를 찾아온 것 자체가 이상하다고 여긴 것일까?

내가 보지 못한 승재의 가능성을 정말 그 남자가 본 걸까?

가진 것 없이 밑바닥이라는 말, 그걸 나 스스로 인정해 버린 건 아닐까?

결국, 내가 승재 앞길을 막았나?

동생이 그릇된 길로 갈까 봐 두려워서 너무 방어적으로 굴었나 싶었다.

한번 시작된 생각은 꼬리를 물고 이어졌고, 동이 트도록 결론은 나지 않았다.

"누나, 나 학교 일찍 간다."

늘 일요일 오후가 되어서야 합숙소로 향했던 승재였다. 승현은 문밖에서 들려오는 승재의 목소리에 놀라서 침대를 박차고 일어났다.

"왜? 학교를 왜 이렇게 빨리 가?"

방문 앞에 서 있는 승재의 눈이 벌겋게 충혈되어 있었다.

"더 뛰어야지. 내가 이러고 있을 땐가."

어제와 사뭇 다른 분위기다. 아니 오늘따라 동생 승재가 아닌, 남을 보는 듯한 기분이었다.

"갈게."

나가는 승재를 붙잡지 못했다. 아침이라도 먹여 보내야 하는데, 가는 걸 그냥 보고만 있었다.

대문이 열렸다가 닫히는 소리가 들려오자, 퍼뜩 정신을 차린 승현이 밖으로 뛰쳐나갔다. 그러곤 주머니에 있던 5만 원권 한 장을 승재의 손에 얼른 쥐여 주었다.

"가는 길에 뭐라도 사 먹어. 용돈 필요하면 바로 전화하고."

"합숙할 때 돈 쓸 일도 없는데……."

승재가 멋쩍게 웃으며 미안해했다. 눈물이 핑 도는 것을 애써 참으며 승현은 얼른 가라고 승재의 등을 떠밀었다.

누나한테 괜히 툴툴거린 것 같아서 미안했는지, 승재는 골목길에 서 있는 승현을 몇 번이고 돌아보며 손을 흔들었다.

큰길가로 들어선 승재의 모습이 더 이상 보이지 않는 것을 확인하고 나서야, 승현은 집 안으로 들어왔다.

"내가 무슨 짓을 한 거야."

승현은 어제 남자가 승재에게 건넸던 명함을 찾기 위해 승재의 방으로 향했다. 방 안은 녀석의 성격만큼이나 깔끔하게 정리되어 있었다.

미련이 남아 있다면, 명함을 버렸을 리 없다. 그렇다고 승재의 성격상 합숙소에 가져갔을 리도 없다.

책상 위 마우스 패드를 들추자, 한지윤의 명함이 나왔다.

"이런 데 숨기는 버릇은 여전하네."

공돈이 생기면 꼭 마우스 패드 아래 숨기는 승재였다. 마치 그런 횡재수처럼 그의 명함이 그곳에 있었다.

일요일 아침 8시, 누군가에게 연락하기에는 좀 머쓱한 시간이었다. 승현은 점심때가 되기만을 기다렸다. 오늘따라 시간은 무심히도 느릿느릿 흘러갔다.

마침내 시곗바늘이 정오를 가리켰을 때, 승현은 얼른 휴대전화를 집어 들었다.

— 네.

짧은 전화 응대에 심장이 콩콩 뛰었다.

"저, 유승현인데요. 어제 만났던 축구 선수 유승재 누나요."

— 아, 유승현 씨.

전화로 듣는 남자의 목소리는 안정적이고 편안했다. 덩달아 널을 뛰던 승현의 심장도 제 박자를 찾아갔다.

"저, 오늘 만나 주실 수 있나요? 아니, 시간 되시면요. 그러니까……. 어떻게 승재를 서포트해 주실 건지……. 제가 너무 성급하게 거절한 것 같아서요."

승현은 아랫입술을 질끈 깨물었다. 여러 번 거절해 놓고 이렇게 묻는 게 염치없어 보일지도 모르겠지만, 목마른 놈이 우물을 파는 법이다.

— 이따 저녁때 뵙도록 하죠. 오후에는 스케줄이 꽉 차서요.

마음 같아서는 지금 당장 만나자고 조르고 싶었다. 동생의 앞길을 막은 건 아닌가 하는 생각이 든 순간부터 초조하고 안달이 나서 미쳐 버릴 것만 같았다.

"그래요. 저녁때 뵙죠."

이 정도면 제법 자연스럽지 않았나? 두 번 정도 튕기고 연락한 거라고 생각하지 않을까? 그럼 세 번째 연락을 기다렸다가 못 이기는 척 넘어갈 걸 그랬나?

아니, 그렇다고 이 남자가 아직 믿을 만한 건 아니잖아? 우리한테 사기 치는 거면 어떡해?

아, 어렵다.

협상의 달인에 관한 책이라도 읽어 봐야 하나 싶었다.

"그래, 말 나온 김에."

승현은 외출 준비를 하고, 예식장 하객 알바를 하는 동안에도 손에서 휴대전화를 놓지 않았다. 인터넷에서 협상의 법칙에 관해 검색하며 정보들을 끌어모았다.

그래서 내린 결론은.

첫째, 상대의 기분을 먼저 살피며 자신이 그를 배려하고 있다고 느끼게 해 줄 것.

둘째, 자신은 어떤 제안이든지 수락할 가능성이 있다는 점을 어필해 볼 것.

셋째, 그래서 상대가 방심할 때 허를 찌르는 제안을 할 것!

승현은 절치부심하고 그와의 약속 장소로 향했다.

"일찍 오셨네요."

자신이 먼저 도착해 있으려고 했는데, 그가 환한 미소를 건네며 승현을 반겼다.

"아, 제가 먼저 와서 기다리려고 했는데."

승현은 어설피 웃으며 대꾸했다.

"그럴 필요가 있나요. 기다리려면 제가 기다려야죠. 오시는 길은 불편하지 않으셨죠?"

아, 뭔가 말린다.

저런 질문은 내가 먼저 와서 하려고 했는데!

"어제 승재 군이 뭔가 매우 아쉬워하는 것 같더라고요. 먼저 연락을 드릴까 하다가, 승재 군 기분 때문에 누나인 유승현 씨 마음도 편치는 않을 것 같아 보여서 기다리는 편이 낫겠다고 생각했죠. 뭐 드시겠어요? 이 집 소갈비찜이 기가 막혀요. 그때 밥도 한 끼 같이 못 하고, 좀 서운했던 거 알아요?"

승현은 어안이 벙벙해서 눈만 깜빡거렸다. 그는 승재의 기분을 완벽하게 파악하고, 이쪽을 배려했다. 그리고 그때 못 먹은 한우 정식 대신, 소갈비찜을 권했다. 또한 식사를 함께하지 못한 것에 대해 서운함을 내비치며 자연스레 승현이 미안한 마음을 갖도록 만들었다.

아……. 첫 번째 단계는 저쪽이 성공인 건가?

"승재가 저를 워낙 잘 따라서요. 제가 아니라고 하면 아닌 줄 아는 아이인데……. 어제는……."

"그런 것 같아요. 누나를 무척 중요하게 생각하는 것처럼 보였어요. 그렇게 든든하고 믿을 수 있는 가족이 있다는 거, 유승재 선수에게는 큰 축복이죠."

분명 철의 가슴을 지니고 이 자리에 나왔건만, 단단했던 가슴이 욜랑욜랑 춤을 췄다.

"아실지 모르겠지만, 철저히 선수 관점에서 움직이다 보니, 구단 쪽에서 욕을 많이 먹기도 합니다. 그래서 평판이 안 좋아지기도 하고요. 혹시 찾아보셨어요, 저하고 관련된 기사들?"

"아……."

안 찾아봤다고 하면 거짓말하는 건데, 그렇다고 당사자 앞에서 대놓고 욕하는 기사를 봤다고 하는 것도 좀 민망하고.

"보셨나 보네. 욕먹을 짓 많이 한 것도 사실이에요. 에이스 빼내서 라이벌 팀에 이적시킨 적도 있으니까."

그의 얼굴이 매혹적인 미소로 물들었다.

"하지만 그건 다 선수를 위해 움직인 거예요."

그는 또다시 확고한 신념이 어린 눈빛을 빛내며 말을 이었다.

"말씀드렸듯이, 유승재 선수는 저에게 첫 축구 선수가 될 겁니다. 원하는 조건은 얼마든지 맞춰 드릴 수 있도록 노력할 거고요."

그가 잠시 말을 멈췄다. 때마침 음식이 서빙되었고, 투명한 유리잔이 붉은 와인으로 채워졌다.

"하지만 그 대신 철저히 제가 제시하는 대로 유승재 선수가 움직여 줘야 합니다. 물론 거기에는 누나인 유승현 씨의 도움이 필요하고요."

이쯤 되면 인터넷에 떠도는 협상의 법칙 세 가지를 이 남자가 쓴 게 아닌가 하는 의심을 해 볼 만하다.

"제가 어떤 도움을 줘야 하죠?"

"첫째, 유승재 선수가 실패를 맛봤을 때, 다시 일어설 수 있도록 일으키는 역할을 해 주셔야 합니다."

"실패요?"

성공을 논해도 시원찮을 판에 실패라는 단어를 입에 올리는 남자의 미소가 또다시 나른했다.

그 나른함과 여유로움에 공연히 답답해진 승현은 와인잔으로 손을 뻗으며 물었다.

"지금 실패를 논하기엔 이르지 않아요?"

"EPL 구단 입단 테스트 하자고 했죠?"

승현은 의심 어린 눈빛으로 그를 바라보았다.

"그거 떨어질 겁니다."

"떨어질 걸 아는데, 테스트는 왜 받아요?"

말이 곱지 않게 튀어나왔다.

퉁명스러운 반응에도 불구하고 그는 천천히 눈을 감았다 뜨고는 진한 미소를 머금었다.

어, 웃어? 웃겨? 그런데 이 남자의 미소는 왜 이렇게 사람을 나른하게 만드는지 모르겠다.

"입단 테스트는 승재에게 이목을 집중시키기 위한 일종의 쇼니까요. 지금 승재의 상태로 갔다가는 2군도 어림없어요."

저 남자가 계약하자더니 뼈를 때린다. 승현은 한숨을 폭 내쉬며 입을 열었다.

"그러니까."

"끝까지 들어 보시죠?"

그는 자신만만해 보였다. 축구 선수는 처음이라더니, 무엇이 그를 이렇게 자신만만하게 만드는지 궁금해진다.

승현이 잠자코 있자, 그가 다시 입을 열었다.

"전혀 주목받지 못했던 고교 축구 선수가 프리미어 리그 구단 입단 테스트를 받았다는 사실만으로도, 부르는 곳이 많아질 겁니다. 그중 가장 비싼 값을 부르는 곳으로 가면 되고, 그곳에서 몸값을 올린 뒤, EPL로 가면 되죠. 그리고 최종 목표는 내후년 러시아 월드컵 국대 차출. 어때요?"

꿈 같은 이야기를 늘어놓는 남자의 말은 현실성이 없어 보였다. 승현은 기가 막혀서 고개를 절레절레 흔들며 와인을 한 모금 머금었다. 입 안을 감도는 와인 맛이 쓰다.

"이 모든 일련의 과정은 유승재 선수에게는 비밀입니다. 입단 테스트에서 떨어지는 것부터."

"왜요?"

"떨어질 걸 알고 보는 시험을 열심히 치르고 싶은 사람이 있을까요?"

남자가 매혹적으로 웃는다. 그 웃음이 현기증이 일 정도로 보드라워서 승현은 눈을 질끈 감았다.

다시 눈을 떴을 때, 승현은 명치에 다소곳이 손을 모은 채로 유리관 속 백설 공주처럼 누워 있는 자세였다.

어라?

천장 무늬가 낯설다.

여기가 어디지?

모던하고 깔끔한 인테리어가 눈에 들어왔다. 회색과 흰색이 주를 이루는 모노톤의 실내 인테리어는 얼마 전 단기 알바를 했던 테라스 하우스의 모델 하우스보다도 근사했다.

근데 여기가 어디냐고!

필름이 완전히 끊겨 버렸다. 세상에 와인 한 잔에 그럴 수가 있나? 와인에 뭐 탄 거 아냐?

속이 부글부글 끓어오르는 동시에 덜컥 겁이 났다.

혼란의 도가니탕에서 허우적거리고 있는데, 문고리가 달각하는 소리가 들려오더니, 방문이 열렸다. 승현은 아직 잠에서 깨어나지 않은 척 눈을 질끈 감았다.

지금 당장 어떻게 대처해야 할지 대책이 서지 않은 상황이었으니까.

"아직 자나 보네."

나지막이 들려온 목소리는 그 남자, 한지윤의 것이었다.

승현이 잔다고 생각한 그는 조용히 방문을 닫고 사라졌다.

여기 한지윤 집이야? 망해쓰! 미쳤으! 유승현, 어쩔 거야?

이 남자가 혹시 와인에 약 타서 나한테 애먼 짓 하고, 우리 승재한테 협박이라도 하려고?

승현은 얼른 몸을 일으켜 세우며 이불이 크게 펄럭이도록 들춰 보았다. 짜임이 굵은 겨자색 니트와 검은색 스키니진, 그를 만나기 위해 입고 나왔던 복장 그대로였다. 단지 두꺼운 코트만 옆에 있는 의자 위에 놓여 있을 뿐이었다.

그 순간 문이 다시 벌컥 열렸다.

"어? 일어났네요?"

남자의 손에는 작은 쟁반이 들려 있었다. 승현은 상한 곳은 없나 제 몸을 더듬는 중이었기에, 그를 바라보는 포즈가 묘했다.

"얼마나 놀랐는지 알아요?"

그가 승현에게 꿀물을 내밀며 걱정스럽게 물었다. 뭐라 대꾸할 말이 생각나지 않아서 승현은 그저 잔을 받아 들고 입에 가져다 댔다. 팔을 들어 올리자 좀 전까지만 해도 눈에 들어오지 않던 수액 줄이 거치적 거렸다.

"이게 뭐예요?"

승현은 손을 들어 보이며 물었.

"도대체 알바를 몇 개나 해요?"

세어 본 적 없다.

"하루에 몇 개나 하는지 묻는 거예요, 아니면 일주일에 몇 개나 하는 지 묻는 거예요?"

승현의 물음에 그는 못 당해 내겠다는 듯이 고개를 절레절레 흔들고 는 미소를 머금은 채 침대 발치에 앉았다.

"이건 뭐냐고요."

승현은 수액 줄이 흔들리도록 다시 한번 팔을 들어 보였다.

"피로 누적이래요. 일단 맞아요."

"누가요?"

"우리 누나가요."

"누나?"

"내가 누나한테 얼마나 많이 맞았는지 알아요?"

누나한테 왜 맞았는지는 묻지 않아도 알 것 같아서 괜히 민망해졌다.

"누나가 의사예요?"

"그건 차차 이야기하기로 하고. 이거 다 맞고 나면 아침 먹죠. 해장국도 끓여 놨으니까."

말을 마친 그가 고갯짓으로 방문을 한 번 가리키고는 가슴이 떨리도록 진한 웃음을 보이며 나갔다. 그가 소리 내어 웃은 것도 아닌데, 마치 웃음소리가 들린 것 같은 착각마저 일었다. 그의 웃음은 머릿속을 단번에 비워 버릴 만큼 근사했다.

잠깐, 근데……. 아침을 먹자고? 밤새워 일했던 날을 제외하고는 외박을 해 본 적이 없었다. 그리고 남자 집에서 자 본 적은 더더욱 없었다.

수액이 다 들어갔을 무렵, 그가 다시 방문을 열고 들어와, 이번에는 승현과 좀 더 가까운 침대 모서리 쪽에 자리를 잡고 앉았다.

"바늘 뺄 때 따끔하댔어요."

바늘이 자리한 팔뚝 안쪽에 닿는 그의 손길이 놀랍도록 부드러웠다. 왼손으로 지그시 팔뚝을 움켜잡은 그가 단단히 붙은 밴드를 떼어 내고, 바늘을 뺐다. 그러고는 알코올 솜으로 지혈하며 바늘자리를 꾹 눌렀다.

분명 그가 누르는 곳은 팔뚝인데, 갑자기 심장이 욱신거렸다. 승현은 저도 모르게 미간을 찌푸렸다.

"아파요?"

"조금요."

사실 바늘자리보다 가슴이 더 뻐근했다.

"나가죠, 밥 먹게."

그가 먼저 침대에서 일어섰고, 그를 따라 승현도 천천히 몸을 일으켜 세웠다.

그런데 침대 밖으로 발을 내디디려는 순간, 몸이 휘청 기울었다.

'어?' 하는 찰나, 단단한 팔이 등허리를 감싸 안았다. 코끝을 맴도는 알싸하도록 시원한 향에 머리가 어지러웠다. 승현은 눈을 질끈 감고는 심호흡을 내뱉었다.

"어지러워요?"

그의 음성이 정수리 위로 쏟아져 내렸다.

"……조금요……."

아까부터 욱신거리던 심장이 세차게 뛰어 댔다. 그 바람에 숨까지 벅차올라서 내뱉는 호흡이 고르지 못했다. 목소리도 조금 떨렸다.

"이제, 괜찮은 것 같아요."

승현이 떨리는 목소리를 가다듬으며 말하자, 그가 등허리를 감싸고 있던 팔을 스르륵 풀었다.

그런데 이상하게 허전하다. 그가 팔을 거두었을 뿐인데, 가슴에 구멍이라도 뚫린 듯 헛헛했다.

"식사, 괜찮겠어요?"

"네."

더 길게 말하면 아까처럼 떨리는 목소리가 흘러나올 것만 같아서 승현은 짧게 대꾸했다. 안겼던 자세에서 벗어나기는 했지만, 그와의 거리는 여전히 가까웠다. 고개를 들자 그가 승현의 얼굴을 빤히 내려다보고 있었다. 그 시선에 괜히 왈칵 눈물이 날 것만 같았다.

이제껏 세상 두려울 것 없이 살아왔다고 생각했는데, 남자가 베푸는 호의에 자꾸만 가슴이 동당거렸다. 이 남자의 미소가 나른하게 느껴졌던 이유를 이제야 알 것 같았다.

승재를 제외하고는, 살면서 그 누구도 자신에게 이런 미소를 보여 줬던 이가 없었다.

어쩌면 스스로에게 경고를 하고 있었는지도 모른다. 그래서 그의 제
안을 본능적으로 거절했는지도.

이 남자에게 한없이 기대고, 빠지게 될 것만 같아서.

승현은 아랫입술을 질끈 깨물었다. 어느 모로 보나 너무 잘난 남자
고, 앞으로 승재의 에이전트가 될 수도 있으며, 무엇보다 감정이 깊어
진다 한들 혼자 김칫국조차 시원하게 못 마실 짝사랑으로 끝날 게 뻔
했다.

이제껏 인생 절대 목표는 승재를 잘 키우는 것이었다. 자신을 돌아
볼 여유 따위는 없었다.

그런데 마음이 살랑거린다. 이 남자가 인생 절대 목표를 이루는 데
일조할 것 같으니까, 마음에 여유가 생겨서?

사람 참 간사하다. 밀어낼 때는 언제고, 이제는 별걸 다 가늠하는 지
경에 이르렀다.

짝사랑이라……. 승현은 조심스레 고개를 들어 그의 얼굴을 올려다
보았다.

"정말, 괜찮은 거죠?"

그가 걱정스럽다는 듯이 물었다. 승현은 빙그레 미소를 머금으며 고
개를 끄덕였다.

짝사랑으로 끝낼 첫사랑 상대로 나쁘지 않을 것 같기는 하다. 무언
가를 꿈꾸다가도 금세 단념하는 것이 일상이었으니까, 이 남자한테도
결국 그렇게 되겠지.

그가 직접 끓였다는 해장국은 사실 밍밍했는데, 승현은 한 그릇을
싹 비워 냈다.

"잘 먹으니까 보기 좋네요."

나른한 미소를 머금은 채로 말하는 그의 목소리가 듣기 좋았다.

"음. 어제 하던 얘기, 마저 해도 되죠?"

승현은 고개를 끄덕이는 것으로 대답을 대신했다.

"승재 선수 뒷바라지 때문에 했던 알바는 생활비 버는 수준으로 줄여도 될 겁니다. 선수에 대한 에이전시 차원의 선투자가 이루어질 거고, 그에 관한 비용 처리는 첫 계약의 사인 온 보너스(sign-on bonus)에 대한 수수료 즉, 계약금에 대한 수수료로 정산하도록 하겠습니다."

승현은 조심스레 입을 뗐다.

"승재에 대한 투자가 많으면 많을수록, 좋은 구단으로 가서 계약금을 많이 받아야 한다는 뜻이네요?"

"일종의 선순환이죠. 에이전시 쪽에서는 투자한 만큼 빛을 봐야 하니까, 할 수 있는 한 최고 대우를 받을 수 있도록 뛸 테니까요."

조건 없는 투자는 아니라는 의미였다.

"만약에……. 우리 승재가 그런 곳에 갈 수 없게 되면요? 위약금 문제가 생기나요?"

덜컥 겁이 났다. 어마어마한 투자를 받았는데, 만약 수익을 낼 만한 구조를 창출해 내지 못한다면 그 투자금은 어떻게 반환해야 하는지 두려웠다.

승현의 질문에 그가 쓴웃음을 머금으며 입을 뗐다.

"내가 못 미더워요?"

아까부터 콩콩거리던 심장이 울림을 더하며 쿵쿵거리기 시작했다. 그가 짙은 시선으로 승현을 응시하고 있었다.

"아니면 동생 승재에 대한 자신감이 그렇게 없어요?"

두 가지 이유 모두 그렇다고 할 수도 없고, 그렇지 않다고 할 수도 없었다. 아직 남자를 완전히 믿지 못했고, 운동이 재능만 믿고 한다고 되는 게 아니라는 걸 잘 아니까.

"한 번도 내 선수 포기한 적 없어요. 승재도 이제껏 열악한 상황에서 묵묵히 운동했죠? 동생에 대해서는 누구보다 잘 알 테고."

승현은 잠자코 그의 다음 말을 기다렸다. 그가 손으로 턱을 괴며 나른한 눈빛을 빛냈다.

"믿어 봐요, 날."

저절로 한숨이 새어 나왔다. 그의 미소가 자꾸만 가슴을 벅차게 만들었다. 그런데 그는 그걸 부정적으로 받아들인 듯했다.

"어떻게 하면 믿을래요?"

"글쎄요. 아시다시피 에이전트 계약은 처음이라, 솔직히 에이전트가 무슨 일을 하는지도 전 잘 모르겠고요. 여태껏 대학 축구 감독이나, K리그, 하다못해 내셔널 리그 감독들 눈에도 못 든 승재인데⋯⋯."

승현의 말을 진지하게 경청하던 그가 무언가를 고민하는 것처럼 볼을 홀쭉하게 만들며 눈을 가늘게 떴다가, 결론을 내린 듯 입을 열었다.

"이렇게 하죠."

그의 목소리에는 확신이 가득했다. 자신이 하는 일에 확고한 신념을 가진 남자는 멋있어 보이기까지 했다.

"알바 줄이고, 앞으로 일주일 동안 우리 회사로 나와서, 나랑 동행해요. 내가 무슨 일을 하는지, 어떤 일을 하는지 직접 보여 줄 테니까."

"당장에 알바를 줄이는 건, 좀⋯⋯."

"공으로 나오라는 거 아녜요. 일반인의 눈으로 봤을 때의, 에이전트인 나를 평가해 줘요. 평가에 대한 사례는 충분히 할 테니까."

그가 미소를 머금은 채로 덧붙였다.

"그리고 그 평가 결과가 좋으면, 우리가 함께 미래를 꿈꾸게 될 사이로 발전할 가능성도 높아지는 거죠?"

심장이 쿵 울렸다.

우리가 함께 미래를 꿈꾸게 될 사이? 말을 왜 저렇게 가슴 떨리게 해?

"그렇게 되겠죠."

"일주일 동안 나와 동행하는 대신, 조건이 있어요."

그렇지. 평가 사례니 어쩌니 하면서 일하는 모습을 보여 준다는 데는 이유가 있을 것이다.

"나는 내 업무 노하우를 유승현 씨한테 다 내보이는 거나 다름없어요. 그러니까."

"그러니까?"

"유승현 씨도 보여 줘요."

또다시 가슴이 소란스러워진다.

"유승현 씨가 어떤 사람인지, 알고 싶어요."

귓등이 붉게 달아오르는 게 느껴질 정도였다.

"저를요? 왜요?"

"궁금하니까요."

그가 눈꺼풀을 느릿하게 감았다가 뜨자, 검은 눈동자가 촉촉하게 빛났다. 끈적끈적해 보이는 그의 시선은 숨이 턱 막힐 만큼 매혹적이었다.

사위가 쥐 죽은 듯이 조용해졌다. 그가 숨을 들이쉬고 내쉬는 소리까지 들려오는 듯했다.

왜 궁금하지, 내가?

정말 내가 궁금한 게 맞아?

아니면 유승재의 누나여서?

그가 눈을 감고는 입술을 꾹 다물었다. 잠깐의 정적, 마치 정지된 화면 속 모습 같았다. 승현은 숨을 죽인 채로 그를 바라보았다.

얼마간의 시간이 흐른 뒤 그가 나른하게 눈꺼풀을 들어 올리며 입을 열었다. 선이 굵은 붉은 입술이 매혹적으로 움직였다.

"유승재 선수를 지금껏 잘 키워 온 장본인이 유승현 씨니까, 유승현 씨를 알아 가면 유승재 선수를 좀 더 깊이 파악하는 데 도움이 되겠죠."

난 또.

세차게 뛰던 심장이 주춤거렸다. 이 남자의 말 한마디에 예민하게 반응하는 가슴이 스스로도 놀라울 정도다.

그동안 세상일에 최대한 둔감해지려 노력해 왔었다. 그렇지 않으면 상처받을 일이 너무 많은 처지였으니까.

축구 경기가 있을 때마다 치맛바람이 거센 선수 엄마들 사이에 껴서 눈치를 보느라 속이 상했던 일이 한두 번이 아니었다.

한번은 엄마들이 코치 생일이라며 거금을 모아서 선물을 사야 한다고 했을 때, 홀로 회비를 내지 못해서 눈치를 봐야 했고, 그 후로 코치가 승재에게만 신경을 덜 쓰는 것 같아서 이듬해에는 한 달 동안 점심을 거르며 모은 돈을 생일 선물 회비로 낸 적도 있었다.

승재의 축구화는 늘 닳아 있었고, 유명 브랜드의 운동복은 너무 비싸서 사 줄 수조차 없었다. 승현이 제대로 뒷바라지를 해 주지 못하는 것 같아서 미안해할 때마다, 승재는 그저 축구를 할 수 있는 것만으로도 감사하다고 했다.

중학교 3학년 때부터 닥치는 대로 아르바이트를 하면서 동생 뒷바라지를 해 왔기에, 당연히 남들 다 가는 대학은 구경도 못 해 봤다. 대학을 꿈꿔 본 적이 없었기에 포기라는 단어 자체도 생각해 보지 않았었다.

그런데 고등학교를 졸업하고 일을 하면서 처음으로 처지를 비관했던 적이 있었다.

벌이가 적어서.

전산회계 2급 자격증을 따서 취직한 곳은 소규모 휴대전화 부품 제조업체 경리 자리였다. 중학생이 되어 본격적으로 경기를 뛰던 승재의 뒷바라지를 하며 생활비를 대기에는 턱없이 부족한 월급이었다. 게다가 경기가 있을 때마다, 따라다니려면 휴가도 써야 했는데 그마저도 여의치 않았다.

그러다 사무실에서 같이 일하던 여직원의 소개로 주말 예식장 하객 아르바이트를 하게 되었고, 맞선 자리에 대타로도 나가게 되었다. 그 후로도 꾸준히 아르바이트를 하다가 편의점 야간 아르바이트를 구하면서 자연스레 경리 자리를 그만두고 여러 개의 아르바이트를 병행하는 생활을 벌써 수년째 하는 중이다.

경기를 위해 아르바이트를 조율하고, 사장에게 한 소리 듣고, 그걸 만회하기 위해 눈치를 봐 가며 일하는 시간을 늘리고…….

여러 사람의 눈치를 보고, 양해를 구하는 사이 무뎌졌다. 예민했던 감각들은 전부 감추고, 둔감해지려 노력했다.

그래야 숨을 쉴 수 있으니까.

그래야 살 수 있으니까.

그런데 눈앞에 있는 이 남자가 그동안 꽁꽁 숨겨 왔던 감각을 전부 깨워 내려는 듯한 착각이 일었다.

홀려 버렸나.

저 나른한 미소에, 속을 알 수 없는 저 새까만 눈동자에, 다 알고 있다는 듯이 묻는 저 매혹적인 입술에.

그런데 어쩐지…… 주제넘게 튕기고 싶어진다.

미쳤나? 내가 정말 미친 걸까?

와인에 진짜 누가 약이라도 타서 뇌에 이상이라도 생겼나?

승현은 호흡을 가다듬으며 대꾸했다.

"너무 갑작스러워서 생각할 시간이 좀 필요할 것 같네요."

이 정도면 자연스러웠겠지?

세상을 살면서 튕겨 본 거라고는 승재가 던진 축구공뿐이었다. 그런 유승현이 승재한테 다시 못 올 기회일지도 모르는 에이전트 앞에서 튕기고 자빠졌다.

게다가 미간을 찌푸리며 고심하는 척까지 하고 앉아 있다. 환장하겠다.

나 왜 이래요? 어제 안달복달하면서 전화한 사람, 나 아님?

"그럼, 오늘 저녁까지 생각해 보고 알려 줘요."

성격도 급하시지.

"나 성격 급해요."

얼굴이 화끈 달아올랐다. 생각을 훤히 읽힌 것 같아서 당황스러웠다.

"그렇게 생각한 거 아니었나?"

그가 고개를 비스듬히 기울이며 싱긋 미소를 머금었다. 저 남자의 말버릇인지 은근히 친근하게 말을 놓을 때는 말투가 꽤 장난스럽다.

"일어나죠. 데려다줄게요."

그러고 보니 외간 남자의 집에 너무 오래 머물렀다. 시간을 확인하자 벌써 오후 1시다. 1시?

"망했네."

머릿속 생각이 그대로 튀어나와 버렸다.

"뭐라고요?"

잘못 들었나 싶어서 확인하는 남자의 얼굴에는 당황스러운 기색이 역력한 미소가 걸려 있었다.

"알바 못 갔어요. 망했네요."

"난 또 뭐라고. 잘됐네요. 이 김에 그만두면 되겠다."

그가 고개를 끄덕거리며 만족스럽다는 듯이 말했다. 그 모습에 왠지 심사가 꼬였다.

답은 정해져 있고, 넌 대답만 하면 돼!

남자의 자신만만한 눈빛은 그렇게 말하고 있었다. 어쩐지 그 초롱초롱한 눈빛에 속이 뒤틀리는 것만 같았다.

왜 이럴까, 왜 이렇게 튕기고 싶을까?

"남의 일이라고 너무 쉽게 말하는 거 아닌가요?"

승현은 눈을 가늘게 뜨고 목소리를 가라앉히며 최대한 진지하게 물었다. 그러자 호쾌하게 웃고 있던 그가 깊은 한숨을 내쉬고는 미간을 찌푸렸다.

갑자기 찬물을 끼얹은 것처럼 분위기가 반전되었다. 승현은 괜히 머쓱해서 오른 손바닥으로 목덜미를 문질러 댔다.

그가 가슴 앞에서 팔짱을 끼며 승현을 바라봤다. 이제까지와 다른 깊은 시선에 눈을 피하고 싶었지만 그럴 수 없었다. 마치 끈적끈적한 점성이 있는 것처럼 그의 시선이 승현을 옭아맸다.

"누가 남의 일이래? 우리 일이지."

검고 깊은 그의 시선은 한 치의 흔들림도 없이 곧았다.

저 남자의 목적은 승재와의 계약일까, 아니면 날 꼬시는 걸까?

'우리'라는 말에 심장이 또다시 날뛴다. 여태껏 무디게 사느라 제기능을 못 하고 살던 심장이 밀린 일을 한꺼번에 하느라 바쁘다.

"그런데 왜 자꾸 반말이에요?"

두근거림을 감추려다 보니 고까운 말투가 툭 튀어나왔다.

"유승현 씨도 편하게 말 놓든지."

"아뇨! 아직 그렇게 친한 사이도 아닌데, 어떻게 말을 놔요! 그리고 나보다 한참 위인 것 같은데, 제가 그렇게 예의 없어 보여요?"

망해쓰! 그냥 자연스럽게!

'아직 말을 편하게 하기에는 어색하지 않나요?' 하면 됐을 텐데!

이런 상황에 서투르다는 것을 동네방네 자랑할 것도 아니고, 너무 정색을 해 버렸다. 누가 귓등에 불을 붙여 놓은 것처럼 홧홧했다. 물론 얼굴도 새빨갛게 달아오르기는 마찬가지였다.

그는 또다시 아까처럼 당황스럽다는 듯한 미소를 머금고 있었다.

"나 서른하나밖에 안 먹었어요. 앞으로 자주 볼 사이고, 유승현 씨 내 또래처럼 보이는데, 말 편하게 하자는 의미였어요."

이 남자가, 지금?

"저 스물다섯이거든요!"

나랑 싸우자는 거 맞지요?

기가 막혀서 씩씩거리고 말았다. 그런데 더 기가 막힌 건 그가 진지해져 버렸다는 것이다. 장난기를 가득 머금은 얼굴로 '농담이었어요!' 할 줄 알았는데, 대역죄를 지었다는 듯이 진정으로 미안한 얼굴을 하고 있었다.

이 사람아! 차라리 표정을 숨기고 장난이었다고 해야 수습이 되지!

여태까지 그를 약삭빠르고 계산적인 남자라고 생각했는데 아니었나? 그 미소도 다 지가 잘생긴 줄 알고 계산한 거 아니었어?

"미안해요. 유승현 씨."

이게 더 비참하잖아.

이제껏 동안 소리는 못 들었어도, 노안 소리는 안 듣고 살았다.

"나, 갈래요."

승현은 가방과 외투를 집어 들고는 걸음을 옮겼다.

"그쪽 현관 아닌데. 요."

진작 말해 주든지.

화를 억누르며 그가 안내하는 쪽으로 조용히 걸음을 옮겼다. 그래, 나이가 들어 보일 수도 있다. 그런데 이 남자가 보인 반응에 기가 막힌 나머지 욱하고 화가 치밀었다.

진짜, 가지가지 한다. 유승현.

"몸도 성치 않은데, 집까지 데려다줄게요."

"됐거든요."

"유승현 씨 이대로 보내면 내 마음이 진짜 편치 않을 것 같아서 그래요. 미안해요."

"됐다고요."

"그러지 말고, 못 이기는 척 타고 가요. 나한테 변명할 기회는 줘야죠."

변명? 이게 변명의 여지가 있는 일입니까, 여러분!

하지만 마음 한편으로는 그가 어떤 말로 이 상황을 모면할지 궁금해졌다.

"그래요. 가면서 들어나 보죠."

결국, 그의 차에 올라타고야 말았다. 그러나 금방 입을 열 것처럼 굴던 그는 집에 거의 다 도착할 때까지 입을 꾹 다물고 있기만 했다.

그렇다고 승현이 먼저 묻기에는 아주 약간 자존심이 상했다. 엎드려절받자고 이 남자의 차를 타고 집에 가는 건 아니니까.

"여기 골목부터는 차가 못 들어가요. 이 앞에서 내려 줘요."

"그래요, 그럼."

이제 입을 열 때가 됐는데?

하지만 그는 여전히 아무 말도 하지 않은 채 승현을 따라 차에서 내리더니 좁은 골목길을 함께 오르기 시작했다.

"그럼, 유승현 씨 어릴 때부터 동생 뒷바라지한 겁니까?"

"정확히는 중3 때부터요."

이게 지금 중요한가?

그는 잠시 동안 말이 없었다. 아마도 최대한 신중하게 단어를 고르기 위해 고심하는 듯했다.

"기분 나빴다면 정말 미안해요. 내가 유승현 씨를 내 또래로 본 이유는."

갑자기 무언가 퍽 하고 부딪치는 소리가 들림과 동시에 그의 말이 끊겼다.

내내 바닥을 보고 있던 승현의 시선이 황급히 그를 향했다.

"너, 이 새끼 이러려고 우리한테 접근했어?"

노기 어린 눈을 번뜩이며 승재가 그의 멱살을 잡고 있었다.

"야, 유승재! 너 뭐 하는 거야? 너 학교는 어쩌고 지금 여기 있어!"

놀란 승현이 승재의 팔을 붙들고 떼어 내려 노력했지만 허사였다. 승재는 어깨가 들썩일 정도로 씩씩거리며 끓어오른 화를 주체하지 못했다.

"누나, 어제 어디서 잤어?"

말문이 턱 막혀 버렸다.

"너 학교는 어쩌고 여기 있냐고!"

당황한 탓도 있었지만, 여태껏 단 한 번도 합숙소를 무단이탈한 적이 없던 동생이었기에 승현은 더 크게 화를 내고 말았다.

"누나, 어제 어디서 잤냐고!"

"집에서 잤어!"

"거짓말하지 마! 나 어제 합숙소 정전돼서 집에서 잤거든?"

멱살을 잡힌 상태로 두 남매를 지켜보며 가만히 있던 남자가 그제야 승재의 손목을 잡아 내렸다. 그의 힘도 만만치 않은지 승재는 꼼짝 못하고 그에게 손을 붙들린 채 씩씩거렸다.

"누나, 우리 집에서 잤어."

저 남자가 미쳤나?

그 말에 승재가 더욱 몸부림을 치며 그의 손아귀에서 손을 빼내려 애썼다.

"한 번은 맞아 줬지만, 두 번은 못 맞아 주고."

"계약할게요."

다문 잇새로 승재가 사납게 읊조렸다.

"대신 우리 누나 책임져요."

순간 승현은 귀를 후벼 파고 싶은 충동이 일었다. 승재가 내뱉은 말이 메아리가 되어 좁은 골목길을 아스라이 울렸다.

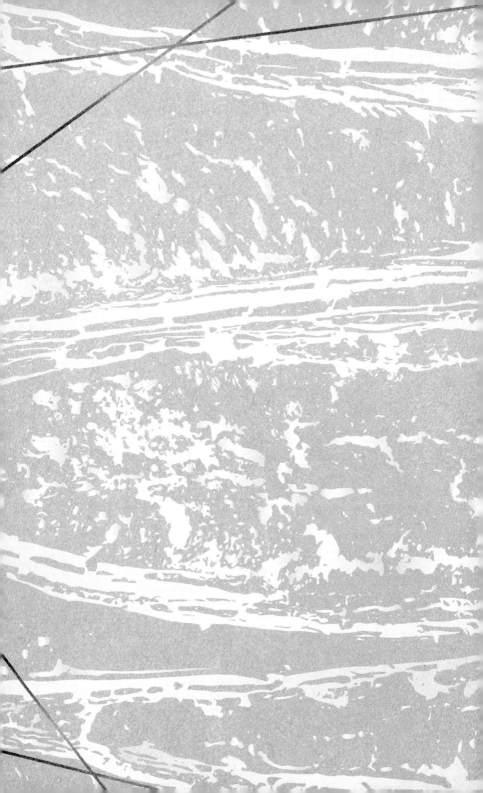

2

입술이
부딪치면

멀리서 개 짖는 소리가 '워오오오오' 하고 들려왔다.

승재야, 그거 아니야.

그러지 마.

쥐구멍이라도 있으면 숨고 싶었다. 아니, 할 수만 있다면 눈에 보이는 아무 대문이나 열고 들어가서 몸을 숨기고 싶어졌다.

승재야, 부끄러움은 왜 누나의 몫인 거지?

그는 여전히 우둘투둘한 시멘트로 마감된 담벼락에 비스듬히 기대어 서 있었다. 그의 등 뒤로는 얼마 전 마을 미화 사업을 목적으로 그려 놓은 천사의 날개가 펼쳐져 있었다. 그 모습이 어이가 없어서 웃음이 나오려는 걸 승현은 입 안쪽 말캉한 살을 짓씹으며 참아 내야만 했다. 암만 봐도 지금은 웃음으로 넘길 타이밍이 아닌 것 같다.

"유승재 선수는 내가 유승현 씨를 어떻게 책임지기를 원하는데?"

"본인이 한 행동에 책임을 지라는 말이에요! 우리 누나, 나 뒷바라지하느라 이제껏 제대로 된 연애 한 번 못 해 봤어요! 남자 손 한 번 잡아 본 적 없다고!"

아, 승재야. 제발.

차마 눈 뜨고는 못 봐 줄 광경이었다. 승현은 곧 비를 쏟아부을 것처럼 묵직한 회색 구름을 머금은 하늘을 올려다보았다.

아까 노안 이슈만으로도 충분했거늘, 하늘은 나에게 또 다른 흑역사를 안겨 주려 하시는구나.

이마 위로 톡 하고 빗방울이 떨어졌다.

"……승재야."

본격적으로 비가 내리기 전에 이야기를 마무리 짓든지, 아니면 장소를 옮겨야 할 것 같았다. 여기서 비까지 쫄딱 맞으면 그건 그거대로 흑역사다.

음산하게 울리는 승현의 목소리가 심상치 않다 싶었는지, 승재가 고개를 홱 돌리며 눈을 부라렸다.

"우리 들어가서 이야기할까? 비 올 것 같은데."

승재는 속으로 제 누나를 원망했다.

이 멍청이! 저 남자가 뭐라고 꼬셨는데, 외박을 하고 와!

지윤에게 꽉 붙잡혀 있는 손목이 아렸다. 승재가 손을 홱 털어 내자, 그는 여상한 얼굴로 손을 풀어 주었다.

"동네 창피하게 이게 뭐 하는 짓이야, 골목에서. 들어가서 이야기하자."

말을 마치고 초연하게 앞서 나가는 누나 승현의 뒷모습을 멀거니 바라보던 승재는 지윤에게 눈을 한 번 부라린 뒤 씩씩거리며 걸음을 옮겼다. 지윤은 흐트러진 매무시를 가다듬으며 남매의 뒤를 조용히 따랐고, 승재는 그런 지윤이 못마땅해서 열불이 났다.

어제 승재가 합숙소에 복귀했을 때, 방에 들어서자마자 동기들이 들이닥쳤다. 건수를 하나 잡았다는 듯 동기 놈들은 시꺼먼 눈을 번뜩이며 덤벼들었다.

'와, 시발. 대박. 너네 누나 대박이더라.'
'야, 그 남자 뭐 하는 남자래? 돈 좀 있어 보이던데?'
'돈 좀? 좀? 차가 벤틀리 플라잉스퍼야! 좀 있겠냐? 완전 많지!'

여기까지는 그저 참을 만한 수준이었다.

'이젠 알바를 하다 하다…….'

고개를 절레절레 저으며 이상한 뉘앙스로 입을 연 건, 승재를 라이벌이라 생각하고 있는 동기 놈, 김치열이었다.

'뭐 인마?'

승재의 되물음이 기꺼울 리 없었다.

'아니, 너 더 열심히 뛰어야겠다고. 누나가 애 많이 쓰잖아.'
'그러니까 무슨 뜻이냐고, 이 새끼야!'

승재가 버럭 화를 내자, 그놈은 기다렸다는 듯이 도발했다.

'한두 살 먹은 어린애도 아니고, 무슨 뜻인지 꼭 말로 설명해 줘야 알아? 애들 다 듣는데, 내가 꼭 내 입으로 콕 집어서 너네 누나가 무슨 짓 하고 다니는지 정리해 줘야겠어?'

머리가 움직이기도 전에 주먹부터 날아갔다. 숙소는 난장판이 되어 버렸고, 누가 무슨 의미로 먼저 도발했건 간에 주먹을 먼저 날린 승재가 징계를 받을지도 모를 처지에 놓이게 되었다.

그 시작은 합숙소 퇴소였다. 보호자와 함께 징계 위원회에 가게 될 거라고 했고, 제대로 된 해명을 내놓지 않으면 축구를 그만둬야 할지도 모를 위기였다.

그런데 그런 위기 상황이고 뭐고, 마치 동기 놈이 지껄인 말을 입증이라도 하듯 지윤과 함께 걸어오는 누나를 보는 순간, 승재의 눈이 또다시 뒤집히고 말았다.

원래 주먹질과는 친하지 않은 승재였다. 천성이 순하고 착해서 싸우는 법을 모르는 아이였다. 경기 중에 몸싸움을 하려면 이리저리 부딪치기도 해야 하는데, 처음엔 그걸 두려워해서 애를 먹기도 했었다.

하지만 어제 그리고 오늘, 각기 다른 상대에게 시원하게 주먹을 날려 버렸다. 상대는 달랐지만, 이유는 같았다.

감히 누나를 욕보인 죄.

승재에게 누나 승현은 부모보다도 더 높은, 넓고, 깊은 존재였다.

"왜 집으로 가?"

대문을 열고 들어가려는 누나를 향해 승재가 퉁명스러운 목소리를 내뱉었다.

"그럼, 밖에서 돈 쓸까?"

누나의 물음에 승재는 그저 고개를 모로 비틀며 튀어나오려는 욕지거리를 삼킬 뿐이었다. 오늘따라 심보가 계속 삐딱하게 돌아간다. 옆에서 신경을 거스르는 남자의 기척과 어제 동기 놈이 했던 소리가 자꾸만 뒤엉키면서 엉망진창이었다.

"앉죠, 일단."

집 안으로 들어온 세 사람은 동그란 식탁 앞에 마주 앉았다. 식탁 위에는 엄마가 돌아가시기 전에 짜 놓으신 크로셰 테이블 매트가 깔려 있었다.

승현은 곱게 짜인 아이보리색 매트를 내려다보며 입을 열었다.

"승재야. 이거 우리 엄마가 만든 거다. 네가 엄마 배 속에 있을 때, 엄마가 이거 만들던 거…… 나는 그 모습이 아직도 기억나거든."

승재는 대체 무슨 소리를 하는 거냐는 듯이 황당한 얼굴로 승현을 바라보고 있었다.

"괜히 부모님 이야기 끌어와서 나 회유하려고 하지 마."

승재의 반응에 승현은 두 눈을 지그시 감았다가 뜨며, 한숨을 내쉬고는 대꾸했다.

"들어 봐, 일단."

그러자 승재는 그럴듯한 말이 나오지 않으면 옆에 있는 놈부터 죽여 버리겠다는 듯이 눈을 부라렸다.

"누나는 엄마, 아빠가 살아 계셨던 그때의 모습 그대로 이 집을 유지하기 위해서 노력했다? 그리고 너도 엄마, 아빠가 살아 계셨을 때처럼 부족함 없이 키우려고 노력했어. 그래도 부족했겠지만…… 그리고."

승현은 잠시 뜸을 들이고는 다시 말을 이었다.

"엄마, 아빠 딸로서 부끄러운 짓 한 적 없어."

진지한 표정만큼이나 낮고 단호한 목소리였다.

"그럼, 왜 이 남자 집에서 잤는데?"

잠자코 듣고 있던 승재가 더 해명을 해 보라는 듯이 지윤에게 턱짓을 해 댔다.

"혈기 왕성해서 객기만 부릴 줄 알지. 누나 위할 줄은 모르네. 누나를 그렇게 모르나?"

은근슬쩍 그 남자, 지윤이 끼어들었다. 그는 아까부터 뭐가 그렇게 재미있는지 흥미진진해 죽겠다는 미소를 띤 채로 두 남매를 번갈아 보고 있었다. 그 묘한 미소는 승현을 나른하게 만들었고, 승재를 수틀리게 했다.

"내가 왜 누나를 몰라요!"

승재가 분을 이기지 못하고 민망할 정도로 크게 소리를 질렀다. 그런 승재의 모습을 바라보는 그는 여유로워 보였다.

"누나한테 사과부터 해."

그는 미소를 머금은 얼굴이었고, 말투 또한 부드러웠지만 어딘지 모르게 고압적이었다. 승재는 그의 부드러운 카리스마에 압도당한 듯 얼마간 가만히 있다가 승현에게로 시선을 돌렸다.

"정말 아니야?"

승현은 두 눈을 한 번 깊게 감았다 뜨며 고개를 절레절레 내젓고는 대꾸했다.

"아니야."

"그럼, 미안해."

본래부터 승재는 착한 동생이었지만 의외의 시점에서 고집을 부리는 경향이 있었다. 싸우고 나서 미안하단 소리를 이렇게 빨리 듣는 것은 처음이었다.

얼씨구.

절로 헛웃음이 나와서 승현은 자신도 모르게 어이없이 웃어 버렸다.

"그리고 그 사과는 나도 받아야겠는데, 내가 그렇게 쓰레기로 보였나?"

두 남매의 시선이 지윤에게로 향했다. 그는 역시나, 여전히 미소를 띤 채였다.

"미안해요. 애가 철이 없어서."

"사과를 왜 그쪽이 해요? 유승재 선수가 해야지."

그는 승현에게 길게 눈길을 한 번 두고는 승재에게로 시선을 옮겨 갔다. 누나한테는 쉽게 사과를 했던 녀석이 그에게는 입을 꾹 다문 채로 묵묵부답이었다.

승현은 식탁 아래에서 발가락으로 승재의 발목을 툭 건드렸다. 그 이상한 고집이 발동하려는 시점인 것 같아서 가슴이 갑갑해지려고 했다.

"누나. 미안한데, 잠깐 자리 좀 비켜 줘."

승재가 식탁 어딘가에 시선을 고정한 채로 조용히 읊조렸다. 동생을 바라보고 있던 승현의 시선이 대번에 그에게로 향했다. 그는 고개를 끄덕이며 진한 미소를 머금었다. 그 미소가 놀랍도록 믿음직스러워서 의아할 정도였다. 승현은 알았다고 짧게 대꾸하고는 방으로 향했다.

"미안하다는 말은 곧 죽어도 안 할 것 같은 분위기네?"

지윤은 제 누나한테만 자존심을 굽히고 자신에게는 여전히 날을 세우고 있는 승재를 가만히 바라보았다.

어쩌면 짐승 같은 본능으로 눈치를 챘는지도 모르겠다. 지윤이 제 누나에게 각별한 호기심을 느끼고 있다는 것을.

그러나 그 호기심의 종류가 무엇인지는 지윤조차도 아직은 가늠하기 어려웠다.

"일이 생겼는데……. 그거 해결해 주면 계약할게요."

요놈 봐라?

지윤은 고개를 비스듬히 기울이며 가슴 앞에서 팔짱을 꼈다. 자존심 하나는 인정해 줘야겠다 생각하며 입을 열었다.

"무슨 일인데?"

숙소에서 있었던 일을 조용히 늘어놓는 승재의 표정은 분을 삭이느라 힘겨워 보일 정도였다. 이야기를 들어 보니 그래서 그렇게 지윤과 누나에게 화를 냈나 싶었다.

"대신 누나는 모르게 해 줬으면 좋겠어요."

"왜?"

승재는 입을 꾹 다물고는 잠시 고민하는 듯하다가 힘겹게 입을 열었다.

"나 때문에 고생 많이 했어요. 지금도 고생하고 있고요. 그런 누나를 두고 동생 친구들이 그따위 소리를 했다는 게 누나 귀에 들어가는 거……. 싫어요."

"아까 했던 말 취소해야겠네."

지윤이 빙그레 웃으며 덧붙였다.

"누나 위할 줄은 아네. 근데 누나한테 말해야겠는데."

"누나한테 말할 거면 내가 왜 부탁을 했겠어요?"

승재가 답답하다는 듯이 미간을 찌푸리며 읍소했다.

"우리 아직 계약 전인데……."

지윤이 오른손으로 턱을 쓸며 눈을 가늘게 떴다. 깊게 가라앉은 목소리였기에 승재는 더욱 긴장해서 그에게 귀를 기울였다.

"계약 전 선거래가 되는 거네, 그럼?"

공으로 해 줄 생각은 없다는 뜻이었다. 붙잡고 싶은 선수가 부탁을 해 오는데, 당연히 들어줘야 마땅하지만 순순히 들어주면 거래의 기본을 그르치는 거다.

"나도 조건을 붙여야, 내가 더 믿음직스럽지 않겠어?"

승재는 지윤의 말이 무슨 뜻인지 가늠하는 듯하더니 고개를 끄덕였다.

"그래서 조건이 뭔데요?"

지윤은 이제껏 나른하게 짓고 있던 미소를 풀고 날카로운 시선으로 승재를 바라보며 입을 뗐다.

방 안에서 숨을 죽인 채로 두 남자의 대화가 끝나기를 기다리는 동안, 승현의 머릿속은 오만 가지 생각들로 가득 찼다.

승재가 진지하게 사과라도 하려는 건가?

멋모르고 주먹을 날렸으니, 계약도 날아가는 건가?

이런저런 생각들을 하다 보니 고작 10분 남짓한 시간이 억겁처럼 느껴질 정도였다.

"누나 나와."

때마침 방문 밖에서 들려온 승재의 목소리에 가슴이 철렁 내려앉았다. 어쩐지 승재의 목소리가 의기소침해져 있었다. 방문을 열고 마주한 얼굴도 깊이 가라앉은 목소리와 크게 다르지 않았다. 무슨 일이 있었는지 지금 당장 묻고 싶었지만 그가 돌아간 후에 물어도 늦지 않을 거라 생각했다.

"가는 길에 유승재 선수 학교까지 데려다줄게요, 내가."

승재의 등 뒤에 서 있던 그가 만면에 미소를 띤 채로 당연히 해야 할
일을 한다는 듯이 말했다.

"저기, 무슨 일이 있었는지는 설명을 좀."

승현은 지금 돌아가는 상황을 이해할 수 없다는 듯한 눈빛으로 두 사람을 번갈아 보았다.

"그냥 잘 풀었어요."

그는 대화의 여지를 깔끔히 차단해 버렸다. 기분 상할 것도, 그렇다고 좋을 것도 없다는 듯이 그의 얼굴은 여상했다. 여기서 더 물었다가는 분위기만 이상해질 것 같아서 승현은 입을 꾹 다물 수밖에 없었다.

이상한 일이다. 이제껏 승재와 관련한 일에 누나인 자신이 배제된 적은 없었다. 그리고 단 한 순간도 승재가 자신에게 저런 얼굴을 했던 적 또한 없었다. 일부러 감정을 지운 듯 텅 빈 얼굴, 무언가를 감추기 위해 동생이 어딘가로 숨어 버린 듯한 느낌이었다.

갑자기 가슴에 구멍이 뚫린 것처럼 휑한 느낌이 들었다. 누나였지

만, 어린 부모나 마찬가지였다. 자식이 사춘기에 접어들면 대하기가 점점 어려워진다는 동네 슈퍼 아줌마의 말을 가슴에 새기며 승재를 키워 왔지만, 여태껏 승재가 어려운 적은 없었다.

그런데 지금 이 순간 갑자기 동생이 어려워져 버린 것 같았다. 무언가를 더 물어서는 안 될 것 같았고, 알아서도 안 될 것 같았다. 그걸 캐면 저 아이도, 자신도 상처를 받을 것만 같은 이상한 불안감에 사로잡혔다.

승현은 승재를 응시하던 초조한 시선을 그에게로 옮겨 갔다. 그는 여전히 깔끔한 미소를 지은 채였다. 그러다 돌연 승현을 바라보는 그의 시선이 깊어졌다. 왜 그런 표정을 하고 있는지 파악하려는 얼굴 같았고, 이런 상황에 익숙해 보이기도 했다.

이 남자가 동생을 빼앗아 가는 건 아니지만, 제 위치를 앗아 가려는 듯해서 서글퍼지기까지 했다. 고작 1분도 되지 않는 시간 동안 너무도 단단하고 시린 감정들이 밀려와서 현기증이 일 것만 같았다. 품에 꼭 안고 있던 인형을 빼앗긴 어린애도 아니고, 갑자기 침울해졌다.

승현은 두 눈을 꾹 감았다가 뜨며 문틀에 몸을 비스듬히 기대었다.

"얼른 가 봐. 학교에 도착하면 연락하고."

"응."

승재는 그 한마디를 끝으로 말없이 돌아섰다. 승현은 승재가 현관으로 걸어가는 모습을 가만히 지켜보았다. 그러는 동안 그는 승재의 뒤를 따르지 않은 채로 꼼짝도 하지 않고 그 자리에 서 있었다.

승재가 현관 밖으로 사라지고 난 뒤, 둔중한 소음과 함께 문이 닫혔다.

"혼란스러워할 거 없어요. 승재한테는 여전히 누나가 가장 소중한 존재니까."

닫힌 현관문을 멍하니 바라보던 승현의 시선이 그에게로 향했다. 정결하던 그의 미소에 감정이 스며들어 있었다.

안온하고, 믿음직한.

승현은 말없이 그의 얼굴을 바라보았다. 그는 그저 위로의 말을 건
넸을 뿐이고, 예의 그 미소로 웃어 주었을 뿐이다. 그런데 그의 믿음직
한 말 한마디와 안온한 미소 한 번에 가슴속에 응어리지려던 미숙한
감정이 투명한 수조에 잉크 한 방울을 떨어뜨린 것처럼 풀어져 버렸
고, 옅어져 버렸다.

"……그렇죠?"

승현은 저도 모르게 그와 마주하고 있던 시선을 돌려 버렸다. 차오
른 감정을 주체할 수가 없었다.

어쩐지 웃음이 터져 버릴 것만 같았고, 그러다 눈물이 흘러내릴 것
만 같았다. 안면을 튼 지 불과 일주일도 되지 않은 남자 앞에서 그런
추태를 부릴 수는 없어서 승현은 크게 심호흡을 했다.

"언젠가 오늘 일을 되돌아볼 날이 있을 거예요."

그가 커다란 손으로 승현의 어깨를 두어 번 토닥거리고는 그만 가
보겠다며 돌아섰다. 무언가 커다란 의미나 감정이 실린 것도 아닌데
그의 손길이 주는 위안은 대단했다. 대체 무엇이 이 순간을 이토록 애
틋하게 만드는지 알 수 없다.

승현은 얼른 남자의 뒤를 따랐다. 제 감정을 추스르느라 경황이 없
었던 나머지 승재에게 평소와 같은 인사를 건네지 않은 게 이제야 마
음에 걸렸다.

현관을 나서자, 비에 젖어 얼룩덜룩해진 회색 시멘트 마당에 승재가
우산도 없이 서 있었다.

"감기 걸리면 어쩌려고 그러고 서 있어!"

승현은 파란 플라스틱 통에 꽂아 두었던 장우산을 얼른 집어다가 승
재에게 건넸다.

“누나도 몸 안 좋았다며, 얼른 들어가. 춥다.”

승재가 빙그레 웃으며 승현의 팔뚝을 쓸어내렸다.

“그래, 얼른 가.”

승현은 무너지려는 표정을 얼른 갈무리하고 그에게로 시선을 돌렸다.

“승재 잘 부탁해요.”

아직은 이른 부탁인지도 몰랐다. 계약서에 사인도 하기 전인데, 자신이 그를 믿고 있는 것처럼, 승재도 그를 신뢰하고 있을 거라는 생각에 저도 모르게 본심이 툭 튀어나오고 말았다.

“물론이죠.”

그가 환한 미소를 머금으며 고개를 주억거렸다. 비구름 탓에 날은 어두웠지만, 검은 우산 아래 드리운 그의 미소는 그 어느 때보다도 밝았다.

[내일 아침 8시쯤에 집 앞으로 데리러 갈게요.]

막 저녁을 먹고 치우려는데 그에게서 메시지가 왔다.

[왜요?]

승현의 되물음에 그가 전화를 걸어 왔다.

— 아까 한 이야기 잊었어요? 나를 직접 평가하고 결정하라는 말.

“아…….”

그랬었지.

승현은 짧게 탄식을 내뱉었을 뿐 이렇다 할 대꾸가 나오지 않았다.

— 왜요? 인제 와서 마음이 바뀌었어요?

“아르바이트 후임 구해질 때까지는 다녀야 할 것 같은데요?”

그는 ‘흐음’ 하고 짧게 소리를 내더니, 잠시 침묵했다.

— 그럼 내일 저녁에 잠깐 볼 수 있어요?

"아침 7시부터 저녁 6시까지 편의점 알바 하고, 밤 9시부터는 키즈 카페 정리 알바 하러 가야 하거든요. 6시부터 9시까지는 괜찮아요."

— 그럼, 끝나는 시간에 맞춰서 편의점 앞으로 갈 테니까 어딘지 좀 알려 줘요.

낮게 울리는 그의 목소리는 아까 낮에 집에서 들었던 것처럼 안온하고, 믿음직스러웠다. 그 목소리 때문인지 분명 전화 통화를 하고 있는데, 그의 따뜻했던 미소가 눈에 보이는 듯했다.

"문자로 보낼게요."

— 그래요, 그럼. 아, 그리고. 아까 하다가 못 한 말.

"무슨 말이요?"

— 그렇게 어렸을 때부터 승재 뒷바라지했을 줄은 몰랐거든요. 그래서 유승현 씨 나이를 좀 오해했어요, 내가. 많이 동안이라고도 생각했고. 오해해서 미안해요. 기분 상했었죠?

"뭐, 그렇게 생각했을 수도 있겠네요."

그의 사과는 담백했지만, 진심은 충분히 느껴졌다.

— 그리고.

이제 통화가 마무리되겠구나 싶을 무렵, 그는 뭔가 더 할 말이 생각난 것처럼 말을 끌었다.

"네?"

그러나 전화기 너머에서는 한동안 아무런 소리도 들려오지 않았다. 초조한 마음이 든 승현이 되물으려는 찰나 그의 목소리가 휴대전화 너머에서 조용히 울려 퍼졌다.

— 잘 자라고요. 아프지 말고.

가슴이 간지러워서 어깨가 움츠러들었다. 신이 장난을 쳐서 갑자기 심장을 부풀려 놓았는지, 가슴이 답답하기까지 했다. 그 바람에 콩콩 뛰는 심장의 소리가 온몸을 울리고 있었다.

— 승재가 걱정하니까.

"아……."

이 남자가 내뱉는 화법은 심장에 심히 좋지가 않다.

애초부터 '승재가 걱정하니까, 아프지 말고 잘 자요!' 라고 말했더라면 심장이 쓸데없는 에너지를 소비해 가며 나대지 않았을 것이다.

"네, 한지윤 씨도 안녕히 주무세요."

손윗사람에 대한 깍듯한 인사가 흘러나왔다.

왜 밤새 옥체 보존하시라고 하지?

승현은 아랫입술을 꾹 깨문 채로 스스로를 타박했지만, 이미 뱉은 말을 주워 담을 수도 없는 노릇이었다.

아니, 뭐 안녕히 주무시라는 말이 이상한가?

이상하다. 너무 딱딱했다. 그렇게 정색하고 말할 필요까지는 없었다.

'어제, 오늘 고마웠어요. 한지윤 씨도 편안한 밤 보내세요.' 라고 할 수도 있지 않나? 아니, 편안한 밤 보내라는 인사도 너무 형식적인가?

승현은 끊임없이 이어지는 생각을 끊어 내지 못하고 저도 모르게 한숨을 내쉬었다.

— 밤에 웬 한숨이에요?

그가 웃음 섞인 목소리로 물었다.

"피곤해서요."

정말 피곤하다. 이 남자랑 마주하고 있으면 아주 사소한 순간까지도 감정이 스며들고, 긴장해 버려서 피로감이 심했다.

— 얼른 자요. 내일 봐요.

피로감의 이유를 알 리 없는 남자는 아주 깔끔하게 전화 통화를 마무리했다. 이쪽은 그렇게 깔끔하지가 않아서 잠이 오지 않을 것 같은데 말이다.

편의점은 그녀의 집에서 멀지 않은 곳에 있었다. 지윤은 근처 공영 주차장에 차를 대 놓고 편의점 앞으로 향했다.

지은 지 오래되었는지, 상가 건물은 허름했다. 3층짜리 건물 지하에는 노래방이, 1층인 편의점 옆에는 흔한 동네 호프집이 있었고, 2층에는 피시방이 자리했다. 꼭대기 층인 3층은 상가 주택처럼 보였다.

"아, 거참. 거의 다 꼬셨다니까."

혀가 꼬부라진 남자와 함께 대여섯쯤 되는 무리가 호프집에서 나오는 게 눈에 들어왔다. 아직 저녁 6시가 채 되지 않았는데, 그들은 술이 거나했다.

"꼬시긴 뭘 꼬셔. 이 새끼는 맨날 입으로만 처하지."

친구로 보이는 남자가 욕지거리를 해 대며 손으로 저속한 마찰음을 흉내 냈다. 남자들끼리 하는 음담패설이겠거니 생각하며 지윤은 편의점 안 계산대 앞에 서 있는 그녀를 응시했다.

그녀는 오늘도 여전히 곱다랗고 맑은 얼굴로 사람들을 대하고 있었다. 그 엄청난 선 자리에서도 그녀는 저렇게 해사한 얼굴이었다.

"내기할래? 내가 일주일 안에 저걸, 확."

좀 전에 누굴 꼬시느니 마느니 했던 놈이 편의점 안을 검지로 가리켰다가 다시 제 입으로 가져다 대며 혀로 한 번 할짝거렸다. 그 모습을 지켜본 지윤의 미간이 무섭도록 일그러졌다.

그녀는 일을 마쳤는지, 창고로 보이는 어딘가로 사라졌다가 외투를 꿰입으며 편의점 문을 열고 나오고 있었다.

"이쁘게 입고 어디 가? 나 여기 올 줄 알고 이쁘게 입었구나."

술에 취한 남자가 그녀에게 대뜸 얼굴을 들이밀며 수작을 걸었다.

남자의 손이 그녀의 어깨 위로 올라가려는 순간, 지윤이 남자를 등지며 두 사람 사이를 가로막아 섰다.

"워, 시발. 이건 또 뭐야?"

지금 자신이 무슨 행동을 하고 있는지 미처 깨닫기도 전에 등 뒤에 선 남자가 읊조렸다.

"어이, 뭐냐고. 지금."

남자가 지윤의 어깨를 잡아끌었다. 야구를 그만두기는 했지만, 그렇다고 운동을 끊지는 않았기에 지윤의 몸은 단단한 근육으로 뒤덮여 있었다. 게다가 타고난 운동선수 집안이었기에 기골이 장대한 것도 당연했다.

지윤은 위압적인 목소리로 읊조렸다.

"몰라서 묻습니까? 이 여자 남자 친구지."

그러곤 앞에 선 그녀를 가만히 내려다보았다. 그녀가 말간 얼굴로, 두 눈을 말똥말똥 뜬 채 지윤을 올려다보고 있었다.

주변 대기가 공중으로 흩날리고, 두 사람이 서 있는 곳만 바닥으로 깊게 가라앉는 듯했다. 아니면 그 반대로 이 세상에 오로지 두 사람만 있는 것처럼 적막하고, 고요한 듯도 했다.

그녀의 눈동자가 미세하게 떨리는가 싶더니 이내 물기가 어렸다.

내가 지금 이 여자를 울린 건가?

지윤은 자신이 저질러 놓고도 어쩔 줄을 몰라서 속이 바짝 타들어 갔다.

어깨를 감싸 안고 돌아설까?

그런 스킨십은 너무 진한가?

그냥 자연스레 손을 잡고 걸어갈까?

아니면 미친 척하고 왜 내 여자한테 집적거리냐고, 뒤에 있는 놈을 한 대 칠까?

그런 생각이 드는 순간 욱하고 감정이 치밀어 올랐다. 감히 누구한 테……. 아니, 왜 '감히'라는 단어까지 튀어나오는 거지?

이왕 미친 김에 '이 남자가 내 남자라고 왜 말을 못 해!' 하고 소리 라도 쳐 볼까?

환장할 노릇이었다. 이도 저도 하지 못하고 지윤은 그저 촉촉이 젖 은 그녀의 눈동자만 내려다볼 뿐이었다.

이내 그녀의 눈동자에 이채가 어리는가 싶더니 이제야 사태 파악이 되었다는 듯이, 그녀는 어깨가 들썩이도록 심호흡을 한 번 내뱉고는 입을 열었다.

"자기야, 오면 온다고 연락을 주지. 나 화장도 못 했단 말이야."

그녀는 아양을 부리는 듯한 음성으로 말꼬리를 길게 늘이면서 몸을 비비 꼬더니 대뜸 그에게 팔짱을 끼며 잡아끌었다. 어서 다음 반응을 보이라는 신호 같았다. 그리고 그와 동시에 심장이 쿵쿵 뛰기 시작했 다. 그녀가 붙든 팔에서 열기가 느껴졌다.

"깜짝 놀라게 해 주려고 그랬지. 얼른 가자."

지윤은 그녀에게 환한 미소를 한 번 보이고는 남자를 향해 고개를 돌렸다.

"뭐 볼일 남았습니까?"

유치하게도 최대한 위압적이고 고압적인 목소리를 내려 노력했다. 수작을 부리던 남자는 지윤보다 머리 하나는 더 작았기에, 지윤은 흥 흥한 시선으로 남자를 내리눌렀다.

남자는 고까운 얼굴을 하고 있었지만, 쉽게 덤벼들지는 못했다. 주 변에 서 있던 무리가 남자를 잡아끌며 괜한 시비가 붙을까 봐 말려 댔 다.

지윤은 그 틈을 타 자신의 왼팔을 꾹 감싸 안고 있는 그녀의 작은 손 위에 제 손을 얹은 뒤 성큼성큼 걸음을 옮겼다.

공영 주차장에 도착해서 차에 오르자, 그녀가 한숨을 몰아쉬며 입을 열었다.

"하아, 살았다."

그러고는 혹시 따르는 무리가 없는지 사이드미러와 차창 밖을 번갈아 확인했다.

"낌새가 좀 그래서 불안했거든요. 막 들이대는 거면 거절이라도 하겠는데, 그것도 아니고……. 그래도 오늘처럼 술 먹고 온 적은 없었는데……."

그녀는 또다시 한숨을 한 번 내뱉고는 조용히 속삭였다.

"고마워요."

"뭘요."

승현은 가만히 운전대를 잡고 있는 그를 흘끗 바라보았다. 미쳐 날뛰는 심장을 잠재울 수가 없었다.

술 냄새를 훅 풍기며 다가온 남자의 꺼림칙한 모습을 마주한 순간 덜컥 겁이 났다. 그런데 순식간에 시야가 옆에 있는 남자의 가슴으로 가득 찼다.

'이 여자 남자 친구지.'

그가 여상히 내뱉은 말 한마디에 가슴이 소란했다. 아마도 그는 자신이 곤란한 상황에 부닥쳐 있는 듯해서 끼어들었을 것이다.

그런데 왜 하필 남친 코스프레야?

무서운 친오빠인 척할 수도 있었을 테고, 외모가 안 닮았으니 사촌 오빠인 척할 수도 있었을 것이다.

이 남자도 혹시……?

갑자기 무한 상상의 나래를 펼치고 싶어진다. 이 남자도 자신에게 일말의 관심 같은 게 있는 건 아닌가 하는 생각이 든다.

"혹시 내가 실수한 거면 미안해요."

그가 심심한 사과의 말을 건네며 머쓱해했다.

"무슨 실수요?"

"아니, 남자 친구 따로 있는데 내가 괜히 끼어들어서 유승현 씨 곤란해지는 건 아닌가 싶어서."

"선 자리도 끼어들었던 전적이 있는 분이 하는 말치고는 참 진정성이 없네요."

돌발적인 상황을 미안해하는 그와의 대화가 재미있어서, 그저 장난스럽게 대꾸했다. 이제껏 승현이 한참 밀리는 대화를 나눈 것 같았는데, 지금은 뭔가 자신이 우위를 차지하고 있는 듯해서 괜히 놀려 주고 싶은 오기도 발동했다.

"아, 맞다."

그가 불현듯 무언가 생각났다는 듯이 고개를 끄덕거렸다.

"내가 정말 큰 실수를 했네요."

이번에는 자신이 저지른 일을 깊이 반성한다는 듯이 고개를 좌우로 흔들며 한숨을 내쉬었다.

무슨 의미심장한 고해 성사를 하시려고 이렇게 심각해지셨을까?

승현은 운전석 쪽으로 고개를 돌려 그의 굳어진 얼굴을 바라보았다. 그가 다시 한번 한숨을 깊게 내쉬고는 낮은 목소리로 읊조렸다.

"연애, 한 번도 못 해 봤다고 한 것 같은데……."

내내 도로를 응시하고 있던 그가 고개를 돌려 승현과 시선을 마주했다. 분명 굳은 얼굴이었지만, 새까만 눈동자에는 장난기가 가득했다.

그러니까 이 남자가 진지한 얼굴로, 지금 날 놀리고 있는 건가?

승현의 시선이 마구잡이로 흔들렸다. 놀리는 것 같은데, 아닌 것 같고. 아닌 것 같은데, 놀리는 것 같고.

"저 아직 승재 계약서에 사인 안 한 것 같은데요?"

승현은 신경질적인 목소리를 내기 위해서 노력했지만, 허사였다. 그가 장난을 걸고 있다는 사실을 깨달은 순간부터 기분이 들떠 버렸다. 물론 그의 입에서 '남자 친구'라는 소리를 들은 순간부터 날뛰던 심장도 착실히 그 속도를 높여 갔다.

"안 그래도 그 이야기 하려고 보자고 했어요."

대화가 사뭇 진지해지려고 하는데도 그의 입꼬리는 장난기를 머금은 채로 올라가 있었다.

"저녁, 같이할 수 있죠?"

동생의 계약이라는 중차대한 사안을 앞두고 긴장할까 봐 배려해 주는 태도인 걸까.

그게 아니라면…….

이 남자도 나랑 있는 게, 이따금 즐거운 걸까?

그의 차가 멈춰 선 곳은 맛집 프로그램에 자주 얼굴을 내비치는 셰프가 운영하는 정통 나폴리식 이탈리안 레스토랑이었다. 그는 승현에게 특별히 가리는 음식이 있는지, 알레르기를 유발하는 식재료는 없는지에 대해 자상히 묻고는 나폴리 가정식을 주문했다.

"와인 할래요?"

메뉴판을 덮으며 그가 빙긋이 미소 지었다. 이번에는 놀리는 게 분명했다. 승현은 눈을 부릅뜨고 그를 쏘아보았다.

"농담이에요. 근데 유승현 씨는……."

담당 종업원이 물러나기를 기다렸다가 그가 말을 이었다.

"화내는 데는 참 소질이 없는 사람 같네요. 그러는 거 하나도 안 무서워 보이는 거 알아요?"

"그러는 한지윤 씨는 뭘 믿고 지금 저한테 이러시는 거예요?"

"내가 뭘?"

고개를 옆으로 갸우뚱 기울이며 그가 능글맞게 웃었다.

'지금 나 놀리고 있잖아요!' 라고 정색하면 너무 유치해 보일 것 같은데……. 오늘 하루만 유치함의 끝을 달려 볼까?

"유승재 선수 믿고 이러는 거지, 뭐."

"우리 승재가 내 편을 들지, 그쪽 편 들겠어요?"

"이제는 내 편을 들 것 같은데."

그가 팔짱을 끼며 여유 만만한 미소를 지었다.

"그 대신."

말을 멈춘 그가 고심하듯 눈을 가늘게 뜨는 뜸을 들였다. 대화할 때 어떻게 하면 상대가 긴장하는지를 잘 아는 남자다. 그가 한 호흡씩 끊어 갈 때마다 승현은 숨을 죽이고 그에게 집중할 수밖에 없었다.

그 대신? 다음에 어떤 말이 이어질지 궁금해서 손끝이 오그라드는 것만 같았다.

"나는 무조건 유승현 씨 편 들어 줄게요."

두 뺨이 달아오르는 게 느껴졌다. 그는 장난기를 걷어 낸 깊은 시선으로 승현을 진지하게 바라보고 있었다. 가슴이 감당할 수 없을 정도로 벅차올랐다. 갑자기 주변이 다습해진 듯한 착각이 일 만큼 공기가 밀도 있게 차오르는 것 같았다.

"그럼 나는……."

승현은 한계를 모르고 차오르는 열기 어린 감정을 애써 추스르며 입을 뗐다.

"나는 그럼, 무조건 우리 승재 편을 들어 주면 되는 건가요? 그래야 뭔가 공평할 것 같은데."

"역시. 눈치가 참 빨라요."

그가 만족스럽다는 듯이 웃었다.

"유승재 선수는 에이전트인 날 믿고 따르고, 나는 유승재 선수가 목숨처럼 아끼는 하나뿐인 가족인 유승현 씨를 보호하고, 유승현 씨는 동생인 유승재 선수를 믿어 주는 것. 이런 걸 선순환 고리라고 할 수 있죠."

최대한 이성적으로 생각해서 내놓은 대답을 그가 긍정했다.

그럼, 그렇지.

이제 뜬구름처럼 들떠 있는 감정에게 등짝 스매싱이라도 날려서 잡아 내려야 할 때였다.

그런데 어차피 짝사랑으로 끝날 거라고 진작 결론 내려 놓지 않았었나? 짝사랑하는 남자가 앞으로 내 편만 들어 주겠다는데, 이럴 때는 좋아서 어깨춤을 춰야 하는지, 아니면 희망 고문에 시름시름 앓다가 비련의 여주인공처럼 홀로 청승맞게 눈물이라도 훔쳐야 하는 건지.

널을 뛰던 마음이 한쪽으로 기울기 시작했다. 비율로 따지자면 50.5%:49.5% 정도랄까.

그래, 인생은 1%의 차이가 완성하는 거지.

어떻게 생겨 먹은 건지 가능성이 적은 일일수록 오기가 났다. 성공 가능성이 큰 일만 골라 하며 쉬운 길을 선택하는 삶을 추구했더라면, 승재에게 진작 축구를 포기하라고 종용했을지도 모를 일이다.

쇼펜하우어도 울고 갈 인생론을 정리하며 승현은 저도 모르게 고개를 끄덕거렸다.

그러니까 지난번에 내린 결론이 그가 자신이 짝사랑으로 끝낼 첫사랑이라면, 이번에 내린 결론은 주어진 지금의 상황을 즐기자는 거였다.

어렵게 돌려 말했지만, 결국 혼자 북 치고, 장구 치고, 상모 돌리고, 어깨춤까지 덩실덩실 춰 가면서 본격적인 짝사랑을 하시겠다는 거였다.

나, 인생 왜 이렇게 어렵게 사니?

뭐, 이렇게 생겨 먹은 걸 어쩌겠는가?

"근데 진짜 내 편만 들어 줄 거예요?"

마음을 먹은 이상 이 남자의 뜻을 여기까지는 확인해 보고 싶었다. 승현은 물을 한 모금 홀짝거리며 타오르는 속을 달랬다.

"그렇다니까요."

그가 기다란 눈이 매혹적으로 휘어지도록 진한 미소를 지으며 대꾸했다.

저 미소에 홀딱 넘어가 버리면 안 되는데, 심장이 속절없이 뛰어 댔다. 혼란스러운 나머지 저 남자의 의중을 오버 해석해서 고백이라도 하면 큰일 나는 거다. 일단 짝사랑은 마음대로 시작했지만, 들키지 않아야 했다. 그는 엄연히 동생 승재와 일로 얽힌 사람이었고, 마음을 품었다는 사실을 들켰다가는 서로 피곤하고 불편해질 게 뻔했다.

"그럼, 이따 밥 먹고 나랑 어디 좀 가요."

"어디요?"

"내 편만 들어 주겠다면서요. 내가 가자고 하면 어디든 가야 하는 거 아닌가?"

과연 이 짝사랑을 들키지 않고 무사히 마무리할 수 있을까?

누가 쫓아오기라도 하는 것처럼 식사를 빨리 끝내 버렸다. 그도 승현의 식사 속도에 맞추어 빠르게 식사를 했고, 둘은 음식이 나온 지 채 30분도 지나지 않아서 레스토랑을 빠져나왔다.

"어디 갈 건데요?"

그의 표정이 새삼 심각했다. 그는 이것을 일종의 테스트라고 생각하는 듯했다.

맞다. 테스트.

이 사람이 진짜 내 편이 될 수 있는지를 테스트하는 것이다. 그리고 이 남자와 함께 시간을 더 보내고 싶다는 사심도 아주 조금 섞여 있었다. 진심이다. 아주 조금 섞인 것 맞다. 스스로가 생각했지만, 참 비루한 핑계였다. 그냥 막연히, 조금만 더 같이 있고 싶은 거지, 뭐.

아무튼, 승현은 심각하게 미간을 구긴 채로 그에게 인간 내비게이션을 자처했다.

"내가 알려 주는 대로만 가면 돼요."

"나 막 어디로 납치하고 그러는 건 아니죠?"

그가 양팔을 엑스 자로 교차해서 가슴 앞으로 모으며 오싹하다는 표정을 지었다. 물론 그의 눈동자에는 장난기가 그득했다.

"뭐 내가 납치한다고 순순히 그렇게 될 사람처럼 보이지는 않으니까, 신소리 그만하시고 운전에 집중하시죠?"

선택과 집중, 역시 만고불변의 진리다. 그는 지금 승현을 따르기로 선택했으니 운전에 집중해야 하고.

승현은 1%가 이끄는 대로 자신의 첫사랑을 걸기로 마음먹었으니, 이제 거기에 집중하면 되는 거다.

물론 세상 그 누구도 모르게.

아주 은밀하고, 조용하게.

승현의 안내로 그의 차가 멈춰 선 곳은 대학가의 한 오락실 앞이었다. 2층 건물 전체가 요란한 소리를 내는 오락기로 가득했고, 지하에는 코인 노래방이 있었다.

"오락실?"

그가 어이없다는 듯이 웃으며 물었다.

"뭐 여기 내가 처치해야 할 최종 보스몹이라도 있어요?"

어떻게 알았지!

승현은 흠칫 놀란 얼굴로 그를 바라보았다. 그러자 그는 승현의 묘한 반응에 뭐라 대꾸하지 못하고 입만 벙긋거렸다.

"진짜 나 납치하려나 보네? 여기 누가 있는데요?"

그가 새삼 진지한 얼굴로 물었다.

"뭐, 승재 일 논의해야 하는 친척 어른이 운영하는 곳이에요? 마지막으로 내가 허락을 구해야 하는 상황인 겁니까?"

아, 놀리고 싶다. 놀려 주고 싶다. 격렬하게 놀려 주고 싶어진다.

"아무리 그래도 친척 어른한테 보스몹은 좀……."

승현이 고개를 절레절레 내저으며 어처구니없다는 표정을 짓자, 그가 진심 어린 사과를 해 왔다.

"미안해요. 내가 좀 경솔했네요."

웃으면 안 된다. 절대 웃으면 안 되는 거다. 명품은 장인의 디테일이 완성하고, 장난 역시도 디테일 서린 표정이 완성한다.

"일단 들어가죠."

승현은 진지한 표정을 고수하려 애썼다. 세상 자신만만하던 남자가 갑자기 절절매는 모습을 보니 정수리가 쭈뼛 설 정도의 카타르시스마저 느껴졌다.

승현은 비장한 얼굴로 오락실 안으로 들어섰다. 물론 승현의 옆에는 덩달아 비장해진 그도 함께였다. 그는 언제나처럼 포멀한 슈트 차림이었다. 블랙 슈트에 진회색 넥타이를 매고 있었는데 그 모습이 흡사 비밀 기관의 요원처럼 보였다. 요원 맞지, 뭐. 에이전트니까?

이 와중에도 머릿속을 휘젓는 몹쓸 드립에 웃음이 비어져 나올 것만 같아서 승현은 윗니로 아랫입술을 비틀어 깨물었다. 그 모습이 긴장한 것처럼 보였는지, 그가 승현의 안색을 살피며 걱정스레 입을 열었다.

"괜찮아요?"

승현은 괜한 헛기침을 하며 한숨처럼 대꾸했다.

"각오하는 게 좋을 거예요. 만만치 않은 상대거든요."

대답에는 한 치의 거짓도 없었다. 진정으로 승현이 이제껏 상대했던 보스몹 중에 그놈이 가장 드셌다.

승현은 엄숙하고 비장한 표정을 유지한 채로 커다란 사격 오락기 앞에 섰다. 그가 멈춰 선 승현을 의아한 얼굴로 바라보았다. 그의 시선이 마구잡이로 흔들리고 있었다.

설마 네가 말한 보스몹이……?

그는 묻는 듯했고.

그래, 내가 말한 보스몹이…….

승현은 대답 대신 천 원짜리 두 장을 투입구에 집어넣었다. 지잉 하는 기계음과 함께 돈을 삼킨 오락기는 웅장하고도 음산한 음악을 토해 내며 좀비를 소환하기 시작했다.

"뭐 해요? 총 잡아야지."

그가 얼결에 파란색 플라스틱 총을 집어 들었다.

"이거 두 명이 같이 깨면 더 쉽게 깰 수 있거든요."

승현은 열심히 떠들며 총질을 시작했다.

"뭐 해요? 얼른 쏴야지!"

멀거니 자신을 바라보고 있는 그를 향해 승현은 버럭 소리를 질렀다. 그가 어설프게 총질을 하는가 싶더니 결국 1라운드도 마치지 못하고 게임이 끝나 버렸다.

"아, 내 편 들어 준다면서요……. 이래서 무슨……."

승현은 영 못 미덥다는 듯이 말하며 그를 흘끗 보고는 오락실 천장으로 시선을 옮겨 갔다. 흘끗 본 그의 표정이 묘했다. 웃는 것도 아니고, 우는 것도 아니고, 화내는 것도 아니고, 어이없어하는 것도 아니고, 그 무엇도 아닌 것 같았다.

그렇다고 '이런 미친년을 봤나?' 하고 정색하는 얼굴도 아니었다.

"다시 하죠."

그가 지갑에서 천 원짜리 두 장을 꺼내더니 투입구에 넣었다. 또다시 웅장하고 음산한 음악이 흘러나왔고, 좀비 떼의 습격이 시작되었다.

"대박!"

그는 마치 할리우드 액션 영화에 나오는 에이전트처럼 슈트 자락을 휘날리며 총질을 해 댔고, 그 결과, 보스몹인 거대 좀비를 해치운 것도 모자라 신기록까지 세웠다.

YOU WIN!

고통스러운 목소리로 그리 읊조리며 거대 좀비가 쓰러졌다. 이윽고 이니셜을 새기는 화면이 뜨고 밑줄 세 개가 깜빡거렸다.

"뭐 새기고 싶은 말 있어요?"

그가 진지하게 물어 왔다. 원래는 신기록을 세우게 되면 YOU를 입력하려고 했었다. 하지만 승현은 다른 알파벳 세 글자를 입력했다.

HAN. 그의 성인 '한'을 입력하고는 빙그레 웃으며 그를 바라보았다.

"우리 이제 한편이라는 뜻이에요."

나에게 이런 주옥같은 순발력이 숨겨져 있었다니!

승현은 더 진한 웃음을 머금었다. 그런데 그는 여전히 비장한 얼굴이었다.

왜, 왜 이래. 얼굴 좀 풀어요. 장난이 너무 심했나?

시간이 지날수록 그의 얼굴은 더욱 굳어 가는 듯했다.

"혹시 화났어요? 아니, 그동안 좀 딱딱한 이야기만 했고, 어제 승재 일도 있고 해서. 분위기 좀 풀어 보려고, 장난 좀 쳤어요."

'뭐 그쪽도 나 계속 놀리고, 장난치지 않았나?' 하는 물음은 혀끝을 맴돌기만 할 뿐 입 밖으로 튀어나오지는 않았다.

"이깟 게임 하나로……."

그가 말을 멈추고는 고개를 절레절레 내저으며 한숨을 몰아쉬었다. 심장에서 피가 다 빠져나가는 기분이었다. 그는 진정으로 화가 난 것처럼 보였다.

아니, 본인은 와인 마실 거냐면서 도발도 했잖아!

"되겠어요?"

응? 방금 뭐라고 했지?

뿅뿅거리는 오락실 소음에 묻혀 그의 목소리가 불분명했다.

"여기 있는 거 다 깨 보죠?"

"에?"

승현은 멍청한 표정으로 되묻고 말았다. 얼이 빠진 승현의 얼굴에 비해 그의 얼굴은 너무도 멀쩡했고, 극도로 진지했다.

"자, 옆에 이것부터."

그는 모터바이크 게임을 고갯짓으로 가리키고는 성큼성큼 걸음을 옮겼다. 조금 전에 그가 엉겁결에 플라스틱 총을 집어 든 것처럼 승현도 엉겁결에 모터바이크 위에 올라타고 말았다.

그런데 아까처럼 같은 편이 되어서 하는 게임이 아니었다. 누가 먼저 결승선에 도착하는지 서로 스피드를 겨루는 것이었다. 갑자기 오기가 생겨났다. 이 남자한테 지면 천년의 한이 맺힐 것만 같다.

대략 2분 후, 천년의 한이 맺히고야 말았다. 이번에도 신기록을 수립한 그는 자신의 성인 'HAN'을 1위 자리에 입력하는 중이었다.

"이건 같은 편이라는 뜻 아니고, 내 성씨. 한."

그는 굳이 '내 성씨. 한.'을 스타카토로 강조해서 말했다. 갑자기 얼굴이 화끈 달아올랐다. 이 남자가 지금 눈치채고 이러는 거야?

그에겐 '한편'이라는 뜻이라고 말하긴 했지만 사실, 그의 성을 입력한 게 맞았다. 나중에 오락실에 혼자 왔을 때, 그와 함께 게임기 앞에

섰던 일을 추억하기 위함이었다.

"하나 더 할까요?"

승현은 고개를 푹 숙인 채로 절레절레 내저었다. 더 했다가는 뭔가 기분이 상당히 나빠질 것 같은 슬픈 예감이 든다.

그리고 갑자기 이 남자가 그 어느 때보다도 믿음직스럽게 느껴졌다.

스트레스가 쌓일 때면 승현은 가끔 오락실을 찾았다. 천 원짜리 두 장을 가지고 스트레스를 푸는 방법 중에 가장 효과적이었으니까.

몇 개월 동안 깨지 못했던 보스몹을 함께 깨고, 모터바이크 게임을 하면서 엿본 그는 엄청난 승부욕을 가진 듯했다. 지금도 그는 두 눈을 번뜩이며 다음 사냥감을 찾아 산기슭을 헤매는 하이에나처럼 주변을 두리번거리는 중이었다.

"저는 보스몹 깬 거로 만족하는데……."

주변을 두리번거리던 그가 대뜸 흡족한 미소를 지으며 대꾸했다.

"그럼, 다행이고요."

이 남자의 표정 변화는 가끔 종잡을 수가 없다. 갑자기 뭐가 그렇게 만족스러우실까?

"저 좀비는 얼마 동안 못 깨고 있었어요?"

"몇 달 됐죠."

"허무하지는 않아요? 몇 달 동안 못 깨던 거 깨 버려서?"

"뭐, 나중에 다른 거 해도 되고."

승현은 대수롭지 않다는 듯이 대답했다.

"그게 포인트예요."

여기서 또 뭔가 깨달아야 하는 포인트가 있는 겁니까, 선생님?

그는 오락실에서 진리를 논하려는 현자처럼 진지한 눈빛을 빛냈다.

"간절히 바라던 일을 이루고 나면, 기뻐야 하는 게 맞잖아요. 그런데 목표를 상실했다는 기분이 들면서 허망해질 때가 있어요. 꿈을 이루고 나면 기쁠 거라 생각했는데, 도리어 공허해지는 거죠."

이제부터 진짜 중요한 이야기가 나온다는 듯이 그의 눈빛이 깊어졌다.

"그럴 때, 슬럼프에 빠지게 되죠. 그런데 다행히 유승재 선수는 그럴 일이 없을 것 같네요."

"왜요?"

"누나인 유승현 씨가 잘 이끌어 줄 테니까."

"제가요? 어떻게요?"

"유승현 씨는 이미 그 방법을 알고 있잖아요."

"제가요?"

승현은 가슴 가운데를 오른 손바닥으로 짚으며 진지하게 되물었다.

"보스몹 깨고 나니까 그 게임은 이제 시시해졌죠? 앞으로는 다른 게임 하면 된다고 유승현 씨가 그랬잖아요."

일종의 '목표의 확장'을 말하는 거구나 싶었다. 승현은 그제야 알아들었다는 듯이 고개를 끄덕였다.

"이제 계약서에 사인하는 거죠? 앞으로 잘해 봐요."

그가 오른손을 앞으로 내밀었다. 승현은 그가 내민 손을 잠시 바라보다가 조심스레 손을 뻗었다. 커다란 손이 가녀린 손을 감싸 쥐자 찌릿한 전기가 오르는 것처럼 손끝이 저릿했다.

깊이를 가늠할 수 없는 그의 눈동자를 마주한 채로 승현은 오래도록 그와 손을 맞잡고 있었다.

"유승현?"

정신을 차린 건 등 뒤에서 자신을 부르는 한 남자의 목소리 때문이었다.

승현의 손을 꼭 잡고 있던 그의 표정이 미세하게 굳어 갔다. 그는 여전히 미소를 머금고 있었지만, 그 미소에는 따스한 온기가 가셨다.

그의 시선은 승현의 등 뒤에서 목소리를 낸 남자에게 향해 있었다. 승현은 미묘하게 날카로워진 듯한 그의 시선을 따라 고개를 돌렸다.

"맞네, 유승현."

"어?"

애 이름이 뭐더라…….

얼굴은 기억이 나는데, 이름은 죽어라 생각해 봐도 떠오르지 않는 그리 친하지 않았던 고등학교 동창이었다. 그때는 두 뺨에 여드름이 몇 개 있었고, 안경도 썼었던 것 같다. 공부도 무척이나 잘했던 것 같고……. 어……. 근데 여전히 이름이 기억이 나질 않는다. 이 타이밍에는 '어? 누구 맞지?' 하고 이름을 불러 주는 게 인지상정이거늘.

그러니까, 너의 이름이……?

"너 내 이름 기억 안 나는구나."

쌍꺼풀이 없는 선한 눈매를 휘며 동창 녀석이 찬란하게 웃었다.

'없을 땐 죽어라 없고, 몰릴 땐 죽어라 몰리고.'

피자집에서 아르바이트했을 때, 사장이 그랬었다. 손님이 없을 때는 죽어라 없고, 몰릴 땐 한번 죽어 보라는 듯이 몰리는 것 같다고.

그런데 왜 갑자기 그 생각이 드는 걸까?

승현은 졸업하고 훈남이 되어 버린 동창과 승재의 에이전트이자 짝남이 되어 버린 남자를 번갈아 보았다.

아……. 없을 땐 없고, 몰리면…….

여기서 짚고 넘어갈 건 지극히 개인적인 망상의 일부분이라는 것이다.

"어, 미안. 너 안경 썼던 건 기억나는데."

"군대 가기 전에 라섹 했어. 남자 친구?"

동창이 승현의 뒤에 서 있는 지윤에게 시선을 한 번 보내며 물었다.

"아, 아니. 일 때문에……."

이것 말고는 딱히 소개말이 생각나질 않았다. 두 남자는 아주 어색하게 고개를 까딱하는 것으로 인사를 대신했다.

"와, 반갑다. 동생은 여전히 축구하고? 애들이랑은 연락하고 지내? 나는 연락 다 끊겼어. 선생님들하고는? 선생님들이 너 되게 예뻐하셨잖아. 애들한테도 인기 많았고. 아, 나 휴대전화를 놓고 와서 그러는데, 잠깐 휴대전화 좀 빌려줄래?"

와다다다 쏟아붓는 말에 정신이 쏙 빠질 것만 같았다. 승현은 얼결에 휴대전화를 내밀었다.

동창은 고맙다는 말을 하고는 어디론가 전화를 걸었다. 그러더니 맥코트 안주머니에서 휴대전화를 꺼내 들고는 넉살 좋게 웃었다.

"연락할게. 조만간 보자."

동창 녀석은 승현에게 다시 휴대전화를 쥐여 주고는 유유히 사라졌다.

방금 뭐가 지나간 거 맞지?

승현은 얼이 빠진 표정으로 동창이 사라진 자리를 바라보았다.

"누굽니까?"

지윤은 멀거니 서 있는 그녀를 내려다보며 시큰둥하게 물었다. 갑자기 명치가 꽉 막힌 듯 갑갑하고 속이 느글거렸다. 하마터면 코트 주머니에서 휴대전화를 꺼내 흔드는 놈을 보고는 헛구역질을 할 뻔했다.

그녀의 고등학교 동창이라는데, 그녀는 이름조차도 기억하지 못했다. 그다지 친했던 사이도 아닌 것 같은데, 친근하게 대하는 꼴이 괜히 역겨웠다.

"조심해요. 저런 친구가."

"아! 생각났다!"

사이비 종교에 빠져 도를 아느냐고 묻는다든지, 동생 뒷바라지하려면 힘드니까 일자리를 소개해 준다면서 옥장판을 손에 쥐어 준다든지 할 수도 있으니 조심하라는 말을 하려고 했다. 그런데 그녀가 대뜸 기억이 났다고 말하며 오른손 검지를 세우고는 고개를 세차게 끄덕거렸다.

"뭐가 생각났는데요?"

"쟤 이름이요."

그녀는 이제껏 보지 못했던 편안한 미소를 지은 채로 아련한 눈빛을 하고 있었다. 지금 머릿속에 떠오른 모든 것을 토해 내라고 하고 싶은 마음이 굴뚝같았다. 하지만 그녀는 더 이상 말해 줄 생각이 없는지 입을 꾹 다물어 버렸다.

"아까 들어 보니까 고등학생 때 인기 많았나 봐요. 저 동창도 유승현 씨 좋아했어요?"

질문을 하면서도 유치하고 오글거리는 감정보다 속이 뒤틀리는 거북함이 앞섰다.

"인기는 무슨. 인기는 쟤가 더 많았죠. 완전 엄친아였거든요. 공부도 잘했지, 집안도 좋았지, 운동도 잘했지. 쟤 S대 갔다고 했었는데……."

마치 기억상실증에 걸렸다가 기억이 돌아온 사람처럼 그녀는 고등학교 시절 동창의 활약상에 대해 장황하게 떠들기 시작했다. 어쩐지 갑자기 정색하고 싶어진다.

"뭐, 한창때 엄친아 소리 안 듣고 자란 사람도 있나?"

오랜만에 만난 동창 때문에 즐거웠던 고등학교 시절을 추억하는 그녀에게 지윤이 심드렁히 읊조렸다.

"저는 그런 소리 못 들어 봤는데요?"

그녀가 눈을 동그랗게 뜨고 올려다보며 고개를 갸우뚱 기울였다. 순간 말문이 막혔다.

대꾸가 없자 그녀가 말을 덧붙였다.

"나는 살면서 엄친딸 소리 한 번도 들어 본 적 없다고요."

거들먹거리려고 한 말은 아니었는데, 그녀의 눈에는 잘난 척하는 것처럼 보였나 보다. 지금 눈앞에 없는 남자를, 그녀는 이름조차도 기억하지 못하는 동창을 왜 이겨 먹고 싶었을까?

지윤은 스스로도 어처구니가 없고, 머쓱해져서 괜히 목청을 가다듬었다. 더 이상 근거 없이 솟구치는 승부욕에 빠져서 입을 놀리면 안 되는데, 속절없이 입이 열리고야 말았다.

"그래서 저 동창, 좋아했어요?"

승현은 심각한 얼굴을 하고 있는 남자를 가만히 올려다보았다. 이렇게 보니 이 남자, 새삼 잘생겼다. 대체 피부 관리를 어떻게 하는 건지, 얼굴에서 광채가 흘러넘쳤다. 그리고 도톰하고 새빨간 입술은 각질 하나 일어나지 않고 매끈했다. 살짝 까치발을 들어서 입을 맞춰 보고 싶은 충동마저 일었다.

입술이 부딪치면 부드러울까, 폭신할까, 따뜻할까, 뜨거울까?

시선을 느꼈는지 그가 입술을 굳게 다물었다.

"뭐 엄친아라고, 잘났다고 다 좋아해요? 저 그런 사람 아니거든요?"

말은 그렇게 했지만 그런 사람이 맞는 것 같기도 하다. 저 동창은 예외였지만, 눈앞에 서 있는 남자한테는 지금 정신을 못 차리고 있으니 말이다.

"그럼, 어떤 스타일 좋아하는데요?"

너요, 너님이요! 바로 너야 너! 너 같은 스타일이요!

가슴속에서 심장이 쉴 새 없이 나대며 '이건 그린 라이트야! 썸이라니까, 썸!'을 외치고 있었다. 그런데 이제껏 제대로 된 연애는커녕 썸 한 번 타 본 적이 없으니, 지극히 주관적인 견해라 여기며 승현은 나대는 심장을 달래 주었다.

가만히 있어, 심장아. 언니가 알아서 해 볼게.

"글쎄요. 뭐 굳이 이상형을 골라 보자면……. 제가 누구한테 기대 본 적이 없어서……. 제가 기댈 수 있는 든든한 남자요. 나를 지켜 줄 수 있는 남자랄까."

대답을 들은 그의 표정이 점점 더 심각해졌다.

"왜요? 승재랑 계약하고 나면, 누구 소개라도 해 주시게요?"

질문하는 목소리가 점점 기어들어 갔다. 나중에는 목소리가 거의 나오지 않을 지경이었다. 그의 표정이 마치 망자를 잡으러 온 저승사자처럼 굳어 있었기 때문이었다.

"선수나 선수 가족과 개인적으로 얽히는 일은 지양해야 합니다."

그가 무섭도록 차가운 목소리로 대꾸했다.

"아니면 아닌 거지, 뭘 그렇게 정색을 해요. 이상형 같은 건 왜 물었어요, 그럼."

승현은 오락실 입구를 향해 걷기 시작했다. 뜨거운 열기로 달아올라 쿵쿵 울리던 심장이 차갑게 침잠했다. 뒤에서 그가 따라오는 구둣발 소리가 들려왔다.

'선수나 선수 가족과 개인적으로 얽히는 일은 지양해야 합니다.'

언제는 승재를 키운 사람이니까 어떤 사람인지 알고 싶다는 둥, 내 편이 되어 주겠다는 둥, 바람을 잔뜩 넣어 놓고서……. 무섭게 정색이야, 정색이!

물론 혼자 좋아서 북 치고 장구 치는 중이기는 하지만 그렇다고 해도 저렇게 사람 무안하게 할 필요는 없지 않나?

눈가가 따끔거렸다. 코끝이 찡하고 눈물이 핑 돌아 버렸다. 그야말로 돌아 버리겠다. 하지만 지금 울면 꼴사나워진다. 승현은 두 눈을 부릅뜨고 오락실을 나섰다.

"데려다줄게요."

"됐어요. 걸어갈래요. 다음 알바, 여기서 가까워요. 잘 가요."

승현은 인사를 하는 둥 마는 둥 하고 잰걸음을 옮겼다. 따라오려나 싶었는데, 아쉽게도 뒤따르는 발걸음 소리는 들려오지 않았다.

[그런 데서 만날 줄은 몰랐네. 진짜 반갑더라. 어떻게 지냈어?]

[나야 그냥 똑같지, 뭐. 동생 뒷바라지하느라 정신없어.]

[고등학생 때도 대단하다고 생각했는데, 지금까지도 계속하는 거 정말 대단하다.]

이름이 생각나지 않았던 동창의 이름은 이석훈이었다. 석훈은 대학을 조기 졸업하고 군대를 다녀온 뒤 로스쿨 진학을 앞두고 있다고 했다.

[내일 바빠? 점심 같이 먹을래?]

[내일 점심은 괜찮아. 어디서 볼까?]

머리를 감고 나와서 드라이어로 말리며 메시지를 보내자마자, 휴대전화가 울렸다.

"어, 내일 어디서 볼까?"

당연히 석훈일 거라 생각했다. 계속 메시지를 주고받는 중이었으니, 답답해서 전화했나 보다 싶었다.

— 내일 누구 만나러 갑니까?

그런데 휴대전화 너머에서 들려온 목소리는 석훈의 것이 아니었다. 심장이 쿵 내려앉았다. 낮게 가라앉은 매혹적인 목소리는 그 사람이었다.

"아, 내일 석훈이⋯⋯. 아까 그 동창이 같이 점심 먹자고 해서요."

— 내일 좀 보죠.

그는 심각한 목소리를 내며 다짜고짜 내일 보자고 말했다.

"무슨 일로요?"

— 계약서 도장 빨리 찍어야 할 것 같네요. 유승재 선수 출국 날짜가 다음 주로 잡혔습니다.

"네?"

— 내년 3월 K리그 개막 전에 구단 입단을 마치려면 서둘러야 합니다. 런던을 연고지로 하는 팀 중의 한 곳이 될 거고요. 구체적인 조율은 이번 주말 안으로 마무리가 될 겁니다. 그 전에 계약서에 도장부터 찍어야 하지 않겠어요?

"진짜, 우리 승재가 런던으로 가요?"

— 준비해야 할 게 많으니까 서두르죠.

"내일 몇 시까지 어디로 가면 될까요?"

— 제가 바빠서 점심때밖에 시간이 나질 않네요. 점심때 에이전시로 나오시죠. 계약하기로 해서 에이전트 평가니 뭐니 했던 건 소용없어졌지만, 에이전시가 어떻게 생겼는지 궁금하지 않아요?

"좋아요, 그럼. 내일 점심때 거기로 갈게요."

— 약속은⋯⋯. 취소해도 괜찮겠어요?

"다음에 만나면 되죠, 뭐."

— 그럼, 내일 뵙죠.

통화를 마친 지윤은 마른세수를 하며 한숨을 몰아쉬었다.

계약서에 도장을 찍는 일은 런던으로 떠나기 직전에 해도 상관없었다. 그런데 심히 거슬렸던 남자를 만나러 나간다는 말에, 속이 뒤집혀버렸다.

아, 내가 왜 이러지. 진짜.

또다시 한숨을 내뱉고 있는데, 손에 쥔 휴대전화가 부르르 진동했다.

휴대전화 너머에서 들려온 목소리의 주인공은 방금 통화를 마친 그녀였다.

― 생각해 보니까 에이전시가 어딘지 몰라서요. 주소 좀…….

다시 듣는 그녀의 목소리가 심장이 두근거릴 정도로 반가웠다.

"내가 내일 데리러 갈게요. 어디로 갈까요?"

― 아, 아녜요. 내일 바쁘시다고. 점심때만 시간 난다고 하셨잖아요.

바쁜 건 사실이었다. 그렇지만 그녀를 데리러 가는 일이라면 무리를 해서라도 갈 수 있을 것 같다.

"오면서 차에서도 간단하게 이야기 나눌 수 있고, 이동 시간도 줄일 수 있으니까. 제가 가는 게 나을 것 같은데요?"

그녀가 잠시 고민하는 듯 뜸을 들였다. 등줄기를 타고 식은땀이 흘러내리는 듯했다. 지금 자신이 내뱉은 말이 논리적으로 맞는지, 안 맞는지를 그녀도, 지윤 자신도 가늠하고 있었다.

"원래 선수 가족분들이랑 접촉할 때는 제가 움직이는 경우가 많으니까 부담 가질 필요 없어요."

'내가 이렇게 배려심이 넘치는 에이전트랍니다!' 하고 소리라도 지르지, 왜?

지윤은 자신이 내뱉은 작위적이고, 상투적인 말에 눈을 질끈 감아 버렸다. 그냥 에이전시 주소를 알려 준 뒤 오라고 하면 그만인데, 뭔가 자꾸 질질 끌어오고 싶어진다.

숨겨 왔던 나의 수줍은 어그로질 모두 네게 줄게!

― 저 내일은 새벽부터 알바하는 날이어서 오전 11시쯤 끝나거든요. 그럼, 거기로 오실래요?

그녀의 목소리가 평소 같지 않게 미묘한 톤으로 가라앉았다.

"네, 그러죠. 거기 주소 보내 줘요."

— 네, 그럼 내일 봬요.

어딘지 모르게 조심스럽달까, 수줍달까, 부끄럽달까.

통화를 마치고 난 뒤, 아차 싶었다. 혹시 아르바이트하는 장소를 남에게 보이고 싶지 않은 걸까? 시차를 두고 다른 장소에서 만나기에는, 이쪽에서 점심으로 만나는 시간을 한정해 버렸으니 어려웠을 것이다.

배려가 넘치기는…….

지윤은 고개를 절레절레 내저으며 한숨지었다.

선수가 유명해지고 나면, 그 가족들도 더는 평범한 생활을 하기가 어려워진다. 선수와의 금전적 관계부터 시작해서 가족 간의 종속적인 유대 관계까지 복잡미묘하게 얽힌 일들을 유기적으로 관리하는 것도 에이전트의 역할 중 하나였다. 가장 가까운 가족이 선수의 가장 큰 적이 될 수도 있으니까.

그래서 유승재 선수의 하나뿐인 가족인 유승현이라는 여자를 신경 쓰기 시작했는데…….

그저 신경을 쏟던 보통의 감정이 어느샌가 관심이 되었고, 관심은 욕심이 되었다……. 그리고 급기야는 욕심이라는 감정으로도 정의 내릴 수 없을 만큼 지독하고, 끈끈하고, 뜨겁고, 원초적인 것으로 변해 갔다.

갑자기 심장이 뜨끈하게 달아오르며 가슴이 답답해져서 지윤은 연거푸 한숨을 몰아쉬었다.

"일이 잘 안 돼?"

옆에서 잠자코 지윤을 지켜보고 있던 이기석 비서실장이 걱정스러운 목소리를 냈다.

아, 이놈이 옆에 있는 것도 깜빡했네.

지윤의 내적 고뇌보다, 촉각을 곤두세우며 지윤을 바라보고 있는 이 실장의 얼굴이 더 복잡해 보였다.

세상의 이기적인 유전자는 모두 몰빵을 해서 태어난 이기석 실장이 유일하게 이타적으로 구는 상대가 자신의 상사이자, 친구인 지윤이었다. 다른 이들과 함께 있거나, 혹은 지윤이 외부에 있어서 전화 통화를 해야 할 경우를 제외하고, 이렇게 단둘이 있을 때는 말도 편하게 했다.

"잘 안 되는 건 아닌데……."

눈치가 빠른 놈이었다. 티끌만 한 감정이라도 얽혀 있으면 무섭게 잡아낼 짐승의 촉을 가진 놈이었다. 그게 남녀 관계라면 더더욱 나서서 훈수를 두고, 참견할 놈이라는 것을 알기에 지윤은 말을 아꼈다.

"그렇게 제대로 증명도 안 된 선수한테 왜 그렇게 공을 들여."

기석은 이해가 가지 않는다는 듯이 고개를 내저었다.

"그 영상 안 보여 주는 건데."

기석이 이것 좀 보라며 메시지로 보내온 유튜브 영상을 본 건 몇 개월 전이었다. 홍대 앞에서 프리스타일 축구를 하는 무리의 모습이 담겨 있는 영상이었는데, 묘기를 마친 프리스타일러가 길거리 관중 중 한 사람을 가운데로 불러들였다.

남자는 축구공을 가지고 머뭇거리는 듯싶더니, 프리스타일러 못지않은 실력을 보여 주었다. 비트에 맞춰 본 적은 없는지 약간씩 박자가 어긋나기는 했지만, 공을 다루는 스킬은 프리스타일러보다 단연 능숙했다.

'얘가 축구하면 내가 계약한다.'

흘리듯 던진 말이었다. 계속 영상 속 남자가 생각나기는 했지만, 소속 선수를 관리하는 것만으로도 눈코 뜰 새 없이 바쁘기도 했거니와 영상 하나만을 가지고 사람을 찾기란 백사장에서 바늘을 찾는 일과 같았다.

그런데 그런 어려운 일을 기석이 해내고야 말았다.

'고교 축구부 소속이래. 아직 진로는 결정 안 됐고. 어떡할래?'

그길로 유승재를 찾아 나섰다. 우연히 영상을 접하게 된 것도, 야구 선수만을 상대하던 지윤이 영상을 보자마자 계약을 운운했던 것도, 그리고 찾아낸 승재가 축구를 하고 있었던 것도 모두 운명이라 여겨질 정도로 강하게 끌렸다.

그리고 지금은…….

머릿속에 선명하게 떠오른 얼굴은 승재가 아니었다. 말간 얼굴, 까맣고 물기 어린 눈동자, 할 말은 다 하고야 마는 앙증맞은 입술, 가녀린 체구로 승재의 앞에 서서 세상과 맞서고 있는 여자의 얼굴이 손에 잡힐 듯 선연했다.

"쪼그마해서……."

지윤의 입가에 미소가 어렸다.

"야, 너 나한테 작다는 소리 하지 말라고 했지!"

자신을 놀리는 말이라고 생각했는지, 기석이 발끈해서는 목청을 높였다.

"유승재 계약서, 내일 아침까지 부탁해."

"야, 니가 아직도 야구 선순 줄 알아? 무슨 공 던지듯, 일만 던지면 다야?"

"내가 월급 주잖아. 에이전시 표준 계약서에 특약만 정리하면 되는데, 뭐가 어려워?"

업무를 간단하게 정의해 준 지윤의 얼굴은 깔끔하기만 했다. 물론 기석의 얼굴은 썩어 들어갔다. 초안이라는 둥, 이걸로 도장 찍어 올 거냐는 둥, 유승재 선수 쪽이 동의한 거냐는 둥.

"동의하게 만들면 되는 거지."

지윤은 특유의 나른한 미소를 머금은 채로 조용히 대꾸했다. 아마 동의하지 않을 수 없을 거다.

원하는 건, 전부 해 줄 생각이니까.

그런데 이 순간에도 계약 당사자인 승재의 얼굴보다 그녀의 얼굴이 아른거리는 건 왜일까.

그녀가 아르바이트하는 장소라며 주소를 알려 준 곳은 시장 안에 있는 한 반찬 가게였다. 시장 주차장에 차를 대고 기다리라고 했지만, 지윤은 괜히 조바심이 나서 시장 안으로 들어섰다.

요즘 재래시장 좋아졌네.

어릴 때 어머니를 따라서 왔던 시장의 모습과는 사뭇 다른 풍경이었다. 모두 똑같은 모양의 동그란 간판을 달고 있었고, 골목도 잘 정비된 모습이었다. 풍경은 조금 달라졌지만, 그래도 재래시장 특유의 구수한 냄새와 따스한 분위기는 그대로였다.

그녀가 말했던 반찬 가게 앞에 선 지윤은 하얀색 플라스틱 용기에 담겨 한 팩씩 포장된 채로 줄지어 놓여 있는 반찬들을 내려다보았다.

새벽부터 나와서 이걸 만들었나?

만든 지 얼마 되지 않았는지 여전히 따뜻한 잡채가 가득 담긴 플라스틱 용기를 집어 들었다.

"총각, 우리 집 잡채 진짜 맛있는데, 한 팩에 5천 원."

사려고 한 건 아니었는데, 왠지 꼭 사야 할 것 같은 분위기다. 반찬을 내려다보고 있던 시선을 옮겨 주황색 앞치마를 두르고 그와 같은

색의 머릿수건을 쓴 풍채 좋은 아주머니를 바라보았다.

"어머머. 총각 진짜 잘생겼다. 꼭 깎아 놓은 밤처럼 생겼네! 거기 밤조림 3천 원. 옆에 3천 원짜리 하나 더 고르면 내가 잡채랑 반찬 두 팩만 원에 줄게."

이러려고 그런 게 아닌데, 다 사야 할 것 같은 분위기다. 지윤은 슈트 재킷 안주머니를 살폈다. 차에 타자마자 주머니에 든 것을 전부 콘솔에 빼놓는 버릇이 있는데, 하필 지갑을 두고 왔다.

그 사실을 아주머니가 귀신같이 눈치챘다.

"뭐야, 우리 집 외상은 안 되는데."

사려고 했던 건 아닌데, 사야 할 것 같았지만, 지갑이 없어서 못 사는 상황이 심히 당황스러웠다.

그런 지윤의 모습을 더 당황스럽다는 듯이 바라보는 시선이 느껴졌다. 아주머니 뒤에서 그녀가 고개를 빠끔히 내밀고 있었다.

그녀는 눈짓으로 인사하고는 알은체는 하지 말라는 듯 재빨리 고개를 내저었다. 지윤이 알겠다는 뜻으로 얼른 고개를 끄덕이려는 순간이었다.

"어머, 이 총각. 반찬 사러 온 거 아닌가 보네?"

아주머니의 시선이 대뜸 뒤에 있는 그녀에게로 향했다.

"이모, 있잖아요."

당황한 지윤과 달리 그녀는 멀쩡한 얼굴로 심각한 목소리를 냈다.

"이 사람 외국 사람 같지 않아요? 이모가 하는 말 하나도 못 알아들은 얼굴인데요?"

능청스럽게 거짓말을 해 대는데, 기가 막혔다. 지윤은 그저 황당한 표정으로 두 사람을 바라보았다. 아주머니는 잠시 묘한 시선을 그녀에게 두었다가 갑자기 고개를 끄덕거렸다.

"그러네."

놀라 자빠질 정도로 아주머니는 수긍이 빨랐다.

"웨얼 아 유 프롬?"

그녀가 생글생글 웃으며 영어로 말을 걸어왔다. 그녀 특유의 밝음이 시장통을 밝히는 듯한 착각이 인다.

"유에스에이."

그런데 왜 나는 여기에 장단을 맞춰 주고 있는 것인가.

"어머, 미국에서 왔나 봐요. 이모, 저 이만 가 봐도 되죠?"

능청맞은 말을 아무렇지 않게 내뱉는 입술이 앙증맞다.

"응, 이것 좀 가져가. 고생했어. 다음 주에도 좀 부탁해."

"아유, 이모도 참. 이런 거 안 주셔도 된다니까."

그녀가 말꼬리를 길게 늘이며 애교스럽게 웃고는 검은 비닐봉지를 받아 들고 지윤의 곁을 지나쳐 갔다. 그 순간 그녀가 긴 속눈썹을 팔랑 거리며 눈을 귀엽게 꿈틀하는 미세한 움직임으로 따라오라는 신호를 보내는 것이 시야에 들어왔다.

하, 이거 나 정도 동체 시력은 되니까 캐치하는 거야.

그녀가 떠난 자리엔 반찬 가게 아주머니와 지윤만이 덩그러니 남았다.

"빠, 빠잇!"

아주머니가 어색하게 웃으며 손을 흔들어 보였다. 어떻게 상황을 모면해야 하나 고민했는데, 아주머니의 영어 공포증이 한몫해 주었다.

"해브 어 나이스 데이."

지윤은 자신이 느끼기에도 몹시 낯간지러운 미소를 머금은 채로 인사를 한 뒤 돌아섰다.

저만치 걸어가는 그녀의 뒷모습이 보였다. 지윤은 그녀를 향해 성큼 성큼 걸음을 옮겼다. 물론 지윤의 시선은 그녀에게 고정된 채였다.

내내 앞만 보고 잰걸음을 옮기던 그녀가 천천히 고개를 돌렸다. 지윤이 자신의 뒤를 따르고 있는지 확인하는 듯한 눈치였다.

그러다 시선이 마주쳤다.

심장이 쿵 하고 빠르게 뛰기 시작했다.

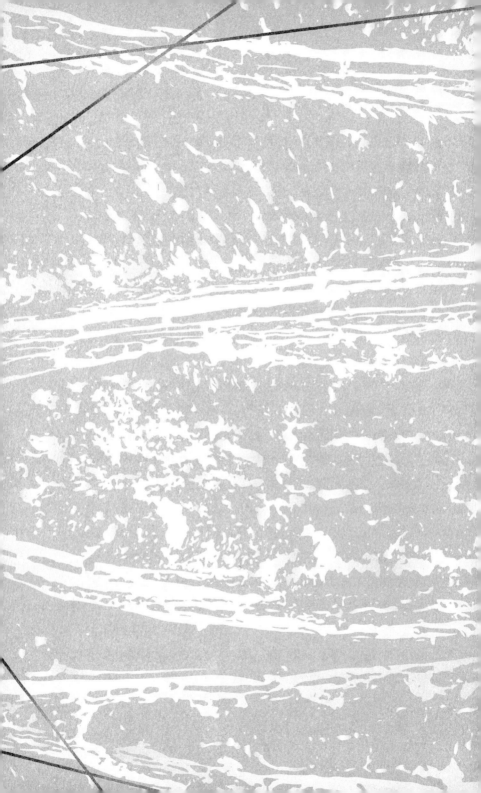

3

빠져 버렸다

지윤은 멈춰 선 그녀의 시선을 똑바로 응시했다. 그녀가 잘 따라오고 있다는 듯 장난스럽게 미소 지었다.

왜, 왜지? 대체 왜?

가슴속에서 세찬 풍랑이 이는 것처럼 울렁거렸다. 발밑 땅이 움직이는 것처럼 어지럼증이 일어서 멀미를 할 것만 같았다.

이건 대체…….

심장이 뛴다. 자신을 향한 그녀의 장난기 어린 미소가 심지어…… 사랑스럽다?

아니, 왜?

한번 시작된 의문은 삽시간에 증폭되었다. 탐욕에 가까워진 감정의 정체를 이제야 알아차리고 말았다.

자신이 나름 이성적인 인간이라고 자부하며 살아온 지윤이었다. 일평생을 야구에 바치고 계신 아버지와 아버지의 뒤를 따라 야구 선수로 활약한 형들이 다소 육감이 발달한 타입이라면, 의사인 누나와 자신은 어머니를 닮아 지극히 이성적인 타입이었다. 호불호가 분명했고, 호와

불호에 대한 이유도 명확했다.

또 연애를 안 해 본 것도 아니었다. 나이를 서른하나씩이나 먹고 연애도 한 번 못 해 봤으면 형들이 던지는 시속 150km에 육박하는 속구에 맞아 죽어도 싸다. 그간 연애를 해 오면서도 맺고 끊음이 아주 정확했었다. 혼자 속앓이를 해 본 적도 없었고, 애걸복걸하며 붙잡고 매달려 본 적도 없었다.

소위 말하는 쿨한 연애였다. 좋게 말해서 쿨한 연애지 뜨거울 것도 그렇다고 차가울 것도 없는 이성적이고 서늘한 관계였다. 누군가와 연애 관계를 맺기 전에 이렇게 감정이 앞서 나간 적은 없었다.

대학 때는 소개팅에서 만난 타 대학 여학생과 잠시 만났었고, 사회에 나와서는 업무적 필요에 의해 만난 관계에서 뜻이 잘 통해 연애를 했던 적이 있었다.

심장이 뛰고, 가슴이 뜨끈하게 달아오르고, 사랑스럽다는 생각이 들 만큼 안달이 났던 관계는 단 한 번도 없었다.

그래서 남들이 말하는 사랑이 그렇게 서늘한 것인 줄 알았고, 운명의 짝을 만난 것처럼 호들갑스럽게 결혼한 형들을 이해할 수 없었다. 유난히 육감적인 인간들이어서 그렇다고 한쪽 입꼬리만 씩 올리며 시크하게 웃어 줄 뿐이었다.

운명? 운명이라.

축구 선수 유승재에 대한 계약 진행을 운명이라 여겼고, 새로운 도전에 가슴이 떨리는 거라고 생각했다. 그러다 승재의 곁에 있는 그녀에게 자꾸 시선이 향했을 뿐이었는데.

그 시선의 끝이 타오르기 시작했고, 들불처럼 번져 심장과 온몸을 잠식한 듯했다.

갑자기 맥이 빠지고 다리가 풀려 버릴 것만 같아서 지윤은 발끝에 힘을 주고 걸음을 옮겼다.

지윤이 현타를 맞고 서 있는 사이 그녀가 시야에서 사라져 버렸다. 일단 그녀를 찾아야 했다. 휴대전화를 찾으려 주머니를 뒤져 보았는데, 지갑과 함께 차에 놓고 내렸는지 없다. 물건을 질질 흘리고 다니는 성격도 아닌데, 운전석을 급히 벗어나느라 챙기지 못했다. 이게 다 그녀 때문이다. 빨리 그녀를 찾아내서 시야 안에 두어야겠다는 욕망이 앞선 탓이었다.

복잡하게 말해서 그렇지, 그냥 보고 싶었다는 뜻이다.

보고 싶어서? 내가? 여자를?

갈수록 가관이었다. 보고 싶다는 낯간지러운 말은 연애할 때조차 써 본 적이 없었다.

연애 외적으로는 지윤이 보고 싶다는 말을 하는 경우가 드물게 있기는 했다.

'네가 우승하는 거 보고 싶어.'

소속 선수에게 하는 말이었다.

그런데 자신과 계약을 한 것도 아니고, 누군가와 싸워서 우승할 일도 없는 여자가 보고 싶어서 차에 지갑이고, 휴대전화고 전부 두고 내렸다.

완전 정신이 빠졌네.

빠져 버렸다. 자신도 모르는 사이에, 그것도 이렇게 깊게 빠지기에는 다소 앞뒤가 맞지 않는다 싶을 만큼 짧은 시간이었는데도 불구하고, 빠져 버렸다.

그러니까 왜?

모든 사건에는 인과 관계라는 것이 존재한다. 원인이 있으니 결과가 있어야 한다는 말이다. 한지윤이 유승현이라는 여자에게 빠졌다. 그런데 대체 그 원인이 뭔지 지윤은 납득할 수가 없었다.

그것도 이렇게 빠른 시간 동안에, 우리 사이에는 아무것도 없었는데?

가슴에서는 여전히 풍랑이 일고, 머릿속은 점점 꼬여서 폭발하기 직전에 시장 공영 주차장에 도착했다.

"어? 오셨네요."

어떻게 찾았는지 그녀가 지윤의 차 옆에 서서 빙그레 웃고 있었다.

그녀는 굳이 말하지 않아도 빠릿빠릿하게 움직이는 타입이다. 복잡하게 설명하지 않아도 잘 알아듣는 편이기도 하다. 그러니까 굳이 말을 길게 하지 않아도 대화가 잘 통한달까? 깊은 대화를 나눠 본 것은 아니지만, 그녀의 성향은 대충 파악할 수 있었다.

단지 말이 잘 통한다는 이유로?

사랑에 빠졌다?

혹은, 탐나는 선수의 계약에 심취한 나머지 착각한 거다?

지윤이 결론 내린 명제는 전자에 가까웠다. 그런데 그 명제를 증명하기 위해서는 케미가 폭발했던 순간이나 특별한 감정의 시작점과 같은 사례가 있어야 하지 않나?

일종의 귀납적 추리였다. 지윤은 지금 자신이 사랑에 빠진 것에 대한 이성적인 설득이 필요해서 아리스토텔레스의 무덤이라도 찾아가고 싶은 심정이었다.

그래, 분석해 보자.

선수의 전력을 분석하듯이 지윤은 그녀가 자신을 퐁당 빠뜨려 다리에 힘이 풀리게 만든 사건의 개연성을 분석해 보기로 했다.

"내 차 여기 있는지 어떻게 알았어요?"

가슴이 두근거린다 한들 멍청하게 굴 만큼 모자란 인간은 아니다. 지윤은 평소와 다를 바 없는 목소리와 말투로 물었다.

"들어오자마자 보이던데요?"

그녀가 싱긋 웃으며 고개를 오른쪽으로 갸우뚱 기울였다. 뺨을 타고 매끄럽게 올라간 그녀의 입술 끝에 보조개가 쏙 들어갔다.

보조개도 있네. 귀엽게.

지윤의 시선이 보조개에 머물렀다가 여전히 미소를 머금고 있는 그녀의 입술로 향했다. 그녀의 입술은 연한 분홍빛이다. 붉고 탐스러운 입술이 아닌, 봄꽃처럼 보드라운 색이었다. 그녀의 새하얀 피부는 연분홍색 입술을 더욱 돋보이게 했다.

시선을 올리자 자그마한 코가 보였다. 콧대는 분명하지만 콧망울은 아담하고 동그랬다. 눈은 조금만 겁을 주면 금방 울음을 터뜨릴 것처럼 커다랬다. 소위 말하는 초롱초롱한 사슴 상이었다.

그러니까 예쁘다는 말이다.

여기서 인과관계를 알아보는 귀납적 연구 방법 다섯 가지를 제시한 J.S. 밀의 일치법을 빌려 보자면.

남자인 이기석은 예쁜 여자를 좋아한다. 남자인 한지윤도 예쁜 여자를 좋아한다. 둘에게서 일치하는 점을 찾아보자면 남자고, 예쁜 여자를 좋아한다는 거다. 대개 남자들은 예쁜 여자를 좋아한다.

예뻐서 좋아진 건가?

지윤은 첫 번째 결론을 증명하듯 예쁘게 웃고 있는 그녀를 바라보며 마주 웃었다.

"근데 어떡하죠? 반찬 가게 이모가 반찬을 좀 싸 주셔서요. 이게 냄새가 좀 날 텐데요."

그녀가 생긋 웃으며 검은 비닐봉지를 들어 보였다.

"괜찮아요. 일단 차에 타죠."

지윤은 조수석 문을 열어 주며 그녀에게 타라고 손짓했다. 그러자 그녀가 고맙다는 듯 묵례를 하고는 차 안에 올라탔다.

지윤이 운전석에 오르자, 그녀가 맑고 청아한 목소리로 떠들기 시작했다.

"일주일에 한 번 목요일마다 반찬 가게에서 택배 발송하거든요. 그래서 일주일에 한 번만 오는 곳인데, 올 때마다 반찬을 챙겨 주세요. 저야 일주일 치 반찬도 얻고, 알바비도 받으니까 일거양득이죠."

특유의 리드미컬하고 밝은 말투가 듣기 좋다.

"아, 근데 이모가 눈치가 엄청 빠르시거든요? 막 승재 에이전트니 뭐니 설명하기 복잡해서요. 아마 이모는 외국인이라고 말하기 전에 이미 머릿속에서 그쪽이랑 나랑 결혼도 시키고 애도 한둘쯤 낳게 했을걸요?"

그녀는 말을 하면서 박수까지 짝짝 쳐 가며 웃어 댔다. 그런데 지윤은 웃을 수가 없었다. 순간 상상해 버리고 만 것이다.

이 여자랑 결혼해서 애도 한둘쯤 낳는 상상을……. 애를 낳으려면……. 어, 애를 가져야 하고……. 어, 그러려면 이 여자를 내가……. 어…….

사춘기 시절에나 했을 법한 상상이 머릿속을 뒤덮은 순간 지윤은 저도 모르게 미간을 구기고 말았다. 한숨을 훅 내쉬어야 할 정도로 단전 아래에 힘이 들어갔다.

"점심 아직 안 드셨죠?"

야속하게도 지윤의 곤란한 신체 변화를 알아차리지 못한 그녀가 여상히 물었다. 하긴 지금 상황에서는 신체 변화를 알아차리는 게 더 두렵다.

"아직이죠."

지윤 역시도 평범한 목소리로 대꾸했다. 허리 아래가 들떴다고 한들, 목소리까지 들떠서 티 낼 필요는 없지 않은가?

"이 근처에 뭐가 유명해요?"

새벽부터 일어나서 고생했을 테니, 원기 회복을 위해 맛있는 걸 먹여야겠다 싶었다. 아, 원기는 그녀만 회복시키는 거로 해야겠다.

"음식 가리지 않고, 잘 드세요?"

"잘 먹는 편이죠."

"근처에 토끼탕 유명한 데 가실래요?"

그 귀여운 걸?

지윤은 내내 도로 쪽으로 향해 있던 시선을 재빨리 옮겨 조수석에 앉아 있는 여자의 얼굴을 바라보았다.

사슴같이 생겨서 토끼를 먹자고?

그녀의 얼굴은 웃음기 하나 없이 말갛고 진지했다. 그런 그녀의 얼굴이 운전석 가까이 다가왔다. 고개를 쑥 내밀고 기어박스가 있는 곳까지 다가온 그녀가 연분홍 입술을 오물거렸다.

"농담이에요."

조그맣게 속삭인 그녀는 흡족하다는 듯이 웃으며 조수석 등받이에 등을 기대었다.

지금 자신을 놀려 먹고 재밌다고 웃는 거다.

5남매 중 막내로 태어난 지윤은 늘 형제들에게 치이기 일쑤였다. 약육강식과 적자생존을 몸소 체험하면서 자란 그였기에 밖에서 누군가에게 놀림당하는 일은 겪어 본 적이 없었다.

그런데 당해 주고 싶다. 이 여자가 흡족한 미소를 머금는 모습을 볼 수만 있다면 응당 놀란 척해 주는 게 인지상정이다.

"놀랐잖아요. 그 귀여운 걸 어떻게 먹어?"

토끼뿐이랴? 운동하는 아들들 챙겨 먹이겠다고 어머니께서 해 주신 보양식은 상상을 초월했다. 단지 아까 놀랐던 이유는 사슴 같은 그녀의 입에서 토끼탕이 흘러나왔기 때문이다.

지윤은 그저 '토끼탕' 발언에 놀란 척 굴었다.

"떡볶이 같은 거 드세요? 이 근처에 떡볶이 맛있는 집 있는데."

"떡볶이 좋죠."

그녀의 안내에 따라 시장에서 그리 멀지 않은 고등학교 근처 떡볶이

집 앞에 지윤의 차가 멈춰 섰다.

"어? 이게 왜 안 빠지지?"

그녀가 당황한 듯 혼잣말을 해 댔다.

"왜요?"

"벨트가 안 빠져요."

그녀의 새하얀 얼굴이 하얗게 질리다 못해 푸르렀다.

"봐 봐요."

지윤은 선뜻 조수석 쪽으로 몸을 기울였다. 그녀에게서 향긋한 비누 냄새가 났다. 심장이 또다시 쿵 울렸고, 단전 아래가 묵직해졌다.

그녀가 침을 꼴깍 삼키는 소리가 들려왔고, 지윤은 본능적으로 고개를 그녀 쪽으로 돌렸다.

시선이 마주쳤다. 그녀의 숨결이 오른쪽 뺨을 간질일 정도로 가까운 거리였다.

"제가 잘못 낀 것 같죠?"

그녀가 미안한 얼굴로 속삭였다. 한마디씩 말을 내뱉을 때마다 달콤함 숨결이 뺨에 닿았다가 멀어졌다.

볼이 붉게 달아오르려는 듯해서 지윤은 온 신경을 안전벨트에 집중하기 위해 노력했다. 잘못 끼워도 단단히 잘못 끼웠는지 안전벨트는 꿈쩍도 하질 않았다.

당혹스러움이 가득한 그녀의 새하얀 뺨이 분홍빛으로 물들어 갔다. 그녀는 등받이에 등을 딱 기댄 채로 어쩔 줄을 몰라 했다.

지윤은 왼손으로 그녀의 오른쪽 어깨 옆 등받이를 잡고, 오른손을 뻗어 안전벨트 버클을 풀기 위해 안간힘을 썼다. 흡사 그녀를 품에 가둔 포즈였다. 가까워진 거리 때문에 열기가 쉴 새 없이 차올랐다.

"좌석을 좀 뒤로 빼면, 더 잘 빠지지 않을까요?"

뭐라 대꾸할 틈도 없이 그녀가 좌석을 움직이기 위해 손을 뻗었다.

진동음과 함께 등받이가 움직였다. 문제는 좌석이 전체적으로 뒤로 밀리지 않고, 등받이만 다소곳이 뒤로 넘어가고 있다는 거였다.

"어, 어!"

승현은 계속 '어, 어!' 하는 소리만 내며 움직이는 등받이에 몸을 붙이지도 못하고, 그렇다고 몸을 일으키자니 그와의 거리가 너무 가까워져서 일어나지도 못한 채 어정쩡하게 등을 구부렸다.

등받이가 뒤로 젖혀지는 내내 승현의 눈동자는 그의 흔들리는 시선을 마주하고 있었다.

내가 지금 무슨 짓을 한 걸까?

이 남자는 지금 무슨 생각을 하고 있을까?

언제나 그의 미소가 나른하다고 생각했던 승현이었다. 그런 그의 미소를 바라보고 있노라면 저절로 눈이 감길 듯했고, 하품이 나올 것만 같았고, 기지개를 켜고 싶어졌었다.

그런데 지금은 그가 미소를 머금고 있는 게 아닌데도 이상하게 나른한 기분이 들었다. 어쩐지 눈을 감고 싶고, 몸을 뒤채고 싶고, 품 안에 푹신한 무언가를 꽉 끌어안고 싶은 충동이 일었다.

승현의 시선이 그의 붉은 입술에 머물렀다. 그의 입술은 살짝 벌어진 채로 달콤한 숨결을 흘리고 있었다.

키스해 보고 싶어.

붉은 입술을 머금고 품 안 가득 그를 끌어안고 싶은 충동이 일었다.

영화에서는 이런 순간에 눈을 지그시 감으면 마법 같은 일이 일어나곤 하던데.

키스를 예고하는 듯한 장면이 머릿속을 스쳤다. 지금이 딱 그 타이밍과 비슷하다는 생각이 들었다. 그는 승현을 품에 가두듯 등받이를 짚은 채로 내려다보고 있었고, 밀도 높은 시선이 오랜 시간 서로에게 머물렀다.

마치 시간이 멈춘 듯 꼼짝도 하지 않고 승현을 응시하던 그가 가슴이 들썩이도록 크게 숨을 들이마셨다.

할 수 있으면, 피해.

이런 심쿵 대사를 날리며 입술을 내릴 것만 같은 타이밍이었다!

첫 키스는 입술만 부딪쳐야 하나, 아니면 입을 여는 타이밍이 따로 있는 건가.

오만 가지 망상으로 머릿속을 붉게 물들이고 있는데, 그가 조심스레 입을 열었다.

"안 빠져요. 이거 끊어야 할 것 같은데?"

"네?"

그가 버클을 매만지던 오른손으로 벨트를 잡아끌며 한숨을 내쉬었다.

아, 승재 친구가 이 차 가격을 말했던 것 같은데……. 그럼 안전벨트는 얼마나 하려나?

붉게 물들었던 머릿속이 하얗게 변하면서 계산기를 두드려 대기 시작했다.

"잠깐 기다려 봐요."

그가 또다시 한숨을 내쉬며 차 문을 열고 내렸다. 트렁크에서 무언가를 찾으려는 것 같았다.

한숨이 나오시겠죠. 이 비싼 차의 안전벨트를 끊어야 한다는데, 한숨이 나올 거야. 저는 눈물이 날 것 같네요.

그저 황망할 뿐이었다. 승현은 눕혀진 좌석 등받이를 바로 세웠다. 이게 다 망할 등받이 때문이다. 아니, 안전벨트 때문이다. 아니다. 안전벨트를 잘못 끼운 똥손 탓이다!

승현이 소리 없는 비명을 지르며 자기반성에 열중하고 있을 때였다. 그가 조수석 문을 열더니, 안전벨트를 죽 잡아당기고는 싹둑 잘라 냈다. 마치 호랑이가 된 기분이었다. 동아줄을 잡았는데 싹둑 잘려서 바닥으로 곤두박질치는 기분이라고나 할까?

갑자기 기분이 침울해졌다. 그를 몰래 짝사랑하겠다는 음습한 마음을 먹기는 했지만, 그렇다고 그에게 잘 보이고 싶은 마음마저 아예 접은 것은 아니었다.

그 어떤 여자가 짝남한테 험한 꼴을 보이고 싶을까?

게다가 이 남자는 승재의 에이전트가 될 사람인데!

심적 데미지의 정도를 따지자면, 전자가 훨씬 큰 영향을 미치고 있는 것은 자명한 일이었다.

"아, 이거 어떻게 보상을 해 드려야 하죠?"

"글쎄요. 어떡해야 할지 모르겠네."

그가 곤란하다는 듯이 마른세수를 한 번 했다.

"나한테 빚 한 번 졌다고 생각해요."

그는 대수롭지 않게 말했지만, 승현은 기함했다. 없이 살면 이런 빚이 세상에서 제일 무섭다.

"빚을 어떻게 갚아야 하죠?"

승현의 목소리가 기어들어 갔다. 그러자 그가 특유의 나른한 미소를 지으며 대꾸했다.

"언젠간 갚을 날이 있겠죠. 배 안 고파요?"

그는 어서 내리라며 고개를 까딱했다. 마치 큰 죄악을 저지른 후 범죄 장소를 떠나는 범인처럼 승현은 께름칙한 기분으로 차에서 내렸다.

둔중한 소음과 함께 닫히는 문소리에 심장이 쿵 튀어 올랐다. 사실 아까부터 심장은 이미 터질 것처럼 뛰고 있었는데, 지금은 손끝까지 저릿할 정도로 그 울림이 느껴졌다.

떨리는 발걸음을 겨우 옮겨 떡볶이집에 자리를 잡고 앉았다. 그가 물과 컵을 가져다준 이모님께 '감사합니다.'라고 여유롭게 인사한 뒤,

능숙하고 우아한 동작으로 스테인리스 잔에 물을 채우고는 승현의 앞에 놓아 주었다.

크리스털 와인 잔에 값비싼 와인을 따르는 것도 아니고 흔하디흔한 스테인리스 잔에 물을 따랐을 뿐인데, 삼삼오오 모여 있던 여고생들도 그 우아함을 눈치챘는지 이쪽을 흘끗거리며 떠들어 댔다.

"와, 시발. 존잘이다!"

애야, 입이 참 걸구나.

"연예인 아냐?"

"연예인은 아닌 것 같은데?"

그래, 연예인은 아니야.

세상에서 얼굴 잘생긴 게 제일이라고 생각했던 얼빠 시절이 승현에게도 아주 잠깐 있었던 것 같다.

어린 승재에게 일회용 팩을 붙여 주며, '승재야. 축구만 잘하면 안 돼. 네 미모도 가꿔야지. 못생긴 축구 선수보다, 잘생긴 축구 선수가 훨씬 인기가 많은 세상이란다. 우리 승재는 잘생겼으니까 역변 하지 말고, 이대로만 크면 돼. 100% 축구 천재보다, 50% 축구 천재+50% 얼굴 천재가 더 낫지.' 이런 소리를 왈왈 지껄이던 적도 있었다.

그때가 언제였더라? 딱 저렇게 교복을 입고 다니던 여고생 시절이었던 것 같다. 눈앞에 앉아 있는 잘생긴 남자를 보고 여고생들이 쌍욕까지 섞을 정도로 감탄하는 모습을 충분히 이해할 수 있었다.

그런데 그가 숟가락과 포크를 골라서 테이블 위에 내려놓던 순간이었다.

"시발. 여자가 돈이 존나 많은가 봐."

애들아, 안타깝게도 그 여자가 돈은 많지 않지만, 귀는 뚫렸단다. 다 듣고 있다는 뜻이지.

수저를 가지런히 내려놓은 그가 물을 벌컥벌컥 들이켰다.

"야, 돈이 많아 보이지도 않아."

"우리 동네 빌딩 부자 아줌마도 딱 저러고 다녀. 본인 꾸미는 데는 돈 안 쓴다? 근데 그 건물에 피트니스 들어왔거든? 거기 강사가 이 아줌마 꼬셔 갖고 돈 빼돌려서, 그 건물 1층에 있는 네일 아트 언니랑 도망갔대."

"대박! 피트니스 강사면 몸도 대박이었겠네."

"어, 몸 완전 대박임. 얼굴도 열일함."

여고생들이 못 하는 소리가 없네, 진짜.

그러고는 음습하고 음흉한 시선으로 그를 관찰하기 시작했다. 그러더니 저들끼리 내린 결론에 암묵적으로 동의한다는 듯 고개를 끄덕거렸다.

아, 그러니까 나는 돈 많은데 못 꾸미는 아줌마고, 앞에 앉아 있는 이 남자는 한탕 해 먹고 나르려는 제비다?

졸지에 복부인과 제비의 떡볶이집 로맨스가 되어 버렸다.

"그래서 그 도망간 연놈은 잡았대?"

"아니. 빌딩 부자 아줌마가 그 정도 돈에는 눈도 깜짝 안 할 만큼 부자였던 데다가, 그 피트니스 사장이 아줌마 위로한다고 같이 술을 마셔 줬나 봐. 둘이 눈 맞아서 지금 천년의 사랑을 하고 있다고 엄마가 그러더라."

저 집 엄마는 딸한테 별소리를 다 하시네. 우리 엄마도 살아 계셨으면, 저런 시시콜콜한 동네 가십까지 이야기해 주셨을까?

갑자기 울컥 목이 멨다. 부모님의 기일이나, 부모님의 생신, 어버이날은 오히려 담담하다. 그런 순간은 미리부터 마음의 준비를 하고 하루에 임하게 되니까.

하지만 일상생활 중에 갑자기 깨닫는 부모님의 부재는 여전히 울컥하게 만든다. 눈물이 고일 것만 같아서 승현은 얼른 고개를 떨어뜨렸다. 눈을 크게 뜨고 고이려는 눈물이 쏙 들어가기만을 기다렸다.

그가 손을 뻗어 수저통 옆에 있는 티슈를 뽑아 드는 게 느껴졌다. 그는 조심스럽게 승현의 앞에 티슈 두어 장을 놓아 주고는 여고생들이 앉아 있는 테이블로 고개를 돌렸다.

"돈은 내가 더 많은데?"

충분히 재수 없을 수 있는 말인데, 세상 다정한 웃음을 머금고 말하는 그의 모습에 여고생도, 떡볶이를 퍼 나르던 이모도, 승현도 감동하고 말았다.

역시 세상은 얼굴 천재가 지배한다! 얼굴 천재가 적당한 처세와 지능까지 갖추면 온 우주가 그의 것!

승현은 저도 모르게 어느새 경탄 어린 시선으로 그를 바라보고 있었다. 그의 나른한 미소 한 방에 말문이 막혀 버린 여고생들은 두 손으로 포크를 꼭 움켜쥔 채 부러움과 의문 가득한 시선으로 승현을 바라보았다.

떡볶이와 김말이와 어묵과 순대가 입으로 들어가는지 코로 들어가는지 몰랐다. 그렇게 두 사람이 접시를 비우는 동안 여고생들은 접시를 다 비우고도 자리를 지키고 앉아 있었다.

두 사람이 떡볶이집을 벗어나는 순간, 안에서 꺅 하는 비명과 함께 저들끼리 쉴 새 없이 떠드는 소리가 들려왔다.

그는 매너 좋게도 떡볶이집 문을 열어 주었고, 떡볶이집 바로 앞 전용 주차장에 세워 둔 차까지 다정하게 에스코트해 주었으며, 조수석 문을 열어 주는 기염을 토했다. 이건 해트트릭이나 다름없었다.

떡볶이집 유리벽 너머로 여고생들이 자리에서 일어나 이쪽을 바라보고 있는 모습이 눈에 들어왔다.

승현이 조수석에 올라탄 순간, 그가 대뜸 조수석 안으로 몸을 기울이고 들어왔다.

"뭐, 뭐 하세요?"

그가 진지한 눈빛과 미묘하게 어울리는 나른한 미소를 머금으며 대꾸했다.

"안전벨트 해야죠."

그러곤 가위로 싹둑 자른 벨트를 끌어다가 승현의 어깨 위 공간에 매듭이 생기도록 묶어 주었다.

시간이 꽤 지체되었기에 여고생들은 여전히 목을 쭉 빼고 이쪽을 주시하고 있었다. 선팅이 짙은 탓에 저쪽에서는 이쪽이 잘 보이지 않을 테지만, 승현이 앉은 자리에서는 여고생들의 호들갑이 전부 보였다.

매듭을 마무리 지은 그가 만족스럽다는 듯이 웃으며 혼잣말처럼 읊조렸다.

"쟤들은 우리가 키스라도 하는 줄 알겠네."

저기요, 잠깐만요. 그런 혼잣말을 다 들리도록 하시면 어떡하라는 거죠?

그는 특유의 나른한 미소를 더 짙게 머금으며 조수석 문을 닫아 버렸다. 그러고는 보닛 앞을 돌며 여고생들을 향해 가볍게 묵례를 하는 것도 빼먹지 않았다.

와, 빛나는 그대의 쇼맨십에 박수를!

여고생들은 엄지를 척 들어 올리며 저들끼리 난리를 쳐 댔다.

야, 뭐라도 했으면 내가!

아무것도 안 했는데, 뭔가 한 것처럼 보이니까 괜히 억울해진다.

그가 운전석에 오르자마자 뒷좌석으로 손을 뻗더니, 서류 봉투를 집어 들었다.

"검토하고 가감해야 할 것 있으면 알려 줘요."

"이게…… 계약선가요?"

그는 대답 대신 엔진 스타트 버튼을 누르며 고개를 끄덕거렸다.

검토라……. 세상이 조금 변하면서 아르바이트생도 근로 계약서를 쓰기 시작했다. 그래서 승현이 여태껏 사인해 본 계약서라고는 고작 한 장짜리 아르바이트 계약서가 전부였다.

"검토는 언제까지 해서 드려야 할까요?"

괜히 겁이 났다. 계약서에 함부로 사인하지 말라는 말을 누누이 들었으니까. 이 남자가 겉보기엔 근사하고, 믿음직스러워도 노예 계약에 속아서 동생을 팔아넘기는 실수를 해서는 안 되니까.

"내일 저녁 어때요?"

하루면 다 볼 수 있겠지?

두께를 가늠하니 얇은 탁상 달력 정도였다. A4 용지로 치면 한 30장 쯤 되려나 싶었다.

"내일 저녁까지 보도록 해 볼게요."

승재의 런던행이 가시화된 마당에 지체할 겨를이 없었다.

"그래요. 그럼, 내일 저녁에 만나는 거로 하죠."

그리고 공교롭게도 이 남자와 매일 만나고 있었다. 그래서 그런지 마치 오랜 기간 이 사람을 알고 지낸 것만 같은 착각도 인다.

"집으로 가요?"

"아뇨. 다음 알바요. 아, 집에 잠깐 들러야겠네요. 집에 내려 주세 요."

그녀의 얼굴에는 피곤한 기색이 역력했다. 그런데도 반찬과 계약서 를 두고 가야 한다며 집에 내려 달라고 하는데 갑자기 지윤은 신경질 이 났다.

알바 좀 줄이면 안 되나?

하긴 당장의 생활비를 걱정해야 하는 사람에게 무턱대고 아르바이 트를 줄이고, 자신만 믿고 따라오라는 말을 한다고 한들 따르기 쉽지는 않을 것이다.

"계약하고 나면, 아르바이트 좀 줄여 봐요. 승재한테 예전처럼 돈도 많이 안 들어갈 테니까, 안정적인 일을 찾아봐도 되고."

"경력이 없어서 어디 정규직으로 들어가기는 힘들 거예요."

그러면서 돈을 많이 주는 아르바이트를 골라 했다고 그녀가 덧붙였다.

"이제 무슨 일 하러 가요?"

"예비 신랑, 신부 스튜디오 촬영할 때, 도우미 하는 거요. 이것도 일당 많이 주거든요. 그리고 제일 기분 좋은 알바예요. 신랑, 신부가 정말 행복해 보이거든요."

그녀는 그렇게 말하며 환히 웃었지만, 그 미소가 어딘지 모르게 쓸쓸해 보였다.

"그럼, 내일 봬요. 연락 주세요!"

집 앞에 도착하자, 그녀는 유쾌하게 웃으며 차에서 내렸다. 분명 환한 미소를 짓는 얼굴은 평소와 다를 바가 없는데, 그녀의 뒷모습이 공허해 보이는 건 기분 탓일까?

잰걸음을 옮겨 대문 안으로 들어서자마자, 한숨이 흘러나왔다. 쓸데없이 다정한 화법, 또 지나치게 나른한 미소에 심장이 남아나질 않을 것 같다.

정말 우아하고 멋지게 차에서 내리고 싶었는데, 방법이 없었다. 도저히 매듭을 풀 수가 없어서 결국 어색하게 안전벨트를 머리 뒤로 림보 하듯 넘기며 차에서 내리는데 쓴웃음이 흘러나왔다. 그야말로 웃는 게, 웃는 게 아니었다.

물론 안전벨트를 핑계로 그가 다가왔을 때는 본의 아니게 그와 숨결을 나눈 듯해서 흐뭇했다.

아, 이런 사고를 가장한 접촉은 매우 바람직하구나.

승현이 아까 조수석에서 있던 일을 곱씹고 있는데, 에코백 안에 들어 있는 휴대전화가 요란하게 울어 댔다.

"아, 이놈의 전화기는 어디 간 거야?"

분명 가방 안에서 왕왕 울리고 있는데, 휴대전화가 손에 잡히지 않는다. 혹시 그가 돌아가는 길에 전화를 건 것은 아닌지, 심장이 두근두근했다.

"아! 찾았다!"

지갑 아래에 깔려 있어서 보이지 않았던 휴대전화를 꺼내 들었는데, 발신인은 석훈이었다.

"어, 석훈아."

— 오늘 저녁에는 시간 괜찮아?

"오늘 저녁?"

고등학생 때 그렇게 친한 사이도 아니었는데, 끈질기게 만나자고 하는 게 마음에 걸렸다.

— 나, 실은 너한테 할 말 있는데.

이건 또 뭐지?

고백의 종류는 아닌 듯했지만, 뭔가 고백할 것 같은 분위기였다. 그러니까 사랑 고백이 아니라 고해 성사 같은 느낌이랄까.

아니, 내가 신도 아닌데 왜 나한테…… 너 나한테 뭐 잘못했니?

"꼭 오늘 봐야 해?"

— 빨리 보면 좋을 것 같아서.

석훈의 목소리에서 간절함이 묻어났다.

"나 일 8시쯤 마무리될 것 같은데, 그래도 괜찮겠어?"

— 어, 괜찮아. 일하는 데 근처로 갈게.

오전 알바는 그 남자가 데리러 오고, 오후 알바는 석훈이가 데리러 오겠단다.

이것 참, 피곤해서 살 수가 있나. 죄가 있다면 내가 다 잘나서……가 아니라.

웨딩 촬영 보조를 하는 내내, 석훈의 안쓰러웠던 목소리가 귓가에 맴돌았다. 그리 친하지 않았던 고등학교 동창이 대체 자신에게 간절하게 할 말이 무엇인지 궁금해서 일이 손에 잡히질 않았다.

생각했던 것보다 촬영이 지체되었고, 일은 8시 30분이 넘어서야 마무리되었다.

"미안, 오래 기다렸지?"

약속 시각보다 40분이나 늦었는데도 불구하고 석훈은 싫은 내색 하나 없이 웃어 주었다.

자식, 착하기는.

"나한테 할 말이 뭐야?"

아무리 엄친아라고 소문이 났던 녀석이라고는 해도, 아직 학생인 친구한테 밥을 얻어먹을 수는 없는 노릇이었다. 그렇다고 누구한테 저녁밥을 거하게 살 만큼 여유로운 형편도 아니었다.

"우리 국수 먹을래?"

석훈이 근처 포장마차를 가리키며 물었다.

"그래."

한 그릇에 4천 원밖에 하지 않는 국수는 좋은 타협안이었다. 허기가 졌는지 석훈은 국수 한 그릇을 후루룩 마시듯 빠르게 비워 냈다.

"야, 너 배고팠나 보다. 천천히 먹어."

"과외 끝나고 바로 오느라 저녁 못 먹었거든. 빨리 먹는 거 습관 돼서 괜찮아."

석훈이 사람 좋은 미소를 지어 보이며 너스레를 떨었다.

"과외도 해?"

"어, 용돈은 벌어 써야 하니까."

애가 용돈을 벌어 써야 할 정도의 배경을 가진 녀석이 아니었는데, 그사이 집에 무슨 일이 있었나? 아니면 있는 집에서 하는 일종의 사회 수업인가?

승현은 그리 생각하며 국수 가락을 젓가락으로 휘휘 저었다.

"승현아."

대뜸 석훈의 목소리가 진지해졌다.

"내내 네가 마음에 걸렸어. 고등학교 졸업하고도 계속."

아, 이거 분위기 왜 이러는 걸까요? 아 세이 고, 유 세이 백을 외쳐야 하는 순간인가?

승현은 가만히 젓가락을 내려놓았다. 더는 국수 가락이 맛있어 보이지 않는다.

"뭐가 마음에 걸렸는데?"

"고등학생 때 이야기해야 했는데, 용기가 나질 않았어."

그때 없던 용기가 지금은 나고?

그런데 석훈의 표정이 어딘가 미묘했다.

이건 고백을 하는 것도 아니고, 안 하는 것도 아니여.

승현은 석훈이 하려는 말을 잠자코 들어 주기로 했다.

"나 사실 고등학생 때부터 장학 재단 후원 받으면서 공부했어."

이건 또 무슨 소린가 싶었다.

뭐부터 물어야 할지 몰라서 입만 벙긋거리고 있는데, 석훈이 빠르게 설명을 이어 갔다. 집안이 어려웠고, 우연히 알게 된 재단을 통해 후원을 받아 고등학교를 졸업했고, 대학에 진학했다고 했다. 집안 배경도 빵빵한 엄친아라는 소문은 사실이 아니라며 멋쩍게 웃었다.

"굳이 이제 와서 나한테 말하는 이유가 뭔데?"

"네가 나보다 공부 더 잘했잖아."

"내가 너보다 공부를 잘했는데, 이렇게 사는 게 안쓰러워서, 그게 네 마음에 걸려서 지금 너 편해지자고 이러는 거야?"

승현은 도무지 이해할 수 없는 양심 고백에 날카로워져 버렸다.

"아니, 그게 아니라. 실은 그때 피후원자들을 모으고 있었던 거로 알아. 나는 먼저 후원을 받고 있었던 입장이고, 내가 널 추천했더라면."

"그랬더라면 나도 지금 너처럼 대학 졸업했을 거다? 그래서 그게 마음에 걸렸다? 나 지금 충분히 잘 지내는데?"

겉보기엔 번지르르한 아이였지만, 석훈도 승현과 상황이 비슷했나 보다. 하지만 상황만 비슷할 뿐이다. 아마 그 당시 석훈의 자존감은 생각했던 것보다 훨씬 낮았던 것 같았다. 자신의 단점을 당당히 드러낼 수 있다는 것은 그만큼 자존감이 높다는 증거다. 단점을 드러내고 장점으로 바꾸는 것도 자기애의 방증이니까.

석훈은 여전히 멋쩍게 웃고 있었다.

"혹시 더 공부하고 싶은 생각은 없어?"

공부에 욕심이 있어서 열심히 했던 건 아니었다. 고등학교는 분기마다 학비를 내야 했기에 장학금을 타야지만 생활비를 줄일 수 있었으니까 열심히 한 것이었다. 대학에 뜻을 두고 공부한 것은 아니었는데…….

"넌 언제나 늘 동생 축구 선수 만드는 게 소원인 애였잖아. 동생 축구 선수 되면 넌 인제 뭐 할 건데?"

문득 그와 나눴던 대화가 머릿속을 스쳤다. 목표의 확장……. 동생 승재의 목표는 염두에 두고 있었지만, 정작 자신의 목표는 확장시켰던 적이 없었다.

"글쎄."

허를 찔린 듯했다. 승현은 다시 젓가락을 들고 국수 가락을 집었다

낳다 했다.

"나 아직 후원해 주는 재단에서 만학도도 받아."

'스물다섯이면 만학인가?' 하는 의문을 떠올리며 승현이 입을 열었다.

"그래서 너 나한테 미안해서 이러는 거야? 너 로스쿨 갈 거라고 했지, 나 부탁 하나만 들어주라."

S대를 졸업하고 로스쿨에 갈 만큼 똑똑한 녀석이니까 승재의 계약서 검토를 부탁해도 될 것 같았다. 일반적인 상식으로 이해한 계약서의 내용이 맞는 것인지 확인하고 싶었다.

졸업 후에도 이사를 하지 않아서 아직 같은 동네에 살고 있다며, 석훈은 순순히 승현의 집으로 따라왔다. 계약서를 집 안에 두었기에 갖고 나온 뒤 어디 편의점에라도 앉아서 설명을 들어야겠다 싶었다.

"어?"

그런데 집 앞에 도착한 승현은 대문 앞에 서 있는 남자를 보고 걸음을 멈췄다.

그가 검은 비닐봉지를 손에 든 채, 무시무시한 눈빛으로 이쪽을 바라보고 있었다.

왜 저런 눈빛이지? 차에 반찬 냄새가 배서?

가까이 다가서니 무시무시한 그의 눈빛에 숨기지 못한 감정 한 줄기가 서려 있는 게 느껴졌다.

그 감정의 정체는 일종의 원망?

"이거 놓고 내렸던데."

그가 검은 비닐봉지를 살랑살랑 흔들며 말했다. 비싼 차의 안전벨트를 끊어 먹은 것으로도 모자라, 반찬 냄새까지 배게 했으니 원망스러울 만도 하다.

"아, 죄송해요. 제가 아까 경황이 없었나 봐요."

봉지를 건네받기 위해 손을 내밀자, 그가 자신의 손을 뒤로 쭉 뺐다.

뭐야, 왜 안 줘?

"왜 이렇게 전화를 안 받아요?"

"전화했었어요?"

승현은 에코백 안을 뒤지며 물었다. 이놈의 휴대전화는 가방에서 절대 그냥 나오는 법이 없다. 휴대전화를 찾기 위해 승현이 에코백에 머리를 처박듯이 숙이자, 누군가의 손이 에코백을 잡아채서는 확 벌려주었다. 고개를 들어 보니 석훈이 환히 웃고 있었다.

"어, 고마워."

석훈의 도움을 받아 이번에는 파우치 아래 숨어 있는 휴대전화를 가까스로 집어 들었다.

부재중 통화 33통.

"아, 전화했었네요."

전화도 그냥 한 게 아니었다. 부재중 전화 3통도 아니고 무려 33통이다. 갑자기 이 남자가 무서워지려고 한다. 숫자 33에서 그의 집요함이 느껴졌다.

"아, 전화했었네요?"

그가 음산한 목소리로 승현이 했던 말을 따라 읊조렸다. 그러고는 여전히 에코백을 들고 있는 석훈에게로 시선을 옮겨 갔다.

"아, 어제 봤죠? 내 친구 이석훈이요."

승현은 얼른 석훈을 소개한 뒤, 그를 가리키며 말했다.

"이분은 승재 에이전트셔."

"아까 네가 말했던?"

다정히 묻는 석훈의 말에 승현은 재빨리 고개를 끄덕였다. 그러자 석훈이 특유의 살가운 미소를 지으며 그에게 인사를 건넸다.

"반갑습니다. 이석훈이에요."

갑자기 분위기가 묘해졌다. 그는 평소와는 달리 몹시 화가 난 것처럼 보였고, 석훈은 애가 원래 이런 성격이었나 싶을 정도로 느물거렸다.

"저랑 같이 걸어오느라 휴대전화 진동 울리는 것도 몰랐나 보네요."

애는 로스쿨 갈 거라더니, 시키지도 않은 변호를 하고 있다.

"그치?"

태연자약하게 변호를 마친 석훈이 승현을 향해 친근한 투로 물었다. 그 덕에 분위기는 더욱 엿같아졌다.

"어? 어. 그러게. 진동 오는 것도 몰랐네요. 미안해요."

승현은 겸연쩍은 얼굴로 그를 바라보았다. 그러자 석훈이 말을 덧붙이며 끼어들었다.

"우리 계속 얘기하면서 걸어와서 몰랐나 보네."

이건 '우리끼리 되게 재밌었지만, 너한테는 안 알려 줌.' 화법으로 그를 따돌리려는 저의가 다분히 깔려 있었다.

우리 석훈이는 로스쿨 갈 정도로 똑똑한데, 눈치는 무거운 법전 아래 깔아 놓고 안 가지고 다니는구나.

오랜만에 친구—친구라고 하기엔 그리 친하지 않았던 동창—를 만나는 것은 기분 좋은 일이다. 하지만 그 친구가 짝남과의 사이에 눈치 없이 끼어든다면 기분이 마냥 좋을 수만은 없다.

"근데 무슨 일 있어요? 전화를……."

'왜 이렇게 많이 하셨어요?'라고 질문을 이어 나갈 수 없을 정도로 그는 분개한 눈빛이었다. 눈빛만으로 사람을 해할 수 있다면, 지금 그의 눈빛은 살인미수급이다. 안광에서 절절 흘러넘치는 카리스마가 장난이 아니다.

그는 깊은 분노가 서린 눈빛으로 석훈을 한 번 바라보았다. 이놈은 왜 여기 계속 서 있느냐고 묻는 듯했다.

"승현이가 승재 계약서 좀 같이 검토해 달라고 하더라고요. 제가 곧 로스쿨을 갈 예정이라."

이제껏 눈치 없이 굴었던 놈이 갑자기 묻지도 않은 말에 대꾸하며 제 존재감을 과시했다. 이 자식, 눈치가 없는 게 아니라 일부러 이러는 거다. 대체 왜?

아직 이 남자와도 그리고 어제 만난 동창과도 아무런 사이가 아닌데, 치정극의 한복판에 놓여 있는 것 같은 기분은 나만의 착각일까?

아니면 고래 싸움에 새우 등 터지듯이 그냥 승부욕 강한 남자 둘이 만나서 벌이는 기 싸움에 껴 버린 것일까?

아, 싸울 거면 너네 나가서 싸우면 안 될까? 나 오늘 알바 두 탕이나 뛰어서 되게 피곤한데.

하지만 이미 밖에 있는 사람들을 어디로 내쫓을 수도 없고 환장할 노릇이었다.

"들어가죠, 그럼."

그는 마치 제집처럼 대문을 가리켰다.

거길 댁이 왜 들어가요?

승현의 의문이 읽혔는지 그가 굉장히 사무적인 미소를 머금으며 말했다.

"계약서 내가 직접 설명해 주면 되잖아요."

그러곤 석훈을 향해 '이제 너는 가라'는 식의 시선을 보냈다.

"설명 같이 들으면 되겠네. 잘 모르겠는 부분은 내가 다시 설명해 줄게."

계약서를 작성한 사람이 직접 설명을 해 준다는데 들어 마땅하다. 사실 오늘 에이전시에 방문해서 이 설명을 들으려고 했는데, 요망한 안전벨트가 사람 혼을 쏙 빼 놔서 일이 이렇게 되어 버렸다.

그렇다고 계약서 검토 좀 부탁한다며 여기까지 끌고 온 석훈을 돌려 보낼 수도 없었다.

결국 두 남자 모두 데리고 집에 들어가야 한다는 의미였다.

내가 거실 건조대에 널었던 빨래를 정리했던가? 세면대에 머리카락 떨어진 건 없겠지? 라면 끓여 먹고 설거지 안 한 것 같은데…….

밖에서 10분만 기다려 달라고 할까?

승현은 두 남자를 번갈아 보았다. 안 되겠다. 마치 에일리언 대 프레데터를 남겨 두고 집에 들어가는 기분이다. 홀로 대문 안으로 들어가면 우주 전쟁이라도 일으킬 기세다.

아, 에일리언이랑 프레데터는 못생겼는데 이 남자들은 둘 다 잘생겼으니까 다른 거로 바꿔 줄까?

까짓것, 뭐 굳이 그럴 필요까지 있나 싶다. 망상은 꾸는 사람 마음이다.

그런데 대체 무엇을 위해 이 남자들은 이렇게 전투적인 것일까?

문득 따가운 시선이 느껴졌다. 두 남자가 망상 속에 빠져 혼돈의 카오스를 걷고 있는 승현을 채근하듯 바라보고 있었다. 어서 빨리 결정을 내리라는 무언의 압박을 가하는 듯했다.

"……들어가죠."

뭐, 빨래 건조대에는 속옷만 없으면 되고, 세면대 머리카락은 먼저 들어가서 확인해 보면 되고, 설거지는 바쁘게 살다 보면 한 번 거를 수도 있는 거니까.

대문을 열고 들어서는데 거실 창을 통해 환한 빛이 새어 나오는 게 눈에 들어왔다.

내가 불을 안 껐나?

괜히 불안한 생각이 들어서 승현은 뒤를 한 번 돌아보았다. 요즘 동네에 집을 기웃거리고 다니는 노숙자가 있다는 소문을 세탁소 아주머니에게 전해 들었다. 다행히 지금 등 뒤에는 건장한 체격의 남자 두 명이 있으니까, 노숙자 한 명 쳐들어왔다고 한들 처리할 수 있겠지.

그리 생각하며 승현은 홱 돌아서 두 남자를 번갈아 보았다. 갑자기 돌아선 승현이 의아했는지 두 사람은 왜 그러느냐고 묻는 듯한 시선으로 승현을 바라보았다.

승현은 아무 일도 아니라는 듯이 싱긋 웃어 보이고는 현관문을 열어젖혔다.

현관 타일 위에 벗어 둔 낯익은 운동화가 눈에 들어왔다.

이놈의 자식이 또?

합숙소에 있어야 할 승재의 운동화였다.

"유승재, 너 집에 있어?"

승현의 부름에 승재가 부엌 쪽에서 어슬렁어슬렁 걸어 나왔다.

그러다 누나와 함께 나타난 두 남자를 번갈아 보고는 얼떨떨한 표정으로 입을 열었다.

"합숙소 수도관 터져서 씻으려고 왔지. 내일 아침까진 수리된대."

"너 이번엔 진짜야?"

승현이 눈을 가늘게 뜨며 물었다.

"아, 진짜야. 속고만 살았나? 아, 형. 오셨어요?"

더 이상 누나와는 의미 없이 티격태격하고 싶지 않다는 듯 승재가 그를 향해 인사를 건넸다.

근데 형? 언제부터 호형호제하는 사이가 되셨을까?

"실례지만 옆에 계신 분은 누구세요?"

승재는 제 누나한테 묻지 않고, 그를 향해 묻고 있었다. 아마도 누나가 아닌 그의 동행이라고 여겼나 보다.

"누나 친구. 승재 많이 컸네."

석훈이 사람 좋은 미소를 지으며 승재에게 알은체했다.

"누나 친구요?"

승재가 눈을 휘둥그렇게 뜨며 요상한 목소리를 냈다.

"남자 친구요?"

미처 저지할 틈도 없이 승재가 믿을 수 없다는 얼굴로 호들갑스럽게 물었다.

"고등학교 동창이래."

대답을 건넬 타이밍을 그가 낚아챘다. 그는 입가엔 미소를 머금고 있었지만, 눈빛은 살기등등했다.

"또 모르지, 남자 친구가 될지."

석훈이 능글맞게 웃으며 끼어들었다.

이 자식이 오늘 왜 이러지?

"얘가 왜 이래?"

승현은 별 이상한 말을 다 듣는다는 듯이 고개를 절레절레 내저었다.

"그런데 어떻게……?"

세 사람의 조합이 범상치 않다고 여겼는지 승재가 물었다.

"한지윤 씨는 네 계약서 설명해 주러 오셨고, 여기 석훈이는 네 계약서 검토해 주러 왔고. 얘 로스쿨 갈 거래서."

복잡한 상황에 대한 간결한 설명을 마치자, 승재의 눈빛이 초롱초롱 빛나기 시작했다. 아마도 계약서에 도장을 찍기 직전이라는 생각에 마음이 들뜨는 듯했다.

그런데.

"로스쿨이요."

승재가 경외심 어린 시선으로 석훈을 바라보며 고개를 주억거리기 시작했다.

운동하는 애들이 공부 못한다는 소리를 죽어라고 싫어하는 승재였다. 그래서 축구를 하면서도 공부를 소홀히 하지 않았고, 그 결과 반에서 항상 일정 등수 이상을 유지하고 있었다. 게다가 한 달에 한두 번 도서관에 들러 베스트셀러를 살필 정도로 지적 욕구 또한 강한 아이였다. 심지어 누나는 나중에 똑똑한 남자 만나서 결혼했으면 좋겠다는 말을 심심치 않게 하기도 했었다.

그런 승재 앞에 고사양 이석훈이 나타났으니, 저런 눈빛을 보낼 수밖에.

승재가 환한 미소를 머금으며 물었다.

"와, 우리 누나랑 썸 타요?"

뭘 타?

지윤은 뱃속 깊은 곳에서 용솟음치는 분노를 억누르기 위해 애썼다. 31년을 살아오면서 여자가 전화를 안 받는다고 연달아 서른세 번이나 걸어 본 역사가 없었다. 게다가 그 여자는 다른 남자와 있느라 전화가 오는 줄도 몰랐다고 하니, 누군가에게 세게 뒤통수를 한 대 얻어맞은 기분이었다.

나랑 아까 막 조수석에서 그래 놓고, 이 여자가 진짜!

누가 들으면 조수석에서 성인으로서 마땅히 취할 수 있는 능동적인 행동이라도 한 줄 알겠다.

예를 들면 뽀뽀라든지, 키스라든지……. 카ㅅ…….

망상은 여기까지 하기로 하자. 지금 단전 아래를 불태워 봐야 아무 짝에도 쓸모없다.

아무튼, 아까 조수석에서 느낀 시선 교환은 혼자만의 착각이었나? 수줍게 볼을 붉혔던 건, 안면 홍조가 있어서 그렇다는 핑계라도 댈 건가?

분명 그녀는 떨리는 눈빛으로 얼굴을 붉히며 수줍어했었다.

정말 이놈이랑 썸 타냐?

나는 속이 탄다!

지윤은 허망한 시선으로 승현을 바라보았고, 승현은 이 상황을 어떻게 해결해 나가야 하나 미쳐 돌아가실 지경이었다.

네 사람 사이에 긴장감이 흘러넘쳤다. 갑자기 분위기가 싸해졌다. 오늘따라 갑분싸 메이커들이 판을 친다.

찬물도 위아래가 있다며 모태 솔로인 누나가 연애를 해야 자신도 편하게 마음 놓고 연애를 할 수 있다면서 승재는 날마다 승현에게 남자친구 만들 생각이 없냐고 노래를 불렀었다.

물론 말은 그렇게 하지만 승재는 경증의 시스터 콤플렉스를 앓고 있었기에 누나의 연애는 찬성이지만, 누나의 연애 상대는 왕후장상쯤 되어야 한다고 생각하는 녀석이었다.

허우대 멀쩡한 아니, 훈남과에 키도 큰 데다 몹시 다정하고 자상하게 구는 누나의 친구가 로스쿨까지 간다고 하니, 못해도 변호사 잘되면 판검사를 할 인물이라 생각하고 썸남 후보 자리에 올려 주기로 했나 보다

"썸은 무슨 썸이야. 친구라니까."

승현이 말도 안 되는 소리라며 손사래를 쳤다. 그러자 승재가 못마땅한 대답을 들은 것처럼 미간을 팩 구겼다.

"나는 여자랑 친구 안 하는데."

아까 친구라고 자기소개한 놈 어디 갔어요?

석훈이 장난스러운 웃음을 지으며 능청스럽게 굴었다. 짝남 앞에서 자꾸 이 녀석이랑 엮이는 꼴을 보일 수는 없어서 승현이 거리를 벌리듯 대꾸했다.

"하긴 너랑 나랑은 친구라고 할 만큼 친하지도 않았지."

"그러게. 친구라고 할 만큼 친하지도 않았는데, 내가 너한테 신경 쓰기 시작한 거 보면 썸 아닌가?"

똑똑한 녀석이라서 그런지 다르긴 다르다. 쉴 틈을 주지 않고 변론

을 해 댄다. 가만히 듣고 있던 승재가 발언권을 청하듯 오른손을 들었다.

넌 또 뭐?

"저는 이 썸 찬성이요!"

동생아, 누나는 반대야! 그쪽 아니란 말이야!

승현은 한숨을 폭 몰아쉬었다.

"나는 반대야."

머릿속에서만 머물던 말을 툭 내뱉으며 승현은 신발을 벗고 거실 안으로 들어섰다. 좁은 현관에 서서 이게 뭐 하는 짓인가 싶었다. 여기서 백날 떠들어 봐야 아무짝에도 쓸모없는 말일뿐더러, 지금 그가 듣고 있단 말이다!

승현은 두 남자에게 들어오라는 말을 하며 그의 표정을 조심스레 살폈다. 흘끗 본 그의 얼굴이 어딘지 모르게 기뻐 보였다.

음……? 왜 저렇게 희열에 찬 눈빛이지?

갑자기 저 남자가 진짜 무서워지려고 한다. 전화 안 받는다고 서른세 통이나 걸질 않나, 조금 전까지만 해도 천년의 분노에 찬 얼굴이더니, 지금은 마음속으로 어깨춤을 덩실덩실 추고 있을 것만 같은 눈빛이다.

그런 그의 눈빛이 흐르는 방향을 따라 자연스레 승현의 시선도 옮겨 갔다. 그곳에는 머리를 긁적이며 서 있는 승재가 있었다.

아, 자기 선수를 봐서 좋은 건가?

직업 정신 투철한 양반 같으니. 아무래도 그는 천생 스포츠 에이전트인가 보다.

"이거 냉장고에 넣어야 하지 않아요? 일주일 치 반찬이라며."

그가 반찬이 담긴 봉지를 들어 보이며 물었다. 검은 비닐봉지는 여전히 그의 손에 들려 있었다. 아까 승현이 했던 말을 그대로 기억하는 그의 세심함이 감동적이기까지 했다. 저 반찬 없으면 진짜 일주일 동안 라면에 김치만 먹어야 할지도 모른다.

"아, 맞다! 고마워요."

승현은 수줍은 미소를 감출 수가 없었다. 세심하기가 극세사 차렵이불 뺨을 치는 남자다. 겨울에 전기장판 틀어 놓고 그 위에 누워서 극세사 이불을 덮고 있으면 세상 천국이 따로 없다.

전기장판 위에 놓인 극세사 이불처럼 따뜻한 남자라니, 안 좋아할 수가 없지 않나?

승현은 마치 안온한 그의 품에 안기기라도 한 듯 수줍게 봉지를 받아 들고는 부엌으로 향했다. 승재가 기특하게 설거지까지 해 놓은 덕분에 부엌은 깨끗했다.

냉장고에 검은 봉지째로 반찬을 넣은 뒤, 매실 엑기스를 꺼내 컵에 따랐다. 집에 손님이 왔으니 뭐라도 대접해야 하는데, 그 흔한 오렌지 주스조차 냉장고에 없었다. 반찬 가게에서 아르바이트하면서 얻어 온 매실 엑기스가 있었기에 망정이지, 하마터면 손님들한테 맹물을 대접할 뻔했다.

뭐 어쨌든, 매실 엑기스가 적당히 희석되도록 생수를 탄 뒤, 컵을 쟁반에 받쳐 들고 거실로 내갔다. 세 남자는 이미 거실 테이블 앞에 앉아 있었다.

"내올 게 마땅치가 않네요. 손님이 자주 오는 집은 아니라서요."

컵을 내려놓는 손이 민망했다. 오렌지주스라도 하나 사 오라고 승재에게 심부름시킬 걸 그랬나 하는 뒤늦은 후회가 밀려왔다.

"맛있네요. 우리 어머님이 타 주시는 거랑 비슷해요."

그가 매실 음료를 한 모금 마신 뒤, 매실 엑기스만큼이나 새콤달콤한 미소를 머금으며 말했다. 아직 승현은 음료를 입에 대지도 않았는데, 어금니가 간질간질할 정도로 입 안이 달게 느껴졌다.

그리고 어머님이 타 주시는 거랑 비슷하다고? 어머, 님! 어머님이랑 손맛 비슷한 여자는 잡아야 하는 거예요! 그런 여자 찾는 거 쉽지 않아!

하아……. 짝사랑으로 끝내려고 했는데 자꾸 참을 수 없는 욕심이 고개를 든다.

정신 차리자. 저 남자는 에이전트고, 난 승재 누나야!

짝사랑에 빠져 허우적거리는 자아에게 회초리를 들어 혼을 내는 심정이었다.

"누나, 대박. 이 형 맨체스터도 가 보고, 박지성도 봤대. 형, 그래서 노스웨스트 더비(Northwest Derby: EPL 라이벌 팀 맨체스터 유나이티드 FC와 리버풀 FC의 경기)도 봤어요? 어땠어요? 나는 리버풀도 좋은데."

승재가 신이 나서 떠들어 댔고, 석훈이 맞장구를 쳐 가며 장단을 맞추었다.

"대박. 머지사이드 더비(Merseyside Derby: 리버풀을 연고지로 한 라이벌 팀 리버풀 FC와 에버턴 FC의 경기)도 대박이죠. 와, 나는 진짜 찬성이야. 이 썸 진짜 찬성이야!"

승재야, 그쪽 아니라니까.

왜 아직 학생인 그놈만 찬성하는 거니? 네 옆에 성공한 에이전트가 있는데…….

그와 못 엮일망정, 그 앞에서 다른 남자와 엮이고 싶지는 않았다. 짝사랑에도 매너라는 게 있는 거다. 저 남자를 좋아하면서 딴 남자와 엮이는 건, 짝사랑으로서 자격 미달이다.

"나는 반대라니까."

그를 의식한 승현이 조용히 읊조렸다.

"아, 그러니까 누나는 왜……?"

한창 흥분해서 떠들던 승재가 오묘한 눈빛으로 승현을 바라보았다.

뭔가 이상하다. 승재의 시스콤이 경증에서 중증으로 악화된다는 위험 신호가 감지되며 반짝 불이 들어왔다.

"누나 혹시 누구 만나? 나 몰래?"

"아니거든."

"그럼 누구 마음에 둔 사람이라도 있어?"

촉이 좋은 건 인정하겠는데, 주둥이를 함부로 놀리는 건 때려 주고 싶다.

"아, 아니라고!"

승현의 부정에도 승재는 확신하듯 고개를 주억거리며 심각한 얼굴을 했다.

"아니긴, 진실의 귀가 빨개졌는데. 뭐 하는 새끼야? 내가 아는 놈이야, 모르는 놈이야? 누군데, 대체!"

당황하면 귀가 새빨갛게 달아오르는 승현을 보고 승재는 종종 진실의 귀 어쩌고 하며 놀려 댔었다. 그런데 지금은 놀리려고 그런 게 아니라 승현에게 누군가 있음을 확인 사살하려고 진실의 귀를 언급한 것이다.

세 남자의 시선이 승현에게 몰렸다. 아니, 정확히는 새빨갛게 달아올라 버린 승현의 귀에 몰려 있었다.

망할. 내 귀가 예뻤던가?

그가 귀를 뚫어지게 바라보고 있어서 새삼 자신의 귀가 어떻게 생겼는지를 떠올려 보았다. 당장 화장실로 달려가 사시가 되도록 귀를 관찰하고 싶은 충동이 일었지만 애써 참아 냈다.

하긴 뭐 귀 페티시가 있는 게 아니고서야……. 귀 생긴 게 다 거기서 거긴데, 뭐.

"뭐냐고, 누구냐고."

한번 물었다 하면 그냥 물러서는 법이 없는 승재였다. 이러다 세 남자 앞에서 '나는 사실 에이전트 한지윤을 짝사랑하고 있어!' 라고 모두를 충격에 빠뜨릴 심심한 고백을 할 게 아니라면 승재가 원하는 적당한 대답을 내놓은 뒤 타협을 봐야 했다.

"아, 그냥 내가 좋게 보는 사람이 있어. 나중에 말해 줄게."

알바하다가 만난 사람으로 가상의 인물을 하나 만들어야겠다고 생각하며, 승현은 분위기 반전을 시도했다.

"그리고 지금은 네 계약서가 더 급하거든?"

승현이 단호하게 쏘아붙였다. 정신 차리라는 뜻으로 눈을 부릅뜨며 승재를 노려보았더니, 말을 돌리는 데 성공했다.

"아, 맞다. 계약서."

그렇지, 계약서.

말을 돌려서 다행이다……가 아니라 지금은 승현의 짝사랑과 승재의 시스콤에 관한 이데올로기를 논할 때가 아니라 계약서를 봐야 하는 시점이 맞는 거다.

"아까 그 계약서 좀 다시 줄래요?"

내내 잠자코 있던 그의 얼굴이 돌연 심각해져 있었다.

업무 이야기를 해야 해서 비장해진 건가?

오늘 저녁에 본 것만 해도 그의 감정은 삼단 변신을 했다. 분노—희열—비장?

승현은 거실 TV장 아래에 넣어 두었던 계약서를 꺼내서 그에게 건넸다. 그는 비장한 표정을 유지한 채로 담대하게 계약서 조항에 대해 설명하기 시작했다.

그의 길고 긴 설명이 끝나자 제일 먼저 입을 연 사람은 석훈이었다.

"조건이……."

석훈이 고개를 갸우뚱 기울이더니 말을 이었다.

"이보다 더 좋을 수는 없겠는데?"

이와 같은 결론은 승현도 내릴 수 있을 것 같았다. 조건이 좋아도 너무 좋아서 할 말을 잃게 만들고, 안구에 습기가 차오르며, 황송해질 정도였다.

"내가 말했잖아요. 원하는 건 다 해 주겠다고."

그가 깊은 시선으로 승현의 마음속을 가늠하는 것처럼 바라보았다. 승현은 어깨가 들썩이도록 숨을 들이마셨다가 내쉰 뒤 입을 열었다.

"에이전트 수수료율이 적당한지 잘 모르겠어요."

사실 이게 서로에게 가장 중요한 부분이다. 계약서를 쓰는 이유는 단 하나다. 돈 주는 사람은 떼먹지 말고, 돈 받는 사람은 더 챙겨 가지 말라고 쓰는 거다.

"내일 에이전시로 올 수 있어요? 비서한테 통계 자료 부탁해 놓을게요."

그의 말이 끝나자마자, 석훈이 끼어들었다.

"나도 같이 갈까?"

됐거든요. 거길 네가 왜 같이 가.

옛적에 시인 이형기는 말했다. 가야 할 때를 알고 가는 이의 뒷모습이 아름답다고. 근현대시가 나타낸 낄끼빠빠라 할 수 있다.

석훈아, 공부도 잘한 녀석이 그걸 모르니? 낄 때 끼고 빠질 때 빠져야지.

"아냐, 말만으로도 고마워. 나 혼자 가도 될 것 같아."

승현은 은은한 미소를 머금으며 대꾸하고는 그에게로 시선을 옮겼다.

이러다 없던 정분도 나겠다. 우리 너무 자주 보는 거 아닌가?

"그럼 내일은 정말 에이전시에서 보는 거로 하죠."

그의 눈빛에 순간적으로 장난기가 스쳤다. 아무도 눈치채지 못한 그의 익살을 자신만 알아차린 것 같아서 승현은 두근대는 심장을 가라앉힐 수가 없었다.

이야기가 대충 마무리된 뒤, 석훈은 자신이 말한 것—아마도 만학도에 대한 재단 후원—을 진지하게 고민해 보라며 돌아섰고, 그는 내일 보자는 간단한 인사를 남기고 떠났다.

오늘 하루가 무진장 길다. 안 그래도 새벽부터 반찬 가게에 나가느라 힘들었는데, 저녁에는 세 남자 앞에서 피곤한 기 싸움을 했더니 진이 다 빠져 버렸다.

그런데 하루가 아직 끝나지 않았나 보다.

"누나 나랑 얘기 좀 해. 누구야, 그 남자?"

시스콤 감지기가 또다시 경고등을 울려 댔고, 동시에 휴대전화도 포효했다.

아, 누구야. 또.

승현은 승재를 피할 요량으로 서둘러 휴대전화를 집어 들었다. 발신인은 그 남자, 한지윤이었다.

"여보세요?"

— 아무래도 걸리는 게 있어서요. 유승재 선수가 크게 신경 쓰는 부분이니 저도 알아야겠습니다. 누굽니까, 그 남자?

진퇴양난(進退兩難)이었으며, 사면초가(四面楚歌)였다.

사고무친(四顧無親)이요, 고립무원(孤立無援)이니 이를 어이할꼬?

얄리얄리 얄라셩 얄라리 얄라.

눈앞에서는 승재가 두 눈을 희번덕거리며 쏘아보았고, 휴대전화 너머에서는 긴장감 넘치는 침묵이 흐르고 있었다.

선택을 해야 한다.

어서 통화를 마치고, 시스콤이 절정에 달해 있는 승재를 상대할 것이냐, 아니면 승재에게 에이전트에게서 온 전화라는 걸 밝히고 중요한 통화를 하는 척할 것이냐.

외롭도다. 왜 나의 첫사랑을 응원하는 이는 아무도 없는 것인가? 왜 다들 눈에 불을 켜고 그놈이 어떤 놈인지 추궁하려고 드는 것인가? 나의 남자 보는 눈이 그리도 의심스러운 것인가?

마치 무협 소설 속의 주인공이 된 듯 귓전에서 공기의 흐름이 느껴지는 것만 같았다. '눈을 감고 있어도 칼을 휘두를 수 있지!' 가 아니라.

무림의 고수라면 눈앞에 있는 놈과 멀리 있는 놈 중에서 누구를 먼저 해결할까? 당연히 코앞에서 목숨을 노리는 눈앞에 있는 놈일 것이다.

승현은 한숨을 폭 내쉬며 휴대전화에 대고 조용히 읊조렸다.

"일단 내일 이야기하시죠."

제법 단호하고 고압적인 목소리가 흘러나와서, 스스로도 놀라울 따름이었다.

— 그럼, 내일 봅시다.

휴대전화 너머에서도 역시나 강단 있는 대답이 흘러나왔다. 그 순간 갑자기 부재중 전화 서른세 통이 눈앞을 스치고 지나갔다. 집요하기로는 시스콤에 걸린 승재만큼이나, 직업 정신이 투철한 에이전트인 그도 만만치 않은 듯했다.

통화는 그렇게 짧게 끝이 났다. 내일 그를 만났을 때, 어떻게 둘러대야 할지는 먼저 눈앞에 있는 수련용 몬스터 아니, 동생 승재부터 해치우고 아니, 달래 보고 생각해 보기로 하자.

"누구야?"

전화 통화조차도 의심스럽다는 듯한 표정으로 승재가 쏘아 댔다.

"에이전트 한지윤 씨."

"아, 아."

승재는 고개를 주억거리며 별스럽지 않다는 듯이 넘어갔다. 사실 한지윤이 지금 이 순간 가장 별스러운 인간일지도 모른다는 의심을, 승재는 추호도 하지 않는 것 같았다.

"그래서 누구냐고, 그놈이."

"그냥 일하다가 만난 사람이야."

"일하다가?"

"어."

승재는 미간이 꿈틀거리도록 눈썹을 들썩이고는 입으로 '스읍' 하는, '나는 누나의 남자 보는 눈을 믿을 수 없다'는 뜻이 담긴 소리를 내며 가슴 앞에 팔짱을 꼈다. 마치 그 모습이 그 남자, 에이전트 한지윤을 연상케 했다.

그러고 보니 승재가 그동안 롤 모델로 삼았던 성인 남자들은 모두 축구 선수였다. 자신의 업에 관한 롤 모델은 있었지만, 생에 관한 롤 모델은 존재하지 않았다는 뜻이다.

마치 새끼 오리가 어미 오리를 따르듯, 승재는 저도 모르게 에이전트 한지윤의 습관을 따라 하고 있었다. 승현은 그 모습에 괜히 웃음이 났다.

핏줄은 못 속여. 네가 여동생이 아닌 걸 다행으로 여겨야 하는 걸까? 어떻게 남매가 둘이 똑같이 그 남자한테 호감을 느끼는 걸까?

"왜 웃어, 그놈 생각만 해도 좋아?"

그래, 그 남자 생각만 해도 참 흐뭇하다.

하지만 승현은 그게 아니라는 듯 고개를 좌우로 흔들며 심각한 얼굴을 했다.

"뭐 어떻게 해 볼 생각도 없고, 그냥 나 혼자 좋게 생각하는 것뿐이야. 내가 오르지 못할 나무이기도 하고."

그저 심각한 척만 하려고 했을 뿐인데, 진정 심각해지고 말았다. '오르지 못할 나무'라는 말을 내뱉는 순간 혀끝에서 쓴맛이 감도는 듯했다.

마음속으로 혼자 정의를 내릴 때는 아프지 않다. 그런데 그걸 세상에 소리 내 말할 때는 종종 아픔을 느끼곤 한다.

무뎌지고 단단해졌다고 생각했었다. 자존감이 낮은 사람은 치부를 드러내는 것을 두려워한다. 하지만 없이 살지언정, 자존감마저 없는 사람은 아니었다. 누구보다 삶과 인생을 사랑한다고 자부했었다. 그런데 갑자기 보잘것없고, 하찮은 존재가 되어 버린 것만 같다.

오르지 못할 나무라…….

승현이 씁쓸해하는 것을 느꼈는지, 승재가 더는 묻지 않고 누나의 어깨를 두어 번 다독였다.

"누나, 내가……."

승재의 말끝이 파르르 떨렸다. 승재가 울음을 참는 듯 잠시 말을 멈추고는 가슴이 들썩이도록 크게 숨을 들이마셨다가 내뱉은 뒤 말을 이었다.

"내가 진짜 유명해질게. A매치 가서 골 팡팡 터뜨리고, 누나가 나 이렇게 키워 줬다고 막 인터뷰도 할게. 그럼 그놈이 아마 누나 놓친 거 아깝다고 막 울걸? 아니면 그때 고백해! 쟤가 내 동생이라고, 쟤 내가 키웠다고."

그럼 그놈은 네 몸값 올라갔다고 좋아서 깨춤을 추겠지. 그리고 에이전트 한지윤이 이제 축구 선수도 잘 키운다고 소문나서 그 사람 몸값도 오르겠지. 그런 다음에 고백을 하라고?

승현은 그저 한숨을 후 내뱉으며 동생의 팔뚝을 두어 번 토닥거리고는 방으로 향했다.

"누나!"

등 뒤에서 승재의 목소리가 들려왔다.

"내가 EPL 가면 힘 좋은 월드클래스 하나 잡아서 소개해 줄게!"

저 녀석은 누나한테 한다는 말이……. 그렇지만 힘 좋은 월드클래스는 생각만으로도 뿌듯하구나……가 아니라.

승현은 잡생각을 떨치려 고개를 좌우로 흔들고는 가볍게 털어 냈다.

이제 승재는 해결했으니, 내일 그 남자를 만나서 어떻게 둘러대야 할지 밤새 고민할 차례다.

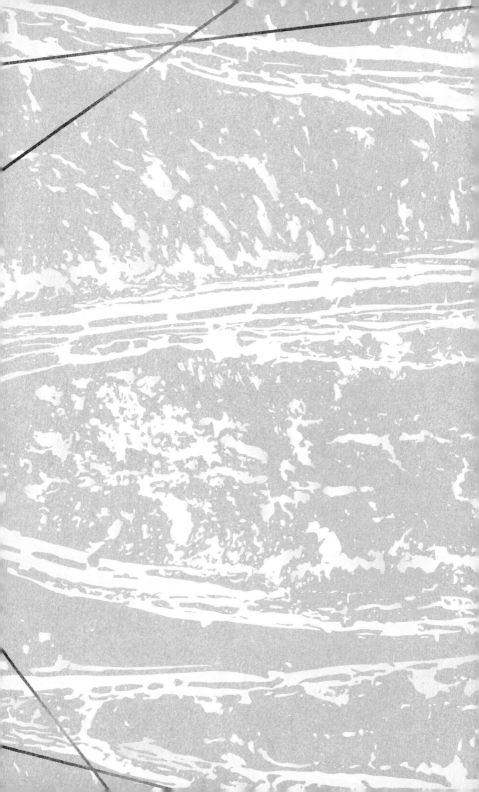

4

숨 을 멈 추 고

오늘도 어김없이 아침 해는 떠올랐으며, 약속 시각은 다가왔고, 승현은 데리러 오겠다는 그의 배려를 극구 사양한 뒤, 택시를 타고 에이전시로 왔다.

한강이 내려다보이는, 채광이 좋은 사무실이었다. 하얀 대리석 바닥은 구두를 신은 직원들이 왔다 갔다 할 때마다 또각거리는 소리를 내며 반짝거렸고, 벽 또한 흰색 마블링 대리석으로 마감되어 있어서 눈이 부실 정도였다.

게스트 룸이라 적힌 널찍한 별도의 공간에 놓인 새하얀 가죽 소파에 앉아서 그를 기다리던 승현은 매무시를 가다듬으며 움츠러들려는 어깨를 펴기 위해 노력했다.

두꺼운 스웨터와 청바지, 캔버스 운동화와 에코백이 오늘따라 남루해 보이는 것은 기분 탓인지도 모른다. 에이전시가 위치한 장소가 사무실 밀집 지역인 데다가 하필 그의 사무실이 있는 건물은 슈트와 오피스 룩을 입어야만 하는 회사들이 모여 있는 곳인지, 승현과 비슷한 복장을 한 사람은 단 한 명도 만날 수가 없었다.

스웨터 손목에 있는 보풀을 조심스레 떼어 내는데, 노크 소리가 들려왔다.

"처음 뵙네요, 유승현 씨. 이기석입니다."

문을 열고 들어온 이는 그가 아니었다. 그보다 키가 한 뼘 정도 작은 남자였고, 그보다 꼬장꼬장하게 생겼으며, 목소리 또한 친절하지 않았다.

"안녕하세요? 유승현입니다."

승현은 소파에서 일어나 제 소개를 하며 고개를 꾸벅 숙였다.

"한지윤 대표는 지금 미팅 중이에요. 일이 하나 터져서. 심심하면 이거라도 보고."

남자는 테이블 위에 오늘 자 스포츠 신문을 올려놓고는 다시 나가 버렸다. 신문 1면에는 야구 선수 P 모 군의 국내 마약 반입설에 관한 뉴스가 게재되어 있었다. 이미 포털 실검 1위를 하고 있는 이슈라 승현도 아침에 접한 뉴스였다.

일이 하나 터졌다고 말하는 것을 보니, 야구 선수 P 모 군이 아무래도 디어프렌즈 소속 선수인가 보다.

시간이 많이 지체되나 싶었는데, 이기석이라는 남자가 다녀가고 난 뒤 채 5분도 지나지 않아서 그가 게스트 룸 문을 두드렸다.

"내 방으로 가죠."

피로감이 가득한 얼굴이었으나, 그는 환한 미소를 머금으며 말했다. 그런 그가 걱정되기도 하고, 그의 존재감에 안심이 되기도 하고. 이율배반적인 양가감정에 쓴웃음이 묻어났다.

"왜요? 뭐 걱정 있어요?"

그의 시선이 테이블 위에 놓인 스포츠 신문으로 갔다가 이내 승현의 얼굴로 돌아왔다.

"아니, 뭐."

수심이 가득한 얼굴을 앞에 두고 걱정이 없다고 말하는 것도 이상하고, 그렇다고 그가 걱정된다고 말하자니 그건 더더욱 이상했다.

"따라와요."

그가 스포츠 신문을 집어 들고는 게스트 룸을 나섰다. 파티션이 높게 솟아 있는 사무실 복도를 지나자 유리로 된 자동문이 하나 나왔다. 그 안으로 들어가 소회의실과 임원실로 보이는 공간을 지나 다시 자동문 하나를 더 통과하자, 두꺼운 나무 문이 나타났다.

나무 문을 열고 들어선 곳에는 업무용 책상 두 개와 회의용 원탁 하나가 놓여 있었다. 그중 하나의 책상에는 아까 자신을 이기석이라 소개한 남자가 앉아 있었다.

그가 남자의 얼굴에 신문을 집어 던지며 말했다.

"갖다 버려."

남자는 그의 행동이 대수롭지 않은 듯 별다른 반응 없이 신문을 집어서 책상 아래 있는 쓰레기통에 집어넣었다.

뺨이 따가웠다. 승현은 덜렁덜렁 움직이는 쓰레기통 뚜껑을 바라보던 시선을 그에게로 옮겨 갔다. 그는 이 방으로 들어올 때 보았던 문과 같은 모양의 또 다른 나무 문을 열어젖힌 채로 승현을 바라보고 있었다.

"들어가죠."

"아, 네."

그의 집무실로 보이는 공간으로 발을 들이자, 등 뒤에서 문이 닫히는 둔중한 소리가 들려왔다. 그 소리에 심장이 쿵 울렸다.

이제껏 밖에서만 그를 만나 왔는데, 지금은 온전한 그의 영역에 들어와 있었다.

마치 사파리 차를 타고 동물원 호랑이를 구경하다가, 굶주린 호랑이가 목을 빼고 고깃덩어리를 기다리고 있는 굴에 피 칠갑을 한 상태로 던져진 기분이랄까?

회사 대표의 사무실에 들어오는 것도 처음이었고, 중요한 계약에 도장을 찍는 것도 처음이었다.

"앉죠."

그가 테이블이 가운데 놓인 소파 세트를 가리켰고, 승현은 그가 안내해 준 자리에 다소곳이 앉았다. 그는 승현과 마주 앉으며 파일 하나를 내밀었다. 에이전시 기본 수수료율과 관련한 통계 자료가 담긴 파일이었다. 의심할 여지가 없었고, 계약 사항도 더는 따져 물을 게 없었기에 도장을 찍는 것까지 채 20분도 걸리지 않았다.

그런데 계약이 문제가 아니었나?

승재의 일생이 걸렸다 해도 과언이 아닐 계약서에 도장을 찍었는데, 여전히 뭔가 잡아먹힐 듯한 불길한 예감이 든다.

아마도 그 이유는 마주한 남자의 눈빛 때문인 것만 같다. 먹음직스러운 먹잇감을 눈앞에 놓고 기다리는 것처럼 허기 어린 시선, 갈증 어린 눈빛이었다.

"그럼, 앞으로 잘 부탁드립니다."

승현이 고개를 살짝 숙이며 인사를 건넸을 때였다.

"그런 인사는 내가 해야죠. 자, 본격적인 에이전트 업무 개시에 앞서……. 누굽니까, 그 남자? 승재가 신경 쓰여서 공이나 제대로 차겠어요?"

"걱정 마세요. 승재한테는 알아듣게 설명했어요."

앞에 앉은 여자가 신경이 쓰여서 잠을 한숨도 이루지 못했다. 사고 치고 잠적한 야구 선수보다 이 여자가 지금 더 속을 썩이고 있다.

그녀가 은은한 미소를 머금으며 말을 이어 갔다.

"어차피 저 혼자 좋아했다가, 저 혼자 끝낼 짝사랑 같은 거예요."

지윤을 오롯이 응시하고 있는 그녀의 눈에 어느새 물기가 어려 있었다. 입가에 머문 미소가 무색하리만큼 그녀의 눈은 슬퍼 보였다.

"짝사랑?"

지윤은 어이없다는 듯이 되물었다. 그러니까 누군가와 썸을 타는 것도, 연인 관계의 전초를 밟고 있는 것도 아닌 짝사랑이란다.

"그런 걸 왜 합니까?"

저 짝사랑, 막아야겠다.

그녀가 무슨 말을 할 것처럼 입을 벌렸다가, 다물었다가 숨을 한 번 들이마시고, 다시 벌렸다가 다물기를 반복했다. 적잖이 당황한 모습이었다.

"뭐 하는 사람이에요?"

당황하면 저도 모르게 속마음을 내뱉게 되는 법이다. 지피지기면 백전백승이라 했다. 일단 그놈이 어떤 놈인지부터 파악하는 게 먼저다.

"사업이요."

"무슨 사업?"

"뭐 사람 관련한 일인데……."

그녀는 말끝을 흐리며 마주하고 있던 시선을 피해 오후 햇살이 들이치는 통유리 창을 바라보았다.

사람과 관련된 일이 대체 뭘까?

"아르바이트하다가 만났어요?"

맞선 대행업체? 아니면 예식장 하객 아르바이트 알선 업체인가?

"비슷하죠."

"고생 안 하게 해 준다고, 이제 아르바이트 덜 해도 된다고 꼬셨어요?"

그녀의 미간에 실주름이 잡혔다. 그러곤 기어들어 가는 목소리로 속삭였다.

"뭐, 그런 비슷한 말을 한 것 같기도 하고……."

이런 개 아들놈!

뱀같이 교활한 사기꾼 새끼를 만났나 보다.

순진해 보이는 여자 꼬셔서 무슨 나쁜 짓을 하려고, 불한당 같은 놈!

"맞선 대행, 예식장 하객 일처럼 얼굴 팔리는 아르바이트는 이제 나가지 마요. 유승재 선수 누나라는 게 밝혀지면 골치 아프니까."

그나마 지금까지는 평정을 유지하던 그녀의 얼굴이 하얗게 질려 버렸다.

그 짝사랑인지, 짝남인지 하는 놈이 맞선 대행이나, 예식장 하객 일을 주선하던 놈이 맞나 보다.

"맞선 대행이랑 하객 알바는 안 그래도 그만두려고 했어요."

그녀는 울상이 된 얼굴로 속삭이듯 작게 말했다. 그렇게 슬픔에 잠길 정도로 좋아했나?

"저, 나중에 승재가 유명해졌을 때 제가 맞선 봤던 상대 아니, 맞선 대행하던 중에 봤던 상대가 저를 알아보거나 하면 어떡하죠?"

그녀가 수심 가득한 얼굴로 아랫입술을 짓씹으며 물었다. 진심으로 걱정하는 눈치여서 너무 심하게 겁을 줬나 하는 생각도 들었다.

"맞선으로 딱 한 번 만났던 여자 얼굴을 제대로 기억하는 남자가 있을까요? 유승현 씨는 그 남자들 얼굴 다 기억납니까?"

그녀는 잠시 생각에 잠긴 듯 눈동자를 굴렸다.

"딱 한 명 기억나요."

"뭐 하는 남자였는데요?"

"되게 잘생겼었어요."

이건 또 뭐 하자는 거?

지윤은 심각하게 읊조리는 그녀의 얼굴을 기가 막힌다는 눈빛으로 바라보았다.

"요정과 짐승의 경계에 놓여 있는 남자였거든요."

"요정하고 짐승?"

"그 뭐랄까 요정 같은 얼굴에 짐승 같은……."

요정 같은 얼굴에 짐승 같은 목소리나, 요정 같은 얼굴에 짐승 같은 성격 혹은 요정 같은 얼굴에 짐승 같은 두뇌는 아닐 거다.

그럼 답은 하나. 요정 같은 얼굴에 짐승 같은 몸?

지윤은 재미있다는 듯이 고개를 갸우뚱 기울이며 그녀를 바라보았다.

"그게 유승현 씨 이상형이에요?"

"아니, 제 이상형이라기보다……. 뭐 여자들의 보편적 가치 추구에 의한 이상향일 수도 있겠고."

둘러대는 솜씨가 제법이다. 말솜씨가 좋다는 건 두뇌 회전도 제법 좋다는 의미다. 어제 그녀의 친구 놈이 이야기하는 것을 가만히 들어 보니 고등학생 때 전교 1, 2등을 다투는 사이였다고 했다.

"대학은 왜 포기했어요? 장학금 받고도 갈 수 있었을 텐데."

"승재한테 한창 돈이 많이 들어가던 시기였어요. 그 전까지는 아르바이트 한두 개로 버텼는데, 더는 안 되겠더라고요. 그리고 장학금 타고 들어간다고 해도 일정 성적은 유지해야 하는데, 알바가 많아져서 고등학생 때처럼 공부할 시간을 확보할 수 있는 것도 아니었고요."

그녀는 별스럽지 않은 일이라는 듯이 웃었다. 그 웃음이 마음에 들지 않았다.

이 여자는 뭘 이렇게 많이도 포기하고 살았을까?

"그런 눈으로 보지 마세요."

그녀는 맑고 깊은 시선으로 지윤을 응시했다.

"어떤?"

"저 동정하는 것 같잖아요. 동정하실 필요 없어요. 제가 대학을 포기한 건, 한지윤 씨가 야구를 그만둔 이유와 같아요."

순간 지윤은 너무 어이가 없어서 하마터면 웃음을 터뜨릴 뻔했다.

비서이자 절친인 기석을 빼고는 그 누구도 감히 지윤의 앞에서 야구의 이응 자도 함부로 꺼내지 못했다.

"뭐가 같다는 거예요?"

"내가 가기 싫어서 안 간 거라고요. 근데 한지윤 씨가 야구에 대해서 가지고 있는 그 감정 그대로, 저도 느끼거든요. 내가 싫다고 포기했지만, 그래서 아주 가끔 아깝다는 생각이 들기도 하지만, 누군가 그걸 미련이라고 말하면 자존심이 상하고, 또 누가 건드리면 아무렇지 않은 것 같으면서도 한편으론 속상한 것도 같고. 그렇다고 잘나가는 야구 선수가 부럽지는 않죠? 저도 대학 나와서 잘나가는 사람들 그렇게 부럽지 않아요."

승재가 진실의 귀라고 놀리더니, 속마음을 털어놓느라 부끄러워서 그런지 그녀의 귀가 빨갛게 달아올라 있었다.

귀엽기는.

공격하기 위해서 하는 말이 아닌, 진심이 우러나는 그녀의 말에 지윤은 그저 고개를 끄덕거리며 입을 열었다.

"근데 만약에 말이에요."

지윤이 잠시 뜸을 들이자 그녀가 이어질 말을 기다리는 것처럼 턱을 당기고 눈을 치떴다.

"만약에 나는 야구 선수로 다시 뛸 기회가 온다면 잡아 볼 것 같은데?"

"에이, 말이 되는 소릴 해요. 현역 은퇴한 지가 벌써 몇 년인데, 다시 복귀를 해요?"

그녀가 장난스럽게 웃었다. 다른 사람이 저런 말을 했으면 반쯤 죽여 놨을지도 모른다. 그런데 종알종알 떠드는 모습이 귀여워서, 지윤은 자꾸 웃음이 나올 것만 같았다.

"말이 그렇다는 거죠. 그리고 이제 승재에 대한 걱정의 한 80퍼센트

쯤은 나한테 넘겨도 되니까 그 80퍼센트만큼 본인에 대해 진지하게 생각해 보는 건 어때요? 친구가 제안한 거 나쁘지 않아 보이던데. 유승현 씨는 하고 싶었던 일, 없었어요?"

그녀는 또다시 적잖이 당황한 듯 보였다. 승재를 따로 떼 놓고 무언가를 생각해 본 적이 없는 것 같았다.

유승재가 나같이 유능한 에이전트를 만났기에 망정이지, 안 그랬으면 어쩌려고 했어?

"또 한심하다는 눈으로 보는 것 같은데요?"

그녀가 눈을 가느스름하게 뜨며 물었다. 한쪽 눈만 가리면 궁예가 따로 없다. 독심술을 쓰는 것도 아니고, 그녀는 지윤의 눈빛이 의미하는 바를 정확하게 집어냈다.

뭐, 조금 과장되기는 했다. 한심하다는 생각을 하지는 않았다. 단지 좀 우쭐했을 뿐이지.

"내 인생은 내가 알아서 할 테니까, 신경 쓰지 마시고요."

눈이 곱게 접히도록 눈웃음을 지으며 그녀가 생글거렸다. 연분홍빛 입술이 하얀 뺨을 타고 오르며 호선을 그렸다.

"그럼, 우리 승재는 정확히 다음 주 언제, 어디로 가는 거예요?"

"런던에 연고지가 있는 팀으로 알아보려고 했는데, 어제 승재 이야기를 들어 보니까 맨체스터나 리버풀을 연고로 하는 팀에 관심이 있는 것 같더라고요."

"맞아요. 그쪽 좋아해요."

"그래서 일단 리버풀에 연고지가 있는 에버턴 FC로 잡아 뒀어요."

'오' 하는 입 모양을 하면서 그녀가 놀란 기색을 보였다.

"어제 말했는데, 이렇게 빨리 팀을 바꿔 잡았다고요?"

사실 아귀가 잘 맞아떨어진 거다. 바쁜 일정에서 이동 시간을 한 시간이라도 줄이기 위해 런던을 연고로 하는 팀으로 알아봤었는데, 대부분 지원서를 거절했다.

그런데 어젯밤 승재의 이야기를 듣고 에버턴 FC 쪽에 지원서를 보냈더니 채 하루도 지나지 않아 바로 답변이 왔다.

지윤은 여유로운 웃음을 머금으며 입을 열었다.

"이런 게 제 능력이죠."

운도 능력이다. 한번 지원서를 거절했다고 해서 런던에 있는 팀을 포기할 생각은 아니었지만, 이왕 갈 거 선수가 원하는 팀이면 더 좋다.

그녀는 추호의 의심도 하지 않는 듯 경외심 어린 눈초리로 지윤을 바라보았다.

그래, 반하려면 나 같은 남자한테 반해야지.

생각이 다시 거기에 미치자 갑자기 이상한 오기가 발동하려고 한다.

뭔가 억울하기까지 한 기분이다. 저 여자는 지금 다른 남자를 마음에 두고 짝사랑으로 끝낼 거라며 얼굴이 하얗게 질리도록 속앓이를 하는데, 지윤은 지금 저 여자 때문에 속이 새까맣게 타 버렸다.

미스코리아 출신인 어머니를 닮아서 인물 잘빠졌다는 소리깨나 듣고 살았고, 운동을 그만두고도 체력 관리를 꾸준히 한 덕분에 현역 시절과 비슷한 몸도 유지하고 있었다.

이 정도면 요정과 짐승의 경계 아닌가?

"멋지네요……. 그 능력……."

그녀의 귓불이 더욱 붉게 달아올랐다. 아, 능력이 멋지다? 그럼, 그 능력 한껏 보여 드리리.

"그리고 생각해 봤는데 좀 안정적인 아르바이트 구해 보는 게 어때요?"

"지난번에도 말씀드렸다시피, 저도 그러고 싶지만……."

그녀가 그건 어렵다는 듯이 고개를 내저었다.

지윤은 고심하는 척 미간을 찌푸리며 어렵사리 제안하고 있다는 듯 조심스러운 목소리를 냈다.

"사실 우리 에이전시에서 사무 보조 직원을 구하고 있거든요. 앞으로 승재 운동 계속하려면 이쪽 환경을 알아 두는 것도 나쁘지 않을 텐데, 어때요?"

"이 에이전시에서요?"

지윤은 가만히 고개를 끄덕거렸다.

"제가 승재 누나인 걸 알면, 다들 불편해하지 않을까요?"

"그건 걱정 마요. 유승현 씨가 유승재 선수 누나라는 걸 아는 사람은 현재로선 제 비서인 이기석 실장밖에 없으니까. 어때요?"

"글쎄요. 너무 갑작스러워서."

그녀는 당황스럽다는 듯이 눈동자를 이리저리 굴렸다.

"아, 뭐 너무 부담스럽게 생각하지는 말아요. 사실 에이전시 업무라는 게 대외비인 경우가 많거든요. 제가 그동안 지켜본 유승현 씨는 책임감도 있고, 눈치도 빠르고……. 그래서 그냥 제안해 본 거니까 너무 부담 가질 필요는 없어요. 사무 보조 아르바이트야 뭐 금방 구해지니까."

지윤은 굳이 그녀가 오지 않아도 일할 사람은 많다는 듯이 서글서글한 미소를 지으며 말했다. 2보 전진을 위한 1보 후퇴였다.

"할게요!"

어떻게 더 설득해야 하나 고민하고 있는데, 그녀의 대답이 생각보다 훨씬 빨리 나왔다.

"언제부터 할 수 있겠어요?"

"다음 주 월요일부터 나올 수 있을 것 같아요."

승현은 너무 좋아하는 티를 내지 않으려 노력하며 여상히 대꾸했다.

기회의 신 카이로스는 앞머리는 무성하지만, 뒷머리는 민머리다. 기회가 왔을 때 머리채를 잡아야지, 안 그러면 못 잡는다는 뜻이라나

뭐라나.

이건 신이 주신 기회가 아닌가? 그렇다면 잡아야지!

편의점 아르바이트는 그만둔다고 말을 하자마자 바로 후임을 구했고, 일회성 아르바이트는 일을 안 받으면 그만이고, 반찬 가게 이모님께는 죄송하지만 이제 더는 못 오겠다고 하면 승현의 안녕을 빌어 주실 다정한 분이셨다.

"다음번엔 근로 계약서에 도장 찍어야겠네."

그가 나른하게 웃으며 고개를 갸우뚱 기울였다.

요정 같은 얼굴에 짐승 같은 몸을 가진 것도 모자라 능력까지 갖춘 내 짝남!

승현은 제 머리를 쓰다듬으며 자신의 안목을 칭찬해 주고 싶었다. 훗날 누군가 첫사랑에 관해 물으면 정말 멋진 남자였더라며 소회를 밝힐 수 있을 것 같다.

"그럼, 출근은 다음 주 월요일 아침부터?"

다음 주 월요일부터는 눈앞에 있는 멋진 남자를 온종일 관찰할 수 있겠구나!

슬픈 예감은 틀린 적이 없다는 오래된 유행가 가사는 진리다. 누가 작사했는지 정말 찰떡같이도 만들었다.

월요일 아침, 출근했지만 그가 자리에 없었다. 무려 이번 주 내내 사무실에 없을 예정이다. 그렇다. 그는 런던으로 출국을 해 버렸다.

사무실에서 내내 붙어 있을 수 있을 거란 생각을 한 건 아니었다.

하지만 복도를 오며 가며 옷깃을 스치고 수줍은 미소를 짓는다든지, 탕비실 캡슐 머신 앞에서 눈빛을 교환하며 마지막 캡슐을 두고

'What else?'를 외친다든지 하는 망상을 안 했다면 거짓.

그렇다고 한탄을 할 수도 없었다. 지금 포털 사이트 실시간 검색어가 유승재, 고등학생 유승재, 축구 천재 유승재로 도배되고 있었다.

승재가 영국으로 떠나기 전, 에이전시에서는 구단 입단 테스트와 관련하여 보도 자료를 뿌림과 동시에 유튜브에 올라와 있는 승재의 프리스타일 축구 동영상을 함께 소개했다고 한다.

그 결과 실검이 유승재와 관련된 것들로 도배가 되고 있었다.

행복했다.

분명 행복한데, 눈가에 고이는 이것은 무엇?

기쁘기도 하고, 슬프기도 한 참으로 역설적인 상황이었다. 동생 승재가 이제 꽃길을 걷게 될 것 같아서 기쁘고, 한편으론 당장 눈앞에 꽃돌이가 없어서 슬프다.

근데 내가 이 정도로 이성적 끌림에 약한 인간이었나? 고작 일주일 얼굴 못 본다고 이렇게 기운이 빠져서야.

늦게 배운 도둑이 날 새는 줄 모른다고, 스물다섯이 되어 시작한 첫사랑에 정신이 오락가락하나 보다.

정신이 산만할 때는 몸을 고되게 만드는 게 낫다.

그런데 안타깝게도 그가 말한 사무 보조 업무는 몸이 고되기는커녕 몹시도 간단한 일들뿐이었다. 복사하라고 하면 복사하고, 전화받으라면 전화받고, 지하에 있는 사무 용품점 갔다 오라고 하면 갔다 오고. 말 그대로 단순 사무 보조 업무여서 복잡할 것이 없었다.

그게 아주 심각하다면 심각한 문제였다. 몹시도 단순한 업무를 하다 보니 산만한 정신이 더욱 산만해졌고, 잡생각은 늘어만 갔다.

그렇게 월요일은 단순 업무를 하고, 잡생각을 하며 하루를 보냈다. 화요일도 그랬고, 수요일도 그랬다. 목요일에도 역시 그랬다. 그에게서 전화가 오기 전까지는 말이다.

자정을 앞둔 시각, 그에게서 전화가 걸려 왔다.

— 오늘 테스트 마무리했어요. 여론 몰이를 좀 해야 해서 귀국은 토요일 오후에 할 겁니다. 걱정 많이 했죠?

에이전시에서 일하면서 그의 일정을 심심치 않게 접할 수 있었다. 하지만 한동안 그의 얼굴을 매일 보다시피 하다가, 갑자기 목소리마저 들을 수 없게 되니 허전함이 이루 말할 수 없었다. 마치 무언가에 중독되어 금단현상이 이는 듯했다.

"걱정은요, 무슨."

— 승재 한국에 없어서 허전하지 않아요?

그가 웃음기 어린 목소리로 물었다. 휴대전화 너머에서 들려오는 그의 나지막한 목소리가 듣기 좋았다. 이대로 시간이 멈췄으면 좋겠다.

"승재는 원래 합숙소에서 생활했으니까요. 그냥 숙소에 있겠거니 생각했죠."

— 사무실은 어때요?

"사무실은 좀 허전한 것 같아요. 대표님이 안 계셔서."

승현은 장난스레 떠들어 댔다. 얼굴을 마주하고 있지 않은 탓인지, 본심이 술술 흘러나왔다.

이 정도 농담이야 해도 되지 않나?

그런데 휴대전화 너머에서 침묵이 길어지자 심장이 두근두근 울리기 시작했다. 괜한 말을 해서 분위기를 싸하게 만들었나 싶었다.

— 곧 가니까, 허전해도 조금만 참아요.

숨이 턱 막혀 왔다. 심장이 너무 빠르게 뛰어서 입 밖으로 튀어나올 것만 같았다.

장난스럽게 내뱉었던 승현의 말투와 달리 그의 목소리는 전에 없이 진지했다.

"승재는 어때요?"

말을 돌리려 승재 이야기를 꺼냈다.

그런데 진작 이것부터 물어야 하지 않았나?

— 빨리도 물어보네요.

머쓱해져서 대꾸할 말이 생각나질 않았다. 잠시 침묵이 흐르는 사이 그가 낮게 웃는 소리가 들려왔다.

아, 왜 자꾸 웃는데. 사람 설레게.

— 승재 잘 있어요. 결과 빨리 나와서 누나 놀라게 해 주고 싶다고 전화 안 한대요.

그가 또 웃는다. 이번에는 승현도 따라 웃었다.

— 유승현 씨.

조용히 웃던 그가 승현의 이름을 가만히 부르자, 심장이 쿵 울렸다.

"네?"

길게 말하면 목소리가 떨릴 것 같아서 승현은 짧게 대꾸했다.

— 승재 흔들리면 잘 잡아 줘요.

"걱정 마요. 우리 승재 그렇게 약하지 않아요."

편안하다. 마치 고등학생 자녀를 둔 중년 부부의 대화 같은 느낌……이 아니라.

— 나는 유승현 씨 흔들리면 잘 잡아 줄 테니까.

심장이 쿵쿵거리다 못해 곧 터질 것 같다. 사람 오해하게 만드는 방법도 가지가지다.

조금만 더 친해지면 '나 좋아해요?' 하고 장난이라도 쳐 볼까?

— 한국은 지금 몇 시예요?

그가 한국 시각을 모를 리가 없는데, 시시콜콜한 질문으로 통화가 길어지고 있어서 가슴이 간질간질했다.

"이제 11시 50분……."

대답을 마치려는데 마당에서 우당탕하는 소리가 들려왔다.

— 왜 그래요?

갑작스러운 정적에 그가 놀란 목소리로 물었다.

"밖에서 무슨 소리가 나서요."

— 무슨 소리요?

"모르겠어요."

누군가의 발걸음 소리가 가까이에서 들렸다. 이제껏 핑크빛으로 물들어 두근거리던 심장이 불안한 박자로 덜컹거리기 시작했다.

멀리서 경찰차 사이렌 소리가 들리는가 싶더니 점점 가까워졌다. 창문 너머로 골목을 내달리는 소리도 들렸다.

— 이거 사이렌 소리 아니에요?

이윽고 무언가 현관문에 쾅 하고 부딪히는 소리가 들렸다.

— 방금 무슨 소리 난 것 같은데?

"일단 끊어 봐요."

— 유승현 씨!

전화가 끊겨 버렸다. 기분이 싸했다. 느낌이 좋지 않았다.

통화 종료 문구가 깜빡거리는 휴대전화 화면을 망연히 바라보던 지윤은 커넥팅 룸에 있는 승재에게로 향했다.

"승재야, 집 주소 좀."

"우리 집 주소는 왜요?"

"아, 필요한 데가 있어서."

"당산로······."

승재가 불러 준 주소를 속으로 읊으며 복도로 나온 지윤은 곧장 한국 경찰서에 연락했다. 무슨 일인지 알아본 뒤 다시 연락을 주겠다는 대답이 답답했지만, 전화를 끊고 기다리는 수밖에 방법이 없었다.

심장이 쿵쿵거렸다. 손끝도 파르르 떨려서 휴대전화 화면을 터치하는 데 자꾸 오류가 났다. 욕지거리가 튀어나왔다.

사이렌 소리, 쿵 하고 부딪히는 굉음……. 그녀와 승재의 집은 단독 주택과 빌라, 원룸이 밀집된 곳에 있어 밤이 되면 골목에 사람이 거의 없어서 으슥했다.

답답한 마음에 지윤은 기석에게도 전화를 걸어 보았지만 야속한 통화 연결음만 계속되었다.

"받아라, 제발. 받아."

한밤중에 집에 혼자 있는 그녀에게 무슨 일이 생겼을지도 모른다고 생각하니 현기증이 일 만큼 아찔해졌다. 한국에 있었다면 아마 당장에 달려갔을 것이다.

마침내 연결음이 끊기고 기석의 목소리가 들려왔다.

"너 왜 이렇게 전화를 안 받아!"

버럭 소리를 치자, 화들짝 놀란 기석이 대꾸했다.

— 왜? 무슨 일 있어? 뭐 잘못됐어?

"지금 당장 유승재 선수 집으로 가 봐. 당장 가. 지금 튀어 나가. 가서 무슨 일이 있는지 확인하고 나한테 바로 전화해."

— 지금?

"당장!"

지윤의 살기등등한 목소리에서 이상한 낌새를 감지한 기석은 군말 없이 전화를 끊었다.

이제 기다리기만 하면 된다. 경찰이든, 기석이든 무사하다는 연락이 오기만을 기다리면 되는 거다.

머릿속으로는 그렇게 생각했지만 지윤은 다시 그녀에게 전화를 걸었다. 듣기 싫은 통화 연결음이 지루하게 이어졌다.

— 전화를 받지 않아 음성 사서함으로 연결되며…….

그녀는 끝내 전화를 받지 않았다. 과호흡이라도 온 것처럼 가슴이 답답했다. 그녀를 혼자 두는 게 아니었다. 차라리 영국으로 함께 날아올 것을 잘못했다.

지윤은 제 잘못으로 일어난 일도 아니고 어쩌면 별일 아닐 수도 있는데, 자신을 탓하며 한숨을 몰아쉬었다.

10분이 지나고, 20분이 지나도 지윤의 휴대전화는 울리지 않고, 잠잠하기만 했다. 그녀는 여전히 전화를 받지 않았고, 그 누구에게서도 아무런 연락이 없었다.

지윤은 초조한 마음에 다시 그녀에게 전화를 걸었다가, 기석에게로 방향을 틀었다.

— 네, 대표님.

주위에 누가 있는지 기석이 말을 깍듯이 높여 왔다. 그러더니 어딘가로 이동하는지 발걸음 소리가 들려왔고, 곧이어 차 문이 닫히는 듯한 둔중한 소음이 났다.

"무슨 일이야?"

— 난리도 아냐.

심장이 쿵 내려앉았다. 기석이 한숨을 몰아쉬었다.

"말을 해!"

순간 머릿속으로 별의별 생각이 다 들었다. 전화 연결이 되지 않았던 사이에 그녀가 해를 입은 것은 아닐까 하는 데까지 생각이 미치자 피가 거꾸로 솟는 듯했다.

— 유승현 씨가 좀 다쳤어.

"얼마나?"

— 칼로 손바닥을 그어 버렸네.

"뭐? 어떤 새끼가?"

— 아, 좀 들어 봐.

지윤은 거친 숨을 훅 몰아쉬었다. 기석이 좀 진정하라며 지윤을 다그치고는 말을 이어 갔다.

— 승현 씨가 편의점 알바할 때 자주 오던 놈이었대. 다행히 승현 씨가 대처를 잘해서 더 큰 사고 없이 손만 베이고 끝났어. 누가 신고했는지, 이놈 잡으려고 주변에서 순찰하던 경찰차가 있어서 현장에도 빨리 왔고.

"유승현 씨, 옆에 있어?"

— 아니, 구급차 타고 병원으로 이송됐어.

"그럼, 너는?"

지윤은 답답해하며 되물었다.

— 당연히 따라가고 있지, 이 사람아.

한숨이 훅 흘러나왔다.

— 아까 대충 들었는데 칼 들고 편의점 가서 거기 먼저 털고, 사장 위협해서 유승현 씨 집이 어딘지 알아냈나 보더라고. 완전 사이코 같은 새끼야.

순간 지윤의 머릿속으로 동네 건달 같았던 남자의 얼굴이 스치고 지났다. 생각보다 훨씬 더 질이 안 좋은 놈이었다는 생각이 들자 오싹 소름이 끼쳤다.

"많이 놀랐어?"

— 내 생각에는 네가 더 놀란 것 같다?

기석이 왜 그렇게 야단법석을 떠는지 의문이라는 듯이 물었다. 지윤은 한숨을 몰아쉬며 마른세수를 한 번 하고는 대꾸했다.

"그러니까, 많이 놀랐냐고."

— 나야 많이 놀랐지. 어우, 무서워. 세상에 칼 든 강도에, 스토커라니! 무섭지!

"너 미쳤냐?"

지윤이 무섭게 읊조리자 기석이 어이가 없다는 듯한 목소리로 말했다.

— 한지윤, 왜 이럴까? 너답지 않게. 이거 선수 가족 챙기는 분위기가 아닌데? 왜 이렇게 흥분했어?

지윤은 아랫입술을 꾹 깨물었다.

"괜찮냐고."

— 아서라. 진작에 남자 친구가 달려와서, 경찰한테 요모조모 법적으로 따져 가며 상황 정리하고 유승현 씨 병원 가는 데 동행했으니까.

어안이 벙벙했다. 입은 있되 말을 할 수가 없었다. 길고 긴 호텔 복도 한가운데 서 있던 지윤은 멀리 보이는 조그만 창문 너머로 지나가는 회색 구름을 망연히 바라보며 넋을 놓았다.

남자 친구?

인천 공항 입국장에 들어서자 어김없이 기자들이 몰려나와 있었다. 눈앞의 일을 처리해야 하는데, 마음은 이미 콩밭에 가서 베적삼이 흠뻑 젖도록 포기마다 초조함을 들이붓고 있었다.

다행인 점은 스타성을 타고난 승재가 모든 과정을 매우 능숙하게 해내고 있다는 것이었다.

"에버턴 FC 입단 테스트는 통과 못 할 게 당연한데, 언론플레이가 너무 심한 거 아닙니까?"

승재에게 날카로운 질문이 쏟아졌다.

"언론플레이라고 생각하시면서도 지금 이곳에 기자님께서 나오셨으니……. 제가 이긴 건가요?"

모르는 사람이 봤다면 월드컵에서 해트트릭을 달성한 선수가 기자회견이라도 연 것이라고 착각했을지도 모른다. 지윤은 저도 모르게 엄지손가락을 척 들어 올렸다. 알면 알수록 정말 대단한 남매다…… 응?

지금 기자 회견을 하고 있는 건 승재인데, 왜 갑자기 그 여자가 튀어나오느냐고?

혹시라도 얼굴이 알려지는 것은 싫다며 검은 모자에 검은 마스크까지 쓴 그녀가 그래도 승재에게 누나가 왔음은 알리고 싶었는지, 기자들 뒤에서 저 혼자 첩보 작전을 방불케 하는 움직임을 보이며 이따금 손을 흔들어 댔다.

귀엽기는.

지윤은 옆에 서 있는 기석에게 귀 좀 대 보라며 가볍게 손짓했다.

"방금 질문했던 센스포츠 기자랑 이번 주 내로 점심 약속 잡아 놔."

아무래도 승재가 좀 더 유명세를 치르는 데, 저 기자가 한몫할 것 같은 예감이 들었다.

"그리고 유승재 선수는 바로 합숙소로 이동시키고."

지윤은 잠시 뜸을 들였다.

"또 뭐……?"

기석이 고개를 모로 틀며 조용히 물었다.

"저기 흔들리는 붕대."

지윤은 손가락으로 가만히 기자들 뒤쪽을 가리켰다.

"어디? 붕대가 어디 흔들려?"

"저기 있잖아. 검은색 야구 모자에 검은색 마스크."

"검은 야구 모자에 검은 마스크가 한둘이야?"

지윤의 눈에는 이렇게나 잘 보이는데, 기석은 그녀가 죽어도 보이지 않는다며 헤맸다.

"암튼 유승재 선수 누나 찾아서 내 차에 태워."

"뭐? 승현이가 여기 와 있어?"

감히…… 뭐? 승현이?

기석이 그녀를 부르는 호칭이 심히 고까웠다. 지난주에 거의 매일

보다시피 했는데도 불구하고 그녀는 여전히 자신에게 딱딱하게 굴고 있었다. 그런데 이 새끼는 무슨 약을 쳐서 유승현 씨를 승현으로 만들었지?

"아, 그날 와 줘서 고맙다고. 오빠 동생 먹기로 했어."

"오, 빠?"

지윤이 미간을 찌푸리며, 스타카토로 한 음절씩 끊어서 물었다.

"어, 그럼 언니라고 부르라고 해?"

지윤의 빡침 포인트가 기석을 언니가 아닌 오빠라고 부르기 때문이 아니라는 것을 너도 알고, 나도 알고, 쟤도 알고, 얘도 알 것 같다.

지윤이 싸한 눈빛으로 기석을 쏘아보았으나, 기석은 아랑곳하지 않고 콧노래를 부르며 혼잣말인 양 지껄였다.

"남자 친구 잘생겼더라. 응급실에서 어찌나 훈훈하던지. 간호사들이 난리였다니까? 누가 보면 우리 승현이 목숨이 왔다 갔다 하는 줄 알았을 거야."

"……야."

"왜 그러십니까, 대표님?"

기석이 정색을 하며 허리를 굽히고는 다른 사람들 쪽으론 표정이 보이지 않도록 고개만 살짝 틀어 올려서 사악하게 미소 지었다.

나쁜 새끼, 확 잘라 버릴까?

정당하지 않은 직원 해고 욕구가 용솟음쳤다.

지윤은 그녀가 붕대 감은 손을 붕붕 흔들던 곳으로 시선을 옮겼다.

저렇게 튀는데…… 내 눈에만 튀는 거야?

지윤은 그저 고개를 좌우로 가로저을 뿐이었다.

"잘 다녀오셨어요?"

그의 차에 오른 승현은 왠지 심기가 불편해 보이는 그의 얼굴을 살피며 조심스레 입을 열었다.

"잘 다녀왔으니까, 여기 앉아 있겠죠."

영국에서 누가 그를 갈아 놓기라도 했는지, 그는 뾰족해져 있었다. 날카롭게 돈은 그의 시선이 승현의 왼손에 머물렀다.

"손은, 어때요?"

그가 눈을 치뜨며 시선을 마주해 왔다.

"아, 손바닥만 조금 베였어요. 내일 실밥 풀면 된대요. 안 그래도 그날 실장님도 보내 주시고, 감사했어요."

"실장님?"

되묻는 그의 목소리가 날카로웠다. 실장님을 실장님이라 부르는데, 왜 실장님이라 부르면 안 될 것 같은 분위기지?

승현이 의아한 시선으로 바라보자 그가 오른쪽 입꼬리만 사악하게 올리며 웃었다.

"이기석 실장이랑 얘기 좀 많이 했어요?"

"아, 일 많이 가르쳐 주셨어요."

원본과 똑같이 복사하는 법이라든지, 스테이플러는 정해진 곳에만 찍어야 한다는 것이라든지, 인덱스 표시는 일정한 간격에 맞춰서 해야 하고, D링 파일은 반드시 흰색만 써야 하며……. 어, 또…….

자유분방하게 생긴 얼굴과 달리 이 실장은 모든 일의 오와 열을 맞추어야 하는 완벽주의자였다.

"이 실장이 피곤하게 안 하고?"

뾰족해졌던 그의 얼굴이 조금 무뎌진 것 같은 기분이 드는 건 착각일까?

"네, 잘해 주세요."

승현이 대답하자 그는 속을 읽을 수 없는 모호한 표정을 고수한 채로 질문을 이어 갔다.

"그날 어떻게 된 거예요?"

"전에 편의점에서 마주쳤던 그 남자요. 그 남자가 술에 취해서 찾아왔어요. 몸싸움이 좀 있기는 했지만 다행히 손만 조금 베고 끝났어요."

갑자기 분위기가 싸해지는 게 느껴졌다. 승현은 눈동자만 살짝 돌려서 그의 표정을 살폈다. 그의 턱이 잔뜩 굳어 있었고 도로를 바라보는 눈빛도 살벌했다. 분명 차에 올라타 운전대를 잡고 있는데, 마치 복수의 칼을 품은 채로 전차에 몸을 싣고 콜로세움을 달리는 글레디에이터처럼 보였다.

그 모습에 심장이 괜히 두근거렸다.

"내 걱정 많이 했어요?"

미쳤다. 이건 미쳐서 물은 게 분명하다. 그런데.

"그럼, 안 했겠어요?"

뒤이은 그의 되물음에 손끝이 파르르 떨릴 정도로 심장이 달음질쳤다. 한숨을 내쉴 수도 없을 만큼 가슴이 벅차올랐다. 그는 단지 중요한 일을 앞둔 선수의 가족이 다쳐서 걱정했을 수도 있는 거다. 그런데 왜 자꾸 다른 의미로 해석하고 싶어질까?

"유승재 선수도 걱정이 많아요."

"아⋯⋯."

그는 인천으로 돌아오는 비행기 안에서 승재에게 사고 소식을 전했다고 덧붙였다.

부풀어 올랐던 가슴이 순식간에 사그라들었다. 빠르게 뛰던 심장도 물에 젖은 솜처럼 묵직해졌다. 결국, 선수의 가족이었기에 응당 하게 된 염려였다.

"여태 그런 생각을 못 했던 것 같은데, 이번 사고 소식을 듣고 누나 혼자 지내는 거에 대해서 걱정이 많아요."

"이제껏 혼자 잘 지냈는데요, 뭐. 무슨 일 있으면 바로 달려와 주는 친구도 근처에 살고요."

"친구?"

뒷말은 하지 말까 싶었는데, 석훈이 도와줬다는 부분을 대표에게 꼭 자세히 설명하라며 이 실장이 신신당부했던 게 떠올랐다.

"지난번에 저희 집 앞에서 보셨던 석훈이요. 마침 그때 저희 집 근처를 지나고 있었는데 무슨 일이 생긴 것 같아서 와 봤다고 하더라고요."

그는 손등에 핏줄이 돋아나고 마디마다 하얗게 뼈가 도드라지도록 운전대를 꽉 움켜잡았다.

"그 술 취한 남자가 자꾸 제 남자 친구라고 경찰한테 우겨서 좀 곤란했는데, 석훈이가 도와줬어요. 덕분에 응급실도 빨리 갔고."

"……다행이네요."

분명 그는 다행이라고 말했는데, 그의 표정은 어딘지 모르게 불행해 보였다.

그 후로 얼마간 침묵이 흘렀다. 그는 생각에 잠긴 듯 미간을 찌푸린 채로 운전하는 데만 집중했다.

승현은 최대한 티가 나지 않도록 곁눈질을 하며 그의 옆얼굴을 훔쳐 보았다.

우수에 찬 눈동자, 어금니를 꽉 물고 있는지 날카로운 각이 도드라진 턱선, 매끈한 이마 라인부터 쭉 뻗은 콧날을 타고 내려와 고집스레 다문 붉은 입술까지. 어디 하나 버릴 데가 없는 비주얼이었다.

이런 비주얼을 마음껏 감상할 수 있다는 사실에 그저 감사할 따름이다. 세상 착하고 성실하게 살았더니, 신이 이런 상을 주시나 보다.

"그래서 뚫어지겠어요?"

아, 이런.

그저 곁눈질로만 보려고 했는데, 어느새 승현은 저도 모르게 몸을 운전석 쪽으로 돌린 채로 대놓고 그의 얼굴을 감상하고 있었다.

"설마 사람 얼굴이 오래 본다고 뚫어질까요."

뚫린 입이라고 대꾸는 잘한다. 그러자 그가 어이없다는 듯이 웃는 소리가 들려왔다. 그는 웃음소리마저도 잘생겼다. 소리가 잘생길 수 있다니 신기한 노릇이었다.

"혹시."

웃음을 거둔 그가 진지한 목소리로 물었다.

'나 좋아합니까?' 이런 거 물어보면 어떡하지? 나 지금 물어보면 '네.' 라고 대답할 것 같은데?

승현은 남사당 외줄 타기 하듯 위태롭게 흔들리는 정신 줄을 붙잡으려 애썼다.

"나한테 뭐 거짓말한 거 있습니까?"

"녜?"

승현은 어안이 벙벙해서 되물었다.

갑자기 거짓말이라니? 내가 뭘 어쨌다고? 설마! 들킨 거야?

그런가 보다. 그가 '사실 그 좋아한다는 남자가 나인 거, 맞죠?' 라고 물으면 그렇다고 고개를 끄덕여 드려야 인지상정……은 아닌 것 같은데. 그와 승재의 업무적 관계를 고려한다면 절대 그리해서는 안 된다.

슬프지만 첫사랑은 원래 이루어지지 않는 법이니까, 짝사랑으로 끝내 버리자!

"좋아한다는 사람이."

승현은 눈을 질끈 감았다.

"그 친구예요? 석훈인가……."

"아뇨, 아뇨, 아뇨! 절대 아뇨!"

아니다. 결코, 아니다. 절대 아니다. 막 아니다! 그런데 당황한 나머지 너무 많이 부정을 해 버려서 신빙성이 떨어져 보였다.

승현은 숨을 한 번 고르고는 입을 열었다.

"아니에요. 저는 그런 모범생 같은 타입 안 좋아해요."

그렇다고 당신이 날티가 난다는 것은 아니랍니다. 아닌가? 조금 나나?

석훈이 인생을 살아가는 데 있어서 정석만 고수할 것 같은 모범생 타입이라면, 이 남자는 위험하고 도전적인 일일수록 뛰어드는 모험가 타입이랄까?

여자는 왜 위험해 보이는 남자에게 더 끌리는 것인가?

"그럼, 날라리 같은 남자 좋아해요?"

그의 목소리가 한결 가벼워졌다. 곁눈질로 보니, 표정도 새끼 고양이 꼬리털처럼 부드럽게 변해 있었다.

"모 아니면 도예요? 사이에 개, 걸, 윷도 있는데?"

"그래서 모범생에 가까워요, 날라리에 가까워요?"

"저는 모보다는 윷이 낫더라고요."

모호한 대답을 내놓자 그가 웃음을 머금으며 되물었다.

"왜요?"

"윷놀이잖아요. 윷이 주인공 아닌가?"

분위기를 풀어 보려 던진 얼토당토않은 말처럼 들리겠지만, 사실 그를 의미하는 거였다. 그는 언제 어디서든 주인공처럼 빛나는 남자였다.

그는 '흐음' 하고 한숨을 한 번 내쉬더니 다짜고짜 말머리를 돌려 버렸다.

"오피스텔 구해 준다고 나오라고 해도 안 나올 거고, 보안 시설 갖춘 곳으로 이사를 한다고 한들 혼자 지내는 건 여전히 똑같고."

그가 무슨 말을 하려는 건지 종잡을 수가 없었다.

"그렇다면 방법은 하나네. 유승현 씨 지켜 줄 사람이 같이 들어가서 사는 거."

"네?"

그러니까 일종의 경호?

"믿음직한 사람이어야 하는데……. 어쩔 수 없네요."

그는 고개를 절레절레 내젓고는 정말 이게 최선이라는 듯 확고한 신념이 어린 목소리로 단호히 말했다.

"내가 승재 방으로 들어가야겠네요."

다친 손이 안쓰럽다며, 신이 승현의 손에 떡을 쥐여 주었다.

'신이시여, 제가 부디 이 남자를 먼저 덮치는 일이 없게 해 주시옵고…….' 하는 기도는 나중에 올려도 되는 거다.

일단 지금은 이 상황에 대해 크게 기뻐하는 티를 내지 않도록 조심하며 몇 번은 튕겨야 할 때가 아닌가 싶다.

"그러니까 저희 집에 들어와서 지내신다고요?"

"뭐 당분간은요. 어쩔 수 없잖아요. 그 집에서 나고 자랐다면서요. 부모님 살아 계실 때 모습 그대로 유지하려고 애도 많이 썼다며."

그는 '내가 당신 집에 들어가서 살게요.' 를 마치 '내가 당신 우산 좀 빌려도 될까요?' 와 같은 뉘앙스로 말하며 태연자약하게 운전에 집중하고 있었다.

"승재한테는 뭐라고 하실 건데요?"

"유승재 선수는 이미 동의했어요."

"네?"

우리 승재가 사람 보는 눈이 있어……라고 감동해야 하는 타이밍은 아닌 거다. 아니, 누나 혼자 사는 집에 외간남자가 들어와서 같이 살겠다는데, 그걸 허락한 남동생이 제정신인가 싶다.

그것도 제 누나 주변에서 수컷 냄새만 풍겼다 하면 시스터 콤플렉스가 절정에 달하는 녀석이 말이다.

"승재가 저를 에이전트로 온전히 신뢰한다는 의미겠죠?"

신뢰라…… 그럴 수도 있다. 하지만 승재가 믿는 구석은 따로 있을 터였다. 그건 아마도 누나인 승현이 공과 사를 철저히 구분하는 사람이라는 점일 것이다.

그의 성품을 고려했을 때, 강제로 여자를 취하거나 하는 불미스러운 일을 저지르지는 않을 것이라는 판단도 했겠지만, 누나가 동생의 에이전트와 눈이 맞는 사고를 칠 만한 위인이 아니라는 점도 크게 작용했을 것이다.

그런데 믿는 도끼가 발등을 세게 찍을 수도 있는 법이다.

어떡하지, 승재야? 누나가 이 남자를 먼저 덮치면…… 어쩌지?

연애 경험도 없으면서 어떻게 덮치느냐고 묻는다면, 연애 경험이 없다고 해서 남녀 사이에 일어나는 가장 본능적이고 가장 화학적인 이슈에 대해 모른다고 어떻게 단정 지을 수 있느냐며 되물어 줄 것이다.

그건 해 본다고 잘하는 것도 아니고, 많이 해 봤다고 잘하는 것도 아니며, 처음 해 본다고 못하는 것도 아닌……. 뭐, 그렇다는 거다.

승현은 이상한 망상으로 물드는 머릿속 잡생각을 털어 내려 고개를 좌우로 가볍게 흔들었다.

"흐음."

그 모습이 그의 말을 부정하는 것처럼 보였는지 그가 한숨을 한 번 내쉬었다.

"못 믿겠으면 승재한테 전화해 봐요."

"아니에요. 승재가 그랬다면 그런 거겠죠."

승현은 그렇게 말하곤 생각에 잠긴 척 고개를 푹 숙여 버렸다. 자꾸만 입꼬리가 뺨을 타고 오르려 해서 입 안쪽 말캉한 살을 짓씹어야 했다. 심각하게 고민하는 척해야 하는데, 자꾸만 기분이 들떠서 연기에 몰입하기가 어려웠다.

집중하자. 집중하자. 집중하자.

승현은 두 주먹을 불끈 움켜쥐며 애를 써 보았지만, 머릿속은 또다시 망상으로 물들었다.

그럼 집에서도 같이 지내고, 에이전시에 출근해서도 같이 지내고…… 거의 24시간을 붙어 지내야 한다는 뜻인가?

이게 신의 축복인지, 악마의 선물인지 알 수가 없었다.

"고민할 시간을 좀 주고 싶기는 한데, 어쩌죠?"

그는 별수 없다는 듯 안타까운 목소리를 냈다.

"다른 선택지가 없을 것 같은데?"

승현은 그의 말에 걱정거리를 한껏 떠안은 사람처럼 한숨을 폭 내쉬고는 마지못해 긍정하는 것처럼 굴었다.

"그렇담 어쩔 수 없죠. 제 걱정 하느라 승재가 축구에 전념하지 못하면 큰일이니까요."

그 순간 승현은 25년 만에 적성을 찾았다. 맞선 대행 알바를 할 때도 아주 약간 느끼기는 했지만, 자신은 연기가 천직인 것 같다. 능청스럽게 연기를 하는 제 모습이 스스로도 놀라울 정도였다.

"그럼, 언제 들어오실 건데요?"

승현은 미간에 주름이 잡히도록 인상을 쓰며 심각한 척 물었다.

"오늘 당장 들어갈 생각입니다."

하마터면 두 주먹을 불끈 쥐고 '예스으!' 라고 외치며 파이팅 넘치는 자세를 취할 뻔했다. 연기에 재능이 있다는 말 취소다. 감정이 연기를 넘어서는 나머지 자꾸만 돌발 행동이 튀어나오려고 했다.

승현은 널 빠진 흔들다리처럼 위태롭게 흔들리는 정신 줄을 잡으려 애썼다.

"짐은 어떻게 옮기시려고요?"

"간단히 옷만 챙겨서 왔다 갔다 할 거예요. 어차피 집에서도 거의 잠만 잤지, 특별히 하는 게 없어서요."

그는 승현을 안심시키려는 듯 사람 좋은 미소를 지어 보였다.

'아니야, 안심시키려 하지 마요. 나는 당신의 위험하고 도전적인 모습을 좋아한답니다!' 라고 고백을 할 게 아니라면 안심하는 척해야 했다.

"알겠어요. 제 방은 1층에 있고, 승재 방은 2층에 있어요. 서로 1, 2층 나눠서 생활하면 되니까 특별히 불편할 일은 없을 거예요. 아마."

갑자기 돌아가신 부모님이 보고 싶어졌다.

왜, 제 방은 1층에 두고, 승재 방은 2층에 두셨나요? 벽 하나를 사이에 두고 애틋한 감정을 나눌 수 있도록 나란히 두시지.

정말 가지가지 한다. 세상에서 가장 무서운 감정이 사랑이라더니, 사람이 변해도 이렇게 변할 수가 있을까? 승현은 스스로도 놀라운 자신의 변화무쌍한 감정선에 하마터면 혀를 내두를 뻔했다.

"일단 집으로 갈까요?"

그가 다정한 목소리로 물었다. 심장이 두근거리고, 가슴이 몹시도 간질거렸다. 손을 넣어서 긁을 수도 없고 미치고 환장하겠다.

"사무실 안 가 보셔도 돼요?"

승현은 할 수 있는 한, 최대한 평범한 목소리를 내기 위해 애쓰며 물었다.

"다음 주 월요일부터 빡세게 돌아야 하는데, 굳이 주말까지 일할 필요 있어요?"

그는 웃음 섞인 목소리로 그런 인생은 피곤하다는 듯이 장난스럽게 말했다.

좋아, 좋아. 너무 좋아!

승현은 알겠다며 고개를 끄덕였다.

집에 도착하면 저녁 시간인데, 저녁밥은 뭘 먹나? 그런데 이건 마치 꼭 신혼 같잖아!

고백도 못 할 거면서, 승현은 김칫국을 거하게 들이켰다.

그녀의 집으로 가는 내내, 조수석이 부산스러웠다. 그녀는 웃었다
가, 얼굴을 붉혔다가, 숨을 멈췄다가, 보이지 않게 발을 굴렀다가, 다
시 웃기를 반복했다.

그녀 나름대로는 티 내지 않기 위해 노력하는 것 같았지만 옆에 앉
아서 이런 거 눈치 못 채면 등신이다.

지윤은 그녀가 마음에 두고 있다는 남자에 관해서 이야기했던 날을
떠올려 보았다.

사업체를 운영하는 대표라 했었다. 지윤 역시도 에이전시 대표다.

일을 하면서 만났느냐는 물음에 그렇다고 했다. 엄연히 따지자면 지윤
도 일로 만난 사람이다.

또 아르바이트를 적당히 정리하라는 말을 들었다고 했다. 그 역시도
지윤이 했던 말이다.

앙큼하기는.

짝사랑으로 끝낸다……. 그렇게는 못 하겠는데?

그녀의 집에 도착해 현관문 안으로 들어선 지윤은 여전히 부산스럽
게 움직이는 그녀를 가만히 지켜보았다.

"2층에도 욕실 있어요. 승재 혼자 쓰는 곳이라 깨끗해요. 저는 1층을
주로 쓰고요. 어, 그리고 저는 버릇이 돼서 아침에 뭐라도 대충 챙겨
먹거든요? 7시 반이면 먹어요. 그러니까 같이 드실 거면 내일 그 시간
에 맞춰서 내려오세요. 또……."

그녀는 뭔가 더 해 줄 말이 있나 싶어서 고민하는 눈치였다.

"차차 알아 가면 되죠, 뭐."

그제야 그녀는 어깨가 들썩이도록 한숨을 한 번 내쉬더니 어색하게

웃었다. 본인은 굉장히 자연스럽게 웃고 있다고 생각하는 것 같은데, 몹시도 어색했다.

일전에 맞선 대행 아르바이트 자리에서 봤을 때는 뻔뻔히 연기도 잘한다고 생각했었다. 그런데 지금 보니 표정에 다 드러난다.

저 지금 무척 설레고요, 매우 긴장했답니다!

그녀의 얼굴은 그리 말하고 있었다.

"저녁은 뭐 드실래요? 장을 못 봐서 마땅히 먹을 만한 게 없네요."

그녀가 냉장고 안을 뒤적거리며 물었다. 슬쩍 그녀의 뒤로 가서 냉장고를 살펴보았다.

'누나 혼자 있을 때 밥 진짜 부실하게 먹거든요. 밥 좀 잘 챙겨 먹으라고 해 주세요.'

승재가 했던 말을 증명하듯 냉장고에는 밑반찬 몇 가지가 전부였다.

"피곤해서 그런지 보양식이 먹고 싶네. 이 근처에 삼계탕 잘하는 데 있어요?"

보양식이라는 말에 그녀의 귀가 붉게 달아올랐다.

걱정 마, 아직 안 잡아먹어.

지윤은 자신의 말에 당황한 그녀의 깜찍한 모습을 내려다보며 '더 놀려 줘야 하나, 이쯤에서 그만둬야 하나' 고민했다.

"힘쓸 일도 딱히 없었는데, 되게 피곤하네요."

지윤은 어깨를 앞뒤로 움직이고, 고개를 좌우로 흔들며 그녀의 표정을 살폈다.

그녀의 귀가 곧 폭발할 것처럼 빨개졌다. 웃음이 비어져 나올 것만 같아서 지윤은 얼른 헛기침을 하며 고개를 모로 돌려 버렸다.

큰일이다, 너무 귀여워서.

"삼계탕 잘하는 집이 있기는 한데요. 배달이 안 되는데."

"나가서 먹으면 되죠, 그럼."

사실 보양식은 그녀에게 더 필요해 보였다. 아무렇지 않은 척하지만 지난 목요일부터 꽤나 고된 날들을 보냈을 거다. 승재와 떨어져 있는 동안 걱정도 많았을 테고.

삼계탕집은 그녀의 집에서 도보로 채 10분도 걸리지 않는 곳에 위치해 있었다. 밥은 편안히 먹게 돼야 할 것 같아서 지윤은 허기가 진 척하며 먹는 데에만 집중했다.

다시 집으로 돌아와서는 그녀가 아쉬워하도록 곧장 2층으로 올라와 버렸다.

승재만 쓴다는 2층 욕실에서 샤워를 하고, 승재 방 침대에 누웠는데 노크 소리가 들려왔다. 아마도 씻고 나올 때까지 기다린 듯했다.

음……? 씻고 나올 때까지 기다려? 문장이 상당히 야릇해서 몸속 열기가 훅 솟구쳤다.

잠시 딴생각에 빠져 대답할 타이밍을 놓친 탓에 노크 소리가 한 번 더 이어졌다.

"네."

"아직 안 주무시죠?"

지윤은 방문가로 다가가 잠시 숨을 고르고는 그녀가 놀라지 않도록 살그머니 문을 열었다.

그런데 그녀는 자신이 노크했으면서도 놀란 토끼 눈을 하고 있었다.

그녀가 과일이 담긴 접시를 쟁반에 받쳐 든 채로 수줍게 말했다.

"과일 좀 드시라고요."

자신이 씻는 사이 과일을 사러 갔다 온 모양이었다.

하는 짓마다 예뻐서 어쩌나?

"혼자 나갔다 왔어요?"

그녀는 대답 대신 고개를 끄덕였다.

"해도 다 졌는데, 위험하게 혼자 갔어요? 나랑 같이 가지."

나무라는 말에 그녀가 아랫입술을 꾹 깨물고는 곤란한 얼굴을 했다.

"고마워요, 잘 먹을게요."

지윤은 그녀에게서 쟁반을 받아 들고는 싱긋 웃었다.

"그럼, 주무세요."

그녀가 눈도 마주치지 못한 채 꾸벅 인사를 했다.

뭐가 그렇게 부끄러우실까? 좀 더 지켜보려고 했는데, 멍석을 좀 빨리 깔아야 할 것 같다.

"유승현 씨. 왜 짝사랑으로 끝내려고 했어요?"

내내 바닥을 향해 있던 그녀의 시선이 지윤을 향해 올라왔다.

"이제껏 살면서 포기한 것들도 많은데, 아깝고 억울하지도 않아요?"

어쩐지 그녀의 얼굴이 울상이 되어 버렸다.

"나는, 포기하지 마요."

눈앞에서 방문이 닫혔다. 닫히는 문 사이로 환히 웃고 있는 그의 얼굴이 보였다.

마치 슬로모션 같았다. 문이 천천히 닫혔고, 그 사이로 다 안다는 듯이 웃고 있는 그의 얼굴이 선명하게 눈에 들어왔다.

승현은 굳게 닫힌 문을 마주한 채로 굳어 버렸다.

'나는, 포기하지 마요.'

그가 뱉은 말이 메아리가 되어 길게 울려 퍼지는 듯한 착각이 일었다. 여기서 포기의 사전적 의미를 찾아볼 생각은 없다. 배추를 셀 때 쓰는 단위라는 의미의 포기를 말하는 것은 아닐 테니까.

그러니까 뭔가 하려고 했던 일을 그만두지 말라는 의미인 거다. 그럼 그 하려던 일이 무엇인지 헤아려 보기로 하자.

그 답은 그가 직전에 던진 질문에서 찾을 수 있었다.

'왜 짝사랑으로 끝내려고 했어요?'

그러니까 짝사랑을 도중에 그만두지 말라는 뜻이다. 왜?
역시 그에 대한 답은 바로 다음에 이어진 질문에서 찾을 수 있다.

'이제껏 살면서 포기한 것들도 많은데, 아깝고 억울하지도 않아
요?'

정리를 해 보자면, 이제껏 살면서 포기한 것들도 많은 듯한데, 짝사
랑까지 포기하지는 말라는 뜻?

그렇다면 그냥 마음 편하게 '제 짝사랑은 제가 알아서 할 테니, 신경
쓰지 마세요!' 하고 시크하게 돌아서면 될 일이다.

하지만 그는 '그 짝사랑, 포기하지 마요.' 라고 말하지 않았다. '나
는, 포기하지 마요!' 라고 말했다는 게 마치 천년의 의문을 품은 수수께
끼처럼 느껴졌다.

발바닥이 마룻바닥에 딱 붙어 버린 듯 걸음을 옮길 수가 없었다.

알리바바와 40인의 도적의 주인공이 된 양 닫힌 문을 향해 '열려라
참깨!' 를 외치고, 안에 있는 남자에게 대체 무슨 뜻이냐고 물어볼 수도
없는데, 승현은 붙박인 듯 그 자리에 서 있었다.

승현은 눈치가 없는 편이 아니었다. 오히려 사회생활을 일찍 시작한
덕택에 빠꼼이 기질이 다분히 있는 편이었다.

그리고 그가 한 말은 꽤 직설적이어서 눈치가 빠르지 않더라도 답을
쉽게 찾을 수 있을 만한 종류의 것이었다.

그렇다. 눈치가 빠르지 않아도 알아차릴 수 있는 답을, 눈치 빠른 승현은 모르는 척하고 싶어서 지금 인지 부조화가 일어나고 있는 것이다.

결국, 짝남에게 짝사랑하고 있다는 사실을 들켜 버렸다는 것을 애써 부정하고 있는 거였다.

망해쓰! 완전 망해쓰!

승현은 덤덤히 걸음을 옮겼다. 그저 조용히 발걸음을 옮기는 것 말고는 할 수 있는 게 없었다.

그게 무슨 말이냐, 오해다! 읍소할 수 있는 타이밍을 놓쳐 버린 것만 같았다.

아니다. 늦었다고 생각할 때가 가장 빠를 때라는 격언도 있지 않은가?

승현은 1층으로 향하려던 걸음을 되돌려 승재의 방문 앞에 섰다. 여태껏 이 방문 앞에 서서 이렇게 심장이 두근거렸던 적은 없었다. 그리고 노크하는 것을 이렇게 망설였던 적 또한 없었다.

에라, 모르겠다. 매도 먼저 맞는 게 낫다고, 일단 저지르고 볼 거면 얼른 하는 게 낫다.

경쾌하게 똑똑똑, 똑똑 하고 두드린 뒤에, '같이 눈사람 만들래?' 라고 외치……는 게 아니라, 뭐라고 말을 해야 할까?

미간을 잔뜩 찌푸린 채 고민하고 있는데, 갑자기 방문이 벌컥 열렸고 세상을 꽁꽁 얼려 버릴 엘사가 나온 게 아니라, 승현을 얼어붙게 할 만한 잘생긴 그의 얼굴이 불쑥 나타났다.

"안 내려가고 여기서 뭐 하고 있어요?"

그의 손에는 빈 접시가 놓인 쟁반이 들려 있었다. 과일을 꽤 많이 준비했는데, 저걸 다 먹을 동안 고민을 했나 보다.

승현은 얼른 쟁반을 받아 들었다. 그러고는 당황한 나머지 그에게 입도 뻥끗하지 못하고 돌아섰다. 안 된다. 이렇게 돌아서면 안 되는 거다.

발걸음을 멈춘 승현은 심호흡을 한 뒤 여전히 문가에 서 있는 그를 향해 돌아섰다. 그는 팔짱을 낀 채로 문틈에 비스듬히 기대서 있었다. 마치 잡지 화보에나 나올 법한 모습이다. 루즈한 흰색 면 티셔츠, 카키색 추리닝 바지 그리고 나른한 미소까지. 그는 지금 자신이 상당히 위험한 상황에 놓여 있다는 것을 인지하지 못하는 듯했다.

승현은 쟁반을 집어 던지고 달려가 저 남자를 덮치는 상상을 하다가 얼른 머리를 흔들며 망상을 털어 냈다.

이런 망상이 주저 없이 플레이될 만큼 그는 나른하고 관능적인 모습이었다. 문틈에 비스듬히 기대서 있는 모습보다 침대에 비스듬히 누워 있는 모습이 더 어울릴 법한 표정이기도 했다.

아, 이런 생산성 떨어지는 망상은 그만하자.

승현이 눈치 없이 차오르는 열기를 뱉어 내려 한숨을 훅 몰아쉰 순간이었다. 코 안쪽 점막이 이상하게 간지럽기 시작하더니, 인중을 타고 무언가 슥 흘러내렸다.

하다 하다 이제는 이 남자 앞에서 콧물까지 흘리고 앉았다. 침을 질질 흘리지 않은 걸 다행이라고 생각해야 할까. 코감기라고 둘러댈 수라도 있으니 말이다.

별안간 문가에 있던 그의 표정이 심상치 않게 변해 가는가 싶더니 그가 빠른 속도로 성큼성큼 다가왔다.

그리고 순식간에 그의 커다란 손이 뒷덜미를 감쌌다. 승현은 순간 흡 하고 숨을 들이마셨다.

이건 마치 키스의 전조 같았다. 뒷덜미를 커다란 손으로 감싼 뒤 확 끌어당겨서 입술을 덮치는 그 시퀀스 말이다.

그런데 승현의 얼굴로 다가온 것은 입술이 아닌 그의 다른 손이었다.

190

"어?"

그가 검지와 엄지로 승현의 코를 틀어막았다.

"코피 나요."

승현은 눈을 질끈 감아 버렸다.

확 몸에 힘을 빼고 쓰러지는 척해 버릴까?

창피해서 미치고 팔딱 뛸 노릇인데도 심장은 정신을 차리지 못하고 박동 수를 높여 갔다.

목덜미에 닿은 그의 손은 적당히 차갑고 말할 수 없이 부드러웠다. 그리고 코끝을 움켜쥐고 있는 그의 손가락도 부드럽기는 마찬가지였다.

목덜미를 감싸고 있는 손이 천천히 움직이는가 싶더니 부드럽게 주무르기 시작했다.

그만하실래요, 이러다 쌍코피 터지겠어.

"잠은 제대로 잤어요?"

승현은 아주 살짝 고개만 끄덕거렸다.

"제대로 자긴 엄청 피곤해 보이는데……."

그가 걱정스러운 얼굴로 읊조렸다. 그 모습마저 섹시해서 심장에 심히 좋지 않았다. 아무래도 그는 피곤해서 코피를 흘린 거라고 생각하는 것 같았다.

아닌데, 그게 아닌데, 정말 아닌데.

정신적 스트레스로 인한 혈압 상승으로 코피가 터졌다는 데, 목숨이라도 걸 수 있을 것 같았다. 그리고 그 정신적 스트레스의 주된 원인은 심장에 심히 좋지 않은 관능미를 갖춘 이 남자다.

"욕실로 가죠. 이건 주고."

그는 쟁반을 받아서 승재의 방 입구에 있는 콘솔 위에 두고는 승현을 욕실로 데리고 갔다. 그러곤 변기 뚜껑을 내리고 승현을 그 위에 앉힌 뒤, 잠깐 코를 잡고 있으라 하고는 휴지를 돌돌 말아서 승현의 왼쪽 콧구멍에 넣어 주는 극강의 친절함을 보여 주었다.

승현은 속으로 오늘은 꼭 일기를 써야겠다고 승현은 생각했다. 짝남인 그에게 왼쪽 콧구멍을 허락했다……라고.

그가 오른손 엄지와 검지로 콧대를 꾹꾹 눌러 주며 말했다.

"이렇게 누르면 지혈이 빨리 될 거예요."

그러면서 왼손으로는 승현의 어깨와 목덜미 중간을 가볍게 주무르고 있었다.

온 신경이 콧대와 어깨로 집중되었다. 그의 손길이 말도 못 하게 부드러운 탓에 몸이 녹아내려서 수챗구멍으로 흘러가면 어쩌나 하는 어처구니없는 걱정까지 될 정도였다.

"이제 지혈이 좀 된 것 같네요."

미처 막을 새도 없이 그가 왼쪽 콧구멍에 쑤셔 넣었던 휴지를 뽑아냈다. 휴지 끝에서 빨간 콧물이 길게 쭈욱 늘어졌다.

죽고 싶다. 어떻게 하면 빨리 눈을 감을 수 있을까?

일기에 쓸 내용이 추가되었다. 짝남인 그에게 새빨간 콧물 덩어리를 허락했다……라고.

그는 더럽다는 기색도 없이 새 휴지를 빼서 승현의 코를 닦아 주었다.

"흥 하지 말고. 그냥 닦기만 할 거니까."

마치 어린아이를 어르듯 그의 행동이 부드러웠다.

"고마워요."

창피한 건 창피한 거고, 일단 고맙다는 인사는 해야 했으니까. 승현의 감사 인사에 그는 그저 싱겁게 웃을 뿐이었다.

그리고 그에게 해야 할 말이 한 가지 더 있었다. 오해라고 우겨야만 했다. 그래야 앞으로의 상황을 타개할 수 있을 테니까.

"저기, 아까 오해하신 것 같은데요."

사실은 오해가 아니지만, 그건 그냥 오해였다고 여기며 오해를 풀어야 했고, 복잡할수록 정공법이 통하니까 더는 돌아가지 않기로 했다.

"무슨 오해요?"

그는 세면대에서 손을 씻으며 되물었다. 젖은 그의 손이 또 말도 못하게 섹시하다. 젖은 손을 보고 심장이 뛰는 여자는 또 세상에서 자신밖에 없을 거라며 승현은 애도를 표했다.

"아까 하신 말씀이요. 제 짝사랑 상대, 그쪽이라고 오해하신 것 같은데."

그는 거울을 바라보며 턱끝을 좌우로 약간씩 틀어 보고 있었다. 흠없이 잘생긴 얼굴을 보며 저 남자는 무슨 생각을 하고 있을까?

거울 속에 비친 자신의 얼굴을 살피던 그가 여전히 변기 뚜껑 위에 앉아 있는 승현에게로 시선을 돌리며 말했다.

"음? 미안해요. 못 들었어요. 뭐라고 했어요?"

그가 순진무구한 얼굴로 물었다. 곤란한 말을 다시 해야 한다는 건 정말 애석한 일이다. 그리고 한편으론 헷갈렸다.

정말 못 들은 거 맞아?

밑바닥에서부터 끌어모은 패기로 한 말이었는데, 못 들었다니까 힘이 쭉 빠져 버렸다.

"못 들었으면 됐어요. 암튼 고마워요."

아무래도 저 남자를 벤치마킹해야겠다. 그렇게 나오신다면야 이쪽에서도 모른 척해 주리라!

승현은 자리에서 일어나 욕실을 나섰다.

"아, 승현 씨."

내내 성을 붙여 부르다가 저렇게 이름을 불러 주시면 곱게 돌아봐 드려야 하는 게 인지상정.

"내가 에이전트로 성공한 비결이 뭔지 알아요?"

갑자기 웬 뜬금없는 자기 자랑인가 싶었다.

"남들보다 뛰어난 통찰력, 인지력, 그리고 처세술."

그는 하나하나 강조하듯 고개를 이쪽, 저쪽, 다시 이쪽으로 기울이며 말했다. 그러고는 욕실 문 앞에 서 있는 승현의 곁을 스치듯 지나며 속삭였다.

"게다가 안타깝게도 눈치도 너무 빨라서 오해 같은 건 못 해요."

그가 진심으로 안타깝다는 듯이 고개를 내저었다.

이거 아까 다 들었네, 이거!

"아니라고요."

"뭐가요?"

그는 능청스럽게 되물었다.

"한지윤 씨, 내 짝사랑 아니라고요!"

결국 두 번 부정하는 굴욕을 저질렀다.

"그렇게 부정하면 기분이 좀 나아져요?"

그는 빙그레 웃으며 자상하게 물었다. 하마터면 그렇다고 고개를 끄덕일 뻔했다.

"진짜 아니거든요!"

새벽닭이 울기는커녕 아직 밤이 깊지도 않았는데, 승현은 그를 세 번이나 부정해 버렸다. 처참했을 베드로의 심정이 이해가 간다.

"그럼, 계속 아닌 척해 봐요."

미간을 좁히고 심각하게 대꾸한 그가 매혹적인 미소를 머금으며 덧붙였다.

"근데 나는 모른 척해 줄 생각이 없는데, 어쩌나."

그 말을 끝으로 그는 유유히 승재의 방으로 사라졌다.

모른 척 안 하면 어쩔 건데?

내 짝사랑 응원이라도 할 거야?

잠깐, 여기서 그가 말했던 문장을 복습해 보자.

'나는, 포기하지 마요.'

이건 가능성을 의미하는 건가?

혹시 쌍방향 짝사랑이었나?

머리 위로 검은 그림자가 드리웠다. 이 실장이 정리하라고 주고 간 서류에 인덱스 표시를 하고 있는데, 누군가 낮은 파티션 너머로 승현이 뭘 하는지 관찰하고 있는 듯했다.

올려다보지 않아도 누군지 알 수 있었다. 이미 두 달 가까이 집에서 맡고 있는 그의 향수 냄새가 코끝을 맴돌았다.

비단 익숙해진 향수 냄새 때문만은 아니었다. 그가 사무실에 나타나면 사무실 공기부터가 달라진다. 마치 검은 구름을 몰고 다니는 악마가 나타나서 모두 비를 피하기 위해 파티션 안으로 숨느라 부산스러워지는 분위기랄까?

"뭘 그렇게 열심히 정리해요?"

그는 승현뿐만 아니라 다른 직원들에게도 깍듯이 존대했다. 물론 예외는 있었다. 겁도 없이 악마의 성질을 살살 건드리는 요괴 같은 이 실장에게는 가끔 욕도 서슴지 않는 듯했다.

한편으론 둘의 막역한 관계를 그런 식으로 보여 주는 건가 싶기도 했다. 그 덕분인지 직원들은 악마가 없을 때는 요괴의 말을 법처럼 따랐다. 호랑이 없는 데서는 여우가 왕인 법이니까.

"이 실장님께서 정리하라고 주신 파일입니다."

"누가 줬냐고 물은 거 아닌데?"

승현은 이 사무실에서 두 달 넘게 그와 함께 일하며 느꼈던 이율배반적인 감정에 또다시 휩싸였다.

재수 없다. 그런데 좋다.

아무래도 내가 미친 것 같다.

그는 나른한 미소를 짓고 있었지만, 눈빛만큼은 날카로웠다. 다 똑같은 것처럼 보이는 그의 나른한 미소가 시시각각 다른 의미를 품는다는 것을 승현은 이제 알고 있었다.

"최근 TMS(Transfer Matching System: 2007년부터 시행한 FIFA에서 운영하는 선수 이적 정보 등록 시스템) 자료 정리하는 중입니다."

그는 원하는 대답을 얻어 냈다는 듯 손목에 있는 시계를 한 번 확인하고는 눈을 가늘게 떴다. 마무리까지 걸리는 시간을 물으려고 하는 듯했다.

"거의 다 했어요. 10분만 주시면 파일에 끼워서 드릴게요."

그는 흡족하다는 듯이 웃었다.

"10분 후에 이기석 실장이랑 같이 내 방에서 봅시다."

우아하게 말하고 돌아서는 그의 뒷모습을 승현은 하염없이 바라보지 않으려 노력했다.

두 달 전, 승재의 방문 앞에서 새된 목소리로 내뱉었던 말이 아직도 귓전을 맴돌았다.

'앞으로 티 안 낼 거거든요!'

모른 척 못 하겠다는 그의 말에 승현은 앞으로 티 안 낼 거라며 비굴하게 소리쳤다.

그날 이후, 승현은 짝사랑을 들켰으되 자신은 그를 짝사랑하는 게 아니라는 듯이 티를 내지 않으려 각고의 노력을 기울였다.

다행스럽게도 그 방법이 통했는지, 그는 예전과 다를 바 없이 행동했다.

그리고 두 달 전과 달라진 게 있다면, 티를 내지 않으려 노력하면서도 열심히 그를 관찰한 결과 그의 사소한 습관, 취향, 말버릇, 미묘한 표정이 의미하는 바를 다 깨우쳐 버렸다는 것이다.

보통 이렇게 사소한 것까지 알고 나면 환상이 깨져서 달아올랐던 감정이 식어 버린다고들 한다. 그런데 이 죽일 놈의 짝사랑은 보통의 범주에서 벗어난 것이었나 보다. 알면 알수록 더욱 깊이 빠져들어 버렸다.

아무래도 그는 업무적 영역뿐만 아니라 업무 외적인 부분에서도 악마인 게 분명했다.

그러니 사람을 이렇게 홀려 버리지.

승현은 서류 뭉치를 세워서 탁탁 소리가 나도록 책상에 내리치며 정리했다.

"아이고, 무서워라. 승현 씨, 내가 너무 어려운 일 시켰어?"

어느새 다가왔는지 이 실장이 호들갑을 떨어 댔다.

"또 왜 그러세요, 실장님."

승현이 웃음기 섞인 목소리로 대꾸했다.

"대표가 호출했다며?"

"네."

"들어가야지, 그럼."

대표 집무실로 들어서자, 그가 재킷을 벗어서 옷장 안에 집어넣고 있었다. 통유리 창으로 들어오는 햇살이 그의 새하얀 드레스 셔츠에 닿으며 부서져 내렸다. 햇살 속에 서 있는 그는 아름답다는 표현이 어울릴 만한 자태였다.

"최근 EPL에 진출한 비유럽권 선수 중에서 2년간 A매치 출전 기록이 75퍼센트가 되지 않는 경우는?"

그가 다짜고짜 물었다. 자료를 넘기기만 했을 뿐, 아직 정리된 내용을 전부 숙지하지는 못했는지 이 실장이 아랫입술을 깨물며 이마를 긁적였다. 그러면서 눈동자만 돌려서 승현을 바라봤다. 도와 달라는 의미였다.

그의 시선이 컴퓨터 모니터로 향한 틈을 타, 승현은 소리가 나지 않도록 빨간색 스티커가 붙어 있는 페이지를 찾아서 이 실장에게 내밀었다. 이 실장은 슬쩍 미소를 머금으며 고맙다는 눈짓을 했다.

"재작년에 유소년 클럽 출신 중에서 올라간 경우가 두 명 있었고, 작년에는 클럽에서 영입을 강력하게 원해서 이적료를 1000만 파운드 이상 제시해 워크 퍼밋(Work Permit: 취업 허가)이 승인된 일도 있었습니다."

영국에서 비유럽권 선수가 축구 선수로 활동하려면 워크 퍼밋이 필요했는데, FIFA 랭킹 50위권 안에 속하는 나라의 선수가 2년간 A매치 경기를 75퍼센트 이상 출천했다는 조건을 충족시켜야만 가능했다.

승재의 경우에는 이 조건이 충족되지 않았다. 두 달 전에 구단 입단 테스트를 받으러 갈 때, 이는 명백한 쇼였다. 아직 소속된 프로 구단이 없는 승재였기에 이적료를 지불하지 않아도 되니까, 희박하지만 가능성이 있다는 언론플레이로 실시간 검색어를 장악하기도 했었다.

예정되었던 대로 구단 테스트 결과는 좋지 않았다. 하지만 승재에게 관심을 보이는 K리그 구단들이 생겨나기 시작했고 그 결과 승재는 강산 FC와 입단 계약을 앞두고 있었다. 남은 건 메디컬 테스트 정도였다.

EPL은 너무 먼 나라 이야기였고, K리그에 속한 구단에 입단하는 것조차도 꿈 같은 이야기였다. 그랬기에 EPL 입단 조건이 이렇게 까다

로운지도 알지 못했었다.

그런데 눈앞에 있는 이 남자는 꿈 같은 이야기를 가능케 만들고 있었다.

그는 생각에 잠긴 듯 가만히 허공을 응시하다가 입을 열었다.

"리버풀 전력 분석관 중 한 명이 한국인이라고 했던가?"

그의 특기다. 질문인 듯 질문 아닌 것처럼 확인하는 방법 말이다. 저기에 순진하게 넘어가서 '글쎄요.' 라고 대답한 직원들이 며칠 후 사무실에서 사라지는 것을 두 달 동안 여러 번 목격했다.

그러니 그가 등장하면 또 무슨 질문 세례를 받을까 싶어서 직원들이 파티션 아래로 숨는 것이다. 두 달 전 저런 남자와 협상을 하겠다고 인터넷에서 어설픈 협상론을 찾아보던 자신이, 승현은 한심스러울 지경이었다.

"네, 한국인이 있다고 들었습니다."

"언제가 됐든 그 사람 한국 들어온다는 소식 있으면, 저녁 약속 잡아요. 1년 안으로 반드시."

1년 안에 저녁 약속을 잡으라니, 스케일이 남다른…… 여전한 나의 짝남.

그리고 승현은 흐뭇한 상황에서 무표정을 고수할 수 있는 능력도 깨우쳤다. 두 달 만에 깨우친 게 참 많기도 하다. 이곳에 두 달을 더 있으면, 머리 위에 꽃봉오리 세 개가 피어나는 삼화취정(三花聚頂)도 가능해지지 않을까 싶다.

"이 실장은 그만 나가 보고."

그의 에이전시에서 일하기 시작한 이후로 이제껏 사무실에서 그와 독대를 했던 적은 없었다. 그런데 그가 이 실장을 먼저 집무실 밖으로 내보냈다. 집에서도 그와 유별나게 부딪칠 일이 없었기에 지금 이 상황이 다소 불안하게 느껴진다.

"크리스마스에 뭐 합니까?"

그가 책상 위에 흩어져 있는 서류를 한데 모아 정리하며 물었다.

그런데 난데없이 크리스마스?

그러고 보니 벌써 다음 주가 크리스마스였다.

"그날 일요일이니까, 집에서 쉬겠죠."

그는 서류로 향해 있던 시선만 들어 올려서 승현을 바라보았다. 시선 끝이 깊다. 아직도 저런 시선에는 적응이 되질 않았다. 심장이 두근거리기 시작했다.

"실패한 거 알아요?"

"뭐가요?"

대체 뭘 실패했다는 건지 도무지 짐작이 되질 않았다.

"티 안 내겠다며."

그가 책상 위로 비스듬히 기울였던 상체를 곧추세우며 팔짱을 꼈다. 그의 얼굴에 특유의 나른한 미소가 떠올라 있었다. 그리고 여전히 깊은 그의 눈빛에는 확고한 신념이 가득했다.

"티 완전 나던데?"

그는 눈을 가늘게 뜨고는 안타깝다는 듯이 고개를 절레절레 내저었다.

"티 안 냈거든요!"

나는 왜 이렇게 유치하게 대꾸할 수밖에 없을까. '이제 그쪽한테 관심 없어요.' 하고 쿨하게 말할 수는 없었을까?

책상 앞에 서 있던 그가 성큼성큼 걸음을 옮겨 승현의 발치까지 다가왔다.

"왜요?"

그래, 뻔뻔해지자. 지금은 별다른 대응 방법이 떠오르질 않으니까.

"일 잘한다고 소문났더라고요."

"제가 일은 좀 빨리 배우는 편이에요."

승현이 으쓱해서 떠든 말을.

"나 말한 건데? 승재 입단하는 거 소문 다 나서 축구 선수들이 나한테 오고 싶어서 난리라던데?"

그가 공치사로 되받아쳤다.

얄미워서 미쳐 버리겠다. 그런데 환히 웃고 있는 얼굴이 사람 환장하도록 근사하다.

"짜증 나는데, 멋있다는 표정이네?"

그가 고개를 비스듬히 기울이며 질문인 듯 질문 아닌 말을 했다.

"아니거든요."

"물어본 거 아니었는데, 그렇게 대답하니까 진짜 같잖아요."

귓불이 뜨겁게 달아오르는 게 느껴졌다. 두 달 동안 모르는 척 가만히 있다가 왜 갑자기 심술을 부리는 건지.

"크리스마스 때 나랑 영화 보죠."

"왜 갑자기 뜬금없이 영화를 봐요? 그것도 크리스마스에? 제가 대표님이랑?"

"지금까지 너무 바빠서 영화관에 간 지 오래됐고, 크리스마스에는 나도 좋아하는 사람이랑 같이 있고 싶어서, 유승현 씨랑 영화 보려고 하는 건데요."

그가 눈 하나 깜짝하지 않고 내뱉은 말에 승현은 말문이 턱 막혀 버렸다. 이런 식으로 공격을 당할 줄은 아니, 고백을 받을 줄은 꿈에도 생각 못 했다.

"못 알아들었어요? 다시 말해요?"

그는 빙그레 웃으며 물었고, 승현은 고개를 세차게 저으며 대답했다.

"아니요!"

두 번은 못 듣겠다. 이런 간질거리는 상황이 익숙하지 않아서 손발이 오그라들어 버릴 것만 같았다.

"그럼, 다 알아들었다는 뜻이니까, 대답은?"

승현은 벅차오른 숨을 자잘하게 내뱉으며 그를 올려다보았다. 이 남자는 이 상황에서도 어떻게 이렇게 흔들림 없이 완벽한 모습인지, 존경스럽기까지 하다.

"유승현 씨, 진짜 고집 세더라. 좀 버티면 고백할 줄 알았는데. 근데 티는 많이 나던데? 취미도 고약하고."

그는 대답할 틈을 주지 않고 떠들어 댔다. 질문이 아니었다는 의미다.

"나 관찰하면서 즐거웠어요? 눈빛이 너무 뜨거워서, 한겨울에 녹아 죽을 뻔했네."

그가 오른손 검지로 승현의 왼쪽 뺨을 가볍게 톡톡 두드렸다.

"계속 버틸까 하다가, 크리스마스를 혼자 보내면 너무 외로울 것 같아서."

"전 괜찮거든요."

이미 목소리가 안 괜찮다.

"아니, 유승현 씨 말고 내가."

그가 한 발짝 더 성큼 다가왔다. 구두 앞코가 교차할 정도로 가까운 거리였다. 그의 입술 선이 뺨을 타고 매혹적으로 올라갔다. 이윽고 그의 얼굴이 점점 더 가까이 다가왔다.

승현은 저도 모르게 눈을 질끈 감았다. 귓가를 간질이는 그의 따뜻한 숨결이 느껴져서 승현은 저도 모르게 숨까지 멈추고 기다렸다.

그의 나직한 목소리가 조용히 울려 퍼지기 시작했다.

"영화 예매는 내가 할게요."

다정하고 달콤한 목소리에 취해서 고개가 절로 옆으로 기울었다. 그런데 뒤이은 그의 말에 승현은 정신이 퍼뜩 들고 말았다.

"그런데 눈은 왜 감았어요?"

그러게, 내가 눈은 왜 감았을까?

"생각보다 앙큼하네. 다른 거 하는 줄 알았구나?"

그가 한 발짝 뒤로 물러서며 팔짱을 끼고는 재미있다는 듯이 웃어
댔다. 눈동자에는 장난기가 가득했다.

이미 늦었지만, 자존심 회복을 위해 뭐라도 해야겠다.

승현은 이맛살을 찡그리고는 두 눈을 빠르게 깜빡거렸다.

"눈에 뭐가 들어가서 그런 거거든요?"

"어디 봐요."

그가 대뜸 걱정스러운 목소리를 내며 다가왔다.

"아, 됐어요."

"어디 보자고요."

승현은 그가 더 이상 다가오지 못하도록 손을 들어 올려서 눈을 비
비는 시늉을 했다.

"눈에 뭐가 들어갔다면서 비비면 어떡해? 눈 비비지 말고."

훈육하는 듯한 그의 말투에 승현은 착한 어린이가 된 듯 곧바로 손
을 내려 차렷 자세를 했다. 지금 이 남자가 하라는 대로 고분고분한 것
은 다 죽일 놈의 짝사랑 탓이다. 더럽고 치사하니까 끝내 버릴까? 하는
마음에도 없는 소리는 얼른 집어넣어 버리자.

여전히 차렷 자세로 있는 승현에게 조금 더 가까이 다가온 그가 양손
으로 승현의 뺨과 옆머리를 감쌌다. 달콤한 그의 숨결이 가까운 곳에서
느껴졌다. 왠지 아까보다 더 므훗하고 야릇한 자세가 된 것 같다.

승현은 본능적으로 눈을 감았다. 그러자 그가 꼭 감고 있는 승현의
눈꺼풀을 엄지로 슬쩍 들어 올렸다.

"흐음."

양쪽 눈을 모두 확인한 그가 낮은 한숨을 내쉬었다.

"아무것도 없이 예쁘기만 한데?"

심장이 쿵 내려앉았다. 좀 심약한 사람이었거나, 무릎 관절염이라도 있었더라면 다리가 풀려서 그대로 바닥에 주저앉았을 것이다.

저런 말을 저렇게 아무렇지 않은 목소리로 하다니.

말이 끝남과 동시에 촉 하는 소리와 함께 그의 입술이 승현의 눈꺼풀에 닿았다가 떨어졌다.

승현은 서 있는 자세 그대로 굳어 버렸다. 뇌도 명령을 멈춘 듯 감은 눈을 뜰 수가 없었다. 그러니까 눈꺼풀 위에 그의 입술이 닿았다가 떨어진 거다!

"이제 눈 뜨죠? 그다음은 크리스마스 때 할 거니까."

승현이 눈을 번쩍 떴다.

다음이 뭔데, 대체 다음이 뭔데, 뭘 말하는 건데?

가까스로 입을 떼려는 순간, 노크 소리가 들려왔다.

"들어와요."

그는 아무 일도 없었다는 듯이 장난기 어린 표정을 지워 냈다.

"아, SNS 좀 안 하면 안 되나?"

"왜 또?"

이 실장이 잔뜩 짜증을 내며 들어왔다. 짜증의 이유인즉슨 S전자의 후원을 받으며 가전을 광고하고 있는 야구 선수 중 한 명이 자신의 SNS에 집 안 풍경을 찍은 사진을 올렸는데 모든 가전이 L사의 제품이었던 것. 게다가 태그에 '가전은 역시 L땡'이라는 주옥같은 문구까지 집어넣었다.

SNS는 인생 낭비라고 했던 맨체스터 유나이티드의 전 감독 알렉스 퍼거슨 경의 말은 진리다.

"계정 닫으라고 해."

그는 숱하게 겪어 온 일이라는 듯 눈 하나 깜짝하지 않고 말했다.

"S전자하고 저녁 약속 잡고, 계약 기간 얼마나 남았는지 좀 알려 줘. 그리고 시일을 두고 L전자 쪽이랑 접촉할 방법도 알아봐."

우리는 자본주의 사회에서 살고 있다. 그러므로 선수들에게 후원사에 대한 절대적인 충성을 요구하는 것은 어불성설이다. 프로는 돈을 따라 움직이는 게 이 바닥 생리니까.

그리고 일이 터지면 돈으로 해결하는 것도 마찬가지다. 어쩐지 씁쓸하기도 하지만, 그게 자본주의 경제인 것을 어쩌겠는가.

그는 그만 나가 보라며 승현에게 고갯짓을 한 번 했다. 그의 집무실 안 체감온도가 순식간에 바뀌었다. 그와 단둘이 있을 때는 잔뜩 긴장했던 승현은 언제 그랬냐는 듯이 무표정한 얼굴로 방을 나섰다.

크리스마스가 며칠 남았지?

자리로 돌아와 달력을 보니 이제 일주일 조금 넘게 남아 있었다. 일주일이 억겁처럼 느껴질 것만 같은데, 또 오지 않았으면 좋겠는 듯한 이 감정은 뭘까?

지윤은 그녀가 나간 문을 얼마간 바라보다가 기석에게로 시선을 옮겨 왔다.

"그렇게 좋냐?"

기석은 이해할 수 없다는 얼굴로 친구이자, 월급 주는 상사이자, 재수 없이 완벽한 에이전트 한지윤을 바라보았다.

"일하는 거, 어때?"

"직원 1.5명 몫은 해."

"그럴 리가. 비서실장 한 명 몫까지 포함해서 2.5명 몫은 하는 것 같은데?"

좀 전에 TMS 자료를 제대로 훑어보지 못했던 일을 돌려서 갈구는 거다. 기석은 속이 부글부글 끓었지만, 제 실수였으니 인정해야만 했다.

"TMS 자료는 언제 넘긴 거야?"

"오늘 아침에 출근하고 바로."

그렇다면 두 시간밖에 되지 않았는데, 그동안 방대한 자료를 정리하는 것과 더불어 자료를 활용할 사람이 정확히 뭘 원하는지까지 분석해서 숙지했다는 뜻이다.

"근데 아무리 일을 잘해도 사무실에 계속 데리고 있기는 좀 부담스럽지 않아? 언제까지 유승재 선수 누나인 걸 숨길 생각이야?"

기석의 질문에 지윤은 잠시 생각에 잠긴 듯했다. 아무런 표정이 없는 말끔한 얼굴, 그저 생각 중이니 닥치고 있으라는 무언의 압박, 그리고 남들은 생각지도 못한 결론을 저 혼자 내려 버리는 결단력까지. 정말이지 재수 없는 통찰력이다.

"글쎄, 모르겠네."

그러던 놈이 요즘 변했다. 사무실에서 별일도 아닌 것에 박장대소를 하지 않나, 누군가의 시선을 의식하듯 젠틀하게 굴지를 않나, 그것도 모자라 이제는 모르겠단다. 하지만 이게 다 유승현 때문이라는 것을 기석은 너무도 잘 알고 있었다. 아니, 아마도 사무실 전 직원 모두 유승현 때문이라고 여길 것이다.

대표님아, 너 지금 많이 티 나.

오히려 유승현 씨는 무덤덤한 것 같은데, 어떻게든 마음에 들고 싶고, 눈에 띄고 싶어서 고군분투하는 지윤의 모습이 기석은 안쓰럽기까지 했다.

그나마 다행스러운 점은, 유승현 씨의 존재로 인해 사무실 분위기가 유해졌다는 것, 하나?

어쩌면 그 이유 하나로 직원들은 유승재 선수의 누나건, 아니건 간에 상관없이 유승현 씨가 사무실에서 계속 일하는 것을 쌍수 들고 환영할지도 모를 일이다.

"요즘 영화 재미있는 거 뭐 해?"

평생 문화생활과는 담을 쌓고 살았던 놈이 새삼스러운 걸 묻는다.

"뭐 라라랜드? 그거 여자들이 좋아한다더라."

"내가 여자가 좋아하는 영화 찾는 거 어떻게 알았지?"

어떻게 알긴, 새끼야. 네 이마에 다 쓰여 있는데.

기석은 욕지거리를 해 주려다가 참았다. 남녀 모두에게 싹수없게 굴던 인간이 다소 인간다워지려고 하고 있으니 말이다.

"그럼, 그거 예매 좀 해 줘."

여전히 싹수가 없다. 아무리 비서라도, 친구한테 영화 예매를 시키냐.

"야, 이 새끼……."

"내년도 연봉 협상, 내일 합시다."

"네, 대표님."

욕을 한바탕 해 주려던 기석은 방긋 웃어 보이고는 집무실을 나섰다. 정말 계산적인 새끼지만, 그렇기에 챙겨 줄 건 또 확실하게 챙겨 주니까 친구를 아껴 줄 수밖에 없다.

"싱거운 놈."

기석이 나간 문을 흘끗 본 지윤은 조용히 혼잣말을 읊조리고는 고개를 절레절레 내저었다.

"어떻게 알았지? 나 티 안 내고 다녔는데."

지윤은 나른한 미소를 머금은 채로 달력을 바라보았다. 크리스마스가 일주일 앞이었다.

일주일은 무심히도 빠르게 지나갔다. 물론 시간의 흐름은 상대적이어서 빨랐다가 느렸다가 지랄발광을 하는 시간 때문에 승현은 지칠 대로 지쳐 버렸다.

토요일이자 크리스마스이브 오후, 승현은 늦잠을 자고 일어나 대충 세수를 한 뒤 냉장고를 뒤지고 있었다.

"일어났네요."

그는 운동을 다녀오는 길인지 트레이닝복 차림이었다.

"운동 갔다 와요?"

"나갈까요?"

묻는 말에 대답은 안 하고 그가 빙긋 웃으며 물었다.

"왜요?"

"오늘부터 크리스마스잖아요."

당연히 크리스마스는 12월 25일부터라고 생각했다. 그래서 그가 크리스마스이브까지 챙기리라고는 꿈에도 생각 못 했다. 이게 연애 고자이자 모태 솔로인 승현이 간과한 부분이었다.

승현은 새삼 제 복장을 내려다보았다. 무슨 무늬가 프린트되어 있었는지 분간도 되지 않는 노란색 면 티셔츠와 노란 별이 화려하게 프린트된 수면 바지가 참으로 조화롭다. 이 와중에 그래도 깔은 맞춰 입으셨다.

그동안 짝사랑이었으되 이루고자 하는 마음이 없었으니 옷차림에 그다지 신경을 쓰지 않았었다. 하긴 원래부터 꾸미는 거에는 취미가 없기도 했다.

그런데 나가자는 그의 말에 지금 제 차림이 굉장히 거슬리는 승현이었다.

"그러고 나가도 괜찮겠어요?"

아무리 아무거나 입고 다닌다고 할지라도, 수면 바지를 입고 밖을 돌아다니는 것은 극히 혐오한다.

"진짜 영화 봐요?"

"그럼 영화 보지 말고 딴 거 할까요?"

영화 보지 말고 딴 거 하자는 말이 왜 야하게 들리는 걸까?

순간 귓불이 빨갛게 달아오르는 듯했다. 그리고 마주하고 있던 그의 시선이 귓불로 옮겨 가는 게 느껴졌다.

"저 옷 갈아입게 좀 기다려 줘요."

승현은 빠르게 말을 내뱉고는 그의 곁을 스쳐 지났다.

갑자기 이상한 오기가 생겨난다. 원래 오기는 이상한 데서 생겨나는 게 법이다. 좀 전에 승현의 복장을 위아래로 살피던 그의 눈빛이 새삼 상기되었다.

꾸밀 줄 몰라서 안 꾸미는 건 아니었다. 맞선 대행 아르바이트를 하면서 유형별로 어떻게 꾸미고 나가야 하는지 특훈도 받았다.

오늘 그 특훈의 성과와 실전으로 갈고닦은 실력을 좀 발휘하고 싶은 욕구가 솟구쳤다.

준비할 시간을 좀 달라며 방으로 들어간 그녀는 한 시간이 지나도록 나오질 않았다. 지윤도 대충 샤워를 한 뒤 옷을 갈아입고 내려와 기다리기 시작했으니, 대략 1시간 반쯤 지난 셈이다.

슬슬 지윤의 인내심에 한계가 오기 시작했다. 가서 문을 두드려야 하나, 말아야 하나 고민을 한 것도 이때부터였다. 5분만 더 기다릴까, 싶었다.

아까 되게 피곤해 보이던데, 혹시 도로 잠든 거 아냐?

이쯤 되면 짝사랑을 누가 들킨 건지 그 전후 관계가 헷갈릴 지경이다.

지윤은 소파를 박차고 일어나 그녀의 방문 앞에 섰다. 노크를 하려고 말아 쥔 손을 들어 올린 순간, 문고리가 돌아가는 소리가 들렸다.

은은한 꽃향기가 먼저 코끝을 스쳤다. 슬로모션처럼 문이 천천히 열렸고, 그녀의 모습이 드러났다. 지윤은 저도 모르게 숨을 멈추고 그녀를 바라보았다.

어두컴컴한 공간에서 갑자기 누군가 전등 스위치를 탁 올린 것 같은 착각이 일었다. 갑작스러운 빛의 산란에 눈이 부셨다.

지윤은 잠시 눈을 감았다가 뜨고는 거칠어진 호흡을 고르려 한숨을 두어 번 내쉬었다.

눈이 오는 하늘은 회색빛이었다. 하늘은 눈부신 눈꽃송이를 지상으로 내려보내며 잠시 자신이 가진 고운 빛을 탈색하고 무채색으로 변해 있었다.

뉴스에서는 크리스마스이브 아침부터 시작된 눈이 다음 날 저녁까지 이어져 화이트 크리스마스가 될 거라며 떠들어 댔다. 크리스마스를 앞두고 화이트 크리스마스 경품 이벤트를 걸었다가 낭패를 봤다는 기사들도 속속 등장했다.

놀이터에서 눈사람을 만드는 아이들, 눈 속을 다정히 걷는 연인들. 황량하고 삭막한 세상을 눈꽃송이가 아름답게 물들였다.

그리고 여기, 지상에 내려온 가장 아름다운 눈꽃송이가 지금 지윤의 눈앞에 서 있었다. 하얀 앙고라 스웨터에 연회색 H라인 스커트를 입은 그녀는 스커트보다 색이 조금 더 진한 진회색 코트를 팔에 걸친 채로 지윤을 빤히 올려다보았다.

"언제부터 거기 서 있었어요?"

"조금 전부터요."

그녀가 눈을 가늘게 뜨며 의심스러운 눈빛을 보내왔다. 그녀의 긴 속눈썹은 평소보다 더 짙어 보였고, 눈꺼풀에서는 연한 선홍색 섀도가 반짝 빛났다.

"화장도 했네?"

지윤은 고개를 숙여서 그녀와 눈높이를 맞춘 뒤, 빤히 들여다보았다.

"뭐 평소랑 다를 거 없는데요."

그녀는 새침한 목소리로 대꾸했다. 색 없는 립밤만 바르던 그녀의 연한 분홍색 입술이 진한 분홍색으로 물들어 반짝거렸다.

"이건 좀 마음에 안 드네."

지윤은 그녀의 입술을 가만히 들여다보며 말했다. 그러자 그녀가 오른손 검지로 입술 아래 움푹 팬 곳을 두어 번 문지르며 물었다.

"뭐가요? 색이?"

지윤은 가만히 고개를 가로저으며 대꾸했다.

"좀 끈적거릴 것 같아서요."

키스할 때.

뒷말을 삼켰는데도 불구하고, 그녀는 입만 벙긋거릴 뿐 아무런 대꾸도 하지 못했다. 그녀의 귀가 새빨갛게 달아오르는 게 눈에 들어왔다.

무슨 상상을 하고 계실까?

지윤은 나른한 미소를 머금었다.

"얼른 나가죠. 눈 와서 차 막힐 수도 있으니까."

그러곤 먼저 걸음을 옮겼다. 지금 손을 잡거나, 팔짱을 끼라고 팔뚝을 내미는 건 부자연스러우니까.

뒤에서 그녀가 조용히 따르는 기척이 들려왔다. 바람에 흩날리는 눈송이처럼, 가슴속에도 바람이 부는 듯 심장이 살랑거렸다.

"팝콘은 내가 살게요."

영화표를 예매해 두었다고 했더니, 그녀는 영화관에 도착하자마자 스낵바로 향했다.

"치즈 팝콘 반, 캐러멜 팝콘 반 그리고 콜라 한 잔이랑……. 뭐 마실래요?"

그녀는 주문하다 말고 옆에 선 지윤을 올려다보았다.

"콜라 큰 거 하나만 주문하면 될 것 같은데?"

능청스럽게 대꾸했더니 그녀가 눈을 한 번 흘기고는 '콜라 작은 거 두 잔이요.' 라고 말하며 주문을 마쳤다. 그녀의 귓등이 또 빨개졌다.

지윤은 그녀의 귓가에 대고 조용히 속삭였다.

"누가 빨대도 같이 쓰잤나?"

그 순간 갑자기 옆구리로 그녀의 팔꿈치가 날아들었다. 지윤은 헉하는 소리를 내며 엄살을 떨었다. 걱정스러운 얼굴을 할 줄 알았는데, 그녀는 커다란 팝콘 통을 내밀며 뾰로통하게 말했다.

"아, 진짜 유치하게 자꾸 놀리지 마요."

"누가 놀림을 당하래?"

그녀는 어이가 없다는 듯이 입을 쩍 벌리고는 지윤을 올려다보았다. 지윤은 벌어진 입 속으로 달콤한 캐러멜 팝콘 한 알을 집어서 넣어 주었다.

이제 그녀의 뺨까지 빨갛게 물들기 시작했다.

"얼른 들어가죠."

지윤은 또다시 먼저 발걸음을 옮겼다. 아직 어깨를 감싸거나, 허리를 당겨 안고 걷는 건 부자연스러우니까.

크리스마스이브답게 상영관 안은 커플들로 넘쳐 났다. 서로의 어깨에 머리를 기댄 채로 팝콘을 먹여 주며 입까지 맞춰 대는 커플이 한둘이 아니었다. 이 중 영화에 집중하는 사람이 과연 몇이나 될까 싶었다.

자리에 앉은 지 얼마 지나지 않아서, 영화가 시작되었다. 그녀는 스크린에만 시선을 고정한 채 이쪽으로는 의식적으로 고개를 돌리지 않는 것 같았다. 팝콘 때문에 그녀와 지윤 사이의 팔걸이가 올라가 있었지만, 손이 스치거나 팔뚝이 맞닿는 일도 없었다.

영화가 중반쯤 접어들었을 때, 앞에 앉은 커플이 입을 맞추기 시작했다. 남자의 머리가 어찌나 큰지 안 보려야 안 볼 수가 없었다.

로맨스 영화나 드라마에 흔히 나오는 것처럼 분위기에 동화되어 손을 한번 잡아 볼 수도 있었다. 하지만 지윤은 미동도 없이 스크린만 응시했다.

원래 극한의 허기를 느낀 뒤 먹는 밥이 제일 맛있는 법이니까.

영화가 끝나고 나자, 그녀는 한참 동안 아무런 말이 없었다. 아무래도 감정을 갈무리하는 데 시간이 좀 걸리는 듯했다.

영화관에서 나와 일본 가정식을 전문으로 하는 근처 식당에서 밥을 먹는 동안에도 그녀는 그저 조용하기만 했다.

지윤도 섣불리 입을 열지 않았다. 그녀가 영화의 여운을 곱씹고 있는 건지, 아니면 이제 두 사람의 관계의 향방을 고민하는 건지는 몰라도 어쨌든 시간을 줘야 할 것 같았다.

그리고 적당한 긴장감이 필요했다. 뭐든 할 것처럼 예고편을 잔뜩 날려 놓고, 지윤은 마치 아무 일도 없었던 것처럼 영화가 끝난 뒤에도 건조한 태도를 고수했다.

식사를 마치고 차에 올라타자, 긴장감은 더욱 고조되었다. 그녀는 마치 목 디스크라도 걸린 사람처럼 시선을 앞 유리창에만 고정한 채로 뻣뻣하게 앉아 있었다. 언뜻 본 그녀의 귓등이 붉었다.

그는 항상 집 근처 큰길가에 있는 공영 주차장을 이용했다. 집 앞 골목은 좁아서 차가 드나들 수 없었기에 그곳에 주차를 하고 집 앞까지 걸어 다녔다.

그래서 당연히 차가 향할 장소는 공영 주차장일 거라고 생각했다. 그런데 그의 차는 동네를 지나쳐 가고 있었다.

차창 밖을 확인한 승현은 운전석 쪽으로 시선을 돌렸다. 영화를 보기 전까지는 농담도, 장난도 대수롭지 않게 넘겼는데, 영화가 끝나고 나니 한없이 어색해졌다.

그때부터였다. 심장이 불안한 박자로 두근거려서 한숨을 내쉬는 것조차 조심스러웠다.

시선을 느꼈는지, 그가 나지막이 속삭였다.

"바람 좀 쐬고 들어가죠."

"그래요."

승현은 순순히 그의 제안에 응했다. 어쨌든 정리가 필요한 시점이었다. 이쪽에서 하는 짝사랑은 알아서 처리할 테니, 그쪽도 알아서 잘 정리하라고 말할 생각이었다.

영화가 상영되는 동안, 화면에 도저히 집중할 수가 없었다. 옆에 있는 남자의 존재감과 더불어 죄책감이 목을 조르는 듯했다.

주말도 반납하고 승재는 체력 관리에 들어갔다. 장밋빛 미래를 꿈꾸며 이제 꽃길만 걷겠다는 동생과 그런 동생의 에이전트…….

영화를 본 것은 그와 정리할 타이밍을 잡기 위해서였다. 그러니까 여기까지만 해야 할 것 같았다.

그의 차가 한강 변에 멈춰 섰다. 계속 딴생각을 했더니 어디쯤인지 가늠이 되질 않았다. 그사이 눈발은 더욱 굵어져서 앞이 보이지 않을 정도였다.

볼륨을 낮춰 놓은 라디오에서는 머라이어 캐리가 부르는 팝송이 흘러나오고 있었다.

— *All I want for Christmas is you.*

예수 탄생을 기리는 날이 왜 낭만적인 휴일로 변모했는지는 모를 일이다. 그리고 애석하게도 남들 다 로맨틱하게 보낼 크리스마스에 승현은 북풍한설만큼 차가운 결정을 내려야 했다.

그런데 그러려고 했는데.

운전석에 앉아 있던 그가 조수석 쪽으로 몸을 튼 순간, 심장이 먼저 덜컥 내려앉았다.

그는 아무 말도 없이 승현의 옆모습을 바라보기만 했다. 바깥은 꽁꽁 얼어붙었는데, 그의 시선이 닿은 옆얼굴이 녹아내릴 듯했다.

승현은 조심스레 고개를 돌려 그를 바라보았다. 그의 눈빛이 전에 없이 심각했다. 장난기 하나 없이 진지해서 덜컥 내려앉았던 심장이 더욱 빠르게 뛰었다.

그가 기어노브에 올려 두었던 손을 옮겨 조수석 헤드레스트를 잡았다. 그의 향수 냄새가 더욱 가까이에서 느껴졌다.

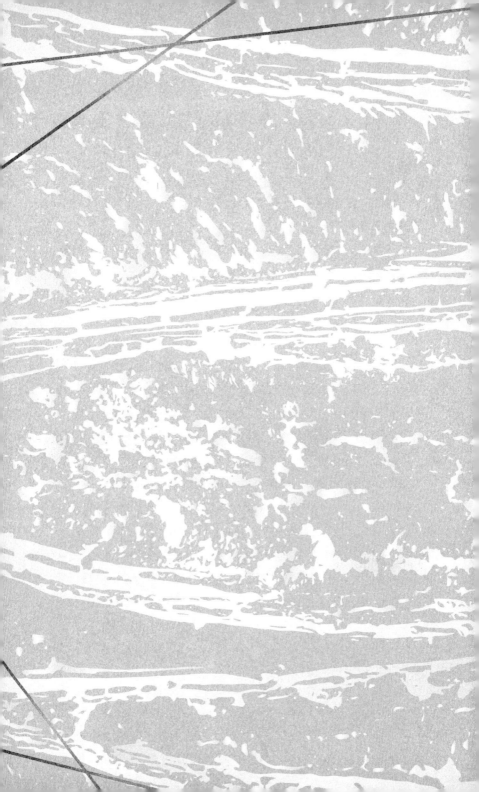

5

Kiss me
for
Christmas

마치 누가 옭아매 놓은 것처럼 시선을 옮길 수가 없었다. 둘은 한참 동안 서로를 바라보기만 했다. 긴장감이 고조되었다. 침을 삼키는 것도 버거웠고, 숨을 크게 내쉴 수조차 없었다.

라디오에서는 DJ가 다음 곡을 소개하고 있었다.

― *제시카 심슨이 부릅니다. 〈Kiss me for Christmas〉*

심장이 귀에서 뛰는 것 같은 착각이 일었다. 아니, 손끝에서 뛰는 듯도 했고, 입 안에서 구르고 있는 것도 같았다.

히터 바람을 오래 쐰 탓인지 입술이 바싹 말랐다. 승현은 본능적으로 아랫입술을 윗입술로 살짝 머금었다가 떼었다.

눈을 마주하고 있던 그의 시선이 승현의 입술로 향했다. 그의 눈동자가 더욱 깊어지는 듯한 착각이 일었다. 마주한 시선이 점점 가까워졌다. 그와 함께 그의 향기 역시 더욱더 짙게 느껴졌다.

코끝이 거의 닿을 거리까지 그가 다가왔다. 그는 코끝이 부딪칠 듯

말 듯 고개를 천천히 움직였다. 그의 달콤한 숨결이 입술에 와 닿았다. 빠르게 뛰던 심장이 이제는 곧 터질 것 같았다. 아직 아무것도 하지 않았는데, 발끝에 힘이 들어가고 몸은 붕 떠오르는 것 같은 착각이 일었다.

"눈 감으면 할 거예요."

선택권은 승현에게 있었다. 여기서 끝내려면 눈을 감으면 안 된다.

그런데 간혹 결심이 무너지는 순간이 올 때가 있다. 그게 지금 흐르고 있는 노래 가사 탓인지, 그의 향기에 취한 탓인지, 그것도 아니면 본능이 이성을 이긴 탓인지 알 수 없었다.

눈꺼풀이 가만히 내려앉았다. 건조했던 입술에 그의 입술이 부드럽게 내려앉았다.

그는 놀랍도록 다정하게 승현의 입술을 머금었다.

"하아."

닿아 있던 입술이 떨어지고 숨을 참고 있던 승현이 더운 숨을 내뱉은 순간, 그의 입술이 승현의 입술을 집어삼키듯 빨아들였다. 벌어져 있던 입술 사이를 매끄럽게 파고든 그가 고개를 옆으로 살짝 비틀자 입술이 더욱 깊게 맞물렸다.

헤드레스트를 잡고 있던 그의 오른손이 승현의 목덜미를 부드럽게 어루만졌다. 목덜미에 닿은 그의 손은 그 온도가 분명하게 느껴질 정도로 뜨거웠다.

입 안이 생경하게 섞일 때마다, 그의 손길이 목덜미를 스칠 때마다, 열기가 치솟았다.

승현은 저도 모르게 손을 올려 그의 팔뚝 언저리를 움켜잡았다. 무언가에 매달리지 않고서는 버틸 수 없을 만큼 심장이 위태롭게 뛰고 있었다.

눈보라가 휘몰아치는 크리스마스이브의 늦은 밤, 가쁜 호흡 소리와 함께 잔잔하게 깔리는 음악, 가죽 시트 냄새와 섞인 그의 향수 냄새. 먼 훗날 첫 키스를 추억하기에 완벽했다.

승현은 그의 재킷을 움켜잡은 채로 키스를 이어 갔다. 목덜미를 어루만지던 그의 손이 어느새 승현의 등허리를 감싸 안았고, 그의 상체는 조수석으로 거의 넘어와 있었다. 탄탄한 근육과 부드러운 여체가 아슬아슬하게 맞닿았다.

호흡이 점점 가빠 왔고, 그의 숨결도 점점 거칠어졌다. 얕게 내뱉는 뜨거운 숨결이 서로의 뺨 위에서 부서졌다. 입술이 잠시 떨어졌다가 다시 달라붙기를 수차례 반복했다.

마지막으로 승현의 윗입술을 길게 한 번 빨아들인 그의 입술이 천천히 멀어졌다.

그가 반듯한 이마를 승현의 동그란 이마에 붙인 채로 숨을 골랐다. 젖은 입술에서 느껴지는 공기가 차가웠다. 순식간에 열기가 식어 버리는 듯했다. 급격한 온도 변화만큼이나 이성도 빠르게 돌아왔다.

승현은 저도 모르게 오른손으로 제 입을 막았다. 입을 막기 직전 혼잣말이 툭 튀어나왔다.

"미쳤나 봐."

혼잣말이었지만 그에게 충분히 들릴 만큼 둘 사이의 거리는 몹시도 가까웠다.

그가 낮게 한숨을 한 번 내쉬고는 입을 열었다.

"실수였다, 없던 일로 하자, 미안하다. 뭐, 그런 말 할 생각이야?"

승현이 지금 어떤 생각을 하고 있는지 그는 정확하게 읽고 있었다.

속을 들켜 버린 탓에 머뭇거릴 수밖에 없었다. 승현은 아무런 대꾸도 하지 못한 채 그저 얼어 버렸다.

"내가 하루에 유승현 씨 생각을 얼마나 많이 하는지 알아요?"

그는 마치 어르고 달래는 듯 부드러운 목소리로 속삭였다. 대답을 들으려고 묻는 말은 아닌 듯했지만 승현은 본능적으로 고개를 살짝 내저었다.

"처음엔 그저 시선이 느껴졌어. 날 보는 유승현 씨 시선이."

낮게 깔린 그의 목소리가 아주 미세하게 떨리고 있었다.

"호감을 얻고 싶었던 것 같아요. 그랬어야 하니까."

처음엔 에이전트로서 승현의 호감을 얻고 싶었다는 의미 같았다.

"그랬는데."

그는 여전히 이마를 맞댄 채로 등허리를 감싸고 있던 손을 올려 승현의 뺨과 목덜미를 부드럽게 어루만졌다. 그러고는 입을 막고 있는 승현의 손을 부드럽게 잡아 내렸다.

"계속 날 보는 시선이 느껴지니까, 이왕이면 멋지게 보이고 싶지 않겠어? 그러다 보니 어떻게 하면 더 멋지게 보일까 생각하게 되고, 그럼 유승현 씨는 뭘 멋지게 생각할까 또 고민하게 되고, 그러다 유승현 씨는 뭘 좋아하나 생각하게 되고, 결국 지금 유승현 씨는 뭘 하고 있나 보게 되고. 그렇게 종일 그쪽 생각만 줄창 한다고, 내가."

곧 다시 입술이 맞닿을 것처럼 거리가 가까워졌다. 달콤한 그의 숨결이 입술 끝에서 느껴졌다.

"그런데 지금 실수였다고, 없던 일로 하자고 하면, 그게 될 것 같아요?"

짝사랑을 먼저 시작한 것도 승현이고, 그 마음을 들켜 버린 것도 이쪽이 먼저인데, 그가 더 뜨겁고 간절한 것처럼 느껴져서 가슴이 뭉클했다.

누군가 자신을 이토록 간절하게 바라봐 주었던 적이 있었나 싶었다. 그것도 승현이 처음 마음을 품은 남자가 애틋한 목소리를 내고 있다. 가슴이 불에 덴 듯 끓어오르는데, 머리는 그와 반대로 차갑게 식어만 갔다.

사람 일은 모르는 거니까. 없으면 죽고 못 산다고 했다가도 철천지 원수가 되어 헤어질 수 있는 게 남녀 사이였다.

그리고 승현은 자신을 너무도 잘 알고 있었다. 차라리 포기하고 말지, 한번 빠지면 절대 헤어 나오지 못하는 성격이라는 것을 말이다.

그에게 빠지면 세상 그 어떤 것보다 깊이 중독되어 절대 헤어 나오지 못할 것이다. 그리고 만약 그와 헤어지더라도, 승현은 저 혼자만 헤어 나오지 못하고 바보같이 굴 것 같았다.

차라리 아무것도 엮이지 않은 남남으로 만났으면 얼마나 좋았을까?

남들 다 노는 크리스마스에도 훈련에 열중인 동생 승재의 얼굴이 머릿속을 스치고 지나자 정신이 번쩍 들었다.

"……미안해요."

승현은 조용히 속삭였다.

"내가 못 미더워요?"

그는 약간은 기분이 나쁘다는 듯이 물었다.

"아니요. 내가 못 미더워서 그래요."

마주하고 있던 이마가 멀어졌다. 그가 눈을 가늘게 뜨고는 승현을 응시했다. 그의 눈빛에 깃든 감정을 읽을 수가 없었다. 그는 혼란스러워 보였다.

혼란스럽기는 승현도 마찬가지였다. 이 남자와 연애든 뭐든 한다고 치자. 그러다 나중에 헤어지게 되어도, 승재와의 계약은 계속될 거고 서로 얼굴을 계속 봐야 한다.

또 반대로 이 남자와 연애든 뭐든 계속하고 있는데, 승재가 마음에 들지 않는다며 에이전트 한지윤과의 계약 파기를 원할 수도 있다.

일과 연애가 얽히는 것도 복잡한 마당에, 그게 보통 일도 아니고 가족과 관계된 일이라면?

아이고, 머리야.

너무 복잡해져 버린 나머지 웃음이 다 나왔다.

"뭐 웃긴 거 있으면 같이 웃죠?"

그가 기분 나쁘다는 듯이 뾰로통한 목소리로 말했다.

"만약에 우리가 헤어지면, 승재 계약은 어떡해요? 아니면 우리는 안 헤어졌는데, 승재가 한지윤 씨랑 더는 일하기 싫다고 하면 어쩌죠?"

승현의 물음에 그는 잠시 벙찐 얼굴을 하더니 마주하고 있던 시선을 앞 유리창으로 옮겨 갔다. 차 안 온도가 오른 탓인지 성에가 낀 유리창 때문에 한 치 앞도 보이지 않았다. 마치 두 사람의 앞날처럼.

"내가 못 미덥다는 건데."

이 남자 말귀 못 알아먹네, 진짜.

승현은 답답하다는 듯이 대꾸했다.

"그게 아니라니까요."

"아니긴 뭐가 아니에요? 아직 뭐 제대로 시작도 안 했는데, 헤어지면 어쩌고 하는 거. 그건 유승현 씨가 남자로서 나를 못 믿는다는 뜻이고. 승재가 나랑 일을 하느니 마느니 하는 건, 에이전트로서 내가 못 미덥다는 뜻 아닌가?"

그가 고개를 홱 돌리며 날카로운 시선으로 승현을 바라봤다. 화가 난 것처럼 보였다. 그의 자존심을 제대로 건드렸나 보다.

아니, 근데 말이야 바른말이지.

"근데요. 사람 일은 어떻게 될지 모르는 거고, 또."

"이러니 모태 솔로였지."

그가 비난하듯 읊조린 말에 승현은 발끈하고 말았다.

"뭐라고요!"

차 안이 쩌렁쩌렁 울렸다. 모태 솔로라는 말은 승현의 자존심을 건드린 셈이다. 이런 순간에 그런 종류의 자존심이 발동하다니. 대단하다, 유승현!

"눈 오는 크리스마스이브에 남자가 고백하고 첫 키스까지 했는데, 낭만이라고는 1도 없으니."

그는 고개를 절레절레 내저었다.

"어떡하죠? 안타깝게도 제가 그렇게 생겨 먹었네요."

세상일이 다 마음같이 풀리기만 한다면 얼마나 좋을까? 하지만 세상이 그렇게 호락호락하지 않다는 것을 승현은 너무도 잘 알았다.

"그래서."

그가 나지막한 목소리로 입을 열었다.

"그래서 뭐요? 미안해요. 낭만은 1도 몰라서. 그렇게 낭만적으로 살아 본 적이 없어서, 저는 하나부터 열까지 다 계산적이거든요. 여우 같다고 욕해도 어쩔 수 없어요. 지금 상황에서 솔직히 좋다고 날뛰기만 하면 정신 나간 거죠? 영화는 왜 봤냐고 따질 거예요? 그래요. 그것도 미안해요. 짝사랑도 들킨 마당에 영화 한 번쯤은 같이 봐도 괜찮지 않을까 싶었어요. 그리고 나도……."

여기서 울 사람은 내가 아니다!

승현은 제 처지가 우스워서 울컥 올라오는 감정을 삼키며 빠르게 말을 이어 나갔다.

"나도 사람인데, 좋아하는 사람이 영화 보자는데…… 어떻게 단칼에 거절해요? 근데요. 영화 보고, 여기까지만 하자고 말하려고 했어요. 그런 말 할 기회를 만들려고 했다고요. 나는 평생 이렇게 현실하고 타협하면서 살아와서!"

"좋다고."

말이 뒤엉켰다. 승현은 그가 조용히 내뱉은 세 음절을 곱씹었다.

"……뭐라고요?"

"그래서 좋다고. 나는 유승현이 그래서 좋다고."

'유승현이 좋다고'를 강조하듯 읊조린 그가 나른한 미소를 머금었다.

말문이 턱 막혀 버렸다.

"근데 말만 많지. 제대로 계산도 못하고, 현실하고 타협도 못하는 것 같은데? 여우 같다는 소리를 듣고 싶으면 머리를 좀 더 똘똘하게 굴려 봐."

그가 검지로 자신의 관자놀이를 톡톡 두드리며 장난스럽게 웃었다.

"그 말은 내가 지금 멍청하게 머리 굴리고 있다는 뜻이에요?"

"난 멍청하다고는 안 했는데."

약이 올라서 미치고 환장하겠다.

"생각해 봐. 승재 에이전트라는 능력 좋은 남자가 유승현 씨가 좋아서 죽겠대. 그래서 종일 유승현 씨 생각만 한대. 나 같으면 그런 남자 이용해 먹겠다. 얼마나 이용하기 좋아? 게다가 유승현 씨도 그 남자한테 마음이 없는 것도 아니고, 안 그래? 이 정도는 돼야 현실하고 제대로 타협하고, 계산기 확실하게 두드리는 거지."

듣고 보니 그런 것도 같고……가 아니라.

승현은 눈을 부릅뜨며 맞받아쳤다.

"어떻게 그런 말을 할 수가 있어요? 그것도 운동선수 에이전트라는 사람이! 사람을 이용하느니 마느니 그런 말을 어떻게 해요! 한지윤 씨는 운동선수 이용해서 돈 벌어요? 난 그렇게는 못 하겠거든요!"

"그래서 좋다고."

그가 장난기를 거둬 낸 얼굴로 진지하게 말했다. 승현은 대뜸 반전된 분위기에 휩쓸려 또다시 깊어진 그의 눈동자를 홀린 듯 바라보았다.

"유승현 씨가 그런 사람이 아니라는 걸 아니까, 좋다고요. 대체 좋다는 말을 몇 번이나 듣고 싶은 거야?"

또다시 나른한 웃음. 돌아 버리겠다.

"모르겠어? 지금 나한테 말로는 못 이기는 거."

그래서 돌아 버리겠다. 이 남자는 뭐든지 우월하다. 심장이 갑자기 두근거렸다. 이런 상황에서까지 그에게 반하고 있는 자신이 한심스럽기도 하고, 억울하기도 하다.

"적당히를 모르네. 이쯤 되면 적당히 못 이기는 척 알겠다고 하면 되지."

그는 오른손으로 승현의 머리를 부드럽게 쓸어내렸다. 하지만 승현은 여전히 그의 말이 이해가 되지 않았다. 사람 사이의 감정을 어떻게 적당히 조절할 수 있는지 도무지 모르겠다.

"그럼, 이건 어때요?"

잠시 시선을 틀었던 승현이 진지한 목소리를 내는 그에게 도로 시선을 옮겼다.

"승재가 나랑 했던 것처럼."

승현의 미간이 저절로 좁아졌다.

"계약을 말하는 거예요?"

그는 부드럽게 눈을 감았다가 뜨며 고개를 끄덕였다.

"그럼 나도 한지윤 씨랑 계약하라는 거예요?"

"운동선수가 아닌 내 여자로."

얼토당토않은 제안을 받았는데, 단 세 음절 때문에 심장이 터질 듯 뛰었다.

내 여자라…….

"이제 집으로 갈까요?"

잠시 잠깐의 침묵을 그는 긍정의 의미로 받아들였고, 승현은 반박하지 않았다. 지금이 그가 말했던 그 타이밍 같았다.

그래, 적당히 넘어갈 줄도 알아야지.

그런데 문제는 이제부터 시작이었다.

집 근처 주차장에 차를 대 놓고, 골목길을 같이 올랐다. 그와 이 길을 처음 같이 걷는 것도 아닌데 심장이 종전과는 다른 박자로 콩닥거렸다.

그리고 신경 쓰이는 게 이것저것 한둘이 아녔다. 거리를 얼마만큼 벌리고 걸어야 하는지, 보폭을 어떻게 조절해야 하는지조차 신경이 쓰여서 노이로제에 걸릴 것만 같았다. 이렇게 신경 써야 하는 게 많은데, 다른 사람들은 어떻게 연애를 몇 번이고 다시 하면서 이 모든 걸 다 견뎌 내는 걸까?

잡생각을 하느라 고르지 못한 콘크리트 바닥에 고인 물이 얼어붙은 것을 미처 발견하지 못하고 발이 미끄러졌다. 갸우뚱 몸이 기울어지는 것을 느끼는 순간, 단단한 팔이 승현의 등허리를 감싸 안았다.

"조심해요. 길 얼었네."

그가 빙긋이 웃으며 승현을 내려다보았다. 오렌지빛 골목 가로등이 비춘 그의 얼굴에 떠오른 미소가 따뜻했다. 세상은 꽁꽁 얼어붙었는데, 두 사람이 서 있는 공간은 따뜻하기만 했다.

이래서 사람들이 연애하면 매일매일이 봄날이라고 하는 거구나.

마음이 몹시도 따뜻해서 주위 공기마저도 훈훈해지는 듯한 착각이 일었다. 그리고 찬바람을 맞고 있던 등허리 또한 따뜻해지기 시작했다.

그가 등허리를 감싸 안고 있던 손을 풀지 않은 채, 승현을 너른 품 안으로 끌어당겼다.

"우리 인제 이 정도는 해도 되지 않나?"

그는 능청스럽게 물었다. 이런 걸 꼭 말로 확인해야 하는 성격인가 보다.

"우리 승현 씨는 이런 거 꼭 말로 해 줘야 하는 성격이잖아요."

"내가요?"

승현은 시치미를 뚝 떼며 물었다. 하지만 '우리 승현 씨'라는 말에 자꾸 광대가 차오르는 게 느껴졌다.

그래, 그런가 보다. 꼭 말해 줘야 하는 성격이고, 말 한마디에 울고 웃고 하는 아주 단순함의 극치를 달리는 성격이라고 치자. 연애하자고 덤비는 남자가 이렇게 자상하게 구는데, 뭐든 안 좋을까.

그의 품에서 슬쩍 빠져나온 승현은 그저 새침하게 앞만 보고 걸었다.

"몇 년 전에 엄청 유행했던 책이 있어요. 그 책은 이렇게 시작해요. 이기는 것도 습관이다."

그가 대체 무슨 말을 하려는 건가 싶어서 승현은 그저 잠자코 그의 말이 이어지기를 기다렸다. 섣불리 대꾸해서 그의 말을 끊고 싶지 않을 만큼, 깊은 밤 골목길을 조용히 울리는 그의 목소리가 듣기 좋았다.

"운동선수로서 꼭 갖춰야 하는 자질이 있는데, 그게 그 말하고 일맥상통하거든요."

"아!"

승현은 뭔지 안다는 듯이 고개를 돌려 그의 얼굴을 올려다보았다.

"위닝 멘탈리티(Winning Mentality) 맞죠?"

그는 하나를 가르쳐 주면 열을 안다는 듯이 과장된 표정을 지으며 커다란 손으로 승현의 머리를 대견하다는 듯이 쓰다듬어 주었다.

"누가 축구 선수 누나 아니랄까 봐."

그는 빙그레 웃고는 말을 이어 나갔다.

"고기도 먹어 본 놈이 잘 먹고요. 경기도 이겨 본 선수가 잘 이겨요. 이겨 본 경험이 있는 선수는, 이기는 맛을 알아서 승리에 대한 의지가 강해지거든요. 근데 자주 이기고, 이기는 게 습관이 되면, 그 의지는 점점 더 강해지겠죠?"

"우리 승재한테 부족한 거라고…… 생각하고 있었어요."

당연히 승재 이야기를 하는 거라고 생각했다. 어려서부터 현실의 벽에 부딪혀 자주 쓴맛을 봐야 했던 승재였다. 말했듯이 운동은 재능만 가지고 성공할 수 있는 게 아니니까.

“이제 승재 걱정은 하지 마요. 나랑 계약한 거 자체가 그 시작이니까.”

“그렇게 말할 때 약간 재수 없는 거 알아요?”

우쭐하는 그에게 승현이 장난스럽게 물었다.

“재수 없으면 어쩔 건데, 사실인걸.”

이기는 것이 습관이라는 말은 어쩌면 그의 삶의 모토가 아닐까 싶은 생각이 들었다. 그의 위닝 멘탈리티는 타의 추종을 불허할 것 같았다.

“그리고 승재뿐만이 아니라, 유승현 씨한테도 내가 그 시작이 되었으면 좋겠어요.”

승현은 무슨 의미냐며 그를 빤히 올려다보았다.

“나를 시작으로 앞으로 뭐든 유승현 씨가 원하는 건, 적당히 넘기고 포기하려고 들지 마요. 갖고 싶고, 하고 싶은 게 있으면 뭐든 해요. 승재 저렇게 훌륭하게 키웠는데, 충분히 그럴 자격 있어.”

승현의 곁에 서서 나란히 걷던 그가 승현의 어깨를 다정히 안으며 제 품으로 더욱 가까이 끌어당겼다.

“승재가 선수로서 위닝 멘탈리티를 기르는 동안, 유승현 씨도 그렇게 하라고.”

그는 심각하게 말하고 있는 진지한 상황에 승현은 웃음을 터뜨리고 말았다.

“한지윤 씨도 연애 제대로 안 해 봤죠?”

그는 이렇다 할 대답을 내놓지 못하고 머뭇거렸다. 시작하는 연인에게 연애를 해 봤다고 하면 안 될 것 같고, 그렇다고 나이가 있는데 안 해 본 건 또 이상한 것 같아서 고민하는 눈치였다.

“그런 건 왜 물어요?”

그는 함정에 걸리지 않겠다는 듯이 불퉁스럽게 물었다.

“아, 뭐 내가 한지윤 씨 골탕 먹이려고 물어본 건 아니고요. 보통 이런 사이가 되려고 하면, 이기는 것도 습관이라는 둥 이런 말보다는 좀 더 낭만적인 말을 하지 않나? 낭만이라고는 1도 없네요?"

그가 차에서 했던 말을 그대로 돌려주었더니, 아주 조심스럽게 통쾌한 감정이 밀려들었다. 그리고 순간 깨달은 바가 있어서 승현은 곧바로 말을 이었다.

"아, 이런 걸 말하는 거였구나. 이기는 맛이라는 거?"

그를 빤히 올려다보자, 그가 고개를 모로 기울이며 눈을 가늘게 뜨고 승현을 내려다보았다. 두 사람은 가로등과 가로등 사이 아주 어두운 골목 어딘가에 멈춰 서 있었다.

어깨를 감싸고 있던 그의 손이 승현의 턱끝을 가볍게 움켜쥐는가 싶더니 순식간에 그의 얼굴이 가까이 다가왔다. 그러곤 승현의 입술을 먹음직스럽다는 듯이 집어삼켰다.

늦은 밤, 추운 날씨 탓에 좁은 골목길에는 인적이 드물었다. 하지만 나고 자란 동네 골목에서 이러고 있다가 누가 보기라도 하면 돌아가신 부모님께 죄송스러워질 것 같았다.

그런데 그런 걱정이 무색하리만큼 키스는 달았다. 그의 입술은 놀랍도록 부드럽게 승현의 입술을 머금었고, 감탄스러울 만큼 뜨겁게 입 안을 채웠다.

"으음."

차오른 열기에 입 안에서 신음이 울려 퍼졌다. 승현은 자신이 낸 소리에 놀라서 얼른 그의 어깨를 밀어 내며 고개를 모로 틀었다. 입술을 떼어 낸 그가 아쉽다는 듯이 한숨을 몰아쉬며 승현의 귓가에 속삭였다.

"앞으로도 그렇게 계속 자극해 봐요. 어떻게 되나."

그의 야릇한 경고에 심장이 쿵 내려앉은 순간이었다.

"누나?"

그의 등 뒤에서 들려온 승재의 목소리에 하마터면 비명을 지를 뻔했다.

봤나? 봤을까? 우리 둘이 지금 뭐 하는지 본 건가?

패닉 상태에 빠진 승현과 달리, 그는 자연스럽게 승재가 서 있는 방향으로 돌아섰다.

"어? 승재네. 이 시간에 어떻게 나왔어?"

"크리스마스이브잖아요. 누나 혼자 있을 것 같아서 왔죠."

"그랬구나. 같이 저녁 먹었어. 구단 이야기도 하고 그러느라."

"아, 그러셨구나. 고마워요. 형 외출하고 혹시 우리 누나 혼자 청승 떨고 있는 건 아닌가 걱정했거든요."

가끔 누나들은 전생의 원수가 남동생으로 태어난 건 아닐까 하는 생각이 들 때가 있다. 바로 이런 순간 말이다.

"야, 누나도 다른 약속 있는데 너 때문에 에이전트 님이랑 저녁 먹은 거거든?"

승현은 있지도 않은 약속을 들먹이며 발끈하고는 먼저 걸음을 옮겼다.

"춥다. 얼른 집에 가자."

아무래도 못 본 것 같다. 연애를 하더라도, 승재한테는 절대 비밀로 해야 할 것 같았다. 승현의 마음을 읽은 건지, 아니면 아직 말할 단계가 아니라고 생각한 건지 그도 승현의 뜻에 동조하는 듯했다.

"누구랑 약속 있었는데? 석훈 형이랑?"

"어? 어."

사실 크리스마스이브에 약속을 잡을 만한 사람이 없어서 대충 대꾸를 했는데, 오른쪽에서 걸어오고 있는 그에게서 살기가 느껴졌다.

"아, 형은 크리스마스이브인데 진짜 약속 없으셨어요? 그때 이 실장님 말씀 들어 보니까, 예전에 선보신 분이 계속 회사로 전화한다고 그러던데요? 통증의학과 의산데, 겁나 예쁘다면서요?"

이번에는 승현에게서 살기가 느껴졌다.

"선본 지 한참 됐어. 그리고 그런 것 때문에 연락 오는 게 아니라, 그 병원에 우리 선수 하나가 다녀서 그래."

그는 승현에게 들으라는 듯이 이야기를 하는 것 같았다.

"누나, 석훈 형이 누나 주라고 나한테 뭐 보냈더라? 집에 가서 줄게."

또다시 살기가 전이되었다.

"뭘 전해 주라고 했는데?"

승현은 지금 그가 있는 곳에서 아무것도 아니라는 걸 밝히고 결백을 증명하고 싶었다. 괜한 오해는 좋지 않으니까.

"비밀!"

승재는 얄밉게 웃고는 갑자기 뛰기 시작했다.

"어우, 추워. 내가 1층 욕실 먼저 쓴다."

그리 말한 승재가 대문 안으로 쏙 들어가 버렸다.

"좋겠어요. 끔찍이 챙기는 친구가 있어서."

그가 불퉁스러운 목소리로 차갑게 내뱉은 말에 승현 역시 같은 목소리로 되받아쳤다.

"좋겠어요. 선본 여자가 능력 좋은 데다, 예쁘기까지 해서."

승현은 그보다 앞서가기 위해 성큼 발을 내디뎠다.

"유승현."

나지막한 부름에 승현이 멈칫했다. 그가 승현의 옆을 스치고 지나며 낮게 읊조렸다.

"경고했을 텐데, 계속 자극하면 어떻게 되는지 두고 보라고."

그가 먼저 대문 안으로 들어가 버렸고, 심장이 그의 발걸음 소리만 큼이나 크게 울렸다.

석훈이 승현에게 전해 주라고 했다는 건 노란색 서류 봉투였다. 학비 지원과 관련한 재단 후원 안내 서류가 그 안에 들어 있었다. 승재는 석훈에게 이미 설명을 들었다며, 누나가 꼭 하고 싶은 일을 찾았으면 좋겠다는 말까지 했다. 이제 제 길이 안정되고 나니 누나가 신경 쓰이나 보다.

기특한 녀석, 그래도 동생 하나는 잘 키웠네.

자려고 누웠는데도, 잠이 오질 않았다. 승재가 가져온 서류 때문이 아니었다. 승재가 집으로 오는 바람에 그가 1층 거실에서 이부자리를 편 채로 자고 있었다.

그와는 대문을 들어선 이후로 한마디도 나누지 않았다. 승재의 눈치가 보여서 입을 떼기가 어려웠다.

아까 어디까지 이야기했더라? 계약 연애가 되는 건가, 그럼?

머릿속이 복잡해졌다. 이번에도 석훈에게 계약서를 검토해 달라고 할 수도 없고.

상황을 생각하니 우스워서 혼자 이불을 뻥뻥 차며 몸을 굴리고 있을 때였다.

달칵하는 소리와 함께 방문이 열렸다. 그가 입가에 오른손 검지를 갖다 댄 채 방 안으로 들어왔다.

너무 놀라서 심장이 입 밖으로 튀어나오려고 했다.

그가 침대 발치까지 성큼성큼 다가왔다. 그와의 거리가 좁혀질 때마다 심장이 두근두근 뛰는 속도를 높여 갔다.

"안 잤네요."

승현은 상체를 완전히 일으켜 앉으며 고개를 끄덕거렸다.

"무슨 일이에요?"

그러곤 누가 들을세라 가능한 한 작은 목소리로 속삭여 물었다.

"보고 싶어서."

그는 그리 말하며 침대맡 모서리에 걸터앉더니, 커다란 손으로 승현의 머리를 부드럽게 어루만졌다. 정수리부터 시작해서 머리카락을 타고 내려온 그의 손끝이 승현의 뺨 언저리를 부드럽게 쓸어 올렸다.

그의 손가락이 귓바퀴에 닿으며 커다랗고 안온한 손바닥 안에 승현의 뺨이 꼭 맞게 들어찼다. 순식간에 뺨이 뜨겁게 달아오르는 듯했다. 분명 조금 전까지는 그의 손이 따뜻하다고 생각했는데, 갑자기 차게 느껴졌다. 볼을 빨리 붉히는 것으로 겨루면 기네스북에 오를 수도 있을 것만 같았다.

"그렇다고 이렇게 들어오면……."

말을 채 끝낼 수가 없었다. 그가 상체를 기울이는가 싶더니 순식간에 입술이 맞닿았다. 그는 가볍게 윗입술과 아랫입술을 차례로 빨아들이고는 입술을 떼어 냈다. 촉촉해진 입술에 와 닿는 공기가 서늘했다. 왠지 아쉽다.

"서류 봉투에 뭐 연애편지라도 들어 있었나?"

웃음이 나오려는 것을 꾹 참았다. 이 남자 이러니까 귀엽다.

"네."

엄마야!

대답이 끝남과 동시에 몸이 침대 위로 눕혀졌다. 단단한 팔이 매트리스와 승현의 등 사이에 있었고, 그의 다른 손은 승현의 머리 바로 옆 매트리스를 짚은 채였다.

그는 단단한 시선으로 승현을 내려다보았다.

"연애편지라도 있었어?"

마치 못 들었다는 듯이 그는 자상한 목소리로 다시 질문을 했다.

침이 꼴깍 넘어갔다. 여기서 대답을 잘못했다가는 진짜 큰일 날 것 같은……. 남녀 사이에 큰일이라고 해 봤자, 뭐.

"대답 못 들었어요?"

큰일 좀 나면 어때?

갑자기 이 남자를 도발해 보고 싶은 충동이 일었다. 그가 질투하는 모습에 심장이 터질 듯 뛰었다.

아주 바람직한 방향으로 질투를 표출하는 것 같아서 흐뭇하기까지 하면, 나 변태인 건가?

"못 들었어, 다시 말해 봐."

"있었다니까요. 연애편지."

진지하게 말하려고 했는데, 비어져 나오는 웃음을 참지 못한 입꼬리가 뺨을 타고 올라갔다. 승현은 얼른 아랫입술을 비틀어 깨물었다.

방 안은 어두웠지만, 그의 눈빛이 깊어지는 것만큼은 똑똑히 보였다. 그가 얼굴을 내리는 듯해서 승현은 살포시 눈을 감았다. 당연히 입술에 내려앉을 거라고 생각했던 그의 입술이 목덜미에 닿았다.

"흡."

승현은 저도 모르게 숨을 멈춘 채로 굳어 버렸다.

"유승현, 도발하지 말라고 했지. 감당도 못 할 거면서, 왜 이러지?"

목덜미에 닿는 그의 숨결이 뜨거웠다.

"진짜 연애편지야?"

"재단 후원 안내서 같은 거 들어 있었어요. 장난도 구분 못 해요?"

심장이 터질 듯 두근거리다 못해 세포 하나하나까지 떨려서 이상 세포 분열이 걱정될 지경이었지만, 승현은 전혀 떨고 있지 않다는 듯 당당하게 속삭였다.

"그런 장난 재미없어."

그의 목소리가 사뭇 진지했다. 승현은 조심스럽게 손을 들어 올려 그의 등을 감싸 안았다.

"불안해. 나는 자꾸 밀어내려고만 하면서, 그 동창이라는 놈한테는 도와 달라는 부탁도 했었고. 또 전에 집으로 이상한 놈 왔을 때도……."

그가 한숨을 한 번 내쉬고는 낮은 목소리로 덧붙였다.

"나도 내가 왜 이러는지 모르겠다."

심장이 뜨거운 피를 왈칵 토해 내는 것 같은 느낌이 났다. 짝사랑 상대였던 그가 자신을 좋아하고 있었다는 사실만으로도 황송할 지경인데, 이토록 살맛 나는 질투까지 해 주다니 지금 죽어도 여한이 없을 것만 같다.

아니지, 죽더라도 이왕 시작한 연애 끝까지 하고 죽자!

갑자기 삶에 대한 의욕이 샘솟았다. 이제껏 고생을 한 건 이 남자의 질투를 받으려고 그랬나 보다. 새삼 돌아가신 부모님께 낳아 주셔서 감사하다는 말씀을 드리고 싶어졌다.

"근데, 우리 계약 연애 같은 거 하는 거예요?"

일단 아까 하던 이야기부터 마무리 지어야겠다고 생각했다.

목덜미에 닿았던 뜨거운 숨결이 멀어지는가 싶더니 그가 고개를 들어 승현을 내려다보았다.

"뭐, 굳이 따지자면. 유승현이 날 못 믿는 것 같으니까."

"아니, 못 믿는 게 아니라."

"그 얘기는 아까 충분히 한 것 같은데, 복잡한 얘기 또 해?"

승현은 고개를 절레절레 내저었다.

"내 조건은 하나예요. 나는 나고, 승재는 승재예요. 우리 관계가 승재에게 영향을 끼치는 일은 없었으면 좋겠어요."

"그건 나도 바라는 바예요, 유승현 씨."

그가 매혹적인 미소를 머금었다. 팔을 뻗어 협탁 위에 놓인 스탠드 불을 켜고 싶었다. 어두워서 잘 보이지도 않는데, 저렇게 근사하게 웃는 건 반칙이다.

"나도 승재가 우리 관계에 영향을 미치는 일은 없었으면 합니다."

딱딱한 말투와 달리 그의 목소리는 지나치게 자상했다. 그리고 자상한데 섹시했다. 게다가 지금은 침대 위에서 아슬아슬하게 서로를 바라보는 중이었다. 이 남자는 지금 상황이 무지하게 위험하다는 것을 알고 있을까? 확 덮쳐 버릴까?

"그럼, 계약서도 써요?"

뭔가 더 하면 어떻게 되나 궁금하기도 하고, 여기서 더 하면 진도가 너무 빠른 건가 싶기도 하다. 크리스마스이브 저녁이 충분히 스펙터클했거늘 본능은 충동질을 이어 가고 싶어서 날뛰었고, 이성은 자중하라며 뒷짐을 지었다.

"계약서라……. 유승현 씨가 원하면 써야죠."

순순히 대꾸하는 그의 목소리가 어쩐지 호전적이었다. 그는 계약에는 도가 튼 남자다. 그런 그에게 연애 계약을 하자고 덤비는 건 어리석은 짓인지도 모른다. 혹시 나중에 계약 위반했다고 위약금 달라고 하면 어떡하지? 이상한 방향으로 고민이 튀어 나갔다.

자신이 처한 상황이 재미있다는 듯이 그가 낮게 웃었다.

"왜 웃어요?"

"흥미로워서."

"어떤 점이?"

"유승현이 내가 생각했던 것보다 훨씬 재미있는 사람이라 앞으로 즐거울 것 같아서."

동의한다. 승현 역시도 앞으로 그와 함께하는 시간이 재미있고 즐거운 일들로 가득할 것 같아서 가슴 설렌다. 시작하는 연인이 응당 그래야 하는 것처럼 말이다.

"이제 나가요. 나 잘 거야."

덮칠 때 덮치더라도 시작하는 연인으로서 자존심이 있으니 일단 튕기고 보자.

승현은 새초롬하게 손을 뻗어 그의 어깨를 살짝 건드렸지만, 그는 꿈쩍도 하지 않고 승현을 내려다보았다.

"이대로 나가라고 하면 나는 못 잘 것 같은데?"

역시 동의한다. 사실 그가 지금 그냥 나가 버린다면 승현도 목 끝까지 차오른 열기를 가라앉히느라 밤을 꼬박 새워야 할 터였다.

깊은 밤 방문을 열고 들어왔으면, 남자가 뭐라도 해야 하지 않나?

그럼 이제 뭘 어떻게 할 거냐고 굳이 묻지 않아도 다음에 뭘 할지 우리는 안다. 설마 여기서 둘이 쎄쎄쎄를 하거나, 산타의 존재 여부에 관한 토론을 벌이거나, 계약서에 어떤 조항을 넣을지 따져 보자며 말씨름을 할 리는 없다.

그의 얼굴이 다시금 가까이 다가왔다. 입술과 입술이 누가 먼저랄 것도 없이 깊게 맞물렸다. 그는 단단한 팔로 승현의 허리를 당겨 안았다. 그의 탄탄한 상체에 승현이 갇히듯 안겼다. 그의 다른 손이 승현의 동그란 어깨를 부드럽게 감싸 쥐고는 유려한 선을 따라 어루만졌다. 얇은 잠옷을 사이에 두고 느껴지는 그의 손길이 뜨거웠다.

"으음."

열기를 이겨 내지 못하고 승현은 먼저 신음을 내뱉었다. 그 역시도 낮게 신음하며 여리고, 부드러우며, 뜨거운 승현의 입 안을 헤집었다.

다음이 어떻게 이어질지 두려우면서도, 후에 얼마나 더 뜨거울지 기대되는 감정이 동시에 일어났다. 승현은 저도 모르게 그의 목덜미를 힘주어 끌어안았다.

모르는 세계에 발을 들여놓을 때는 두려움이 따르기 마련이다. 하지만 처음에 대한 흥분감은 언제나 그 두려움을 압도하는 법이다. 승현 역시도 흥분감에 두려움이 압도당한 상태였다.

그의 입술이 천천히 떨어지는 게 느껴져서 아쉬웠다. 저녁 내내 머릿속으로는 관계를 정의하고 계산하느라 바빴으면서, 본능은 무섭도록 빠르게 그에게 적응해 버렸다.

"하아."

더운 숨이 절로 새어 나왔다. 그는 승현의 입술에 한 번 더 가볍게 입을 맞추고는 상체를 일으키려 했다.

승현은 그의 셔츠 깃을 가볍게 움켜잡았다. 세게 잡아당긴 것도 아닌데, 그의 행동이 딱 멈췄다.

그는 빙그레 미소를 띤 채로 고개를 비스듬히 기울였다. 왜 그러느냐고 묻는 듯했다. 이런 면에서는 정말이지 환장할 정도로 짓궂은 남자다. 옷깃을 잡은 손짓이 무엇을 의미하는지 그가 절대 모를 리 없다. 눈치 없는 척 구는 모습이 한 대 때려 주고 싶을 정도로 얄밉지만, 지금은 구타 본능보다 다른 본능이 더 앞서는 중이다.

"더 해도 되는데……."

승현이 조심스레 속삭였다. 그러자 그가 대뜸 상체를 숙이며 다가왔다. 심장이 튀어 오르는 듯했다.

그는 입술을 맞대는 대신, 베개 위에 흐트러진 승현의 머리카락 위로 얼굴을 묻었다. 그러곤 깊게 숨을 들이마신 뒤 음미하듯 조용히 읊조렸다.

"그다음은 승재 없을 때."

그는 그렇게 말하고는 깔끔하게 상체를 일으켜 세웠다. 커다란 손으로 승현의 달아오른 뺨을 한 번 어루만지고는, '잘자요.' 하고 짧게 인사한 뒤 방을 나섰다.

어디선가 캐럴 소리가 들려왔다.

고요한 밤, 거룩한 밤, 어둠에 묻힌 밤.

침대 위에서 입 꾹 다물고 고요하게 버틸 수 있는데, 신자가 아니니까 굳이 이 밤을 거룩하게 보내지 않아도 되는데, 어둠에 묻혔으니 승재도 잠들었을 텐데…….

승현은 그가 나간 뒤, 굳게 닫힌 문을 바라보며 제 볼을 살짝 꼬집어 보았다.

꿈은 아니었나 보다. 내일 아침에 일어나면 크리스마스의 악몽처럼 그를 만나기 전으로 시간이 되돌려져 있다든지 하는 일은 없을 것이다.

그래, 내일부터 본격적인 연애를 하는 거다!

그는 분명히 승재가 없으면, 다음 단계로 넘어가겠다고 했다.

내가 언제부터 이렇게 밝혔을까? 크리스마스를 맞아 어두운 세상을 환히 비출 만큼 충분히 밝히는 사람이 될 수 있을 것만 같다.

승현은 양 볼을 감싸 쥐고는 침대 위를 데구루루 굴렀다.

내일은 크리스마스고, 모레는 월요일이니까, 내일 밤에는 승재가 훈련장으로 복귀하려나?

그럼, 내일 밤에는…… 그다음이 있으려나?

신은 승현의 편이 아니었다. 승재는 크리스마스에도 다음 날도, 그리고 그다음 날도, 그 다음다음 날도 훈련장으로 돌아가지 않는다고 했다.

"언제까지 쉬는 거야?"

"1월 1일까지."

모처럼 만에 쉬게 되었다며 거실에 배를 깔고 누워서 귤을 까먹는 동생을 보고 있는데 한숨이 새어 나왔다. 그는 승재가 있는데, 굳이 자신까지 같이 있을 필요가 있겠느냐며 잠시 집에 다녀오겠다고 나가 버렸다.

고로 연말연시를 남동생과 단둘이 아주 훈훈하게 보내게 생겼다. 하필 에이전시도 크리스마스를 기점으로 시무식이 있는 1월 2일 월요일 전까지는 휴무였다.

부모님이 돌아가시고는 줄곧 연말연시를 승재와 단둘이 보냈다. 사실 작년까지만 해도 먹고살기 바빠서 송구영신의 의미를 되새기는 것조차 사치처럼 느껴졌었다.

그런데 그가 나타남으로써 세상이 완전히 뒤바뀌었다. 거실 바닥에 드러누워서 배를 긁으며 귤을 까먹고 있는 동생이 세상 얄미울 수가 없다. 눈에 넣어도 안 아플 내 새끼라며 부둥부둥할 때는 언제고, 이런 감정이 생길 수 있다는 게 신기할 따름이었다.

"승재야."

"응?"

"약속 없어?"

"무슨 약속?"

승재는 연말 특집 예능 프로그램을 보며 낄낄거리다 말고 승현을 바라보았다.

"아니, 너 이제 구단 들어가고 하면 제대로 놀지도 못할 텐데…….좀 놀아 둬야 하지 않아?"

승현의 말에 승재는 못 들을 말을 들었다는 듯이 제 누나를 멍하니 바라보았다.

"그런가?"

승재는 고개를 비스듬히 기울인 채 허공을 바라보면서 생각에 잠긴 것 같았다.

"그럼, 놀 수 있을 때 놀아야지. 너 이제 훈련하고, 리그 개막하고 그러면 절대 못 놀아."

승재는 한숨을 한 번 내쉬고는 고개를 절레절레 내저었다.

"에이, 됐어. 나가면 괜히 돈만 쓰지."

"좀 써. 써도 돼, 이제."

승재가 에이전시와 계약하면서 더 이상 승재에게 들어가는 돈이 없었고, 승현이 그의 에이전시에서 일하면서 받는 돈이 적지 않았다. 승현은 지갑에 비상금으로 넣어 두었던 돈 중 일부를 꺼내어 승재의 손에 쥐여 주었다. 그런데도 승재는 자신의 손에 들려 있는 5만 원권 두 장을 내려다보며 가만히 있었다.

"나가 놀다 와."

"정말 그래도 돼?"

승재의 눈동자가 반짝반짝 빛났다. 내심 그러기를 바란 눈치였다.

"안 될 게 뭐가 있어? 사고는 치지 말고, 건전하게 놀아."

"누나는 내가 언제 사고 치고 다니는 거 봤어?"

승현은 기특하다는 듯이 승재의 엉덩이를 두드리며 말했다.

"그래, 그런 거 못 봤어. 그러니까 놀다 와."

처음에는 안 나갈 것처럼 굴더니 승재는 얼른 자리를 털고 일어나 점퍼와 모자를 챙기고는 현관으로 향했다.

"많이 늦을 것 같아? 뭐 친구네에서 자고 올 거면 연락하고."

"걱정 마. 외박은 안 해."

그냥, 누나는 네가 외박했으면 좋겠어.

제 머릿속에 떠올려 놓고도 심히 앙큼한 상상에 승현은 저도 모르게 얼굴을 붉혔다.

"갔다 올게. 용돈 고마워."

승재는 기분 좋게 웃고는 집을 나섰다.

2016년 12월 31일, 그렇게 승현은 집에 홀로 남았다. 그는 자주 연락을 하기는 했지만, 특별히 만남을 기약하는 말은 하지 않았다.

안 하면 내가 하면 되는 거, 아냐?

남자가 안 한다고 해서 마냥 기다리기만 하는 수동적인 타입은 아니었나 보다고 스스로에 대해 깨달으며 승현은 전화기를 집어 들었다.

몇 번 신호가 가지 않았는데, 그의 목소리가 들려왔다.

— 뭐 하고 있어요?

"승재 나갔어요."

— 뭐 하고 있냐는데, 왜 승재에 대해 보고를 하지?

그는 한결같이 짓궂다. 이게 뭘 의미하는지, 모를 리 없지 않은가?

"아니, 뭐 승재가 나가서 나는 혼자 있고. TV에서 재미있는 거 하기에 그거나 볼까 하다가."

— 그럼, 그거 봐요. 나는 낮잠이나 자려고.

또 삐딱선을 타신다. 그래 봐야 금방 교정당할 거면서.

"그러려고 했는데, 석훈이가 만나자네요? 2016년의 마지막 날인데, 술이나 한잔하자고."

— 지금 갈 테니까, 준비하고 있어.

진작 이럴 것이지.

성격 급한 그는 승현이 뭐라 대꾸도 하기 전에 전화를 끊어 버렸다. 아, 이 남자 조련하는 게 쉬워도 너무 쉽다. 어떻게 움직이라는 대로 탁탁 움직이는지, 체스판에 올려놓은 말이 따로 없다.

정확히 30분 후 그가 집으로 들이닥쳤다. 승현은 말끔히 외출 준비를 마친 상태였다.

"친구 만나는 데, 데려다줄게."

그는 안으로 들어올 생각이 없는지, 현관에 선 채로 뜻밖의 말을 내뱉었다. 그 바람에 승현은 당황하고 말았다.

"아, 석훈이랑 한 약속 취소했어요."

"친구랑 먼저 약속했는데, 그럼 돼? 데려다줄게요. 연락해 봐."

그는 나른한 미소를 지으며 능청을 떨어 댔다. 진짜로 간다고 하면 눈에 불을 켤 거면서, 왜 이러실까?

승현은 체스판 무늬처럼 보이는 체크무늬 오버핏 코트를 입은 그를 가만히 올려다보며 말했다.

"거짓말했어요."

지윤은 자신을 빤히 올려다보며 연분홍빛 입술을 귀엽게 오물거리는 여자를 내려다보았다.

"어떤 거짓말?"

일부러 미간을 구기며 심각한 목소리로 되물었다.

"약속 없었어요. 석훈이 핑계 대면 올 것 같아서……."

순진한 건지, 여우 같은 건지 구분이 되지 않을 때가 많은 여자다. 분명히 연애는 처음이고, 계산되지 않은 언행인 듯 보이는데, 그걸로도 지윤을 충분히 들었다 놨다 한다.

사실 약속이 없다는 것은 진작에 눈치채고 있었다. 어떻게 나오려나 궁금해서 떠봤는데, 이렇게 솔직하게 나와 버리면 짓궂게 군 지윤이 더 당황스러워져 버린다.

"거짓말을 했으면 벌을 받아야지."

지윤이 엄정한 얼굴로 나직하게 속삭였다. 그러자 그녀는 시무룩한 얼굴이 되어 고개를 모로 기울이고는 몸을 살랑살랑 흔들어 댔다. 그녀가 움직일 때마다 샴푸 냄새인지 향긋한 꽃향기가 일렁거렸다.

지윤은 손을 뻗어 그녀의 어깨를 감싸 안고는 품 안으로 끌어당겼다. 입술이 본능적으로 그녀의 입술 위에 놓였다. 가벼운 입맞춤이 아니었다. 지윤은 그녀의 달콤한 숨결을 모두 앗아 버릴 기세로 입술을 빨아들였다.

품에 안긴 그녀의 몸이 파르르 떨렸다. 마치 작은 아기 새를 품에 안기라도 한 듯 지윤은 조심스럽게 그녀의 등허리를 보듬어 안았다. 그러면서 거칠었던 키스는 부드러워졌다.

그녀는 까치발로 서서 지윤의 목덜미에 팔을 휘감았고, 지윤은 그녀의 허리를 안아 들며 집 안으로 걸음을 옮겨 들어갔다.

거실로 들어와 소파에 앉으면서 지윤은 그녀를 제 무릎 위에 앉혔다. 이제껏 적당히 대담하게 굴던 그녀였는데, 이번에는 제법 부끄러운지 품에 안긴 그녀의 몸이 어색하게 굳는 게 느껴졌다.

아무리 대범하게 군다고 한들, 이 이상은 부담스러운가 보다. 지윤은 입술을 조심스레 떼어 내고는 그녀의 목덜미에 얼굴을 묻었다.

그녀가 가쁜 숨을 고르는 소리가 들려왔다. 숨소리조차도 자극이 될 수 있다는 것을 그녀는 알까 싶다. 지윤은 그녀의 허리를 더욱 세게 끌어당겨 안았다. 자신의 무릎 위에 앉아서 낭창한 몸을 굳힌 채 어찌할 바를 모르는 그녀의 모습이 귀여웠다.

"승재는 여자 친구랑 싸운 것 같더라."

"우리 승재한테 여자 친구가 있어요?"

화들짝 놀란 그녀의 목소리는 아직 열기가 가시지 않아 파르르 떨렸다.

"몰랐어? 크리스마스이브 밤에 되게 오랫동안 통화하는 것 같던데."

전혀 몰랐다. 그날 밤, 승현의 정신을 쏙 빼 놓은 당사자는 어떻게 누나가 돼서 그런 것도 모를 수 있느냐며 안타깝다는 얼굴을 하고 있었다.

내가 누구 때문에 정신이 빠져 있었는데!

"준비됐어?"

이렇게 가끔 주어 없는 문장을 구사할 때면 한 대 때리고 싶어진다. 아무리 눈치 빠른 유승현이라고 한들 그의 마음을 읽을 수는 없는 법이니까. 궁예질에도 한계가 있는 거다.

"무슨 준비요?"

"승재 보낼 준비."

승현은 아무런 대꾸도 하지 못하고 입을 떡 벌린 채로 굳어 버렸다.

승재를 보낼 준비라⋯⋯.

마치 금기어라도 들은 것처럼 당황스러웠다.

"우리 승재가 어디 가요?"

승현은 태연자약한 미소를 지으며 물었지만, 사실 그의 질문이 의미하는 바를 알았다.

이제 승재는 누나의 품을 떠나 독립을 해야 하는 나이였다. 그리고 그건 누나인 승현도 마찬가지였다. 여태껏 승재를 위해 살아왔지만, 이제는 승재에게서 승현도 독립해야 하는 시기이다.

만약 이 남자가 나타나지 않았다면, 현실이 녹록지 않음을 핑계 삼아 두 남매는 오래도록 서로에게 의지하며 독립할 필요조차 느끼지 못했을지도 모른다.

그렇게 어찌어찌 살아갔겠지.

그런데 이제는 상황이 달라졌다. 각자의 인생을 살아야 하는 시기가 왔다. 승재로서는 고민할 게 없는 독립이겠지만, 승현은 달랐다. 승재를 빼놓고 무언가를 생각해 본 적이 없었다.

"에이전시 일은 어때? 할 만해?"

그가 승현의 긴 머리카락을 손가락에 휘휘 감으며 가볍게 물었다.

"아르바이트가 다 똑같죠, 뭐."

"나 유승현 씨한테 알바 월급 준 적 없어."

그의 말마따나 월급이 많기는 했다.

"유승현 씨한테 아르바이트 정도의 일을 시킨 적도 없고. 덕분에 K리그에 선수 하나 더 생겼다?"

그는 빙그레 웃으며 승현의 볼에 입을 쪽 맞추었다.

"얼마 전에 저한테 보여 줬던 그 선수요?"

지윤은 고개를 끄덕이며 웃었다. 오래도록 동생의 곁에서 축구 경기를 지켜본 그녀는 프로 에이전트 못지않은 감각을 지니고 있었다.

"그 선수 장점이 뭐라고 했었는지 기억나?"

"택배 크로스요?"

이런 웃긴 말도 잘하는 재주도 있고 말이다.

"그래. 택배 크로스."

택배를 전달하듯이 정확하게 올리는 크로스를 택배 크로스라고 한다며, 미드필더인 그 선수가 프리킥 연습을 조금만 더 한다면 골문을 두드리는 것도 예삿일이 될 거라는 게 그녀의 설명이었다.

"승재처럼, 그 택배 크로스 잘 올리는 선수처럼. 누군가의 안목이 필요한 선수를 키워 보고 싶은 생각은 없어?"

지윤의 질문에 그녀는 잠시 머뭇거렸다.

"무슨 말이 하고 싶은 거예요?"

"FIFA 공인 에이전트 해 볼 생각 없느냐고 묻는 거야. 있으면 내가 유승현 씨 제일 먼저 스카우트하려고."

두 사람의 시선이 허공에서 맞부딪쳤다. 그의 눈빛은 언제나처럼 자신만만했다. 마치 승현이 원하는 것은 뭐든 이루어 줄 수 있다는 표정이었다.

"램프의 요정 지니라도 돼요?"

승현은 그와 반대 방향으로 고개를 기울이며 물었다.

"램프의 요정 지니도 사람 봐 가면서 소원 들어주는 거 알아?"

말로는 이겨 먹을 수가 없다. 승현은 고개를 절레절레 내저었다. 이길 수 없다는 것을 깨달은 본능적인 움직임이었을 뿐인데, 그는 그 모습을 에이전트 제안에 대한 부정적인 대답으로 받아들인 듯 승현을 설득하려 들었다.

"지금까지 해 온 일에서 크게 달라질 건 없어. 승재를 축구 선수로 만들기 위해 부단히 노력했잖아? 그간 쌓은 노하우를 이제 다른 선수

를 발굴하는 데 쓰는 거야. 그리고 또 알아? 나중에 누나가 승재 에이
전트 역할을 해 주게 될지? 그렇게 되면 승재가 에이전트를 더 믿고 운
동에만 전념할 수 있을 테고."

"승재 에이전트라는 사람이 어떻게 그런 말을 해요. 내가 진짜 일 배
워서 계약 파기하고 승재 빼돌리면 어쩌려고?"

"뭐, 그럼 어때."

이 남자는 세상만사가 참 다 쉬워서 좋을 것 같다. 승현은 그의 무릎
에서 내려와 소파에 앉았다. 그는 아쉬운 듯 눈을 한 번 가늘게 떠 보
이고는 승현의 어깨를 감싸 안으며 소파 등받이에 몸을 기댔다.

"그렇게 간단한 문제가 아닌 것 같은데요? 저 고졸이에요. 에이전트
가 공부해야 할 게 얼마나 많은데······."

"내 옆에서 실무 경험 쌓으면서 공부해도 돼."

"한지윤 씨는 얼마나 공부했는데요?"

"로스쿨 3년, 변호사 자격이 있으면 유리하니까. 이전에는 변호사들
이 유명 선수의 계약을 관리했고, 지금도 그런 경우가 많아. 아무래도
계약서의 법리적 해석이라든지, 구단 간의 충돌이 있을 때 법적 해결
능력이 있으면 더 편하니까."

승현은 말없이 지윤을 흘겨보았다.

"사법 고시 폐지된 거 알죠? 나 로스쿨 가려면 대학도 가야 하고. 그
럼 몇 년 걸리는지 알아요?"

"뭐, 로스쿨을 꼭 나와야 한다는 건 아니야. FIFA 공인 에이전트 시
험도 있고. 무엇보다 요즘 같은 세상에 중요한 건 사실 외국어 능력이
야. 보통 영어는 기본이고, 주력으로 하는 국가의 언어도 한두 개 정도
할 줄 알면 더 좋고."

"한지윤 씨는 몇 개 국어나 하는데요?"

"한국어는 세는 거 아니니까, 5개 국어? 영어, 일어, 중국어, 스페인

어, 이탈리아어 정도? 스페인어랑 이탈리아어는 공부한 지 얼마 안 됐고."

이 남자 지금 나랑 싸우자는 것 같다?

승현이 엄정한 시선으로 한 번 더 그를 노려보았다.

"나처럼 이렇게 많이 할 필요는 없고. 사실 영어만 제대로 하면 문제없어."

"됐거든요."

자기 자랑에도 정도가 있는 거다. 그는 끝 간 데를 모르고 자기 자랑을 하고 있었다. 그러니 당연히 재수 없고, 짜증이 나야 하는데…….
입꼬리가 뺨을 타고 오르려고 한다.

네, 이 잘난 남자가 제 남자입니다, 여러분!

어디 가서 소리라도 지르고 싶었지만 참았다.

"실제로 선수 가족이 에이전트를 하는 경우도 많아. 다른 사람들보다 선수들을 접할 기회가 많으니까. 승재는 이제 막 구단 입단을 준비하고 있어. 그리고 어차피 승재하고 유승현 씨를 완전히 분리한다는 것 자체가 말이 안 되는 거잖아, 안 그래? 그렇다면 유승현 씨가 이 일을 배워 보는 것도 난 좋다고 생각하는데? 잘 가르쳐 줄 스승도 여기 있고 말이야."

그는 또다시 자기 자랑을 하며 고개를 끄덕거렸다.

"지금 되게 재수 없는 거 알아요?"

"알아. 충분히. 내가 재수 없을 만큼 잘나기는 했지."

그는 그리 말하며 민망하지도 않은지 뿌듯하게 웃었다. 승현은 그를 마지막으로 한 번 더 흘겨보고는 대꾸했다.

"생각해 볼게요."

"그래, 그럼."

그는 자기가 할 말은 다 했다는 듯이 승현의 뺨에 입술을 갖다 댔다.

이러면 생각을 할 수가 없잖아!

그의 입술이 뺨을 타고 내려와 승현의 입술을 양껏 머금었다.

그래, 생각 같은 건 좀 나중에 해도 될 것 같다.

승현은 그의 목을 끌어안으며 고개를 살짝 비틀었고, 그 바람에 입술이 더욱 깊게 맞물렸다.

시무식을 마친 에이전시 사무실은 분위기가 살짝 들떠 있었다. 에이전시 직원들은 4월과 7월에 정기 인센티브를 받고 있는데, 오늘 시무식에서 전에 없던 특별 인센티브가 이번 주 중으로 지급될 거라는 발표가 있었기 때문이었다.

그 후로 오며가며 직원들은 마주칠 때마다 선한 눈빛으로 승현에게 묵례를 건넸다. 어떤 직원은 정말 고맙다며 따뜻한 카페라테를 사다 주기까지 했다.

그래, 자본주의 사회에서 사람을 너그럽고 다정하게 만들 수 있는 존재는 돈이다. 오늘 에이전시 사무실에서는 인센티브가 널리 직원들을 이롭게 하고 있었고, 그 때문에 직원들이 정규직도 아닌 승현에게 호의를 베푸는 거라고 여겼다.

그런데 뜻밖의 사건이 터진 것은 점심시간이었다. 오늘따라 직원들에 대한 사랑이 넘쳐 나는 한지윤 대표와 인센티브로 인한 애사심이 넘쳐흐르는 직원들이 대동단결하여 점심 회식을 제안했고, 이에 모두 동의했다.

회식 장소는 이태원에 위치한 스테이크 전문점이었다. 시무식에 이어 대표님이 또 한 번 통 크게 쏘신다며 다들 흐뭇해했다.

"승현 씨는 연휴 때 뭐 했어?"

승현을 물심양면으로 도와주는 경영지원 팀 김지원 대리가 엘본스테이크를 열심히 썰며 물었다. 그녀는 악의는 없었지만, 다소 눈치가 없는 편이었고, 궁금한 것을 못 참았으며, 오지랖이 넓었다. 사내에서 돌아다니는 소문은 모두 그녀를 거쳐 각색된다고 해도 과언이 아닐 만큼 가십을 즐기기도 했다.

"그냥, 쉬었어요."

이런 사람에게 꼬투리를 잡히면 곤란해지는 걸 알기에 승현은 조용하고 간단하게 대꾸했다.

"어머, 어머! 승현 씨, 크리스마스부터 쭉 집에서 쉬었어?"

그런데 목소리를 어찌나 크게 올려서 호들갑을 떠는지 홀이 쩌렁쩌렁 울렸다. 점심 회식을 위해 이곳을 전세 낸 에이전시 임직원들의 이목이 은근히 승현에게로 집중되는 게 느껴졌다.

아니, 계약직 직원 하나가 연휴를 어떻게 보냈는지 이렇게 궁금해하는 회사도 있나? 이 회사 설립 이념이 박애 정신인가? 아니면 이 회사의 인재상이 옆에 있는 직원의 연휴까지 살피는 인정 넘치는 사람인가?

어찌 된 게 다들 대답을 원하는 눈치다. 승현은 조심스럽게 입을 열었다.

"피곤하기도 하고, 그냥 쉬었어요."

"어머, 웬일이니! 승현 씨, 남자 친구 없어?"

홀에 모여 있는 건 인간들이 아니라 토끼들이었나 보다. 다들 귀를 쫑긋 세우는 게 눈에 들어올 정도다.

아니, 언제부터 유승현의 남자 친구 존재 여부가 초미의 관심사가 되었을까?

승현은 아랫입술을 꾹 깨물며 그저 쓰게 웃었다. 그러자 여기저기서 안도의 한숨 소리가 들려왔다.

이건 뭐지? 내가 남자 친구가 없어서 안도하는 사람이 대체 누구지? 저기요, 저한테 혹시 관심 있으신 분 누구시죠?

승현은 조심스레 눈동자를 굴려 주위를 살폈다.

"안 되겠다. 우리 승현 씨, 소개팅하자."

어디선가 '하아!' 하고 한숨을 내뱉으며 탄식하는 소리가 들려왔다.

"아니에요. 소개팅은 괜찮아요."

"아우, 튕기는 것 좀 봐. 내 대학 동기고, 자동차 회사 다녀. 디자인 팀에서 일하는데 얘 연봉도 높아. 착하기도 엄청 착하고. 얼굴이!"

그 얼굴이! 가장 중요한 얼굴이 나왔는데, 누군가 김 대리의 말을 탁 끊어 버렸다.

"승현 씨가 소개팅 괜찮다잖아. 김 대리는 왜 그렇게 눈치가 없어?"

김 대리를 저지한 사람은 중견급 에이전트 중 한 명인 이 과장이었다.

"아니, 과장님. 제가 눈치가 없긴 뭐가 없어요? 우리 승현 씨가 연말 연시를 외롭게 보내는 게 짠해서, 제가 소개팅 좀 해 주겠다는데."

이러다 싸움 나겠다. 아니, 싸움이 나 버렸다.

"됐거든. 승현 씨가 싫다잖아."

"소개팅은 괜찮다고 했지? 언제 싫다고 했어요?"

아, 싸움은 말리라고 있는 거다. 그것도 시무식 직후부터 싸우는 직원들은 말리고 봐야 한다. 업무도 아닌 자신의 소개팅 여부를 두고 싸우는 이들을 종식할 수 있는 방법은 하나였다.

"저, 남자 친구 있어요."

옆에서 소개팅은 왜 권하느냐고 거들던 직원들부터 시작해서 조용히 사태를 지켜보던 직원들, 그리고 맞서 싸우던 두 사람의 시선까지 모조리 승현에게로 향했다.

그러니까 홀 안에 모인 모든 임직원의 눈과 귀가 승현에게 쏠린 것이다.

"뭐라고?"

이 과장이 새하얗게 질린 얼굴로 되물었다.

"저, 남자 친구 있어요. 연말에 너무 바빠서 얼굴을 못 봤어요."

김 대리만 빼고, 이 과장을 비롯한 전 임직원의 얼굴이 썩어 들어갔다.

아니, 왜?

그러다 언뜻 스친 얼굴 중에 그가 있었다. 그는 의미심장한 미소를 지은 채로 승현을 바라보고 있었다. 남자 친구라는 말에 웃는 것 같기도 하고, 연말에 얼굴 못 봤다는 거짓말을 깜찍하다고 여기는 듯도 했다.

"뭐 하는 놈 아니, 뭐 하는 사람이야?"

"그냥 평범하게 회사……."

'하나 합니다!' 라고 할 수는 없으니까, 말끝을 얼버무렸더니 이 과장이 천장을 올려다보며 한숨을 내쉬었다.

마치 찬물을 끼얹은 듯 분위기가 가라앉았다.

"우리 직원들이 유승현 씨한테 관심이 많네? 먹다 체하겠어요. 식사들 하죠."

입을 연 사람은 이기석 실장이었다. 여기저기서 조용히 탄식하는 소리가 흘러나왔다.

아니, 이 회사에 남몰래 날 연모하던 사람들이 이렇게 많았어?

스테이크가 입으로 들어가는지, 코로 들어가는지도 모른 채 회식은 끝이 났다.

사무실에 들어서자 임직원들이 하나같이 야속하단 눈빛으로 승현을 바라보았다. 아까는 세상을 구한 어벤져스라도 되는 양 승현을 경외의 눈빛으로 바라보던 사람들이 180도 태도를 바꾸었다.

"유승현 씨, 잠깐 나 좀 봐."

일이 어떻게 돌아가는 건지 도무지 알 수 없어서 멍하니 앉아 있는 승현을 부른 사람은 이기석 실장이었다.

소회의실로 들어서는 승현을 이 실장은 심각한 얼굴로 맞았다.

"유승현 씨."

"네?"

그는 전에 없이 심각한 얼굴이었다. 두 달 동안 겪어 온 이 실장은 동네 노는 오빠 이미지가 강한 친근한 타입이었다. 늘 사람을 편하게 해 주는 특유의 날라리 기질이 돋보이던 그였는데, 지금은 썹던 면도칼을 날릴 것 같은 포스다.

"우리 한 대표 어떻게 생각해?"

이거 어떻게 답을 해야 할지 난감하다.

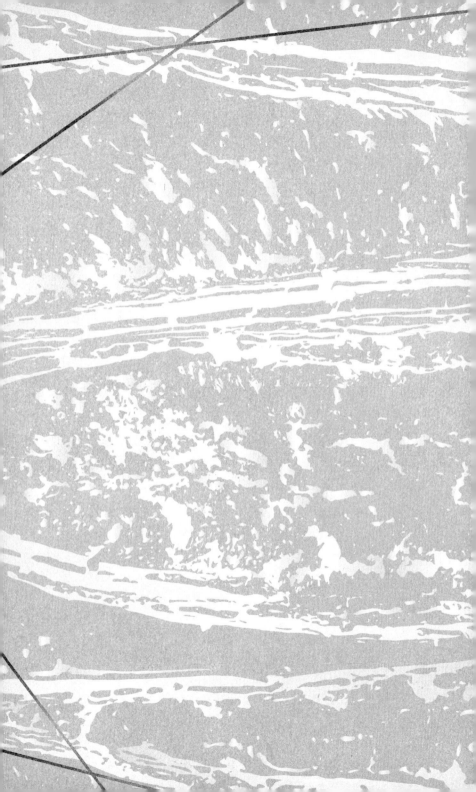

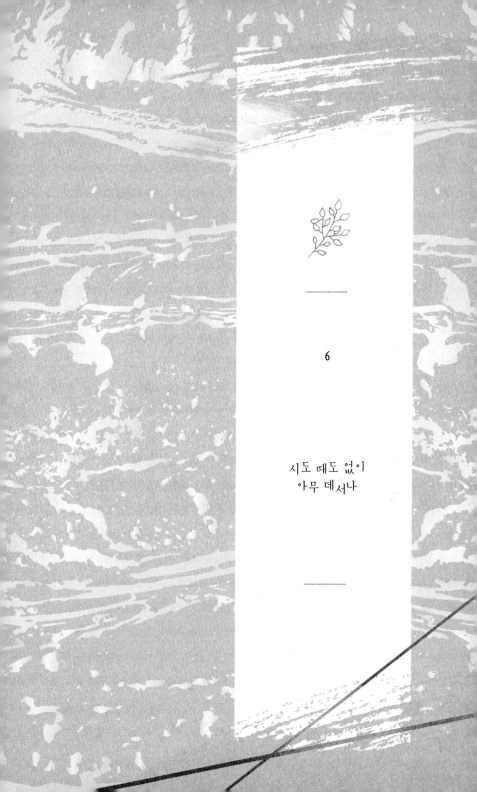

6

시도 때도 없이
아무 데서나

승현은 고심하듯 미간을 찌푸렸다가 입을 열었다.

"어, 제 생각에는 무척이나 프로페셔널하신 에이전트 같아요. 직원들한테도 베풀 줄 아시는 참된 CEO시고, 또……."

얼마나 더 좋은 말을 해 줘야 하는지 감이 서질 않았다.

"아니, 그런 거 집어치우고."

이 실장은 답답하다는 듯이 손사래를 치며 신경질을 부렸다. 원래부터 그는 좀 예민한 성격이었다. 남들이 전혀 신경 쓰지 않는 아주 섬세한 부분까지 느끼는 융털 같은 사람이랄까?

그래서 그리 섬세하지 않은 승현으로서는 그가 하는 말이 도통 이해가 되질 않았다.

"아, 진짜 내가 이런 질문까지 해야 하나."

이 실장은 의자 등받이에 깊숙이 등을 기대며 사무실 천장을 바라보았다.

모든 임직원이 느끼고 있는 것을 저 둔탱이 유승현만 아직 못 느끼고 있나 보다. 이걸 대체 어떻게 설명을 해 줘야 한단 말인가?

그녀가 사무실로 출근하면서부터 전쟁터에 꽃이 피기 시작했다. 이것은 남북 간의 종전 협정만큼이나 놀라운 일이었다.

하루가 멀다고 사무실을 뒤집어 대던 한 대표가 요즘은 웃음을 머금고 사무실을 들락거렸다. 온갖 질문으로 사람을 옴짝달싹 못 하게 하던 놈이 대답을 못 해도 그냥 웃고 넘어가질 않나, 스폰서에게 납작 엎드려도 모자랄 판에 경쟁사 가전제품을 SNS에 올린 야구 선수에게는 '사람이 그럴 수도 있지.' 라며 옛날 같았으면 선수를 이 잡듯이 잡았을 골치 아픈 문제를 부드럽게 해결해 버렸다.

게다가 가전은 원래 L땡 아니냐는 소리까지 해 대면서.

이제껏 한지윤이 저런 시답잖은 소리를 한 적이 있던가? 없다. 단연코 없다. 한지윤은 바늘은커녕 미세모 한 올 들어갈 틈도 없는 놈이었다.

근데 그런 놈을 봄날 아지랑이처럼 흐물거리게 만든 여자가 있었으니, 바로 이마에 '저는 아무것도 몰라요.' 라고 써 붙인 채로 서 있는 유승현이다.

친구야, 하필 너는 이렇게 눈치 없고, 둔한 여자를……. 게다가 남자 친구도 있다잖아!

그 사실을 직원들도 모르는 바가 아니었다. 그녀의 존재만으로 살맛 나는 사무실 분위기에 힘입어 한 대표의 사랑을 적극적으로 응원하는 소모임까지 생겼다고 들었다. 만약 한 대표의 짝사랑이 성공하면 그 기념으로 사우회에서 한우 세트를 전 직원에게 돌리겠다는 진지한 의견도 나왔다고 했다.

하지만 다들 섣불리 승현의 마음을 떠보거나 할 수는 없었다. 그건 범죄 행위나 다름없는 거니까. 디어프렌즈 임직원들은 암묵적 동의하에 대표의 순수한 짝사랑을 조용히 마음속으로 깊이 응원할 뿐이었다.

물론 그 안엔 이 실장도 속해 있었다. 그런데 오늘 판이 깨지고, 모두의 바람은 물거품이 되었으며, 다시 피바람이 부는 것이 아니냐는 직원들의 숙덕임과 함께 사무실에는 전운이 감돌았다.

가만히 있던 승현이 갑자기 남자 친구가 있다고 선언해 버렸기 때문이다.

그때 한 대표의 표정은 가관이었다. 웃는 것도 아니고, 우는 것도 아닌 이상한 표정으로 승현을 바라보고 있었다.

애잔한 새끼.

'그동안 열 여자 마다하고, 고고한 척 굴더니 쌤통이다!' 하고 뒤통수를 날려 주고 싶은 마음이 굴뚝같았지만, 이 실장은 꾹 참았다.

절친이자, 상사인 한 대표의 짝사랑에 금이 가기 시작했다는 건 평화로웠던 지난 두 달여간의 시간에도 금이 가기 시작했다는 뜻이니까.

이 실장은 결심을 굳히고 입을 열었다. 한 대표를 남자로서 어떻게 생각하느냐는 질문은 접어 넣고, 그저 사무실에서 남자 친구와 꽁냥대는 이야기만은 제발 하지 말아 줬으면 하는 게 마지막 바람이었다.

그리고 경영지원 팀 김 대리한테 절대 연애 상담 같은 거 하지 말라고도 해야겠다.

"연애는 조용히."

승현은 화들짝 놀란 얼굴로 이 실장을 바라보았다. 융털처럼 섬세한 남자가 그새 눈치를 챘나 보다.

어디서? 어느 지점에서? 아까 남자 친구 있다고 했을 때, 내가 그 사람이랑 아이 컨택 하는 걸 봤나?

"뭐, 회사에서 개인적인 일을 가지고 왈가왈부할 건 아니지만. 한 대표가 유승현 씨 정직원 전환을 고려 중이고, 또."

이 실장은 뭐 마려운 강아지 같은 표정으로 목소리를 억누르며 말을 이어 갔다.

"다른 임직원들은 모르고 있지만, 유승현 씨는 유승재 선수 누나잖아요? 개인적인 일이 여기저기 밝혀져 봤자, 나중에 좋을 게 하나도 없고, 또."

동생의 에이전트와 연애하는 누나라니. 세상의 시선이 곱지만은 않을 거라는 것을 이 실장이 강조하는 듯했다.

"우리 회사가 개인사에 직접 관여할 만큼 보수적인 곳은 아니지만, 그래도 지킬 것은 지켜 달라는 의미고, 또."

마치 교장 선생님의 훈화 같았다. 끝날 듯 끝나지 않는 말이 이어졌다.

"다 좋은데, 경영지원 팀 김 대리한테는 남자 친구랑 뭐 했는지 말하지 마, 알았지?"

이 실장이 끝내 이 말을 내뱉고야 말았다는 듯이 자조적인 표정을 지었다. 김 대리의 성정을 잘 아는 바, 아마도 대표와의 연애 사실을 들키게 되면 여러모로 회사에 파란이 일지도 모르니 조심하라는 의미 같았다.

"네, 조심하겠습니다."

"하아, 나가 봐."

그는 마치 큰 전투를 마친 장수처럼 깍지 낀 두 손을 테이블에 올린 뒤 그 위에 이마를 기대고는 한숨을 푹 내쉬었다.

소회의실에서 나온 승현은 아무래도 그에게 회사에서는 조심해야 할 것 같다는 이야기를 강조해야겠다고 생각했다.

"유승현 씨, 나 좀 봐요."

호랑이도 제 말 하면 온다더니.

시의적절한 타이밍에 나타나 주시는 내 남자 친구. 그는 제 할 말만 쏙 하고 집무실로 들어가 버렸다.

낯간지러운 단어에 웃음이 나올 것만 같아서 승현은 얼른 볼을 홀쭉하게 빨아들였다.

"승현 씨, 힘내. 우리도 힘들어, 알지?"

뒤쪽에서 걸어오던 직원 한 명이 승현의 어깨를 툭툭 토닥이고는 앞서 나갔다.

갑자기 뜬금없는 응원에 기분이 싸했다.

이건……. 뭐지?

승현은 알 듯 말 듯 한 시선들을 느끼며 대표 집무실로 향했다.

그는 이탈리아어 혹은 스페인어로 들리는 언어로 전화 통화를 하고 있었다.

"Voy a depender de la opinión del equipo."

(저는 구단의 뜻을 따르도록 하겠습니다.)

현란하게 혀를 굴리며 외국어를 하는 남자는 멋져 보였다. 물론 그 혀를 다른 데다 쓸 때도…….

언젠가부터 머릿속이 시도 때도 없이 붉게 물들었다.

내가 이렇게 음란한 인간이었나? 이건 다 저 남자가 그 이상의 진도를 나가지 않아서다!

그다음은 승재 없을 때 할 거라면서요!

"Entonces, le llamaré otra vez."

(그럼, 다시 전화하겠습니다.)

통화가 마무리되었는지 그가 전화를 끊으며 빙그레 웃었다.

"남자 친구가 바빠서 연말에 못 만나셨어?"

그는 모니터를 바라보며 잠시 키보드를 두드리더니, 시선만 승현 쪽으로 옮기며 말을 이어 갔다.

"거짓말 잘하데?"

"아니. 그럼, 뭐. 대표님이랑 밥도 먹고, 이런 것도 하고, 저런 것도 하고 그랬어요. 할까요?"

"그것도 나쁘지는 않은데?"

그는 팔짱을 끼며 미간을 좁히고는 심각한 목소리로 대꾸했다. 그러면서도 입꼬리가 살짝 올라간 모습이 장난기를 한껏 머금고 있었다.

"왜 불렀어요?"

"보고 싶어서."

"보고 싶다고 회사에서 시도 때도 없이 부르면 어떡해요. 저 눈치 보이거든요?"

"그래, 유승현 씨는 눈치 좀 봐야 할 것 같아."

그는 애석하다는 듯이 고개를 절레절레 내저었다.

"오늘 점심때 분위기 왜 그랬는지, 전혀 모르겠지?"

그럼 저 남자는 오늘 점심때 분위기가 왜 그랬는지 안다는 말인가?

승현은 괜히 자존심이 상해서 미간을 구겼다. 그러니까 다른 사람들은 다 아는데, 자신만 모르는 어떤 미지의 사건이 이 에이전시 안에서 일어나고 있다.

'이것은 밀실 살인 사건이다!' 를 외쳐야 할 타이밍은 아닌 거고.

"왜 그랬던 건데요?"

"내가 유승현 씨 좋아하는 거 다들 눈치채고 있는데, 유승현 씨가 눈치 없이 남자 친구 있다고 해 버려서."

입이 떡 벌어졌다. 뭐부터 대답해야 할지 승현은 잠시 고민했다.

"아니, 그건 김 대리님이랑 이 과장님이 제 소개팅 이야기로 싸우시니까. 제가 민망해서 얼른 이야기 끝내려고 그런 거죠."

"몰랐어? 그 둘은 맨날 싸워."

몰랐다. 그 둘이 맨날 싸우는지, 맨날 쎄쎄쎄를 하는지 알 게 뭔가.

"다른 것도 아니고 계속 제 얘기 하면서 싸우고, 전 직원이 그걸 보고 있는데 그냥 둬요?"

"어. 유승현 씨는 그랬어야 해."

"왜요?"

"유승현 씨가 직원들의 희망이었으니까."

그는 매혹적인 웃음을 흘리며 승현의 곁으로 성큼 다가왔다. 이 남자 정말 몹시 바람직하게 섹시하다. 그와 진한 키스를 나누기 전에는 그저 매혹적인 얼굴이라고만 생각했었는데, 지금은 그가 말도 못 하게 섹시해 보인다. 제발 날 좀 잡아먹으라고 유혹하는 최상위 포식자 같다. 그에게 피식자는 어울리지 않으니 포식자가 맞는데 아이러니하게도 잡아먹히길 원하는 것처럼 보였다.

"내가 왜 직원들 희망인데요?"

그의 색기에 홀리지 말고, 지금은 궁금한 걸 짚고 넘어가야 했다.

"내가 한 말 잊었어? 유승현 씨한테 멋지게 보이고 싶어서 엄청 노력했다고."

승현은 순간 뒤통수를 얻어맞은 듯했다.

설마 했던 네가 나를!

그러고 보니 처음 에이전시에 왔을 때보다 그는 상당히 부드러워져 있었다. 승현은 이게 단순히 업무 강도에 따른 스트레스 변화에서 기인한다고만 생각했다.

그러니까 종합해 보자면, 대표가 유승현을 좋아해서 사무실 분위기가 좋아졌는데, 유승현이 그런 대표 앞에서 남자 친구가 있다고 해 버려서 직원들이 아까 죽상을 했다, 이거구나?

그래서 이 실장도 대표 심기 건드리지 말고 알아서 잘 처신하라, 뭐 그런 거?

이 회사 뭐 이래?

어이가 없어서 웃음조차 나오질 않았다.

그런데 그는 만면에 미소를 띤 채로 웃고 있다.

"웃겨요?"

"어, 무지 웃겨. 유승현이가 삽으로 묫자리 파고 들어가서 알아서 눕더라고. 난 이제 모른다. 직원들이 유승현 씨, 막 일 많이 시키면서 괴롭힐 텐데, 어쩌지?"

"그거야, 대표님이 지금까지 해 왔던 것처럼 부드럽게 행동하면 되는 거죠."

"누가?"

"대표님이……."

"아, 부드럽게 못 하겠는데?"

이 남자가 지금 본인이 데리고 일하는 임직원 100여 명을 볼모로 잡고 연인을 협박하고 있는 건가?

"그래요, 지윤 씨가."

"훨씬 듣기 좋기는 한데."

그렇다고 여기서 콧소리를 내며 '자기야, 여보야'를 할 수 있을 만한 깜냥은 못 되는 승현이었다.

"더는 못 해요, 나."

"알았어. 더는 안 시켜 나도. 계약서 쓰시죠, 유승현 씨."

그가 지금 막 복합기에서 나온 따끈따끈한 A4용지 뭉치를 집어서 흔들며 웃었다.

저 웃음이 극악무도해 보이는 건 기분 탓일까?

원한다면 연애 계약서도 작성하겠다고 했던 그였다. 그저 지나가는 말로 한 것인 줄 알았는데, 행동력 하나는 인정해 줘야 할 것 같았다.

뭐 이쪽에서도 나쁠 건 없다. 제 일도 아니고 동생 일로 엮여 있으니 나중에 서로 깨끗해지려면 이 편이 좋을 수도 있는 거다.

그런데 연애 계약서라니, 연애도 처음인 마당에 이걸 계약서로 문서화하자니 난감한 감이 없지 않아 있었다.

"일단 내가 초안을 작성해 봤어요. 이건 말 그대로 초안이니까, 뭐 유승현 씨가 손대고 싶은 부분이 있으면 말해 줘요."

그는 A4용지 뭉치를 승현에게 건네며 소파에 앉으라는 듯 손짓했다.

그가 권한 자리에 앉은 승현은 계약서 뭉치를 차근차근 살피기 시작했다.

그렇다. 이 남자는 변호사 자격도 취득한 남자였다. 계약서가 어찌나 꼼꼼하고 체계적인지 승현은 하마터면 선홍빛 혀를 볼썽사납게 내두를 뻔했다.

그중 가장 눈에 띄는 부분이 있었는데.

[한번 하면 절대 한 번에 끝내지 않는다.]

뭐 이런 조항이 다 있어? 이게 그러니까 어디에 속하는 조항이냐……. 우리가 모두 짐작하고 있는 그 조항이다.

승현은 부끄럽지만 콕 집어서 물어봐야겠다고 생각했다.

"이건 좀……."

"그게 왜?"

그는 소파 등받이에 등을 기대앉으며 물었다. 하필 시선이 그의 중심으로 향했다. 승현은 미간을 찌푸리는 척 눈을 질끈 감으며 시선을 차단하고는 곤란하다는 듯이 말했다.

"아니, 그러니까."

"말 그대론데."

이게 뭔지 설명해 달라는 게 아니잖습니까?

그는 눈 하나 깜짝하지 않고 사무적인 태도를 고수했다. 정말 난놈이라고 해야 하는지, 프로페셔널하다고 해야 하는지.

"예외 조항을 둬야 할 것 같아요."

"어떤 예외 조항?"

"알다시피 나는 연애가 처음이니까, 이건 '추후 수정의 여지가 있다'라고 해 두죠."

"좋을 대로. 유승현 씨가 수정을 바랄 것 같지는 않지만."

어떻게 저런 말을 이렇게 태연자약하게 할 수 있단 말인가?

승현은 마른침을 꿀꺽 삼키며 계약서를 마저 보았다.

그렇다. 가관이었다.

한 번으로 절대 끝내지 않겠다는 조항에 대한 다양한 예시가 그곳에 있었다. 그러니까 이것이 되고, 안 되고를, 여기에 동의하고 안 하고를 내가 말해 줘야 하는 건가?

물론 그 예시에 변태적이거나 가학적으로 느껴질 수 있는 이상한 행위는 하나도 없었다. 아니지, 이걸 다 문서화하고 있는 지금이 제일 변태적이고, 이상한 순간이 아닐까?

승현은 계약서를 손에 든 채로 그를 바라보았다.

"그래, 유승현 씨가 원한다면 다 해 볼 거야."

"그럼, 내가 원하지 않으면 안 해요?"

그는 당연한 걸 묻는다는 듯이 고개를 끄덕거렸다.

"싫으면 지금 조항에서 바로 지우고."

지우긴 왜 지워?

승현은 다른 페이지로 넘기는 척하면서 심드렁하게 대꾸했다.

"뭐 이것도 나중에 수정의 여지를 두기로 하죠."

'경우에 따라 이쪽에서 더 추가하고 싶어질 수도 있지 않겠어요?' 라는 말은 체면이 있으니 넣어 두기로 하자.

그리고 계약서에는 호칭에 관한 것도 적혀 있었다.

"이건 좀."

"유승현 씨는 지금 나랑 비밀 연애를 하길 원하잖아? 그럼 서로를 칭하는 애칭 정도는 있어야 하지 않겠어?"

비밀 연애와 애칭의 상관관계에 대하여 법리적 측면에서 따져 보자고 하면 어떻게 해야 할지 감이 서질 않는다.

"이건 자연스럽게 정해야 하는 거죠. 이렇게 막 하란다고 되나."

"나는 될 것 같은데."

그가 몹시 심각한 얼굴로 진지하게 내뱉은 말에 하마터면 숙연해질 뻔했다.

"저는 차차 되면 하는 거로 할게요."

"그럼 나는 지금부터 애칭으로 불러도 되나?"

"일단 한번 들어 보고요."

오글거림의 정도를 파악하고 싶은 거였다. 손발이 없어질 것 같은 수치심을 불러일으키는 애칭이라면 이 조항을 빼자고 할 거다.

"분홍이."

그는 지금 휴고 보스 블랙 슈트에 진한 네이비색 디올 옴므 넥타이를 매고 넥타이핀과 커프스링크는 까르띠에를 착용하고 있었다.

17SS 화보에 나올 법한 복장을 한 그는 모델 같은 포즈로 소파에 앉아서 다소 어울리지 않는 단어를 내뱉었다.

저 입에서는 왠지 뉴트럴 코발트 핑크와 같은, 일명 보그체라 불리는 신박한 색 표현이 나와야 할 것 같았다.

그런데 어울리지 않게 '분홍이'라는 정직하고 순수한 단어를 내뱉는 바람에 잠시 할 말을 잃어버리고 말았다.

승현은 멍하니 그를 바라보던 중, 그가 나른하게 웃는 바람에 정신을 차렸다. 크레파스 색 구분할 때나 붙이는 것 같은 '분홍이'가 무슨 뜻인지는 알아야겠다.

"무슨 뜻이에요?"

마주 보고 앉아 있던 그가 승현의 옆으로 대뜸 자리를 옮겨 왔다. 승현은 엉덩이는 그대로 붙인 채로 등을 뒤로 쭉 기대며 그를 응시했다.

그는 승현의 옆에 딱 붙어 앉더니 그윽한 시선으로 승현의 얼굴을 찬찬히 뜯어보았다. 얼굴을 어루만지던 그의 시선과 그의 오른손 엄지가 동시에 입술에 닿았다.

"입술이 연분홍색이야. 그리고 당황하면 귀가 분홍색으로 변해."

그러면서 그는 멋쩍게 웃었다. 저 남자 장난이 아니라 진심으로 '분홍이'라고 부를 생각이었나 보다.

"불허."

승현은 고개를 내저으며 단호한 얼굴을 했다.

"왜?"

"그냥 이름 불러요. 나는 우리 부모님이 지어 주신 내 이름이 세상에서 제일 좋으니까. 딴 거로 부를 생각 하지 마요."

오글거림은 미연에 방지해야 했다. 세상에 분홍이라니! 내가 너 섹시하다고 섹시라고 부르면 좋겠냐, 이놈아!

그는 의외로 순순히 고개를 끄덕거렸다. 아까 다른 조항에 예외를 두자고 했을 때는 호전적이더니 이 부분에 대해서는 너그럽게 넘어갔다.

결국, 이 계약서의 관건은 기승전 '그것'인 것인가?

승현은 자꾸만 음란하게 물들려는 머리를 가볍게 털어 냈다.

"이거 날인 바로 안 해도 되는 거죠?"

"뭐, 좋을 대로."

그는 생각할 시간을 넉넉히 주겠다며 어깨를 으쓱했다.

그러고는 엄지로 다시 한번 승현의 입술을 슥 어루만졌다. 갑자기 심장이 콩닥콩닥 뛰었다. 그는 먹음직스러운 디저트를 눈앞에 두고 있는 것 같은 시선으로 승현의 입술을 바라보고 있었다.

승현은 저도 모르게 눈을 감아 버리고 말았다. 왜 그러냐고 묻는다면, 분위기가 그래야 할 것 같다고 대답하는 수밖에는.

"이럴 생각은 없었는데."

그는 마치 자신은 그럴 생각이 없었는데, 승현이 눈을 감는 바람에 이렇게 된 거라는 듯 머쓱하게 말하고는 입술을 겹쳐 왔다.

정수리가 쭈뼛 설 정도로 짜릿했다. 그러니까 여긴 그의 회사고, 승현이 월급을 받는 곳이며, 승재의 에이전시였다.

와, 유승현 이제 막나간다.

"오늘은 여기까지."

뭐, 다음번에는 사무실에서 뭘 더 하시게?

"그다음은 직원들 없을 때."

어렸을 때, TV에서 데이비드 카퍼필드라는 사람이 산을 없애는 마술을 하는 것을 본 적이 있다. 그런데 안타깝게도 능력 좋은 그에게는 당장 직원들을 전부 없애 버리는 마술 능력이 없나 보다.

자리를 털고 일어난 그는 계약서를 그대로 가지고 나가면 곤란하지 않겠느냐며 흰색 서류 봉투에 서류 뭉치를 넣어 주었다.

"잘 부탁해요, 유승현 씨."

마치 계약서상 약자에 놓인 사람처럼 그는 저자세를 취했다. 그런데 이상하게 기분이 좋은 건, 이 남자가 처세술이 좋은 탓인지, 아니면 한 번으로 끝내지 않겠다는 조항이 자꾸만 머릿속을 헤집는 탓인지, 언젠가 직원들이 전부 사라져 버릴지도 모른다는 망상 때문인지 그 이유를 모르겠다.

그날 밤, 결국 승현은 새벽녘까지 잠을 이루지 못했다.

'그다음은 승재 없을 때.'라는 말은 지켜지지 않고 있었다! 승재가 합숙소로 복귀했음에도 불구하고 그는 끝내 나타나지 않았다.

어디에? 이 방에!

승재가 있을 때는 겁도 없이 방문을 열고 들어왔었으면서. 남자가 말을 했으면 실천을 해야 하는 거 아닌가? 실천력 끝내준다는 말 취소다.

그러더니 이번에는 '그다음은 직원들 없을 때.'라고 말했다. 회사에 직원들이 없을 수가 있나? 단둘이 남으려면 주말 특근이라도 해야 하나? 여차하면 주말에 급한 일이 생겼다는 핑계를 대며 계약직이 대표를 불러내는 하극상을 한번 보여 줘 볼까?

'그다음'이라 내뱉었던 그의 목소리와 '한 번'이라는 단어를 본 순간부터 승현의 머릿속에서 내내 여러 번 그려지고 있는 장면들이 가슴속에 음란하게 불을 지펴서 더는 참을 수 없게 되었을 무렵, 승현은 자리를 박차고 일어났다.

아무래도 찬물로 세수라도 해야 할 것만 같았다. 얼굴이 홧홧해서 도무지 잠을 이룰 수가 없었다.

방을 나온 승현은 곧장 욕실로 향했다. 원래 예고편이 휘황찬란하면 본편은 재미가 없는 법이다. 그런데 이 남자는 얼마나 자신만만하기에 그런 예고편을 문서에까지 남기는지 미치고 환장할 노릇이었다.

오후에 계약서를 받은 이후로 줄곧 그 생각만 했더니 심장이 시도 때도 없이 벌렁거린다. 원래 정상적인 연애도 이런가? 막 시도 때도 없이 머릿속에서 음란 마귀가 야단법석을 떨어 댈까?

뭐 그렇다고 지금 정상적인 연애를 하지 않는 거라고 할 수는 없지만…… 하아, 모르겠다.

승현은 한숨을 몰아쉬며 욕실 문을 열어젖혔다. 아까 씻고 나오면서 욕실 불 끄는 걸 깜빡했는지 욕실에는 환하게 불이 켜져 있었다.

아, 세수나 해야지.

세면대 앞에 서서 수전을 돌리려는데…… 어라? 물소리가 나고 있다?

승현은 천천히 옆으로 고개를 돌렸다.

공포가 극대화되면 비명을 지를 수도 없는 법이다. 승현은 입만 떡 벌린 채로 샤워기 아래 서 있는 그를 바라보았다. 그 역시도 당황한 얼굴로 승현을 바라보고 있었다.

"여기, 왜……?"

그는 일 때문에 늦게 들어왔다고 했다. 그리고 위층 샤워기 헤드가 고장 났다는 말도 덧붙였다.

"그런데 문은 왜 안 잠갔어요?"

"잠갔는데, 유승현 씨가 그냥 열고 들어왔거든요?"

그가 수전을 잠갔다. 물소리가 잦아들었다. 승현의 시선이 본능적으로 아래로, 아래로 향했다.

"……!"

"……."

승현은 얼른 돌아섰다.

"미안해요. 나 아무것도 못 봤어요."

"다 봐 놓고선 뭘."

승현이 고개를 절레절레 내저으며 발을 떼려던 순간이었다.

"유승현, 거기 서."

승현은 마치 주문에 걸리기라도 한 것처럼 굳어 버렸다. 물이 뚝뚝 떨어지는 소리와 함께 타일 바닥에 그의 발바닥이 닿았다가 떨어지는 소리가 들려왔다.

오늘 오후 그의 집무실에서 입술이 연분홍색이라며 분홍이라고 부르겠다던 그의 나른했던 표정이 눈앞을 스치고 지나갔다.

그렇다면 나도 그를 어마어마한 분홍이라고 부르겠다고 할까?

무엇이 어마어마했고, 어디가 분홍색이었냐고 묻는다면, 그건 상상에 맡기겠다.

아무튼, 지금 그게 중요한 게 아니잖아?

원래 사람이 당황하면 막 딴생각이 나고 그러는 거다. 이제 딴생각은 그만하고 이 상황을 어떻게 타진할지 고민해 봐야 할 때다.

욕실 문 잠금장치는 여태껏 고장 난 적이 없었다. 그는 분명히 문을 잠갔다고 했지만 별 이물감도 없이 부드럽게 열렸다는 건 그가 문을 잠그지 않았다는 의미다.

그리고 그는 보통 2층 욕실을 사용했기에 혼자 쓰는 1층 욕실에 들어오면서 승현이 노크를 해야 할 이유도 없다. 초등학생 때 유행했던, 아무도 없는 욕실에 노크를 하지 않고 들어가면 귀신이 놀라서 해코지한다는 미신은 이제 믿지 않는 나이가 되었다.

그런데 노크를 안 했더니, 발가벗은 남자가 있다?

이건 귀신보다 더 무서운 경우라고 해야 하는 건지, 아니면 횡재를 했다고 해야 하는 건지.

어느새 그가 등 뒤까지 바짝 다가온 듯했다.

"어디, 훔쳐보고 도망을 가려고?"

등 뒤에서 그가 낮게 속삭이는 소리에 오스스 소름이 돋아났다.

"보, 보려고 본 거 아니거든요?"

신빙성 떨어지게 말까지 더듬고 말았다.

"대놓고 아래위로 훑어보던데?"

따지고 보면 아래에서 위로 훑은 게 아니라, 위에서 아래로 훑었다. 적당히 대꾸할 말이 떠오르지 않아서 승현은 문고리를 걸고넘어졌다.

"문 안 잠갔던 거 아녜요? 여기 문 잘 잠기는데?"

"분명히 잠갔는데?"

그의 목소리가 더욱 가깝게 들리는가 싶더니 그의 팔이 승현의 오른쪽 귀를 스치고 지나가며 승현의 앞쪽에 있는 선반에서 수건을 집어 들었다.

그는 분홍색 수건을 승현의 눈앞에서 탁 털어서 펼치고는 뒤쪽으로 가져갔다.

그래, 그걸로라도 좀 가려. 정신 사나워 죽겠어!

그가 물기를 닦는지 수건으로 몸을 문지르는 소리가 들려왔다. 그 소리가 어찌나 적나라한지 승현은 저도 모르게 침을 꿀꺽 삼키고 말았다.

그런데 수건을 치대는 소리보다 침을 꿀꺽 삼키는 소리가 더 크게 울린 건 왜일까?

그가 뒤에서 웃는 소리가 들려왔다.

"왜, 뭐 먹고 싶어? 침은 왜 삼켜?"

"사람이 꼭 뭘 먹고 싶을 때만 침을 삼키지는 않거든요?"

"긴장하면 마른침을 삼키기도 하지만, 방금 그건 마른침 넘어가는 소리가 아니었는데?"

누누이 말했던 것 같다. 이 남자 짓궂다고. 그런데 지금은 짓궂다 못해 아주 완벽히 갈아 마실 기세로 덤벼 댄다.

그래, 놀려라. 놀려.

눈으로 죄악을 범한 내 탓이지.

승현은 자포자기한 심정으로 어깨를 축 늘어뜨렸다.

"거기, 내 티셔츠 좀 집어 줘."

그가 선반 위에 놓여 있는 연회색 티셔츠를 가리켰다.

"손 쭉 뻗으면 닿을 것 같은데요?"

승현이 불퉁한 목소리로 대꾸했다.

"저기 손이 닿기 전에 유승현 씨 등에 다른 게 먼저 닿을 것 같아서."

그는 나른한 목소리로 대꾸했다.

승현은 헉하는 소리가 절로 나올 것만 같아서 얼른 왼손을 올려 입을 막고는, 오른손으로 티셔츠를 집어서 뒤로 넘겨주었다.

뭐가 닿을 것 같은지는 굳이 묻지 않기로 했다.

"말도 잘 듣지."

그러게, 내가 왜 여기 서서 이 남자가 하는 말을 꼬박꼬박 듣고 있는 걸까?

승현은 한숨을 한 번 몰아쉬고는 저도 모르게 움츠러든 어깨를 펴며 입을 열었다.

"저, 나갈게요. 옷 입고 나와요."

"누구 맘대로?"

그가 승현의 얼굴 오른쪽으로 고개를 비스듬히 기울이며 내려다보았다. 승현은 목에 깁스라도 한 것처럼 고개를 돌리지 못하고 눈동자만 옆으로 굴렸다.

그는 태연한 눈빛으로 승현의 눈동자를 응시한 채 고개를 내리는가 싶더니 티셔츠 목둘레와 목덜미 경계에 쪽 소리가 나도록 입을 맞췄다.

그가 입을 맞춘 곳부터 열기가 피어오르기 시작하더니 이윽고 정수리까지 불에 덴 듯 뜨거워졌다.

머리에서 김 나는 거 아냐?

몸은 얼어붙었는데, 목덜미는 녹아내릴 듯했다.

"저기, 저것 좀."

그가 선반 위를 가리켰다. 원목 선반 위에는 그의 속옷과 반바지가 놓여 있었다. 빨래를 하면서 승재의 속옷을 물리도록 봐 왔기에 남자 속옷에 유별난 거부감이 있는 것도 아니었다.

그런데 차마 손을 뻗어서 그의 속옷을 집어 줄 용기가 나질 않았다.

"이건 직접 하세요."

승현이 짧게 읊조리며 발걸음을 옮기려는 찰나, 그가 뒤에서 승현의 티셔츠를 잡아당겼다.

승현은 걸음을 옮기려다 말고 멈칫했다.

"매정하네. 옷도 못 집어 줘?"

속옷 한 번 안 건네줬다고 매정한 인간이 되어 버렸다. 여기서 말씨름을 더 해 봤자 득 될 게 없어 보였다. 승현은 속옷과 검은색 반바지를 한꺼번에 집어서 뒤로 넘겨주었다.

그는 승현의 어깨에 검은색 반바지를 척 걸치고는 속옷을 입는 듯했다. 승현은 오른쪽 어깨에 걸쳐진 반바지를 노려보며 무심코 시선을 옮기다가 또 한 번 당황하고 말았다.

욕실에는 응당 거울이 있기 마련인데, 그 사실을 까마득히 잊고 있다가 이제야 알아차렸다. 승현은 신선한 충격을 받은 얼굴로 김이 뿌옇게 서린 거울 속에 있는 그와 자신의 모습을 바라보았다. 그는 속옷에 다리를 꿰고 있는지 허리를 굽히고 있었다.

TV로 중계되는 축구 경기를 볼 때, 화면 밖 그라운드의 상황이 궁금해지는 순간이 있다. 그럴 때면 보이지도 않는데 화면 옆에 붙어서 잘린 장면을 보려고 애를 쓰는 승재를 승현은 한심하다는 듯이 바라보곤 했었다.

그런데 지금, 승현은 그때의 승재처럼 거울 아래로 잘린 그의 모습을 보기 위해 본능적으로 시선을 움직였다.

"그런다고 보이나?"

허리를 굽히고 있던 그가 속옷을 다 입었는지 허리를 펴며 물었다.

"뭐가요?"

승현은 시치미를 뚝 떼며 되물었다. 얼토당토않은 되물음으로 위기를 모면하기 위해서였는데, 그는 수가 다 읽힌다는 듯한 눈빛으로 거울 속 승현과 시선을 마주했다.

젖어 있는 그의 머리카락에서는 미처 털어 내지 못한 물기가 뚝뚝 떨어졌고, 샤워를 마친 그의 얼굴은 맑게 빛났다. 머리가 젖은 탓인지, 아니면 뿌옇게 김이 서린 거울 탓인지, 그의 눈빛이 전에 없이 우수에 찬 것 같은 착각이 일었다.

이 상황을 어떻게 타개해 나가야 할지 머리를 바짝 굴려도 모자랄

판에, 승현은 넋을 놓고 그의 아름다운 자태를 관찰했다.

"잠이 안 와?"

안 그래도 낮은 그의 목소리가 욕실을 울리며 더욱 깊게 가라앉았다.

잠이 안 오면, 뭐, 응? 뭐!

귓불까지 빨갛게 달아오르는 게 느껴졌다.

'그다음' 쟁이 같으니라고. 그가 '그다음'만 외치지 않았어도, 지금쯤 두 다리 뻗고 잘 자고 있을 것이며, 욕실 안에서 이런 곤란한 일을 겪지도 않았을 것이다!

게다가……그다음이 대체 어떻게 진행되는지 가늠할 수 없는 지경에 이르고 말았다.

어마어마한 분홍이를 보고야 말았으니까!

승현은 지금 상황에서는 다분히 생산성이 결여된 무의미한 상상들을 무시하며, 무람한 얼굴로 고개를 끄덕거렸다.

"승재가 프로 데뷔를 앞두고 있으니까요."

마치 승재에 대한 걱정을 하느라 잠을 이루지 못했고, 그 때문에 욕실에 누가 있을 거라고는 전혀 눈치채지 못했다는 듯이 굴었다.

"나가자, 일단."

그가 자상하고 안온한 목소리로 대꾸했다. 승현은 내심 안도했다. 그냥 넘어가지 않으면 어쩌나 했는데, 역시 승재의 일은 모든 문제를 해결할 수 있는 만능열쇠였다.

그는 욕실에서 나오자마자 승현을 거실 소파에 앉히고는 부엌으로 향했다. 승현은 고요한 거실을 한 번 둘러보았다. 부모님이 돌아가신 후에도 가구 배치부터 각 티슈와 같은 사소한 소품의 위치까지 그 어떤 변화도 없는 장소였다.

잠시 후 거실로 돌아온 그의 손에는 맥주 두 캔이 들려 있었다.

"집에 맥주가 있었어요?"

"내가 사다 놨어요."

승재는 미성년이었기에 술을 마실 수 없었고, 승현 역시 술을 즐겨 마시지는 않았기에 집에 술이 있는 일은 드물었다. 이 남자가 여기에 머물기 시작하면서 일어나는 사소한 변화에 심장이 둥당거렸다.

그가 맥주 캔을 따서 승현의 손에 쥐여 주었다.

"마셔요."

그러곤 턱짓을 한 번 한 뒤 맥주를 벌컥벌컥 들이켰다. 목을 젖히며 맥주를 넘기는 모습이 흡사 TV 광고처럼 보였다.

승현은 저도 모르게 넋을 놓고 그의 모습을 바라보았다. 갈증이 어느 정도 해소되었는지 그가 소파 테이블 위에 맥주 캔을 내려놓으며 손등으로 입술을 쓱 문질렀다.

샤워를 마친 뒤라 안 그래도 붉은 입술이 더욱 붉게 보였는데, 마찰까지 더해지니 새빨개졌다. 승현은 저도 모르게 혀로 입술을 축이며 입맛을 다셨다. 쩝 하는 소리가 고요한 적막을 깼다.

당황한 나머지 승현은 손에 든 맥주를 얼른 입가에 가져다 댔다. 그런데 그가 승현의 손에 들린 맥주 캔을 빼앗고는 나른하게 웃었다.

"맥주 마시기 싫은가 봐?"

그는 승현을 바라보며 고개를 비스듬히 기울인 채 물었다. 마치 '네가 원하는 다른 것을 난 알고 있다.'고 말하는 듯한 눈빛이었다.

"얼른 줘요."

"싫어."

"줬다 뺏는 게 어디 있어요? 본인은 한 캔 다 마셔 놓고. 너무 맛있게 마시는 것 같아서 본 거거든요?"

묻지도 않은 말에 대꾸하면서 말이 길어질수록 구차해지는 법이다.

"맥주 마시고 싶어?"

"마시고 싶으니까, 달라고요."

"이거 마지막 캔인데, 나도 좀 부족한 것 같고, 유승현 씨는 맥주 별로 안 좋아하는 것 같으니까."

점점 더 짙어지는 그의 나른한 웃음에 승현은 바짝 약이 오르고 오기가 생겼다.

"달라고요, 나도 마시게."

그는 시선을 마주한 채로 승현에게서 빼앗아 간 맥주 캔에 입을 갖다 댔다.

"와, 한지윤 씨 보기보다 치사하네요? 어떻게……!"

말을 끝마칠 수가 없었다. 맥주 캔에서 입을 뗀 그가 승현의 입술을 제 입술로 덮어 버렸다.

입 안으로 차가운 맥주와 함께 뜨겁고 말캉한 혀가 울컥 들어찼다. 승현은 그가 넘겨주는 맥주가 목으로 넘어가는 것을 느끼며 두 눈을 꼭 감았다.

시큼하고 텁텁한 맥주를 달게 마시는 사람들이 이해가 가지 않았었다. 술은 그저 쓸 뿐이었다. 온갖 미사여구를 갖다 붙이며 술 예찬론을 펼치는 사람들은 취하기 위해 술맛에 대한 타당성을 부여하기 바쁜 존재들이라고만 생각했다.

그런데 술이 달다. 맥주가 기가 막히게 달았다. 차가운 액체 사이로 뜨겁고 말캉한 혀가 휘저을 때마다 짜릿한 전율이 흘렀다.

승현은 저도 모르게 손을 뻗어 그의 목덜미를 끌어안았다. 그는 단단한 팔로 승현의 등허리를 감싸고는 바짝 당겨 안았다.

입 안에 남아 있던 맥주 맛이 서로의 열기로 인해 모두 사라지고 나자, 그가 잠시 입술을 떼어 내고는 다시 차가운 맥주 캔에 입을 가져다 댔다.

승현은 몽롱하게 풀린 눈으로 그의 모습을 가만히 지켜보았다. 그의 입술 끝을 따라 새어 나온 맥주가 남자다운 턱선을 타고 내려와 목덜미로 흘러내렸다. 당장 입술을 가져다 대서 핥아 보고 싶을 충동이 일 정도로 그 모습이 관능적이었다.

"하아, 하아."

격하게 터져 나오는 더운 숨을 삼키자마자, 그의 입술이 다시금 승현의 입술을 덮었다. 목구멍으로 차가운 맥주가 울컥울컥 넘어갔다. 몸서리가 쳐질 정도로 다디단 맛이었다.

승현은 그에게 바짝 다가가며 그의 목덜미와 머리를 더욱 당겨 안았다. 고개가 비틀렸고, 그의 왼쪽 가슴에 오른손이 닿았다. 손끝에서 세차게 뛰는 그의 심장이 느껴졌다.

그리고 그가 맥주 캔을 바닥에 내려놓다가 엎었는지 치익 하고 탄산이 퍼져 나가는 소리가 들려왔다. 그 소리에 맞추어 온몸의 세포가 하나씩 일어나는 듯했다.

영화나 소설에서 보면 키스를 나눌 때, 주변의 것은 아무것도 보이지도, 들리지도, 느껴지지도 않는다고들 한다.

그런데 승현은 시간이 지날수록 점점 더 선명해지고, 섬세해지는 감각에 어지러울 지경이었다. 맥주가 퍼져 나가는 소리, 세차게 뛰는 그의 심장 소리, 살갗을 타고 오르는 열기, 입 안에 미세하게 남아 있는 맥주 맛과 까끌까끌한 접촉까지. 모든 존재가 자극이 되어 승현을 들 쑤셨다.

과열된 분위기가 버거운 탓인지 숨이 턱 막혀 왔다. 이대로 열기에 휩싸여 녹아 버린 뒤, 어디론가 흘러가 버렸으면 하는 무력감마저 들었다.

어디론가 흘러가 버렸으면 하는……?

불현듯 무력감의 정체가 분명해지기 시작했다. 열기에 녹은 그가 자신에게 흘러들어 와 뜨겁게 섞였으면 하는 원초적인 욕구가 극에 달했지만, 어디서부터 어떻게 시작해야 하는지 모르는 무지와 무경험에서 오는 무력감이었다.

그저 이 순간이 영원했으면 좋겠다는 감각보다 조금 더 앞서 나간 것이었고, 조금 더 깊이 빠져든 것이었다.

그런데 그는 아직 열기에 녹아 버릴 생각은 없다는 듯이 무심히도 키스에만 집중하고 있었다.

승현은 그의 목을 끌어안고 있던 팔의 힘을 느슨하게 풀었다. 그러자 자연스럽게 입술이 떨어지고, 덥고 달큼한 숨결이 뒤섞였다.

"맛있어?"

낮게 쉰 그의 목소리는 지나치게 매혹적이었다. 승현은 윗입술로 아랫입술을 덮으며 입맛을 다시고는 고개를 끄덕였다.

"뭐가?"

그가 나른한 미소를 살짝 머금으며 짓궂게 물었다. 그러면서 기다란 손가락으로 승현의 동그란 뺨 위에 흐트러진 머리카락을 귀 뒤로 넘겨 주었다. 그의 손끝이 붉게 달아올라서 예민해진 귓바퀴와 귓불을 섬세하게 스쳤다.

"……맥주가."

대답하는 승현의 목소리 또한 낮게 쉬어 있었다. 엷게 퍼져 나가던 그의 미소가 돌연 진해졌다. 그는 터져 나오려는 듯한 웃음을 애써 참아 내는 표정으로 승현을 내려다보았다.

"유승현."

살면서 이름이 불리는 일은 셀 수 없이 많았다. 그런데 이토록 매혹적이고, 관능적으로 자신의 이름을 불렀던 사람은 없었다. '유승현'이라는 세 글자가 마치 세헤라자데의 미혹적인 이야기가 된 듯 아름답게 들렸다.

그가 손가락등으로 예민하게 달아오른 승현의 뺨을 쓸어내리며 말했다.

"실망이네."

그러고는 자신의 위에 올라타듯 엎드려 있는 승현을 소파 위에 바로 앉히며 몸을 일으켰다.

"잘 자."

그는 아무 일도 없었다는 듯이 깔끔하게 인사하고는 2층으로 올라가 버렸다.

열기에 휩싸였던 몸에 갑자기 한기가 불어닥쳤다. 승현은 멍하니 앉아서 방금 소파에서 있었던 일을 곱씹어 보았다.

그냥 그대로 매달렸다면……?

만약을 가정하는 승현의 얼굴이 뜻 모를 열패감에 휩싸였다.

거기서 맥주라는 답이 나오냐, 멍청아!

승현은 자책하며 고개를 절레절레 내저었다.

맥주 말고 다른 걸 답했더라면, 어마어마한 분홍이와 다시 만날 수 있었을까?

그런 생각이 든 순간, 머릿속에서 봇물이 터지듯 야릇한 장면들이 떠오르기 시작했다.

아, 오늘 잠은 다 잤다.

승현은 마룻바닥에 고인 맥주를 내려다보며 쓴웃음을 지었다.

이럴 때 술이 당기기도 하는 거구나.

이제 술맛을 아주 조금 알 것 같기도 했다.

오전에는 외부 회의 때문에 사무실에 나오지 않았던 그가 오후에 출근하자마자 승현을 호출했다.

"유승현 씨."

대표 집무실로 향하는데, 사무실 복도에서 이 실장이 승현을 불러세웠다. 승현은 무슨 일이냐는 눈빛으로 이 실장을 바라보았다.

"잠깐 나 좀 봐."

"저, 지금 대표님께서 부르셔서 가 봐야 하는데요. 이따가 나와서 봬도 괜찮을까요?"

승현의 조심스러운 물음에 갑자기 이 실장이 만면에 미소를 띠었다. 미간에 얼마나 힘을 주고 있었는지, 미소를 지은 얼굴인데도 불구하고 눈썹과 눈썹 사이에는 굵은 주름이 잡혀 있었다.

"그럼. 대표님이 부르시는데, 당연히 가 봐야지."

승현은 어색하게 웃으며 이 실장을 바라보았다. 지금 당장 뭔가를 말하고 싶어 보였기에 발걸음을 옮기는 게 눈치가 보였다.

"우리 한 대표, 오늘 오전에 무지하게 힘들었어. 일본에서 투수로 뛰고 있는 선수 하나가 새벽에 술 먹고 롯폰기에서 행패를 좀 부려서."

갑자기 발목이 기분 나쁘게 간지러운 것 같은 착각이 일었다. 벌레가 기어오르는 것 같기도 했고 뱀이 발목을 돌돌 감아 똬리를 트는 듯도 했다.

영문 모를 압박감의 이유는 이 실장의 눈빛 때문이었다. 그는 미소를 짓고 있었지만, 가늘게 뜬 눈에는 의구심이 가득해 보였다.

"그래, 남자 친구랑은 잘 지내?"

결국, 궁금했던 건 이거였나 보다. 독사 같은 얼굴을 한 이 실장이 한 대표한테 해를 끼치면 물어 죽이겠다는 표정으로 묻고 있었다.

'유승현이가 삽으로 묫자리 파고 들어가서 알아서 눕더라고.'

그리 말하며 빙글거리던 그의 얼굴이 눈앞을 스치고 지났다. 엉뚱한 데다 묫자리를 팠으니, 이제 그곳을 메꿀 차롄가 보다.

"실장님, 제가 긴히 드릴 말씀이 있는데요. 비밀 지켜 주실 거죠?"

승현의 물음에 이 실장은 뭐든 털어놓으라는 듯이 사람 좋은 얼굴을 하며 고개를 끄덕거렸다.

"저, 사실 남자 친구 없어요. 그날 이 과장님이랑 김 대리님 때문에 저한테 너무 이목이 집중되는 것 같아서……."

승현은 주목받는 상황이 익숙지 않아서 말을 돌리려고 그랬던 거라며 말끝을 흐렸다.

"그런 거였어?"

이 실장이 대뜸 미간을 좁히며 걱정스러운 얼굴을 했지만, 희열에 찬 눈빛과 빰을 타고 오르려는 입꼬리만큼은 단속하는 데 실패했다.

직원 사생활까지 캐 가며 회사 분위기를 유지하려는 간악한 인간이라고 해야 하는지, 아니면 사랑해 마지않는 한지윤의 곁을 이토록 충성스러운 직원이 지키고 있으니 다행이라고 해야 하는지.

어쨌든 같은 편일 때는 한없이 요긴한 인물이지만, 적이 되면 이로울 게 없는 사람임에는 분명해 보였다.

"자꾸 여기저기서 제 남자 친구에 관해 물어봐서, 제가 좀 곤란해요. 이 실장님만 알고 계세요. 안 그러면 또 김 대리님이 소개팅해 주신다고 막 그러실 것 같아서요."

승현은 눈을 내리깔며 울먹거렸다.

"그런 거였구나, 우리 승현 씨가."

이 실장은 새삼 안도하는 얼굴로 승현을 바라보았다. 그러더니 무언가를 열심히 계산하는 듯 눈을 가늘게 뜨고는 팔짱을 낀 채 오른손으로 턱끝을 톡톡 두드렸다.

"이거 나한테 처음 이야기하는 거야?"

"네."

승현은 얼른 대답하며 고개를 끄덕거렸다.

"내가 노파심에 하는 얘긴데."

그는 승현이 진심으로 걱정되어서 해 주는 얘기라는 듯이 목소리를 낮추었다.

"내가 그때 뭐 정직원 전환이니, 어쩌니 그런 얘기 해서. 혹시……."

이 실장은 무슨 꿍꿍인지 계속 답답하게 말을 끊어 댔다.

"혹시, 한 대표한테도 이 말 했어?"

질문을 마친 그는 제발 아니기를 바란다는 얼굴을 하고 있었다.

"아뇨. 제가 왜 대표님께 그런 걸 말씀드려야 하는 거죠? 제 사생활인걸요. 저는 이 실장님께서 저를 걱정해 주시는 것 같아서……. 실장님께만 말씀드린 건데요?"

순진무구한 얼굴로 대답하자 그가 다행이라는 듯이 안도의 한숨을 내쉬었다.

아니 대체, 이 사람 뭐야?

승현은 의구심을 감추며 이 실장의 표정을 살폈다. 그는 포커페이스에 능한 사람인 듯했지만, 미세한 눈빛 변화 정도는 알아차릴 수 있을 만큼 승현도 예민했다.

"그럼, 한 대표랑 일 얘기 잘하고."

이 실장은 갑자기 바쁜 일이 생긴 사람처럼 황급히 자리를 떴다.

서둘러 떠나는 그의 뒷모습을 보며 승현은 앞으로 이 실장이 어떻게 움직일지 예의 주시해야겠다는 생각이 들었다. 어딘지 모르게 께름칙한 구석이 있는 사람이었다.

"왜 이렇게 늦어?"

대표 집무실 앞에 다다랐을 무렵, 성질 급한 그가 문 앞까지 나와서 승현을 맞았다.

"죄송합니다, 대표님. 오는 길에 이 실장님을 만나서요."

주변에 보는 눈도 있으니 승현은 깍듯이 예의를 갖추어 고개를 숙이며 대꾸했다.

"얼른 들어와."

그의 말투에서 찬바람이 쌩쌩 불었다. 오전 내내 정신없이 바빴다더니 스트레스가 극에 달했나 보다.

집무실 안으로 들어서자마자, 그는 쾅 소리가 나도록 문을 닫는 승현을 내려다보았다. 오늘따라 그의 분위기가 묘하게 달랐다.

그는 한참 동안 승현을 내려다보더니 대뜸 입술을 내렸다.

이 남자 정말, 시도 때도 없이 아무 데서나!

그는 오른팔로 승현의 허리를 당겨 안았고, 왼팔로는 뒷머리를 내리눌러 제 쪽으로 바짝 다가오게 했다. 그렇게 그는 승현을 품에 가둔 채로 숨이 턱 막힐 때까지 탐했다.

거세고 관능적인 키스였지만 다정했고, 불에 델 듯 뜨거웠지만 안온했다.

갈증을 참지 못하고 물가에 몸을 던졌다가 겨우 정신을 차린 사람처럼 그는 가까스로 입술을 떼어 내며 더운 숨을 몰아쉬었다.

"하아, 하아."

그러곤 이마를 맞댄 채로 승현의 코끝에 자신의 코끝을 스치며, 중요한 말을 할 것처럼 입술을 움직였다.

"무슨 일, 있어요?"

열기에 휩싸인 승현의 목소리가 미세하게 떨렸다. 분명 평소와 다를 바 없는 모습으로 눈앞에 서 있는 그인데, 어디론가 아스라이 사라져 버릴 것처럼 위태롭게 느껴졌다.

집무실에 들어오기 전 이 실장에게 들었던 일본에서 활동 중인 야구 선수가 술 먹고 말썽을 부렸다는 말이 불안감을 증폭시켰다.

"미칠 뻔했는데."

지윤은 그녀의 이마에서 자신의 이마를 슬쩍 떼어 내며 읊조렸다.

말 그대로 미쳐 버릴 지경이었다.

촌각을 다투며 해결해야 하는 중차대한 문제들이 동시다발적으로 일어났다. 예전 같았으면 산발적으로 일어난 문제들을 해결하면서 받은 스트레스로 역류성 식도염이 도져서 물 한 모금조차 입에 대지 않았을 것이다.

그런데 예민하게 신경이 곤두서기는 했지만, 평소와 달리 위가 쪼그라드는 것처럼 속이 쓰리고 아프지도 않을뿐더러, 목구멍을 타고 쓴물이 역류하는 느낌도 없었다.

그리고 참기 어려울 정도로 극성스러운 갈증이 일었다. 생수병을 입에 달고 있어도 입 안이 쩍쩍 갈라지는 듯했다.

이건 또 무슨 종류의 스트레스성 질환인가 싶었는데, 사무실에 들어서자마자 무섭도록 격하게 찾아왔던 기갈의 원인이 무엇인지 지윤은 알아차렸다.

얼굴을 붉힌 채로 어쩔 줄을 몰라 하며, 집무실에서 계속 이래도 되는 건지 묻고 싶은 얼굴을 하고 있는 여자에 대한 욕망이 채워지지 않아서, 하마터면 정신이 나가 버릴 뻔했다.

"이제 좀 살 것 같네."

마치 구정물만 마시다가 처음으로 꿀물을 입에 머금은 기분이었다. 손가락이 저릿저릿할 정도로 만족감이 밀려들었다. 왼쪽 가슴에 뻐근한 통증이 일 정도로 심장이 두근거리기까지 했다.

그녀는 여전히 의구심 어린 눈빛으로 지윤을 올려다보고 있었다.

"오전에 힘든 일 있었다고 들었어요."

그녀는 이제 괜찮으냐는 듯이 조심스러운 목소리를 냈다. 사실 충분히 괜찮았다. 물론 사고를 밥 먹듯이 치는 건 선수로서뿐만 아니라, 인간으로서도 해서는 안 될 짓이지만, 그런 뒷일마저도 매끄럽게 처리하라고 에이전트가 존재하는 거였다. 그리고 세상에 에이전트 한지윤이 해결 못 할 일은 없었다.

먼저 주먹을 날리지는 않았다기에 롯폰기에서의 혈투는 선량한 소속 선수가 폭행당한 것으로 가닥을 잡아 가고 있었다. 주먹깨나 쓴다며 덤벼든 치들에게는 입막음을 위해 적당한 합의금을 제시하기로 했다.

이 실장도 대수롭지 않은 일이 벌어졌다는 듯이 관례대로 일을 처리했고, 일각에서는 에이전시 대표가 일본으로 당장 날아가는 것 아니냐는 소문이 돌기도 했지만, 이 정도로 지윤이 움직일 이유는 없었다.

인터넷 있고, 전화도 있어서 연락하는 데 문제없고, 현지에 있는 에이전트를 통해 흔적 없이 합의금을 전달하면 그만이었다. 어려울 게 하나도 없는 에이전시의 일상적인 업무였다.

그래서 새벽부터 지금까지 포털 사이트 실시간 검색어가 롯폰기 폭행 사건 야구 선수로 도배가 되는데도, 막내 지윤을 끔찍이 사랑하는 형제·자매를 비롯하여 부모님까지도 지윤에게 괜찮으냐는 안부 전화 한 통이 없었다.

그 정도로 별일 아닌 거였다. 그런데 나라 잃은 얼굴로 눈물까지 글썽거리며 자신을 걱정하고 있는 여자가 눈앞에 서 있었다.

"심각해요?"

지윤에게서 대답이 흘러나오지 않자 그녀는 무슨 상상을 하는 건지 사슴 같은 눈망울을 가엽게 떨면서 울먹거렸다.

신을 믿지는 않지만, 왠지 지금은 죄를 범하게 될 자신을 용서해 달라고 미리 빌어야 할 것만 같았다.

그만큼 지윤을 걱정하는 그녀는 순진무구했고, 지윤은 자신의 욕구를 채우기 위해 그녀의 순수한 마음을 마구 이용할 생각이었으니까.

"……좀, 힘드네."

웃음이 터져 나올 것만 같아서 지윤은 입술을 말아 물며 고개를 사선으로 틀어 올렸다.

그러자 그녀가 지윤의 허리를 꼭 끌어안으며 가슴에 머리를 기대 왔다. 그녀의 정수리에서는 희미한 샴푸 냄새가 풍겼다.

그녀는 가슴에 얼굴을 묻은 채로 조용히 속삭였다.

"힘내요. 세상에 해결 안 되는 일은 없더라고요."

그러곤 지윤의 허리를 꼭 끌어안은 채로 고개만 들어 올려 지윤을 올려다보았다.

"다 잘될 거예요."

이미 다 잘되고 있지만, 그녀가 예쁜 미소를 지으며 이렇게 말하니 세상에 해결 못 할 일이 없을 것만 같았다.

"그래……. 잘되겠지."

하지만 지윤은 앓는 소리를 좀 더 해 보기로 했다.

"근데."

뜸을 들이며 한숨을 한 번 몰아쉬었다. 이렇게 말을 질질 끌 때마다 그녀가 눈에 띄게 긴장한다는 것을 지윤은 잘 알고 있었다.

협상 상대에게 하고 싶은 말을 한 번에 하지 않는 것은 지윤의 말버릇이었다. 그렇게 하면 상대가 더 주의 깊게 지윤에게 귀를 기울였기에 버릇은 고쳐지질 않았다.

그리고 그녀에게는 그 누구보다 이 방법이 잘 통했다. 주의 깊게 귀를 기울일 뿐만 아니라, 그녀의 귓등이 붉어질 정도의 성적 긴장감으로 이어질 때도 종종 있었다.

지금도 마찬가지였다. 지윤은 그녀의 반응을 끌어내기 위해 인내했다. 인내의 끝에 맛보는 쾌락은 더욱 만족스러운 법이다.

"힘이 나질 않네."

지윤은 쓴웃음을 머금으며 그녀를 내려다보았다. 예쁜 미소를 머금고 있던 그녀의 얼굴이 미세하게 굳어 가는 게 눈에 들어왔다.

"일단 좀 앉을까요?"

손끝으로 관자놀이를 짚었더니, 머리가 아프다는 의미로 받아들였는지 그녀는 지윤을 끌어다 소파에 앉혔다.

그러곤 지윤의 곁에 바짝 붙어 앉으며 걱정스러운 눈으로 살피기 시작했다.

"나는 이쪽 일을 아직 잘 모르지만요."

그녀는 앙증맞은 연분홍색 입술을 오물거리며 조심스럽게 말을 이어 갔다.

"한지윤 씨, 되게 믿음직한 에이전트인 것 같아요. 선수뿐 아니라, 선수 가족들도 한지윤 씨 엄청 따르고 믿는 거, 길지 않은 시간이지만 제가 다 봤거든요?"

단호한 그녀의 목소리에서 순도 높은 신뢰감이 느껴졌다. 그녀를 사무실에서 근무하게 한 건 무척이나 잘한 일 같았다.

이렇게 또 반하셨나? 내가 일 잘하는 믿음직한 에이전트라?

"그런데요."

그런데요?

그녀의 표정이 새삼 비장했다. 지윤은 미간을 슬쩍 찌푸리며 그녀를 바라보았다.

"되게 부담스러울 것 같다는 생각을 했어요. 누군가가 자신을 믿어 준다는 건, 그 믿음에 보답해야 한다는 거잖아요. 근데 한지윤 씨는 한지윤 씨를 믿고 따르는 사람이 많으니까, 보답해야 할 사람도 많겠죠. 물론 회사를 운영하면서 누구나 그렇겠지만……."

좋아하면 닮는다더니, 그녀도 하고 싶은 말을 끊어 가며 뜸을 들였다. 지윤은 너그러운 눈빛으로 그녀를 바라보았다.

"한 선수의 인생을 책임지는 에이전트잖아요. 그게 얼마나 막중한 책임감이 부여되는 일인지 저는 상상조차 되지 않아요."

그녀는 아득히 먼 시선으로 지윤을 바라보고 있었다. 세차게 뛰는 심장 때문에 뻐근하기까지 했던 가슴이 뜨겁게 차올랐다. 그녀의 순진 무구함을 이용하려고 했던 자신이 어리석게 느껴질 만큼 그녀의 마음 씨가 고와서 무안해질 정도였다.

지윤은 애정이 담뿍 담긴 손짓으로 그녀의 어깨를 끌어안고 품 안으로 당겼다. 가슴에 폭 안기는 그녀의 낭창한 움직임이 무척이나 만족스러웠다.

"됐어, 이제."

지윤이 낮게 속삭였다. 그녀는 무슨 뜻인지 묻지도 않고 잠자코 있었다. 됐다는 말이 무엇을 의미하는지 지윤이 먼저 이야기해 주길 기다리는 듯했다.

"어차피 내가 하는 일이 그런 일이니까, 아무도 몰라준다고 해도 상관없다고 생각했었는데."

지윤은 그녀의 이마에 가만히 입술을 찍어 누르며 말을 이었다.

"한 사람이 알아주는 것만으로 됐어, 이제."

다감한 그의 목소리가 그 어느 때보다 낮고 깊게 울렸다. 승현은 가슴이 뭉클했다. 어느 순간 크기를 가늠할 수 없는 애정이 견고하게 쌓아 올려진 기분이었다.

자신이 그에게 존재감 있는 사람이라는 것이 새삼 기뻐서 웃음이 나올 것만 같았다. 승현은 그를 향해서 할 수 있는 한 예쁘게 웃어 주었다. 그도 승현을 따라 환한 미소를 머금고는 다시 입을 맞추었다.

갑자기 보이지 않는 시간과 관계의 경계가 생겨난 기분이었다. 그 경계를 넘어 더욱 친밀하고 깊은 사이가 된 것만 같았다.

단순히 가슴 설레고, 심장 두근거리는 핑크빛 연애를 하는 것이 아니라 서로에게 지지대가 되어 줄 수 있는 깊은 애정의 시발점처럼 느껴졌다. 그 때문인지 그의 키스는 이전보다 훨씬 감미로웠고, 부드러웠다.

그가 고개를 반대쪽으로 비틀며 더욱 깊숙이 입술을 맞물렸을 때였다.

철컥하고 문고리가 돌아가는 소리가 들려왔다. 승현은 얼른 자리를 박차고 일어났고, 그도 펄쩍 뛰며 소파 상석으로 자리를 옮겼다.

노크도 없이 문을 벌컥 열고 들어온 이는 이 실장이었다. 이 실장은 싸해진 집무실 분위기를 심상치 않은 눈빛으로 살폈다.

소파 상석에 앉은 그는 근엄한 얼굴로 미간을 찌푸리고 있었고, 승현은 나쁜 짓 하다가 들킨 어린아이처럼 고개를 푹 숙인 채로 숨을 고르고 있었다. 숨 막히도록 관능적이던 집무실 분위기가 순식간에 반전되었다.

"아, 내가 타이밍을 잘못 맞췄나?"

이 실장이 겸연쩍은 목소리로 물었다.

"노크 못 해?"

그러자 그가 엄한 목소리로 낮게 읊조렸다.

"미안, 한 대표한테 급하게 보고할 게 있어서."

이 실장의 목소리에 긴장감이 감돌았다. 이 실장은 대꾸할 틈을 주지 않고 말을 이었다.

"그 센스포츠 기자가 왔어. 말로는 지나가다가 들른 거라고 하는데, 낌새가 좀 그래."

그가 한쪽 눈썹을 추켜세우며 눈을 가늘게 뜨고는 이 실장을 따라나섰다.

승현 역시 그들을 따라 집무실을 나서는데, 두 남자가 복도에 멈춰섰다. 그들 맞은편에는 태블릿PC를 손에 든 남자가 서 있었다.

"안녕하세요, 한 대표님. 오늘 오전에 정신없으셨겠어요? 사무실 전망이 예술이네."

이 실장이 말한 센스포츠 기자인 듯했다.

"근무 환경이 좋아야 일의 능률도 오르는 법이니까요. 회의실로 가시죠, 정 기자님."

그는 미소를 머금으며 대꾸했다. 사무적이지만 딱딱하지 않았고, 고압적이지만 거만하지 않았으며, 예의를 갖췄지만 비굴하지 않은 모습이었다.

승현은 의례적인 미소를 머금은 채로 세 사람을 향해 묵례를 한 번 하고는 지나쳐 가려 했다.

"저기. 나 커피 한 잔만 부탁해도 되죠? 나도 새벽부터 롯폰기가 걱정돼서 잠을 한숨도 못 잤더니 피곤하네."

정 기자가 승현의 팔뚝을 잡아 불러 세우고는 진심으로 걱정했다는 듯이 그에게로 시선을 옮겨 갔다.

"커피는 비서에게 준비시키도록 하죠."

그가 승현에게 그만 가 보라며 눈짓했다. 승현은 다시 묵례하고는 걸음을 떼었다.

"이상하게 낯이 익은데?"

등 뒤에서 들려온 정 기자의 목소리에는 의구심이 가득했다.

"저기요."

정 기자가 승현을 불러 세웠다. 승현은 정 기자를 향해 천천히 돌아섰다.

"우리 어디서 본 적 있던가요? 아니, 내가 사심이 있어서 그러는 게 아니고. 정말 낯이 익은데, 또 내가 아는 사람 같지는 않아서."

정 기자는 오른손에 든 태블릿PC로 왼 손바닥을 탁탁 두드리며 물었다. 시선을 옮기지 않아도 정 기자의 옆에 선 그의 얼굴이 보였다. 촉 좋고, 가십거리 좋아하는 기자 앞에서 자신이 섣불리 나섰다가는 일이 꼬일 수도 있다고 말하는 듯한 얼굴이었다. 그리고 이 정도는 승현이 잘 대처할 수 있을 거라 믿는 얼굴이기도 했다.

승현은 그가 했던 대로 사무적이지만 딱딱하지 않은 미소를 머금으며 대꾸했다.

"죄송하지만, 저는 처음 뵙는 것 같습니다. 다음에 만날 기회가 있으면, 그때는 아는 사람으로 인사드리겠습니다."

고개를 한 번 숙여 보인 승현은 자연스럽게 돌아서서 그 자리를 벗어났다. 분명 세 사람이 회의실로 들어가는 소리를 들었음에도 불구하고 의구심 가득한 시선이 등허리에 끈적끈적하게 달라붙어 있는 것 같은 착각이 일었다.

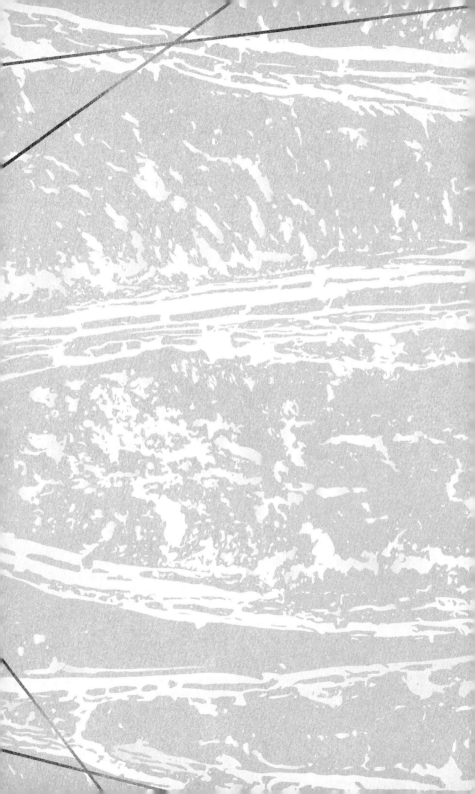

7

너만이
내 세상

[Forza 강산!]

강산 FC의 2017년 K리그 개막 경기가 있는 날, 귀에 익은 응원가가
강산 월드컵경기장을 뒤덮었다. 승재의 K리그 데뷔 경기이자, 선발 출
전 경기가 있는 날이기도 했다.

승현은 승재의 에이전트인 지윤과 이 실장 그리고 여러 스포츠 기자
들, 업무 관련자로 보이는 사람들과 함께 스카이박스에서 경기를 관람
했다. 그중에는 센스포츠의 정 기자도 포함되어 있었다.

대략 20여 명의 인원이 모여 있었고, 스카이박스 안에는 세미 뷔페
와 함께 와인과 맥주를 비롯한 주류들도 준비되어 있었다.

"아마 타깃형 스트라이커로 자리매김할 겁니다. 제공권이 탁월하거
든요. 위치 선점 능력도 뛰어나고, 골 결정력도 좋아요."

그는 에이전트로서 승재 역성을 드느라 여념이 없었고, 기자를 비롯
한 일부 관계자들은 듣기에 다소 거북한 말들을 쏟아 냈다.

"그건 좀 두고 봐야 할 것 같네요. 아직 데뷔 경기도 치르지 않았는
데, 한 대표 너무 자신만만한 거 아닌가?"

"그렇게 훌륭한 선수였으면 진작 청소년 대표에 뽑혔겠죠. 이번에 한 대표가 어설픈 선수 데리고 모험을 하는 건 아닌지, 말들이 많죠? 강산 FC는 매형인 서지혁 선수가 감독까지 했던 곳이니까, 선수 한 명 찔러 넣기 좀 쉬웠던 거 아니에요?"

"솔직히 에버틴 입단 테스트도 쇼였죠? 입단 조건을 전혀 갖추고 있지 않았는데. 서 감독이 프리메라리거 시절에 같이 뛰었던 선수가 거기 코치로 있지 않나? 서 감독 입김으로 거기까지 가서 쇼하고 온 거 아닙니까?"

승재의 가족이라는 것을 밝히고 싶지 않다는 승현의 말에 그는 승현을 에이전시 직원으로 소개했기에 승재에 관한 거침없는 말들이 여과 없이 쏟아졌다. 여러 기자가 공격적인 질문을 쏟아부었지만 어쩐지 정 기자만큼은 입을 꾹 다물고 있었다.

"이번 경기만 보시고 판단하시죠."

머리가 지끈지끈 아파 왔다. 승현은 그의 자신만만한 목소리를 뒤로 하고 스카이박스를 빠져나와 스카이박스 이용객 전용 라운지로 향했다. 라운지에는 스무 명이 두 줄로 앉을 수 있는 경기 관람석이 있었다.

선수 소개가 시작되었고, 강산 FC의 홈 경기장인 만큼 화려한 멘트가 이어졌다.

— 강산 FC 신예, 16번 유승재!

장내 아나운서의 선수 소개 멘트가 경기장에 울려 퍼지자, 응원석 쪽에서 환호성이 터져 나왔다. 승재를 향해 목청을 높이며, 응원을 보내는 모습에 심장이 쿵쿵 울리고, 눈물이 핑 돌았다. 그토록 고대하던 순간이 눈앞에 펼쳐지고 있음에 감개무량했다.

이제 시작일 뿐인데, 그간 승재를 뒷바라지하며 고생스러웠던 순간들이 주마등처럼 스쳐 지나갔다. 그러나 현실이 늘 영화 같지만은 않은 법이다. 꿈 같은 순간이지만, 승현은 곧바로 현실로 돌아왔다. 등 뒤에서 들려온 사람들의 목소리 때문이었다.

"난리 났네. 누가 보면 프리미어리그에서 뛰다가 온 줄 알겠어."

이제 막 킥오프를 앞두고 있었고, 안에 있던 사람 중 일부가 라운지로 나왔다. 그중에 그도 포함되어 있었다. 승재의 프리미어리그 구단 입단 테스트 이력 때문에 강산 FC 서포터즈들의 이목이 쏠린 것도 사실이었기에 그것을 좋지 않게 보는 시선들도 있었다.

"떨려요?"

곁으로 다가온 그는 승현에게만 들릴 정도의 작은 목소리로 물었다. 승현은 대답 대신 그저 가만히 고개를 끄덕거리며 그를 올려다보았다.

"저 꼰대들이 하는 말 신경 쓰지 마요."

그가 뒤를 확인하는 척 승현 쪽으로 고개를 비틀고는 복화술을 하듯 조용히 읊조렸다. 그런 그의 모습이 약간은 귀엽기도 해서 웃음이 나오려는 것을 승현은 가까스로 참아 냈다.

"신경 안 써요. 뭐 저런 사람들 처음 보는 것도 아니고."

승재를 키우면서 숱하게 봐 온 부류의 사람들이었다. 승재는 절대 크게 될 선수가 아니라며 대놓고 깎아내리고 멸시했던 감독, 연습 시간에 몰두할 수 없도록 엉뚱한 일을 시키던 코치, 축구 그만두고 취직이나 하는 게 어떻겠냐며 승재를 무시했던 고3 담임까지. 못마땅한 대우를 받는다 해도 두 남매는 오롯이 모든 것을 감당해야만 했다.

그러나 승재는 지금 든든한 에이전트의 보호 아래 프로 축구팀에 소속되어 선수로 뛰고 있다. 기자들이 하는 말에 흔들릴 필요가 없었다.

승현은 비스듬히 고개를 들어 올려 그라운드를 바라보고 있는 남자의 옆모습을 바라보았다. 확고한 신념이 어린 시선이 킥오프를 준비 중인 선수들을 살피고 있었다.

"내가 불안해한다는 건 우리 승재를 못 믿는다는 뜻이잖아요? 나는 우리 승재 믿어요."

승현이 조용히 읊조린 말에 그가 승현의 어깨를 가볍게 감싸며 두어 번 두드리고는 대꾸했다.

"나도 승재 믿어요."

그가 깊은 시선으로 승현을 내려다보았다. 그의 검은 눈동자는 기대감과 자신감으로 투명하게 빛났다.

승현은 그를 올려다보고 있던 시선을 그라운드로 옮겨 갔다. 좋은 일만 상상해도 부족한 순간이다. 부정을 털어 내기라도 하듯 승현은 깊게 숨을 내쉬고는 어깨를 반듯하게 폈다.

이윽고 킥오프 휘슬이 울렸다. 이제껏 승재가 뛰었던 그 어떤 경기보다 가슴이 떨렸다. 승현은 타들어 갈 듯 말라 버린 아랫입술을 깨물며 두 손을 맞잡았다.

그런데 느낌이 좋지 않았다. 일사불란하게 움직이는 선수들에게서는 특이점이 없었는데, 뭔가 느낌이 싸했다. 본능적으로 시선을 돌린 순간, 스포츠 일간지 센스포츠 기자라는 사람과 눈이 마주쳤다.

그는 눈이 마주쳤음에도 불구하고 미동도 없이 곧은 시선으로 승현을 뚫어져라 바라보고 있었다. 마치 목을 타고 뱀이 기어오르기라도 하는 것처럼 소름 끼치는 눈빛이었다.

승현은 예의를 갖춘 미소를 머금으며 정 기자를 향해 고갯짓을 한 번 했다. 그러자 딱딱한 얼굴을 하고 있던 정 기자가 그제야 표정을 풀며 승현이 한 것처럼 고개를 한 번 까딱거렸다.

승현이 환히 웃으며 그라운드를 가리키자, 정 기자가 고개를 끄덕거리며 시선을 옮겼다. 한숨이 흘러나왔다. 저 남자의 시선이 느껴질 때마다 괜한 조급증이 이는 듯했다.

"저 남자는 왜 불렀어요?"

승현은 입 모양은 움직이지 않은 채로 작게 읊조렸다. 그의 턱이 굳는 게 눈에 들어왔다. 그 역시도 정 기자라는 인간이 신경 쓰이는 게 분명했다. 그렇다면 굳이 왜 여기까지 불러서 정보를 나누고 있는지 이해할 수가 없었다. 한 입으로 두말하기 좋아하는 저런 부류의 인간에게는 정보를 제공하지 않는 것이 이득 아닌가?

"나중에 이야기하죠."

그는 경기에 집중하라는 듯이 작지만 단호한 목소리로 대꾸했다. 승현은 그라운드로 시선을 옮겨 갔다. 정 기자와 얽힌 일이 간단하게 이야기할 수준은 아닌 듯했다.

경기 결과는 매우 흡족할 만한 수준이었다. 승재는 데뷔 경기에서 첫 득점을 올리는 쾌거를 이룩했고, 후반에 터진 강산 FC의 추가 골에서는 승재의 어시스트가 인정되었다. 1득점, 1어시스트. 승재의 경기력에 다들 혀를 내둘렀다.

"한 대표가 자신만만했던 이유가 있었네요?"

정 기자는 자신도 놀랐다는 듯이 물었다. 그런데 질문은 그에게 던지고 있었지만, 시선은 승현에게 붙박인 듯 고정한 채였다.

"그럼, 좋은 기사 부탁드립니다."

그는 짧은 인사로 스카이박스에 모인 사람들과의 자리를 파했다. 정 기자 역시 그들과 함께 자리를 떴다.

"이제부터 엄청나게 바빠질 거예요."

그는 나른하게 웃으며 승현을 내려다보았다.

경기가 끝난 후, 공식 인터뷰에서 승재는 그가 지도한 대로 짧게 경기에 대한 소회를 밝혔다. 그러곤 바로 합숙소로 돌아갔다. 그의 말에 따르면 당분간 구단 합숙소에서 나오지 못할 거라고 했다.

혼자였으면 절대 감당 못 했을 일들이 벌어지고 있었다.

"걱정 마요. 내가 같이 있을 거니까."

가슴이 말도 못 하게 벅차올랐다. 비빌 언덕이 있다는 게 이렇게 든든한 거였나 보다.

"일단 바빠지기 전에 오늘은 좀 쉬어야겠는데, 우리끼리 자축도 하고. 어때요?"

승현은 다감한 미소를 머금고 있는 그를 올려다보며 고개를 끄덕였다. 그는 이럴 줄 알고 예약을 해 두었다며 경기장 근처에 있는 레스토랑으로 승현을 이끌었다.

매사에 준비성이 철저한 남자랑 지내는 건 참 편한 거구나.

"오늘 승재도 없고, 직원들도 다 보내서…… 없네?"

그가 나른한 미소를 머금으며 매혹적인 목소리로 물었다. 이 남자는 가끔 생각지도 못한 곳에서 끼를 부려 사람을 환장하게 한다.

제법 유연하게 살아왔다고 자부했는데, 이 남자의 안면 바꾸는 속도는 좀처럼 따라잡기가 어렵다. 조금 전까지만 해도 능력 좋은 에이전시 대표의 표본 같은 모습을 하고 있었는데, 지금은…….

그러니까 지금은.

승현은 앞에 앉은 남자의 얼굴을 빤히 바라보았다. 그는 이번에도 승현의 취향을 세심하게 물어보며 음식을 주문하는 중이었다.

주문을 마친 그는 애정이 듬뿍 담긴 눈빛으로 승현을 바라보았다.

"왜 그렇게 빤히 봐?"

아스라한 오렌지빛 조명 아래 그의 눈동자가 따스하게 빛났고, 듣기 좋은 그의 목소리는 조용하고 편안하게 울렸다.

그러니까, 지금 그는 사랑에 빠진 남자의 얼굴이었다.

그런데 두 사람이 앉아 있는데, 그가 아니면 시선을 어디에 둬야 하는 건지? 아마 승현이 다른 데를 보고 있었으면, 그는 뭘 그렇게 보고 있느냐고 물었을 것이다.

요즘 그는 승현의 일거수일투족이 궁금한 사람처럼 굴었다. 밥은 잘 챙겨 먹었는지, 누구와 먹었는지, 먹으면서 무슨 이야기를 했는지까지. 소소한 일상을 물었고, 승현은 다정한 그의 눈빛에 홀려 재잘재잘

잘도 떠들어 댔다.

그저 어제와 같았고, 내일도 별다를 바 없을 오늘이 그로 인해 특별해지는 경험을 하고 있는 중이었다. 흔하디흔한 김치찌개에 그는 참치가 들어가는 것을 좋아했고, 승현은 소시지가 들어간 것을 좋아한다는 그다지 특별할 것 없는 취향조차 두 사람에게는 흥미로운 이야깃거리였다.

"한지윤 씨가 너무 잘생겨서 보고 있었어요."

승현은 그를 향해 미간을 찌푸리며 심각한 척 대꾸했다. 이제는 이런 오그라드는 말을 하는 법도 제법 깨우쳤다.

그는 덩달아 미간을 찌푸리며 고개를 절레절레 젓고는 뻔뻔한 표정을 지었다.

"큰일이네, 자꾸 반해서."

"잘생겼다고 했지, 누가 언제 자꾸 반한다고 했나?"

승현은 시치미를 뚝 떼며 물잔을 집어 들었다. 사실 그의 말처럼 자꾸 반하는 게 맞았다. 어떻게 된 건지 눈을 씻고 찾아봐도 그의 단점을 찾아볼 수가 없었다. 뭐 하긴, 콩깍지 씐 눈을 닦아 봤자 콩깍지를 닦아 내는 꼴이기는 하지만.

그는 날마다 다정하고, 다감했으며, 따뜻했다. 그런데 그게 문제이기도 했다. 늘 다정하고, 다감했으며, 따뜻하기만 한 거 말이다.

좀 거칠고, 탐욕적이며, 뜨거울 수는 없는 건가?

추운 겨울이 지나고, 새싹이 움트는 봄이 시작됐는데도 불구하고 늘 거기까지였다. 가슴 설레는 키스는 나누지만, 그는 그 이상의 관계에는 마치 결계라도 쳐진 것처럼 물러섰다.

이제 연애를 시작한 지 얼마나 됐더라?

만으로 두 달 좀 지났나?

키스 이상의 것을 원하면 너무 빠른 건가?

아까 분명히 승재도 없고, 직원들도 없다고 했는데……. 그다음은 승재도 없고, 직원들도 없을 때 한다고 하지 않았었나?

승현이 골똘히 생각에 잠겨 있을 때였다.

"무슨 생각을 또 그렇게 해?"

너무 심각한 얼굴을 하고 있었는지, 그가 걱정스러운 표정으로 물었다. 승현은 그런 그에게 되묻고 싶었다.

저기, 나를 너무 아끼는 거 아닌가요?

하지만 승현은 심히 오글거리는 질문을 집어삼키고는 적당한 대답을 찾기 위해 골똘히 생각했다. 그 모습을 바라보는 그의 눈빛에 걱정스러운 기색이 더욱 짙어졌고, 승현은 왼쪽 가슴이 뻐근해서 한숨을 한 번 몰아쉬었다.

진심으로 자신을 걱정해 주는 단 한 명의 사람이 있다는 것만으로도 가슴이 이렇게 뭉클할 수 있는 건가 보다. 아마도 그 사람이 지금 승현의 세상에서 가장 큰 비중을 차지하고 있기 때문일 것이다. 그래서 수많은 사람이 승현을 나무란다 할지라도 이 남자만 있다면 견딜 수 있을 것 같다.

승현은 걱정 어린 얼굴을 하는 그를 향해 조심스럽게 입을 뗐다.

"정 기자요. 자꾸 부딪치면 더 안 좋은 거 아니에요?"

아까 미뤄 두었던 화제를 꺼내 드는 승현의 목소리는 담백했다. 가슴속은 그에 대한 애정으로 들끓었지만, 지금 당장 그 고백을 장황하게 늘어놓고 싶지는 않았다. 아끼고 아껴서, 진하게 응축된 감정을 아주 조금씩 그에게 보여 주고 싶었다.

그는 크게 숨을 한 번 들이쉬고는 미소를 머금었다. 나른한 듯 보이는 미소는 그동안 승현에게 보여 주었던 예의 그 미소와는 다른 것이었다. 그가 사무적인 얼굴로 돌변했다는 의미다.

"에이전트와 기자의 공통점이 뭔지 알아요?"

오만하지는 않지만 적당히 고압적인 말투로 그가 물었다. 모르면 다 알려 주겠다는 듯이.

"글쎄요."

이런저런 대답을 할 수도 있었겠지만 승현은 그의 설명을 듣는 편을 택했다.

"선수를 흥하게 할 수도, 망하게 할 수도 있다는 거."

그의 눈빛이 사뭇 진지해졌다. 하지만 자신은 후자에 절대 속하지 않는다는 듯이 결백한 눈빛이었다.

"그럼, 나와 정 기자의 차이점이 뭔지 알겠어요?"

그는 이번에는 승현의 대답을 기대하는 것처럼 흥미 어린 시선을 보내왔다.

"한지윤 씨는 선수를 흥하게는 하지만, 망하게 하지 않는다는 거요?"

그를 의심하는 마음은 없다는 듯이 승현은 분명한 목소리를 냈다.

"그게 정답은 아닌데."

갑자기 테이블 위로 긴장감이 감돌았다. 때마침 종업원이 전식을 내왔고, 두 사람의 대화는 잠시간 소강상태에 들어갔다.

그는 감정을 거둬 낸 건조한 얼굴로 승현을 응시하고 있었다. 메마른 그의 눈빛이 어쩐지 공허해 보였다. 무시무시한 죄를 짓고 세상의 것을 잊은 사람의 눈빛처럼 위태로워 보이기도 했다.

"그럼, 한지윤 씨가 선수를 망하게 할 수도 있다는 뜻이에요?"

뜻하지 않게 날카로운 목소리가 흘러나왔다. 갑자기 이명이 들리는 것처럼 귀가 멍하고 머릿속이 아찔했다. 그는 대답할 말을 고르는 듯 잠시 뜸을 들였다. 아니면 상대가 더 긴장하길 바라는 그의 습관이 발현된 것일 수도 있다.

"때에 따라서는 에이전트가 선수를 망칠 수도 있지. 선수를 망칠 방법을 아주 잘 알고 있고, 또 그걸 잘 이용할 수 있는 위치에 있으니까."

그가 거품이 일고 있는 샴페인 잔을 들어 올렸다. 노란빛을 띤 투명한 액체를 한 모금 머금은 그는 맛을 음미하듯 길게 눈을 감았다가 뜨며 입을 열었다.

"그런데."

나지막이 속삭인 그가 샴페인 잔을 내려놓고, 테이블 위에 깍지 낀 손을 올리며 말을 이어 갔다.

"나는 근본적으로 선수가 흥해야 벌어먹고 살 수 있는 사람이야. 그러니 내가 굳이 그럴 이유가 있을까? 다 알고 있다고 해도 나는 그렇게 하지 않는다는 게 다른 점이지."

"아까 내가 한 말이랑 똑같은 거 아니에요?"

승현은 무슨 말장난을 하는 건가 싶어서 미간을 찌푸리며 되물었다. 그는 이렇게 명쾌한 걸 왜 못 알아듣냐는 듯한 얼굴을 하고 있었지만, 승현은 답이 없는 수수께끼를 푸는 심정이었다.

"알고 있는 것과 행동으로 옮기는 건 다르다는 거야. 나는 선수를 망치는 방법은 알지만, 그걸 행하지는 않아. 그걸 잘 아니까, 막아 줄 수도 있고. 그렇지만 기자는 다르지."

"그러니까 아까 내가 대답한 건 이론적인 가능성의 의미고, 한지윤 씨가 말하는 건 현실적인 이해관계의 문제다?"

승현은 그렇게 말하면서 불현듯 깨닫고 말았다. 이 남자는 지금 에이전트로서 경고하고 있는 건지도 모른다고 말이다. 그는 분명 선수가 흥해야 벌어먹고 살 수 있는 사람이라고 했다. 이는 모든 선수를 말하는 게 아니라, 자신의 소속 선수만을 의미했다.

그리고 그건 만약 승재가 디어프렌즈를 떠나 다른 에이전시와 계약을 하게 되면 망쳐 버릴 수도 있다는 뜻이기도 했다.

"기자는 신속성과 화제성이 요구되는 기사를 써. 모든 기자가 그런 건 아니지만, 정 기자 같은 부류는 자신이 수집한 더러운 정보를 쉽게 터뜨리는 인간이야."

"하지만 한지윤 씨는 그런 더러운 정보를 굳이 터뜨리지 않는다는 거군요."

"당장에는?"

그는 그리 말하며 의미심장하게 웃었다. 선수의 약점이 기자에게는 기삿거리가 되지만, 그에게는 계약을 휘두를 수 있는 무기가 되는 거니까. 가진 무기를 모두 내보이며 전쟁에 임하는 군인은 없을 것이다.

"때를 기다리는 거지. 그 정보의 가치가 가장 비싸질 것 같은 순간을."

이렇게 가감 없이 말할 필요가 있나 싶었다.

"더러운 정보를 많이 아는 에이전트는 선수한테 위험하다는 말처럼 들리네요."

"그 더러운 정보가 단점이라면 가려야 하는데, 모르고 가려 줄 수는 없어. 그리고 때에 따라 단점이 장점으로 변하는 경우도 많아. 그걸 관리하는 게 에이전트고."

그의 말투에서 은근히 오만한 분위기가 묻어났다.

"이게 뭘 의미하는지 알겠어?"

그의 물음에 승현은 고개를 가로저었다. 그의 말은 예상했던 것보다 훨씬 신랄했고, 이는 승재에게는 충분한 위협 요소였으며, 그래서 승현은 이 연애를 괜히 시작했다는 후회를 아주 잠깐 했으니까.

"지금껏 나랑 계약을 파기하고 떠난 선수는 없어."

"늘 이런 식으로 협박해서, 그게 먹혔다는 의미예요?"

"아니지, 내가 일을 잘했다는 의미지."

그는 당연한 거 아니냐는 듯이 힐난하는 투로 대꾸했다.

"내가 굳이 정 기자와 같은 행동을 할 필요가 없었다는 의미야. 그리고 정 기자 같은 부류가 어떻게 움직일지를 잘 아니까 이제까지 별 탈 없이 대응할 수 있었던 거고. 그러니까 유승재 선수도 선수 생활을 하는 동안만큼은 나와 끝까지 가야겠지?"

"이게 협박이 아니고 뭔지 모르겠네요, 저는."

승현이 기가 막힌다는 듯이 작게 웃음을 터뜨리며 말했다. 그러자 그가 대뜸 나른한 미소를 머금었다. 이제 일 얘기는 그만하자는 것 같았다.

"진짜 협박이 뭔지 보여 줘?"

그는 고압적인 말투를 흉내 내고 있었지만, 조금 전처럼 오만하지 않았으며 심지어는 장난기까지 묻어났다.

"해 봐요, 얼마나 무서운가 보게."

승현은 팔짱을 끼며 턱을 치켜들었다.

"유승재 선수는 선수 생활을 하는 동안만큼 나와 함께해야 할 테지만."

"할 테지만?"

그의 말꼬리를 잡고 승현이 되물었다.

"유승현은 평생을 나한테서 벗어날 수 있을까?"

생각지도 못한 공격에 심장이 쿵 하고 나가떨어졌다.

이런 종류의 협박은 얼마든지 더 당해 줄 수 있다고, 오늘은 여기서 눕겠다고 드립이라도 쳐야 하나 싶었지만, 그의 눈빛이 사뭇 진지해져 버려서 승현은 입을 꾹 다물었다.

귓등에 붉은 열기가 퍼져 나가는 게 느껴졌다. 그는 이런 어마어마한 말을 해 놓고도 그저 예사로워 보였다.

승현이 대꾸 없이 잠자코 있자, 그가 레몬 향이 날 것만 같은 상큼한 웃음소리를 내며 말했다.

"농담이야."

농담이라고 말하는 그의 말투에서는 어색함이 묻어났다. 애초에 그는 레몬 같은 상큼함과는 절대적으로 거리가 먼 남자였다.

그에게 어울리는 과일을 떠올려 보았지만 없었다. 굳이 음식에 비유하자면 마카롱 같다고 해야 할까? 겉은 바삭하지만, 안은 쫀득한 머랭 크러스트 사이에 달콤한 필링을 품고 있는 예쁜 쿠키를 닮은 그였다.

완벽하고 빈틈없어 보이는 겉모습과 달리 그는 승현에게만큼은 부드럽고 달콤했으니까.

하지만 그는 조금만 힘을 주어도 바스러지는 머랭 크러스트처럼 위험한 면도 없지 않아 있었다.

조금 전에 그가 말했던 것처럼 그는 충분히 누군가의 인생을 흥하게 할 수도, 망하게 할 수도 있는 사람이었다. 그리고 그게 자신이 가진 특권이자 매력이라는 듯이 자신만만하게 굴었다.

위험하지만 이보다 매혹적인 빛깔과 달콤한 풍미를 지닌 쿠키는 없다는 듯 말하는 앙증맞고 오만한 마카롱. 그러다 그만 그의 몸에 마카롱 모양의 얼굴이 붙어 있는 상상을 해 버렸고, 승현은 속절없이 웃음을 터뜨렸다.

"훨씬 낫네, 웃으니까."

그가 다행이라는 듯이 말하고는 테이블 위에서 진동하기 시작한 휴대전화를 집어 들었다.

"어, 승재야."

오른손 검지을 세워 입술에 가져다 댄 그는 휴대전화 너머에서 들리는 목소리에 집중한 듯 보였다.

"어, 누나가 전화를 안 받아? 아니, 지금 누나랑 같이 안 있는데."

그는 한쪽 눈을 찡긋하며 장난기 어린 미소를 머금었다.

"그래, 오늘 누나도 많이 긴장한 것 같았어. 집에서 쉬고 있나 보네. 응, 그래. 오늘 수고했어."

그의 말투는 친근했고, 자상했으며, 믿음직했다. 마치 친형이라도 되는 것처럼 승재를 다독이며 통화하는 모습을 승현은 가만히 지켜보았다.

사람의 마음을 얻는 방법에는 여러 가지가 있다. 그중에서도 자신의 가족에게 잘하는 사람에게는 마음을 빼앗기기 쉬운 법이다. 강압적인 눈빛으로 겁을 주는 말을 늘어놓았지만, 그는 선수를 진심으로 아끼는 에이전트 같았다. 만약 승현과 친밀한 사이가 되지 않았다 할지라도, 그는 승재의 전화를 지금과 같은 목소리와 말투로 응대했을 것이다.

그 사실을 깨닫고 나자, 어깨에 메고 있던 짐을 내려놓은 것처럼 가뿐해지는 기분이 들었다. 무게에 짓눌려 숨을 쉬기조차 버거웠는데, 이제는 제대로 된 한숨도 내쉴 수 있을 것 같았다.

승현이 깊게 숨을 들이마셨다가 내쉬는 동안 그는 통화를 마치고 승현을 바라보았다.

"나한테 정신 팔려서 동생이 울며불며 전화하는 것도 몰랐어?"

짓궂은 말투로 묻는 말이 밉지 않았다. 하지만 승현은 눈을 동그랗게 뜨며 놀란 척 장단을 맞춰 주었다.

"어머! 우리 승재 울어요?"

"어."

그는 진지하게 고개를 끄덕였다.

"정말?"

"어. 그렇다니까. 승재 지금 울어."

하기야 승재가 그토록 고대하던 프로 데뷔 무대에서 첫 골을 넣은 날이었다. 눈물이 날 만도 했다.

"얼른 먹고 들어가자. 승재가 자기 전에 전화한다고 했으니까."

산뜻한 표정을 지은 그가 조용한 목소리로 덧붙였다.

"승재도 없는데, 집에 빨리 가야 하지 않겠어?"

그러고는 아무런 말도 하지 않았다는 듯이 굴었지만, 다분히 도발적이었다. 가라뜬 그의 기다란 눈가가 매혹적이었다. 승현은 하마터면 손에 들고 있던 샐러드 포크를 떨어뜨릴 뻔했다.

승재는 오늘 경기에서 첫 골을 넣었고, 그럼 나는 오늘 첫⋯⋯?

그다음은 승재가 없을 때 한다고 했으니까.

키스, 그다음이면……?

순간 얼굴이 화끈 달아올라서 승현은 얼른 물잔을 집어 들었다.

감정이 조금 식기를 바랐는데, 설렘을 가장한 조바심은 점점 더 크게 그 몸집을 부풀렸다. 결국, 오늘 많이 긴장해서 그렇다는 핑계를 대며 아까운 음식을 반이나 남기는 참사까지 일어났다. 가슴이 떨려서 도무지 고깃덩어리를 씹어 삼킬 수가 없었다.

차라리 저녁이나 다 먹고 도발할 것이지.

승현은 두근거리는 마음으로 그를 원망하며 울지도 웃지도 못할 심정으로 그의 차에 올라탔다.

집으로 가는 내내, 대화를 나눌 수가 없었다. 그가 샴페인을 마신 탓에 운전대를 대리 기사님이 잡고 있었기 때문이기도 했지만, 승재와 관련해서 걸려 오는 전화에 응대하느라 그는 승현에게 눈길 한 번 줄 여유조차 없어 보였다. 긴장감이 고조되는 한편, 야속한 마음도 들었다. 다른 사람도 아니고 승재 때문에 통화를 하고 있는데도, 불퉁한 생각이 드는 건 어쩔 수가 없었다.

손이라도 잡아 주면 안 되나? 내가 잡을까?

그런데 안 해 본 짓을 하려니 영 손이 움직이질 않았다. 승현의 시선이 그의 허벅지 위에 놓인 손에 머물렀다. 크기가 작은 승현의 손에 비해 그의 손은 무지하게 컸다. 선수로 뛰었던 시절 저 손으로 야구공을 거머쥐고 있었던 모습은, 얼마나 멋졌을까 하는 생각과 함께 흐뭇한 미소가 피어올랐다.

운동을 그만둔 지 오래된 덕분인지 그의 손가락은 희고 길었다. 하지만 손등에는 푸른 핏줄이 거칠게 드러나 있어서 무척 관능적으로 보였다.

아, 잡고 싶다.

승현은 주먹을 쥐었다 폈다 하면서 안절부절못했다.

"왜?"

그가 휴대전화 송화구를 막으며 물었다. 관찰하고 있던 그의 손이 갑작스레 사라진 탓인지, 아니면 그의 관심이 이쪽으로 쏠린 탓인지 심장이 갈피를 잡지 못하고 크게 두근거렸다.

승현은 아무것도 아니라는 듯이 고개를 절레절레 내젓고는 차창 밖으로 시선을 옮겼다. 이제 막 비가 오기 시작했는지 빗방울이 유리창에 빗살무늬를 그리며 죽 흘러내렸다.

"그럼, 내일 출근해서 연락드리겠습니다."

통화를 마무리하는 그의 목소리가 들려오는가 싶더니, 그새 또 다른 전화가 걸려 온 듯 '네, 한지윤입니다.' 하는 소리가 이어졌고, 무릎 위에 올려진 승현의 왼손을 그의 커다란 손이 끌어갔다.

심장이 콩닥콩닥 뛰기 시작했다. 마치 마음을 읽어 준 것 같아서 가슴이 뭉클할 정도였다. 그의 손은 따뜻하다기보다 뜨거웠다. 그는 가만히 승현의 손을 잡는가 싶더니, 손가락이 하나하나 교차하여 얽히도록 손깍지를 끼었다. 손가락 사이사이로 부드럽게 늘어지는 속살에 그의 굵고 단단한 손가락이 꽉 들어찼다.

차 안은 어두웠고, 차창으로 이따금 가로등이 스치고 지났다. 빠르게 달리는 자동차의 속도만큼이나 심장이 무섭도록 빠른 속도로 뛰었고, 그는 그런 승현을 달래듯 손을 더 꽉 잡아 주었다.

집에 도착했을 때는 밤 9시가 넘은 시각이었다.

"피곤하죠? 일찍 자요, 오늘은."

그는 허탈할 정도로 짧은 인사를 건네고는 2층으로 올라가 버렸다. 1층 거실에 덩그러니 남겨진 승현은 어안이 벙벙해서 입만 벙긋거렸다.

뭐야, 지금? 저 남자 혹시 단기 기억상실증 같은 거 있는 거 아냐?

본인이 내뱉은 말을 기억 못 하는 거 아냐?

설마 나는 안 잊어버려서 고맙다고 감사해야 하는 상황인 거야?

갑자기 짜증이 확 밀려왔다. 승현은 아랫입술을 내밀고 바람을 혹 불어서 앞머리를 흩날렸다. 앞머리가 길어서 눈을 찌르고 있었다. 화딱지 나는데 씻으면서 가위로 앞머리를 싹둑 잘라 버려야겠다는 생각을 했다.

전화하겠다던 승재에게선 전화가 없었고, 당연히 잠은 오질 않았다. 승현은 아침에 급히 나가느라 소파 위에 던져 놓고 미처 정리하지 못한 수건을 정리하기 시작했다. 빨래 건조대에서 거둬 오면서 충분히 털었는데도 불구하고 먼지가 폴폴 났다.

재채기가 나올락 말락 했다. 정말 짜증이 나서 미쳐 버릴 것만 같았다.

재채기 같은 인간!

승현은 할 듯 말 듯 약을 올리다가, 매정하게 2층으로 올라간 그를 떠올리며 코를 찡긋거렸다. 빌어먹을 재채기가 나오려고 하다가 쏙 들어가고, 또 나오려고 하다가 쏙 들어가 버렸다.

같은 방향으로 크게 두 번 접고, 다시 삼등분으로 나누어 접은 수건을 차곡차곡 쌓아서 들고 일어나는데, 드디어 '에취' 하고 재채기가 터져 나왔다.

재채기보다 못한 인간!

승현은 발을 쿵쿵 구르며 2층 계단을 올랐다. 그가 사용하는 2층 욕실에도 수건이 다 떨어졌을 것이다. 뭐, '유승현 씨, 수건 좀 갖다 줘요!' 이런 상황을 노리고 일부러 수건을 안 채워 놓은 것은 아니다.

집안일을 전부 승현이 하는 것은 불공평하다며 그는 2층에서 생활하는 동안 청소나 정리는 자신이 하겠다고 했다. 빨래도 각자 했기에 굳이 수건을 챙겨 넣어 줄 이유가 없었다.

그런데 건조대에 널려 있는 수건을 보니, 온 집 안 수건이 전부 나와 있는 듯했다. 그도 수건은 써야 했으니까. 설마 하는 마음에 일부러 올라가는 건 절대 아니다!

승현이 계단 중간쯤 올라갔을 때였다. 승현의 머리에 단단한 뭔가가

콩 부딪쳤다. 고개를 들어 올리자 그가 젖은 머리를 털어 내며 승현을 내려다보고 있었다. 승현은 그를 비껴가려 왼쪽으로 걸음을 옮겼다. 그러자 그가 같은 방향으로 움직이며 막아섰다. 이번에는 승현이 오른쪽으로 걸음을 옮기자, 그가 또다시 같은 방향으로 움직였다.

"승재 전화 안 왔어요?"

승현은 대꾸 대신 고개를 까딱까딱 흔들었다.

"승재가 전화 안 해서 이렇게 뾰족해진 거야?"

이 남자는 전생에 고구마가 아니었을까? 그것도 목을 콱 막히게 하는 밤고구마였던 게 분명하다.

"그게 아니면……?"

그의 목소리가 지닌 온도가 변했다고 느낀 순간이었다. 그의 팔이 어깨를 감쌌고, 동시에 그의 입술이 승현의 입술을 머금었다. 그러곤 계단을 한 칸 내려와 승현의 허리를 감싸 안으며 벽으로 몰아붙였다.

잘 정리한 수건이 계단 아래로 와르르 굴러떨어졌다.

커다란 그의 손이 승현의 마른 등을 성마르게 오르내렸다. 승현은 까치발을 들어 올리며 그의 목을 와락 끌어안았다. 마주 선 자세로 몸이 빈틈없이 달라붙었다.

등줄기를 따라 올라온 그의 손이 머릿속으로 파고들며 승현의 뒤통수를 감쌌다. 그의 손길을 따라서 감미로운 전율이 흘렀다. 얇은 면 원피스 하나를 사이에 두고 느껴지는 그의 손길은 무척이나 관능적이었다.

그 역시도 끓어오르는 열기를 감당할 수 없다는 듯이 성급하게 입술을 집어삼켰다. 승현은 등 뒤로 차가운 벽을 느끼며 그의 뜨거움에 매달렸다. 앞뒤로 느껴지는 온도차가 너무도 분명해서 그의 체온이 더욱 높게 느껴졌다. 그의 가슴은 등 뒤에 있는 벽처럼 단단했지만, 그의 품 안은 사람을 녹일 수 있을 것처럼 포근했다.

허리를 감싸고 있던 그의 손이 옆구리를 더듬기 시작했다. 그는 승현의 잘록한 허리를 어루만지며 잠시 입술을 떼어 냈다.

"하아, 하아."

승현에게서 받은 숨이 터져 나왔다. 그는 승현의 어깨 위에 이마를 기댄 채로 작게 신음을 한 번 내뱉고는 다시 승현의 입술을 머금었다. 그가 좀 전보다 조금 더 농밀하게 움직이는 게 느껴졌다.

승현은 그의 어깨를 끌어안았고, 옆구리를 어루만지던 그는 다시 허리를 감싸 안으며 승현은 번쩍 안아 올렸다. 승현이 본능적으로 다리를 올려 그의 허리에 감으려고 한 순간이었다.

위잉.

그의 배와 승현의 배 사이에서 진동이 느껴졌다.

몸이 저릿할 정도로 감미로운 전율이 흐르는 순간이라고 한들, 이렇게 격한 진동이 느껴질 리는 없었다.

마치 얼음땡 놀이를 하다가 술래가 땡을 외친 것처럼 두 사람은 순식간에 간격을 넓히며 물러섰다. 그가 눈을 가느스름하게 뜨며 승현을 내려다보았다. 그도 혼을 빼앗겼던 나머지 사태 파악이 안 되는 듯했다.

그는 하얀색 면 티셔츠를 들어 올리더니 제 배를 확인하는 어처구니없는 행동을 보이기까지 했다. 이 와중에 그의 복근이 깎아 놓은 듯 완벽해서 승현은 하마터면 손을 뻗어 그의 배를 어루만지는 참사를 저지를 뻔했다.

승현은 그와 떨어졌는데도 불구하고 여전히 배에서 진동이 울리는 것을 감지했다. 그렇다. 문명의 이기, 휴대전화가 승현이 입고 있는 면 원피스의 배 쪽에 달린 주머니에서 온몸을 부르르 떨며 현현하고 있는 거였다.

주머니 안에 손을 집어넣어 휴대전화를 꺼낸 승현이 미안하다는 얼굴을 하며 휴대전화 화면을 바라보았다.

발신인은 당연하게도 승재였다.

"승재야?"

그의 말투에서 약간의 짜증이 묻어났다. 승현은 고개를 끄덕이며 한숨을 몰아쉬고는 전화를 받았다.

"여보⋯⋯."

'여보세요'를 채 끝마치기도 전에, 승재가 왕왕 울며 소리를 내질렀다.

— 누나, 왜 이렇게 전화를 안 받아!

울며불며 난리라더니, 승재는 진정으로 울고 있었다.

"어, 미안. 누나도 긴장이 풀렸는지 피곤해서⋯⋯. 집에 와서 쉬느라 그랬어."

— 누나, 나 어떡해. 나 인제 어떡해.

무슨 큰일이라도 난 것처럼 승재는 엉엉 울어 댔다. 그동안 참고 있던 울음이 다 터져 버린 것처럼 승재는 약 5분 동안 대성통곡을 했다.

동생이 휴대전화 너머에서 엉엉 우는 소리를 듣고 있노라니, 가슴 한구석이 짠하고 눈가가 따가워졌다. 코끝이 찡했고, 눈가에 뜨거운 물기가 고이는 게 느껴졌다.

"어떡하긴 뭘 어떡해. 이제 더 잘하면 되는 거지."

— 엄마, 아빠 살아 계셨으면 진짜 좋았을 텐데⋯⋯.

생전 돌아가신 부모님 이야기를 입에 올리지 않던 승재였다. 자신을 키워 준 누나에게 부모님 이야기를 꺼내는 게 죄스럽다고 생각하는 듯했다.

"지금도 아마 보고 계실 거야. 정말 좋아하실 거야. 우리 승재 잘했다고."

— 나 너무 좋은데, 좀 무서워.

"세상에 무서운 것도 있어야, 매사에 조심하고 그러는 거야. 그래도 겁은 먹지 말고. 네 옆에는 이제 누나도 있고."

— 아, 형 들어왔어?

갑자기 울음을 뚝 그친 승재가 정색하며 물었다.

"응, 들어왔어."

— 아까 같이 있을 줄 알고 전화했는데, 누난 집에 있다고 하더라고. 맛있는 저녁이라도 사 주지. 에이전트가 뭐 그래.

수화음을 크게 해 놓은 것도 아닌데, 그가 가까이 서 있는 탓에 승재의 목소리가 다 들릴 것만 같았다.

"너 때문에 바쁘신 것 같더라. 오늘 한 대표님도 고생 많았어."

승현이 열심히 역성을 들고 있는데, 그는 마음에 들지 않는다는 듯이 고개를 절레절레 내저었다. 승현이 입 모양으로 '왜요?' 하고 묻자, 그가 입 모양으로 '대표님?' 하고 되물었다.

갑자기 웃음이 나올 것만 같아서 승현은 입술을 비틀어 깨물었다. 휴대전화 너머에서는 승재가 쉴 새 없이 떠들고 있었다. 폭발한 아드레날린이 감당되지 않는 건지, 승재는 별 시답지 않은 이야기를 하며 울었다가, 웃었다가를 반복했다.

— 누나, 듣고 있어?

"당연히 듣고 있지."

— 보고 싶어, 누나.

예상치 못한 동생의 고백에 승현은 왈칵 눈물을 쏟고 말았다.

"아, 뭐 우리가 전쟁 통에 헤어진 이산가족이냐? 얼른 자. 이제 시작인데, 사내 녀석이 약해 빠져서."

원래 낯간지러운 말이나 상황에 익숙지 않은 승현이었다. 승현은 눈을 크게 뜨고 눈물이 쏙 들어가기를 기다리면서 승재를 나무랐다.

— 누나, 잘 자.

"그래, 너도 잘 자고."

남매간의 몹시도 예사로운 전화 통화를 마치고 나니, 상황이 한없이 어색해져 버렸다.

하던 거, 마저 할까요? 하고 뻔뻔하게 말하며 능청을 떨어 댈까 생각도 해 봤지만, 입이 떨어지지 않았다. 잠깐의 침묵이 흐르고 먼저 입을 연 사람은 그였다.

"유승현."

그는 사뭇 진지한 목소리로 승현을 불렀다. 낮게 가라앉은 그의 목소리에서 조금 전의 열기는 느껴지지 않았다.

"왜요?"

승현은 그를 올려다보며 대꾸했다. 승현의 목소리도 평소와 다르지 않았다.

그는 잠자코 승현을 바라보기만 했다. 내려다보는 그의 시선이 마치 연필로 칠해 놓은 것처럼 검게 빛났다. 분명 검은데, 빛을 받으면 은은하게 빛나는 흑연 덩어리 같았다. 이내 그의 시선이 깊어지는가 싶더니 그가 손을 뻗어 승현의 어깨를 잡고는 품 안으로 끌어당겼다.

"뭐든 잘하고 야무진 줄 알았는데, 못하는 것도 많네."

뭘 못한다는 걸까? 분위기 파악을 못한다는 건가? 승재한테서 온 전화를 받지 말았어야 했나?

승현이 이리저리 머리를 굴리고 있을 때였다.

"울고 싶을 땐 울어도 돼. 그걸 왜 참아?"

그는 커다란 손으로 승현의 등을 다독여 주었다. 또다시 코끝이 찡해졌다. 어린아이가 울음을 터뜨리기 직전처럼 얼굴이 저절로 구겨졌다. 갑자기 울음이 왈칵 솟구쳐서 숨을 고르지 못한 나머지 끅끅거리고 말았다.

그는 너른 품 안에 승현을 가두며 더욱 꽉 끌어안았다.

"그래, 울어. 울어도 돼. 우리 승현이 이런 날 울 자격 있다."

그의 하얀 면 티셔츠가 젖어 가는 게 느껴졌다. 감정을 숨기고, 아무렇지 않은 척 내숭을 떠는 건 잘할 수 있었다. 하지만 멍석 깔아 주고 속에 있는 걸 터놓으라고 하면 승현은 뒷걸음질 쳤었다.

감정을 토해 내는 게 두려웠다. 토해 낸 감정을 오롯이 혼자 감당해야 한다는 사실이 무서웠다. 그런데 그가 승현을 안아 주며 다독이자 거짓말처럼 눈물이 흘러나왔다. 마치 그가 눈물의 이유인 것처럼 착각할 정도로 서러운 눈물이 속수무책으로 흘러나왔다.

속눈썹을 새까맣게 물들이고, 눈이 빨개지도록 흘러내린 투명한 눈물방울에 그간의 설움이 씻겨 내려가는 듯 속이 후련해지는 것 같았다. 그래서 더 울었다. 마치 우는 것에 목적이 있는 사람처럼 눈물이 계속 흘러내리도록 내버려 두었다.

그는 다정한 손길로 승현의 등을 토닥여 주었다. 원래 우는 아이를 달래면 더 크게 우는 법이다. 승현은 마치 부모에게 어리광을 부리는 어린아이가 된 듯했다.

지금까지는 누군가 자신을 어린애 취급 하면 승현은 화를 냈었다. 하루빨리 승재를 책임질 수 있는 어른이 되고 싶었기 때문이었다.

하지만 그는 승현에게 이제는 애써 감정을 숨길 필요도 없고, 누군가를 위해 자신을 희생하며 스스로를 다잡으면서 살지 않아도 된다고 말하고 있었다.

한참을 울어 댄 승현이 한숨을 몰아쉬자 그가 승현의 양어깨를 잡고 거리를 벌렸다. 오랜만에 너무 많이 울었더니 눈알이 뻐근한 느낌이었다.

승현은 그새 퉁퉁 부은 눈을 들어서 그를 올려다보았다. 그가 안쓰럽다는 듯이 웃으며 말했다.

"울라고 했다고, 이렇게 많이 우냐?"

나무라는 목소리에 애정이 가득했다.

"마음 아프게."

하마터면 또 눈물을 쏟을 뻔했다. 그리고 아까 정신없이 울면서 들었던 그의 목소리가 불현듯 떠올랐다.

'우리 승현이.'

부모님이 돌아가신 후로 '우리'라는 수식어를 붙여서 이름을 불러
줬던 이가 있었던가?

꿈을 꾸고 있는 듯했다. 이 남자는 뭐든 쉽게 하는 것처럼 보였다.
능력이 좋은 만큼 운도 따르는 건지 이 사람한테는 세상이 만만해 보
일 것 같다는 생각도 했었다.

그런 사람과 연애를 하기 때문인 걸까? 이 사람의 행운이 전염되듯
옮겨 온 걸까?

아무 탈도 없고, 거리낄 것도 없이 잘 풀리기만 하는 일들이 신기하
면서도 두려웠고, 괜한 죄책감에 불안했다. 그런데 또 그만큼 좋아서
정제되지 않은 복잡한 감정이 그대로 희석되었다.

"얼른 자. 인제 그만 울고."

아까는 막 울라고 부추기더니, 이제는 못 울게 한다.

"혼자 잘 수 있지?"

그가 진심으로 걱정된다는 얼굴로 물어서 승현은 얼결에 고개를 끄
덕이고 말았다.

"잘 자."

그는 승현의 이마에 짧게 입술을 찍어 누르고는 널브러진 수건을 주
워서 2층으로 올라가 버렸다.

아, 혼자 못 잔다고 할걸.

아직 동이 트지 않은 새벽, 지윤은 알람 시계가 울리기 전 눈을 떴
다. 사실 어제 품에 안겨 울던 그녀 때문에 밤새 잠을 설쳤다. 잘 자고
있는지 내려가서 확인하고 싶은 충동을 참느라 혼이 났다.

내려가면 그냥 올라오지 못할 것을 알았으니까.

시간을 확인하니 이제 새벽 5시 30분이었다. 몸을 일으켜서 운동이라도 다녀와야 하는지, 아니면 부족한 잠을 보충해야 하는지 고민할 때, 노크 소리가 들려왔다.

"네."

"일어났어요?"

이 무렵이면 지윤이 눈을 뜬다는 것을 그녀도 알고 있었지만, 이렇게 이른 시각에 그녀가 올라온 적은 없었다. 하물며 이르지 않은 시각에도 그녀는 2층 출입을 삼가는 편이었다.

"일어났어요."

방문이 열리고, 상기된 얼굴의 그녀가 방으로 뛰어 들어왔다.

"대박!"

그녀는 지윤의 가슴팍에 달려들 듯 안겨서는 웃음을 터뜨렸다. 안 그래도 새벽 정기에 활기차진 곳에 더욱 힘이 들어갔다.

지윤은 얼어붙은 채로 그녀가 하는 양을 지켜보았다. 그녀는 지윤의 단단한 가슴팍에 얼굴을 비비며 환호성을 지르고 있었다.

왜? 어제는 몰랐는데, 새벽에 확인해 보니까 로또라도 된 거야?

"대박! 완전 대박이에요!"

그녀는 상기된 목소리로 소리치며 침대 위에서 발을 동동 굴렀다. 그렇다. 그녀는 지금 상체는 지윤의 위에 엎드려서, 다리는 매트리스 위에 올려놓은 채로 구르고 있었다. 매우 위험하게도 갓 잠에서 깨어난 남자와 침대 위에서 몸을 반쯤 겹치고 있다는 사실을 그녀는 인지하지 못하는 듯했다.

이렇게 야단법석을 피웠던 적이 결코 없는 여자인데.

"잠 덜 깼어?"

지윤은 심드렁한 목소리로 물었다.

"혹시 몽유병 같은 거 있어서, 깨어나면 기억 못 하고 그래?"

정신 나간 여자처럼 웃어 대던 그녀가 동작을 딱 멈추고는 지윤을 노려보았다.

"아니, 지금 딱 그래 보여. 왜 이래? 무섭게."

"내가 새벽에 뭘 했는지 알아요?"

그녀는 눈을 가느스름하게 뜨고는 마치 세상을 구한 영웅이라도 된 것처럼 의기양양한 표정을 지었다.

"뭘 했는데?"

대체 새벽에 어떤 역사가 이루어졌는지 들어나 보자.

"내가 우리 승재 영입했어요."

얘, 몽유병 맞나 봐.

지윤은 심히 걱정스러운 눈빛으로 그녀를 끌어안으며 옆으로 돌아 누웠다. 그녀는 지윤의 품에 안긴 채로, 지윤의 팔을 베고 누워서 조잘거렸다.

"내가 우리 승재 맨유에 입단시켰어요. 글로리 글로리 맨유나이티드! 맨체스터 유나이티드에 입단시켰다니까요! 대박이죠? 완전 대박이야."

어제 대성통곡을 할 때부터 알아봤어야 했다. 그녀는 맨체스터 유나이티드 FC의 응원가까지 불러 대며 헛소리를 해 댔다. 내일 출근하자마자 그녀를 상담해 줄 수 있는 심리 상담가가 있는지 알아봐야겠다고 지윤은 생각했다.

선수의 흥망에 따라 가족들이 충격을 받고 이상 증세를 보이는 경우도 더러 있다고는 들었다. 하지만 하루아침에 이렇게 미쳐 버린 사례는 듣도 보도 못했다. 아무래도 승재를 키우면서 많이 힘들었나 보다고 지윤은 생각할 뿐이었다.

"내가 사실 캡틴 유로 맨유 구단 운영 중이거든요."

"그래? 대단하네, 우리 승현이."

지윤은 최대한 그녀의 헛소리에 장단을 맞춰 주려 노력했다. 일단 정신적인 충격을 받은 상태라면, 정신 차리라고 닦달해서 이보다 더 큰 충격을 안겨 줘서는 안 될 일이다. 지윤은 안쓰러운 그녀를 품 안에 더 꼭 끌어안으며 그녀의 등허리를 토닥토닥 다독였다.

"보여 줄까요? 내가 운영 잘해서 우리 구단 운영 상태도 완전 좋아요."

"그렇구나. 우리 승현이가 그런 것도 잘하는구나."

그녀를 더 꽉 끌어안자, 낭창한 몸이 품 안에서 버둥거렸다. 미쳐도 단단히 미친 것 같은데, 그래도 구단 운영이라니 곱게 미쳤다고 해야 하는 건지, 축구 선수 누나답게 미쳤다고 해야 하는 건지, 스케일이 남다르다고 해야 하는 건지.

웃을 수 없는 상황인데, 어쩐지 어이도 없었다.

"아, 좀 놔 봐요."

그녀가 몸을 바르작거렸다.

"왜? 안고 있으니까 좋은데."

"놔야 보여 주지."

그녀는 자신의 구단을 직접 보여 주겠다며 휴대전화를 집어 들었다.

"공격형 미드필더가 필요했단 말이에요. 근데 우리 승재가 딱 뜬 거야! 그래서 내가 얼른 영입했죠."

그녀는 지윤의 팔을 베고 누워서 휴대전화를 들어 올렸다.

"FM?"

그녀의 휴대전화 화면을 올려다보는 지윤의 시선이 마구 흔들렸다.

"설마 FM 모르는 거 아니죠?"

FM을 모를 리가 없다. 축구깨나 좋아한다는 사람들은 모두 아는 전설의 게임, Football Manager. 실제 축구 리그 환경을 그대로 접목한 게임이었다. 현존하는 구단이나 리그뿐만아니라 특정 등급 이상의 축구 선수들은 모두 게임에 등록되어 있었다.

게임 안에서 유망주였던 선수가 실제로 크게 성공하는 일도 많았기에 에이전트를 비롯해 감독들도 즐기는 구단 운영 게임이었다.

그러니까 이 여자는 그냥 미친 게 아니라, 축구 게임에 미쳐 있는 거다?

정말 가지가지 한다. 하루하루가 새로운 여자라 좀처럼 지루해질 틈이 없다.

"유승현 씨, 맨유 팬이야?"

"뭐 어떻게 하다 보니까."

"그럼 내가 승재 리버풀 같은 데로 보낸다고 하면 난리 칠 거야?"

"뭐 내가 가나, 승재가 가는 거지."

언제는 승재 없으면 죽고 못 살 것처럼 굴더니, 지금은 깜찍하게 센 척을 하고 있다.

"근데 어떡하냐, 나는 맨시티 팬인데."

"진짜요?"

그녀는 마치 잡아먹을 듯한 눈빛으로 지윤을 쏘아보며 목청을 높였다.

"농담이야."

지윤은 자리를 박차고 벌떡 일어나려는 그녀를 얼른 붙잡아 품에 가뒀다.

"그래서 FM에 승재 정보가 떴어?"

"한동안 이 게임 못 했거든요? 근데 대박! 승재가 등록된 거예요. 나, 이거 진짜 내 소원이었거든요? FM에 승재 등록되면 내가 내 구단으로 영입하는 거."

그녀는 어제 승재가 골을 넣고 팀에게 승점을 안겨 준 것보다, 모바일 게임에 승재의 정보가 등록된 일에 더 흥분한 듯했다.

"취미가 게임이야? 지난번 오락실도 그렇고."

"그런가?"

그녀는 골똘히 생각에 잠긴 듯했다.

"난 또 이 여자가 새벽부터 미쳤나, 했네."

지윤이 혼잣말처럼 읊조렸다. 그러자 그녀가 또다시 펄쩍 뛰며 말했다.

"와, 이 남자 센스 없는 거 봐? 아마 지나가는 에이전트 붙잡고 내가 구단 운영하는데, 그 구단이 맨유고 거기에 승재 영입했다고 하면, 백이면 백 FM이라고 알아들을걸요?"

"그 에이전트들은 유승현이랑 아무 상관 없는 사람들이고."

낮게 읊조린 말에 그녀의 몸이 바짝 긴장하는 게 느껴졌다.

"나는 유승현만 생각하느라 그런 거잖아."

그녀의 말문이 또 닫혀 버렸다. 그녀는 조금만 낯간지러운 이야기를 해도 입을 꾹 닫고 어쩔 줄을 몰라 했다. 뻔뻔하게 맞선 대타 아르바이트를 했을 때나, 반찬 가게 아주머니를 능청스럽게 속일 때와는 전혀 다른 반응이 귀엽게 느껴질 정도였다.

"아, 정말 걱정이네."

그녀가 소심하게 목소리를 줄이며 읊조렸다. 걱정스럽다고 하는 그녀의 목소리에는 장난기가 묻어났다.

"뭐가 걱정인데?"

"한지윤 씨는 낭비벽이 좀 있는 것 같아."

난데없이 낭비벽이 있다며 그녀가 고개를 절레절레 내저었다. 지윤은 몸을 일으켜 왼손으로 그녀의 오른쪽 어깨 옆 매트리스를 짚었다. 자신의 몸으로 그녀를 포개는 듯한 자세로 내려다보며 물었다.

"낭비벽?"

"일종의 재능 낭비죠. 한지윤 씨 같은 사람이 내 생각만 하면 어떡해요?"

그녀는 지윤의 머리를 검지로 톡톡 치며 말을 이어 갔다.

"그거 그렇게 쓸 거면 나 줘요. 내가 세상 구하는 데 쓸 테니까."

그러곤 눈 하나 깜짝하지 않고 심각한 얼굴을 했다.

지윤은 얼굴을 내려 그녀의 이마에 입술을 찍어 눌렀다.

"나도 세상 구하는 데, 전력을 다하고 있는 거 모르겠어? 지금 내 세상은 유승현으로 가득하니까. 너만이 내 세상인걸."

그녀의 몸이 잔뜩 긴장하는 게 느껴졌다. 어째서 키스할 때보다 감미로운 고백을 할 때 더 긴장하는지 모르겠다.

"있잖아요. 나 지금 손발이 오그라들어서 사라질 지경이거든요? 한 번만 더 그런 식으로 말하면 승재 계약 파기할 거예요."

그녀의 목소리가 사뭇 진지했다. 진심이라는 의미다. 지윤은 그녀의 목덜미에 얼굴을 묻은 채로 웃음을 터뜨렸다.

"그건 에이전트 부당 해고야. 계약 파기 사유를 뭐라고 할 건데? 턱도 없는 소리를 하고 있어."

그녀는 한숨을 폭 내쉬었다.

"분위기 파악도 못 해. 내가 어쩌다가 이런 남자랑. 웃자고 하는 소리에 죽자고 달려들고."

"그래, 그럼 유승현이 좋아하는 건 뭔데? 연애하면서 손발 오그라드는 말도 좀 할 수 있는 거지. 그런 게 싫으면 우리 승현이는 뭐가 좋을까요?"

지윤은 일부러 혀 짧은 소리까지 내 가며 물었다.

"그런 거 다시는 하지 마요."

그녀가 절대 하지 말라며 고개를 빠르게 내저었다.

"그럼, 뭐가 좋냐고."

진심으로 궁금했다. 이제껏 연애 상대가 좋아하는 행동을 골라 하느라 노력을 기울였던 적도 없었고, 뭘 좋아하는지 알아내려는 노력조차도 하지 않았었다. 그런데 유승현이 뭘 좋아하는지, 뭘 원하는지 궁금했다.

"글쎄요."

그녀는 그런 건 한 번도 생각해 본 적 없다는 듯이 곤란한 표정을 지었다.

"돈?"

"뭐?"

그녀는 미간을 찌푸리며 진중한 어조로 대답했다. 몹시 심각한 그녀의 얼굴을 마주한 지윤이 웃음을 터뜨렸다.

연인이 사랑을 속삭이는 것보다 돈이 더 좋다니, 솔직해도 너무 솔직해서 하마터면 웃다가 사레들릴 뻔했다.

웃음을 멈춘 지윤이 그녀의 보드라운 목덜미에 얼굴을 묻은 채로 입을 열었다.

"일요일이라 늦잠 좀 자려고 했더니 깨워 놓고는 돈 좋다는 소리나 하고 있고. 낭만이라고는 1도 없어."

"그럼, 더 자요. 낭만이라고는 1도 없는 나는 내려갈 테니까."

붙잡고 싶었지만, 그럴 수 없었다. 지금 붙잡으면 여태까지 참아 온 게 물거품이 되어 버릴 것만 같았으니까.

잘 자라며 인사한 그녀는 새침한 얼굴로 방문을 닫고 나가 버렸다.

사실 그녀가 관계의 진전을 바라고 있다는 것을 지윤은 알고 있었다. 하지만 지윤은 아직 그럴 생각이 없었다.

그 인내의 이유를 그녀가 알게 될 날이 올까?

그런 날은 오지 않기를, 빨리 때가 되어 그녀를 오롯이 안을 수 있기를 바랄 뿐이다.

김포 공항의 탑승 게이트 앞은 분주했다. 여행의 설렘으로 들떠 있는 사람들 속에 승현과 그가 나란히 앉아 있었다. 창문 밖으로 비행기가 구르는 모습이 눈에 들어왔다. 마치 장난감 비행기가 움직이는 유리관을 보는 것처럼 현실성이 없어 보였다.

"왜 이렇게 긴장해? 첫 원정 경기라 그래?"

하필 승재의 첫 원정 경기가 제주에서 있었고, 원정 경기마다 매번 갈 수는 없겠지만, 이번 경기는 직접 봐야 하지 않겠느냐는 그의 제안에 함께 공항으로 온 참이었다.

"있잖아요. 나 실은요."

어떻게 말을 해야 하나 싶어서 입술을 꾹 깨물었다. 태블릿PC로 누군가에게 보낼 이메일을 작성 중이던 그가 기기 전원을 끄고는 승현을 바라보았다.

"무슨 일이야?"

승현은 아랫입술을 꾹 깨물었다가 땀이 흥건하게 배어나는 손바닥을 허벅지에 문지르며 가까스로 입을 열었다.

"나, 고소공포증 있어요."

그는 입을 벌린 채로 벙긋거리기만 할 뿐이었다. 적잖이 당황한 듯한 모습이다.

"비행기도 처음 타 보는 건데."

승현에게 고소공포증은 일종의 트라우마였다. 새하얗게 질린 얼굴, 핏기가 가시다 못해 새까매진 입술을 내려다보는 그의 눈빛에 걱정이 어렸다.

"괜찮아. 내가 옆에 있잖아."

그가 승현의 손을 부드럽게 잡아 주며, 자상한 목소리로 말했다. 승현을 바라보는 그의 눈빛은 검고 단단했다. 그 누구도 무너뜨릴 수 없는 신념을 가진 남자, 그런 자신을 믿으라는 듯이 그는 승현을 깊게 응시했다.

"미안한데, 나 못 갈 것 같아요. 아마 승재도 이해할 거예요."

승현이 에코백을 챙겨 일어나려는데, 그가 승현의 손을 잡아당기며 의자에 도로 앉혔다.

"단순히 높이 올라가는 게 무서운 거야?"

그가 자세히 묻지는 않았지만, 대답해 줘야 할 것만 같았다.

"부모님이 사고당하는 걸 보고 나서부터 생겼어요."

뜻밖의 장소에서 너무 깊은 상처를 내보인 것 같아서 승현은 도리어 그에게 미안해졌다.

"미안해요. 나 그냥 집에서 중계로 볼게요."

그는 여전히 승현의 손을 붙잡은 채로 놓아주지 않았다. 그러고는 진중한 목소리로 속삭이듯 말했다.

"이야기해 봐."

승현은 눈을 가느스름하게 뜨고 그를 응시했다. 무슨 말을 하는지 대충 짐작이 갔지만, 설마 진짜 그럴 리는 없다고 생각했다.

"뭘, 말이에요?"

"혼자 담아 두고, 두려워하고 있던 걸 털어놓아 보라고."

그가 손깍지를 풀며 승현의 어깨를 다정히 감쌌다. 고된 상처에 관한 이야기를 속 시원히 털어놓은 것도 아닌데, 마음이 편안해지는 듯했다. 그는 재촉하지 않고 그저 가만히 바라보며 승현이 입을 열기만을 기다렸다.

"여름방학이었어요. 작은아버지 가족이랑 같이 여행 가는 길이었는데, 저랑 승재는 작은아버지 차에 탔어요. 작은아버지 댁에 승재랑 동갑인 사촌이 있었는데, 그 애가 심심해한다고 같이 차에 타서 놀아 달라며 작은어머니가 부탁하셨거든요."

마치 남의 이야기를 듣는 것처럼 승현은 자신의 목소리가 낯설다고 생각했다. 사고가 있고 난 뒤, 그 누구에게도 그날 있었던 일에 대해 자세히 이야기해 본 적이 없었다.

처음에는 그날 일을 떠올리는 게 괴로웠다. 그리고 나중에는 두려웠다. 그날 만약에 자신도 평소처럼 부모님의 차에 올라탔더라면 어떻게 되었을지 상상하자, 끝 간 데 모를 두려움이 엄습했다.

삶이 너무 힘겨워서, 나약함에 종식당한 나머지 우울함을 견딜 수 없는 날에는 부모님을 따라가는 게 더 낫지 않았을까 하는 생각을 한 적도 있었다.

그날 승재는 흔쾌히 작은아버지의 차에 탔지만 승현은 때마다 얄밉게 구는 작은어머니가 싫어서 그 차에 오르고 싶지 않았었다. 툴툴거리는 승현을 작은아버지 차에 태운 건 엄마였다.

친할머께서 폐암 말기 판정을 받고 돌아가시기 전까지 지난한 병시중은 엄마의 몫이었고, 제사와 같은 집안의 대소사 또한 모두 엄마가 떠맡아 했다. 심지어 작은아버지의 결혼식 비용도 엄마가 시집오기 전부터 모아 두었던 적금을 깨서 대 주었다.

어린 나이였지만 맏이의 특성상 모든 일을 알 수밖에 없었다. 그럴 때마다 엄마는 사람 좋은 얼굴로 웃어 줄 뿐 그 어떤 불평이나 불만도 늘어놓지 않았다.

'아빠가 제일 아끼는 하나뿐인 동생이 작은아버지야.'

외동으로 자라 결혼 전에 부모님을 모두 여읜 엄마는 마치 자신의 친동생처럼 작은아버지를 대했다. 작은어머니한테도 마찬가지였다. 그런데 그런 엄마를 시모 대신이라고 느꼈는지 작은어머니는 늘 뾰족하게만 굴었다.

첫째인 승현을 낳고 엄마는 오랫동안 둘째를 갖지 못했다. 엄마가 승현과 여섯 살 터울로 승재를 임신했을 때, 하필 작은어머니도 첫째 아이를 임신 중이었다.

'질투하면 애도 따라 생긴다던데.'

엄마를 못마땅하게 쳐다보던 작은어머니의 표독스러웠던 얼굴이 영영 잊히지 않을 것 같았다. 첫째 아이를 가진 자신의 임신이 주목받아야 하는데, 엄마가 그걸 나눠 갖는 게 용납이 되지 않았던 모양이었다.

작은어머니는 늘 자신의 아이가 세상에서 가장 중요한 것처럼 행동했다. 그래서 그날도 제 아들과 놀아 달라며 그 차에 타기를 강요했다. 둘이 움직이는 것보다 하나가 움직이는 게 낫지 않겠느냐며 승현이 투덜대자, 승용차인 아버지의 차에 다섯이 타는 것보다 SUV인 작은아버지 차에 타는 게 낫지 않겠느냐고 했다. 결국 승현은 하는 수 없이 그 차에 올랐다.

아버지와 작은아버지는 우애가 참 좋았다. 운전을 하는 내내 워키토키라고 불리는 생활형 무전기를 가지고 장난을 하며 마치 한차에 타고 있는 것처럼 두 형제는 대화를 나누었다.

아버지의 차와 작은아버지의 차는 앞뒤로 나란히 달리며 안전거리를 유지하고 있었다. 작은아버지가 아버지에게 애들을 내가 데리고 있으니 점심으로 뭘 살 거냐고 너스레를 떨 때였다. 마치 칠판 위에 가지런히 판서한 글씨들을 지우개로 지워 버리듯 갑자기 나타난 커다란 덤프트럭이 아버지의 차를 도로 위에서 지워 버렸다.

덤프트럭은 간신히 난간에 걸렸지만, 아버지의 차는 다리 아래로 추락해 버렸다. 바다에서 차를 인양하는 것만 해도 한 달이 걸렸다.

장례식장에서 작은어머니는 특유의 치졸하고 무례한 화법으로 자신의 친구에게 말했다.

'세상에 끔찍하지? 우리 승주가 저기 탔어 봐. 내가 그 여자 좀 재

수 없다고 했잖아. 죽어도 그 차는 태우기 싫더라니까. 그 집 애들도 내 덕에 산 거지.'

여기서 그 여자는 당연히 돌아가신 엄마를 말하는 거였다. 문상을 온 작은어머니의 친구는 그게 문제가 아니라는 듯이 덧붙였다.

'그럼, 쟤들은 어떡해? 네가 키워?'
'뭐, 아주버님이 모아 놓은 돈은 좀 있나 봐. 그걸로……'

친구에게는 좋은 사람인 척 아이들은 당연히 자기가 거둔다는 식으로 말했지만, 작은어머니가 거둔 것은 아주버님의 자식들이 아닌 아주버님이 모아 놓은 돈뿐이었다.

승현은 낯선 제 목소리가 털어놓는 이야기를 타인이 되어 듣고 있는 것처럼 지금 이 상황이 생경하게 느껴졌다.

"그렇게 부모님이 탄 차가 다리 아래로 추락하는 걸 봤어요."

떠올릴 때마다 매번 그 장면이 머릿속에서 선명하게 되풀이되었는데, 이상하게도 지금은 다른 사람의 시선으로 보는 것처럼 흐릿했다.

그는 승현의 어깨를 잡은 손에 힘을 더 주지도, 그렇다고 그녀의 어깨를 품 안으로 더욱 끌어당기지도 않았다. 섣부른 위로는 하지 않겠다는 의미 같았다. '그랬군요. 힘들었겠어요.' 같은 형식적인 말을 건네지 않는 그가 고마웠다.

그는 승현이 겪었던 일을 통감하고 있는 듯한 얼굴이었다.

"굳이 가고 싶지 않으면 안 가도 괜찮아요. 승재도 고소공포증 있는 거 안다면서요."

게이트 위 작은 전광판에 탑승 안내 문구가 흐르기 시작했다. 승현의 심장에서 흘러나온 피가 온몸을 흐르는 것 또한 느껴졌다. 갑작스러운 생동감에 승현은 안도했다. 부모님은 돌아가셨지만, 자신은 살아남아 이 남자 곁에 앉아 있었다. 살아 있다. 자신은 살아 숨 쉬는 존재였다.

"아뇨. 갈래요. 탈 수 있을 것 같아요."

어쩌면 처음부터 비행기를 탈 수 있었을지도 모른다. 어쩌면 그에게 자신이 겪은 가장 무시무시했던 일을 알려 주고 싶었는지도 모른다. 어쩌면 그가 자신의 가장 아픈 곳을 어루만져 줄 거라고 생각했는지도 모른다. 어쩌면…….

그는 빙그레 미소를 머금으며 물었다.

"여권은 챙겨 왔죠?"

이제껏 심각했던 분위기를 그는 단번에 반전시켰다. 승현은 그의 이런 재주가 무척이나 마음에 들었지만, 그럴 때마다 자신이 놀림거리가 된다는 사실이 억울하기도 했다.

"제주도 가는데 여권을 왜 챙겨 와요? 그리고 나 여권 없거든요?"

승현이 그를 힐난하며 눈을 가늘게 떴다.

"무슨 소리예요? 해외에 갈 때는 여권이 있어야지."

"제주도가 무슨 해외…….."

승현은 긴가민가한 얼굴로 말을 멈췄다. 해외(海外), 바다의 밖이라는 뜻이고, 제주도는 엄연히 따지자면 바다를 건너가야 하는 곳에 있었다.

"큰일 났네. 고소공포증이 문제가 아니라, 이게 더 문제였네."

"어떡하죠?"

장난도 진지해지면 속수무책으로 당하는 경우가 있기는 하다. 보이스 피싱이 만연한 줄 알면서도 홀려서 돈을 보내는 사람들이 있는 것처럼 말이다.

"기다려 봐요. 내가 좀 알아보고 올게."

그가 심각한 얼굴로 자리를 털고 일어났다. 평소 같으면 그의 장난기가 고인 곳을 잡아냈을 텐데, 과거의 기억을 끄집어내느라 복잡했던 머리로는 그게 되질 않았다.

게이트 앞에 선 직원과 몇 마디를 주고받은 그가 환한 미소를 머금으며 다가왔다.

"가죠."

"된대요? 어떻게?"

승현이 놀란 눈을 동그랗게 뜨며 물었다. 그가 승현 쪽으로 몸을 기울이며 마치 비밀 이야기를 하듯 귓가에 나지막이 속삭였다.

"내가 잘생겨서 태워 주겠대요."

승현은 자신의 멍청함을 그제야 깨달았다.

멍청한 건 나지만, 넌 좀 맞아야겠다?

그의 볼록한 뒤통수를 후려갈기고 싶은 충동이 일었다.

"아, 신발주머니 챙겨 왔어요? 비행기 탈 때 신발 벗어야 하는데."

끝까지 저 잘났다고 유치함에 몸서리가 나는 장난을 쳐 대는 남자를 한 번 노려본 승현은 탑승 게이트를 향해 걸음을 옮겼다. 탑승권을 보여 주자, 직원이 빙그레 웃으며 물었다.

"남편분께서 걱정이 많으시더라고요. 임신 초기라 입덧이 심하시다고."

순간 어깨를 따뜻하게 감싸는 손길이 느껴졌다.

"자기야, 이제 괜찮아? 못 가겠으면, 지금이라도 말해. 여행은 다음에 가면 되지."

생쇼를 하고 자빠졌네.

정말 대단한 재주를 가진 인간이다. 이제 고소공포증이고 나발이고, 이 남자 머릿속에는 대체 뭐가 들어 있나 의심스러울 지경이다. 혹시 이 남자 사이코패스나 소시오패스 같은 건가?

"아냐, 자기야. 괜찮아. 우리 아기는 제주도 전복이 꼭 먹고 싶대."

오글거리는 말은 듣기 거북하다면서, 이런 데 장단을 맞추고 있는 걸 보면 나도 미친년이지.

"그럼, 즐거운 태교 여행 되세요!"

직원이 상냥하게 미소 지으며 인사했다. 그는 고맙다는 인사를 하며 승현의 어깨를 끌어안은 채로 탑승 게이트 안으로 들어섰다.

승현이 어금니를 꽉 물고는 작게 읊조렸다.

"입덧이요?"

"억울하면 하나 만들고 오든지."

와! 말이나 못 하면.

승현은 그를 죽일 듯이 쏘아보았다.

그렇게 예고를 날려야만 했냐?

절규하며 따져 묻고 싶었지만, 제정신이니까 참기로 했다. 그리고 이제 그가 어떤 예고를 날려도 믿지 않을 것이라 마음먹었다.

제주 날씨는 을씨년스러웠다. 하늘은 회색빛이었고, 야자나무 잎이 휘청거릴 만큼 바람이 쌩쌩 불었으며, 추적추적 비가 내리고 있었다. 서울에서는 봄이 시작된 것 같았는데, 제주는 도로 겨울로 돌아간 것 처럼 쌀쌀했다.

꿈꿔 왔던 것만큼 화창한 날씨는 아니었지만, 마음은 여전히 설레었다. 그에게 과거 일을 다 털어놓았던 게 민망할 만큼, 비행은 다행스럽게도 순조로웠다. 그는 끊임없이 장난을 치며 승현을 놀려 댔고, 그럴 때마다 승현은 순진하게 발끈하며 반응을 보이느라 고소공포증을 느낄 겨를이 없었다.

"바로 경기장으로 가죠."

강산 FC 홈구장에서 경기를 볼 때는 스카이박스를 이용했지만, 원정 경기에서는 강산 FC 팬들이 앉는 응원석에서 경기를 관람하기로 했다. 토요일 저녁 7시에 시작될 경기를 관람하기 위해 두 사람은 경기 시작 두 시간 전인 오후 5시에 경기장에 다다랐다.

그는 승현을 디어프렌즈 에이전시의 직원으로 소개하며, 그녀를 선수 대기실 앞까지 데리고 들어갔다. 승재는 뜻밖의 방문에 놀란 듯 보였지만, 반가운 기색을 감추지는 않았다.

"어떻게 들어온 거예요?"

에이전시에서 일하고 있는 것은 승재에게도 비밀에 부쳤기에, 승재는 휘둥그레진 눈으로 두 사람을 바라보았다.

"나한테 불가능한 게 뭐가 있겠어?"

그가 태연하게 단조로운 목소리로 되물었다. 너무도 당연한 것을 언급하기에 거만해질 이유도 없다는 듯이 그는 자약한 얼굴이었다.

"지난 경기 때처럼만 해. 더 잘해도 되고."

그는 부담 주는 건 아니라는 듯이 승재에게 여상한 말투로 응원의 말을 건넸다. 반면 승현은 아무 말도 하지 못하고 그저 승재를 바라보기만 했다. 경기 시작 전에 승현이 동생에게 당부하는 말은 딱 한 가지였다.

다치지 말아라.

전력으로 달려가서 상대 선수와 온몸으로 부딪치는 일이 허다한 스포츠였다. 운동선수에게 가장 무서운 것이 부상이기도 했지만, 누나로서 동생이 다치는 것을 염려하는 건 당연했다.

"걱정 마, 안 다치고 잘할게."

승재는 그런 누나의 마음을 잘 안다는 듯이 목소리를 낮추며 읊조렸다.

"얼른 들어가. 신입이 빠졌단 소리 듣겠네."

인사를 꾸벅하고 들어가는 승재를 바라보며 발걸음을 돌리는데, 괜히 기분이 찝찝했다. 을씨년스러운 날씨 탓이라 여기며 승현은 그를 따라 관중석으로 향했다.

원정 팀 응원석인 S석에는 이미 많은 인원의 강산 FC 팬들이 모여 있었다. 일주일 만에 익숙해진 응원가가 울려 퍼지기 시작하자, 심장이 쿵쿵 뛰었다.

"완전 잘생겼어. 어떻게 이런 얼굴로 축구도 잘해?"

"너 팬카페 가입했어?"

승현의 뒤에 앉아 있는 여자 서포터즈 둘이 이야기하는 소리가 본의 아니게 들려왔다.

"벌써 팬카페도 생겼어?"

"야, 홈마도 엄청 생겼대."

"아, 나 진짜 얼빠들이 신성한 축구장 더럽히는 건 싫은데."

"그건 나도 싫은데, 걔들 사진은 겁나 잘 찍잖아. 연습 구장에서 뛰는 사진을 기가 막히게 찍어서 올렸더라고."

홈페이지 마스터라고 불리는 홈마는 보통 연예인을 따라다니며 찍은 사진들을 개인 홈페이지에 올리는 사람들을 일컫는다. 그런데 얼마나 대단한 선순지 모르겠지만, 강산 FC에 홈마를 몰고 다니는 선수가 있나 보다.

혹시 우리 승잰가?

팔은 안으로 굽는다고 누나인 승현의 눈에 승재는 단연코 돋보이는 외모였다.

"뭐 마실래요?"

"아, 저 물이요."

그는 음료수를 사 오겠다며 자리를 떴고, 승현은 등 뒤에 앉은 두 사람의 대화를 본의 아니게 또 엿들을 수밖에 없었다.

"와, 대박! 복근 봐. 대박!"

"그런다고 만져지냐?"

한 여자가 휴대전화로 해당 홈페이지를 보여 준 듯했고, 그 여자의 친구는 선수의 사진이 담긴 화면을 손으로 더듬고 있나 보다.

"와, 만져지는 것 같아. 대박! 세상에. 이거 저지 올려서 땀 닦는 거, 이거 완전 예술이다!"

"홈마가 그러는데, 되게 어렵게 축구했다더라고. 부모님 다 돌아가시고 누나가 뒷바라지해서 키웠대."

승재의 이야기가 맞는 것 같았다.

"축구도 잘하고, 잘생겼는데, 사연도 있어? 난 사연 있는 남자 좋아. 연하도 좋아."

"야, 연하도 연하 나름이지. 너보다 여덟 살 어리거든?"

그럼, 저보다 두 살 언니시네요, 님들은.

"그리고 현실적으로 생각해 봐라. 부모님 돌아가시고 누나가 혼자 키웠대. 그럼 그 누나 너 감당할 수 있겠어?"

승현은 아무런 죄도 없는 자신을 왜 도마 위에 올리나 싶었다.

"넉넉한 형편은 아니었나 봐. 홈마가 그러는데 누나가 별의별 알바를 다 하면서 유승재 뒷바라지했대. 그런데 그렇게 키운 동생이 이제야 빛을 보기 시작했어. 능력도 좋은 데다 얼굴도 잘생겨서 여자들이 가만 안 둘 텐데, 너 같으면 그거 가만히 두고 보겠어?"

저, 그런 누나 아닙니다. 물론 승재가 이상한 여자는 만나지 않았으면 좋겠습니다만. 연상을 만나더라도 저보다는 어렸으면 좋겠고요.

승현은 그녀들에게 들리지 않을 변명을 열심히 했다.

"동생 하나만 바라보고 살았나 보네. 그럼 외아들 키운 홀어머니가 시모 되는 거랑 비슷한 레벨이네?"

외아들 키운 홀어머니가 시모 된다고 전부 나쁘지는 않을 텐데요.

"게다가 시모는 나이라도 많지. 누나는 젊잖아. 야, 누나가 동생 여자 관리한다고 생각해 봐. 끔찍하지. 그리고 동생 잘되면 거기 기생하지 않겠어? 본인이 키웠다고 공치사하면서?"

사람들은 참 무섭다. 그 사람에 대해서 잘 모르면서 판단의 오류를 범하고 그게 결론이라는 듯 확정 지어 버린다.

"그렇겠네. 안 봐도 훤하다. 근데 뭐 유승재가 나한테 장가온대? 그냥 보기만 해도 흐뭇하다, 이거지."

"너 방금까지 전 재산 털어서 시집갈 포스였어."

'당신들같이 죄 없는 사람 도마 위에 올려놓고 이러쿵저러쿵 떠드는 인격을 가진 사람한테는 우리 승재 못 주겠는데요?' 라고 말하면 나 진짜 저 여자들이 말하는 것처럼 홀어머니 시모보다 무서운 시누이 되는 건가?

승현은 저도 모르게 한숨을 폭 내쉬었다.

"그렇게 한숨 쉬어서 어디 경기장 바닥 꺼지겠어요?"

그가 뚜껑이 없는 생수병을 승현에게 건네며 착석했다.

"나 못돼 보여요?"

"착해 보이지는 않아요."

그는 몹시도 진중한 목소리로 대꾸했다. 승현은 김포 공항에서처럼 그를 한 대 때려 주고 싶은 충동이 일었지만, 비폭력주의를 지향하는 입장이었기에 참았다.

승현은 목소리를 낮추며 뒷좌석에는 들리지 않도록 속삭였다.

"내가 승재 결혼하면 막 괴롭힐 시누이처럼 보여요?"

그는 두 눈을 깜빡거리며 승현을 바라보았다. 상상치도 못한 질문이라는 듯 당황한 모습이었다.

괜한 걸 물었다, 내가.

여자들이 하는 말에 찔려서 피해의식이 생겨난 건지, 아니면 예전부터 고민하기를 꺼렸던 명제가 불현듯 떠올라서 당황스러운 마음에 물은 건지 알 수가 없었다.

"뭐 호락호락할 것 같지는 않아."

이 남자가 진짜!

립 서비스라는 개념을 모르는 남자인가? 이거 가르쳐 줘야 하나? 이럴 때는 적당히 듣기 좋은 말도 하고 그러는 거라고?

하지만 에이전트인 그가 립 서비스를 모를 리가 없었다. 오늘은 그저 승현을 놀려 먹고 괴롭히고 찜 쪄 먹기로 작정했나 보다.

"내가 어디가 어때서? 나처럼 선하고 유한 사람이 어디 있어요, 응? 내가 욕심이 많기를 해, 아니면 고집이 세기를 해, 폭력적이기를 해? 나처럼 정의로운 사람이 또 어디 있어."

승현이 비 맞은 중처럼 중얼거리자, 그가 한숨을 폭 내쉬더니 입을 열었다.

"그래, 본인에 대해서 관대해지면 세상 살기는 편하지. 대신 주변에 있는 사람들이 좀 고달프긴 하지만."

이번에는 생각보다 주먹이 더 빨랐다. 승현은 저도 모르게 오른손 주먹을 꽉 움켜쥐고 그의 팔뚝을 내려쳤다.

"아! 이것 봐, 폭력적인 거 봐."

"어릴 때 매를 번다는 말, 많이 들었죠?"

"그런 말은 못 들어 봤는데, 우리 누나가 천 냥 빚을 진 채권자가 막내 남동생으로 태어난 것 같다고 하기는 했어."

그는 능청맞게 말하며 생수병을 입에 가져다 댔다. 뺨을 타고 오른 입꼬리에는 장난기가 가득했고, 그의 빛나는 눈동자는 그라운드를 향해 있었다.

양 팀의 응원 소리는 더욱 높아졌고, 이윽고 선수 소개가 시작되었다.

― 2017 K리그가 가장 주목하는 신인, 김치열.

상대 팀 선수 소개를 하는 장내 아나운서의 목소리가 들려옴과 동시에 승현의 시선이 전광판으로 향했다.

"쟤 승재 동창인데."

승현이 조용히 읊조리며 그에게로 시선을 돌렸다. 그는 이를 악물고 있는 듯 턱이 굳어 있는 게 눈에 들어왔다.

혹시 승재한테 들었나?

중학생 때부터 줄곧 같은 축구부에서 활동했던 승재의 동기 동창이기도 했지만, 승재와 치열은 앙숙 중의 앙숙이었다. 공격형 미드필더인 승재와 수비형 미드필더인 치열은 사사건건 비교되었다.

물론 선수에게 건전한 관계의 라이벌이 존재하는 것은 발전적인 일이었다. 하지만 둘의 관계는 그렇지 못했다. 치열은 모든 면에서 자신이 우수하다고 생각하며 승재에게 실력으로 밀린다는 것을 인정하려 들지 않았다.

때마다 학교에 큰돈을 기부하는 부모의 재력에서부터 K리그에서 전력 분석원으로 일하는 삼촌을 둔 백그라운드까지. 승재보다 나은 환경에 놓인 선수임에는 분명했다.

그럼에도 승재는 근소한 차이로 늘 치열을 앞서 나갔다. 승재가 강산 FC 입단 계약을 체결할 때까지 치열은 소속을 정하지 못한 상태였다고 들었었다.

그러한 이유로 치열이 승재의 신경을 자주 건드렸던 것을 누나인 승현도 잘 알고 있었다.

킥오프 휘슬이 울리고 경기가 시작되었다. 하필 승재의 전담 마크를 맡은 선수가 치열이었다. 손바닥에 땀이 흥건하게 고이기 시작해서, 승현은 자잘하게 호흡을 내뱉었다. 갑작스러운 불안감에 압도당해 신경이 곤두섰다.

다치지 않겠다고 했던 승재의 목소리가 귓전을 맴돌았다.

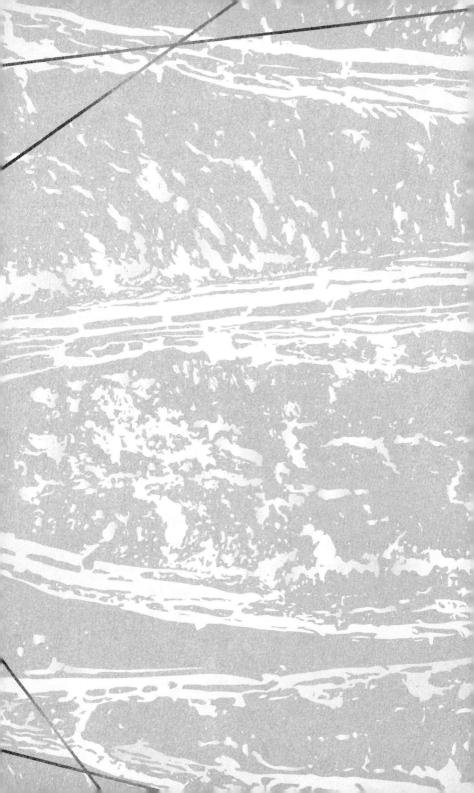

8

나무에 걸린
풍선

경기 내내 거친 몸싸움과 태클이 이어졌다. 치열이 우악스럽게 잡아채는 일이 잦아서 승재의 경기복이 거의 찢기기 직전이었다. 하지만 승현은 아랫입술을 꾹 깨물며 경기를 지켜보는 것 외에는 할 수 있는 게 없었다.

플레이 스타일이 거친 선수들은 치열 말고도 많다. 하지만 유독 승재에게 적개심을 갖고 대하는 선수는 치열뿐이었다.

긴장한 탓에 혈액 순환이 잘되질 않는지 손끝이 저릿했다. 승현은 제 손을 번갈아 주무르며 그라운드를 살폈다.

하프라인 근처에서 길게 패스된 공이 승재에게 전달되기 직전이었다. 먼저 뛰어오른 승재의 어깨를 짚어서 지지대로 삼은 치열이 승재보다 더 높이 뛰어오르며 공을 머리로 쳐 냈다.

그런데 그 순간 승재가 그라운드로 나뒹굴었다. 두 눈으로 보고 있음에도 믿기지 않는 광경이었다. 강산 FC 감독이 벤치에서 뛰어나와 어필하자, 주심이 휘슬을 불었다. 잠시 경기가 중단되었고 메디컬 팀이 승재를 향해 뛰어 들어갔다.

"저 미친 새끼. 팔꿈치로 눈을 찍었나 봐."

강산 FC 서포터즈 중 한 명이 소리를 높였다. 입술이 파르르 떨렸다. 눈을 제대로 깜빡일 수도 없었다. 눈 깜빡할 새에 승재에게 무슨 일이 벌어질 것 같아서, 승현은 그대로 얼어붙어 버렸다.

"괜찮아. 크게 다친 것 같지 않아."

그가 나지막이 속삭이며 승현의 어깨를 감쌌다. 오늘따라 이 남자가 하는 말이 믿음직하기는커녕 야속하게 들렸다.

"유승재 제법이네."

그가 웃음기 섞인 목소리로 읊조렸다. 승현은 이해할 수 없다는 듯이 그를 바라보았다.

"무슨 소리 하는 거예요, 지금?"

"더티 플레이를 현명하게 대처하고 있잖아. 팔꿈치로 치려고 했는데, 승재가 잘 피했어. 그런데 멀리서 보면 충분히 맞은 것처럼 보였거든. 승재가 저렇게 나뒹굴면, 심판, 감독, 선수, 관중 전부 저 둘의 플레이에 집중하게 될 거야. 그럼 김치열은 계속 더티 플레이를 할 수 있을까?"

그는 내 말이 틀리냐는 듯이 눈썹을 추켜세우며 승현을 바라보았다.

"승재는 조금 있다가 털고 일어날 거고, 심판이 정확하게 봤다면 경기는 바로 속개될 거야. 하지만 이미 강산 FC 서포터즈들은 흥분한 상태야. 카드가 나오지 않으면 어떻게 될까?"

승현은 의미심장하게 웃고 있는 그에게서 다시 그라운드로 시선을 옮겨 갔다. 그의 말마따나 승재가 메디컬 팀과 몇 마디 주고받는가 싶더니 자리를 털고 일어났고 강산 FC 선수들은 주심에게 어필하느라 바빴다. 하지만 그가 정확했다. 주심은 퇴장은커녕 옐로카드조차 주지 않고 경기를 속행했다.

그러자 강산 FC 서포터즈석에서 심판을 비난하는 말이 한목소리로 터져 나왔다.

[심판 눈 떠라! 심판 눈 떠라!]

눈 뜨고 심판 보라며 비꼬는 목소리가 그라운드를 쩌렁쩌렁하게 울렸다. 뒤이어 승재의 이름이 연호되었다.

[유승재! 유승재! 유승재!]

서포터즈석이 달아오르기 시작했다.

"심판은 이제 유승재와 김치열의 플레이에 더 주목하게 될 거야. 또 저런 일이 생기면 카드가 나올 수밖에 없어. 그걸 김치열이 모른다면 진짜 멍청한 거고. 승재는 제공권 다툼에서 공을 놓쳤지만, 경기 분위기를 바꿔 놨어."

축구깨나 봤다고 자부한 승현이었다. 그런데 승재가 뛰는 경기는 즐길 수가 없었다. 매 경기 불안했고, 매 경기 초조했다.

"이제 승재가 공격 포인트만 올리면 승기는 완벽하게 강산 FC 쪽으로 기울 거야."

불안하게 날뛰던 심장이 차분해지는 게 느껴졌다.

"승재 잘하고 있어. 그냥 경기를 즐겨. 전혀 모르는 선수들이 뛰고 있는 것처럼."

그는 승현의 등을 자상하게 다독거려 주었다.

항상 궁금했다. 흑연처럼 검게 빛나는 단단한 눈동자에 가득 고인 확고한 신념의 근거가, 승현은 궁금했다. 그런데 이제는 그 이유를 조금은 알 것 같았다. 그는 놀라울 정도로 기민했고, 현상을 통찰하는 능력이 뛰어났다.

일반적인 사람들이 축구 경기를 볼 때, 공이 움직이는 방향만을 좇는다면, 그는 경기장 전체를 속속들이 파악하는 직관력을 가지고 있었다.

다른 이들보다 뛰어난 통찰력과 직관력이 그가 지닌 신념을 이루어 낸 것이었다.

"배울 게 많네요."

승현이 미소를 띤 채로 조용히 속삭였다.

"유승현은 바람직하고."

무슨 뜻이냐는 듯, 승현이 고개를 갸우뚱 기울이며 그를 바라보았다.

"즐기라고 했더니, 배우고 있잖아."

그는 대견하다는 듯이 승현의 시선을 마주했다.

양 팀의 응원가가 뒤섞여 경기장은 매우 소란스러웠다. 그런데 물속에 몸을 담그고 있는 것처럼 귀가 멍해지기 시작했다. 응원 소리가 뭉개지고 사물이 흐릿해졌다. 오직 그만이 시야에 들어오고, 그의 목소리만이 세상에 존재하는 유일하게 알아들을 수 있는 소리처럼 느껴졌다.

시선이 한참 동안 오고 갔다. 주변에 아무도 없었다면 지금쯤 입술을 깊게 맞물리며 서로의 체온을 나누고 있을 것만 같았다. 그의 품에 안겨서 관능적인 키스를 나누는 상상을 하고 있는데, 갑자기 환호성이 터져 나왔다.

— 강산 FC가 득점하였습니다.

원정 팀인 강산 FC의 득점을 알리는 장내 아나운서의 목소리는 무미건조했다. 전광판에 골을 넣은 선수의 이름이 게시되었다.

[강산 FC 16번, 유승재.]

두 경기 연속 선취 골이었다. 누가 먼저랄 것도 없이 두 사람은 서로의 목덜미를 끌어안고 폴짝폴짝 뛰었다. 그는 승현의 허리를 감싸며 환호성을 질렀다.

"들려?"

그가 승현의 귀에 대고 속삭였다.

"뭐가요?"

350

지금 귀에 들리는 건 유승재를 연호하는 강산 FC 서포터즈들의 응원 소리뿐이었다.

"승재 몸값 올라가는 소리."

승현은 주먹으로 아프지 않게 그의 어깨를 내리쳤다. 그러고는 눈을 가늘게 뜨고 그를 노려보았지만, 입가에는 미소가 가득했다.

"왜? 돈이 제일 좋다며?"

"그게 내 돈인가, 승재 돈이지."

"승재 몸값이 오르면 나도 많이 버니까, 좋지 않아?"

승현의 귀에 대고 그리 속삭인 그는 말랑말랑한 뺨 위에 스치듯 입을 맞추고 그라운드로 시선을 옮겨 갔다. 심장이 쿵쿵 울렸다. 가슴이 뛰는 이유가 승재의 득점 때문인지, 아니면 이 남자의 상큼한 도발 때문인지 모르겠다.

경기를 마친 뒤, 승재를 만나 볼 수는 없었다. 승재는 곧장 구단 버스를 타고 숙소로 잡힌 호텔로 이동했고, 승현은 그와 함께 복잡한 경기장을 빠져나오느라 애를 먹어야 했다.

"우리 숙소는 어디예요?"

평일에는 그가 눈코 뜰 새 없이 바빠서 물어볼 겨를이 없었고, 비행기에 오르기 전에는 고소공포증 걱정을 하느라 미처 생각하지 못했다. 경기가 끝나고 나서야 어디서 자는지 궁금해졌다.

"빨리도 물어보네. 설마 길바닥에서 자자고 할까 봐?"

"아니, 그게 아니라."

승현이 변명을 하려는데 그가 말을 가로채 갔다.

"호텔을 예약하긴 했는데, 방이 하나뿐이었다고 이 실장이 그러더라고."

머릿속이 안개 속에 휩싸이는 듯했다.

드. 디. 어?

승현은 오늘 속옷을 뭘 입고 나왔는지 그리고 어떤 속옷을 챙겨 왔는지 기억을 빠르게 스캔했다.

아, 젠장. 속옷 좀 사 둘걸.

오늘은 안 된다고 할까? 아냐, 그건 좀 그래.

그럼 씻고 속옷을 입지 말까? 아냐, 그것도 좀 그래.

머릿속이 솜사탕 기계가 된 듯했다. 그가 넣은 설탕이 달콤한 구름처럼 두둥실 떠올라 머릿속을 휘휘 돌아다녔다. 달콤하고 말랑말랑해지는 상상을 했더니 뇌가 간지럼을 타는 것 같은 기분이었다.

"괜찮겠어, 나랑 같은 방에서 자도?"

그가 겸연쩍다는 듯이 물었다.

"뭐 못 잘 거 있어요?"

"침대 두 개인 방으로 바꿔 달라고 했는데, 그것도 안 된다고 했나봐. 그래서 엑스트라 베드를 요청했는데, 체크인이 늦어서 다 소진되면 불가능할 수도 있다고 하더라고. 침대가 하나여도 괜찮겠어?"

괜찮다마다요. 별걱정을 다 하시네, 그 양반.

승현은 고개를 절레절레 내저으며 물었다.

"나랑 같이 자는 거 무서워요?"

아무래도 이 남자가 공수표만 계속 날리는 게 이상했다. 그는 그런 질문은 왜 하느냐는 듯이 얼굴을 찌푸리며 승현에게 한 번 시선을 주고는 다시 도로를 응시했다.

"나한테 모솔이라고 막 놀리더니, 한 대표님은……."

'연애는 해 봤지만, 그건 안 해 봤나?' 라는 질문을 승현은 온 얼굴로 하고 있었다. 그러지 않고서야 이렇게 뜸을 들일 이유가 없었다.

혹시 이렇게, 저렇게, 어떻게 해야 하는지 감이 서질 않아서 그러는 걸까? 아니면 본인이 너무 못할까 봐 내심 걱정이 되는 걸까?

이쪽도 경험은 없으니, 그런 걱정은 접어 두라고 위안을 줘야 하는 건가 싶기도 했지만, 오늘 종일 자신을 놀렸던 그를 떠올리자 갑자기 오기가 생겨났다.

"어떻게 하는지 모르죠?"

나한테 이렇게 대범한 면이 있었나?

"그걸 안 해 봤다고 모르는 등신이 세상에 어디 있어."

다급하게 대꾸한 그의 얼굴이 하얗게 질렸다. 그는 자신이 그런 말을 내뱉었다는 사실을 믿을 수 없다는 듯한 표정이었다. 승현도 당황스럽기는 마찬가지였다.

그러니까, 안 해 보셨다?

웃음이 나올 것만 같아서 승현은 입 안쪽 말캉한 살을 짓씹었다.

아니, 근데 다 알면서 왜 이렇게 질질 끌어? 예고만 잔뜩 하고! 겁나는 거 아니면 뭔데?

혹시……!

어릴 적 봤던 드라마가 머릿속을 스치고 지나갔다. 바람처럼 스쳐 가는 정열과 낭만 돋는 드라마의 전설적인 장면. 등장인물 심영이 총을 맞고 쓰러졌다가 병원에서 깨어나면서 이렇게 울부짖었다.

고자라니! 내가 고자라니!

갑자기 숙연해졌다.

모든 것을 다 갖춘 완벽한 그가 설마, 고자라니!

사실 확인을 위해 그에게 직접 물을 수도 없는 노릇이었다. 승현은 안타까움에 몸서리가 쳐질 지경이었다.

그래, 세상에는 에로스적 사랑도 있지만, 정신적인 사랑도 있는 거다.

그럼 우린 이대로 쭉 그 일에 관한 드립만을 날리며 살아가야 하는가?

그가 야구를 그만둔 이유가 혹시 이것 때문일까? 누군가 던진 야구

공에 거길 맞았나? 그래서 터졌……. 아, 쓸데없는 상상은 여기까지만 하기로 하자.

"뭘 그렇게 생각해."

"한지윤 씨가 고자……."

그가 평소와 다름없는 목소리로 되물었다.

"뭐?"

진심으로 잘못 들었다고 여기는 듯했다. 설마 연애 중인 여자 입에서 고자라는 단어가 나왔다고는 믿을 수 없다는 듯한 얼굴이었다.

"고자질했죠?"

뭐?

이번에는 승현이 스스로 반문했다. 순발력은 높이 살 만했지만, 누구에게 대체 무엇을 고자질했다고 둘러대야 하는 건지 감이 서질 않았다.

"꿈꿔? 어제 못 잤어? 지금 자고 있어, 설마? 잠꼬대해?"

그는 어이가 없다는 듯이 와다다다 쏘아붙였다.

아, 이 남자 내가 고자라고 말한 거 캐치했네, 했어.

신경을 예민하게 곤두세우고 과민 반응을 보이는 걸 보니, 그가 모든 상황을 이해한 듯했다. 그렇다. 그는 아까도 말했다시피 현상에 대해 통찰하는 능력이 탁월한 남자였고, 뛰어난 직관력도 가지고 있었다.

어떡해야 하지? '내가 당신이 고자라는 걸 알아 버렸어요.' 하고 고백할 수는 없는데?

그럴 수 없을 바에는, 시치미를 뚝 떼는 수밖에.

승현은 기세등등한 목소리를 내기 위해 노력했다.

"승재한테 고자질했죠? 나 막 경기 중에 울려고 했다고. 얘, 그럼 다시는 나 경기장 못 오게 해요. 고집이 얼마나 센 줄 알아요?"

어떻게 그런 것까지 시시콜콜하게 다 말할 수 있냐는 듯이 승현은 다소 신경질적인 목소리로 과장되게 떠들어 댔다.

이 정도면 수습이 된 건가?

때마침 차가 신호 대기로 인해 멈춰 섰다. 승현은 내내 도로를 향하고 있던 시선을 옮겨 그를 흘끗 보았다.

아이, 깜짝이야!

그가 조수석 쪽으로 고개를 쭉 빼고 승현의 얼굴을 들여다보고 있었다. 그는 한쪽 입꼬리만을 올린 채 의미심장한 눈빛을 빛내며 승현의 눈동자를 응시했다.

아무래도 승현이 물은 말에는 대답해 줄 생각이 없는 것처럼 보였다. 왜냐하면 승현이 물은 말에는 진실을 알고 싶어 하는 목적이 없었고, 말을 돌리기 위한 수단이었을 뿐이라는 것을 통찰력 좋은 양반이 깨달은 것이다.

좀 고상한 표현을 써서 통찰력이지, 이 남자 촉이 정말 엄청나다.

"나는 고자질 같은 거 한 적 없는데? 유승현 씨가 지금 내가 고자질했다고 뭔가 단단히 착각하고 있나 보네."

그는 고자질이라는 단어가 나올 때마다 '고'와 '자'를 은근히 강조하며 말했다. 짓궂은 그는 이 일을 절대 그냥 넘어가지 않을 것 같다는 불길한 예감이 들었다.

"신호 바뀐 것 같네요."

앞차의 후미등이 멀어지는 게 느껴졌다. 그는 태연하게 시선을 옮겨 가더니 부드럽게 액셀러레이터를 밟았다.

그의 차가 해안 도로를 한참 동안 달렸고, 그다음에는 가로등이 드문드문 있는 4차선 도로를 달리다가, 숲이 우거진 2차선 도로로 들어섰다. 살짝 오르막길인 것으로 보아 어딘가로 차가 올라가고 있는 것 같았다.

매끄럽게 아스팔트 포장이 되어 있는 2차선 도로에서 파쇄석이 깔린 좁은 길로 들어서자 가로등조차 보이지 않았다. 오직 그의 차에서 나오는 전조등 빛에 의지해 어두운 숲길을 조용히 달렸다.

아스팔트 위를 달릴 때와는 느낌이 달랐다. 차가 일정하지 않은 박자로 아주 살짝 흔들렸고, 그건 마치 검은 우주 속을 유영하는 우주선에 오른 기분이었다. 바깥에 무엇이 존재하는지 모른다는 불안감과 곁에 이 남자가 있다는 안도감이 묘하게 뒤섞였다.

승현은 저 혼자 든 생각에 슬쩍 미소를 머금었다. 어디서부터 시작되고, 어디서 끝나는지 알 수 없는 우주. 그래서 우주는 신비롭지만 무섭다. 하지만 그런 공간에 떨어진다 할지라도 이 남자만 곁에 있으면 괜찮을 것 같다는 생각이 들었다.

내가 이 남자를 이만큼이나 믿어 버리게 되었구나.

어두운 도로를 응시하며 미세하게 신경을 곤두세운 남자에게 승현이 물었다.

"이런 데 호텔이 있어요?"

그래도 호텔 근처에는 포장된 도로가 있지 않을까 싶었다. 그의 대답을 기다리려는데, 차가 부드럽게 미끄러지는 게 느껴졌다. 다시 포장된 바닥을 차가 구르고 있었다. 그리고 30초도 채 지나지 않아 그의 차가 멈춰 섰다.

"다 왔어."

"어딜요?"

바깥은 칠흑처럼 검을 뿐이었다. 인가는커녕 빛조차 존재하지 않는 곳인 듯했다.

"우리 여기서 야영해요?"

"생각해 보니까 호텔방에서 불편하게 자는 것보다, 여기서 자는 게 더 낭만적일 것 같아서."

승현은 입을 벌린 채로 잠시 아무런 대꾸도 할 수가 없었다. 그가 진지한 목소리로 물었다.

"왜? 얼른 내리자니까."

"미쳤어요? 여기 막 들짐승 같은 거 나오는 거 아녜요? 승냥이라도 있으면 어쩌려고 그래요!"

통찰력이니, 직관력이니 했던 말 다 취소다. 그는 진심으로 이곳에서 잠을 청하려고 하는 것처럼 보여서 머릿속이 새하얗게 탈색되는 기분이었다.

"들짐승 나오면 까짓것 잡아먹지, 뭐."

그는 심각할 정도로 태연자약했다. 우주로 날아가도 이 남자만 있으면 살 수 있을 것 같다고 생각했던 것도 다 취소다. 그건 말이 그렇다는 것뿐이지, 사람이 우주로 날아가려면 튼튼한 우주선도 필요하고, 우주복도 필요하고, 산소통도 필요하고, 무엇보다 우주에서 살아남을 수 있도록 훈련된 정예 우주인이어야 했다.

나는 우주인이 아니란 말이다!

하물며 야영은커녕 집 밖에서 자 본 것도 손에 꼽았다. 가장 최근에 외박했던 일이 과로한 상태에서 와인을 마시고 쓰러져 그의 집에서 정신을 차렸던 사건이었으니 말 다 했다.

"사람이 대책 없이 왜 이래요?"

승현은 머리를 뒤흔들며 물었다. 흥분한 탓인지 저절로 호흡이 가빠져서 자잘한 숨을 계속 토해 내야만 했다.

"내가 뭘?"

이렇게 대책 없이 막무가내인 남자와 한 침대에 누워서 하룻밤을 보낼 생각에 달떴던 자신을 떠올리니, 스스로가 한심하다고 느껴질 정도였다. 속옷이니, 뭐니, 뭣 하러 걱정을 했을까? 그리고 고자고, 나발이고 이제 중요하지 않았다.

지금은 생존권, 안락한 장소에서 잠들 수 있는 권리를 확보하는 것이 우선이다!

"난 여기서 못 자요."

"왜?"

"왠지 몰라서 물어요? 여기가 대체 어디고, 뭐가 있는지도 모르는데."

그는 알겠다는 듯이 눈을 가느스름하게 뜨고 고개를 까딱거리며 오른손을 들어 보였다. 흥분한 승현을 가라앉히고 발언권을 얻으려는 행동처럼 보였다.

이 상황에 흥분 안 하게 생겼어?

그가 껐던 시동을 도로 켜며 고개를 절레절레 저었다.

"무슨 일이 있어도 날 믿을 것처럼 굴더니, 아니었나 봐?"

다소 실망했다는 듯이 그는 힘없는 목소리로 물었다.

"아니, 그게 아니라."

갑자기 그와 말이 통하지 않는 기분이었다.

"그게 아니긴 뭐가 아니야. 나는 이제 유승현 씨가 나한테 많이 의지한다고 생각했는데, 그게 아니라고 생각하니 좀 섭섭하네요."

요즘 그가 존대를 하는 일은 극히 드물었다. 어느 순간 말을 편하게 하고 있어서, 승현도 그에게 존대 반 하대 반을 섞어서 사용했다. 회사에서는 존대를 해야 하니 무작정 말을 놓는 것은 삼갔다. 하대가 습관이 되어 무의식중에 다른 직원들 앞에서 그에게 하대를 하는 일은 없기를 바라서였다.

아무튼, 그랬던 그가 갑자기 말을 높이자 그와 자신의 사이에 우주만큼 먼 거리감이 느껴져서 당황스러웠다.

연애라는 게 이런 건가 보다. 아니 사람을 깊이 사귀는 일이 이런 건가 싶었다. 무엇이든 함께할 수 있을 것처럼 친해졌다고 생각했는데, 순식간에 간격이 벌어져 버리고 만다. 서로가 다른 개체이니 그럴 수도 있다지만 그 사실에 속이 상하려고 했다.

"지금 비이성적으로 굴고 있는 게 누군데 그래요? 내가 언제 한지윤 씨를 못 믿는다고 했어요?"

"그럼, 나 믿어?"

미끼를 물어 부렸어.

흥흥했던 남자 배우의 눈빛과 그의 검은 눈빛이 겹치며 빛나는 듯했다. 여기서 안 믿는다고 하면 방울 흔들면서 작두 위에 올라가 부적이라도 써 줄 기세다.

그래, 뭣이 중허냐. 이 남자가 중허지.

"믿는다니까요."

"정말?"

"아, 그렇다고요."

그는 빙그레 웃더니 대뜸 조수석 쪽으로 다가왔다.

"그럼, 눈 감아."

분위기가 순식간에 반전되었다는 것을 느끼고 있었다. 이제 소리 나는 설전은 접어 두고, 소리 없는 설전을 시작할 타이밍이었다.

살포시 눈을 감자 정해진 시퀀스처럼 그의 부드러운 입술이 승현의 입술 위로 내려앉았다. 그는 아랫입술과 윗입술을 번갈아 빨아들이고는 두 사람의 입술이 맞물리도록 잠시 머금었다가 떼어 냈다.

기대했던 설전은 없었지만, 무척이나 감미로운 입맞춤이었기에 가슴이 말랑말랑해졌다. 그러다 문득 머릿속에 이상한 생각 하나가 두둥실 떠올랐다.

그냥 여기서 잘까? 그렇다면 야외에서…….

머릿속이 붉게 물들려는 순간, 그가 시동을 꺼 버렸다.

아니야! 상상일 뿐이란 말이야!

입도 뻥긋 안 했으면서 자신의 생각을 부정이라도 할 기세로 승현이 뭐라 말을 하려던 순간이었다.

"내리자, 이제."

또다시 언쟁을 해야 하나 싶었는데, 그가 손가락으로 차 앞 유리 쪽을 가리키며 말했다.

"여기 뭐가 있는지 몰라서 못 자겠다며. 뭐가 있는지 알면 잘 수 있는 거 아냐?"

그의 기다란 오른손 검지를 따라서 천천히 시선을 옮긴 승현은 얼마간 두 눈만 끔뻑거렸다. 분명 칠흑 같은 어둠 속에는 아무것도 없었는데, 그의 손끝이 가리키는 곳을 보니 불이 환하게 켜진 목조 건물 한 채가 눈앞에 있었다. 오렌지빛 조명이 켜진 건물은 마치 동화 속에 나오는 산장 같은 분위기였다.

"여기가 어딘데요?"

승현이 침착한 목소리로 물었다.

"들어가서 설명해 줄게."

먼저 운전석에서 내린 그가 조수석 앞까지 와서 차 문을 열어 주었다. 그러곤 승현에게 정중히 손을 내밀며 고개를 까딱거렸다. 분명 가로등 같은 것도 없었는데, 키가 작은 가로등이 산장 근처를 빙 두르며 빛을 발하고 있었고, 산장에서 흘러나온 오렌지빛 조명과 어우러져 그의 얼굴을 따스하게 비췄다.

승현은 그의 손을 부드럽게 잡고 차에서 내려 그가 안내하는 대로 발걸음을 옮겼다. 정원으로 보이는 곳에는 이제 막 초록빛 잎이 올라오기 시작하는 잔디밭이 있었고, 외부 주차장에서부터 건물 앞까지 이어지는 길에는 넓적하고 평편한 돌이 징검다리처럼 바닥에 박혀 있었다. 관리가 잘된 모습이었지만, 누군가 거주 목적으로 머무는 공간은 아닌 듯했다.

문 앞에 선 그가 현관문 도어록에 오른손 검지를 꾹 누르자 현관문이 열렸다.

"알로 호모라! 같은 주문을 외워야 열릴 것 같은 문처럼 생겼는데, 도어록이 있네요?"

승현이 도저히 믿을 수 없다는 목소리로 신기하다는 듯이 물었다. 그러자 그가 어이없다는 표정으로 승현을 내려다보며 말했다.

"알로, 뭐?"

그는 고개를 비스듬히 기울이며 눈살을 찌푸렸다.

"내가 머글을 상대로 무슨 말을 하겠어요."

고개를 절레절레 내젓자 그가 헛웃음을 터뜨렸다.

"지금 해리포터 말하는 거야?"

"알로 호모라가 잠겨 있는 문을 열리게 만드는 주문이거든요."

그가 승현의 머리카락을 부드럽게 쓸어서 귀 뒤로 넘겨 주었다. 다정하고 자상한 손길에 심장이 콩콩 뛰었다. 눈동자만 움직여 그를 올려다보자, 그가 다감한 시선으로 승현을 내려다보고 있었다.

사랑스럽다는 듯이.

그런데 사랑스럽다는 감정 말고도, 복잡하고 미묘한 감정이 그의 눈동자에 어려 있는 게 보였다.

"일단 들어가자."

그는 무슨 할 말이 있는 사람처럼 보였다. 그가 이런 분위기에서 말을 아끼는 상황이 어색했다.

"뭐 할 말 있죠?"

현관에 막 들어선 그가 오른쪽에 있는 신발장 문을 열고 실내화 두 켤레를 꺼내며 대꾸했다.

"우린 참 다른 것 같은데."

마치 승현의 동의를 구하는 듯한 목소리였다. 그러니까 반신반의하는 듯했다. 우리가 다르다는 사실에 그는 확신을 가질 수 없다는 뜻이었다.

"근데요?"

승현이 말끝을 올려 물으며 실내화에 발을 끼워 넣고는, 그를 따라 집 안으로 들어섰다. 동화 속 산장을 떠올리게 하는 외관과 달리 내부는 지극히 현대적이었다. 누군가 공을 들여 꾸며 놓은 모습에 시선을 빼앗긴 승현은 집 안 곳곳을 열심히 관찰했다.

때마다 열심히 물을 주어야 할 것 같은 크고 작은 화분들이 곳곳에 놓여 있었다. 그중에서 벽에 걸린 화분 하나가 유독 눈에 들어왔다. 사슴뿔을 연상케 하는 수형을 가진 식물이 나무판자에 뿌리를 내린 채로 벽에 걸려 있었다. 그 모습이 마치 헌팅 트로피 같아서 기괴스러운 멋이 묻어났다.

"우리 형 작품이야."

"형이요?"

그에게서 가족에 관한 이야기를 듣는 것은 처음이었다.

그는 승현이 몇 킬로로 태어났는지, 어느 유치원을 나왔는지, 첫 월경은 언제 했는지 등의 정보를 빼고는 승현에 대해서 모두 알고 있을 것만 같았다. 아니지, 뒷조사를 했다면 몇 킬로에 어느 산부인과에서 태어났는지도 알 수 있겠다.

하지만 그의 가족이나 그 외의 것들에 대해서 승현이 알고 있는 정보는 극히 적었다. 그가 에이전시 디어프렌즈의 대표라는 사실 말고는 그에 대해 아는 게 전무한 거나 마찬가지였다.

그런데 왜 많이 알고 있다고 생각했을까?

생각해 보니 아는 것도 별로 없는데, 그를 맹신했던 자신이 우스웠다.

혹시 나는 아이러니하게도 그가 승재의 에이전트이기 때문에 쉽게 매혹되었던 걸까?

그럼 이 남자도 내가 매력적인 선수의 하나밖에 없는 가족이어서 끌렸던 건가?

금단은 깨는 것이 더 황홀한 법이고, 금기는 어기는 것이 더 짜릿한 법이다.

"우리 큰형. 은퇴하고 갑자기 가드닝을 배우더니, 원예 사업을 시작하더라고."

승현은 저도 모르게 입을 떡 벌리고 말았다. 왜 그 유사점을 찾지 못했을까.

승재의 첫 경기가 있던 날, 스카이박스에 모인 기자 중 한 명이 그에게 이런 말을 했었다.

'강산 FC는 매형인 서지혁 선수가 감독까지 했던 곳이니까, 선수 한 명 찔러 넣기 좀 쉬웠던 거 아니에요?'

서지혁 선수가 어느 야구 감독의 딸과 결혼했다는 말을 들은 적이 있었다. 하지만 그때는 승현이 워낙 어렸고, 그 야구 감독이 누군지 그 딸이 누군지에 대해서 관심이 없었다. 의미 없이 스치고 지났던 정보들이 머릿속에서 둥둥 떠다녔다.

"누나가 의사라고 했었죠?"

그가 가볍게 고개를 끄덕이는 것으로 대답을 대신했다. 언젠가 K리그 올스타전에서 서지혁 선수가 프러포즈 이벤트를 했던 장면이 머릿속에 떠올랐다.

"그럼, 혹시 누나가 우리나라 여자 축구 대표 팀 의무 팀장이에요?"

그는 이번에도 그저 고개를 가볍게 끄덕이는 것으로 대답을 대신했다.

"나 쓰러졌을 때, 나 봐 주러 왔다는 의사 누나가 그분이라고요?"

승현이 도무지 믿을 수 없다는 눈빛으로 그를 바라보았다.

"어, 전생에 천 냥 빚을 진 채권자가 남동생으로 태어난 것 같다고 했던 누나랑 동일인 맞아."

그가 질색이라는 듯이 입술을 옆으로 찍 늘리며 고개를 절레절레 저었다.

"그럼 큰형이 샌프란시스코 자이언츠에 있던 한도윤 선수였어요?"

그는 은퇴하고 난 뒤, 더 유명해진 사람이었다. 아내와 자식들을 위해 텃밭을 일구다가 가드닝 전문가가 되었고, 대단지 아파트의 조경 디자인을 맡는 등 야구와는 전혀 연관되지 않은 삶을 살고 있었다. 인테리어 키워드로 플랜테리어가 뜨기 시작하면서 그는 심심찮게 TV 프로그램에도 등장했다. 그랬기에 축구만 들입다 판 승현도 한도윤의 이력을 대강 알고 있었다.

"그렇지."

그는 아무렇지 않게 고개를 끄덕거렸다. 충격을 받은 사람은 오직 승현뿐이었다. 당연할 것이 그는 지금 가족에 관한 이야기를 하고 있으니, 놀라울 이유가 없을 것이다. 야구 선수로 활동했었다던 그의 이력 또한 뭔가 수긍이 갔다.

근데 왜 야구를 그만뒀을까?

궁금했지만 이걸 묻는 것은 실례일 것 같아서 승현은 그저 입을 꾹 다물었다.

"자, 이쪽에 있는 방 쓰면 되고, 안에 욕실 있어."

"그럼, 여기는 큰형님이⋯⋯. 그러니까 한도윤 선수가⋯⋯."

사는 건 아닌 것 같고.

"형의 또 다른 취미야, 이게. 여기저기 허름한 집 사서 고치는 거. 덕분에 동생들은 숙소 안 잡고 이런 데서 무전 투숙하는 거지."

승현은 '아' 하며 고개를 가볍게 끄덕거렸다. 그러니까 맏형이 갖고 있는 일종의 별장이라는 뜻이었다.

"궁금한 거 있으면 좀 있다 물어보고. 일단 들어가서 씻고 나와. 와인이라도 한잔하게."

와인이라는 단어를 들으면 두드러기가 돋는 것처럼 정수리와 등줄기가 간지러웠다. 승현은 그를 향해 눈을 한 번 흘기고는 방 안으로 들어섰다.

편백나무 프레임으로 만들어진 침대 위에는 새하얗고 폭신폭신한 침구류가 놓여 있었고, 그 주변으로는 침대 프레임과 같은 재질의 입본장과 화장대가 각각 하나씩 자리를 차지하고 있었다. 마치 일본 영화에서 보던 산장 속 게스트 룸 같은 분위기였다.

갈아입을 옷과 세면도구가 들어 있는 작은 가방을 화장대 위에 올려놓은 승현은 거울 속에 비친 자신의 모습을 빤히 들여다보았다. 불과 6개월 전까지만 하더라도 이런 생활을 하게 되리라고는 상상조차 하지 못했다.

지금에 비하면 그때의 삶은.

누군가의 장례식을 기다리는 삶 같았다. 마치 아픈 가족을 두고 그의 장례식까지 슬픔을 유예하며 울음을 참고 사는 듯했다. 언젠가는 좋아질 거라는 순진한 희망을 품고, 일부러 더 씩씩하고 밝게 살려고 악착같이 버텼다.

장례식이 다가올 것을 알면서도, 그럼 그때 울면 되는 거라며 눈물을 감추고 웃기 위해 노력했다.

그런데 기적처럼 그 사람이 살아난 기분이었다. 순진하게 꿈꿨던 희망이 현실이 되고, 그 현실이 너무 벅찬 나머지 몸이 두둥실 떠올라 헬륨 풍선처럼 대기를 부유하며 그가 이끄는 대로 공중을 떠다니는 기분이었다.

이대로 떠다녀도 괜찮을까?

승현은 넋을 놓고 거울 속에 비친 제 모습을 응시했다. 풍선은 누군가 잡아 줄 사람이 없으면 하늘 높은 곳으로 날아가 버린다. 자신이 갑자기 바람이 든 커다란 풍선이라면 그는 뿌리를 깊게 내린 나무와 같은 사람이었다. 일도, 가족도, 그 자신도 세상에 든든한 뿌리를 내리기에, 충분한 조건을 갖추고 있었다.

하지만 승현은 그가 놓아 버리거나, 바람이 빠지면 버려지는 풍선 같았다.

상념을 털어 내며 고개를 가볍게 흔든 승현은 방 안을 둘러보았다. 낯선 곳으로 여행을 온 게 얼마 만인지 모르겠다. '여행의 참다운 의미는 새로운 것을 보는 게 아니라, 새로운 시야를 갖는 데 있다.'고 말한 사람이 마르셀 프루스트였던가?

새로운 시야에 들어온 것이 다른 사람도 아니고 자신이라는 사실에 승현은 가슴속이 침잠하는 듯했다. 생각을 정리하려고 여행을 떠난다는 뭇사람들의 말이 이제야 공감이 갔다. 낯선 곳에서 의지할 것을 찾다 보면 스스로를 붙잡게 되는 건가 보다.

승현은 샤워를 마치고 나와 챙겨 온 면 원피스를 입은 뒤, 방 밖으로 나갔다. 드라이어로 대충 머리를 말리기는 했지만, 머리카락은 물기를 머금고 군데군데 뭉쳐 있었다. 마치 정리되지 않은 생각들이 응집된 마음 같았다.

"배 안 고파?"

그도 씻고 나왔는지 머리카락이 젖어 있었다. 승현은 손을 뻗어 그의 젖은 앞머리를 손가락으로 빗어서 정리해 주었다. 손가락에 젖은 머리카락이 감겼다가 이내 흘러내렸다. 예민한 살갗으로 느껴지는 촉감에 순간 가슴이 두근거렸다.

"배는 안 고파요."

경기 전에는 긴장이 되어서 식사를 할 수가 없었다. 그런데도 지금껏 배가 고프지 않으니 이상한 일이었다.

"그래도 뭘 먹어야지."

그는 그리 말하며 부엌으로 향했고, 승현은 그의 손에 끈을 내어 준 풍선처럼 그를 따라갔다.

"간단하게 먹을 게 좀 있네. 좀 도와줄래?"

식탁 위에 차려진 음식은 따뜻한 즉석 크림수프와 토스트가 전부였다. 음식이 준비되자 그는 산장 거실에 있는 유리장에서 와인 한 병을 들고 왔다.

둘은 말없이 수프를 뜨고, 토스트를 씹고, 와인을 마셨다. 마른 빵을 입에 넣고 수프를 한 모금 머금자 빵이 촉촉하게 젖어 들면서 고소한 풍미가 입 안을 채웠다. 거기에 와인을 곁들이자 오묘하게 쓴맛으로 중화되며 어우러졌다.

"와인 안 마실 줄 알았는데."

그는 나른한 미소를 지으며 조심스럽게 말했다.

"와인 때문에 그렇게 된 건 아니었으니까요. 아까 우린 되게 다른 것 같다고 했죠?"

불현듯 그가 했던 말이 떠올랐다. 뿌리를 깊게 내린 나무에 걸린 풍선이 된 심정으로 승현이 물었다. 그는 하다 만 말이 생각났다는 듯이 '아' 하는 입 모양을 했다가 다시 미소를 머금고는 고개를 끄덕였다.

자신의 위태로운 면을 들킨 것 같아서 승현은 아랫입술을 한 번 깨물었다.

"근데 많이 닮기도 했어."

그가 자신도 신기하다는 듯이 말했다. 그의 말끝이 조금 떨리는 것도 같았다.

"우리가 닮았어요? 어떤 점이?"

그는 식탁 의자에 깊숙이 기대앉으며 고개를 비스듬히 기울이고는 나른하게 웃었다.

"많은 점이."

도무지 이해할 수 없었다.

"정색하고 진지하게 장난쳐서 사람 놀리는 거나."

"나, 아무한테나 그러지는 않아요."

"거짓말. 반찬 가게 아줌마한테도 그랬잖아."

"아니, 그건 놀리려고 그런 게 아니라."

이걸 왜 지금에 와서 변명하고 있는지 알 수 없어서 승현은 그냥 입을 다물어 버렸다.

"그거 장난이라고 알아들으면 재미있는 거고, 눈치 못 채면 그냥 그렇게 지나가는 건데."

그는 흡족하다는 듯이 눈이 가느다래지도록 웃으며 말했다.

"코드가 잘 맞는다고 해야 하나? 유승현 씨는 내가 거는 장난에 발끈하잖아. 나는 유승현 씨가 하는 장난에 어이없어하고."

이거 웃어야 해? 발끈하고 어이없어하는 게 즐거운 상황인 건가?

뭐 각자 즐거우니까, 윈-윈이야?

승현이 어색하게 웃음을 머금는 순간, 그가 식탁에 팔을 기대며 가까이 다가왔다.

"그래서 좋다고."

그의 눈동자가 까맣게 빛났다.

"다른 것 같은데, 비슷한 것 같아서. 유승현이 좋다고."

그가 와인병을 들며 물었다.

"괜찮겠어?"

"괜찮아요."

승현은 와인 잔에 손을 살짝 가져다 댔다. 그는 승현의 손을 한 번 사랑스럽다는 듯이 응시하고는 빈 잔에 자줏빛 와인을 채워 주었다.

"나한테 궁금한 건 없어?"

그가 와인병을 비틀어 쏟아지는 와인이 병을 따라 흐르지 않도록 거둬 가는 모습을 승현은 잠자코 지켜보았다.

"유승현."

"음?"

"무슨 생각을 그렇게 해. 나한테 궁금한 게 하나도 없나 봐. 원래 연애하고 그러면 속속들이 알고 싶고, 궁금하고 그러지 않나?"

그런가?

그는 승현의 일거수일투족을 궁금해하기는 했다.

"나한테 관심이 너무 없는 거 아냐?"

여태껏 한 번도 이런 모습을 보여 준 적이 없었는데, 그가 투정을 부렸다.

"그럼, 형 하나, 누나 하나. 이렇게 삼 남매 중 막내예요?"

"그럼 좋았게?"

그는 미간을 찌푸리며 고개를 절레절레 내저었다.

"설마……. 형제가 더 있어요?"

"형이 두 명 더 있지."

승현은 저도 모르게 '와!' 하고 소리 내며 감탄하고 말았다.

그러니까 이 남자랑 결혼하면 위로 손위 동서가 셋이고, 금이야 옥이야 키웠을 고명딸이 시누이가 되는 거네?

"왜 그렇게 인상을 써, 무슨 생각을 하는데?"

저도 모르게 인상을 썼나 보다. 승현은 아무것도 아니라는 듯이 고개를 절레절레 흔들며 웃었다.

"웃는 것도 어색해. 상상했구나? 손위 동서가 셋이나 된다고?"

이 남자의 짓궂은 장난기는 아무래도 막내 자리에 있으면서 자연스럽게 생겨난 특질인 것 같았다. 그리고 이제껏 투덜거린 적 없던 그의 투정이 무척이나 자연스러웠던 것도 막내가 지닌 특질 중 하나일 것이다.

"시끌벅적했겠다는 생각 했어요. 나는 어릴 때 남동생 하나도 감당이 안 됐는데, 형이 셋에 누나까지 있으면…… 와."

승현이 와인 잔을 빙그르르 돌렸다.

"엄청 맞고 자랐지."

"맞기도 했어요?"

"그것도 야구 배트로. 메이저리거가 사인한 배트로 맞아 본 적 없지?"

그런 일은 누구라도 드물 것이다.

"똑같이 아프더라. 아니, 더 아픈 것 같아."

"왜 맞았어요?"

"그냥, 이래저래."

"야구는 왜 그만뒀어요?"

자연스럽게 질문이 흘러나왔다. 그는 고개를 옆으로 돌리며 애교스럽게 눈을 흘겼다. 그가 저렇게 깜찍한 표정을 지을 수 있다는 사실이 놀라울 따름이었다.

"그걸 궁금해할 줄 알았지."

이 질문을 망설이고 있었다는 것을 안다는 듯이 그가 고개를 주억거렸다.

"아까워서."

그는 잠시 공백을 두고는 말을 이었다. 뭐가 아깝다는 뜻인지 감을 잡을 수가 없었다. 보통은 노력한 시간이 아까워서 못 그만두지 않나?

"내 머리가 너무 아까워서."

그가 검지로 자신의 관자놀이를 가리키며 말했다.

"진지하게 장난치는 거니까, 나 지금 어이없어해야 하는 거죠?"

"장난하는 거 아닌데? 진심이야."

진중한 그의 마음이 눈동자에서 빛나고 있었다. 그는 곧은 시선으로 승현을 바라보았다.

"미안해요. 장난하는 건 줄 알았어요."

승현은 겸연쩍은 마음이 들어서 그의 흔들림 없는 시선을 피해 버렸다.

"형들만큼 할 자신이 없었어. 그렇게 죽자고 야구만 팔 곧은 심지가 없었다고 해야 할까, 말 그대로 자신감이 부족했다고 해야 할까."

그가 혼잣말하듯 중얼거렸다. 이것도 그의 진심이 맞는 것 같기는 한데, 방금 머리가 아까워서 그만뒀다는 말도 진심인 것 같고.

"형들보다 내가 나은 게 하나 있다면 머리가 좀 더 좋다는 거?"

빙그레 웃음을 머금은 그가 승현에게 동의를 구하듯 말했다.

"머리는 좋지만, 야구는 형들보다 못한 게 사실이야. 근데 이걸 굳이 내가 형들보다 잘 못할 것 같아서 그만뒀다고 할 필요는 없잖아. 내가 머리가 좋아서 그만뒀다고 생각하는 게 낫지."

그럴싸했다. 자신의 선택과 결정에 대한 요인을 굳이 부정적인 측면에서 찾을 필요는 없다. 긍정적인 이유를 찾아 자신의 선택과 결정을 인정해 주는 것이 인생을 더욱 현명하고 지혜롭게 대하는 태도일 것이다.

삶을 바라보는 그의 방식이 무척이나 마음에 들었다.

부모를 여읜 뒤, 홀로 축구 선수인 동생을 뒷바라지하고, 학벌이 좋은 것도 아니며, 내세울 것이라고는 그저 열심히 살아온 정직한 삶뿐인 자신과의 연애를 선택한 그였다. 그 연애가 불안정한 끝을 맺게 될지라도, 그는 비겁한 이유로 두 사람의 연애를 폄훼하려 들지 않을 것 같았다.

거울 속에 비치는 제 모습을 바라보며 고민했던 모든 것들이 갑자기 부질없게 느껴졌다. 정처 없이 두둥실 떠다니는 풍선 같은 자신을 탓할 게 아니라, 그런 자신을 사랑해 주는 나무 같은 남자를 만났다는 데 의의를 뒀어야 했다.

그런 남자가 자신을 사랑하는 것만큼 자신은 사랑받아 마땅한 사람일지도 모른다.

사랑을 받아 마땅한 사람.

승현이 저도 모르게 진한 미소를 머금고 말았다.

"왜 웃어?"

"그냥 좋아서."

승현은 그가 했던 말을 그대로 따라 했다.

"누가?"

그가 눈썹을 들썩이며 눈을 크게 뜨고는 물었다.

"와인 맛이 참 좋아서?"

환한 미소를 머금으며 대꾸한 말에 그가 가볍게 눈을 흘겼다.

"피곤하지 않아요?"

자신은 피곤하지 않지만, 그가 피곤하면 들어가서 쉬어도 된다는 뜻으로 물었다.

"피곤해?"

그도 같은 마음인지 똑같은 질문을 되물었다.

"조금 피곤한 것도 같고."

승현이 애매한 답을 내놓았음에도 불구하고, 그는 식탁 위를 정리하기 시작했다. 그러더니 아주 나직한 목소리로 낮게 읊조렸다.

"그만 자자."

음? 같이 자자는 거?

눈을 동그랗게 뜨고 그를 바라봤더니, 그가 웃으며 말을 이었다.

"먼저 자. 나는 이것 좀 정리해야겠다. 잘 자."

그러곤 갑자기 승현의 시선을 피하며 설거지를 시작했다.

아니, 숲 속 산장에 단둘이 있는데, 그냥 자? 이건 정말 해도 너무한 거 아니야?

잠자코 앉아 있던 승현이 자리를 박차고 일어나 그에게 다가갔다. 그의 뒤에 서자, 그가 왜 그러느냐며 고개를 돌렸다.

"잘 자요!"

승현은 까치발을 들어 그의 입술에 쪽 하는 소리가 나도록 입을 맞추었다. 얼굴이 순식간에 화끈 달아올라 버렸다. 대놓고 그를 도발한 것 같아서 정수리가 간지럽고, 등줄기에서 식은땀이 흘러내리는 듯했다.

차마 그의 얼굴을 올려다볼 용기가 나질 않아서 승현은 얼른 돌아섰다. 발걸음을 떼려는 순간 물기가 흘러내리는 차가운 그의 손이 승현의 팔뚝을 잡아챘다.

마치 영화 속 한 장면같이 몸이 홱 돌아갔다. 중심을 잃고 몸이 휘청기우는 순간 그의 단단한 팔이 등허리를 휘감았다. 잭과 콩나무에 나오는 순식간에 자라나는 콩나무처럼 마치 그의 팔이 승현의 몸을 얽고자라나는 듯한 착각이 일었다.

일순간 입술이 깊게 맞물렸다. 그의 젖은 손이 승현의 등허리를 거세게 문질렀다. 승현은 팔마저도 그의 품 안에 갇혀서 손만 겨우 뻗어그의 허리께를 더듬거렸다. 숨이 벅차오르고, 심장이 곧 터질 것처럼뛰었다.

그가 승현의 허리를 더욱 당겨 안았고, 발끝만 겨우 바닥에 닿을 정도로 몸이 떠올랐다. 승현은 그의 품에 안긴 채로 뒷걸음질 쳤다. 무릎뒤에 무언가 닿았다고 느껴진 순간 몸이 갸우뚱 기울었고, 차가운 가죽이 등허리에 닿았다.

두 사람의 무게로 인해 소파가 푹 꺼지는 소리가 들렸다. 빈틈없이몸이 맞물렸고, 옷깃이 스치는 관능적인 소음이 공간을 채웠다. 말랑말랑한 허벅지 위에 단단하게 솟아오른 그의 중심이 비벼졌다.

그가 여느 때보다도 깊이 파고들며 감미롭게 입술을 맞물렸다. 숨이차오르다 못해 울컥거리는 무언가가 목구멍에 걸린 듯했다. 그를 밀어내고 토해 내고 싶을 만큼 차오르는 감정 때문에 겁이 날 정도였다.

그의 손이 승현의 배 언저리를 더듬거렸다. 이곳까지 왔으면서 그냥잠들라는 그의 인사를 야속하게 여겼던 게 무색하리만큼, 승현은 단호하게 그의 어깨를 밀어 냈다.

"하아, 하아."

입술이 떨어졌고 벌어진 공간에서 더운 숨이 뒤섞였다. 그가 미묘한표정으로 승현을 내려다보고 있었다.

"미안해요."

그가 어색하게 웃으며 한숨을 훅 내쉬고는 몸을 일으켰다. 그를 따라 승현도 몸을 일으켜 세우는데, 그가 낮게 읊조리는 목소리가 들려왔다.

"아냐, 몰아붙인 내가 미안하지. 얼른 들어가서 자."

생각했던 것보다 너무 빨리 전개되는 것 같아서 놀랐을 뿐이라고 말하고 싶은데 입이 떨어지지 않았다. 그런 말을 꺼낼 만한 분위기가 아니었다.

그러니까 지금부터 키스할 거고, 그다음엔 내 손이 말이야……. 이런 설명이라도 해 주길 바란 건가?

승현은 그의 어깨를 너무 매몰차게 밀어 낸 것 같아서 제 손이 원망스러울 지경이었다.

"왜 그런 표정을 하고 있어? 얼른 자, 피곤할 텐데."

어색하게 웃던 그가 이제 평정을 되찾았는지 금세 편안한 미소를 지으며, 자상한 목소리로 말했다.

"그럼, 잘 자요."

승현은 소파에서 몸을 일으켜 곧장 방으로 향했다. 방문 고리를 막 돌리려는 순간, 그가 나직한 목소리로 승현을 불렀다.

"유승현."

왠지 돌아보면 안 될 것 같은 기분이 들었다. 돌아보면 걷잡을 수 없는 일이 벌어질 것만 같았다.

"이제 내가 고.자.질쟁이 아니라는 거, 알겠어?"

등 뒤에서 들려온 그의 목소리에 승현은 얼어붙고 말았다. 그렇다. 방금 소파에서 키스할 때, 느끼고 말았다. 그는 너무도 건강해서 위협적일 정도였다.

"무, 무슨 말을 하는 건지 모르겠네요. 잘 자요."

무슨 말인지 너무도 잘 아는 승현이었다. 하지만 여기서 알은체를 한다면 어떻게 수습해야 할지 감이 서질 않았다. 승현은 얼른 문을 열고 후다닥 방 안으로 들어와 버렸다.

"잘 자. 방문 꼭 잠그고."

방문 밖에서 그가 소리쳤다. 승현은 문에 몸을 기대고 서서 두 손으로 왼쪽 가슴을 꾹 눌렀다. 가슴이 쿵쾅거려서 입 밖으로 튀어나오려고 했다. 아까 그와 소파에서 키스하던 중에 목구멍을 답답하게 만들었던 건 아마도 심장일 거라는 생각마저 들었다. 심장박동이 너무 거세서 기도까지 꽉 막힐 지경이었나 보다.

"잘 자요. 방문은 꼭 잠글 거니까, 걱정 마요."

방 안에서 들려오는 그녀의 목소리가 미세하게 떨리고 있었다. 지윤은 씁쓸한 미소를 머금은 채로 고개를 절레절레 저었다. 하마터면 그어 놓은 선을 넘어갈 뻔했다. 아직은 때가 아니라는 것을 알면서도, 새침하게 다가와서 먼저 입을 맞춰 놓고는 얼굴이 빨개지는 그녀를 보는 순간 이성을 잃었다.

그녀를 품에 안고 입을 맞추다 보니, 저도 모르게 어느새 소파에 몸을 기댄 채로 키스를 나누고 있었다. 단호하게 밀어 내는 그녀의 손짓에 정신이 번쩍 들었다. 그녀는 진심으로 미안해하는 얼굴이었지만, 오히려 더 미안한 쪽은 지윤이었다.

그런데 그녀는 자신이 더 미안하다는 듯이 얼굴을 붉혔다. 사람 헷갈리게 하는 태도에 약이 오르기도 하고, 그녀가 자신을 밀어 내 준 것이 고맙기도 했다.

그래서 돌아선 그녀를 놀리고 말았다.

고자라니, 내가? 고자라니!

어떻게 그런 생각을 할 수가 있지?

씁쓸했던 웃음이 그녀의 깜찍한 망상 때문에 금세 유쾌하게 중화되었다.

밤이 깊었다.

살아온 중에 가장 길고 긴 밤을 보내게 되는 것은 아닌가, 하는 생각이 들었다.

일요일 오전, 제주 공항은 뭍으로 돌아가려는 사람들로 북적였다. 처음 비행기에 올랐던 김포 공항과는 사뭇 다른 분위기였다. 김포 공항이 떠나고, 돌아오는 사람들이 서로 뒤엉킨 분위기라면, 제주 공항이 지닌 분위기는 철저히 이방인의 것에 가까웠다.

여행을 시작하며 설레어 하는 사람들이 있었고, 여행을 마무리하고 돌아가는 만족스러운 얼굴들이 있었다. 떠나는 사람에 대한 아쉬움 같은 이별의 기운은 느껴지지 않았다. 제주는 언제든 떠나는 사람이 존재한다는 듯이 태연했고, 이방인의 얼굴 역시 언제든 다시 찾아올 수 있다는 듯이 자약했다.

게이트 앞에 앉은 승현은 제주 토산품을 파는 선물 가게 안의 북적이는 풍경을 바라보았다. 여행을 끝내고 집으로 돌아가는 길에 선물을 사는 사람들은, 소중한 사람을 어디까지로 규정할까? 어느 선까지 선물을 사다 주려고 할까? 가족, 휴가를 대신해 자리를 메꿔 준 직장 동료, 스승, 친구?

승현은 자리를 박차고 일어섰다.

"어디 가게?"

"저기 좀 잠깐 갔다 올게요."

그는 빙그레 웃으며 알았다고 고개를 끄덕거렸다. 잠시 승현에게 머물렀던 그의 시선이 다시 태블릿PC로 옮겨 갔다.

제주도 토산품을 파는 곳은 어렸을 때 들락거리던 문방구 느낌이 났다. 문방구에는 시선을 끄는 온갖 물건들이 있었는데, 제주도 토산품 가게도 마찬가지였다.

가게 안을 한 바퀴 둘러본 승현은 엄지손가락 크기의 돌하르방 한 쌍을 집어 들었다. 그러곤 계산을 마친 뒤 가게를 나와 곧장 그에게로 향했다. 그의 앞에 우뚝 걸음을 멈춰 서자 그의 시선이 승현의 발끝부터 타고 오르기 시작했다.

시선이 움직이는 대로 열이 오르는 듯한 착각이 일었다. 그가 진득하게 바라보는 것만으로도 충분히 떨렸다. 마침내 마주한 그의 얼굴은 무슨 일이냐고 묻는 듯했다.

"선물이에요."

승현이 곱게 포장한 돌하르방을 내밀었다.

"선물?"

고개를 끄덕이자, 그가 돌하르방을 받아 들며 빙그레 웃었다. 승현은 환한 미소를 머금은 채로 말했다.

"보통 여행을 가면 누군가의 선물을 사잖아요. 나도 한번 사 보고 싶었어요."

그는 다정하고 깊은 시선으로 승현을 올려다보았다.

"어릴 때 민속촌으로 소풍 갔다 오면서 엄마한테 효자손 사다 준 적 있거든요. 그때 빼고는 처음이에요."

그는 적잖이 감동한 얼굴이었다. 겨우 돌하르방 선물로 감동시킬 수 있는 남자라니, 참 싸게 먹힌다. 승현이 더 진한 웃음을 머금으려는데, 등 뒤에서 그의 이름을 부르는 소리가 들려왔다.

"여어, 한지윤 대표님. 어제 경기 보고 이제 돌아가시나 봐요?"

목소리의 주인공은 센스포츠 정 기자였다. 돌하르방을 건네면서 손을 붙잡고 있었던 터라, 승현은 얼른 옆으로 움직이며 손을 뒤로 숨겼다.

"아, 이분은 디어프렌즈 직원이라시던, 맞죠?"

"네, 안녕하세요?"

정 기자는 그가 인사를 건네기도 전에 승현에게 말을 걸었다.

"제가 성함을 못 들은 것 같은데."

유승현, 유승재……. 이름을 말하면 곤란해질 것만 같았다. 물론 우연찮게 같은 유씨 성에, 항렬마저 같다고 여길 수도 있겠지만, 이자는 보통 사람이 아닌 기자였다. 도둑이 제 발 저리다고, 승현의 괜한 우려일지도 모르지만, 여지를 만들지 않는 편이 나을 것 같았다.

승현이 다른 이름이라도 말하려고 입을 벙긋거리는 순간, 그가 끼어들었다.

"일주일 만에 뵙네요, 정 기자님. 어제 경기는 어떻게 보셨어요?"

그러곤 태블릿PC를 승현에게 건네며 업무 지시하듯 덧붙였다.

"이 실장한테 전화해서 내일 오전 미팅 한 시간만 뒤로 미루라고 해."

마치 수행 비서를 대하듯 말한 그는 정 기자에게 잠시 자리를 옮겨 이야기를 나누자고 했다.

두 사람이 저만큼 멀어지자 저절로 한숨이 흘러나왔다. 그의 도움으로 안정적인 수입을 얻으며 그에 부합하는 일을 하고 있었지만, 앞으로 에이전시에 계속 출근하는 건 무리가 있을 것 같았다.

불현듯 승현은 그간 잊고 지낸 석훈의 얼굴이 떠올랐다.

승현은 먼저 이 실장에게 연락을 해 두어야 할 것 같아서 가방에서 휴대전화를 꺼내 들었다.

[이 실장한테 연락 안 해도 돼. 그렇게 말해서 미안.]

그에게서 짧은 메시지가 들어와 있었다. 정 기자와 이야기를 나누는 중에도 마음을 써 준 것이 고마워서 승현의 입가에 진한 미소가 떠올랐다.

석훈에게서 서류를 건네받은 지 한참이 지났다. 승재가 에이전트 계약도 하기 전이니 5개월은 족히 흐른 듯했다.

지금에 와서 무슨 후원이고, 무슨 공부냐며 한사코 거절했지만, 사실은 겁이 났는지도 모른다. 누군가 자신의 발전을 기대하고 바라며 도움의 손길을 뻗는다는 것이 어색했다. 또 그 기대에 부응하지 못할까 봐 두려웠다.

그런데 어제 그와 대화를 나누며 느꼈던 감정이 가슴속에 사무쳤다.

사랑받아 마땅한.

더욱 사랑받아 마땅한 사람이 되고 싶었다. 승재를 위해 늘 한 걸음 뒤로 물러나 있던 그림자 같은 누나는 이제 그만하고 싶어졌다. 승재에게 더 이상 그런 뒷바라지는 필요치 않았다. 전문성을 갖춘 에이전트가 동생의 곁을 지키고 있으니, 자신은 한 걸음 물러나도 괜찮을 것 같았다.

그렇다고 아예 승재와 연을 끊겠다는 것도 아니고, 그저 승재가 앞으로 나아간 만큼 조금만 거리를 벌리겠다는 의미였다.

두 번의 신호가 채 울리기도 전에 휴대전화 너머에서 석훈의 목소리가 들려왔다.

— 오랜만이다.

"어, 석훈아. 미안."

— 미안하긴. 승재 경기 잘 봤어. 자랑하려고 전화했어?

석훈이 장난기 가득한 목소리로 물었다.

"아니. 그때 그거 말이야."

— 고민 끝났어?

"고민이 끝난 건 아닌데, 서류만 봐서는 잘 모르겠네. 만나서 설명해 줄 수 있어? 그리고 승재는 프로 선수로 데뷔했고, 나는 아르바이트지만 4대 보험 되는 직장에도 다니는데, 그 후원 받을 수 있는 거야?"

— 그건 좀 알아봐야 할 것 같기는 한데……. 일단 만날까? 언제 시간 돼?

"다음 주 언제든 괜찮아. 빨리 보면 좋을 것 같아."

— 그래, 그럼. 내일 볼까? 혹시 제주야?

"응, 어떻게 알았어?"

— 공항 안내 방송 같은 게 들려서. 그리고 어제 제주에서 승재 경기 있었잖아. 나 내일 만나는 대신, 오메기떡 좀 사다 주라.

"오메기떡?"

— 응, 그거 공항에서 팔아. 아, 돈 줄게.

"아냐, 내가 사다 줄게. 내일 봐, 그럼."

통화를 마친 승현은 제주도 토산품 가게에서 오메기떡 한 상자를 샀다. 생각보다 비싼 가격에 혀를 내두르며 토산품 가게를 나서는데, 정기자를 먼저 보냈는지 그가 팔짱을 낀 채로 승현을 바라보고 있었다.

"그건 뭐야?"

"아, 오메기떡이요."

"나 팥 들어간 떡은 별로 안 좋아하는데."

승현은 잠시 어안이 벙벙해서 그를 바라보았다.

"석훈이가 사다 달라고 해서 산 건데요?"

그가 황당하다는 듯이 웃으며 말했다.

"도무지 모르겠네."

"뭐가요?"

"순진한 곰 같다가도, 또 어쩔 때 보면 천년 묵은 여우 같고."

승현은 눈을 꾹 감았다가 뜨며 역시 황당하다는 듯이 말했다. 곰이니, 여우니 동물을 의인화하는 데 끼고 싶지 않았다.

"아니, 내가 질투하라고 일부러 그러는 게 아니라. 석훈이랑 통화했는데, 이것 좀 사다 달라고 부탁해서 산 거거든요? 그냥 이렇게 솔직히 말하는 게 낫잖아요. 거짓말하고, 나중에 아는 게 더 기분 나쁘지.”

“질투?”

그는 누가 그런 걸 하느냐는 듯이 되묻고는, 웃으며 덧붙였다.

“그런 건 하라고 해서 하는 게 아니거든?”

방금 안 하는 것처럼 되묻더니, 지금은 한다는 뜻이야?

승현은 또다시 어안이 벙벙해서 그를 바라보았다.

“그 떡은 택배로 보내 줄 거야?”

“아뇨. 내일 만나서 줄 건데요?”

“유승현.”

그가 나직한 목소리로 으르렁거리듯이 승현의 이름을 불렀다.

“질투하는 남자가 어디까지 갈 수 있는지 보여 줘?”

“뭐, 그러시든지.”

승현은 유치한 대거리가 우습다는 듯이 그를 지나쳐 게이트로 향했다. 탑승 시작을 알리는 사인이 전광판에 반짝거렸다. 그게 반짝이는 경고등과 닮았다는 사실을 승현은 전혀 깨닫지 못했다.

출근하자마자, 어제 경기가 끝난 직후부터 쏟아져 나온 승재에 관한 기사를 스크랩해 오라는 지시가 떨어졌다. 단 한 개도 빼놓지 말고 모두 PDF 파일로 만든 뒤, 프린트해서 요점을 정리하라는 게 대표인 한지윤이 내린 지시 내용이었다.

그런데 기사가 많아도 너무 많았다. 돌풍처럼 나타난 승재를 칭찬하는 기사들로 스포츠 뉴스 축구 카테고리가 도배되어 있었다.

하나도 빼놓지 말라니, 미친 거 아냐? 설마 나 야근시키려고?

승현 때문에 회사 공용 복합기는 쉴 새 없이 돌아갔다. 인쇄물은 계속 쌓여만 갔고, 승현은 기사의 주요한 부분에 밑줄을 그어 가며 요점을 정리했다. 신인왕이라고 할 수 있는 K리그 영플레이어상 후보가 될 거라며 모두 한입으로 승재의 가능성을 점쳤다.

흐뭇한 마음이 드는 건 어쩔 수 없었다. 여의도 한복판에 나가서 '유승재 내가 키웠다!' 라고 외치고 싶은 심정이었다.

장한 것 그리고 징한 것.

두 경기 연속 득점을 올리며 팀을 승리로 이끌다니, 장하다.

그리고 승재는 엊그제 밤에 승현에게 전화해서 또 엉엉 울어 댔다. 징한 것.

언젠가 인터뷰를 하게 될 날이 온다면, 유승재 선수는 경기가 있는 날 밤마다 누나에게 전화를 걸어서 엉엉 울었다고 말해야겠다.

기사를 전부 모으라는 그의 말은 혹시 이런 기쁨을 안겨 주기 위함이었나?

승현은 함박웃음을 거두지 못하고 기사를 정리하는 데 박차를 가했다. 작업이 거의 막바지에 다다랐을 무렵이었다. 마지막으로 프린트 버튼을 누르려는데, 미묘한 뉘앙스를 가진 기사 문구에 미간이 저절로 찌푸려졌다.

[학창 시절 라이벌이었던 김치열 선수와 그라운드에서 맞선 유승재 선수는 다소 흔들리는 모습을 보였다. 아무래도 유승재 선수의 아킬레스건은 어릴 적부터 같이 뛰던 친우인가 보다.]

승재의 약점을 정확하게 지적한 기사였다. 기자의 이름과 소속 언론사를 확인한 승현의 표정이 어두워졌다. 센스포츠 소속, 정 기자가 낸 기사였다. 기사에는 승재의 이력과 함께, 김치열의 이력을 비교하며 두 선수의 강점과 약점을 비교 분석해 놓았다.

정 기자는 어제 경기에서는 승재가 운이 좋았던 것이며, 강산 FC 홈 경기장에서 치러질 다음 경기에서는 치열이 실력을 충분히 발휘하기를 바란다는 말로 기사를 끝맺었다.

　승현은 해당 기사를 읽고 또 읽었다. 승재의 칭찬으로 내용이 시작되었고, 사진도 승재가 첫 골을 터뜨리고 포효하는 모습이 실려 있었지만, 기사가 옹호하는 주된 선수는 승재가 아닌 치열이었다.

　어제 공항에서 마주쳤을 때, 교활하게 웃으며 승현에게 이름이 뭐냐고 묻던 얼굴이 떠올랐다. 앞으로 승재가 축구 선수로 생활하는 데, 그가 큰 걸림돌이 될 것만 같은 불길한 예감이 들었다.

　"아직도 정리 중이야?"

　이 실장이 다가와 파티션 너머로 얼굴을 내밀며 물었다.

　"네, 거의 다 했어요."

　"근데 표정이 왜 그래?"

　"아, 아무것도 아니에요."

　"프린트한 거 가지고 1번 소회의실로 와요."

　이 실장이 정리하는 법을 알려 주겠다고 했고, 승현은 기사 인쇄물을 A4용지 박스에 담아서 소회의실로 향했다.

　"거기 내려놓고, 요점 정리하라고 시켰지?"

　"네."

　"주제별로 나누면 돼. 기사마다 중점을 두고 이야기하는 게 달랐을 테니까."

　"같은 칭찬이어도 어떤 방식으로 했느냐에 따라 나누라는 말씀이시죠?"

　"그 기준은 유승현 씨가 알아서 세우고. 그 기준이 합당한지 아닌지에 따라 한 대표한테 칭찬을 받을지, 욕을 먹을지가 결정되지. 보통의 경우는 욕을 먹고."

이 실장이 그리 말하며 웃었다. 뭐가 그렇게 재미있는지 모르겠지만, 지금 이 실장은 굉장히 신이 난 얼굴이었다.

남이 욕먹는 게 즐거운 사디스트인가?

"제주도에서는 어땠어?"

기사 몇 개를 심각한 눈빛으로 훑어보던 이 실장이 넌지시 물었다.

"네?"

승현은 뭘 묻는 거냐는 눈빛으로 이 실장을 바라보았다. 이 실장이 궁금해하는 게 뭔지 너무도 잘 알고 있었지만 이 실장에게 '우리 사실 연애해요!' 하고 말할 수는 없지 않은가? 게다가 그런 말은 한지윤 쪽에서 먼저 했어야 맞는 거 아닌가?

승현이 승재에게 둘의 연애 사실을 알리지 않았듯이, 그도 친구이자 비서실장인 이 실장에게 알리고 싶지 않은 것일 수도 있다. 연애라는 게 지극히 사적이고 은밀한 감정이기도 했지만, 이 실장의 성격으로 봐선 말하지 않는 게 낫겠거니 여길 수밖에 없었다.

"아니, 제주도에서 숙소가……."

와, 방이 하나였다는 말은 진짜였나 보다!

이 사람, 큰일 낼 사람이네?

승현은 시치미를 뚝 떼고 물었다.

"숙소가 왜요?"

"잠은 잘 잤어?"

"잘 잤죠."

"거기 호텔 어때? 나도 다음 휴가는 제주도로 갈까 하는데, 괜찮았어?"

주제별로 기사를 분류하던 승현이 태연하게 말했다.

"호텔에서 안 잤는데요?"

"뭐?"

아이, 깜짝이야! 하마터면 귀청이 떨어져 나갈 뻔했다.

"그럼, 어디서 잤어? 설마 유승현 씨만 다른 데 가서 잤어? 우리 한 대표는 그 호텔방에서 혼자 자고?"

대경실색한 이 실장이 눈을 동그랗게 뜨고 야단법석을 떨어 대며 물었다. 승현은 두 눈을 깜빡거리며 이 실장을 바라보았다. 그러고는 태연하게 물었다.

"원래 호텔방에서 혼자 자는 거 아닌가요?"

마치 무슨 말을 하는 건지 모르겠다는 얼굴로 묻자 이 실장이 아연해서는 대꾸했다.

"아니, 누가 뭐랬나?"

승현은 다시 인쇄물로 시선을 옮겨 갔다. 이 실장은 속이 터져서 미쳐 버릴 것만 같았다. 기회를 줘도 활용을 못 하는 한심한 놈인 줄은 미처 몰랐다. 거기서 사고를 치라는 게 아니라, 밤새 한방에서 이야기라도 도란도란 나누며 좀 친해지라고 기회를 만들어 준 거였다.

사실 방을 하나만 예약했다고는 했지만, 거실과 침실이 나누어져 있는 투룸 타입이었고, 침대가 하나라는 말도 장난이었다. 그런데 지레 겁을 먹고 다른 곳으로 갔나 보다. 멍청한 놈. 그런 상황에서 둘이서 잊지 못할 추억도 만들고 그러면 좀 좋냐?

이 실장이 속으로 끊임없이 한지윤을 욕하며 구시렁거릴 때였다.

"이 실장님."

"왜?"

왠지 유승현도 얄미웠다.

"남녀 관계는 꼭 낚시터 같아요."

"뭐?"

얄미운 게 못 알아들을 말을 해서 이 실장은 신경질이 났다.

"어릴 때 아빠를 따라서 낚시터에 간 적이 있어요. 근데 옆자리 아저

씨가 잠깐 화장실에 다녀온다며 자리를 비웠거든요?"

무슨 이야기를 하는지 궁금하기는 하니까 들어나 보자 싶었다.

"근데 그때 입질이 온 거예요. 그동안 그 아저씨가 낚시터에 올 때마다 허탕을 치고 간다고 아빠가 막 안타깝다고 그러셨거든요. 뭘 잡아야 재미가 있는데, 맨날 빈손으로 간다고."

"그래서?"

"엄청난 놈이 걸렸는지, 낚싯대가 막 요동을 치는 거예요! 그 아저씨가 안타까웠던 나머지, 아빠가 얼른 달려가서 그 낚싯대를 딱 잡았는데."

"잡았는데?"

"이놈이 힘이 얼마나 센지 아빠가 낚싯대를 들어 올린 순간, 낚싯대가 똑 부러진 거예요."

어느새 이야기에 빠져든 이 실장이 안타깝다며 고개를 절레절레 내저었다.

"그 낚싯대가 그 당시에 저희 아빠 월급의 반 이상 되는 가격이었대요. 참 난감한 상황이 돼 버렸죠. 저희 아빠가 좋은 뜻에서 물고기 잡아 주려고 그런 거였으니, 그 아저씨도 뭐라고는 못 하겠는데, 표정 관리는 안 되고. 저희 아빠도 도와주려다 그래서 미안한데, 낚싯대를 물어 줘야 하나 싶고. 그렇다고 아빠가 잡은 물고기를 드릴 수도 없고요. 그러니까."

"그러니까?"

"연애는 낚시터와 같다고요."

승현은 새침하게 말하고는 기사 분류를 마쳤다는 말을 덧붙였다.

"어, 그래. 한 대표한테 가 봐."

어안이 벙벙한 이 실장은 승현이 소회의실을 나가고 나서, 의자에 털썩 주저앉았다.

"보통 아니네. 그러니까 남의 낚싯대 신경 쓰면서 자기 잡을 생각 하지 마라, 이거야? 그러다가 물고기 놓치고 상처받는 건 한 대표라는 건가?"

이 실장은 헛웃음을 흘리며 한 대표를 애잔하게 여겼고, 소회의실을 나선 승현은 고개를 절레절레 내저었다.

이제 엉뚱한 짓을 저지르지 말라는 경고의 뜻을 전했는데, 이 실장이 잘 알아들었는지는 모르겠다. A4용지 상자를 들고 그 옛날 낚시터 풍경을 떠올리던 승현이 집무실 문을 두드리려는 순간이었다.

그가 문을 벌컥 열고 나왔고, 두 사람의 시선이 허공에서 부딪쳤다. 그는 미묘한 시선으로 승현을 내려다보았다.

"다 했어, 벌써?"

이제 막 오후 5시를 넘긴 시각이었다. 그에게 간단하게 보고를 하고 나면 6시에 정시 퇴근을 할 수 있을 것 같았다. 6시 15분까지 석훈이 회사 건물 앞으로 온다고 했으니까, 약속은 충분히 지킬 수 있었다.

"네, 다 했어요."

"그럼, 분류해 와."

"분류도 했어요."

승현을 지나쳐 발걸음을 옮기려던 그가 우뚝 멈춰 섰다.

"누가 시켜서?"

그가 고개만 모로 틀어서 승현을 바라보았다.

"이 실장님이 가르쳐 주셨는데요."

"진짜 시키지도 않은."

그는 말을 하다 말고 도로 집무실로 들어가며, 승현에게 따라 들어오라는 듯이 손짓했다.

"그래, 분류한 대로 브리핑해 봐."

승현은 승재를 가장 많이 칭찬한 기사부터 시작해서 수위를 높여 갔다. 시간이 별로 걸리지 않을 거라고 생각했는데, 그의 질문에 답하느라 브리핑이 늘어졌다. 마지막으로 정 기자의 기사를 꺼내 들었을 때, 시곗바늘은 이미 6시 5분을 가리키고 있었다.

"김치열……."

그는 상대 선수의 이름 석 자를 읊조리며 서슬 퍼런 분위기를 풍겼다.

"승재한테 김치열에 관해서 뭐 들은 얘기 있어?"

"고등학생 때 좀 티격태격했다는 거 말고는, 특별한 사건은 없었어요."

지윤은 그저 가만히 고개를 끄덕거렸다. 승재가 고3 막바지를 지나고 있을 무렵, 승현을 두고 막말을 쏟아부었던 새끼가 바로 김치열이었다. 분명히 이놈 때문에 사달이 날 거라는 것을 지윤은 직감했었다.

지윤은 맞은편에 앉아 있는 그녀에게 시선을 옮겨 갔다.

그녀는 뭔가 할 말이 있는 듯한 얼굴이었다. 혹시 김치열이 뭐라고 지껄였는지 알고 있나 싶어서, 지윤은 가슴이 갑갑해졌다. 그런 이야기를 들었다고 해서 속상한 마음을 드러낼 성격도 아니거니와, 속으로 곪을 타입이었다.

"뭐 할 말 있어?"

지윤이 애써 미소를 머금으며 물었다. 하고 싶은 말은 무엇이든 하라는 듯이 자상한 목소리를 내기 위해 노력했다. 그녀의 시선이 지윤의 등 뒤에 있는 벽에 닿았다가, 다시 지윤에게로 옮겨 왔다.

"저, 이만 퇴근해도 될까요?"

그녀의 시선이 움직였던 대로 고개를 돌리자 벽에 걸린 시계가 눈에 들어왔다. 이제 6시 10분을 가리키고 있었다. 갑자기 심사가 꼬이기 시작했다. 걱정했던 마음이 쏙 들어가고, 심술이 났다.

"왜, 무슨 약속이라도 있나 봐?"

그녀는 한숨을 폭 내쉬고는 대꾸했다.

"석훈이랑 잠깐 만나기로 했다니까요."

"어디서?"

"회사 앞으로 오기로 했어요."

여기까지 오시겠다?

지윤은 '아' 하는 입 모양을 한 번 해 보이고는 입을 꾹 다물었다.

"아니, 친구 만나는 것도 안 돼요?"

"친군데, 남자잖아."

"대표님은 일하면서 여자 안 만나요?"

"그냥 남자 아니잖아. 친구라는 탈을 쓰고 흑심 갖고 있는 놈이지."

"석훈이 그런 애 아니거든요? 그리고 대표님이 만나는 여자 중에도 대표님한테 흑심 갖고 있는 사람 있을 수도 있잖아요."

그녀가 발끈해서 귀엽게 떠들어 댔다. 좀 전까지 꼬이던 심사가 또 스르륵 풀리는 것도 같았다.

"그런 사람 없어."

"있는지, 없는지 어떻게 알아요?"

"그럼, 유승현 씨는 그 친구가 흑심 안 갖고 있는지 어떻게 압니까?"

"그럼, 한지윤 씨는 석훈이가 나한테 흑심 있는지 어떻게 아는데?"

존대를 했더니 하대를 한다. 그녀는 화가 많이 난 것 같았다. 그렇지만 무려 저녁 6시가 넘은 야심한 시각에 그녀를 혼자 나가게 할 수는 없었다.

"방법이 있지."

그녀는 또 무슨 헛소리를 하면 가만두지 않겠다는 듯이 눈을 부릅떴다.

"나랑 같이 가면 되겠네."

지윤이 특유의 나른한 미소를 머금으며 그녀를 깊게 응시했다. 이런 눈빛으로 바라보면 그녀가 얼굴을 붉힌다는 것을 지윤은 너무도 잘 알았다.

"지금 되게 비겁한 거 알아요?"

"내가 뭘?"

승현은 얄밉게 되묻는 남자에게 눈을 한 번 흘겼다. 저 미소에 자신이 쉽게 넘어간다는 것을 그는 너무도 잘 알고 있는 듯했다.

"나도 해요, 그럼?"

"해 봐, 어디."

안타깝게도 할 수 있는 게 없었다. 그가 자신의 어떤 행동에 넘어왔었는지를 생각해 보니, 난감했다. 설거지하고 있는 그에게 다가가 입을 맞췄을 때, 그가 얼마나 저돌적으로 돌변했는지 떠올리자 얼굴이 화끈 달아올랐다.

안 될 말이다. 여기서 또 그랬다가는 석훈이를 만나러 나가는 일이 불가능해지고 말 것이다.

"뭐 한다는 사람 어디 갔나?"

그는 손깍지를 껴서 머리 뒤로 넘기며 웃었다. 그 바람에 그의 가슴이 팽팽하게 벌어졌고, 흰색 드레스 셔츠가 그의 팔뚝에 딱 달라붙으며 탄탄한 팔뚝 근육이 그대로 드러났다.

이 순간, 섹시할 필요는 없잖아?

승현은 넋을 놓고 그의 모습을 바라보다가, 이내 눈을 부릅뜨며 정신을 차렸다.

"내일 저녁은 내가 만들어 줄까요, 지윤 씨?"

애교스러운 목소리로 그의 이름을 살갑게 부르며 물었다. 그의 얼굴에 얼핏 당황한 기색이 어렸다. 성을 빼고 지윤 씨라고 불렀던 일도 드물었거니와, 저녁을 해서 대접했던 적도 없었다.

"진심이야?"

그가 팔을 가슴 앞으로 모아 팔짱을 끼며 물었다.

"이런 거로 거짓말할 이유가 없잖아요?"

그는 고개를 끄덕거리며, 웃었다. 알았다는 뜻 같았다. 이렇게 쉽게 넘어가나 싶었다. 역시 남자 길들이는 데는 요리가 최고라고 했던 반찬 가게 아줌마의 말이 떠올랐다. 바람난 남편도 조강지처 음식 맛이 그리워서 집으로 기어들어 온다는 소리를 입에 달고 살던 아주머니였다. 실제로 아주머니의 남편이 바람을 피웠는지, 안 피웠는지는 확인된 바 없다.

아무튼, 승현이 인제 그만 퇴근해 보겠다며 자리를 털고 일어나려던 순간이었다.

"그래도 같이 가."

그는 당연하다는 듯이 말했다.

"아니, 내가 내일."

"그래, 내일 저녁은 집에서 먹고, 오늘은 나랑 유승현 씨랑 이석훈이랑 셋이서 먹고."

승현은 고개를 절레절레 저었다. 아무래도 저 남자를 설득하는 데는 실패한 듯했다. 승현은 자포자기한 심정으로 말했다.

"그래요. 가요, 가."

그가 먼저 자리에서 일어나 옷장에서 슈트 재킷을 꺼내 입었다. 이런 상황에서도 정말 얄밉도록 슈트발이 잘 받는 남자다.

그와 옥신각신하다 보니 시각이 벌써 6시 20분을 넘었다. 승현은 자리로 가서 부랴부랴 짐을 챙기고는 사무실 밖으로 향했다. 그와는 지하 주차장에서 만나는 거로 합의를 봤다.

그런데 사무실을 나서던 승현은 자동 유리문을 나서자마자 얼어붙고 말았다. 건물 앞에 있을 거라고 생각했던 석훈이 에이전시 유리문 앞에 서 있었다.

"여기 어떻게 올라왔어?"

"회사 앞에서 보자며, 여기로 오라는 거 아니었어?"

"밑에 보안은?"

회사 출입증도 없이 어떻게 올라왔나 싶었다.

"안내 데스크에 방문증 쓰고 왔지."

그런 방법이 있었구나.

승현은 저도 모르게 고개를 끄덕이며 수긍하고 말았다. 아니, 지금은 이런 거에 수긍할 타이밍이 아니었다. 회사 사람들이 보면 남자가 회사 앞까지 와서 기다리고 있었다는 둥, 그 남자는 누구냐는 둥, 또 한바탕 난리가 날 게 뻔했다.

"일단 가자."

석훈의 등을 떠밀며 걸음을 옮기려던 순간이었다.

"유승현 씨, 이제 들어가?"

등 뒤에서 들려온 목소리는 하필 김 대리의 것이었다. 그렇다. 시무식이 있던 날 승현을 곤경에 빠뜨렸던 그 김 대리 맞다.

"아, 대리님도 이제 들어가세요?"

"어머. 남자 친구야?"

"아닙니다. 동창이에요."

승현이 대꾸를 하기도 전에 석훈이 알아서 대답을 해 주었다.

"안녕하세요? 우리 승현 씨랑 동창이구나. 뭐 하시는 분이세요?"

"대학원생입니다."

김 대리는 입 모양으로 '아' 하고는, 고개를 끄덕거렸다.

"어느 학교?"

"S대 로스쿨 다니고 있어요."

'아' 했던 입 모양이 '오'로 바뀌었다. 내일이면 에이전시 전체에 유승현이 S대 로스쿨 다니는 남자와 연애하고 있다는 소문이 쫙 돌 게 뻔했다.

"둘이 진짜 그냥 친구 사이예요?"

승현이 나서려는데, 석훈이 더 빨랐다.

"제 이상형은 지금 말씀하시는 분 쪽에 더 가까운데요. 얘는 너무 어릴 때부터 봐서, 그냥 친구로밖에는 안 보여요."

와, 얘 끼 부리는 것 좀 봐!

승현은 하마터면 손뼉을 칠 뻔했다.

"그럼, 오늘은 저희끼리 할 이야기가 좀 있어서요. 살펴 가세요."

석훈은 정중히 인사를 하고는 돌아섰다. 누가 김 대리의 직장 동료인지 헷갈릴 정도로 석훈은 능숙하게 김 대리를 다뤘다.

"야, 너."

승현이 뭐라 입을 열려고 하는데, 또다시 석훈이 가로챘다.

"이 정도면 내일 곤란한 일 없겠어?"

엄지손가락을 척 들어 보이며 '크흐' 하는 소리를 내자, 석훈이 유쾌하게 웃었다.

"여기 그 남자 회사 맞지?"

미리 알아보았다는 듯한 뉘앙스로 석훈이 물었다. 승현은 고개를 끄덕이는 것으로 대답을 대신했다.

"따라오기 전에 얼른 도망가야겠네?"

마치 다 알고 있는 것처럼 석훈은 빙그레 웃었다.

도대체 내 주위에는 왜 이렇게 눈치 빠른 놈들만 있는 거지?

승현은 석훈의 용의주도함에 혀를 내두름과 동시에 지금쯤 속이 부글부글 끓어서 미치고 팔짝 뛸 그를 떠올리며 한숨을 내쉬었다.

따라오기 전에 도망가야겠다고 했던 말은 거짓이 아니었던 듯, 석훈은 퇴근길 인파가 모인 길로 승현을 끌어당겼다. 그리고 그에게서 전화가 왔을 때, 휴대전화를 빼앗은 석훈은 요모조모 따져 가며 자신이 그렇게 못 믿을 놈으로 보이느냐는 둥, 그렇게 잡았다가는 애 성격에 도망간다는 둥 협박까지 해 대며 그를 따돌렸다.

"너 진짜 대단하다."

승현은 고개를 절레절레 내저으며 맥주가 가득 담긴 잔을 집어 들었다.

"그 사람 있으면 편하게 이야기도 못 하잖아. 아무리 연애하는 사이라도 이런 얘기에 끼는 건, 좀 그렇지."

어떻게 알았느냐고 물으려고 했는데, 석훈이 또 먼저 입을 열었다.

"그냥 감이지, 뭐. 소속 선수 가족을 회사로 불러서까지 자립을 돕는 걸 보면, 마음이 있는 거고. 그만큼의 위험도 감수하겠다는 건, 가벼운 마음은 아니라는 거니까."

석훈은 어깨를 으쓱하고는 맥주을 벌컥벌컥 들이켠 뒤, 말을 이었다.

"후원은 어려울 것 같대."

승현은 그저 고개를 끄덕거렸다.

"근데 네가 그렇게 뒷바라지한 동생이 이제 빛 보기 시작했는데, 공부하고 싶으면 동생한테 도움받아도 되지 않아?"

"걔 이제 데뷔했는데, 돈이 어디 있어. 그리고 승재가 버는 돈은 승재가 모아서 장가가는 데도 써야 하고. 내가 뭐 바라고 걔 뒷바라지한 것도 아니고."

"너 되게 이기적이다."

동생 돈을 쓰지 않겠다는데, 이기적이라고 말하는 건 좀 아니지 않나?

"네가 뭔가 하고 싶은데 여건이 안 돼서 몇 달이 지났는데도 불구하고 나한테 연락한 거, 승재도 알아?"

"승재는 당연히 모르지."

"승재 입장에서 서운할 거라고는 생각 안 해 봤어? 네 인생 바쳐서 그 자리 만들어 준 거나 마찬가진데. 뭐, 물론 사람에 따라서 받은 거 생각 못 하고, 배은망덕하게 구는 잡것들이 있기는 하지만. 승재 그런 애 아니라는 거, 너도 잘 알잖아. 자기 누나가 이렇게 방황하고 있는 거 알면, 걔 미칠걸?"

틀린 말은 아니었지만, 그래도 동생의 도움을 받는 것은 어색했다.

"왜, 그 남자한테 받는 건 되고, 승재는 안 돼?"

석훈의 말에 가시가 있었다.

"너 그게 무슨 뜻이야?"

"그 남자가 주는 월급으로 먹고사는 건 되고, 승재가 번 돈으로 공부하는 건 안 돼?"

석훈은 나쁜 뜻 없이 말한 것 같았지만, 듣는 승현은 기분이 좋지 않았다. 그때, 휴대전화 벨이 울리기 시작했다.

"잘 들어, 승현아. 네가 뭔가 하고 싶은 게 있다면, 지금 의논을 해야 할 사람은 내가 아니라 승재인 것 같아. 승재한테 기회를 줘."

"무슨 기회?"

"짐을 덜어 낼 기회."

승현은 끊임없이 울려 대는 휴대전화를 확인했다. 당연히 발신인은 그였다.

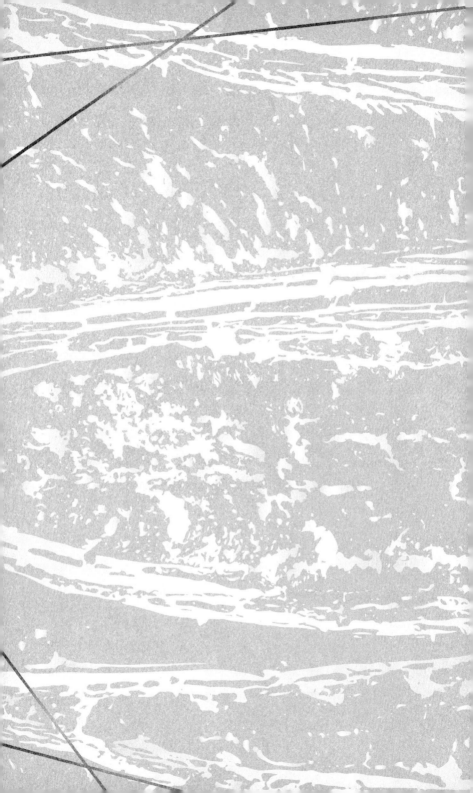

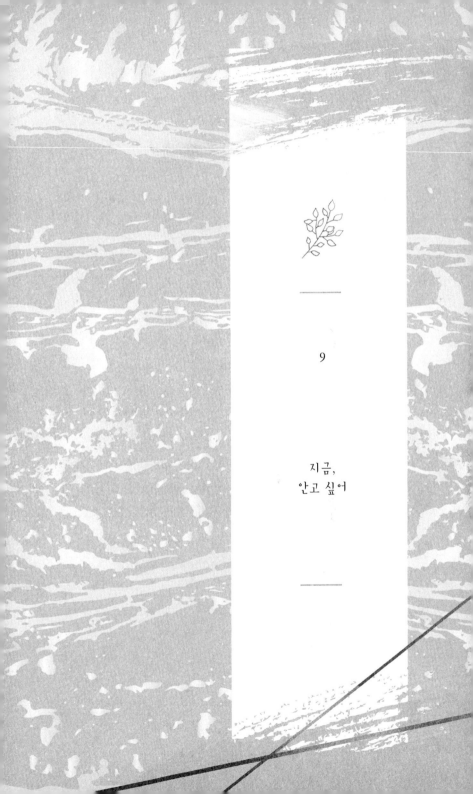

9

지금,
안고 싶어

"전화받아 봐."

석훈은 자기가 할 말은 이제 다 했다는 듯이 굴었다. 승현은 한숨을
몰아쉬고는 휴대전화를 무음으로 바꾸었다.

"무슨 짐?"

승현의 목소리에 날카롭게 날이 서 있었다. 석훈이 못 말리겠다는
듯이 고개를 내저었다.

"누나인 네가 지워 준 짐. 축구하면서 얼마나 성공하고 싶었겠어. 혹
시나 아무것도 못 하게 될까 봐 얼마나 두려웠겠어."

석훈은 마치 두 남매의 속을 훤히 들여다본 것처럼 말했다.

"그러니 이제 축구에 집중하려면 너한테 진 빚부터 갚아야 가능할
거라고 봐, 난. 진심으로 걔도 걔 인생을 살려면, 서로에게 진 빚을 갚
고 독립해야 하는 거야."

"남매 사이에 빚이 뭐고, 독립이 무슨 의미야?"

매정하게 말하는 석훈의 말이 마음에 들지 않았다.

"너 평생 승재 그림자로 살래?"

그러지 않으리라 다짐하고 석훈을 찾은 거였다. 그런데 석훈은 그러려면 승재와 의논을 해야 할 거라고 말하고 있다. 머릿속이 복잡해졌다.

승현에게 동생 승재는 마냥 어린아이였다. 부모님이 돌아가셨을 때 승재의 나이가 겨우 열 살이었다. 멍한 시선으로 바다를 바라보던 승재의 모습이 아직도 선연했다. 자신도 부모를 잃었으면서, 어린 동생의 마음을 헤아릴 때면 가슴이 미어졌다.

열한 살이 되던 해 여름, 부모님의 첫 기일을 앞두고 승재가 이런 말을 했었다.

'엄마, 아빠가 있었던 게 꿈 같아. 꼭 엄마, 아빠가 연기 속에 있는 것처럼 잘 기억이 안 나, 누나.'

어쩌면 그날 이후로 승현은 강박관념에 사로잡혀서 부모님이 계셨을 때와 변함없는 모습으로 살아가기 위해 노력했는지도 모른다. 그런 승현의 노력을 승재는 너무도 잘 알고 있었다.

"그래, 네 말 무슨 뜻인지 알겠어. 일어나자."

석훈과는 데면데면하게 인사를 나누고 헤어졌다. 머리로는 깨달았지만, 마음으로는 받아들이기 힘들었다. 이제 막 프로 데뷔를 한 승재에게 손을 내미는 게 이기적인 행동은 아닌지. 홀로 서는 방법에는 여러 가지가 있으니 더 고민을 해 보자고 생각하며 승현은 어두운 거리를 걸었다.

한참을 걷다가 버스 정류장에 다다랐을 때, 문득 그의 에이전시부터 그만둬야겠다는 생각이 들었다. 빨리 다른 일자리를 알아봐야 할 것 같았다.

승현은 아까 호프집에서 무음으로 해 두었던 휴대전화를 집어 들었다. 수십 통의 부재중 전화가 와 있는 건 아닌가 걱정했는데, 아까 걸려 왔던 딱 한 통의 부재중 전화만 있을 뿐이었다. 그에게 전화를 걸까 하다가 그만두었다. 지금 전화를 걸어 봤자, 옥신각신할 게 분명하니까 그냥 집으로 가서 얼굴 보고 이야기하는 게 나을 것 같았다.

집에서 얼굴 보고? 누가 보면 결혼이라도 한 줄 알겠다.

집에 도착했을 때, 당연하게도 그가 기다리고 있었다. 전화는 왜 안 받았느냐며 추궁할 줄 알았는데, 그는 아무것도 묻지 않았다.

"저녁은 먹었어요?"

"먹었지. 이야기는 잘 했어?"

끈적거림 하나 없이 너무도 깔끔하고 산뜻한 질문에 승현은 잠시 머 뭇거렸다. 왜 석훈을 만났는지 그리고 무슨 이야기를 나누었을지 그는 대충 짐작하는 듯했다.

그리고 승현이 무슨 생각을 하고 있는지도 읽어 낸 얼굴이었다.

"피곤할 텐데, 쉬어."

"그래요, 잘 자요."

방문을 닫고 들어왔는데, 어쩐지 가슴 한구석이 허전했다. 뭔가를 잊 은 것 같고, 뭔가를 안 한 것 같은 기분이 들어서 찜찜하기까지 했다.

대문은 저절로 잠기고, 현관문도 저절로 잠기고, 가스 불은 켠 적이 없 으니 잠글 필요가 없고⋯⋯. 승현은 침대에 앉아서 골똘히 생각에 잠겼 다. 뭔가 잊은 것 같은 기분이 들 때면, 꼭 빼먹은 게 한 가지씩 있었다.

그게 뭘까?

승현이 아랫입술을 꽉 깨문 순간이었다.

아, 오늘 키스를 한 번도 안 했구나!

마치 태어날 때부터 키스를 입에 달고 살았던 것처럼 그와의 키스가 너무도 당연하게 느껴졌다. 그렇다고 이런 분위기에 나가서, '우리 오 늘 키스 한 번도 안 한 거 알아요?' 라고 말할 수도 없는 노릇이었다.

이럴 때 기가 막히게 승현의 마음을 읽고 그가 문을 두드릴 만도 하 건만 그는 오늘은 더 이상 승현과 말을 섞을 생각이 없는 건지 거리를 두었다.

아, 삐진 건가?

질투하는 게 어떤 건지 보여 주겠다던 그는 승현에게 엄청난 일을 시킨 것도 모자라, 약속 장소에 같이 나가겠다며 고집을 부렸었다. 그런데 그런 그를 따돌렸으니 삐질 만도 했다.

대놓고 질투하면 받아쳐 주기라도 하지, 삐지면 어떻게 달래 줘야 하나?

승현은 순간 가슴이 갑갑해지는 것만 같아서 침대 위로 벌러덩 누워 버렸다.

내일 일은 내일 생각하기로 하자.

역시나 회사는 야단법석이 나 있었다. 김 대리는 그새 석훈에 대한 소문을 에이전시 곳곳에 파종했고, 씨앗은 싹을 틔우고 자라서 열매를 맺고 사무실을 풍성하게 만들었다.

"와, S대 로스쿨? 대단하다."

아니라는 말을 하는 것도 이제는 입이 아팠다.

"유승현 씨, 나 좀 봐."

승현을 딱딱한 목소리로 부른 사람은 아직도 남의 낚싯대 앞을 알짱거리고 있는 이 실장이었다. 이 실장은 승현이 소회의실에 들어서자마자, 와다다다 쏘아붙였다.

"너무한 거 아냐? 내가 그렇게 눈치를 줬는데. 어? 그리고 왜 나한테 거짓말했어, 어? 없다며, 남자 친구 없다며? 우리 한 대표가, 응? 어디 그렇게 아무한테나 눈길 주고 그런 사람인 줄 알아? 우리 한 대표가 말이야. 모델에, 배우에, 발레리나에, 사업가에, 여기저기서 아주 줄을 섰어. 그런데도 눈길 한 번 안 주고."

"정말 한 번도 안 줬어요?"

"몇 번 만나기는 했는데, 뭐 밥 몇 번 먹은 게 다지. 아무 여자한테나 오매불망 정신 빼놓고 다닌 줄 알아?"

이 실장은 우스꽝스럽게 목을 쭉 빼고는 건들거렸다.

"아, 그 여자들이랑 밥은 몇 번 먹었구나."

승현은 조용히 읊조리며 고개를 끄덕거렸다.

"지금 그게 중요해, 어? 회사 분위기 지금 어떤지 보고도 그러는 거야? 아주 난리가 났잖아. 왜 하필 김 대리한테 걸려서. 아니지, 회사로 불렀으면, 제발 우리 좀 봐 주세요! 한 건가?"

이 실장의 목소리가 어찌나 큰지 소회의실 밖까지 쩌렁쩌렁 울릴 것 같았다. 이 실장이 다시 포문을 열려던 순간이었다. 소회의실 문이 열리는가 싶더니, 그가 미간을 찌푸린 채 회의실 안으로 들어왔다.

"무슨 일인데, 이렇게 난리야?"

그가 나지막한 목소리로 물었다. 은근히 고압적인 말투에 이 실장이 아주 조금 누그러드는 듯싶었다.

"좀 혼낼 만하니까 혼냈어."

"유승현, 너 이 실장한테 혼났어?"

승현은 마치 목에 깁스라도 한 것처럼 뻣뻣하게 굳어 버렸다. 고개를 끄덕이기도 모호한 상황이었다.

"이 실장, 누구 허락 받고 유승현 씨 혼내?"

"내가 유승현 씨 윗사람이니까 혼내는 건데, 대표님 허락 받아야 합니까?"

이 실장이 원망스럽다는 눈길로 한 대표를 쏘아보며 물었다. 그러더니 결국 사고를 쳤다.

"이 멍청아, 저 여자는 너한테 관심이 요만큼도!"

이 실장이 엄지와 검지를 좀스럽게 모으며 오만상을 찌푸릴 때였다.

"내 여자를 왜 내 허락 없이 혼냈을까?"

사위가 쥐 죽은 듯이 조용해졌다. 이 실장은 엄지와 검지를 모은 자세 그대로 굳어 버렸고, 승현 역시도 갑작스러운 그의 발언에 놀란 나머지 딸꾹질이 튀어나올 것만 같았다. 이 실장이 허탈한 웃음을 지으며 고개를 절레절레 내저었다.

"드디어 네가 미쳤…… . 진짜야?"

이 실장은 넋이 나간 얼굴로 두 사람을 번갈아 보았다.

"사무실 분위기는 알아서 수습해. 괜히 분란 일으키지 말고. 직원들한테 알은체도 말고."

그는 엄혹한 얼굴로 이 실장에게 읊조리고는, 다정한 눈빛으로 승현을 내려다보았다.

"이 실장이 불러서 자꾸 괴롭히면 나한테 일러, 알겠어?"

승현은 가만히 고개를 끄덕거렸다.

"근데 아까, 이 실장님이 그러는데, 막 다른 여자들이랑 밥도 먹고 그랬다면서요? 모델, 배우, 발레리나, 사업가."

승현이 손을 쫙 펼쳐서 손가락을 하나하나 접어 가며 읊어 댔다.

"아냐, 아냐! 밥만 먹었다고, 누가 뭐 했대?"

이번에는 그가 이 실장을 죽일 듯이 쏘아보았다.

"대표님, 사무실 분위기는 제가 알아서 수습하겠습니다. 그럼."

이 실장은 고개를 꾸벅 숙여 보이고는 먼저 자리를 떴다.

그는 이 실장을 볼 때와는 전혀 다른 다정한 눈빛으로 승현을 내려다보았다.

"삐진 거 아니었어요?"

"내가? 왜?"

"아니, 어제…… ."

"내가 그렇게 속 좁은 놈으로 보여?"

충분히 속 좁은 놈처럼 굴어 놓고 이런다.

"아니면 이걸 안 해 줘서 그러나?"

그가 손을 뻗어 소회의실 문 잠금장치를 잠그며 승현의 입술을 가볍게 머금었다. 겨우 하루였을 뿐인데, 마치 오랜 기간을 헤어졌다 만난 연인처럼 그의 키스는 지독히도 황홀했다.

승승장구하던 강산 FC가 발목을 잡혔다. 지난 홈경기에서 0:0 무승부로 경기를 끝마친 것으로도 모자라, 그다음 원정 경기에서는 2:3으로 역전패를 당했다. 오늘 반드시 승점을 따내야 다시 리그 1위를 탈환할 수 있었다.

6월인데도 불구하고 기온이 30도를 웃돌았다. 경기장에 모인 사람들은 지난 제주 원정 경기에서 유승재가 선취 득점을 올려서 이기고 왔으므로, 이번에도 당연히 이길 거라고 희망했다.

오랜만에 함께 경기장을 찾은 승현과 지윤은 강산 FC 벤치 바로 뒷좌석인 W석에 자리를 잡고 앉았다. 선수나 서포터즈처럼 두 사람 역시 긴장되기는 마찬가지였다.

이번 경기 역시 지난번 제주도 원정 경기와 똑같은 포지션이 될 것같았다. 공격형 미드필더인 승재와 수비형 미드필더인 치열이 맞붙을게 당연했다.

경기가 시작되었고, 예상은 빗나가지 않았다. 저러다 다치는 게 아닐까 싶을 정도로 두 사람은 몸싸움을 심하게 해 댔다.

"살살 좀 하지, 좀."

승현이 저도 모르게 치열을 원망하는 소리를 내뱉은 순간이었다. 승재가 자신의 뒤에 서 있던 치열의 멱살을 잡고는 얼굴을 향해 주먹을 날렸고, 주심의 휘슬 소리와 동시에 경기가 중단되었다.

갑자기 경기장이 쥐 죽은 듯이 조용해졌다.

믿을 수가 없는, 말도 안 되는 일이 벌어졌다.

순해 터져서 몸싸움하는 것도 버거워하던 승재가 먼저 주먹을 날리는 일이 벌어졌다. 그것도 그라운드 위에서 경기가 한창 진행 중인데 말이다. 중요하지 않은 경기가 어디 있겠느냐마는, 이번 경기는 다시 승기를 잡기 위해서 강산 FC가 반드시 이겨야 하는 경기였다.

그런데 득점포를 터뜨려야 할 승재가 도무지 믿기 힘든 행동을 하고야 말았다. 결국, 주심이 레드카드를 꺼내 들었다. 상대 팀 팬들은 김치열의 이름을 외치며 포효했고, 강산 FC 서포터즈는 망연자실했다.

그가 슈트 재킷을 여미며 자리에서 일어났다.

"어디 가요?"

"일단 집에 가 있어. 연락할게."

그는 승재에게 달려가는 듯했다. 승현만큼이나 그의 표정도 어둡기는 마찬가지였다.

"나도 같이······."

그녀가 울음을 삼키는 듯한 목소리로 말했다. 지윤은 상체를 기울이며 그녀의 뺨을 어루만졌다.

"같이 못 있어 줘서 미안해. 지금은 승재한테 내가 더 필요할 거야. 일단 집에 가 있어, 승현아. 알겠지?"

파르르 떨고 있는 여자를 혼자 두고 가는 게 마음에 걸리지만 어쩔 수 없었다. 지금 당장은 승재가 경기 중에 왜 그런 사고를 쳤는지부터 알아봐야 했다.

선수 대기실에 다다랐을 때, 승재는 이미 구단 소속의 심리 상담가와 함께 있었다.

"어떻게 된 건지, 설명할 수 있어?"

무슨 일이 있어도 자신을 믿고 따르겠다고 했던 승재였다. 그런데 승재가 죽일 듯한 시선으로 지윤을 쏘아보고 있었다.

"누나랑 이야기하게 해 줘요."

"그럴듯한 이유를 못 대면, 시즌 아웃 당할 수도 있어."

지윤이 낮게 읊조린 말에 승재가 눈이 까뒤집어질 정도로 분노해서 소리를 질러 댔다.

"축구고 나발이고, 그만두면 되니까! 누나랑 이야기하게 해 달라고요!"

승재의 목소리가 대기실 안을 쩌렁쩌렁 울렸다. 적막함이 사위를 휘감았다. 지윤은 이제 자신에게는 눈도 마주치려고 하지 않는 승재를 가만히 내려다보았다.

분명 그라운드에서 김치열의 도발이 있었을 것이다. 그 도발을 참지 못한 승재가 주먹을 날렸을 게 뻔했다. 승재가 참지 못할 도발은 단 하나였다. 그리고 그건 승재가 에이전트인 자신과 앞일을 상의하는 것도 마다하고 누나를 찾는 것과 같은 이유일 것이다.

지금 여기서 누나 때문에 그러는 거라면, 자신과 이야기하자는 말을 섣불리 꺼낼 수도 없었다. 고등학생 때 김치열이 비열하게 떠들어 댔던 말을 지윤도 똑똑히 기억하기 때문이었다.

세상일은 뭐든 겪다 보면 무뎌지기 마련이다. 영원히 지속되리라고 생각했던 기쁨도 무뎌지고, 끝나지 않을 것 같은 슬픔에도 끝이 있고, 즐거웠던 것에 대한 마음이 식기도 한다.

그런데 분노라는 감정에는 인간은 쉽게 지루해하질 않는다. 작은 분노가 큰 분노를 낳기도 하고, 잠시간의 화를 참지 못해 어리석은 짓을 저지르는 일도 부지기수다.

기쁨을 함께 나누고, 슬픔을 공유하고, 즐거운 일을 전파하는 것은 마땅한 일이라고 생각하지만, 화를 참지 못하고 남에게 분출하는 것은 그른 일이라 여긴다.

　화를 다스릴 줄 아는 인간이 조금 더 성숙한 부류로 분류되는 것은
그 때문인지도 모른다.

　축구 선수로서 아직 갈 길이 먼 승재였다. 여기서 무너져 내리게 내
버려 둘 수는 없었다. 승재가 누나를 바라보는 방식을 바꿔 놓지 않으
면, 나중에 또 이런 문제가 발생하지 않으란 법도 없었다.

　경기 중 가족에 관해 욕설을 퍼부은 관중에게 뛰어든 선수들도 더러
있었고, 어젯밤 자신이 상대 선수의 여동생, 누나, 혹은 부인과 밤을
보냈다는 말도 안 되는 이야기로 도발하는 예도 많았다.

　아무 말도 하고 있지 않은 것처럼 보이지만, 그라운드 위에서 만나
는 선수들은 갖가지 방법으로 시비를 도모했다. 그 시비에 아둔하게
휘말렸다며, 승재를 다그친다면 지금 당장 축구를 그만두겠다며 자리
를 박차고 일어날 것 같은 분위기다. 조금 전 축구고 나발이고 그만두
겠다며 소리를 지르기도 했고.

　어쩌다 평생을 함께해 온 운동이 '축구고, 나발이고'가 되었을까?

　"여기에 누나를 불러오는 건, 곤란해. 팀에 이야기하고 올 테니까 잠
깐 기다려."

　전문 심리 상담가와의 상담을 핑계로 지윤은 승재를 데리고 경기장
을 빠져나왔다. 퇴장에 대한 트라우마는 그 즉시 치료되어야 한다는
것을 구단도 잘 알고 있었기에, 에이전트인 지윤을 믿고 잠시간의 외
출이 허락되었다.

　집에 도착했을 때, 그녀는 안절부절못하는 얼굴로 마당을 서성이
고 있었다. 뙤약볕 아래 어찌나 오래 서 있었는지, 그녀의 이마가 땀
으로 흥건하게 젖어 있었다. 대문 안으로 들어서는 승재에게 득달같
이 달려든 그녀가 손바닥으로 승재의 팔뚝을 있는 힘껏 내려쳤다.

　"미쳤어! 미쳤어, 이게! 생전 주먹질 안 하던 애가 그것도 경기 중에!

미쳤지, 너?"

그녀는 땀인지 눈물인지 모를 물기를 손등으로 훑으며 흐느꼈다.

"네가 그 자리까지 어떻게 갔는데!"

승재는 누나가 제 몸을 흔들고, 때리는데도 묵묵부답이었다.

축구 선수인 승재의 몸은 돌처럼 단단했다. 그녀가 말랑말랑한 손바닥으로 내리치는 모습을 보다 못한 지윤이 그녀의 손목을 낚아챘다. 어느새 작은 손이 새빨갛게 부어오르고 있었다. 지윤은 한숨을 몰아쉬었다.

"들어가서 이야기하자."

지윤이 그녀를 달래듯 입을 열었을 때였다.

"그 손 놔요."

승재가 고개를 푹 숙인 채로 읊조렸다. 낮게 울리는 목소리에는 원망스러운 기색이 가득했다. 지윤은 그녀에게서 손을 떼어 내며 승재를 바라보았다. 내내 바닥을 보고 있던 승재의 시선이 지윤에게로 올라왔다.

"그리고 대표님은 빠져요."

"너 말버릇이 그게 뭐야!"

"그러는 누나는!"

두 남매가 부딪치는 모습을 바라보던 지윤은 한 발짝 물러나는 것을 택했다. 2보 전진을 위한 1보 후퇴였다.

"일단 둘이 이야기해."

지윤은 아무런 미련이 없다는 듯이 돌아서서 대문 밖으로 향했다.

승현은 삐걱 소리가 나면서 닫히는 대문에 시선을 두었다. 여름이면 유독 여닫을 때마다 큰 소리가 났다. 아버지가 살아 계실 때는 때마다 경첩에 기름칠을 하고 꾸준히 관리하셨었다. 부모님이 살아 계실 때와 다를 바 없는 모습을 유지하기 위해 노력했지만, 부모님이 돌아가신 여름이 다가오면 때맞춰 그 부재를 알리듯이 대문이 삐걱거렸다.

집 안으로 들어서자 실내에 고인 시원한 공기가 뙤약볕 아래에서 욱신욱신했던 머리를 식혀 주었다. 승현은 부엌으로 가서 찬물을 두 잔 받아다가 한 잔은 자신이 마시고, 한 잔은 승재에게 건넸다.

승재는 유리잔을 받아 든 채로 가만히 내려다보기만 했다.

"왜 그랬어?"

승현이 나직한 목소리로 물었다. 목소리에서는 물기가 묻어났다.

"……누나."

승재가 힘없는 목소리로 제 누나를 불렀다. 차마 입을 떼기가 어려웠다. 누나에게 김치열이 떠들어 댄 말을 물어야 한다는 게 기가 막혔다.

에이전트 한지윤과의 계약 직전, 누나가 외박했던 날을 떠올리며 승재는 어금니를 꽉 물었다. 머리로는 아니라고 부정하고 있지만, 가슴속은 분노로 들끓었다.

여건이 안 되면 진작에 그만뒀어야 했다. 사실이든, 아니든 누나가 그런 소문에 시달리게 두어서는 안 되는 일이었다.

승재의 귓가에 아직도 김치열의 가느다란 목소리가 계속 맴돌았다.

'몰랐어? 너희 누나랑 에이전트 한지윤이랑 그렇고 그런 사이라는 거?'

고등학생 때, 이와 비슷한 사건으로 주먹을 날린 적이 있는 승재였다. 그때 다시는 그런 일을 벌이지 않겠다고 에이전트와 약속했었다.

'누나가 에이전시 들어가서 일하는 건 알아? 일종의 스폰이지. 그걸 정상적인 연애 관계라고 할 수 있나? 네 누나는 몸 팔아서, 너 축구 선수 만든 게 맞다니까.'

감히 누나를 욕보이는 일에는 참을 수가 없었다. 승재는 있는 힘껏 주먹을 날려 치열을 때려눕혔다.

그런데 더 화가 나는 것은 집 마당에서 마주한 한지윤을 바라보는 누나의 눈빛이었다. 설마설마했으나, 눈빛 안에 담긴 감정을 엿본 순간 승재는 탄식했다.

어떻게 그렇게 멍청한 일을 벌일 수가 있어!

승재는 제 누나를 원망했다. 그리고 제 실력도 원망했고, 일찍 돌아가셔서 누나와 자신을 이렇게 만든 부모님도 원망했다.

승재가 조용한 목소리로 읊조렸다.

"한지윤과의 관계, 정리해. 안 그럼 나 축구 그만둘 거야."

제발 아니기를 바랐다.

그렇게 말하기는 했지만, 누나가 대체 무슨 소리를 하는 거냐며 화를 내고, 자신을 나무라기를 마음속 깊이 바랐다.

그런데 누나의 눈동자가 힘없이 흔들렸다. 시선을 마주하고 있던 누나가 미간을 잔뜩 찌푸리며 고개를 떨어뜨렸다. 찰나의 순간 누나의 눈동자 가득 물기가 고이는 게 보였다.

"……알았어."

누나의 목소리가 힘없이 떨렸다. 설마 했던 일이 벌어지고 있었다. 김치열의 말이 사실이었단 생각이 들자 억장이 무너져 내렸다. 누나 역시도 곧 무너져 버릴 것처럼 위태로워 보였다.

아무리 그래도 그렇지, 이 멍청아! 할 게 있고, 못 할 게 있지! 그런 것도 구분 못 하는 바보 천치였어?

처음 김치열이 개소리를 했을 때 에이전트 한지윤을 믿고 따를 게 아니라 누나에게 사실을 털어놓았어야 했다. 그랬다면 일이 이 지경까지 번지지 않았을지도 모른다.

자신의 선택과 결정, 모든 것이 후회되고, 원망스러웠다.

승재는 사시나무 떨듯 떨고 있는 제 누나를 뒤로하고 현관문을 박차고 나와 버렸다. 자숙하며 처분을 기다려야 했기에 당장 구단 숙소로 복귀해야만 했다.

대문 밖에는 에이전트 한지윤이 기다리고 있었지만, 승재는 그를 무시하고 지나쳤다.

"유승재."

등 뒤에서 자신을 부르는 고압적인 목소리가 들려왔다.

"명령하듯이 부르지 마요."

당장 달려가서 한지윤의 멱살이라도 잡고 싶었다. 그런데 비겁하게도 그러지 못하는 자신이 한심스러웠다. 가까이 다가오는 발걸음 소리가 등 뒤에서 들려왔다.

"무슨 일이 있었던 건지, 이제 나한테도 이야기해야 하지 않겠어?"

바로 뒤에서 들려온 목소리는 몹시 거만했고, 오만했다. 이제껏 승재는 에이전트 한지윤의 모든 것이 멋지다고 여겼었다. 잘생긴 외모만큼이나 출중한 능력, 사람을 압도하는 기와 몸에 밴 듯한 훌륭한 매너까지, 모든 게 완벽한 사람이라 생각하고 따랐다.

그런데 지금은 기생오라비 같은 얼굴로 누나를 꼬이고, 능력을 남용하고, 고압적인 태도로 누나를 능멸하고, 완벽하게 자신을 속인 악마처럼 느껴졌다.

승재는 두 주먹을 꽉 움켜쥐었다. 들끓는 분노가 감당되질 않아서 어깨가 들썩이도록 숨을 몰아쉬어야만 했다.

"구단으로 가면서 이야기할까?"

"할 말 없어요."

돌아서서 한지윤의 얼굴을 마주하면 참지 못할 것 같았다.

아니지, 한 대 칠까? 맞아야 할 사람은 김치열이 아니라 이놈 아닌가?

승재는 천천히 발걸음을 옆으로 옮기며 돌아섰다.

한지윤은 평소와 다를 바 없는 세련된 모습으로 그곳에 서 있었다. 무더위와 뙤약볕도 이 남자는 피해 간다는 듯이 그는 검은색 슈트를 차려입고 있음에도 땀 한 방울 흘리지 않고, 서늘해 보였다.

몸을 파들파들 떨며 울음을 삼키던 누나의 얼굴이 순간 눈앞을 스치고 지났다. 이 남자는 아무렇지도 않게 자신의 앞에 서 있었고, 그 사실이 승재를 혼란스럽게 했다.

결국, 치열에게 날아갔던 주먹이 다시금 한지윤에게로 날아갔다. 그는 몸을 휘청했다가, 다시 중심을 잡으며 승재에게로 의문 어린 시선을 보냈다. 그러고는 왼손으로 뻘게진 왼쪽 뺨을 만지며, 입을 벌리고 아래턱을 움직였다. 고개를 좌우로 한 번씩 비튼 그는 헛웃음을 흘리며 물었다.

"김치열한테 무슨 소리를 들은 거야?"

그의 목소리는 확신에 차 있었다. 의문이 어렸던 시선에는 확고한 예감이 가득했다. 그는 마치 김치열이 떠들었던 말을 예상할 수 있겠다는 듯이 묻고 있었다.

"알면서 되묻는 거, 되게 치사해 보이는 거 알아요?"

승재가 대답하기 싫다는 듯이 되물었다. 그러자 그가 하늘을 한 번 올려다보며 한숨을 내쉬었다. 할 말이 없다는 뜻인지, 하고 싶은 말은 많은데 할 수 없다는 건지 알 수 없었다.

"……이제 더는, 우리 누나한테 접근하지 마요."

처음 학교 앞에서 이 남자를 보았을 때, 누나가 했던 말이 맞았던 것 같다.

마른 초목이 위태롭게 흔들리는 길가에서 승재가 물었다. 왜 그의 제안을 거절했느냐고.

누나는 대답했다.

'위험해 보여서.'

그때 누나는 자신에게 신호를 보냈던 것이 아닐까? 이 남자가 비겁하고 치졸한 방법으로 자신에게 접근하고 있다고?

또다시 억장이 무너져 내렸다. 귀가 솔깃하도록 꼬드기는 달콤한 말에 너무 쉽게 넘어가 버렸다. 프로 축구 선수라는 타이틀을 얻고 누나의 자존감을 내주었다.

승재는 말없이 돌아섰다.

"구단으로 일단 복귀하자."

그가 승재의 뒤에 찰거머리처럼 따라붙었다.

"알아서 갈 테니까, 신경 쓰지 마요."

승재는 한 대 얻어맞고도 이렇다 할 반응을 보이지 않는 그가 괘씸했다. 그가 화를 내지 않고 자신을 회유하려 든다는 것은 자신이 맞을 짓을 했다는 것을 인정한다는 뜻 같았다.

큰길가로 나온 승재는 택시를 잡아타고는 그가 따라 타지 못하도록 문을 재게 닫아 버렸다.

한숨이 흘러나왔다.

어떻게 여기까지 왔는데…….

누나를 위해서는 뭐든지 할 수 있지만, 전부였던 축구를 포기해야 할지도 모른다는 생각에 눈앞이 흐려졌다.

지윤은 멀어지는 택시의 후미등을 바라보며 한숨을 내쉬었다. 오해해도 뭔가 단단히 오해한 것처럼 보였다. 아까부터 사무실에서 계속해서 전화가 들어오고 있었다. 지윤은 차로 향하며 이 실장의 전화부터 받았다.

"무슨 일이야?"

— 정 기자 쪽이 수상해. 유승재 퇴장당하자마자 기사가 올라온 거 보니, 오늘 경기장에 있었던 것 같아. 기사 URL 보내 놨으니까, 한번 읽어 봐.

통화를 마친 지윤은 운전석에 앉아서, 정 기자가 터뜨린 기사를 확인했다.

[프로 무대에서 만난 학창 시절 라이벌의 희비]

기사에는 고등학교 시절 이와 비슷한 일이 있었다면서 승재가 치열에게 주먹을 날린 일화까지 쓰여 있었다. 마치 승재가 상습적으로 주먹을 날리는 폭력적인 성향을 지닌 것처럼 기사는 날조되었고, 그 아래 달린 댓글도 모두 김치열을 옹호하는 내용이었다.

상황이 좋지 않았다. 그리고 이 실장의 말처럼 마치 준비됐던 기사인 듯 내용이 일목요연하게 승재를 비난하고 있었다. 현재 K리그에서 가장 주목받는 선수가 승재였다. 정 기자가 그 냄새를 맡지 못할 리 없었다.

유명한 선수 중에 지금껏 정 기자의 농간에 놀아나지 않은 선수가 없었다. 이에 선수가 흔들리지 않도록 돕는 게 에이전트의 역할이었다. 그런데 언제나 냉철했던 가슴이 흔들렸다.

지윤은 핸들을 움켜쥐며 한숨을 몰아쉬었다. 당장 구단과 연락을 취해야 했고, 승재의 태도를 질타하는 언론에 대응해야 했으며, 징계 수위를 낮추기 위해 한국 프로 축구 연맹과의 접촉도 시도해야 했다.

그런데 발걸음이 떨어지질 않았다. 승재와 그녀가 무슨 대화를 나누었는지 뻔한 상황이었다. 당장에 그녀에게 달려가 상황을 수습하고 싶었지만, 현실은 녹록지 않았다. 구단 관계자로부터 전화가 들어오고 있었다.

지윤은 휴대전화를 움켜쥐며 마음을 다잡았다. 만약 승재가 무너지면, 그녀는 더 처절하게 무너져 내릴 게 뻔했다. 지금 지윤이 달려가야 할 곳은 정해져 있었다.

제발 그녀가 쉽게 무너지지 않기를 바랄 뿐이었다.

[이제 그만해야 할 것 같아요.]

　문자로 하는 이별 통보는 예의 없는 행동이라 생각했다. 연애 관계를 맺고 만났던 상대뿐만이 아니라, 자신에게도 해서는 안 될 행동이라 여겼다. 관계를 끝맺을 때는 관계를 시작할 때보다 더 큰 용기와 더 바른 예의가 필요하다.

　최소한 자신을 존중하는 사람이라면, 누군가에게 헛되이 욕먹는 것을 원하지 않을 것이므로 예의를 차리게 될 것이다.

　그래서 문자로 그런 말을 하는 사람들을 이해할 수 없었다. 승현은 가진 것이 없지, 예의가 없는 사람은 아니었다.

　하지만 인생이 어디 뜻대로만 되나?

　승현은 자신이 보낸 문자 메시지 열한 글자를 허망하게 바라보았다. 승재의 일을 해결해야 하는 에이전트인 그는 아마도 지금 눈코 뜰 새 없이 바쁠 터였다. 하지만 시간을 더 지체할 수가 없었다. 승재가 축구를 그만두게 놔둘 수는 없었다.

　예전부터 속절없이 그에게 빠져드는 자신이 이상하게 느껴졌었다. 그런데 왜 그랬는지 승현은 이제야 알 것 같았다.

　이렇게 쉽게 끝이 나리라는 것을 알았기 때문이었다. 어차피 끝날 사이라고 생각해서 쉽게 빠져들었던 것이다.

　빨리 끓어오르고, 빨리 빠져나올 수 있도록.

　처음 누군가를 좋아해 보았다. 그 귀한 감정을 스스로 폄훼하는 것이 불편해서 쓴웃음이 나왔다. 승현은 고꾸라지듯 침대에 몸을 눕혔다.

　밤은 깊어만 가는데, 잠이 올 것 같지는 않았다.

어스름한 새벽녘이었다. 당연히 그가 오지 않을 거라 여겼지만, 혹시나 하는 마음에 뜬눈으로 밤을 지새우는 중이었다.

그만해야 한다고 마음을 다잡았지만, 마지막으로 한 번 더 그의 얼굴을 연인으로서 마주하고 싶었다. 그러고는 웃으면서 다음을 기약하고도 싶었다. 다음에는 에이전트와 에이전시 소속 선수의 누나로 만나자며 자연스럽게 웃어 보이려 했었다.

그런데 대문이 열리는 소리가 들려오자, 심장이 쿵 하고 바닥으로 내려앉았다. 뒤이어 현관문이 열리는 소리에는 심장이 입 밖으로 튀어나오는 듯했다.

사랑은 가슴으로 깨닫는다지만, 머리로도 알 수 있을지도 모른다는 생각이 들었다. 그의 발걸음 소리가 들려오자, 심장이 온 머리를 가득 채우며 뛰어 댔고, 정리했던 말들이 전부 뒤죽박죽이 되며 흔적도 없이 사라졌다. 머릿속이 텅 비며 눈물이 차올랐다.

승현은 두 눈을 꾹 감았다. 제발 그가 아무 말 없이 승재의 방으로 올라갔으면 좋겠다고 생각하며 가슴을 졸였다. 불안한 마음에 몸을 잔뜩 웅크리는데, 방문이 열렸다.

거실에서 새어 들어온 빛이 승현의 얼굴에 머무는 것이 느껴졌다. 비겁하게도 승현은 눈을 뜨고 그를 마주할 용기가 나질 않았다. 두 눈을 꼭 감고 있는데, 그가 가까이 다가오는 기척이 들렸고, 그의 존재로 인해 얼굴에 그림자가 생겨났다.

따스한 온기가 다가오는가 싶더니, 그가 손가락으로 승현의 뺨 위에 달라붙어 있는 머리카락을 쓸어서 귀 뒤로 넘겨 주었다. 그의 부드러운 손끝이 승현의 볼을 부드럽게 어루만졌다.

"얼굴 보기 싫으면 듣기만 해."

그의 나지막한 목소리가 가슴을 두드렸다. 승현은 세차게 뛰는 심장이 버거워서 숨을 멈췄다. 숨을 내쉬면 그와 함께 울음이 터져 나올 것만 같았다.

"나는 너도, 승재도 포기 안 해."

눈가에 차올랐던 눈물이 감은 눈꺼풀 사이로 스며들어 속눈썹을 적셨다. 그는 그리 말하고는 조용히 방문을 닫고 나갔다. 울음소리가 흘러 나갈까 싶어서 베개에 얼굴을 파묻은 승현은 동이 틀 때까지 한숨도 이루지 못했다.

"잘 잤어?"

당연히 그는 일찍 출근했을 거라고 생각했다. 그런데 그는 환히 웃는 얼굴로 거실 소파에 앉아, 방에서 나오는 승현을 바라보고 있었다.

"안 나갔어요?"

"같이 나가려고."

승현은 눈을 꾹 감으며 고개를 내저었다.

"이제 내가 에이전시에 나가면 안 될 것 같아요."

"안 될 게 뭐가 있어?"

그는 태연한 목소리로 물었다. 그도 잠 한숨 이루지 못한 듯 두 눈이 충혈되어 있었지만, 거실 창을 통해 들어오는 햇빛이 비춘 얼굴은 반짝반짝 빛났다.

승현이 잠자코 서 있자, 그가 소파에서 일어나 승현의 곁으로 성큼성큼 다가왔다. 그러고는 승현의 얼굴을 빤히 들여다보았다. 두 뺨이 달아오르는 게 느껴졌다. 시선을 피하고 싶었지만, 눈동자를 움직이는 것조차 버거웠다. 그는 빙그레 웃음을 머금으며 얼굴을 내렸고, 승현은 저도 모르게 두 눈을 꾹 감고 말았다.

입술이 가볍게 한 번 스쳤다. 그는 승현의 이마에도 입을 한 번 맞추고는 다시 젖은 입술을 머금었다. 그의 입술이 말도 못 하게 달콤해서 도무지 그를 밀어 낼 수가 없었다. 깊게 맞물렸던 입술이 떨어지고, 그가 승현에게 이마를 맞댄 채로 다정하게 말했다.

"지금, 안고 싶어."

심장이 쿵쿵 뛰었다. 그의 달콤한 숨결이 승현의 입술에 닿을락 말락 아슬아슬하게 너울졌다. 안고 싶다는 그의 말이 단순한 포옹을 의미하는 것이 아님을 승현은 너무도 잘 알고 있었다.

그와 만나면서 이 순간을 간절히 바랐던 적이 있었다. 그런데 그때마다 그는 승현을 약 올리듯 야속하게 굴었었다. 그래서 그가 고자가 아닌가 하는 아주 엉뚱한 생각까지 했었다.

그런데 이별을 고한 마당에 그는 승현을 안고 싶다 말하고 있었다.

승현이 기가 막힌다는 눈빛으로 그를 쏘아보았다.

해 달라고 목을 빼고 기다릴 땐, 무시하더니. 이게 무슨 심보야, 대체?

"내가 그동안 왜 널 안지 않았는지, 안 궁금해?"

사뭇 진지하게 묻는 그의 목소리에 승현은 얼굴이 새빨갛게 달아올랐다. 이렇게 단도직입적인 질문을 할 줄은 몰랐다. 이 남자 생각했던 것보다 훨씬 더 얼굴이 두꺼운 것 같다.

"안 궁금해요."

승현은 단호하게 고개를 내저었지만, 가슴속은 달리 반응하고 있었다.

궁금해서 돌아가실 지경이다!

이별을 고한 마당에 저게 궁금하면 웃기는 상황인 거다. 그런데 궁금하다. 궁금해서 미치고 환장하겠다. 자신을 향한 그의 의미심장한 눈빛에 승현은 바짝 약이 올랐다.

"내가, 널 안지 않으려고 얼마나 참았는지는 안 궁금해?"

그가 쓴웃음을 머금으며 안쓰러울 만큼 안타까운 목소리로 물었다.

참았다고?

그는 분명히 태연하고, 자약한 태도를 유지하며 여유롭게 굴었었다.

나른한 미소에 환장할 뻔했는데, 그렇게 미칠 것 같았는데……. 나만 그랬던 게 아니라고?

"하나도 안 궁금해요."

마음과 같지 않은 대답이 또 흘러나왔다. 그의 손이 승현의 허리를 부드럽게 감쌌다. 체온이 가파르게 상승하는 게 느껴졌다. 갑작스레 치솟은 열기가 아랫배를 휘감는 듯했다.

"내가 너를 얼마나 고대했는지, 안 궁금해?"

그는 매혹적인 미소를 그리며 말을 이었다. 애써 숨기고 참아 왔던 말들을 내뱉는 듯한 그의 눈빛은 안타까울 정도로 간절해 보였지만, 말투는 평소처럼 침착하기만 했다.

"너한테 키스하는 그 순간에 매끄러운 살결을 어루만지고 싶어서 얼마나 참았는지, 하루에 열두 번도 더 그다음이 떠올라서 심장이 얼마나 뛰었는지, 너를 마주할 때마다 당장에라도 품에 안고 싶은 충동을 이겨 내느라 얼마나 이를 악물었는지. 너는 모르잖아."

그가 승현을 나무라는 듯한 목소리로 말했다. 그걸 다 몰라주는 승현을 야속하게 여기는 듯 그가 눈을 가느스름하게 뜨며 승현을 내려다보았다.

"그러니까, 내가 너를 얼마나 아꼈는지 모르니까. 내가 너를 얼마나 생각하는지 모르니까. 내가 너를 얼마나 사랑하는지 모르니까, 그만하자는 말이나 하고 있지."

이번에는 확실하게 승현을 노려보았다. 어떻게 자신에게 그런 상처 되는 말을 할 수 있느냐는 듯이 그는 쓴웃음을 머금었다.

"승재가 집에 없는데도, 직원들이 다 퇴근을 한 뒤에도, 그다음을 못 했던 이유는."

그는 숨을 고르며 잠시 뜸을 들였다.

"유승현이 어제와 같은 상황에서 정말 엉뚱한 상상을 하게 될까 봐 걱정돼서."

승현은 그게 무슨 뜻이냐는 듯한 시선으로 그를 바라보았다가, 이내 시선을 내려 버렸다. 그가 하는 말이 무슨 뜻인지 알 것만 같았다. 그리고 승재가 그렇게 화를 냈던 이유도 이제는 알 것 같았다.

승재는 누나인 자신이 그에게 나쁜 방법으로 이용당했다고 생각했나 보다. 에이전트와 사적인 관계를 맺은 것에 대해 화를 내는 거라 여겼는데, 그게 아니었던 것이다.

하지만 승현은 아니었다. 설사 그가 자신을 안았다고 한들, 그걸 나쁘게 여길 리가 없었다.

"날 너무 멍청하게 본 거 아니에요?"

승현은 억울하다는 듯이 그를 올려다보았다.

"멍청한 거 맞지. 어제 나 같은 남자를 차 버리려고 했는데? 그것도 문자로."

할 말이 없어서 승현은 아랫입술을 잘근잘근 씹었다. 그러자 그의 입술이 승현의 아랫입술을 빼앗듯 머금었다. 승현은 그의 어깨를 살짝 밀어 냈다. 이 남자의 자존감은 정말이지 하늘을 찌르는 것 같았다. 이 순간에도 잘난 저를 차 버리려고 했다며 승현을 나무랐다.

"그래요. 잘난 남자 차 버리려고 했어요, 내가."

승현이 불퉁한 목소리로 쏘아붙이자, 그가 힘없이 웃으며 승현을 품에 안았다.

"누가 잘났어. 내가?"

그의 목소리에 웃음이 묻어났다. 대답을 들을 생각은 없다는 듯 그가 쉼 없이 말을 이었다.

"내가 그렇게 잘났으면, 유승현이 엉뚱한 생각 할까 봐 전전긍긍했을까? 내가 잘났다는 의미로, 나 같은 남자라고 한 게 아니야."

그는 답답하다는 듯이 한숨을 푹 내쉬었다. 승현의 오른쪽 귀가 닿아 있는 그의 왼쪽 가슴이 세차게 뛰고 있었다.

"세상에서 유승현을 나만큼 사랑해 줄 수 있는 남자는 없다는 의미로, 나 같은 남자라고 한 거지."

눈물이 왈칵 치솟고 말았다. 승현이 움찔하는 걸 그도 느꼈는지, 승현을 안은 그의 팔에 힘이 들어갔다.

"좀 감동했나?"

그가 웃음 섞인 목소리로 물었다. 아니라고 부정할 수도 없는데, 감정을 고스란히 들킨 것 같아서 갑자기 쥐구멍에라도 숨고 싶어졌다.

"얼굴 좀 보자."

그가 승현의 어깨를 잡고 거리를 벌리며 승현을 내려다보았다. 승현의 눈높이에 자신의 눈높이를 맞춘 그가 따사로이 웃었다. 그 나른함에 승현은 온몸이 비비 꼬이는 것만 같았다.

"나 믿으라고 했잖아. 남자로서도, 에이전트로서도. 내가 그렇게 부족했어?"

승현은 고개를 내저었다. 그에게 부족한 것은 하나도 없었다.

"부족한 게 있다면, 나한테 있지. 지윤 씨는 부족한 거 없어요."

"승현아."

그가 고개를 내저으며 안타깝다는 듯이 승현을 불렀다.

"유승현같이 차고 넘치는 사람, 세상에 없어. 착하고, 예의 바르고, 지혜롭고."

그가 승현의 허리를 당겨 안으며 말했다.

"게다가 충분히 매력적이고. 내가 이렇게 미칠 만큼."

그의 입술이 서서히 내려오는 게 보였다. 승현은 가라뜬 눈으로 그의 붉은 입술을 바라보다가 눈을 감았다. 보드랍고 따스한 그의 입술이 승현의 입술을 덮었다. 그러다 뜨겁고 말캉말캉하게 얽히며 입술이 깊게 맞물렸다. 마치 물과 기름을 휘젓는 것처럼 섞일 듯 섞이지 않는 미묘한 감각에 정수리가 쭈뼛 서는 것만 같았다.

안고 싶다고 했던 그의 손은 평소보다 훨씬 대범하게 움직였다. 허리를 휘감았던 그의 손길이 면 원피스 자락을 움켜잡는 게 느껴졌다.

"으음."

목울대에서 저절로 신음이 울렸다. 승현은 그의 팔뚝 언저리를 움켜잡았다. 그러자 그가 승현의 등허리와 무릎 아래를 받치며 안아 올렸다. 자연스레 입술이 떨어졌다.

"어디로 가. 1층, 아니면 2층?"

그가 낮게 쉰 목소리로 물었다. 마치 그다음을 지금 해도 되는지 동의를 구하는 듯했다. 수면이 부족해서 충혈된 그의 눈이 마치 붉게 타오르는 것처럼 보였다. 승현은 조심스럽게 입을 열었다.

"승재 방은 좀 그렇죠."

기어들어 가는 목소리가 흘러나왔다. 그러자 그가 낮게 웃으며 승현을 안은 채로 성큼성큼 발걸음을 옮겼다. 심장이 쿵쿵 뛰었다. 그가 발로 방문을 밀고는 승현에게로 입술을 내렸다.

이윽고 침대 매트리스가 등 뒤에 닿았고, 옅은 향수 냄새가 섞인 그의 체취는 아찔할 정도로 황홀했다.

둘은 나란히 출근 시간보다 두 시간 늦게 에이전시에 도착했다. 직원들은 당연히 승재와 관련한 일을 처리하느라 두 사람이 함께 늦었다고 생각하는 듯했지만, 이 실장은 달랐다.

이 실장은 낮은 파티션에 팔을 기댄 채로 눈을 가느스름하게 뜨고는 승현을 노려보았다.

"분위기가 이상해."

그러곤 고개를 절레절레 내저으며 할 말 없느냐는 듯이 물었다.

"한 대표 유승재 선수 일 다 마무리하고 새벽에 들어갔는데……."

이 실장은 파티션에 기댄 팔의 위치를 바꾸며 뜸을 들이고는 승현의 얼굴을 가만히 들여다보았다.

"그래서 늦잠 자서 늦었나?"

심각한 얼굴을 만들기 위해 노력하는 듯 보였지만, 이 실장의 얼굴에는 미묘한 미소가 떠올라 있었다. 궁금한 게 있어서 온 게 아니라, 궁금한 게 있으면 자신에게 물으라는 의미 같았다.

"어제 일 잘 마무리되었어요?"

승현은 마치 남의 일인 것처럼 물었다.

"일곱 경기 출장 정지."

심장이 덜컹 내려앉았다. 승현은 놀란 나머지 이 실장이 정리하라고 준 서류를 보던 시선을 옮겨, 그를 올려다보았다.

"였는데, 두 경기 출장 정지로 한 대표가 합의 봤어."

안도의 한숨이 절로 흘러나왔다.

"다행이네요."

승현은 그제야 가슴을 쓸어내렸다. 차마 그에게 승재 일은 어떻게 되었는지 물을 수가 없었다. 자신이 이렇게 심약한 사람이라는 걸, 승현은 그를 만나면서 절절히 깨닫고 있는 중이었다.

스스로를 세상 어떤 일이든 견딜 수 있는 강인한 사람이라고 생각했는데, 자꾸만 그에게 의지하게 되고, 그에게 기대게 되었다.

이러면서 그만하긴, 뭘?

승현은 스스로가 한심하게 느껴질 지경이었다.

"그리고 좋은 소식이 하나 더 있지."

이 실장의 얼굴이 전에 없이 자신만만했다. 어서 더욱더 궁금해하라며 채근하는 듯한 눈빛에 승현이 웃음을 머금으며 물었다.

"뭔데요?"

"다음 A매치, 차출될 거야."

승현은 저도 모르게 입을 떡 벌리고 이 실장을 바라보았다. 경기 중 주먹을 날려서 징계를 받은 마당에 A매치 차출이라니, 도무지 믿을 수가 없었다. 너무 벅차서 누군가 숨을 못 쉬게 입을 막은 것처럼 가슴이 답답해졌다.

"누가요?"

승현은 멍청하게도 당연한 질문을 던졌다.

"누구긴 누구겠어. 어제 그라운드에서 주먹 날린 용사님이지."

자리를 박차고 일어난 승현은 벅차오른 숨을 몰아쉬며 걸음을 옮겼다.

"어디 가?"

이 실장은 승현이 지금 어디로 걸음을 옮기는지 다 알고 있으면서도 웃음 섞인 목소리로 물었고, 승현은 대꾸 없이 발걸음을 재촉했다.

마침내 대표 집무실 앞에 다다르자, 승현은 호기롭게 나무 문을 두드렸다. 안에서 '네.' 하는 그의 짧은 대꾸가 들려왔다.

승현은 떨리는 손으로 집무실 문을 열어젖혔다.

그러고는 그 자리에 그대로 굳어 버렸다.

그의 집무실 안에는 승재가 있었다.

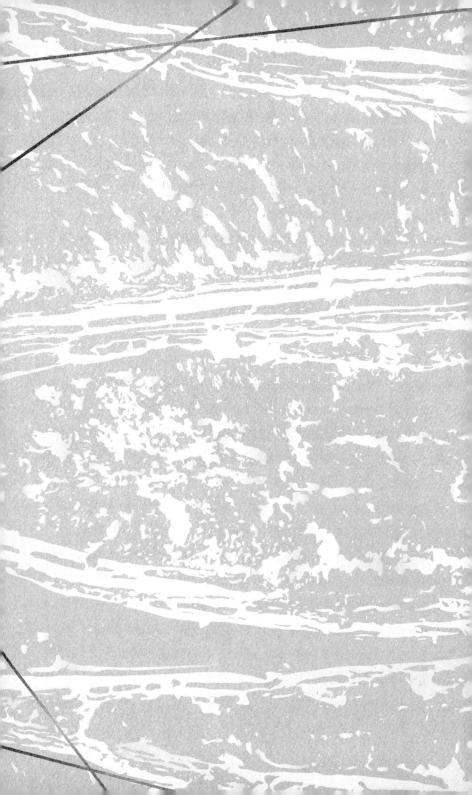

10

뜨겁고,
다정하며,
절박하게

집무실 안 풍경을 바라보는 승현의 숨이 턱 막히고, 심장은 터질 듯 두근거렸다. 승현이 두 사람을 바라보며 움직이지 않고 가만히 서 있자 그가 문 앞까지 다가와 승현에게 다정하게 말했다.

"들어오지 않고, 왜 그러고 서 있어?"

승현은 소파에 앉아서 저를 바라보고 있는 승재를 응시했다. 어제 분명히 그와의 관계를 정리하라며 무섭게 다그치고 돌아섰던 동생이었다. 승현을 바라보는 승재의 얼굴에는 표정이 없었다. 마치 감정을 지워 낸 사람처럼 아무것도 읽히지 않았다.

그런 동생이 낯설어서 덜컥 겁이 났다. 심장이 불안한 박자로 뛰어서 승현은 속이 울렁거릴 정도였다.

승재를 설득해야 한다는 생각은 하고 있었다. 그런데 이렇게 빨리, 갑작스럽게 승재를 마주하게 될 거라고는 예상하지 못했다.

당연히 구단 숙소에 있을 거라고 여겼고, 적어도 출전 금지 기간 동안에는 자숙을 위해 숙소 밖으로 나오지 못할 거라고 생각했다. 그런데 승재가 아무렇지 않은 얼굴로 그의 집무실에 앉아 있었다.

"어떻게 네가 여기 있어?"

승현의 목소리에 미묘하게 날이 섰다. 어제 자신을 원망스러운 눈으로 바라보았던 승재를 떠올리자 갑자기 야속한 마음도 들었다. 그는 승재에게 인생을 바꿔 준 중요한 에이전트이기도 했지만, 승현에게도 소중한 사람이었다.

그런데 승재는 그런 관계를 끝내라고 종용했다.

"그러지 마. 나 승재한테 지금 무릎 꿇기 직전이니까."

이 남자는 또 왜 이래?

승현은 이해할 수 없다는 듯이 인상을 찌푸리며 그를 올려다보았다. 그는 뭐가 그렇게 재미있는지 환하게 웃고 있었다.

"뭐가 그렇게 재미있어요? 웃긴 일 있으면 같이 웃죠?"

삐딱하게 묻자, 그가 어서 앉으라며 소파로 승현을 안내했다. 그러곤 승현의 옆에 나란히 앉으며 손을 꼭 잡았다. 승재의 놀란 시선이 자연스레 두 사람의 손으로 향하더니 이내 잡아먹을 듯이 승현과 그를 노려보았다.

"지금, 뭐 하자는 거예요?"

승재가 믿을 수 없다는 듯이 공격적인 목소리로 말하며 그를 노려보았다.

"차마 내가 무릎까지는 못 꿇겠고."

그는 진중한 목소리로 말을 이었다.

"누나가 나를 계속 만나려면, 승재가 허락해 줘야 가능할 것 같은데."

승재가 뒤통수를 얻어맞았다는 듯이 황당한 표정으로 그를 바라보았다.

"뭐라고요?"

"안 되겠네. 무릎까지 꿇어야겠네."

그는 할 수 없다는 듯이 미소 지으며 승현에게로 시선을 옮겼다. 잠자코 있던 승현이 입을 열었다.

"얘한테 허락받을 게 뭐가 있어요? 만나면, 만나는 거지."

승현이 단호하게 말하자 그가 놀랍다는 듯이 되물었다.

"어제 승재랑 얘기하고 나한테 문자로 헤어지자고 한 거 아니었어? 그래서 나는 승재한테 당연히 허락받아야 한다고 생각했지."

맞은편에 앉아 있던 승재가 이번에는 황당하다는 듯이 헛웃음을 터뜨렸다.

"우리 누나가 문자로 헤어지자고 했다고요?"

승재가 그에게 그리 물으며, 한심하다는 듯이 승현을 바라보았다.

"그렇다니까. 되게 못됐지? 어떻게 그런 말을 문자로 하냐? 내가 어제 자기 동생 일 처리하느라고 얼마나 정신이 없었는데, 사람 힘 빠지게."

그리 말하면서 그는 은근히 승재를 노려보았다.

'내가 너 때문에 개고생했는데, 너 때문에 이 여자한테 헤어지자는 소리 들었다'라고 나무라는 듯한 말투이기도 했다.

승재는 생각을 정리하는 것처럼 눈썹을 추켜세우고는 한숨을 몰아쉬었다. 승현과 지윤은 서로 짠 것도 아닌데, 승재가 입을 열기를 기다렸다.

"그럼."

마침내 복잡한 머릿속을 정리했는지, 승재가 조심스레 입을 열었다.

"두 사람 나 몰래 연애했어요?"

"그럼, 뭘 했다고 생각했어?"

승현이 억울하다는 듯이 되물었다. 어제 동생 승재가 그와의 관계를 정리하라고 했을 때는 당연히 비밀 연애를 들켰다고만 생각했었다. 그러다 승재가 오해했다는 것을 깨달았고, 지금은 그 사실에 화가 났다.

"넌 누나를 뭘로 본 거야? 내가 그때도 말하지 않았어?"

승재는 화를 억누를 수 없다는 듯이 고개를 뒤로 젖히며 천장을 바라보았다. 분을 삭이는 모습이 위태로워 보여서 승현도 더는 말을 보태지 않고 기다렸다.

"김치열 그 개새끼, 죽도록 패 줬어야 했는데."

승현이 치열에 대해 되물으려는데, 그가 더 빨랐다.

"그 개새끼는 매형이 처리할 테니까, 걱정하지 말고."

평소 승현은 그의 말투가 우아하다고 생각했었다. 격조 높은 언행이란 바로 이런 것이라고 여길 정도였다. 그런데 그 우아하고 격조 높은 어조로 '개새끼'라 말하는 게 믿을 수 없을 정도로 위화감이 없어서 놀라웠다. 심지어 그 모습이 섹시하게 느껴지기까지 했다.

욕도 우아하고, 찰지게 잘하는 섹시한 내 남자.

승현은 갑자기 고개를 든 콩깍지 본능을 머리를 살짝 흔들며 털어 냈다. 그러고는 그가 말했던 다른 단어를 떠올리자 이번엔 심장이 콩 닥거리기 시작했다.

매형이라고?

여러모로 충격적인 말을 한 문장에 담아내는 기이한 능력까지 갖춘 남자다.

"뭐라고요?"

그 말에 먼저 반응을 보인 사람은 승재였다.

"누구라고요?"

승재는 기가 막힌다는 듯이 되물었다.

"매형."

그는 뻔뻔하게 대꾸했다.

"저기요, 나한테 프러포즈도 안 하고 이러기예요?"

"그러게, 누가 동생한테 한 소리 듣고 나한테 그러래?"

그는 승현을 나무라듯 말했다. 할 말이 없어졌다. 승재가 한 말을 곧이곧대로 듣고 그에게 문자를 보냈던 새가슴이 바로 자신이었으니까.

"아니, 누나는 그럼."

승재는 오른손으로 이마를 쓸며 한숨을 몰아쉬고는 말을 이었다.

"문자로 그랬으면 안 됐지."

답답하다는 듯이 승현을 나무란 승재가 재빨리 지윤에게 말했다.

"미안해요, 매형. 우리 누나가 모솔이라 연애 이런 거 잘 몰라요."

누구 맘대로 매형이야?

"그래, 처남. 우리 승현이가 그런 데 눈치가 좀 없더라고."

누구 맘대로 처남이야?

"둘이 뭐 해요? 누가 결혼해 준대? 누가 시집간대?"

승현의 얼뜬 목소리에 두 사람이 동시에 웃음을 터뜨렸다.

이것들이, 진짜.

"야, 유승재. 너 누나가 쉽게 시집갈 것 같아? 어디 누나를 보내려고 해? 누나, 네가 돈 많이 벌어서 그 돈으로 하고 싶은 거 다 하고, 사고 싶은 거 다 사서 백화점 VIP 먹으면 그때 시집갈 거야. 알겠어? 내가 너 키우느라고 얼마나 고생을 했는데!"

승현이 으름장을 놓자, 승재가 어깨를 으쓱했다. 승현은 이어서 그를 향해 날카롭게 쏘아붙였다.

"그리고 누가 결혼해 준대? 우리 승재 국대 만들어서 러시아 땅 밟기 전까지는 어림도 없어."

그러자 그 역시도 승재를 따라 어깨를 으쓱하면서 웃었다.

승현은 자리를 박차고 일어났다.

골을 부리고 돌아서 나오는데, 그만 웃음이 났다.

승재는 A매치 데뷔전에서 득점을 올리며 일약 스타덤에 올랐다. 옛말 그른 거 하나 없다고, 자신에게 선견지명이 있었다며 승현은 고개를 끄덕거렸다.

역시 100% 축구 천재보다, 50% 축구 천재 더하기 50% 얼굴 천재가 백번 낫다. 승재의 팬들은 기하급수적으로 늘어났고, 갤까지 생겨났다.

내가 정말 동생 하나는 잘 키웠구나.

새삼 자신의 노고를 치하하며 흐뭇하게 웃고 있는데, 그가 파티션에 팔을 걸치며 물었다.

"왜 웃어?"

"그냥요."

그는 고개를 내려 승현의 모니터를 확인하고는 피식 웃었다. 모니터에는 승재의 무한한 가능성을 점치는 기사가 띄워져 있었다. 폭행 사건이 있었음에도 승재가 A매치 경기에 차출되었던 이유는, 파워풀한 공격형 미드필더를 필요로 하기 때문이라고 했다.

"내가 선수 하나는 진짜 잘 키웠어. 아주 날아다니네."

"지금 되게 뻔뻔한 거 알아요?"

감히 내 앞에서?

승현이 뒷말을 삼키며 눈을 치떴다. 그러자 그가 얄밉게 웃으며 승현을 바라보았다.

"대표님, 저 드릴 말씀이 있는데요."

"중요한 말이야?"

승현이 진중한 목소리로 이야기하자, 그 역시도 진지하게 되물었다.

"네."

"집무실로 와."

그가 먼저 발걸음을 옮겼고, 승현이 조용히 그의 뒤를 따랐다.

집무실에 들어서자마자, 승현은 그에게 사직서를 내밀었다. 그는 흰색 봉투를 한 번, 그리고 승현의 얼굴을 한 번 번갈아 보았다.

"이게 뭐야?"

"지난번에 말했다시피, 승재가 버는 돈으로 백화점 VIP도 되고 싶고요."

"한 4천만 원짜리 한 번에 지르면 바로 라운지 갈 수 있을 텐데?"

이 남자는 백화점 VIP를 진심으로 받아들인 듯했다.

"아뇨. 한 번에 지르지 않고, 매일 가서 자잘하게 지르려고요. 돈 쓰는 맛 좀 느껴 보고 싶어서요."

진심이 아니라는 것을 알면서도 그는 한술 더 뜨며 물었다.

"뭐 하러 그렇게 해? 한 번에 질러서 VIP 되고, 그다음부터는 대접받으면서 자잘하게 지르러 다니는 게 낫지."

의미 없는 말씨름은 이쯤에서 그만두는 게 낫겠지 싶었다.

"나, 하고 싶은 일이 생겼어요."

승현이 조용하고 단호하게 읊조린 말에 그의 눈빛이 반짝반짝 빛났다.

"하고, 싶은 일?"

그는 무슨 일인지 이야기해 보라는 듯이 집무실 책상 위에 손깍지 낀 손을 올리고는 승현을 깊은 시선으로 바라보았다.

"나 독립 준비를 할 거예요."

그는 흐음 하는 소리를 내며 몸을 등받이에 깊숙이 기대앉았다.

"독립도 아니고, 독립 준비?"

무슨 뜻이냐는 듯 묻는 그의 말투는 알아듣기 편하게 설명하라는 것처럼 들렸다.

"승재가 번 돈으로 나 혼자 잠깐 떠나고 싶어요."

"뭐?"

그가 믿을 수 없다는 듯이 미간을 찌푸렸다.

"나는 어쨌든 승재 부모가 아니라, 누나예요. 어쩌면 승재는 평생 나한테 빚졌다는 생각으로 살지도 몰라요. 승재 마음의 빚 덜어 주고 싶어요."

일면 이해가 간다는 얼굴로 그가 고개를 끄덕였지만, 여전히 이해가 되지 않는 구석도 있다는 얼굴로 승현을 바라봤다.

석훈과 만난 이후로, 승현은 석훈이 했던 말을 끊임없이 곱씹었다. 승재가 가슴속에 그런 부채를 떠안고 있을 거라고는 한 번도 생각해 본 적이 없었다. 그러다 김치열의 도발로 퇴장당한 사건이 있던 날, 깨달았다.

승현에 대한 부채가 없었더라면, 승재가 그런 얼토당토않은 도발에 당하지 않았을 거라고.

"떠나겠다는 말은 무슨 뜻이야?"

그의 얼굴이 무섭게 굳었다. 또 헤어지자는 말을 하는 것으로 받아들였는지, 그의 목소리가 딱딱했다. 승현은 잠시 그의 시선을 피했다가, 조용한 목소리로 되물며 다시 그의 깊은 눈동자를 마주했다.

"나, 기다려 줄 수 있어요?"

그는 나른하게 웃으며 승현을 바라보았다. 헤어지자는 뜻이 아니라는 것을 이제야 알아차린 듯 그의 눈빛은 다시 다정한 온기를 품고 있었다. 만약 시선에 색깔이 있다면, 그가 자신을 바라보는 시선은 연한 오렌지빛일 거라고 생각했다. 금빛에 가까운 연한 오렌지빛처럼 승현을 바라보는 그의 눈빛은 언제나 따스한 온기를 품고 찬란하게 빛났다.

자신을 바라봐 주는 그의 그런 눈빛에 승현은 용기를 내게 되었는지도 모른다. 제 인생을 조금 다른 시각으로 바라볼 수 있게 되었고, 동생인 승재와 자신을 분리해 놓고 생각할 여유가 생겼다.

"얼마나 기다리게 할 건데?"

"글쎄요."

떠나기는 하지만 언제 돌아올지 그 시기는 확신할 수 없었다. 그와 처음 제주에 갔을 때, 낯선 공간에 놓인 거울을 통해 자신의 모습을 들여다봤던 것처럼 낯선 장소에서 오롯이 자신을 마주하고 싶었다.

무엇을 원하는지, 어떻게 살아가야 하는지, 왜 이렇게 살아왔는지에 대한 심오한 고민은 아닐지도 모른다. 그저 자신에 대해 진지하게 고민해 보고 싶었다. 단 한 번도 오롯이 제 삶을 살아 본 적이 없었으니까, 그 방법을 차차 찾아보기로 했다.

누군가는 무모하고, 어리석은 결정이라고 할 수도 있다. 이제 사랑하는 이와 만나 놓고, 그를 두고 떠나는 것을 힐난하는 이가 있을지도 모르겠다.

하지만 지금까지 살면서 터무니없는 짓을 한 번도 해 본 적 없으니, 처음이자 마지막 방황이라 여기고 마음껏 떠돌아 보고 싶었다.

그가 자리에서 일어나 승현이 서 있는 곳으로 천천히 다가왔다.

"보고 싶을 거예요."

승현은 그와 눈을 마주치지 못한 채 웃었다. 정말 많이 보고 싶을 것 같았다. 어느 순간부터 그가 곁에 있는 게 당연했고, 언제나 그와 연락을 할 수 있다는 사실이 자연스러웠다.

"보고 싶으면 보면 되는 거잖아."

그는 조용한 목소리로 느릿느릿하게 말했다.

"승재가 나한테 기댔던 것도 사실이지만, 내가 승재 꿈에 기댔던 것도 사실이에요. 내가 원하는 걸 찾지 못하면, 나는 또 누군가한테 기대어서 살아갈지도 몰라요."

승현은 확신에 찬 목소리로 차분하게 말했다.

"만약에 찾지 못하면…… 그땐."

그가 떨리는 목소리를 내는가 싶더니 잠시 뜸을 들였다.

"돌아오지 않을 거야?"

"반드시 찾을 수 있을 거라고, 그렇게 생각하고 가는 거예요."

사랑하면 닮는다고 했다. 어느샌가 그의 확고한 신념이 승현에게도 전염된 듯했다. 승현은 찾을 수 있을 거라 확신했다. 처음엔 좀 고생스럽겠지만, 오롯이 자신만을 위해 하는 고생은 행복한 것일지도 모른다.

누군가를 위해 희생할 필요도 없고, 염려하며 신경 쓰지 않아도 되고,

자신의 호흡과 시선에만 집중할 수 있는 시간이 살면서 얼마나 될까?

"이 고집을 누가 말려."

지윤은 그녀의 이마에 가볍게 입술을 찍어 눌렀다. 그녀의 동그란 이마가 그 어느 때보다 부드럽게 느껴졌다.

동생을 축구 선수 만들겠다고 한결같이 헌신적인 삶을 살아온 그녀였다. 그런 집념으로 이제 자신의 삶을 찾겠다는데 말릴 수는 없었다. 바람이 잔뜩 든 풍선을 꾹 누르면 다른 데가 툭 튀어나오기 마련이다. 문제를 잡겠다고 그녀를 막아서면 또 다른 문제가 야기될지도 모른다.

솔직한 심정으로 지윤은 그녀를 제 곁에 붙잡아 두고 싶었다. 아무 데도 가지 말고 옆에만 있으라고 하고 싶었다. 잠시라도 눈에 보이지 않으면 미쳐 버릴 것 같은데, 이제 거리낄 것 없이 만날 수 있는 사이가 되었는데, 눈을 시퍼렇게 뜨고 있는 승재에게 허락도 받았는데, 속상하게 이럴 거냐고 따져 묻고도 싶었다.

진짜 나와 떨어져서 지낼 수 있느냐며 붙들고 늘어지고 싶었다. 아니면 여기 있는 전부를 포기하고 그녀를 따라 떠날까 하는 충동마저 일었다. 지금껏 쉬지 않고 달려온 자신의 삶에 안식년을 줄까 하는 생각도 들었다.

그런데 그녀는 오롯이 홀로서기를 바라는 듯했다.

"무슨 일 생기면, 바로 연락해. 어디든, 언제든 무조건 내가 너 있는 데로 갈 테니까."

그녀가 고개를 끄덕이며 예쁘게 웃었다.

미치도록 예쁜 미소였다.

승현이 그만둔다는 소문이 퍼지자, 에이전시는 초상집 분위기가 되었다. 그동안 승현의 존재감 덕분에 일을 편하게 했는데, 대체 뭘 하려 어디로 가는 거냐며 직원들은 통탄했다.

회식 한 번 제대로 못 하지 않았느냐며 김 대리가 야단법석을 피우는 바람에 마음이 맞는 이들이 한자리에 모여 술자리를 갖게 되었다.

"죄송해요, 갑자기 그만둬서. 저 정규 직원도 아닌데 잘해 주셔서 너무 감사했어요."

"아이고, 승현 씨야. 유승현 씨야. 감사한 건 우리가 겁나 감사했지."

이미 술이 거나한 이 과장이 고개를 절레절레 내저으며 승현의 빈 잔을 맑은 소주로 가득 채워 주었다.

"승현 씨가 사무실에 있어서 분위기가 얼마나 좋았는데……."

평소 말수가 적어서 대화를 나눌 기회가 거의 없었던 직원 한 명이 한탄하듯 입을 열었다.

"내가 위장약을 달고 살았었는데, 승현 씨 오고 겔포스를 끊었어. 더 이상 속이 안 쓰리더라."

"아니, 솔직히 까놓고 말하자. 승현 씨 그만두는 마당이니까, 숨길 게 뭐가 있어? 대표 새끼 존나 음흉하지 않아?"

이 과장이 욕설까지 섞어 가며 그의 뒷담화를 시작했다.

"유승현 씨가 사무실 나오면서부터 태도 바뀐 것 봐. 완전 변태 새끼 아냐?"

이 과장의 말에 동의한다는 듯 누군가 거칠게 동조했다.

"아, 진짜 승현 씨 안 나오면 사무실 분위기 엿같아질 텐데, 이거 어떡하냐?"

직원들은 저마다 그에 대한 소회를 다소 격앙된 어조로 털어놓으며 술잔을 기울였다.

"근데 승현 씨, 혹시 대표가 승현 씨한테 집적거린 적은 없어?"

김 대리가 먹태구이를 질겅질겅 씹으며 물었다.

승현은 어떻게 대답해야 하나 고민했다.

네 거친 뒷담화와 불안한 분위기와 그걸 지켜보는 나, 이건 아마도 전쟁 같은 회식이었다.

"그러니까 더 음흉하지. 그냥 지켜보기만 한 거잖아. 남자답게, 어? 승현 씨한테 말이라도 붙이지, 어?"

승현은 먼 곳을 응시하려 애썼다. 어디에다가 시선을 둬야 할지 몰라서 이리저리 눈동자를 굴리고 있는데, 술집 입구에 서서 누군가를 찾는 듯 두리번거리고 있는 승재를 발견했다.

쟤가 여길 왜 왔어?

테이블을 하나하나 살펴보던 승재와 마침내 눈이 마주쳤다. 승현이 눈을 동그랗게 뜨며 멀리 서 있는 승재에게 여기엔 왜 왔느냐는 듯이 묻자, 승재가 빙긋이 웃으며 성큼성큼 승현이 앉아 있는 테이블로 다가왔다.

안 그래도 큰 놈이 넓은 보폭으로 성큼성큼 다가오니 사람들의 이목이 쏠렸고, 승재를 알아본 이들이 웅성거리기 시작했다.

쟤가 미쳤나?

승현이 오지 말라며 고개를 슬쩍 흔들어 보였다. 이 상황을 대체 어떻게 수습하려고 저놈이 저러는지 알 수가 없었다. 승현이 승재의 누나인 것은 여태 비밀이었다. 앞으로도 그걸 밝히고 싶은 생각은 없었다.

소속 선수의 누나가 모양 빠지게 에이전시에서 일했다는 걸, 너는 알리고 싶니?

그건 승재의 입지를 걱정한 거였다. 그런데 승재는 그딴 거 아무 상관 없다는 듯이 당당하게 테이블 앞에 섰다.

테이블에 앉은 이들과 어색하게 인사를 나눈 승재는 승현을 쏘아보며 물었다.

"술 얼마나 마셨어?"

이게 지금 누나 감시하려고 여기까지 쫓아왔나?

지금 상태는 적당히 혀가 감기는 듯했고, 기분도 좋았다. 소주를 한

병 정도 마신 것 같았다.

"소주 한 병?"

"생각보다 많이 안 마셨는데, 눈은 벌써 풀렸네?"

승재와 승현이 나누는 대화를 가만히 지켜보던 이들의 머리 위로 동동 떠 있던 물음표가 어느샌가 느낌표로 바뀌어 있었다.

유승재, 유승현…….

직원들이 그리 읊는 소리가 들리는 듯했다.

긴 눈매가 닮았고, 아담한 콧방울이 닮았고, 귓바퀴 생김새가 똑같았다. 단지 승재는 남자답게 선이 굵은 얼굴이었고, 승현은 섬세한 라인을 가지고 있었다.

"미쳤네. 승현 씨가 유승재 선수 누나였어?"

가장 먼저 입을 연 사람은 김 대리였다. 승현은 콧등에 부드러운 주름이 잡히도록 찡긋하고는 멋쩍게 웃었다.

"처음에 사정이 좀 안 좋아서, 대표님이 에이전시에서 아르바이트할 수 있도록 손써 주셨어요. 말씀드리기 곤란한 일이어서 끝까지 숨기려고 했는데, 이놈이 여기까지 왔네요."

승현이 나무라듯 승재를 쏘아보았다.

"아. 유승재 선수, 앉아요, 앉아. 내일 구단 복귀죠? 홈경기 치르고 모처럼 만에 쉬는 날인데, 맥주라도 딱 한 잔만 하고 가요."

당연히 거절할 줄 알았는데, 이 과장의 강권에 승재가 자리를 잡고 앉았다. 승재가 오기 전까지 무르익었던 대표 뒷담화는 쏙 들어가 버렸다. 감히 소속 선수 앞에서 대표를 씹는 일은 하지 못하는 듯했다.

"아, 혹시 그래서 대표가 그렇게 부드럽게 굴었던 거 아녜요?"

말단 직원 중 한 명이 마치 천년의 비밀을 캐낸 것처럼 비장하게 입을 열었다.

"소속 선수 가족이 사무실에 있으니까."

그런데 그의 혀 역시 비장하게 꼬여 있었다. 아무래도 술에 취해서 주워 담지 못할 말을 내뱉기 직전인 것 같았다.

"지랄맞은 성격 일부러 감춘 거 아닐까요? 대표님 선수들한테는 겁나 잘해 주잖아요."

맥주를 한 모금 들이켜던 승재의 눈빛이 반짝반짝 빛났다. 저놈 뭔가 건수 하나 잡았다는 얼굴이다.

"대표님이 그럼 직원들한테는 막 대하세요?"

승재의 물음에 비장하게 혀가 꼬인 직원이 말문을 꾹 닫아 버렸다. 아마도 제 실수를 알아차린 것 같았다. 그러자 승재가 눈이 안 보일 정도로 선량한 웃음을 지으며 직원들을 회유하기 시작했다.

"에이, 원래 대표 자리가 그런 거잖아요. 안 그래요? 축구 감독님들도 성격 보통들 아니에요."

승재가 물꼬를 텄고, 기다렸다는 듯 여기저기서 원성이 흘러나오기 시작했다.

"대놓고 갈구지도 않아. 사람 숨통 조이게 하는 데 진짜 선수라니까. 소속 선수가 달걀은 노른자를 좋아하는지, 흰자를 좋아하는지도 물어본다니까? 그걸 내가 어떻게 알아! 완숙을 먹는지, 반숙을 먹는지!"

다들 고개를 끄덕거리고 있는데, 테이블 근처로 음습한 기운이 감돌았다.

"데리고 나오랬더니, 네가 주저앉아 있으면 어떡해?"

테이블 위로 불길하게 흐르는 목소리는 그의 것이었다.

조금 전까지 뒷담화를 늘어놓던 이 과장의 얼굴이 먹태구이 빛깔로 싹 바뀌었다. 그리고 혀가 비장하게 꼬인 직원은 마치 저승사자라도 본 얼굴을 했다. 능글맞게 웃고 있는 이는 승재뿐이었고, 당황하기는 승현도 마찬가지였다.

"아, 누나가 안 일어나요. 내 말을 들어 먹어야지. 매형이 데리고 나가요."

다들 고개를 갸우뚱 기울이며 입을 떡 벌렸다.

사무실에서 아르바이트하며 분위기를 꽃같이 만들었던 유승현이 유승재 선수의 누나였다. 그런데 유승재 선수가 대표를 매형이라고 부른다.

"혹시 유승재 선수 누나가 더 있는 건 아니죠?"

김 대리가 멍한 얼굴로 물었다.

"누나 하난데요."

승재가 뻔뻔하게 웃으며 대꾸했다. 승현은 두 눈을 지그시 감으며 한숨을 내쉬었다. 이 상황을 대체 어떻게 수습해야 하는지 감이 서질 않았다.

"술은 얼마나 마셨어?"

승재가 했던 것과 똑같은 질문에, 승재가 답했다.

"소주 한 병 정도 마셨대요."

"그렇게 많이? 와인 한 잔에 기절하는 여자가 무슨 술을 그렇게 많이 마셨어?"

"우리 누나가 와인 한 잔에 기절한 적도 있어요?"

승재가 눈을 부릅뜨며 그와 승현을 번갈아 보았다. 그리고 직원들 역시도 묘한 시선으로 승현을 바라보고 있었다.

어서 대답해 보라는 듯이.

정말 와인 한 잔에 기절했느냐는 듯이.

사실을 아니라고 할 수도 없어서 머뭇거리는데, 이번에는 그가 더 빨랐다.

"그땐 나 꼬시려고 와인 한 잔에 기절한 척했던 거 아냐?"

수습 불가였다. 직원들이 서로 시선을 주고받으며 묘한 미소를 짓기 시작했다. 열심히 대표 욕을 해 댔던 이 과장과 말단 직원은 다소 원망스럽다는 눈빛으로 승현을 바라보았다.

이 남자들이 이렇게 대책 없이 나올 줄 누가 알았겠느냐고요.

"누난 이제 가 봐. 여긴 내가 있을게."

승재는 마치 바통 터치를 하듯 승현의 등을 톡톡 두드렸다.

"넌 왜 여기 있는데?"

승현이 어이가 없다는 듯이 묻자 승재가 어깨를 으쓱하며 대꾸했다.

"맥주 한잔하고 싶어서. 안 돼?"

"뭐 안 될 거야 없지."

"여기 계신 분들 누나보다 내가 훨씬 편할 것 같은데? 내 앞에서는 매형 욕도 해도 되고, 누나 욕도 해도 되고. 나랑 같이 두 사람 욕해도 되고."

승재가 능청맞게 웃으며 덧붙였다.

"그거 아세요? 저도 두 사람 연애하는 거 최근에 알았어요. 진짜 얄밉지 않아요?"

승재의 물음에 다들 그렇다고 고개를 끄덕이지도, 아니라고 고개를 내젓지도 못한 채 황망한 표정을 지었다.

"그러니까 누나는 얼른 매형 데리고 가."

단호한 승재의 목소리에 승현은 얼렁뚱땅 인사를 하고 자리를 떴다. 더 있다가는 직원들에게 이런 민폐가 없지 싶었다.

"오늘 회식은 제가 쏩니다. 마음껏 드세요."

저 자식이, 진짜!

승현이 자리를 뜨자마자, 등 뒤로 승재가 호기롭게 외치는 소리가 들려왔다.

"걱정 마. 내가 회사 법인 카드 줬어."

그가 발끈해서 발걸음을 멈추려는 승현을 잡아끌며 미소 지었다.

"여기까지 오면 어떡해요?"

"내일모레 출국하는 사람이 직원들이랑 꼭 회식을 해야 했어? 나랑 더 있어야지."

그가 불퉁스러운 목소리로 투정을 부렸다. 또다시 그의 막내 본성이 고개를 드는 건지, 아니면 사랑에 빠진 흔한 남자의 불평인 건지 모르겠다. 모르겠는데, 기분이 나쁘지는 않았다.

"오늘 승재 모처럼 쉬는 날이라 집에 올 텐데."

승현이 조용히 읊조린 말에 그가 나직이 대꾸했다.

"오늘 누가 집에 들여보내 준대?"

정수리가 쭈뼛 서는 듯한 착각이 일 만큼 살갗을 타고 전율이 올랐다.

그의 차가 멈춰 선 곳은 호텔 I였다. 술기운 탓인지 몸에 열이 올랐고, 심장이 관자놀이에서 뛰고 있는 것처럼 느껴졌다.

그는 발레파킹을 맡긴 뒤 승현의 손을 잡고 곧장 엘리베이터로 향했다. 슈트 재킷 안주머니에서 금빛 카드 키를 꺼낸 그는 숫자 버튼 상단에 카드 키를 한 번 가져다 대고 26층 버튼을 눌렀다.

"체크인해 뒀어요?"

승현이 기어들어 가는 목소리로 묻자, 그가 당연한 거 아니냐는 듯이 웃었다.

"그걸 말이라고."

구두 속에 갇힌 발이 오므라드는 듯한 착각이 일었다. 까닥 잘못하면 다리에 힘이 풀려 중심을 잃을 것만 같아서, 승현은 발가락에 힘을 주었다.

엘리베이터 안 LED 화면에 나타나는 숫자가 점점 높아져 갔다. 26층에서 엘리베이터가 멈춰 섰다. 엘리베이터 문이 열리자마자, 그는 튕기듯 빠져나와서 넓은 보폭과 빠른 속도로 걸었다. 그 덕에 승현은 거의 뛰듯이 그를 따라야 했다.

엘리베이터에서 가장 먼 곳에 있는 방문 앞에 선 그가 심호흡을 한 번 하고는 문을 열었다. 승현에게 먼저 들어가라며 웃는 그의 얼굴이 어쩐지 긴장한 것처럼 보였다.

승현은 그에게 빙긋이 웃어 보이고는 방 안으로 향했다.

"와."

탄성이 절로 흘러나왔다. 코너가 기역 자의 통유리로 되어 있었고, 별을 흩뿌려 놓은 듯한 서울의 야경이 펼쳐져 있었다. 매혹적인 야경에 시선을 빼앗긴 승현은 객실이 어떻게 꾸며져 있는지도 알아차리지 못하고 창가로 다가갔다.

꿈을 꾸는 듯 아름다운 광경이었다. 마치 우주선 안에 앉아서 별을 바라보고 있는 기분이었다. 시선을 조금 내려 보니 호텔 건물 바로 앞에 있는 은은한 조명을 받은 한옥 건물과 그 안뜰이 눈에 들어왔다.

"저기서 얼마 전에 그 배우 부부 결혼하지 않았어요? 보안 철저했다고 들었는데, 여기서 망원 렌즈로 당기면 사진 다 찍을 수 있었겠다."

승현은 마치 지금 그 결혼식이 진행되고 있기라도 한 것처럼 눈을 가늘게 뜨고 안뜰을 관찰하는 데 여념이 없었다. 승현이 창문 밖에 시선을 빼앗긴 채 혼자서 종알거리고 있을 때, 그가 다가와 뒤에서 살포시 승현을 끌어안았다.

"저기서 했던 결혼식이 궁금해?"

귓가를 울리는 나직한 목소리에 가슴이 간질거렸다. 승현은 고개를 끄덕이는 것으로 대답을 대신했다. 그는 승현의 오른쪽 어깨에 턱을 기댄 채로 혼잣말을 하듯 중얼거렸다.

"그럼, 우리 결혼식도 저기서 하면 되겠다."

그가 읊조린 목소리에 승현은 천천히 고개를 돌렸다. 그가 허리를 안고 있던 팔을 풀며, 승현을 내려다보았다. 승현은 새삼스럽다는 듯이 그를 올려다보았다.

원래도 멋진 그였지만, 오늘따라 풍기는 분위기가 사뭇 달랐다. 빤히 내려다보는 그의 시선에 괜히 부끄러워져서 승현은 그만 고개를 돌리고 말았다. 그리고 그제야 객실 안 풍경이 눈에 들어오기 시작했다.

야경하고는 비할 바가 못 될 정도로 객실 안은 아름답게 장식되어 있었다. 다 헤아릴 수 없을 정도로 많은 종류의 꽃이 여기저기 놓여 있었고, 그 사이사이를 오렌지빛으로 타오르는 촛불이 메웠다.

술에 취한 탓에 시야가 좁아졌나 보다. 이걸 이제야 발견한 자신이 너무 바보 같아서 헛웃음이 나왔다.

"보내 주는 대신, 나도 조건이 있어."

그가 재킷 주머니에서 붉은색 상자를 하나 꺼내 들었다. 상자에는 금색 테두리가 예쁘게 새겨져 있었다. 굳이 말해 주지 않아도 그 상자 안에 들어 있는 물건이 무엇인지 알 것 같았다.

그가 상자 뚜껑을 열자, 안에는 심플한 모양의 음각 처리된 반지가 두 개 들어 있었다. 그는 그중 크기가 작은 반지를 꺼내어 승현의 왼손 네 번째 손가락에 끼워 주었다.

"잘 맞네."

"어떻게 잘 맞지?"

승현은 신기하다는 듯이 손을 허공에 활짝 펼쳐 보았다.

"너 잘 때 내가 실로 재 봤지."

"와, 역시 주도면밀해요."

웃음이 터져 나왔다. 그는 못 말리겠다는 듯이 웃고는 반지 상자를 승현에게 내밀었다.

"나도 끼워 줘야지."

승현은 자신의 것과 똑같이 생긴 반지를 꺼내서 그의 왼손 네 번째 손가락에 끼워 주었다.

"잘 맞네요."

그는 고개를 끄덕이며 대꾸했다.

"네가 나한테 잘 맞는 것처럼, 반지도 잘 맞네."

그리 말하는 그의 목소리가 유난히도 매혹적이었다.

"돌아오면 바로 식 올릴 거다."

"그게 보내 주는 조건이에요?"

승현이 눈을 치뜨며 그를 올려다보았다.

"마음 같아서는 혼인 신고라도 해 놓고 가라 하고 싶은데, 참는 거야."

그가 진심인 것처럼 진지하게 대꾸해서 승현은 또다시 웃음을 터뜨리고 말았다. 그도 승현을 따라 진한 미소를 머금었다. 그러고는 천천히 고개를 내려 승현의 입술을 부드럽게 머금었다.

승현은 팔을 들어 올려 그의 목덜미를 감싸 안았다. 그는 승현의 허리를 바짝 당겨 안으며, 걸음을 옮겼다. 승현 역시도 그가 이끄는 대로 움직였다. 서로의 입술은 여전히 맞닿아 있었고, 승현의 손은 그의 드레스 셔츠 단추 위에, 그의 손은 승현의 원피스 지퍼 위에 놓여 있었다.

인천 공항은 떠나고 돌아오는 이들과, 기다리거나 헤어지고 만나는 사람들로 붐볐다. 걱정이 되지 않는다고 말은 했지만, 그의 미간에 생긴 주름이 펴질 줄을 몰랐다.

"걱정 마요. 도착하면 연락할게요."

승현은 걱정하지 말라며 그를 올려다보았다. 커다란 배낭을 메고 있는 그녀의 모습이 우스꽝스럽다는 듯이 그가 옅게 웃었다.

첫 도착지는 상해였다. 상해를 시작으로 중국을 거쳐 동남아를 지나 유럽을 돌고, 그다음 대서양을 건너 북미를 지나서는 호주와 뉴질랜드를 거쳐 다시 한국으로 돌아오는 일정이었다.

못해도 1년은 족히 걸릴 거라 예상했다. 물론 그는 승현의 일정을 자세히 알지는 못했다. 승현은 도시에 도착할 때마다, 그곳이 어딘지 알려 줄 생각이었다.

"도착하면 연락해, 꼭."

그는 승현의 손을 꼭 맞잡은 채 왼손 네 번째 손가락에 입을 맞추고는 애정 어린 시선으로 승현을 응시했다.

"친구 많이 만들고 올게요. 나 그러고 보니까, 공항에 배웅이나 마중 나올 친구도 없더라?"

"남자는 안 돼."

"왜요? 남자는 친구가 안 돼?"

"절대 안 돼."

그는 단호하게 고개를 가로저었다. 그러곤 집에서 나올 때부터 손에 들고 있던 종이 가방에서 벽돌 크기의 가죽 가방을 꺼내 승현에게 건넸다.

"이게 뭐예요?"

딱 보기에도 가방은 카메라 모양이었다. 승현은 빙그레 웃으며 가방을 열고 안에 들어 있는 카메라를 살폈다. 빨간색 동그라미 로고가 멋스러운 카메라였다.

"여기에 전부 담아 와."

승현은 카메라를 한 번, 그리고 그의 얼굴을 한 번 번갈아 보았다.

"뭘요? 마음에 들었지만, 친구가 되지 못한 남자들?"

그가 어이가 없다는 듯이 웃었다.

"못 가게 한다?"

"못 가게 한다고 내가 안 가나?"

그는 이번에는 황당하다는 듯이 웃었다.

"그거 알아?"

"또 뭘요?"

"내가 살면서 져 준 사람은, 네가 처음인 거."

승부욕 강한 그는 지는 것을 죽어라 싫어한다고 했다. 그리고 그런 그가 져 준 사람은 승현이 유일하다고도 했다.

"누가 져 줬나?"

승현이 고개를 비스듬히 기울이며 삐딱하게 굴었다. 그러자 그가 오른손으로 승현의 턱끝을 움켜잡으며 미소 짓고는, 가볍게 입술을 맞댔다가 떼어 냈다.

"잘 다녀와."

승현은 고개를 끄덕거렸다.

"아프지 말고."

아프지 말라는 말에는 괜히 눈물이 핑 돌 것만 같았다.

나를 걱정해 주는 고마운 사람.

승현은 그를 꽉 한 번 끌어안고는, 돌아섰다. 발걸음이 허공을 둥둥 떠다니는 듯했다. 지금이라도 그만둘까 하는 어리석은 생각과, 이제 온전히 혼자가 되었다는 홀가분한 마음이 공존했다.

이 여행의 끝이 닿는 곳에 무언가 있기를, 승현은 간절히 바랐다.

그녀가 떠나면서 지윤은 다시 자신의 오피스텔로 돌아왔다. 그녀를 만나기 전처럼 살아가면 된다고 다짐했지만, 뜻대로 될 리가 없었다.

그동안 눈길이 닿는 곳에는 항상 그녀가 있었다. 밥을 먹을 때에도, 잠을 잘 때도, 회사에 있을 때도, 원하면 언제든 그녀의 모습을 눈에 담을 수 있었다.

사실 가지 말라고 붙들고 싶은 마음이 굴뚝같았다.

본인의 지금 모습 그대로를 온전히 사랑해 주는 사람이 곁에 있지 않냐며, 그녀를 말리고 싶었다. 비겁한 방법을 동원해서라도 묶어 둘까 싶었다. 승재에게 도움을 요청해서 억지로 힘든 척을 하라든지, 에이전트 수수료 깎아 줄 테니 사고를 한 번 더 치는 게 어떻겠냐는 몰상식한 제안을 해 볼까도 생각했다.

하지만 이제껏 살아오면서 처음 자신의 삶을 위해서 제 뜻대로 결정한 일을 번복하게 할 수는 없었다.

"꼴좋다. 이게 뭔 청승이야?"

지윤이 직원 휴게 공간인 테라스로 나와서 그녀가 보내온 풍경 사진을 하염없이 들여다보고 있을 때였다. 이기석 실장이 다가와서는 혀를 끌끌 차며, 고개를 내저었다.

그녀는 얄밉게도 자신의 사진은 단 한 장도 보내 주질 않았다. 보여 주고 싶은 사진을 찍어서 보내라고 했더니, 애먼 풍경 사진만 줄창 찍어서 보내는 그녀였다. 그래서 셀카 좀 찍어서 보내라고 했더니, 이곳저곳 돌아다니느라 꼴이 말이 아니라며 그녀는 한사코 거부했다.

보고 싶어서 환장하겠는데.

지윤은 하늘이 무너지고, 땅이 꺼져라 한숨을 내쉬었다.

"아니, 어디 있는 줄 알면 휴가 써서 갔다 오든가."

기석이 한심하다는 듯이 지윤을 나무랐다.

"오지 말라잖아."

지윤은 신경질 섞인 목소리로 대꾸했다.

"아니, 언제부터 한지윤이 오지 말라면 안 가고, 오라면 가고! 너 그런 놈이었어?"

"나도 모르겠다."

지윤은 회색빛 하늘을 하염없이 바라보았다. 지금 그녀가 있는 베트남 다낭은 무척이나 덥다고 했다. 반면 서울 하늘은 미세 먼지가 뿌옇게 끼어 있었고, 무척이나 흐렸다. 을씨년스럽고, 추운 서울의 날씨가 제 마음을 대변하는 것 같아서 화딱지가 날 것만 같았다.

거기 가서 그렇게 재미있냐고.

대체 뭘 하면서 지내는데, 셀카 한 장도 안 보내 주냐고!

지윤은 진저리를 치며 고개를 흔들어 댔다.

"아, 미치겠다."

쥐어짜는 듯한 목소리로 포효하자, 기석이 오른손 검지를 들어서 관자놀이 주변에 갖다 대고는 위아래로 빙그르르 돌렸다.

"너 제발 사무실 안에서는 그러지 마. 직원들이 네 눈치를 지금 얼마나 보고 있는지 알아?"

"그래서 나와서 이러잖아."

"아니, 애초에 회사 나와서 이러지 마."

"그럼 출근을 하지 말까?"

"그래, 재택근무 해라. 아니, 아예 이참에 에이전시 접을까? 우리 이제 각자 갈 길 가자. 나는 이제 더는 친구가 미쳐 가는 꼴은 못 보겠다. 다낭인지 담낭인지 가 버려, 그냥."

지윤은 실없이 웃어 버렸다. 너무 속이 타니까 어이없는 웃음이 터져 나오기까지 했다.

"진짜 미쳤어. 완전히 미쳤어요."

기석이 미쳤다고 나무라면서 춥다고 발을 동동 굴러 댔다.

"너, 근데 여기까지 왜 나왔냐? 추운 건 질색하는 놈이."

지윤의 의아함에 기석이 코트 자락을 여미며, 그제야 왜 테라스로 나왔는지 생각이 났다는 듯이 '아, 아' 하며 고개를 끄덕거리고는 입을 열었다.

"아, 어머님이 너 전화 안 받는다고. 전화 좀 달라고 사무실로 전화하셨더라?"

"어머니가?"

"어, 뭔가 되게 급한 일 있으신 것 같은 눈치던데?"

"급한 일?"

그런 게 있을 리가 없었다. 지금 어머니께 급한 것은 하나 남은 아들의 결혼을 얼른 해치우는 것뿐이었다.

곧장 집무실로 들어온 지윤은 어머니의 휴대전화로 전화를 걸었다.

— 네, 김자희 여사님 휴대전화입니다.

휴대전화 너머에서 들려오는 목소리는 어머니의 것이 아니었다. 20대 후반쯤 되었을 법한 여자의 목소리가 대신 들려왔다.

"김자희 여사님 옆에 계십니까?"

지윤의 딱딱한 질문에 휴대전화 너머 여자가 애교 섞인 목소리로 웃으며 말했다.

— 듣던 대로 무뚝뚝하시네요.

모르는 여자가 자신을 판단하는데 기분이 좋을 리가 없었다. 그리고 자신에게 저렇게 교태 섞인 목소리를 낼 수 있는 여자는 단 한 명뿐이어야 했다.

"누구십니까?"

— 여사님, 담당 의사입니다.

"어머니께서 병원에 가셨어요?"

— 네, 지금 물리 치료 중이셔서 제가 대신 받았습니다.

"무슨 일로 어머니께서 물리 치료를 받고 계시죠?"

— 어머니께서 가벼운 교통사고를 당하셨어요.

이상했다. 어머니 일이라면 열 일 젖혀 두고 달려갈 어벤져스가 지윤 위로 넷이나 있었다. 그런데 어머니께서 교통사고를 당하시고, 홀로 병원에서 치료를 받으시느라 회사에 있는 지윤에게 연락하셨다는 말을 믿을 수가 없었다.

"어머니께서 시켰습니까?"

휴대전화 너머가 고요했다. 말을 하지 않는 것이 아니라, 송화음을 차단한 듯 아무 소리도 들리지 않았다.

— 그래, 이놈아! 내가 시켰다! 너는 엄마가 교통사고를 당했다는데 도 눈곱만큼도 걱정을 안 해?

어머니가 노발대발하시며 휴대전화 너머에서 소리를 질러 대셨다.

"형들한테 하던 거, 저한테는 안 통한다고 말씀드렸을 텐데요."

지윤이 무뚝뚝하게 대꾸했다. 어머니는 곰 같은 형들의 연애사뿐만 아니라, 여우 같은 누나의 연애사까지도 훤히 꿰뚫고 계신 분이셨다. 그러니 그 며느리들과 사위가 오죽 고될까?

이런 시어머니 또 없다고, 사위 사랑은 장모라고, 한씨 집안 며느리 들과 사위가 어머니의 역성을 들었지만, 지윤의 눈에는 결코 정상적으 로 보이지 않았다.

서로 적당한 거리를 유지해야 관계가 건강해지는 법이다.

너무 많이 알고, 너무 많이 간섭하려 들고, 너무 많이 잘하려고 들 면, 서로 피곤해진다.

— 선봐.

"싫어요."

— 총각 귀신으로 늙어 죽을래?

"걱정하지 마세요. 이미 총각은 아니니까."

— 이놈 새끼가 어미한테 못 하는 말이 없어?

막내인 지윤은 어릴 때부터 아들의 역할보다는 딸의 역할을 더 많이 했던 것 같다. 어머니께서 쏟아 내시는 이야기들을 묵묵히 들어 드렸고, 위로를 건네려 노력했다. 누나인 혜윤이 시집가고 나서는 더욱 심해졌다.

흠잡을 데 없는 며느리들이라며 입에 칭찬을 달고 사셨지만 가끔 남 에게는 절대 말하지 않는 서운함을 지윤에게 털어놓기도 하셨고, 누나 가 비쩍 마른다며 사위를 흉보기도 하셨었다. 그러면서 자연스레 지윤

의 생각이 굳어진 것이다. 결혼 전까지 혹은 결혼 후에도 철저히 사생
활을 지켜야겠다고 말이다.

원래 중간에서 아들이자 남편인 남자가 역할을 잘해야 고부 갈등이
없는 법이다. 곰 같은 형들은 가끔 너무도 똑똑한 형수에게 붙잡혀 사
는 모습을 고스란히 보여 주어, 어머니의 속을 뒤집어 놓곤 했다.

— 선보라고.

"싫습니다, 어머니. 분명히 말씀드렸어요. 싫어요. 제가 그 자리에
안 나갔다고, 원망하지 마세요. 저는 나갈 생각 없는데 강요하셨으니
까, 저의 부재 때문에 어머니 평판이 나빠지시더라도 제 탓 아닙니다."

어머니께서 기막혀하는 소리가 연거푸 들려왔다.

"그럼, 제가 지금 바빠서요."

지윤은 서둘러 통화를 마쳤다. 그러고는 다낭에서 뭘 하고 있는지
셀카 한 장 보내지 않는 여자에게 전화를 걸었다.

— 지금 사무실 아녜요? 퇴근하면 전화한다며?

"그렇게 됐어."

한국은 점심시간이 막 지난 오후 1시 30분이었다.

"뭐 하고 있어?"

— 점심 먹으러 가고 있어요.

"나 할 말 있는데."

지윤은 일부러 심각한 목소리를 내기 위해 노력했다. 어머니가 제공
해 주신 소스를 십분 활용하여 그녀를 자극할 생각이었다.

이래도 사진 안 보내 줄래?

— 무슨 일인데, 목소리가 그렇게 심각해요?

"실은 말이야."

또다시 한숨을 폭 내쉬며 뜸을 들이자, 휴대전화 너머가 조용했다.

— 무슨 일인데요. 걱정되게 하지 말고, 빨리 말해요. 아무것도 아니

면 나 진짜 화내.

그녀가 와다다다 말을 쏟아 냈다. 답답한지 재촉하는 목소리가 듣기 좋았다.

아, 막 아픈 척하고 싶다. 뮌하우젠 증후군도 아니고, 그녀의 관심을 끌기 위해 사고를 치고 싶어졌다.

"나 오늘 점심때 선봤어. 어머니께서 점심 먹자고 부르셨는데, 나갔더니 어머님은 없고 웬 여자가 앉아 있더라."

있지도 않은 일을 꾸며 보았다. 휴대전화 너머가 순간 고요해졌다.

— 그래서요?

"밥만 먹고 왔어. 어머니 곤란하게 해 드릴 수는 없어서, 그냥 일어설 수는 없더라고."

지윤이 어쩔 수 없다는 듯이 미안한 목소리를 내자 그녀가 푹 잠긴 목소리로 대꾸했다.

— 그랬구나.

그래, 그러니까 빨리 와라. 응?

갑자기 철없는 짓을 마구 하고 싶다.

— 잘됐네요.

"뭐?"

잘됐다고 말하는 그녀의 목소리가 세상 밝았다.

아니, 결혼을 약속한 남자가 부모의 종용으로 선을 보고 왔는데, 그게 잘된 일이야?

기가 막히고, 황당해서 돌아가실 것 같았다.

"뭐가 잘됐다는 거야? 선이 뭔지 몰라? 선봤다고, 나."

도리어 지윤이 화가 나서 되물었더니, 휴대전화 너머에서 낮게 웃는 소리가 들려왔다.

지금 당장 기석에게 다낭으로 가는 비행 편을 알아보라고 해야겠다.

도무지 그녀가 무슨 생각을 하는 건지 모르겠다.

선을 봤다는 이야기에 잘됐다는 말을 하다니, 제정신이야?

"유승현, 대답 안 해?"

— 지금 나한테 되게 미안한 상황인 거네요, 그럼?

"그…… 그렇지."

지윤이 고개를 끄덕이며 그렇다고 인정해 버렸다. 저지르지도 않은 일에 미안해하려니 억울한 기분도 들었지만, 스스로가 자초한 일이니 어쩔 수 없었다.

— 그럼 서로 쌤쌤이라고 치죠.

"뭐?"

미안한 마음이 든다는 지윤에게 쌤쌤이라는 말을 하는 것은 그녀도 뭔가 지윤에게 미안해야 할 만한 일을 벌였다는 의미인가?

갑자기 꼭지가 돌아 버릴 것만 같았다. 화가 치밀어서 발끈하려는데, 그녀가 웃음기 섞인 목소리로 대꾸했다.

— 실은 제가 호텔 예약을 잘못했는데, 여기 여행 중인 한국분이 도 와주셨거든요. 그래서 오늘 제가 점심 사기로 했어요.

"남자구나."

지윤이 낮게 읊조렸다.

— 어떻게 하다 보니까……. 그래서 지윤 씨 화낼까 봐 걱정했는데, 잘됐다고요. 지윤 씨도 밥만 먹고 헤어졌다면서요. 저도 밥만 사고 헤 어질 거예요. 답례는 해야 하니까.

문제는 그 지윤 씨가 다른 여자랑 밥을 안 먹었다는 데 있고, 그녀는 다른 새끼랑 밥을 먹는다는 데 있었다.

지윤은 제 무덤을 팠다고 생각하며 한숨을 몰아쉬었다.

"다낭이야?"

당장 다낭으로 달려가고 싶었다.

— 음, 아직은. 이따 점심 먹고 오후 비행기로 다른 데로 가요. 월드
컵 조 추첨은 거기서 보겠네요.

"어디로?"

— 도착하면 알려 줄 건데?

당장 다낭행 비행기 표를 끊어서 달려갈 수도 없는 상황이었다. 가
슴이 꽉 막히고, 울화가 치밀었다. 아까 그 선은 장난이었다고 하면,
누구 놀리느냐며 그녀가 불같이 화를 낼 게 뻔했다.

어쩌다 한지윤의 인생이 이렇게 꼬였을까?

"나는 선 자리 나가서 말도 별로 안 했고, 밥만 먹었고, 웃지도 않았어."

— 그러니까 나도 나가서 말도 하지 말고, 밥만 먹고, 웃지 말라고요?

그녀가 장난스럽게 되물었다.

"어, 당연하지."

이제는 키득키득 웃는 소리가 휴대전화 너머에서 들려왔다. 처음 만
났을 때, 그녀는 웃음이 많은 편이 아니었다. 마치 언제 제대로 웃어야
할지 모르는 사람처럼 박장대소하는 게 어색해 보였다.

그런데 지금 그녀는 시도 때도 없이 키득거렸고, 한 번씩 크게 웃음
을 터뜨렸다. 그녀에게 기분 좋은 변화가 일어나고 있음에는 분명했
다. 그녀가 찾고자 하는 게 무엇인지는 모르겠지만, 못 찾더라도 그녀
가 행복할 수 있으면 될 것 같기도 했다.

언제나, 언제까지고 그녀를 기다리는 시간은 설렐 테니까.

그렇다고 너무 애를 태우지는 않았으면 좋겠는데.

연애를 한 번도 안 해 봤다는 그녀가 타고난 연애 선수인지, 아니면
자신이 그녀에게 푹 빠져서 정신을 못 차리는 건지 모르겠다.

웃음을 그친 그녀가 농담조로 물어 왔다.

— 어떻게 말도 안 하고, 웃지도 않을 수가 있지?

"그럼 딴 놈 앞에서 말도 막 많이 하고, 막 웃겠다는 거야?"

—그 여자 예뻤어요?

허를 찌르는 질문에 지윤은 잠시 버벅거렸다. 그러자 그녀가 다소 의기소침해진 목소리로 말을 이었다.

—예뻤구나……. 나보다 예뻤어?

"세상에 너보다 예쁜 여자가 어디 있어?"

지윤은 말도 안 되는 소리 하지 말라며 발끈했다.

—그럼, 그 여자 옷은 뭐 입고 있었어? 머리 모양은? 화장은 진했어, 옅었어? 밥은 뭐 먹었는데? 지윤 씨 어머니께서 그렇게 막무가내셔? 회사 대표인 아들을 평일에 불러내실 만큼?

말문이 턱 막히고 말았다.

"다 기억 안 나. 어머니께서 좀 내 결혼이 급하다고 생각하셔서."

어머니, 불효자식을 용서하세요.

지윤은 눈을 지그시 감으며, 아랫입술을 꾹 깨물었다.

—에이, 지윤 씨처럼 똑똑한 사람이 그걸 기억 못 해?

그녀가 의심스럽다는 목소리로 물었다. 그러고는 한껏 낮춘 목소리로 조용히 되물었다.

—지윤 씨, 선 안 봤지?

지윤은 한숨을 훅 몰아쉬었다. 유승현을 속이려고 했던 자신이 멍청하고 한심스럽게 느껴졌다. 그동안 꼬리를 숨기고 있었던 건지, 순수하다고 여겼던 유승현은 요즘 천년 묵은 여우 같았다.

"그래, 안 봤다."

—나도 오늘 점심 약속 없어.

갑자기 허탈해졌다. 지금 사람 갖고 노는 거냐고 따져 묻고 싶을 만큼 약이 올라 버렸는데, 사실 먼저 거짓말을 한 건 지윤 쪽이었다.

—보고 싶어.

꾸깃꾸깃해졌던 가슴이 단번에 활짝 풀어질 만큼 달콤한 목소리였다. 입가에 저절로 미소가 떠올랐다.

"보고 싶으면 빨리 와."

— 조금만 더 기다려 줄 수 있지?

그녀의 목소리에서 물기가 배어났다. 사실 동생의 인생을 공유하며, 그 꿈에 기대어 살다가 홀로 여행을 떠난 그녀가 지윤보다 더 외롭고 힘들 터였다.

"당연하지. 보고 싶은 거 마음껏 보고, 맛있는 거 많이 먹고 다녀. 아프지 말고."

— 응.

짧은 대꾸에서 그녀가 울고 있음을 느낄 수 있었다. 더 통화하면 안 될 것 같아서 지윤은 작별 인사를 한 뒤 통화를 마무리했다.

그녀가 더 단단해지고, 영그는 과정이라 여기며 지윤은 마음을 다잡았다.

다시 만나는 날에는 온 마음을 다해 힘껏 안아 주리라 다짐하며.

전주 월드컵 경기장에서 출정식을 마친 선수들은 월드컵 전에 치러질 평가전을 마무리 짓기 위해 오스트리아로 향했다. 물론 그 안에는 작년 K리그에서 영플레이어상을 거머쥔 순수 국내파 축구 선수 승재도 포함되어 있었다.

지윤 역시 당연히 승재를 따라 오스트리아로 향했다. 앞으로 한국 대표 팀이 러시아에 남아 있는 순간까지 지윤도 그곳에서 함께할 터였다. 할 수만 있다면, 결승전까지 보고 돌아갈 생각도 있었다. 전 세계 축구 선수들과 관계자들이 모이는 자리였기에, 살아 숨 쉬는 이적 시장이나 다름없었다.

내로라하는 구단들은 비교적 싼값에 능력이 출중한 선수를 사들이려 할 것이고, 월드컵이 치러지는 동안 두각을 나타낸 선수들은 몸값을 올려 더 좋은 팀으로 이적을 하려고 할 것이다. 구단 측 에이전트와 선수 측 에이전트가 가장 바빠지는 시기이기도 했다.

동화 속 신데렐라처럼 극적으로 유럽 1부 리그에 단번에 진출하는 경우도 적지 않았다. 지윤은 승재가 그런 행운의 주인공이 되기를 간절히 바랐다. 물론 첫술에 배부를 리는 없겠지만, 승재는 언제나 지윤의 예상을 뛰어넘는 경기력을 보여 주었기에 거는 기대가 컸다.

오스트리아에서 대표 팀은 볼리비아, 세네갈과의 평가전을 치를 예정이었다. 세네갈을 상대로 한 경기는 비공개로 치러졌기에 사실상 외부에서 확인 가능한 평가전은 볼리비아전이 마지막이었다.

"월드컵 기분이 왜 이렇게 안 나? 별로 기대를 안 해서 그런가?"

인천 공항에서 대표 팀 출국을 지켜보던 일반인들이 나누는 대화를 우연히 듣게 되었다.

"야, 평창 올림픽 시작 전에도 기분 하나도 안 났어. 막 개막식하고, 메달 따고 그러니까 급격히 달아올라서, 뒤늦게 경기 보러 간 사람도 많다잖아."

"그랬나?"

"그랬다니까. 우리나라에서 하는 올림픽도 막상 경기 시작하니까 난리였는데, 다른 나라에서 하는 월드컵은 오죽하겠어?"

"그런데 별로 기대가 안 되는 건 왜일까?"

한숨을 폭 내쉬는 사람들을 뒤로하고 지윤은 입국장에 들어섰다.

축구장은 마치 전쟁터의 축소판처럼 보인다. 하프라인은 국경을 가르는 강이 되고, 강을 사이에 둔 경쟁자들이 서로의 골문을 정복하기 위해 사력을 다해 달린다. 라이벌(Rival)이라는 단어도 강(River)을 사이

에 두고 다툰다는 의미에서 나왔으니, 전쟁터라는 말이 충분히 어울릴
만도 하다.

국민들이 전쟁터에 나가는 군인에게 그 전쟁에서 반드시 질 거라고,
그러다 죽게 될 거라고 저주를 퍼붓는 경우는 드물다. 평가전 결과가
좋지 않았기에, 이번 월드컵에 거는 기대는 극히 적었다. 하지만 스포
츠계에 몸담고 있는 지윤으로서는 그저 열심히 준비한 선수들을 응원
해 주었으면 하는 마음만이 간절할 뿐이었다.

오스트리아에 도착한 지윤은 지금쯤 영국 맨체스터에서 올드 트래퍼
드(맨체스터 유나이티드 FC 홈구장) 투어를 하고 있을 그녀에게 전화를 걸었
다. 같은 유럽 하늘 아래 있다는 사실만으로 가슴이 벅차올랐다.

길게 신호가 여러 번 울리는가 싶더니, 그녀가 전화를 받았다. 지윤
은 이제 막 숙소에 들어와 짐을 푼 참이었다.

— 여보세요?

"맨체스터는 안녕해?"

— 조용해요. 리그 경기 쉬니까, 동네가 엄청 한산해요.

"그러게. 경기 있을 때 가지, 리그 경기 없을 때 거길 왜 갔어?"

— 그러게. 경기 있을 때 올걸. 나 경기 있을 때 맨체스터 데리고 가
줄래요?

이미 맨체스터에 있는 그녀가 하는 말을 이해할 수가 없었다. 지윤
은 엉뚱한 그녀의 말에 웃으며 대꾸했다.

"또 무슨 꿍꿍이야?"

멀리 떨어져 있는 그녀에게 당한 게 한두 번이 아니었다. 느닷없이
밤에 전화해서 창밖을 바라보라고 해서, 그녀가 그곳에 있는 줄 알고
속았던 적도 있었다. 또 한 번은 압구정에 있는 디저트 카페에 가서 케
이크를 사라는 말에, 그곳에 그녀가 있는 줄 알고 한달음에 달려갔었
는데 그날은 돌아가신 어머니의 생신이라며 대신 축하해 달라고 했다.

"이제 나 안 속아."

— 문 좀 열어 줄래요? 내가 짐이 좀 많아서.

그녀가 또다시 능청을 떨어 대며, 뻔뻔하게 굴었다.

"나 이번에는 진짜 화낼 거야. 비행기 표 끊어서 맨체스터로 잡으러 가는 수가 있어."

— 맨체스터까지 갈 필요 없으니까, 문 좀 열어 달라고요. 나 지금 화장실도 엄청 가고 싶은데…….

그녀가 정말 급하다는 듯이 속삭였다. 지윤은 그냥 속아 주는 셈 치고 방문을 열어젖혔다. 역시나 호텔 방문 밖에는 그녀가 없었다.

"없잖아. 장난 그만해."

— 어? 지금 방문 열었다고? 이상하다. 분명히 801호라고 했는데.

순간 머릿속이 아찔해졌다. 그녀가 말한 801호는 지윤이 체크인했지만 와이파이가 제대로 작동하지 않았던 방 번호였다. 지윤은 현재 방을 옮겨 711호에 있었다.

체크인하자마자 한국에 있는 기석에게 방 번호를 알려 주었던 것이 생각났다. 지윤은 휴대전화를 손에 든 채로 8층으로 달려 올라갔다. 엘리베이터를 기다릴 여력이 없었다.

8층에 다다랐을 때, 커다란 배낭을 메고 801호 앞에 서 있는 그녀의 모습이 눈에 들어왔다.

"찾았다!"

그녀가 활짝 웃으며 그리 외쳤다. 복도를 울리는 그녀의 목소리가 들려오자, 다리에 힘이 풀려서 고작 몇 걸음을 걷는 게 버거울 지경이었다. 그녀의 아찔한 장난에 현기증이 일 것만 같았다.

지윤은 천천히 걸음을 옮겼다. 당장에 달려가고 싶은데, 다리에 힘이 들어가질 않았다. 그녀는 세상 무서울 것이 없는 한지윤을 한없이 약하게 만들 수도 있는 엄청난 여자였다.

마침내 그녀가 코앞까지 다가왔을 때였다.

"찾았다."

그녀는 또다시 찾았다고 말하며 지윤의 손을 꼭 잡았다. 지윤은 그녀에게 잡힌 손을 슬며시 놓으며, 그녀를 와락 끌어안았다. 숨쉬기가 버거울 정도로 가슴이 벅차올랐다. 울음이 터지려는 건지, 웃음이 나오려는 건지 모르겠다.

분명 뜻하지 않은 곳에서 그녀를 만나게 되어 기쁜데, 가슴 한구석이 아릿해서 몸서리가 쳐질 지경이었다. 지윤은 그녀의 젖은 입술에 제 입술을 가져다 댔다. 잘 먹고 다닌다고 했던 그녀였는데, 여행이 고되기는 했는지 조금 야위었고 햇볕에 오래 돌아다녀서 그런지 살짝 그을린 상태였다. 그래서 그녀가 더욱 해쓱해 보였는지도 모르겠다.

입술이 깊게 맞물렸다. 오랜만에 맛보는 그녀의 입술은 미치도록 감미로웠다. 부드럽고, 말랑말랑한 입술을 한껏 머금었다가, 뜨겁고 말캉하게 얽히자 머릿속이 하얗게 탈색되는 것만 같았다. 그동안 어떻게 그녀를 안 보고 살았는지, 스스로 믿기지 않을 정도였다.

품 안에 갇힌 그녀가 지윤의 가슴을 주먹으로 가볍게 두드렸다. 입술을 떼어 내기가 싫었다. 꼭 끌어안은 상태로 영원히 서 있는 것도 가능할 것만 같았다. 절대로 그녀를 곁에서 떨어뜨려 놓고 싶지 않았다.

지윤은 그녀가 잠시 들른 거라며 다시 다른 곳으로 떠날까 봐 덜컥 겁이 나기까지 했다. 처음 보낼 때는 이렇게 힘들 줄 모르고 보낸 거였다. 누군가와 떨어져서 지내는 게, 이토록 괴로운 건지 그녀를 떠나보낸 이후 절절하게 깨달았다.

결코, 어딘가로 다시 보내 줄 생각은 없었다. 그런 극한의 고통은 한 번으로 충분했다. 가슴을 두드리는데도 아랑곳하지 않고 지윤이 끌어안은 팔에 힘을 주자, 그녀가 발을 동동 구르는가 싶더니 지윤의 발등을 힘껏 내리찍었다.

"아야."

갑작스러운 고통에 지윤은 발등을 움켜잡으며 앓는 소리를 했다.

"나 화장실!"

그녀가 신경질을 내며 발을 동동 굴렀다. 통화할 때, 화장실을 급하게 써야 하니까 빨리 문을 열어 달라는 말을 했던 건 거짓이 아니었나 보다.

아니, 극적인 로맨스의 절정을 이루어야 할 순간에 그렇게 화장실을 외쳐야 해? 호텔 로비에서 들렀다가 올라오면 안 되는 거였어?

지윤은 허탈하게 웃으며 그녀를 711호로 안내했다. 그녀는 방문을 열자마자 화장실로 뛰어 들어갔다. 웃음이 났다. 그녀를 만났다는 사실이 이제야 실감이 나는 것 같았다.

잠시 후 그녀는 이제야 살겠다는 얼굴로 화장실 문을 열고 나왔다. 그녀의 두 뺨에 생기가 돌았고, 웃음 띤 얼굴이 편안해 보였다.

"우리 얼마 만이죠?"

대략 10개월 만인 듯했다. 만난 시간보다 더 오랜 시간을 떨어져 있었는데도 어제 헤어진 것처럼 친근했고, 또 겨우 10개월이었을 뿐인데 억겁의 세월 동안 떨어져 있었던 것처럼 가슴이 벅차올랐다.

지윤은 천천히 그녀에게로 다가섰다. 아까 복도에서 한 키스로는 성이 차질 않았다. 정리해야 할 일이 산더미였지만, 그녀에 대한 갈증을 먼저 해소하고 싶어서 아랫배가 묵직했다.

"찾았어요."

"아까부터 뭘 그렇게 찾았다고 하는 거야?"

오른손으로 그녀의 뺨을 어루만지자, 그녀가 지윤의 손바닥 안으로 얼굴을 기울이며 웃었다.

"내가 찾고자 했던 걸, 찾았어."

"그게 뭔데?"

그녀는 짓궂게 웃으며 고개를 절레절레 내저었다. 쉽게 말해 줄 생각이 없다는 듯이 입술을 꾹 다물기까지 했다.

굳이, 당장, 이 자리에서, 바로, 그걸 들을 필요는 없지 않은가?

지윤은 그녀의 허리를 바싹 당겨 안으며 웃었다.

"대답하기 싫으면 말고."

그것보다 이게 더 급하니까.

지윤은 그녀의 입술을 한 번에 집어삼킬 듯이 머금었다. 그녀의 목울대에서 여린 신음이 울렸다. 두 사람의 몸이 침대 위로 고꾸라지듯 쓰러졌다. 그녀의 온기가 손끝에서 느껴지고 그녀의 체취가 코끝을 스칠 때마다 점점 다급해졌다.

그녀가 입고 있는 청남방 단추를 풀어 내리는데, 자꾸만 손이 미끄러졌다. 마음 같아서는 확 뜯어 버리고 싶을 지경이었다. 그녀의 손가락 역시 지윤의 셔츠 자락을 걷어 올리고 있었다.

입술이 잠시 떨어졌다.

"씻고 싶어요."

그녀가 탁하게 쉰 목소리로 나른하게 속삭였다.

"나도."

긴 비행을 한 것은 지윤도 마찬가지였다.

"같이 씻자."

그녀가 펄쩍 뛰며 얼굴을 붉혔다.

"미쳤나 봐. 어떻게 같이 씻어."

그녀는 양팔을 가슴 앞에서 교차해 가리며 절대 안 된다고 고개를 절레절레 내저었다.

"왜? 너도 씻고 싶고, 나도 씻고 싶고. 그러니까 가장 좋은 방법은 같이 씻는 거 아니야?"

지윤이 그게 가장 효과적이고 효율적인 방법이라며 눈을 부릅떴다. 그러자 그녀가 긴가민가하는 얼굴로 고개를 갸우뚱 기울였다.

"그런가?"

"그렇지, 당연히."

지윤은 그녀를 열심히 설득해서 결국 함께 욕실로 들어갔다. 샴푸를 쭉 짜서 그녀의 짧아진 머리에 문지르자 몽글몽글한 거품이 일기 시작했다. 다 씻고 나갈 때까지는 절대 안 된다는 그녀 때문에, 지윤은 지금 필사의 힘을 다해 참는 중이었다.

거품이 그녀의 매끄러운 살갗을 타고 흘러내렸다. 아주 잠시 후면 품에 안을 수 있는 그녀였지만, 그녀의 몸에 착 달라붙은 거품마저 부러울 지경이었다.

그녀는 샤워기를 마주 보며 지윤을 등지고 서 있었다. 지윤은 손끝으로 그녀의 두피를 부드럽게 마사지해 주었다.

"으음."

그녀에게서 옅은 신음이 울려 퍼졌다. 지윤은 훅 하고 차오르는 열기를 내뱉으려 한숨을 몰아쉬었다. 수전을 돌리자 위에서 떨어지는 물줄기가 분홍색으로 달아오른 그녀의 피부를 타고 떨어져 내렸다.

지윤은 보디 클렌저 거품을 손에 잔뜩 묻히고는 그녀의 허리를 어루만졌다.

"하아."

그녀가 더운 숨을 내뱉었다. 지윤은 본능적으로 그녀의 곁으로 바짝 다가섰다. 도드라진 분신이 그녀의 등에 닿았다. 그녀가 움찔하는 듯했지만, 지윤을 밀어 내지는 않았다.

"하아."

지윤의 입에서도 벅찬 숨결이 흘러나왔다. 그녀는 물기에 젖은 매끄러운 손으로 거품이 잔뜩 묻은 지윤의 손을 끌어다 잡았다. 지윤은 커다란 손으로 그녀의 손등을 덮으며 손가락을 얽은 채로 그녀의 젖가슴을 움켜잡았다.

"흐응!"

그녀의 몸 안으로 미끄러져 들어가며 가슴을 끌어당기자 마른 등이 뒤틀리는 게 눈에 들어왔다. 지윤은 저로 인해 관능적으로 무너져 내리는 그녀의 모습이 무척이나 마음에 들었다. 오랜만에 차지한 그녀의 안은 지윤을 미치게 할 만큼 뜨겁고 좁았다.

"승재한테는 내가 와 있는 거, 비밀로 해 줘요."

결국, 그녀는 동생 승재의 경기를 직접 보기 위해 일정을 바꾸어 이곳에 온 듯했다.

"알았어."

그녀가 동생 승재를 끔찍이 여기는 것을 모르는 바 아니기에, 지윤은 순순히 그녀의 뜻을 따르기로 했다.

"또 부탁이 있어요."

"뭔데?"

"나 지윤 씨 따라다녀도 돼요?"

그녀가 조심스러운 목소리로 물었다.

"안 될 게 뭐야?"

"아니, 지윤 씨는 여기 일하러 온 건데, 내가 방해될까 봐 그러죠."

그녀는 지윤의 맨가슴에 말랑말랑한 뺨을 기대며 말했다.

"별걱정을 다 해. 하나도 방해 안 되니까, 걱정 마."

지윤은 이불을 끌어다가 그녀의 맨어깨까지 덮어 주었다. 사실 지윤은 지금 엄청나게 밀린 일을 어떻게 정리해야 할까, 머릿속으로 열심히 시간을 배분 중이었다. 그녀가 잠들면 일단 노트북을 켜고 이메일부터 확인해야지 싶었다.

"너무 졸려."

"얼른 자, 그럼."

그녀가 내쉬는 따스한 숨결이 가슴을 간질였다. 그녀가 이제 잠에 막 들려는지 숨소리가 고르게 퍼지기 시작했다.

"월드컵 끝나면 한국으로 갈 거야."

잠든 줄 알았던 그녀가 나른하게 쉰 목소리로 조용히 속삭였다.

"그래서 찾은 게 뭔지, 이제 말해 줄 거야?"

그 말을 하면서 지윤은 그녀가 마침내 돌아왔다는 생각에 안도의 한숨이 흘러나왔다.

"눈치 정말 없다, 지윤 씨."

그리 말한 그녀가 웃고 있는지, 뺨이 부풀어 오르는 게 가슴에서 느껴졌다.

"내가 뭘 보면서 찾았다고 했는지, 모르겠어?"

그녀는 분명 지윤을 바라보며 그리 말했었다.

"나, 말이야?"

지윤의 조심스러운 질문에 그녀는 고개를 들어 지윤을 바라보았다. 그러고는 예쁜 미소를 지으며 고개를 끄덕거렸다.

"지구 반 바퀴를 돌고 찾았다는 게, 나야?"

그렇다면 그 긴 시간을 왜 떨어져 있었는지 허탈하기도 했고, 그녀가 찾아 헤매던 답이 자신이라는 생각에 뿌듯하기도 했다.

그녀는 또다시 고개를 끄덕였다.

"왜?"

왜인지 궁금했다. 한국에서 늘 붙어 있으면서 깨닫지 못한 사실을 홀로 떨어져 지내다 보니 알게 된 것일까? 원래 없어 봐야 그 소중함을 깨닫는다고는 하지만.

"나는 내가 뭘 꼭 해야만 하는 건 줄 알았어요. 늘 바쁘게만 살아와서 그게 당연한 건 줄 알았어. 근데 다니면서 보니까 꼭 그렇게만 사는 게 정답은 아니더라고요."

그녀의 목소리는 그 어느 때보다 확신으로 가득 차 있는 듯했다.

"포털 사이트에 들어가면요, 막 이런 주제를 가진 기사나 포스팅들이 눈에 띄어요. 투잡으로 더 열심히 사는 법, 24시간을 48시간처럼 쓰는 법, 월급 150으로 1억 모으기 같은 것들 말이에요. 뭐든지 남보다 더 나아야 하고, 함께 시작한 사람보다 더 앞서 나가야 하고, 시작하면 뚜렷한 성과를 보여야만 하고. 꼭 세상을 그런 방식으로 살 필요는 없는 건데, 나는 세상의 틀에 나를 맞추느라 힘겨웠던 거예요."

그녀는 한숨을 한 번 몰아쉬고는 말을 이어 나갔다.

"세상이 만들어 놓은 기준에서 볼 때, 내가 너무 보잘것없는 사람처럼 느껴졌거든요. 그런데 나는 현재의 나로도 충분히 행복한 사람이라는 걸 알았어요."

"어떻게?"

그녀가 잠시 뜸을 들이는가 싶더니, 눈가에 그렁그렁 눈물을 매단 채로 입을 열었다.

"내가 깨닫기 전부터 나를 그렇게 봐 주었던 사람이 내 옆에 있으니까. 어디에 있는지, 뭘 하는지, 이제 더는 중요하지 않은 것 같아. 누구와 있는지, 얼마나 행복한지가 이제 나한테는 가장 소중한 가치야. 뭘 할지는 돌아가서 생각하려고요. 내가 잘하는 것부터 하나씩 천천히 시작해 볼 생각이에요."

"우리 승현이 철들었네."

지윤이 장난스럽게 읊조렸다.

"옆에서 늘 함께해 줄 거죠?"

"그럼."

그녀의 눈가에 맑은 물이 차오르는가 싶더니 반짝거리는 물방울이 매끄러운 뺨을 타고 또르르 떨어졌다. 눈물을 보인 게 민망했던지 그녀가 함박웃음을 머금으며 장난기 어린 목소리로 물었다.

"내가 좀 느리게 걷더라도 같이 가 줄 거지?"

"그럼."

"내가 넘어져도 일으켜 줄 거지?"

"그럼. 너도 나한테 똑같이 해 줄 거잖아."

"맞아."

그녀가 고개를 끄덕거리며 웃었다.

"그리고 깨달은 게 하나 더 있어."

"뭔데?"

"지금은 다시 돌아오지 않는다는 거. 그래서 지금 하고 싶은 일이고, 충분히 할 수 있는 일이면 꼭 해야 한다는 거."

그녀가 사뭇 비장한 목소리를 냈다.

"그럼, 지금 하고 싶은 건 뭔데?"

"지금……."

그녀가 수줍게 웃으며 말을 이었다.

"안고 싶어."

지윤은 그 말이 떨어지기가 무섭게 그녀의 등이 침대에 닿도록 돌아누웠다.

두 사람은 지금이 지나면 다시 오지 않을 순간인 것처럼, 서로를 뜨겁고, 다정하며, 절박하게 끌어안았다.

— *fin*

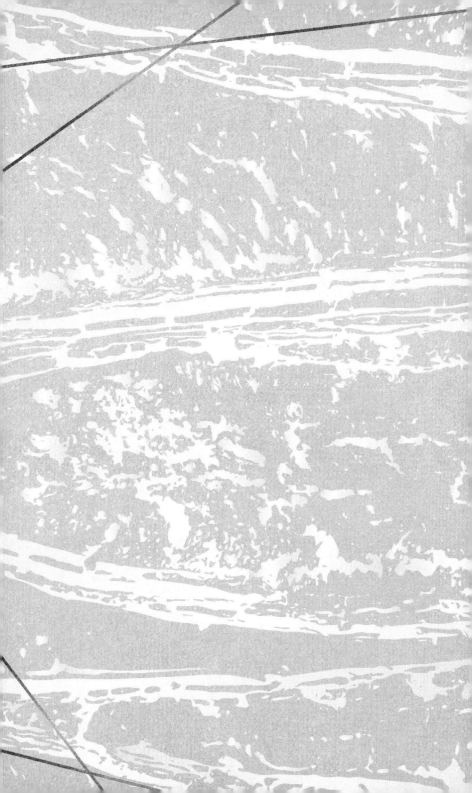

에필로그

외로움을
훔친
도둑

노랗게 물든 은행잎을 하나 주워 든 승현은 검지와 엄지로 잎사귀 끝을 잡은 채로 뱅그르르 돌려 보았다. 예쁘다. 여태껏 곱게 물드는 은행잎을 보고 예쁘다는 생각을 했던 적이 있었나? 열심히 떠올려 보았지만, 없다.

꽃이 피고, 신록이 우거지고, 단풍이 들고, 눈이 와도.

세상이 그렇게 열심히 변하는 동안 승현은 언제나 늘 같은 자리만을 지켰었다. 그런데 이제는 노랗게 물든 은행잎을 보고 예쁘다며 청승을 떨 수 있을 정도의 여유가 생겼다. 세상에 아름답고 귀한 것들이 얼마나 많은지 깨닫게 해 준 사람 덕분이다.

"추운데 왜 나와 있어? 안에서 기다리지."

그의 따뜻한 온기가 배어 있는 트렌치코트가 등허리를 안온하게 감쌌다. 가을 내음 가득했던 대기 속으로 그의 향기가 파고들었다.

"은행잎이 너무 예뻐서."

승현은 고개를 비스듬히 돌려 그를 올려다보며 웃었다.

"에이전시 안에서 기다리라니까, 날도 추운데 감기 걸리면 어쩌려고."

그는 언론사 인터뷰를 마치고 오는 길이었다.

"누가 이렇게 멋지게 입고 가랬어? 오늘 지윤 씨 사진도 찍었어?"

검은색 더블 브레이스티드 슈트를 입은 그는 연보랏빛 노을로 물들고 있는 서울 도심의 가을과 무척이나 잘 어울렸다.

"어, 찍었어."

"그럼, 그 사진 또 인터넷에 막 돌아다니겠네."

승현은 한숨 섞인 목소리로 투덜거렸다.

"기사에 사진 싣지 말라고 할까?"

그는 승현의 등허리를 감싸 안으며 일으켜 세웠다. 이제 앉아 있다가 혼자 몸을 일으킬 때는 끙 하는 소리가 날 정도로 몸이 무거워졌다. 승현은 밭은 숨을 한 번 몰아쉬고는 대꾸했다.

"됐어요. 벌써 찍은 걸 뭐 어떡해."

투덜거리기는 했지만, 은근한 고양감에 휩싸인 승현의 입술 끝이 두 뺨을 곱게 타고 올랐다.

"애먼 여자들이 눈독 들여 봤자지, 뭐. 다음 달이면 애 아빠 될 사람인데."

승현은 볼록 튀어나온 배 위에 손을 얹은 채로 너스레를 떨었다.

"어떡하지? 아무도 나 애 아빠로 안 볼 것 같은데?"

이 남자가 진짜?

배 위에 있던 손이 지윤의 팔뚝을 가볍게 내리쳤다.

"꼭 한마디 보태서 매를 벌어요."

승현이 눈을 뾰족하게 뜨고는 그를 흘겨보았다. 그는 그런 승현을 그저 사랑스럽다는 듯이 내려다보았다.

"얼른 가요. 어머님 기다리시겠어."

어른과 생활하는 것에는 서툰 탓에 승현은 여전히 시모인 김자희 여사가 어려웠다. 그러나 김 여사는 그런 승현을 늘 자애롭게 맞아 주었

다. 성격 까칠한 막내아들이 결혼이란 걸 했다는 사실만으로 감사하다
는 말을 김 여사는 입에 달고 살았다.

김 여사의 큰며느리는 호텔 총지배인, 둘째 며느리는 회계사, 셋째
며느리는 고등학교 교사이고, 하나밖에 없는 사위는 최연소 국가 대표
축구 감독이다.

처음 그에게서 집안 이력을 전해 들었을 때, 승현은 당연히 움츠러
들 수밖에 없었다. 승현에게는 화려한 이력은커녕 대학 졸업장 한 장
없었다. 그의 집에서 자신을 마음에 들어 할지 확신할 수 없었다.

처음 그의 부모님께 인사를 드리러 갔던 날도 이렇게 은행잎이 노랗
게 물든 10월 마지막 주였다.

"나 어때요? 안 이상해?"

고심해서 고른 옷임에도 불구하고 마음에 들지 않았다. 오늘따라 베
이스 화장이 들뜬 것 같고, 아이라인도 미묘하게 달라서 눈 크기가 짝
짝이처럼 보이는 것 같았다. 게다가 앞머리 모양까지 마음대로 안 잡
혀서 속이 상했다.

"그러게 좀 이상하네."

그는 조수석에 앉아 있는 승현을 흘끗 보고는 심각한 목소리로 대꾸
했다.

"어디가? 어디가 이상해?"

새로 산 구두가 발에 너무 딱 맞는 것 같아서 속까지 답답해지려는
마당에 그는 '글쎄.'라고 답하며 뜸을 들였다.

"아, 왜 이상하다며 말을 안 해! 어디가 이상한데!"

신호 대기에 차가 멈춰 섰고, 그가 조수석 쪽으로 다가오는가 싶더

니 이마에 쪽 소리가 나도록 입을 맞췄다. 승현은 황당하다는 듯이 그를 바라보았다. 그의 이마 키스가 싫은 것은 아니었지만, 지금은 그럴 타이밍이 아니었다.

"평소에도 너만 보면 계속 안고 싶은데, 오늘은 더 미칠 것 같아. 그래서 이상해."

그는 농담이 아니라는 듯이 더운 숨을 훅 몰아쉬고는 운전대를 그러쥐었다.

"그만큼 예뻐. 그러니까 안심해."

절대 그런 분들 아니라고 말을 해도, 그녀는 하나부터 열까지 전부 걱정하는 눈치였다.

"나 마음에 안 들어 하시면 어쩌지?"

내내 속으로만 생각하던 말을 그녀가 조심스레 내뱉은 것 같았다. 마치 입 밖으로 내뱉으면 기정사실이 되어 버릴 것만 같아서 말을 삼가는 것 같았는데, 초조함이 극에 달한 나머지 속마음을 내뱉을 수밖에 없는 지경에 이르렀나 보다.

"무슨 상관이야? 내가 마음에 든다는데. 내가 이 여자 없이는 못 살겠다는데. 이 여자 없으면, 막내아들 죽을지도 모른다는데."

조수석을 흘끗 보니 그녀가 울상을 지은 채로 고개를 푹 숙이고 있다. 원하는 대답은 그게 아니었다는 표정이다. 지윤은 손을 뻗어 꼭 말아 쥐고 있는 작은 주먹을 감싸 쥐었다.

"걱정 마. 마음에 들어 하실 거야."

지윤은 자상한 목소리로 그녀를 달래 주었다. 그녀는 초조하고 불안해서 어쩔 줄을 몰라 하는데, 지윤은 그 모습이 무척이나 사랑스러워서 미칠 것 같았다. 제 가족에게 잘 보이기 위해 안간힘을 쓰는 사람을 어여쁘게 보지 않을 사람이 있을까? 왜 그렇게 형들이 형수들한테 미쳐서 사는지도 이제는 알 것 같았다.

"걱정하는 그런 일 없을 거야. 오히려 다른 게 걱정이지."

"다른 거요?"

그녀가 눈을 동그랗게 뜨며 초조함 가득한 목소리로 물었다.

"아니야, 아무것도."

아무것도 아니라며 그녀를 안심시키는 말을 하기는 했지만 불안했다. 온 가족이 똘똘 뭉쳐서 호기심 가득한 눈으로 덤벼들 걸 생각하면 등골이 오싹했다.

제발, 그냥 평범하고 무탈하기를 바랄 뿐이었다. 가족들이 그녀를 어떻게 생각할지보다, 동생 승재와 단둘이 살아온 그녀가 대가족의 틈 바구니에서 살아남을 수 있을지가 걱정이었다.

지레 질려 버리면 어떡하지?

지윤은 말 못 할 걱정을 싸안은 채로 차를 몰았다.

"다 왔다."

부모님은 은퇴 후에도 강산시를 떠나지 않으셨다. 다만 아파트를 떠나 야트막한 언덕과 작은 호수가 있는 전원주택 단지로 이사를 하셨다.

강산시에 처음 와 본다는 그녀는 긴장한 기색이 역력한 얼굴로 차에서 내렸다.

"와, 집 예쁘다."

동유럽으로 여행을 다녀오신 뒤로, 그쪽 지방의 가옥 형태가 마음에 드신다며 그 모습을 본떠 만든 집이었다. 조경은 가드닝 사업을 하고 있는 큰형이 맡았고, 실내 장식은 호텔 총지배인인 형수가 맡아 했다.

여러 매체에서 집을 취재하고 싶어 했지만, 사람들에게 알려지는 것을 원치 않는 모친의 소박한 성격 덕분에 여전히 고즈넉함을 지닐 수 있었다.

"이 집에서 나고 자랐어요?"

"아니, 나중에 이사하셨어. 들어가자."

지윤의 허리께밖에 오지 않는 나무로 된 문을 밀고 들어가려는데, 그녀가 슈트 소맷부리를 잡아끌었다.

"잠깐만요. 나 심호흡 좀 하고."

어깻숨을 크게 내쉰 그녀는 "이제 됐어요." 하고는 싱긋 미소 지었다. 억지로 태연한 척 그려 낸 미소는 무척이나 어색했다. 그런데 그 어색한 미소마저 미치도록 예뻐서 지윤은 가슴이 뻐근할 정도였다.

"이제, 들어간다?"

지윤은 그녀의 손을 꼭 잡고 대문을 밀어 열었다.

"삼촌이다!"

마당에서 공놀이하던 조카 떼들이 대문 앞으로 우르르 몰려왔다. 이제 막 사춘기에 접어든 10대 조카들을 제외한 비글미 넘치는 10세 미만 조카들 다섯 명이 호기심 어린 눈초리로 그녀를 올려다보며 인사했다.

"안녕하세요, 작은엄마."

누구한테 교육을 받았는지, 천진하게 작은엄마라는 말을 내뱉는다. 그녀는 얼굴이 새빨개진 채로 여전히 어색하게 웃고 있었다.

"우리 아빠가 그러는데여, 삼촌 도둥놈이래여."

어눌한 말투로 말문을 연 건 셋째 형의 둘째 아들이었다. 셋째 형은 동창이었던 형수와 결혼해, 슬하에 두 명의 아들을 두고 있었다. 딸이 귀한 집안답게 딸을 낳아서 키우는 집은 누나네뿐이었다. 고로 한씨 집안에 아직 손녀딸은 존재하지 않았다.

"도둥놈?"

그녀가 무릎을 굽히며 아이에게 눈높이를 맞춘 채로 물었다.

"작은엄마는 완전 순진한 어린애라고. 어린애 꼬신 도둥놈이랬어여."

셋째 형은 진짜 애 데리고 못 하는 소리가 없다.

"그랬더니 울 엄마가여. 부러우면 지는 거라고. 동생한테 져서 어떡하냐고 아빠한테 그랬어여."

셋째 형수도 정말 못 말리는 캐릭터다. 교사에 천부적인 재능을 가지고 있는 건지, 정신연령이 다소 어린 셋째 형을 어떻게 다루는지 정확하게 파악하고 골려 먹는다.

그녀는 어떻게 대꾸해야 할지 몰라서 또 어색한 미소만을 지을 뿐이었다. 저러다 뺨에 경련이라도 날 것 같다.

"삼촌 정말 도둑놈 맞아여? 근데 도둑놈은 뭐 훔쳐야 도둑놈 아닌가?"

다섯 살 어린이가 깊은 고민에 빠진 얼굴로 말하자, 그 애의 여덟 살 난 형이 자신은 대단히 심오한 것을 깨우쳤다는 듯이 입을 열었다.

"삼촌이 작은 엄마 외로움을 훔쳐서 꼭꼭 숨겨 뒀대. 다시는 외롭지 말라고."

셋째 형수가 국어교사였던가? 여덟 살 아이가 음유시인이라도 된 양 읊조렸다. 그 말에 그녀는 금방이라도 눈물을 쏟을 듯한 얼굴이 되어 아이를 바라보았다. 지윤은 감상에 젖어 있는 그녀의 손을 더 꼭 감싸 쥐었다.

그러자 그녀가 눈을 길게 늘이며 눈꺼풀을 빠르게 깜빡거렸다.

"나 화장 번졌어요?"

"아니, 예뻐."

지윤은 그녀의 눈가를 한 번 쓸어 주고는 어서 들어가자며 현관으로 발걸음을 옮겼다.

"어머님, 지윤 도련님 왔어요!"

현관으로 들어서는 두 사람을 발견한 형수가 부엌을 향해 소리치며 두 사람을 맞았다.

"어서 와요. 오느라 고생했죠? 차 많이 안 막혔어요?"

"내려오는 건 안 막히더라고요. 이따 올라갈 때가 문제지."

지윤이 신을 벗고 집 안으로 들어선 찰나였다.

"오늘 올라가게?"

통통 튀는 목소리로 질문을 해 온 이는 혜윤 누나였다.

"어, 올라가야지."

"그냥, 자고 가지."

누나가 음흉한 미소를 지으며 지윤과 그녀를 번갈아 보았다. 그녀는 그저 얼굴을 붉히며 입술을 말아 물 뿐이었다.

"아, 누나 좀!"

남들한테는 예쁘고 상냥하고 똑똑한 누나였지만, 지윤이 보기에 혜윤은 악랄한 세기의 악녀였다.

내가 미쳤지. 와인 먹고 쓰러졌다고, 누나한테 전화한 내가 미쳤지.

그녀의 가녀린 팔목에 주삿바늘을 꽂으며 온갖 욕을 퍼붓는 누나를 보며 부른 게 잘못이라고 여겼었다. 그런데 주사를 놓고 침실에서 나온 누나가 한 행동에 지윤은 누나 보는 눈을 달리했다.

'맛있는 것 좀 많이 먹여. 너무 말랐더라. 저러니 와인 한 잔에 픽 쓰러지지. 제 몸은 안 돌보고 살았나 봐. 안쓰럽게.'

지윤이 돈 잘 버는 거야 가족 중 모르는 이가 없었다. 그런데 누나가 지윤의 손에 5만 원권 두 장을 쥐여 주면서 지금은 가진 현금이 이것밖에 없다며 안타까운 얼굴을 했다. 그 당시만 해도 그녀와 관계의 진전이 있었던 것도 아니었는데, 선견지명이었는지 누나는 그녀를 잘 챙겨 주라며 재차 확인하고는 돌아갔다.

그래서 누나를 악랄한 세기의 악녀에서 그냥 악녀 정도로 생각하기로 했는데, 지금 하는 꼴을 보니 다시 격상해야겠다.

"아, 뭐 어때. 이제? 안 그래요, 올케?"

지윤은 고개를 절레절레 내저었다. 어떻게 이 집안 식구들은 아직 결혼도 안 했는데, 작은엄마니, 올케니 하는 소리를 입에 잘도 붙였는지 모르겠다.

"너무 예쁘게 생겼다. 어쩜 이렇게 말랐어? 꼭 종이 인형 같네."

다소 직설적인 성격의 둘째 형수가 그녀를 보자마자 큰 소리로 떠들어 댔다. 그 뒤로는 궁금하기는 한데 마누라들에게 선제를 맡긴 형들이 자리했고, 또 그 뒤로는 누구보다 궁금하지만, 체면 때문에 고개만 길게 빼고 계신 아버지가 계셨다.

"왜 사람을 현관 앞에 세워 두고 벌을 줘? 어서 들어와요. 저녁때가 다 됐네. 밥부터 먹자."

내내 부엌에 계셨는지 모친인 김 여사가 나타나 상황을 정리했다. 이 집에서는 김 여사의 말이 곧 법임을 보여 주듯이 현관 앞에 모여 있던 이들이 일제히 일사불란하게 움직였다.

아이들은 거실에 차려 놓은 상에서 식사를 했고, 어른들만 식사실 식탁 앞에 자리했다.

"드디어 여기 빈자리가 찼네."

아버지의 말에 가족들의 시선이 모두 그녀를 향했다.

"운동선수 뒷바라지하는 게 여간 힘든 일이 아닌데, 고생 많았겠어요. 이제 우리 지윤이한테 응석 부리면서 살아요. 우리 지윤이가 막내로 자라기는 했어도, 형제 중에 제일 의젓하고 다정해. 이제 말 편하게 해도 괜찮지?"

살갑게 말을 거는 어머니 질문에 그녀는 수줍은 미소를 머금은 채로 '네.' 라고 작게 대꾸했다.

"엄마, 쟤 좀 봐라. 우리가 올케 잡아먹을까 봐 눈에 불을 켜고 있어. 좀 있으면 눈에서 레이저 광선 검 튀어나올 것 같아."

누나가 놀리는 투로 말하자, 큰형이 끼어들었다.

"야, 한혜윤. 너도 마찬가지였어. 매제 우리 집에 왔을 때, 가관도 아니었거든?"

누나는 "그랬나?" 하고 혼잣말하며 시선을 돌렸다.

"천천히 먹어. 너무 많이 먹으려고 노력하지 말고."

먹는 양이 많지 않은 그녀였다. 상을 차린 가족에게 잘 보이겠다고 억지로 먹었다가 탈이 날까 염려되어 지윤은 조용히 귓속말로 속삭였다.

"아, 우리 지윤이 교육 다시 해야겠네. 누가 밥상머리에서 귓속말을 해?"

둘째 형이 핀잔을 주자, 이번에는 둘째 형수가 나섰다.

"당신은 안 그런 것처럼 그래."

"내가 뭐라고 했는데?"

"아버님이 주시는 술 다 받아먹지 말라고. 여기서 또 정신 잃으면 곤란하다고 했잖아. 안 그랬어?"

정말 이보다 캐릭터가 분명한 가족들이 존재할 수 있을까?

지윤은 흘끗 그녀의 눈치를 보았다. 지금까지 긴장해 있으면 어쩌나 걱정했는데, 그녀는 웃음 참지 못하는 얼굴로 즐겁다는 듯이 가족들을 살피고 있었다.

식사 시간은 예상했던 것보다 훨씬 더 화기애애했다. 승재 때문인지, 그녀는 누나와 매형에게 지대한 관심을 보이기도 했다.

"작은엄마, 나 동생 생기려면 얼마나 있어야 해여?"

밥을 어떻게 먹었는지, 티셔츠가 엉망이 된 채로 나타난 셋째 형의 둘째 아들이 그녀 옆에 서서 물었다.

"그 동생을 왜 여기에 물어봐?"

지윤이 물은 말에 아이는 당당하게 대꾸했다.

"울 엄마, 아빠는 이제 동생 못 낳아 준댔어. 그럼 작은엄마가 낳아 주면 되잖아."

아이가 터뜨린 폭탄에 그녀의 얼굴이 새빨갛게 물들었다.

"이름이 뭐야?"

내내 입을 꾹 다물고 있던 그녀가 조카를 향해 조용하고 다정한 목소리로 물었다.

"한은우."

"멋진 이름이네. 은우가 엄마, 아빠 말씀 잘 듣고, 씩씩하게 생활하면 생길 거야."

그녀의 말에 아이가 곧 환희에 찬 비명이라도 내지를 것처럼 발을 동동 굴렀다. 그 모습을 온 가족이 따스한 시선으로 바라보았다. 조카의 머리를 쓰다듬는 그녀를 바라보는 지윤의 가슴은 뻐근할 정도로 두근거렸다.

두 사람은 결국 지윤이 강산시에 내려올 때마다 사용하는 방에 나란히 누웠다. 자고 가라는 가족들과 극구 서울로 돌아가겠다는 지윤 사이에서 승강이가 일려는 찰나, 그녀가 가족들과 더 있고 싶다며 자고 가자고 했다.

"불편하게 뭐 하러 그랬어. 결혼해서 내려올 때마다 자고 가라고 하시면, 불편할 수도 있는데."

지윤이 그녀를 배려해서 한 말에 그녀는 고개를 가로저으며 입을 열었다.

"너무 좋아서."

그녀의 목소리에 옅은 물기가 배어났다.

"나를 너무, 다 예쁘게 봐 주셔서 너무 좋아서."

지윤은 제 팔을 베고 있는 그녀의 어깨를 끌어당겨 안았다.

"나 진짜 잘할 거야."

그녀가 내뱉은 작은 목소리가 가슴 안에서 울렸다.

"너무 잘하려고 노력할 필요 없어. 적당히만 해도 돼. 처음부터 너무 잘하려고 하면 나중에 피곤해. 그냥 네가 가만히만 있어도 예뻐해 주실 거야. 너무 잘하려고 노력하지 마."

뭐든 열심인 그녀였다. 그리고 강건하게 승재를 키운 것과 달리 상처도 쉽게 받고 여린 그녀였다. 혹여 잘할 거라는 그녀가 기대와 닿지 않는 반응으로 상처받으면 어쩌나 걱정도 되었다.

시가에서 굳이 귀염받으려고 잘 보이기 위해 애써 노력할 필요가 있느냐는 말은 집어삼켰다. 시가를 부담스러워할까 봐 걱정했는데, 그녀는 천군만마를 얻은 듯한 표정을 지었다.

"오늘 내 편이 엄청 많이 생긴 것 같아."

"그거 누구 덕인지 알아?"

"알지, 그럼."

그녀가 품 안을 파고들며 바르작거렸다. 지윤은 그녀의 목덜미에 입술을 묻으며 속삭였다.

"안고 싶다."

"안 돼. 아래층에 어머님, 아버님 계시잖아."

"무슨 상관이야?"

지윤은 그녀의 티셔츠를 들추며 뭐라고 떠들려고 하는 그녀의 입술을 얼른 머금었다. 그녀의 작은 몸에 잔뜩 힘이 들어가는 게 느껴졌다. 긴장하는 모습이 역력한 그녀를 안겠다고 마음먹은 순간부터 심장이 크게 날뛰었다.

말로는 안 된다고 했으면서 그녀의 손은 지윤의 바지춤을 더듬어 댔다. 브래지어 컵을 들어 올리며 그녀의 가슴을 움켜쥐었다. 손바닥 가운데 단단하게 솟아오른 정점이 느껴져서 지윤은 꽉 눌러 비볐다.

"흐음."

그녀가 참지 못하고 여린 신음을 흘렸다. 지윤은 그녀의 입 안을 머금고 있던 입술을 떼어 내고 조용히 읊조렸다.

"쉬잇. 방음은 장담 못 해. 문밖에서 다 들린다."

그러고는 티셔츠를 걷어 올리며 그녀의 가슴 끝을 물고 빨았다. 그녀가 제 손으로 입을 틀어막았고, 그 모습에 지윤은 더욱 그녀를 자극하고 싶어졌다. 지윤은 혀끝으로 단단하게 솟은 돌기를 희롱하며 빨아 댔다. 그녀가 몸을 들썩이며 어쩔 줄을 몰라 했다.

성적 긴장감이 평소보다 고조된 탓인지 그녀의 아래는 이미 흠뻑 젖어 있었다. 본가에 내려올 때마다 홀로 잠들었던 침대 위에 반라의 그녀가 누워 있다는 사실만으로 지윤도 이미 아랫도리가 뻐근할 정도로 부푼 상태였다.

지윤은 그녀의 속옷을 끌어 내리고는 주머니 속에서 콘돔을 꺼내서 그녀에게 건넸다. 그녀는 능숙한 솜씨로 비닐 포장을 뜯고 거대하게 부풀어 오른 남성에 씌웠다. 지윤은 그녀의 손길이 떨어지자마자, 좁은 틈바구니를 파고들었다.

"하아."

"아아."

낮게 쉰 음성이 동시에 튀어나왔다.

"쉬잇."

저도 참지 못하고 신음을 내뱉었으면서 지윤은 그녀의 입가에 대고 조용히 속삭이며 허리를 움직이기 시작했다. 그녀가 아랫입술을 꼭 깨문 채로 신음을 삼켰다. 그 모습이 미치도록 자극적이어서 바라보고 있는 것만으로 사정감이 몰렸다.

지윤은 이를 악물고 그녀의 안을 빠르게 휘저었다. 작은 손이 목덜미를 감싸는가 싶더니 그녀의 입술이 지윤의 입술을 머금었다. 서로의 소리가 새어 나갈까 봐 겁이 났는지 그녀가 절박하게 매달리며 혀를 얽었다.

평소보다 훨씬 더 빠르게 그녀의 안쪽이 떨려 오기 시작했다. 허리를 휘감은 그녀의 허벅지가 파르르 떨렸다. 지윤은 그녀의 등허리 아래에 손을 넣어 바짝 끌어당겨 안았다. 한 치의 틈도 없이 맞물린 몸이 빠르게 뒤섞였다.

"으음."

머릿속이 아득해지는 듯했다. 지윤은 그녀를 품에 안은 채로 깊이 파정했다.

지윤이 그녀의 목덜미에 얼굴을 묻은 채로 잠이 들려는 찰나였다.

"잘자, 내 도둑."

그녀가 희미한 목소리로 속삭였다.

"고마워, 나한테서 외로움 훔쳐 가 줘서."

그녀의 목소리에 물기가 배어 있어서 가슴이 뭉클했다. 지윤은 품 안 가득 그녀를 끌어안았다.

"훔쳐 온 건 절대 안 돌려줄 거야."

지윤이 낮게 쉰 소리로 속삭이자, 그녀가 작게 웃음을 터뜨렸다.

고요하지만 밀도 높은 애정이 가득한 밤이었다.

"무슨 생각을 그렇게 해?"

그의 차는 호텔 I 주차장에 도착해 있었다.

"그냥, 이런저런."

그의 가족에게 처음 인사드렸던 날은 몇 번을 곱씹어도 행복한 기억이다. 가족 모두가 자신의 긴장을 풀어 주기 위해 상기된 얼굴로 유쾌하게 떠들어 대던 모습이 아직도 눈에 선하다. 그러면서도 승현이 기분 상해 하지는 않을까 노심초사하는 얼굴들이었다.

그는 자신의 가족이 유별나다고 했지만, 승현이 보기에 지극히 화목하고 행복한 모습이었다.

안 그래도 말랐는데, 임신을 한 이후 내내 입덧에 시달리느라 볼살이 내린 며느리가 안쓰럽다며, 시부모님께서 서울까지 올라오셨다. 호텔 I에서는 사과를 메인으로 한 디저트 시즌 뷔페가 열리고 있었다.

"그래도 사과는 좀 먹는다며?"

"네, 어머님."

김 여사는 안쓰러운 얼굴로 며느리를 바라보았다.

"너무 무리해서 먹지 말고. 먹을 수 있는 만큼만 먹어. 지윤아. 우리 승현이 여기 자주 데리고 와라. 먹을 수 있는 거라도 잘 먹게 해야지."

마치 딸 가진 엄마가 사위에게 하는 말 같았다. 김 여사는 제 아들이 시원찮게 굴면 언제든 이르라고 수십 번 말했다.

"쟤가 막내로 자라서 좀 철이 없는 구석도 있어."

처음 인사를 드리러 갔을 때는 막내지만 의젓하다고 하셨는데…….

그 간극을 굳이 말씀드릴 필요는 없을 것 같아서 승현은 사과타르트 를 먹는 데만 열중했다.

"아, 제가 언제 철없이 굴었다고 그러세요."

"너 새아가 여기 데려온 적 있어? 그냥 사과만 들입다 사다 줄 줄 알았지? 이런 데 찾아서 데려오는 건 왜 못 해?"

"어머니, 이 뷔페 오늘 시작했어요."

그가 억울하다는 듯이 말했다.

"뭐 어쨌든."

김 여사는 아들을 향해 눈을 한 번 흘기고는 제 며느리를 향해 해사한 미소를 지었다. 이상하게 입덧 때문에 죽을 것 같다가도 시가와 함께 식사를 하면 속이 가라앉았다.

"얘 이렇게 잘 먹는데."

"어머님 계시면 잘 먹혀요."

"안 그래도 예쁜데, 이렇게 예쁜 말만 골라서 해."

김 여사는 마치 늦둥이 딸을 바라보는 눈빛으로 승현을 바라보았다. 잠시 두 부자가 빈 접시를 더 채워 오기 위해 자리를 비운 사이, 승현이 조심스럽게 운을 뗐다. 그동안 마음속에만 담아 둔 말을 아이를 낳기 전에 꼭 하고 싶었다.

"저, 가족으로 받아 주셔서 감사해요."

승현이 조심스럽게 속삭인 말에 김 여사의 눈이 휘둥그레졌다.

"그게 무슨 뜻이니?"

"형님들에 비해서 제가 많이 부족한 거 알아요. 막내며느리 자리 고심하셨던 것도 알고요. 그래서 가끔 너무 죄송했어요. 너무 부족한 제가 여기 있어도 되나 하는 생각도 들고. 근데 그 생각 어리석게 느껴질 만큼 아껴 주셔서 감사해요."

"우리 막내며느리가 눈치가 참 빨라. 맞아, 나 막내며느리 자리 솔직히 욕심 많았어."

김 여사의 진심이 나오려는 것 같아서 승현은 괜히 긴장되었다.

"쟤가 성격이 좀 까탈스러워야지. 선한 사람이었으면 좋겠다고 생각했지. 그리고 우리 지윤이가 운동선수 뒷바라지하는 직업이잖아. 일하다 보면 진짜 별꼴을 다 봐. 그거 이해해 주는 아량 넓은 사람이길 바랐고. 우리가 좀 식구가 많아? 시가에서 자주 모이는 거 좋아할 며느리가 누가 있겠어? 그런데 다들 그렇게 모여서 노는 걸 좋아하니까, 막내며느리도 쾌활한 아이가 들어왔으면 좋겠다고 바랐지. 그런데 있잖니."

말을 하다 말고 뜸을 들이며 상대방을 긴장하게 만드는 그의 버릇은 모친을 닮은 것이었나 보다.

"우리 승현이처럼 선하고 밝은 사람이 어디 있을까? 동생 뒷바라지해 봐서 우리 지윤이가 하는 일이 얼마나 힘든지도 잘 알고. 승현이 오고 나서 손위 동서들 긴장하는 거 봤어? 그 애들도 며느리 할 도리 무척 잘하는 아이들인데, 승현이가 우리 제 식구처럼 챙기는 거 보고 다들 긴장하잖아. 그러면서 우리 승현이가 예쁜 짓만 골라서 하니까 다들 예뻐하지? 괴롭히는 형님들 있어?"

"아니요. 다 잘해 주세요."

"거봐. 나 막내며느리 욕심 무척 많았던 사람인데, 그 욕심 다 채우고도 넘치는 우리 승현이 며느리로 들였잖아. 내가 얼마나 복이 많은 사람이야."

김 여사가 테이블 위에 놓인 승현의 손을 꼭 잡아 주었다.

"우리 승현이가 부족하다느니, 여기 있어도 되는지 모르겠다느니……. 그런 생각 하면 지윤이도 속상하겠지만, 나도 속상해. 혜윤이가 하는 말 못 들었어? 승현이는 여동생이라잖아. 올케가 아니라."

마치 그간에 외로웠던 시간을 보상받는 것처럼 완벽한 가족을 얻었다.

"그런 섭섭한 생각 하지 말고. 이제 태어날 우리 손녀딸 생각해서 좋은 생각만 해야지."

그리 말한 김 여사는 무언가 퍼뜩 생각났다는 듯이 덧붙였다.

"딸 귀한 집에서 손녀딸도 턱 낳아 준다는데, 내가 우리 승현이 업고 다녀도 부족한데?"

눈물이 핑 돌았다. 한없는 사랑을 주셔서 무척이나 감사했다. 눈물 방울이 또르르 뺨을 타고 흘러내렸다.

"어머니, 저 없는 사이에 승현이 혼내셨어요?"

그가 테이블로 다가오며 눈을 부릅떴다.

"거봐. 내가 애 철없다고 했잖니."

김 여사는 제 아들에게 눈을 흘기고는 덧붙였다.

"그래, 좀 혼냈다. 시모가 며느리 좀 혼내면 안 되니?"

"승현이 눈에서 눈물 나면, 손녀딸 평생 못 보실 줄 아세요."

만삭 며느리를 앉혀 놓고 혼낼 분이 아니라는 걸 뻔히 알면서 그는 장난을 걸고 있는 듯했다.

"어머, 얘 협박하는 것 좀 봐."

김 여사가 유쾌하게 웃음을 터뜨렸다. 뒤늦게 테이블로 돌아온 시부는 그에게 '승현이랑 애는 두고 꼬우면 네가 나가.' 라며 아들을 구박했다. 물론 그 말투에서도 아들을 향한 애정이 담뿍 묻어났다.

식사를 마치고 나오는 길, 육아 용품 사는 데 쓰라며 김 여사는 승현의 손에 거금을 쥐여 주었다. 이미 차고 넘칠 만큼 받았는데도 불구하고 두 분은 승현에게 베풀지 못해 안달이셨다.

차에 오르자 그가 호기심 어린 목소리로 물었다.

"얼마 주셨어? 유모차 뭐 사야 한다고 했잖아. 그거 사면 되겠다."

승현은 핸드백에 넣어 두었던 봉투를 꺼내 들었다. 승현이 몇 개월 전부터 미리 검색해 놓은 대면형 유모차를 사는 데 쓰라며 그가 미소 지었다.

봉투 안을 확인한 승현의 눈이 커다래졌다. 그 안에는 유모차를 100대는 사고도 남을 금액의 수표 한 장이 들어 있었다. 승현이 봐 둔 유모차도 꽤 고가인데 말이다. 그리고 수표와 함께 편지가 한 통 딸려 나왔다.

[비상금으로 가지고 있으렴. 지윤이한테 액수는 알려 주지 말고.]

짧은 메모를 내려다보는데 왈칵 눈물이 솟구쳤다.

"왜 또 울어?"

그가 걱정스러운 목소리를 냈다.

"유모차 살 수 있을 것 같아서."

100대라도 살 수 있을 것 같아서.

"그래서 너무 좋아서."

"어이구, 누가 보면 내가 유모차 안 사 준다고 한 줄 알겠네."

그가 너스레를 떨며 웃었다.

"지윤 씨."

"음."

그는 도로 앞을 응시한 채로 미소를 머금고 있었다.

"사랑해."

"새삼스럽다. 울 엄마가 돈 봉투 줬다고 사랑한다고 하는 거야?"

"맞아."

또 달리 틀린 말은 아니어서 그리 대답한 승현이 키득키득 웃었다.

"듣기 좋네, 우리 승현이 웃음소리. 엄마한테 용돈 좀 자주 주라고 해야겠다."

존재한다는 사실만으로도 사랑받을 수 있다는 것을 이 남자를 통해 배웠다.

있는 그대로의 모습을 바라봐 주는 사람과 함께한다는 것이 얼마나 행복한 것인지 이 남자를 통해 깨달았다.

죽도록 애쓰지 않고, 특별한 꿈을 꾸지 않아도 가치 있는 삶이라는 것도 이 남자가 알려 주었다.

앞으로 이 남자와 함께할 남은 생이 얼마나 빛나는 장면으로 가득할지 감히 상상조차 할 수 없었다.

물론 그 안에 가슴 아프고, 힘든 장면이 없으리란 보장은 없었다. 하지만 이제 지레 겁먹고 물러서는 일은 없을 것이다. 그저 사랑하며, 살아갈 뿐.

지금, 안고 싶어

1판 1쇄 찍음 2018년 9월 14일
1판 1쇄 펴냄 2018년 9월 27일

지은이 | 요안나
펴낸이 | 정 필
펴낸곳 | **(주)뿔미디어**

기획 · 편집 | 심은지, 이영은, 박지희, 권지영
표지 디자인 | 우 물

출판등록 | 2002년 9월 11일 (제1081-1-132호)
주소 | 경기도 부천시 원미구 소향로 17, 303(두성프라자)
전화 | 032)651-6513 / 팩스 032)651-6094
E-mail | dahyangs@naver.com
블로그 | http://blog.naver.com/dahyangs
비북스 | http://b-books.co.kr

값 12,000원

ISBN 979-11-315-9278-6 03810

※파본은 구입하신 서점에서 교환하여 드립니다.